倾世红颜之凤逆乾坤（上）

雪倾城【作品】
XUE QINGCHENG

新世界出版社
NEW WORLD PRESS

图书在版编目（CIP）数据

倾世红颜之凤逆乾坤 / 雪倾城著. -- 北京 : 新世界出版社，2017.11

ISBN 978-7-5104-6433-1

Ⅰ. ①倾… Ⅱ. ①雪… Ⅲ. ①言情小说－中国－当代 Ⅳ. ①I247.5

中国版本图书馆CIP数据核字（2017）第254003号

倾世红颜之凤逆乾坤

作　　者：雪倾城
策划编辑：张铁成
责任编辑：张晓翠
责任印制：王宝根
出版发行：新世界出版社
社　　址：北京西城区百万庄大街24号（100037）
发 行 部：（010）6899 5968　（010）6899 8733（传真）
总 编 室：（010）6899 5424　（010）6832 6679（传真）
http://www.nwp.cn
http://www.nwp.com.cn
版 权 部：+8610 6899 6306
版权部电子信箱：nwpcd@sina.com
印　　刷：三河市华润印刷有限公司
经　　销：新华书店
开　　本：710mm×980mm　1/16
字　　数：578千字　印　张：30
版　　次：2018年1月第1版　2018年1月第1次印刷
书　　号：ISBN 978-7-5104-6433-1
定　　价：65.00元（全二册）

倾世红颜之凤逆乾坤

目录[上]

倾世红颜之凤逆乾坤

目录［下］

第一章 过往恩怨

天下大势，分久必合，合久必分。群雄角逐，胜者为王败者为寇。

只怜无辜百姓家破人亡，颠沛流离。

银月长安城，春。因不久前刚打了胜仗，城中呈现出比往时更繁荣昌盛的景象。

而城南平顺街，却一点也不平顺。

“去去去，你这姑娘也太不识抬举了，慈寿堂的张大夫乃是妙手回春，再世华佗，岂是你们这种乌七八糟的人说请就能请去的？”

说话之人是一个灰衫男子，矗立在医馆门口，眼含轻蔑地打量着面前身着青衣的女子。这女子衣衫破旧，面容污浊，一看就是不能付得起高昂诊金之人。

“昨日都已经告诫过你休要再来捣乱，你却是当耳旁风，着实不自量力！”

“大夫，我阿姐病得很重，医者父母心，烦请你让我见见张大夫。若能治愈我阿姐，小女定然感激不尽，愿倾力相报。”青衣女子语气凄婉。

“少再扯那些闲话，我师父是何许人也？长安城多少达官显贵都要用四马座驾来请！你们这种低贱蝼蚁，小爷我见得多了，若想见我师父，回去烧香拜佛请老天爷让你下辈子托生个高贵命吧！你若再不走，莫要怪我们不怜香惜玉！”灰衫男子神情傲慢，不可一世，出言恶劣，不见半点医者该有的怜悯之心。

青衣女子低垂着双眸，神情不明，双手在袖口下紧紧地握成拳：“请你转告张大夫，小女付得起诊金。”言语不卑不亢，却颇为楚楚可怜。

如今阿姐病重，张大夫是长安城里医术最好的，无论如何，她都要竭力请他救治阿姐。

“我说你这姑娘怎么如此冥顽不灵！你以为单单付得起诊金就能请到我师父？异想天开！”灰衫男子愈发烦躁，面容狰狞。

“既然你耳朵听不见东西……”见女子依旧不肯离去，他怒急攻心，对身后几个壮丁丢去一个阴鸷眼神，“给我打，打不走的话——就打死！”

就在此时，一个白须老者连忙把即将大祸临头的女子拉开。

老者拽着她跑了两条街才停下：“姑娘何必如此固执，那张大夫一干人等皆是趋炎附势、六亲不认之辈，哪里会跟你出诊，你且快快逃命去吧，莫要招惹事端。”

原来白须老者是个江湖郎中，早两日就目睹了这个姑娘与她阿姐的事，本不想招惹是非，多管闲事，奈何人心毕竟是肉长的。

“可是我阿姐快要挺不住了。”青衣女子秀唇紧抿，眸中难掩不安，若不是此时一副颓败面容，就凭这高挑身形，也是一个英姿飒爽的女子。

阿姐一连三日高热不退，时睡时醒，神志不清，恶梦连连。若再得不到对症救治，怕是挺不了几时了。

其实，她自己也懂医术，只是关心则乱，久治不愈，便无法静心对症下药。

“姑娘……”老者叹了口气，“在下跟你说句交底儿的话，你阿姐病情怪异，瞧着已是无力回天了。”

“不，我阿姐不会死的，她昨日还醒来过！”女子不住地摇头，似乎不愿面对事实。

老者抚须：“唉，我瞧她要么昏睡梦魇，要么痴傻发呆，胡言乱语，说不准是邪魔入体了。听在下一句，出了城再去请大夫或者道士，然后听天由命吧。知道永安堂胡大夫那样菩萨心肠的人为何也不肯接诊吗？”

女子赫然抬头，澄澈的双眸瞬间充满了戒备与防范。

“整个长安城的人都知道霄王府在追捕家中逃犯，胡大夫便是因为认出了你们，才不肯接诊的。”老者语重心长地说。

乱世之中，可怜之人何其多，这两个落魄女子虽是刻意将面容涂满污渍，但只要有心人仔细一瞧，并不难认出她们。

女子下意识地瞥了一眼身侧墙壁上的逃犯画像，深深鞠躬道：“多谢老人家提醒。”虽然胡大夫没有接诊，但他没有将她和阿姐举报到霄王府领赏金，已经算是仁至义尽了。

追捕逃犯？东方云霄何必多此一举！

她又一次见到了那些人，看不清容颜，只知每个人的神情都比那一场暴雨还要寒凉清冷。

兵临城下，国破家亡。

她从一个肆意妄为、骄纵任性、养尊处优的少女，成为一介草民。

漫天骤雨里，她绯裳垂泪，妖艳而阴郁。

他在马上，身着银色铠甲，意气风发。

她发丝凌乱，身后是高耸的城墙，城墙下的护城河倒映出血红一片。

他玉冠纤尘不染，身后是千顷城池，城池里染尽她亲人的鲜血。

他们距离那么近，她双眼沁雨，迷蒙了视线，怎么也看不清他的容貌。

她胸腔胀满悲痛和绝望，将深深的爱慕悉数掩埋，呼吸哀凉如冰雨纷飞。梦中，她不知道他是谁，却可以清晰地看到他身后势如破竹的铁血战士。

她有些难以置信，迟疑着对他伸出了手，略带颤抖，隔空触碰到的只有锐冷的铁枪硬器。

慢慢地，她唇边弯出浅浅笑痕，荡漾在冰寒骤雨中。

电闪雷鸣之际，她倾力朝后，纵身跃下城墙，绯色衣裳妖冶绽放，宛如彤霞般晕染着天边的乌云。

如果，她未曾认识他该多好；如果，她未曾倾心他该多好；如果，她能够忘记这一切该多好……

这个凄绝的恶梦整日整夜地萦绕在她的脑海中，挥之不去，如坠深渊。

睡睡醒醒，浮浮沉沉。

后来的后来，场景果然一点点变淡，直至那梦境，再也看不见。

“阿姐，你醒了？”裴影彤语气惊喜，又掺杂着小心翼翼。

裴星彤转转眼珠，整整三天，她仿若置身于火炉之中，反复做同一个恶梦。即便偶尔醒来，也是感觉自己比睡着时还糊涂。

“我以为自己被扔进太上老君的炼丹炉里了。”她调侃着挤挤眼睛，对上裴影彤清澈见底的双眸，那晶亮瞳眸中掩映着淡淡的喜悦，就像山间的清泉一般，透彻而纯净。

“万幸我没有被炼成仙丹，你也没有弃我而去。”裴星彤的声音还很沙哑，却是故意放松语气。

过去的三日里，她真真以为自己再也睁不开眼睛，再也看不到眼前焦急悲痛的女子，看不到她锲而不舍地背着她四处求医问药却又四处碰壁。

此女子十七八岁，不再如之前那样在脸上涂满污垢。此时她肌若凝脂，皮肤滑嫩得像是能挤出水来。黛眉如画，粉唇若樱，整张脸是那么飘逸而清艳，那微微上翘的眼角，让她双眸皎若秋月，更为她平添了一份妩媚。

“阿姐，你身子可还有不适？”裴影彤不可置信地问。

静谧了许久，裴星彤才深呼吸一下，有些任性地问：“我们是谁？”

她看见倾城美人狐疑和审视的眼神，平息一下纷乱的思绪，无奈地耸耸肩，指着自己的脑袋说道："这里被烧得坏掉了，所以，我什么都不记得。"

裴影彤眼含担忧，上前一步，抚上她的额头，又将她全身上下打量个遍："星彤，你身子可还有何处不舒畅的？我这便为你把脉吧。"

三日前她投河自尽，自那便一病不起。此番，这病说好就好，毫无征兆，昏睡时神志不清，如今醒来依然说胡话，莫不是真被邪魔入了体？

裴星彤敷衍一笑："不用了，心病……"之前醒来时隐隐约约听她说了一些事情，不甚详细，只知她们是落难姐妹，相依为命。

"当真什么也不记得了吗？"裴影彤满心担忧。

"唔……是啊，不该记得的不记得了，该记的也不记得了。"绕着舌说完这句浪费口水的话，裴星彤又是一声轻叹。

她意兴阑珊地瞄一眼两人身上这普通至极的衣衫，唉！好像是大户人家里的丫鬟，反正不像是富商或者皇亲国戚。

没地位，没身份，没银子，前景堪忧，一片渺茫。

此时此刻，她表面很淡定，内心很疯魔。

这厢，裴星彤在兀自哀怨，裴影彤清澈的瞳眸在看着她的脸时，凝起一丝复杂的波澜："阿姐你几日未曾饮水进食，身子虚弱，得先补补身子。"

裴星彤感激地笑笑，一边慢慢进食，一边听美人妹妹给她讲解一些她不知道的事情。"你是前云凤国丞相之女——裴星彤……"

荷香四溢，绿柳成荫。

她用粉白赤足踢踏着河水："原来我竟真是生在富贵人家，可惜却已经亡国……"这就好像你喜欢上一个男子，可对方……也喜欢男子。

她是前云凤国丞相裴志杰的二女儿，名叫裴星彤，芳龄十八，待字闺中。

因为一个月前云凤国被银月国覆灭，所以，她这个亡国奴已然沦落成为俘虏，在银月国的霄王府里为奴为婢，而她的其他亲人早已经血染山河。

"唔……妹妹，你只说我是丞相府的二小姐，怎么好像裴丞相不是你爹？"她随便抓起一颗小石子，漫不经心地扔向水面，霎时，水面上被激起几个由大变小的水漂，一圈一圈地在水面上晕染开来。

裴影彤注视着泛着水晕的河面，清澈的凤眸里闪过一丝忧伤。

眸光再次转向裴星彤时，眼底已然纯净见底。略略侧着头，她狐疑般轻声呢喃："你……真的还是你吗？"

裴星彤身体一顿，嘿嘿笑道："当然了！不信你摸摸看，没有面具的。"说着便毫不忌讳地将倾城之颜凑到她面前。

“……好，我信，”裴影彤略带尴尬地轻咳，稍微拉开一点两人的距离，“我是你的孪生……妹妹，我叫裴影彤，因自小体弱多病，又很少出过门，世人便皆知丞相府有个……倾国倾城的二小姐，却不知我的存在。在银月国，我也只是易容成了你的贴身丫鬟……”裴影彤低下头徐徐说着。

听至此，裴星彤撇着嘴，将裴影彤来回打量了几遍，咂咂嘴戏谑道：“你确定自小体弱多病的是你，而不是我？”又拍拍她肩膀，娇笑着揶揄道，“孪生妹妹竟然比我这个姐姐还要高出大半个头，我还以为咱家好吃的都进了你嘴里呢！哈哈。”

她透过水面看过来，并不是她矮小，而是这个妹妹偏高。

裴影彤睨着眉眼弯弯的裴星彤，唇角也不知不觉地弯起了好看的弧度。她从来没见过星彤笑得这么纯净无邪过，这样有些俏皮又有些可爱的星彤，是陌生的。

但，也是惹人喜欢的。

晚春的午后，阳光充裕，裴星彤脱下外衫在河边做了简单梳洗。

“阿姐，我们该回去了。”裴影彤将晒干的外衫套在裴星彤身上，利落地给她系上腰带。凌乱的长发也在她手中被挽成利落的少女发髻。

裴星彤鼻子渐渐发酸，有亲人陪伴的感觉甚好。当她恶梦连连时，能够有人给予温暖怀抱；当她面临生死时，能有人不顾外人欺压而对她不离不弃。“我们可不可以不要回那个霄王府了，他们根本不把我们当人看，回去受羞辱还不如去乞讨！”把人都逼得跳河自杀了，看来那个三王爷根本就是草菅人命的魔鬼。

“我们必须回去，因为……东方云霄给我们下了毒，只他那里才有解药。”裴影彤凤眸微微眯起，透射出愤恨的寒光。

如若裴星彤不再醒来，或许她不会独自回去受钳制，但现在一切又重新燃起了希望。

“什么？他也太恶毒了吧！亡国奴也是人啊……”裴星彤惊讶地叉着腰。

高官加蛇蝎心肠，这不是典型的虐心大戏嘛。

人家抓俘虏都挑皇亲国戚抓，那个什么劳什子三王爷缘何非得抓个丞相之女。

莫非是……贪图她的美貌？嗯，一定是。

裴影彤定定地凝视着眼前这个性格骤变的人，淡然不语。

见裴影彤没有要与她携手乞讨，一起浪迹天涯的意思，裴星彤像斗败的公鸡一般垮下双肩，任命地拉过她的手：“阿影，既然没有人知道你的存在，那么你同我回去后就继续扮成我的贴身婢女好了。”在人前叫她妹妹肯定不行，还是直接唤她的名字比较稳妥。

这个世界如此陌生，好歹还有唯一一个至亲，万不能被敌人斩草除根。

裴影彤因她那声亲昵的称呼而狠狠地战栗一下，胸口处振动的频率蓦然增强。

多么久违的亲近感。

裴星彤以前从未这样亲昵地拉过她的手，也从未这样亲昵地称呼过她。她向来傲慢无理，刁蛮任性，甚至无理取闹，何曾如此刻这般活泼磊落过。

裴影彤：“阿姐。”

裴星彤：“阿影。”

裴影彤：“阿姐……”

裴星彤：“在呢，怎么了阿影？”

裴影彤：“在呢。”

裴星彤：“哈哈！”

不论过去她们之于对方是怎样的存在，从今往后，她们是彼此生死相依的至亲。

她们现在所在的地方就是银月国都长安城门外的河边。两人拉着手进了城门，在经过几条繁花似锦的主街时，裴星彤还兴致盎然地东看看西瞧瞧，没心没肺地欣赏着沿途的街景和风土人情。

裴影彤则怀揣心事，频频打量她。景致装饰了裴星彤的眼睛，裴星彤装饰了裴影彤的心。

这样的阿姐，不再如以往般对她厌恶反感和冷漠疏离，真是上天对她的眷顾。

此刻已近午时，酒楼和面铺已人满为患，倒愈发显得旁边的药铺清冷肃静，当然，前提是如果那里没有一个瘦弱的女子在哭哭啼啼地抗拒猥亵男的话。

“本公子肯出银子买你已是格外仁慈，一个臭鞋匠的女儿还装什么清高！”

瘦弱的女子用力挣扎，眼含无限悲愤：“放开我！就是你教唆手下家奴害死我阿爹，若我委曲求全委身与你，岂能对得起他！便是死，我也不会卖给你！”

男子瞪着双眼，挥手甩出一巴掌：“小蹄子，敬酒不吃吃罚酒！居然敢顶撞本公子，今日你从也得从，不从也得从！来人，给本公子把这不识抬举的小泼妇捆回府，今晚就入洞房！”

看着那可怜的女子，裴星彤忽然想起这几日裴影彤为了给她请大夫遭受辱骂的情景，于是她禁不住挺身而出。

“阿姐，不可，”裴影彤拉住她，摇头制止，“此人是长安城中的恶霸地头蛇，早已丧尽天良，无恶不作，你切莫惹是生非！”

“放开我！我不会让你得逞的，只愿你这畜生早日遭报应！”瘦弱的女子极力忍住泪意，满面哀凄。

“哼！呵呵，好呀，如果你不肯乖乖做本公子第十八房小妾，就自我了断吧！到时本公子不仅让你死无葬身之地，还会将你那个死爹五马分尸！”

女子所有的坚持和忍耐终于在这一刻溃散无踪，颓然倒地。

听裴影彤在耳边诉说完这施暴男子的身份和脾性，裴星彤赫然走过去：“这位老爷……”四十多岁了还好意思自称公子，这人何来的自信，“朗朗乾坤，天子脚下，你这样不顾王法，强抢民女，岂不是等于无视皇权？”

既然此人是地头蛇，她就要给他扣一个无视皇权的大帽子。

果然，粗暴男子先是惊慌一瞬，随即怒目瞪向她：“哪来的黄毛丫头，居然敢管本公子的事，你知不知道我爹是谁？我爹可是长安城知府！”这丫头竟然称他为老爷，岂有此理!

“令尊就是丞相，他也不能唆使儿子知法犯法吧。”裴星彤悠悠地说。

男子没想到她一点都不畏惧自己的身份，想他可是仗着这个高官老爹横行长安城的，平民百姓哪个不是对他点头哈腰，绕道而行，怎么就出了个异类。

视线在她身上打量了一遍，他忽然桀桀地坏笑起来：“小美人，你莫不是爱慕本公子，特以此行为引起我的注意？嘿嘿，想让我放了那个没二两肉的小娘子也行……”他垂涎欲滴地走过来，“那就由你代替她做本公子的第十八房小妾！”

四周围观的人越来越多，一边看热闹，一边低声议论纷纷。

裴星彤嫌恶地退后一步，鄙夷道：“老爷，我只服气比我强大的人，想让我乖乖做你的第十八房小妾，需得你先打赢我才行。”扫视一圈他身后的家丁，她摆出无害的笑颜，“如果不想成为世人口中的笑柄，就一对一自己过来和我比试。”

“阿姐，莫要……”裴影彤蹙眉。

“别担心，这恶霸缺管教，我代替他爹娘教育教育他，”她清楚自己如今自身难保，实在不该多管闲事，“阿影，相信我，这老匹夫一看就是绣花枕头，且看我打他个满地找牙。”说罢，还淘气地冲妹妹抛个媚眼。

很难想象，以往只会自恃身份在闹市纵马打砸抢之人，此番居然也有行侠仗义的举动。

身为男子，不管是真英雄还是假英雄，都不愿意在众目睽睽之下被一个女子看扁，尤其还是他看上的女人。

粗暴男子撸袖扎步：“那就莫怪本公子不怜香惜玉了，啊哈哈。”

他威胁之词刚出口，人已经躺倒在地上，并开始鬼哭狼嚎：“哎哟哟！是哪个活腻了的杂碎敢偷袭本公子？哎哟，我的腰……”

别说是他本人，便是外围的观众也不曾看清是怎么回事。

裴星彤拍拍衣袖，把脚踩在他身上：“我这一脚下去，你府里那十七个妻妾就都要守寡了。我现在再问你，还想娶第十八房小妾吗？”

男子惊恐不已，抖着双腿讨饶：“女侠饶命，女侠饶命，李某有眼不识泰山，女侠饶命……”

长安城恶霸当街被教训，人们纷纷称快，此后茶余饭后便又多了一个话题，再不用天天闲扯云凤亡国之事了。

裴星彤望了一眼药铺，那里刚刚有个罩着薄纱斗笠的人影，从身形上看是个男子。片刻前，在她出手时，那男子瞬间弹出一颗莲子，正击中李姓恶贼的膝窝，以使她能更快地放倒他。

那位斗笠男子动作轻微快速，若不是她眼力非凡，定如其他人一般毫无察觉。

由于事出突然，她只匆匆瞥了一眼那男子清逸若仙的背影，但只是一个模糊背影，已足够令人浮想联翩。

粗暴男子夹着尾巴逃窜，人群缓缓而散，裴星彤本想给那个挨欺负的女子一些银子葬父，奈何身为亡国奴的她，口袋比脸还干净。

后来有仗义人士慷慨解囊，才解决了那女子的燃眉之急。裴星彤谢绝了她的鞠躬谢恩，牵着裴影彤急急离开。

“我面儿上长花了，还是怎么了？为何一直盯着我瞧，看我不就等于你自己照镜子，”裴星彤嬉皮笑脸地继续胡诌，“唔，我知道了，豆蔻年华的女子都有英雄情节，是不是突然很仰慕我？”

她不雅的调笑让妹妹露齿嫣然：“阿姐，原来我先前的一切不幸，竟都是为了换取现在的万幸，因为现在有你。”

裴星彤最抵不住别人使出温情牌，顿时母性泛滥，连忙心疼地安慰裴影彤：“好妹妹，以后阿姐照顾你。”一个芳华少女，自小体弱多病，又要戴着面具做人，着实惹人疼惜。

见义勇为事件最终成为一个小插曲，半晌后，两人就来到了传说中的霄王府门前。

宏伟气派的王府大门两侧，两座石狮凛然蹲立，院外红墙环护，绿柳周垂，三间垂花门楼，四面玉石游廊。朱红大门紧紧关闭着，莫名给人一种心惊胆战的感觉，不过这只能是针对别人。

裴星彤望了望高得吓人的围墙，拉着易容过的裴影彤问道：“阿影，你会不会轻功？”会轻功的话，两人飞进去就可以了，省得还得让人开门。

裴影彤明白她的意图，眸色黯然地摇摇头：“东方云霄下的毒，迫使我的内力受禁，无法施展轻功。”

“又是那个蛇蝎男，”一把撩起裙摆，裴星彤上前用力扣着铜环，“开门！开门！”他再蛇蝎，也是区区爬行动物而已。

其实，她自认有能力带着妹妹直接翻墙跃进去，关键是以前裴影彤说过她不会武功，万一被人发现了这个秘密，肯定会怀疑她的身份。

还好，叫了没几声，朱红的大门就被缓缓打开。

来开门的是个年轻小厮，一见到是她们两人，那小厮挑挑鼠豆眼，撇着嘴道：“我当是谁呢，原来是云凤国水性杨花的小荡妇啊！你竟然还有脸回来！”

裴星彤早做好了上刀山下火海的心理准备，况且她脸皮厚实，断然不会因外人一句辱骂就恼羞成怒。

于是，她利落地按住身侧冲上前的裴影彤，淡淡地勾起唇角，表情无辜又无害：“哎呀，真是有什么主子就有什么狗啊！我是荡妇又怎样？你放心，我再荡也永远都不会荡到你这个贼眉鼠眼的看门狗那里去！赶紧给我滚开，瞧着你这副‘尊容’，我连昨晚的饭都能吐给你！”

还没进门就被人叫作荡妇，她到底荡谁了啊？

鼠豆眼的小厮怒不可遏：“你你你，你个荡妇！人尽可夫的小贱蹄子，活该你国破家亡！”

感觉身侧裴影彤的手掌倏然收紧，裴星彤眯起冷厉的双眸，镇定自若地启口：“你这个进化不完全的生命体，化粪池堵塞的凶手，阴阳失调的黑猩猩，和蟑螂共存活的超个体，生命力腐烂的半植物，每天退化三次的活恐龙！”

气势汹汹上前一步，她没温度地冷笑：“想和我比骂人是吧，姐姐我是能文能武的典范，这就进去恭候你！你且记住，骂人千万别带脏字，别重复词儿！“

小厮目瞪口呆，即将吐血三碗。

那小厮被她堵得还没反应过来，裴星彤已然一把推开他的身体，拉着裴影彤大摇大摆地往里面走。

不知者无畏，估计就是指她这样的。

随着她们身影的出现，霄王府里忙碌有序的家丁和丫鬟们都纷纷停下动作，愣愣地看着昂首阔步、一身匪气的裴星彤。

有个词儿叫什么来着，哦，是“一日不见，如隔三秋”，不对，是“士别三日，当刮目相看”。

众目睽睽之下，裴星彤没有丝毫停留，依然不以为意地拉着裴影彤的手往里面走，好像被当猴看的并不是她。

“哎呀！你瞧你瞧，那个不知羞耻的阶下囚竟然还没死！”终于有人从惊讶中缓过神儿来，开始指指点点。

“是啊，是啊！做出那样下贱的事竟然还有脸回来。”

“本性难移嘛！据说在前云凤国的时候就不检点，既阴险又恶毒，是有名的蛇蝎心肠。”

“就是，瞧那副不可一世的样子，哼！还当自己是相府千金小姐呢！”

“就这副水性杨花的德行竟然还妄想爬上咱们王爷的床，也不掂掂自己有几两重，简直是痴人说梦！”

虽然下人们声音很小，但那些既难听又怨毒的话正是清晰地传到了姐妹俩耳中。

裴星彤无奈地哀叹着，她之前到底发生过什么事啊，竟然被一群下人说得如此不堪。

左一个贱人，右一个荡妇的，如果他们所言属实的话，她活得也太具有悲剧色彩了。

辱骂之词依然不绝于耳，裴影彤的手越握越紧，裴星彤安慰性地捏捏她的手指，轻松自若地笑语道：“阿影，且让她们说去好了，反正不疼不痒，又不会少块肉，左耳进右耳出便是。”

权当他们在妄议别人好了，人家有那么多张嘴，她想骂也骂不过来。

再说了，这阶下囚的身份似乎也容不得她为自己申冤正名。她现在尚未弄明白那个卑鄙的东方云霄到底是哪路货色，在那之前，她最好是静观其变。

不然，如此敌强我弱之局势下，稍微有什么地方不注意，那可是要掉脑袋的。

她掉了脑袋无所谓，可旁边这位妹妹顶着与她同样的面容，她实在没办法眼睁睁看着另一个自己被咔嚓掉，那情景太考验人心理了。

既然那个蛇蝎东方云霄视她们的命如草芥，那么，最好能在要来解药后，大家好聚好散。她现在什么都不知道，自然不用惦记着报仇雪恨什么的，人身安全才最重要。

正在裴星彤神游之际，一股刺鼻的香风袭来，一个骄纵而凌厉的声音，赫然灌入耳内：“哟！这不是裴姐姐嘛？”

前方是一位身着水粉色华贵纱裙的女子，也是十七八岁的模样，美则美矣，只是那脸上昭然若揭的鄙夷和傲慢之色，让裴星彤很不舒服。

瞧她那可以称之为暴露的衣着，与传说中的胡人有异曲同工之妙，够勇气。中原女子在穿着上都是扒着布料找胸部，可眼前这位女子却是扒着胸部找布料，啧啧，佩服佩服！

裴星彤装作不明所以地转头四下看看，又指指自己鼻尖浅笑着：“你在跟我说话呢吗？谁是你姐姐啊，本姑娘跟你不熟，别叫得如此亲热！”

那骄纵女子当下黑了一张俏脸，咬牙切齿地哼声说道：“莫要给你脸不要脸！真当自己还是相府的小姐呢，分明是一个下贱的荡妇！”

裴星彤微微眯起美瞳，冷然扯动着唇角：“呵呵，下贱的荡妇？我是抢你丈夫了，还是拐走你情人了？莫不会是，抱着你相好的跳井了？”

“你……好你个歹毒的贱人！”女子被气得鼻歪脸青，猛然举起巴掌就要挥过来。

裴星彤微微挑眉，嘲讽地扬起唇角，就凭她还想动手，自不量力而已。她眼疾手快地擒住女子的手腕，冷嗤：“姑娘，别说不过就动手，名门闺秀断然不会有此举！我劝你现在最好还是冷静些，不要破坏了你‘温良贤淑’的妙人形象。”

她清冽的美瞳不经意间越过女子的肩头，瞥了一眼树干后飘出的一抹衣袂，裴星彤不屑地撇撇嘴，豁然凑近女子耳边，忍受着她身上那股令人想打喷嚏的刺鼻香味，似笑非笑着低语：“我好心提醒你，最好赶紧人不知鬼不觉地瘫倒在地，做出一副被我推倒的无辜模样，兴许会被疼惜佳人的情哥哥发现，以为你被我伤害了，会对你呵护备至。呵呵，怎么样，我很慈悲吧。”忽然感觉自己头顶笼罩着一注无形的佛光。

那女子不可思议地瞪着裴星彤，拉扯着被她束缚的手腕：“你……你不可理喻！松开你的脏手，啊啊！”

裴星彤不以为意地挺挺胸膛，松开她的手腕，粲然一笑：“既然你自己不愿抓住良机，可就别怪我没提醒过你哦！”

一得到自由，蛮横女子便退后一步，语气生冷地威胁道：“哼！裴星彤，你现在只是个亡国奴，在这霄王府里，我若想要你死，比捏死一只蚂蚁还容易！”

“哎呀呀，你好心狠啊！连小小蚂蚁都舍得捏死吗？原来这里是毒物汇集地，专产蛇蝎。”裴星彤缩着脖子故意做出一副“我好怕”的表情。

女子扬起美丽的脸庞，满眼不屑地冷笑：“裴星彤，你在跟我装善良吗？你自己有多恶毒多阴狠，难道你不知道？”

裴星彤耸耸肩，浅笑吟吟着弯起眉眼：“善良？我对你用得着善良吗？不过，我确实从未捏死过蚂蚁，因为死在我手上的都是……人！”最后一个字她说得极轻，轻到只可以感觉到她吐出了一缕空气，轻到可以感到她有多无害。可是，有多无害，就有多可畏！

吹牛皮不犯法吧。

“死在你手上的人确实不少，可偏偏最该死的你却又这般命大，居然还可以活着回来。”随着对面跋扈女子忽然扬起的妖娆媚笑，一个冷峻中带着迷人磁性的声音，赫然响于身后。

裴星彤的身子蓦然激灵一下，小心肝被吓得扑通扑通乱跳，冷汗也顺着额际一路狂流。

这家伙的功夫也太好了吧，刚刚还隐匿在树后，何时飘到她后面的？她都没有察觉到，看来不太好对付啊。

忽然不太敢吹牛皮了。

想来身后的这个男人，便应该是这王府的主人——东方云霄——蛇蝎男。

裴星彤刻意睁大双眸，她倒是要瞧瞧这个虐待俘虏的王爷到底是个什么人物。

然而，在她转过身去的一刹那，万物皆静止了……

裴星彤似乎只能听到自己的心跳声，其他的完全被屏蔽在思绪之外了。

这是怎样一个俊美的男人啊！面如冠玉，凤眸星目，挺直的鼻梁，薄削的双唇，整个五官是那么的俊美绝伦！让人找不到一点瑕疵。

他身着褐色祥云纹纱锦袍，同色的金丝云缎腰带将他颀长的身体修饰得更加健硕与挺拔。而褐色也将他冷峻的脸庞衬托得愈发阴沉和拒人于千里之外。

但他气质高洁，神思间隐匿着一抹邪魅，矛盾而和谐地凝融在一起。

就在裴星彤暗自感慨他俊美非凡的外貌时，忽然觉得胸口十分憋闷，脑子里同时闪过一些莫名其妙的画面。

她深幽的美眸再次凝视着东方云霄的脸，一股掺杂着眷恋和怨恨的复杂情绪，将她的胸口胀得生疼。

那是被心爱之人厌恶和疏离的不甘。

那是被心爱之人灭国和弑亲的怨恨。

那是……属于以往的裴星彤对东方云霄的感觉，是爱，也是劫。

心尖上瞬间散开了像烟花坠落般的苍凉，连呼吸都带着钝痛的感觉。

在见到他的一刹那，属于以往裴星彤的记忆犹如破碎纸屑般，纷乱地萦绕在她的脑海里。

那复杂情绪中潜藏了太多的不甘、太多的迷恋、太多的幽怨……总之，那满腔的爱恨情仇都在此刻一股脑儿地奔涌而出，连属于那个裴星彤的切肤之痛，她都可以清晰地感觉到。

“星彤！你怎么了？”裴影彤一把扶住捂着胸口有些踉跄的裴星彤。

裴影彤担忧的声音一下子将陷入迷幻感觉中的裴星彤唤醒，她立即稳住身形，蓦然闭上眼睛，调整着紊乱的呼吸。

好奇怪，她刚才竟然被莫名其妙的感觉和情绪左右了！看来是东方云霄的出现，激起了她某些潜意识的反应。

深呼吸后，她对裴影彤安心一笑，无所谓地摊摊手：“阿影，我没事，不小心被俊男晃到了眼睛而已。”说罢，纤细的手指便缓缓抹掉眼角的清凉，呵呵，竟然流泪了！

如此便可以看出，她对东方云霄的爱恋，已然到了多么令人感叹和惋惜的地步。

落花有意，流水无情，终归是得不到回应的一场空而已……

羽睫煽动几下，眼帘再次掀起时，入目的就是东方云霄冷漠而嫌恶的眼神。

裴星彤定定地凝视着眼前俊美无比的男人。虽然她已记不清以往的事情，但这个身体中还潜藏着，所以，她在看向东方云霄时，胸口不停地跳动着爱慕的旋律。

敛起心神，再次深呼吸一下，她气定神闲地扬起唇角：“老话儿说得好，好人不长命，祸害遗千年。抱歉了东方云霄，此番未能如你的意，你还活着，我怎么可以死？我活着，而且要一如既往地……活下去！”

东方云霄冷峻的瞳眸微微闪过一丝诧异，但转瞬即逝：“活下去？好啊！本王就让你好好地活下去！”他一字一句地说着，那冷寒语气中带着骇人的狠绝。

“来人！立即将贱人裴星彤拿下！她在王府为奴之际，不甘寂寞，与家丁私通，淫贱至极！按照王府的规矩，杖责五十！”幽冷的声音像从地狱里传来一般，蕴含着萧索的冷漠与决绝。

“是！”两名家丁立即应声上前，将裴星彤的双臂紧紧捉住。

第二章 洗脚生涯

“星彤！”裴影彤焦急地上前想拉开那两个家丁，却因不能施展内力与武功而被健壮的家丁轻易推倒在地。

她清澈的眸子中凝聚起冷戾的寒芒，怒视着东方云霄：“放开她！”

东方云霄冷漠地弯起唇角：“一个卑贱的丑丫头也敢命令本王，将她也捆起来！”

裴星彤摸了摸额头，试图把蹦起来的青筋用力按回去：“东方云霄！你放过她吧，我们两人间的恩怨不要牵扯上不相关之人。”她轻浅地扯动一下唇角，神色泰然自若。

此时她脑海中不停闪现着两人之间过往的纠葛和恩怨，也让她明白了，东方云霄为何会对她那么厌恶和愤恨，以至将她当作俘虏带回银月，从而对她百般羞辱和折磨。

也或许，他的目的是先让她生不如死。

东方云霄微微眯起冰冷的凤眸，凛然上前一步，低头冷哼：“你又在耍什么诡计？”眼前的裴星彤让他有种陌生和奇怪的感觉。

裴星彤眉目流转，唇角扬起优美的弧度，吐气如兰：“诡计没有，只是想问问王爷有何证据能证明我与下人私通？人证及物证何在？”

他幽寒的瞳眸一眨不眨地盯着眼前的人，双唇紧紧地绷着。

片刻后，东方云霄邪肆地朗声大笑：“哈哈！人证物证？这王府里的每个人都是人证！物证嘛……就是你那残破不堪的身体啊！”

不理会周围下人的耻笑声和窃窃私语，她清冷地一笑：“呵呵，真正的人证……恐怕早已被你灭口去见阎王了吧！难道王爷不明白这必不可少的人证是谁吗？”这是赤裸裸的陷害，而操纵者就是他。

裴星彤对东方云霄一往情深，痴恋不已，怎么会因为沦落为亡国奴就去与一个家丁私通呢！

记忆碎片告诉她，三日前那个夜晚，她是莫名其妙地被人敲晕，而一早醒来后，就被人发现与一个家丁赤身裸体地躺在一起。

这分明就是这个东方云霄所为，他不仅要她死，还要让她背着荡妇的名声含恨而死，可见他有多么厌恶裴星彤。

“表哥，与这个贱人多说无益，待这板子挨下去后，她自然就什么都承认了！”满身香气的女子腻歪在东方云霄身旁，眼底的怨毒表露无遗。

呵，这不是强行逼供、屈打成招嘛，裴星彤愤怒地瞪着她。

东方云霄向后一步，不经意地避开那女子有些暴露的身体：“既然若兰说了，那么，就给本王认真地打！”

裴星彤冷傲地抬头，唇角依然保持着浅浅的笑痕，任由家丁将她的身体按趴在硬板凳上。

即便心里很怕，也得在敌人面前表现得有骨气些。

萧冷的空气渐渐凝结……

“啪！”

随着响亮的木板接触肉身的声音，裴星彤努力咬紧牙关。

老天，书籍不欺人，多么经典的弱女子惨遭木板子的戏码呀！这种情况下，一般不是都会适时地出现一位风华绝代的美男鼎力相救吗？

她忍，木板子算什么？国破家亡都经历过，区区一顿打算什么！可关键是这五十板子下去，她不仅会屁股开花还得搭进去大半条命。

如此，明日的阳光还能否照到她身上？

“星彤，星彤！放开我！不要打她啊！”裴影彤双手被捆住，撕心裂肺地呐喊着。

那一刻，她像个无助的孩子，眼神中尽是悲伤。

裴星彤微微扭过头，颤着双唇，努力弯起眉眼：“阿影……不要难过，我……扛得住！”

那笑容看似恬淡凄静，却有着暖心的和煦。

随着一声声皮开肉绽的声音，空气中渐渐充斥着血腥的味道。

而裴星彤却是从始至终连吭都没有吭一声，只有那紧紧抿在一起的苍白双唇，显示出了她极度的隐忍，也彰显了她骨子里的清傲和坦然。

又有几个男人能做到如此呢？

裴影彤微颤着双唇，那板子打在裴星彤身上，却比打在她自己身上还要让她钝痛。

不忍看这样令人痛心疾首的场面，可眼睛却怎么也离不开正在承受痛苦的裴星彤，眸光就像是黏在了她身上一般。

再也无法看下去，她拼尽全力挣脱按压着她身体的家丁，扑到已经抬不起头的裴星彤身上："星彤！星彤！"

没有一丝放水嫌疑的板子，就这样继续落在了裴影彤的身上。

东方云霄从容自若地欣赏着这样令他无比快意的场面，斜睨着为裴星彤挡板子的裴影彤，冷蔑一笑："既然你也想挨板子，那本王就成全你！来人……"

"……东方……云霄，不要……伤害她，她是无辜的……咳咳！"意识不清的裴星彤断断续续地开口阻止，却因干哑的喉间突然灌入了空气而不停地干咳着。

东方云霄翩然一跃，矫健的身体已落在她跟前，推开用身体为她挡板子的裴影彤，一把揪住裴星彤的衣领，阴沉的脸上满是决绝冰冷。

他颤声道："无辜？亏你还知道有这样一个词，当你毫无顾忌地杀害凝香时，你可曾想到她是无辜的！你现在竟然还敢在我面前说无辜！哈哈！你对一个卑贱的婢女如此善心，到底是你良心发现还是故弄玄虚？"

竭尽力气，她颤着牙关冷笑道："可你杀了我，她……也回不来了。"

裴星彤那丢失的记忆碎片再次倾泻灌入她的脑海，她终于知道了关于他们之间的恩怨纠葛。

前云凤国本是一个强大的国家，为了两国间的和平共处，身为银月三皇子的东方云霄自从十岁起便被送往云凤做质子。

以前的裴星彤经常随父出入宫廷，一直十分喜欢东方云霄，一门心思想要嫁给他，甚至为了得到他的回应而无所不用其极。

但东方云霄却只喜欢他的表妹凝香，对死缠烂打的裴星彤厌烦至极。

后来，裴星彤便暗害了他心爱的女子，让东方云霄更是对她无比怨恨。

那记忆碎片同时也告诉她，那所谓的暗害，并不是裴星彤所为，她只是个替罪羊！或者说，那是有人嫁祸给她的。

然而，这一切她现在已经不想告诉东方云霄，因为他不会相信。

夜风萧萧，树枝晃动，月影婆娑。

微风透过破烂的木窗，吹入满是霉烂味的柴房。

"唔……"拧着眉头轻哼一声，裴星彤缓缓睁开眼眸。

"星彤，你醒了！"将她抱在怀里的裴影彤欣喜盯着她因失血过多而苍白的脸。

稍微扭动一下，那火辣辣的屁股就开始泛起刺骨的疼痛，蛇蝎东方云霄真够狠的。

她记得她之所以晕了过去，是因为东方云霄狠狠地赏了她一个巴掌。

她长这么大可从来没挨过巴掌，今天倒是让东方云霄给占了头彩。她这人可是小心眼，记仇得很，如若有机会她一定会原原本本地还给他！

真是男神外表，蛇蝎心肠。

“星彤莫要动，会扯开伤口的，”将她整个人抱在怀里的裴影彤腾出一只手，把水杯凑到她嘴边，满面疼惜，“饮些水，润润嗓子吧。”

裴星彤心头淌过一股暖流，缓缓喝下一口水，嘟着嘴说：“有妹妹就是好！”

裴影彤柔声安慰：“阿姐莫要难过，你放心，我已经知道东方云霄把解药放在何处，待解药拿到手，我们就离开此处好不好？所以，在离开这里之前，你一定要自顾周全。”

看出裴影彤的担忧和心疼，裴星彤忍着疼痛，笑意盈盈：“好，离开之前我们都要好好的！对了阿影，你的身上疼吗？我帮你揉揉吧。”说着，莹白双手便开始拉扯着裴影彤的外衫。

裴影彤连忙捉住她美玉般的手，微红着脸说道：“……我不疼，我只是恼恨自己不能保护你，也不能替你承受痛苦。”

裴星彤粲然一笑，挥舞着手捶捶自己胸口，安慰她：“呵呵……你瞧我壮得像头牛似的，这点皮外伤算不了什么的！哎哟……我的屁股……”由于动作太大牵扯到了伤口，她惊呼一声。

裴影彤微微将她的身子搂紧一些，有些不敢直视她的眼睛，忽然浅声问她：“阿姐……你还是很喜欢他吗？”

微愣了一下，裴星彤后知后觉地反应过来：“哦，你是说东方云霄吗？呵呵……他那么俊美，我当然喜欢啊！”反正是俊男她都喜欢，不过东方云霄竟敢把她打成这副德性，她定然会报仇的，等报仇之后再喜欢，哼！

裴影彤眸色黯然，低垂着头：“……阿姐为何一定要喜欢他呢？他是我们的敌人。”她的声音很低，像是在自言自语。

可窝在她怀里的裴星彤还是听到了，双手攀上裴影彤的脖子，好了伤疤忘了疼地耸耸肩：“丫头，样貌俊美的男人谁不喜欢啊，不过东方云霄那阴狠暴戾的性子，就有些差强人意了。要是既样貌俊逸，又性格温润亲和就好了……呵呵。”

毕竟爱美之心人皆有之嘛。

“阿影，你不想嫁人吗？你喜欢谁？”为了缓和气氛，裴星彤开始找话题。

“阿姐，我不能嫁人的。”裴影彤有些言辞闪烁。

裴星彤贼贼地笑看着她，拉着长音玩味道：“哦……害什么羞嘛！都有喜欢的人了，还说不能嫁人，难道你想要一辈子跟着阿姐不成？唉，先说好啊，你我容貌已经一样了，以后万不能和我喜欢同一个人啊。”

裴影彤微愣，随即拧紧眉头，一眨不眨地盯着裴星彤明媚的眼眸：“我自然不会和阿姐喜欢同一个人，所以我们一辈子在一起不可以吗？你会……抛下我吗？”

如今的阿姐终于让她体会到那种曾经可望而不可即的亲情，此世间已只剩下她们至亲二人，她希望能够永远沉溺在这来之不易的温情中。

老天爷让她失去一些东西，也赐给了她一些意外的东西。

她认真和无措的表情让裴星彤心中一震，自己是她唯一的亲人了，刚刚经历了亡国和丧亲之痛，自己就是她全部的依赖啊。

裴星彤连忙紧紧握住她温热的手，眉眼如弯月：“我们是相依为命的亲姐妹，我怎么可能抛下你呢！”

裴影彤缓缓扬起好看的唇角，绽放出一个美丽至极的笑容：“我信你，阿姐。”

晨曦透过木窗洒落在裴星彤娇美的睡颜上，那淡淡的金黄色，将她的容颜映衬得格外恬静，也让那份可爱的慵懒散发着迷人的风情。

一身锦衣华服的男子抬起脚尖踢在她身上，冷峻的瞳眸斜睨着她十分不优雅的睡姿：“起来！”

裴星彤吧唧吧唧嘴，依然紧闭着眼睛，伸手挠挠脸蛋：“知道知道，姿势不对，躺着重睡。我今天不用起早的！”声音越来越小，显然是又继续梦周公去了。

东方云霄微微收缩冷峻的瞳眸，再次踢了一下她的屁股，厉声道：“起来！”

“啊！”裴星彤惊嚎一声，利落地跳起来，身体下意识地摆出还击动作。

在看到对方俊美的容颜时，她及时收回自己的招式，咬牙切齿道：“你在做什么！姐姐我屁股刚挨了板子……”话说到此，她口中的声音戛然而止。

无辜地眨眨眼睛，脑子里迅速地分析着面前的形势。

哀哉！面前这个恶狠狠的蛇蝎男人正是她的仇人加主人。

脑中思绪百转千回，她见风使舵地赔上笑脸：“嘿嘿……不好意思啊王爷，误会，呵呵……全是误会。”

东方云霄幽冷的凤眸目不转睛地审视着一脸谄媚的裴星彤，像是在审视她的一举一动。嘲讽地扯动双唇：“死过一回的人，着实可以转性吗？”明明就是同一个人，言行举止看起来却愈发觉得不对劲。

他不提还好，经他这一提醒，这满腔的新仇旧恨便一股脑儿地涌了上来。裴星彤咬着下唇，愤恨地瞪向不可一世的俊美男子：“转不转性关你何事！你这个自命清高、冷血无情的恶魔，姐姐我现在不稀罕你了！”

东方云霄也瞪向叉着腰的她，两人就这样互相瞪视着，空气仿佛都被他们之间的寒流冻结了一般，冰寒至极。

半晌后，裴星彤挫败地揉揉眼睛：“嘿，你赢了，我服了你了，你眼睛都不会发酸的吗？”为什么她都眨了无数次眼睛了，他的眼帘依旧是纹丝不动。

火眼金睛便是如此修炼成的吗？

她将手小心翼翼地探向火燎燎的屁股，奇怪，她妹妹裴影彤呢？

将破旧狭小的柴房环顾一圈，她急切地瞥向俊美男子：“喂，东方云霄，我妹妹呢？唔，我的贴身丫头呢？”

东方云霄寒冽一笑，跨后一步，退出灰秃秃的柴房，弹掉落在身上的细微灰尘：“她胆敢擅自偷溜进书房，你说……本王该如何处置那个贱婢的偷盗行为？”

听闻他此言，裴星彤脸上顿时浮现出惊讶的僵硬表情。

坏了，她妹妹肯定是去偷解药，而被东方云霄逮到了。唉，真是屋漏偏逢连夜雨啊！

她上前一步，拉住东方云霄的衣袖：“东方云霄，是我指使她的，你放过她吧，我愿意代替她受罚。”

东方云霄无视她的乞求，俯首扯唇嗤笑：“你代替她？偷盗行为可是要掉脑袋的。”

他冷漠的表情让裴星彤心中大急，一把握上他的大手：“王爷，我求你了，别杀她啊！她算是我唯一的亲人了，你大人有大量就放过她吧，我真的愿意代替她！”死过一回的人早已不惧生死，死总比生不如死好太多。

世上就是有这样一种人，不怕死，但怕疼。

东方云霄微愣，只觉手间像是传来了一股酥麻，那细腻柔滑的触感，舒适而美妙，让人有想要永远握住的冲动。

真真是奇怪，以前如此厌恶她，看上一眼都会气血倒流，现在怎会有这种感觉。他瞳眸微微半眯，依然冷着脸：“难道你就不怕死吗？昨日不是还信誓旦旦地说要好好活着，祸害遗千年吗。”

裴星彤赫然松开莹白双手，拍着自己的胸口道：“我怕，我当然怕死！不过，你早晚会取了我这条命，若能换回她的命，也算没白死，值得了。”她不怕死，就怕眼前这男人让她和裴影彤生不如死。

手间失去那美妙绝伦的触感，心头忽然划过一抹怅然若失，东方云霄冷睨着她白皙的双手：“你想死，本王偏就不如你的愿！”

冷眸不经意地瞥着她纯美的双眸，那里，不再有熟悉的神色，没有了对他的满怀倾慕，没有了对他的占有欲，没有了对他的势在必得，没有了很多东西，却多了一些以前不曾有的东西。

之前的一切，仿佛被风吹过的云烟般，在她的眼中消失得无影无踪，毫无一丝熟悉的痕迹。

仿佛，她已不是她。

"那你想怎样？只要你放过她，让我给你做牛做马都可以！"她满眼期许地看着他。

"你本来就是我的牛和马了……"我的？他对她不是厌恶至极吗？

迅速收回紊乱的思绪，东方云霄唇角再次扬起寒冽的弧度："既然你自愿代替她，那么，就用你的双手还吧！"

裴星彤下意识地将双手缩回背后，看来他不让她死确实是因为想让她生不如死。天下怎会有如此蛇蝎心肠的男人！

她皱起鼻子撇着嘴："啊？剁掉双手，那还不如直接杀了我呢。"笑话，没了手，她怎么活！

东方云霄挑挑眉，忽然扬起一个清爽的笑容，在云凤做质子的时候，她恬不知耻地纠缠了他三年，却从未有过今天这样看起来有些可爱的表情。

"用你的双手，给本王洗脚！"抛下这句话后，他急速离开。

"什么？洗脚？"裴星彤狠狠地瞪着东方云霄远去的背影，紧抿着双唇，他用一副皇恩浩荡的语气，说出这么不要脸的话，分明是在羞辱她！

头可断，血可流，亡国奴气概不能丢。

懊恼地踢了一脚脚下的干柴："洗脚是吧，好好好，洗就洗！"

苦着脸捂着屁股，被此等"妙人"气得屁股疼。

人在屋檐下，不得不低头。

当裴星彤端着撒了玫瑰花瓣的木制足浴盆，出现在东方云霄面前时，正在翻阅文案的他微微眯起冷峻的双眸："你打算清晨就给本王洗脚？"这简直是天下奇谈。

裴星彤尽量表现出一副恭谨的模样，窝火地抿着嘴，将足浴盆放在软榻下方，伸出一只手，对一身淡青色云缎锦袍的俊美男子做个请的姿势："王爷，没人规定必须晚上洗脚，我只是想尽快投入角色而已。"

东方云霄盯着温水面上那些娇艳飘香的玫瑰花瓣，眉心已然拧成了一座小山。

修长的手指缓缓抬起，他将食指掩在唇鼻间，是玫瑰花……

瞳眸急剧收缩的刹那，他幽深的凤眸中随即迸出一股寒冽的锋芒。心下微惑，眸光再次转向面无表情的裴星彤，那清澈的眼底没有一丝故弄玄虚的慌乱。

那么，是她真的忘记了吗？

收敛心神，他缓缓放下手："即便是你救人心切，也不至于急到如此地步吧。"

哪那么多废话！她说道："王爷心地慈悲，不至于跟个偷盗未遂的小丫头计较。我早些代她受罚，还望王爷早些放了她。"

东方云霄精深的瞳眸锁在她低眉顺目的脸上，怎么也无法从那纯净的眼里瞧出什么端倪。他冷笑："呵呵，心地慈悲？把你变成国破家散的奴隶，你也可以如此坦然面对我吗？"

说罢，他起身上前一步，斜睨一眼那娇艳的玫瑰花瓣，神韵幽寒地冷嘲道："又或者，你是在欲擒故纵吧，变着歪门邪道的法子，就是想引起我的注意？难道你对本王还不死心？"

裴星彤没有忽略掉东方云霄见到那玫瑰花瓣那一瞬间的诧异和排斥，她心中充满疑惑，玫瑰花有什么问题吗？

冷睨他一眼，此人何来的自信！什么叫欲擒故纵、歪门邪道啊！皇亲贵胄不是都很喜欢花瓣浴吗？

一大早，她特意去向杂事房的丫鬟要花瓣，可是她们都对她横眉冷对、嘲讽讥笑，根本不给她。

后来，那个"扒着胸部找布料"的若兰路过那里，看到她端着足浴盆，不知道是不是出门忘吃药了，突然大发善心地告诉她后院有一片玫瑰园，花开得正盛，让她去采。

而她则很不领情地冷哼一声，甩给了那个不怕冷的若兰一记冷屁股后，就颠颠儿地跑去摘花瓣了。没错，谁规定好人不能小肚鸡肠，她可是还记着昨天的仇呢，别以为突然鬼使神差地发一次善心就可以求到她的原谅！

可目前看来，貌似是拍马屁拍到马蹄子上了，难道东方云霄不喜欢玫瑰花？

若兰你个坏东西。

正在她发呆的时候，青色华贵锦袍的俊美男子已然移身坐到了软榻上，一副坐等服务的模样。

裴星彤将眼帘垂下，将她晶亮的瞳眸掩盖起来，磨蹭了半天，最后很不情愿地跪在软榻前，因为屁股疼，所以她实在是没法蹲着。

心不在焉地将东方云霄的布帛靴脱下，他白皙而修长的双足便暴露在空气中。

据说，女子的脚只能让自己的夫君看到，不知道男人的脚有没有什么说道，估计是可以让全天下女子随便看吧。

这可不公平。

“连本王的脚也这般喜欢吗？”冷淡的揶揄声从脑袋上方传来。

此言一出，惊得裴星彤目瞪口呆。

“喜欢你的脚？”尖声惊诧后，裴星彤咬着牙启口，“喜欢！喜欢死了！”真是被气到了。

她气呼呼地，用力将他的双足按进足浴盆内，毫无章法和规律地揉搓起来。

“你确定你不是在泄愤？”他挑眉，幽冷的话语中带着半分玩味。

“不确定！”同样是没有什么温度的声音。

东方云霄静静地盯着她头顶，有一丝恍惚的感觉划过心头，说不清道不明。接着，他极力隐忍着脚上传来的刺痛及微痒，一把抓过她的如瀑长发，毫不怜惜地将她的脑袋提到自己面前：“你真是懂得如何轻易地激怒我！”

好疼，这个忽晴忽阴的混蛋！

裴星彤咬牙发愣，天地良心，她最不想激怒的就是这位有暴力倾向的仁兄啊：“你自己阴晴不定，凭什么全怨我？松手啊你！”最瞧不起那种说不上三句话就直接动手的男人。

东方云霄一脚踢开木盆：“如果你之前对本王一直不知羞耻的纠缠是真心实意的话，那么现在这样，又算什么？”

裴星彤发现，他俩只要凑在一块，发生的根本不是故事，而是事故。

不理会他无缘无故的抽风行为，裴星彤缓缓扒开他扯着她头发的大手，毫无诚意地冷睨他的俊脸一眼，又继续垂下脑袋，兀自慢悠悠地揉搓着足浴盆里面的白皙双足。

随着她的手在水里搓动，足浴盆水面上的玫瑰花瓣的味道更加香浓，整个房间的空气中都弥漫着一股惬意的芬芳。

浓郁的香气使得一个人渐渐地迷醉其中，也使得一个人在生生地咬牙忍耐。

半晌后，当裴星彤把东方云霄的双脚从足浴木盆里捞出来的时候，她真是惊呆了，慌乱了。

之前那原本白皙而修长的双足，此时已变成了红肿的大胖虾。

她心口微颤，抬头对上他因隐忍而紧皱着的眉头，诧异地惊呼出声：“天啊！怎么……怎么会这样？”

东方云霄幽深的凤眸逐渐眯成一条噙着寒戾的细缝，冷嗤一声：“为何会变成如此，难道还要问我吗？你是真的忘记了，还是在……装傻充愣？裴星彤！”

裴星彤眨眼，好看的秀眉微微蹙起，美眸溢满困惑，这……

一言难尽啊……

她连忙伸手拽过一条柔软的锦帕，轻轻地将他红肿的双足擦拭干净。仔细端详了那可怜的双足一会儿，然后端起依然玫瑰花香味四溢的足浴盆向外走去。

在走至门口时，她顿住前行的身体，微微侧首，仍是低垂着眼帘："东方云霄……对不起啊，下次不会了。我去取些消肿的药粉来……"

东方云霄的瞳眸紧紧盯着那渐行渐远的窈窕身影，心头在不经意间已蒙上了一层疑惑。

一天过去了，东方云霄的双脚虽然已经消肿，但仍旧有些淡粉色的痕迹，像一朵朵绽放的红梅般，浮现在皮肤上。

到了夜晚，东方云霄依然没有放回裴影彤，也不告知裴星彤她被关在了哪里。裴星彤虽然心里暗自着急，但只要裴影彤没什么危险就好。

第一天就把人家的脚给洗肿了，人家会发善心放了裴影彤才怪。时运背也！

轻风擦过树叶，使得树叶像一群快乐的孩子般，兴奋地摇曳着身体。

裴星彤捶捶酸痛的肩膀，只干了一天苦力，就浑身难受，看来她若想拥有灵活矫健的身手，还得多练练才行。

摸摸空荡荡的肚子，她心下一阵哀叹，那群丫鬟小厮和家丁，一个个都像她的冤家似的，不仅不顾及她刚被用刑的屁股，挑最苦最累的活让她干，还不让她吃饱。

饥寒交迫形容的便是她现在这个境况。

月黑风高夜，一个穿着丫鬟服的身影正猫着腰从柴房内走出来，鬼鬼祟祟潜入到夜色当中，她四下张望了一圈，便悄悄地向后院而去。

没错，此人就是饿得两眼一抹黑的裴星彤。

因为饿得实在难受，她打算趁着夜深人静，偷偷到厨房找些能充饥的东西。

厨房在王府的后院，从柴房出来后，她必须要经过那片有些诡异的玫瑰园才能到达厨房。说玫瑰园诡异，是因为它是霄王府内种植的唯一一种花。

虽然已是夜晚，但王府内依然有值夜岗的侍卫来回巡逻，她只得在玫瑰园内悄悄穿行。

倏然，只听到嘶啦一声，裴星彤立即停住，扶额窝火："就这么一身衣服，还给我刮掉块衣角！"一边恼火地发泄，一边将被刮在玫瑰花茎上的裙摆拽回。

正欲继续开溜时，她忽然停下脚步，对着破坏她裙摆的玫瑰花愣怔发呆。

玫瑰花……

东方云霄那双红肿的脚，赫然掠过脑海。

他的皮肤明明就是对花粉过敏，按理说，这霄王府内应该不会出现任何一种花才对，可为何这后院却独独种了这么一片玫瑰花园呢？他不至于蠢到给自己找罪受啊，还是说有什么不可告人的秘密。

脑中似乎有什么模糊的答案正在跃跃欲出，可就是想不起来，越想脑袋越痛，裴星彤揉揉太阳穴：“关我何事，爱为什么就为什么去！已经饿得没心情瞎操心了……”

摸摸不断唱空城计的肚子，她再次猫下腰，向目的地悄悄潜去。

终于到达厨房时，她睁大冒着兴奋光芒的双眸，暗自贼笑。

哼！你们不给我东西吃，我就自己找吃的，还能被饿死不成！

小心谨慎地环顾一周，她轻轻推开厨房的木窗，爬了进去。唉，若不是饿得身子直打晃，脚也发飘，她一下子就跳进来了，哪里会用爬这么有失尊严的动作！

双脚悄无声息地落地，借着微弱的月光，她搓搓双手又吞了吞口水，典型一副垂涎欲滴的寒酸模样。

伸出手，她喜滋滋地掀开锅盖……

然而，当沉重的锅盖被掀开后，她就傻眼了：“怎会如此？连个米汤都没有！”

不死心地继续打开另外两口大锅，依然是空空如也。

见到此情此景，裴星彤只能挫败地顺着墙根瘫坐在地上。屁股上立即传来了火辣辣的灼痛，可她已经没有力气理会了。

顺手抓过一根小柴棍，她开始在地面上兴致盎然地划拉着，一边划拉还一边吸口水，喃喃自语着：“我的红烧肉，我的烤鸭，我的……”

窗外，微风徐徐地摇晃着树影，而树影则懒懒地掩盖着飘飞的青色衣袂，一切都静如止水。

突然，黑漆漆的厨房内响起了一个突兀的声音，裴星彤画饼充饥的动作也戛然而止。

她下意识地从怀中摸出一支弹弓，顺手又捡起一颗石子，对准发出声响的方向，压着嗓音轻声喝道：“何人？出来！

随着她的话音落下，静谧的厨房中，一只灰色的猫从菜架子后方款款走了出来。紧接着，它将嘴里黑乎乎的东西撇在地面上，仰着头对裴星彤"喵"了一声。

裴星彤缓缓放下蓄势待发的弹弓，懊恼地瞪着大灰猫和它嘴下方的战利品——一只肥老鼠："原来是你这个小浑蛋，少在我面前炫耀，信不信我只需一下就能射穿你的小心脏，然后连你和你的宵夜一起下锅炖了给我当宵夜！"

明知道大灰猫听不懂，她还是在那自找没趣地恐吓着，自娱自乐。

大灰猫只是淡淡地冷睨了她一眼，悠然地叼起肥老鼠，继续仰着高傲的头颅，甩着大屁股离去。

"嘿，反天了啊，连你也敢歧视我！你有骨气还不是因为你有肉吃，若像我连个米粒都没得吃，抬眼皮都费劲的话，我看你还傲慢得起来？东方云霄我恨你！"冷冷地翻个白眼，她径自哀叹道："阿影妹妹，你到底在何处？你阿姐就快饿着肚子驾鹤西游喽。"

饥寒起盗心，裴星彤已被折磨得每晚像个贼一样偷偷地潜入厨房。尽管每晚厨房只有几口大黑锅空空相候，但好歹有时候还能从小猫咪那里抢几条小河鱼充饥。

没错，她就是这么没有原则，连猫粮都抢，没把小浑蛋宰掉下锅已经算她还仅存一丝人性了。

每天只喝一碗稀粥的日子过了七八天，待裴星彤面色发黄，双手发颤，以一副凄惨形象来到东方云霄的房间时，发现今天那里只有两个负责清洁整理卧寝的小丫鬟在忙碌着。

其中一个丫鬟瞥了一眼她手上的木盆，冷嘲热讽道："这云凤的习俗跟咱们银月就是不同，都是大清早浴足的呢，这习俗与人一样不招人待见，呵呵。"

"哎哟，你怎么知道人家是这样的习俗，她还不是想着一大早就来纠缠和色诱咱们王爷！也不瞧瞧自己现在是什么德性，心狠手辣，空有一副好皮囊而已！"另一个尖嘴猴腮的小丫鬟挑着眉梢附和。

"呵呵……是啊，真是个不知羞耻的荡妇！"

两眼直冒金星的裴星彤只是冷然转过身，懒得理会她们的恶意挑衅和羞辱，不跟她们一般见识地端着足浴盆离开。

早已习惯了她们这般不友善的态度，跟她们计较只会给自己添堵，所以她现在把她们的身影全都当成了空气。

而且她现在最关心的是裴影彤到底被关在了哪里，还有今天自己会不会有饭吃，小猫咪又捉到鱼了没有？

太阳仍是照旧绕到了西边的天空，树荫向东方投晃着浓密的身影。

又是饿着肚子干了一天的粗活，还要忍受着那个长在霄王府里的若兰妹子的无情使唤。当裴星彤拖着疲惫不堪的身体赶到厨房时，意料之中地又见到了一排排的空碗和空锅。

唉，人情冷漠得令人咋舌呀。

人之初，性本善？她不信。

不给留碗饭吃就算了，竟然还要她饿着肚子洗碗洗锅！逼她起义是吧。

洗刷工作以故意摔破十个磨砂碗宣告结束。

裴星彤晃悠着软塌塌的身子回柴房独自挨饿，却临时被一个家丁喊住：“你怎么还在这里愣着？王爷回府了，赶紧到前院去恭迎！真是愈发没有规矩了！”

连瞪对方的力气都没有，她悻悻然向前院走去，兀自暗暗冷嘲，不就回个家吗？天天弄得兴师动众，瞎摆谱的纨绔子弟。

来到了前院，大门口已经齐刷刷地站了两大排的丫鬟和小厮。

敞开的朱红大门外，一辆华贵精美的马车停在那里，流苏门帘微撩起，一身青色云缎锦袍的东方云霄飘然而下。

不过，他并没有直接往王府门内走来，而是在原地悠然地转过身，向马车内伸出了手臂。

下一刻，一只白皙而纤细的小手，缓缓从马车内伸出，轻柔地搭在了东方云霄的手臂上。

随着他脸上露出的温柔浅笑，紧接着，一个柔美的身影便踩在放置妥当的木凳上，身姿婀娜地从马车上走下来。

当那轻盈妙曼的身影出现在众人面前时，有些人掩饰不住地深吸了一口气，有些人则是发愣一下后，又立即垂下头，眼观鼻，鼻观心。

那个美丽女子的出现，同样也让裴星彤睁大了眼睛。

太阳穴蓦然抽痛，片片零碎的记忆又像初见东方云霄时那样，不停地涌入她的脑海。

华凝香！

这是她晕倒在地前，脑中闪过唯一的名字，一个已然死去的人的名字。

"本王不过是纳个妾而已，也会让你如此激动？看来你对本王还真是死心塌地啊！"

冷峻的声音带着淡淡的嘲讽，传入她的耳膜中。

羽睫轻轻煽动，裴星彤心有不甘地睁开眼，好不容易休息一会儿，现在他又在这里鬼叫什么呢，人家是饿晕的好不好啊。

他的自恋症竟然感染到不可救药的程度了！

死心塌地？是啊，她现在是死心塌地地想吃饭。而且总感觉东方云霄的脑袋，就像个烤好的猪头一般，在她面前晃悠着引诱她，真想扑上去狠狠地啃上几口。

默默地叹口气，裴星彤毫无力气地轻启朱唇："东方云霄啊，我饿了……"说着，她眉目流转，身下不是硌人的硬木板，而是软软的床榻，这里不是废旧柴房，好像是谁的卧寝。

东方云霄诡异地看着她，显然没想到她会突然冒出这么一句不着边际的话。他瞳眸微闪，瞪着她干涩的唇瓣质疑道："只有这样？"不是该嫉妒得发狂，喊打喊杀，且满眼醋意吗？

裴星彤秀眉一皱："那还要怎样？让你连着饿这么多天试试看，真是站着说话不腰疼！我现在一点力气都没有，都快说不出话了。"他吃喝嫖赌过得潇洒惬意，家里都快饿出人命了也不管。

哼，恐怕他是巴不得她早点饿死呢！

东方云霄脸色一沉："为何要饿着？"

她无奈地翻个白眼："我是你的牛和马，你那些仆从向来很会准确地贯彻你的旨意，只有粗活让我干，哪有饭可以吃。"他那些狗眼看人低的奴才是怎么对她的，他岂会不知道？肯定就是他唆使和授意的。真会装腔作势。

她哀怨的语气中透着淡淡的委屈，那奇怪的感觉像一根柔软的羽毛，刷过他的心头一般，激起一片涟漪。

东方云霄目不转睛地看了她好一会儿，渐渐收缩瞳孔，凤眸再次凌厉起来，他邪恶地弯起唇角："是啊，牲口哪有饭可以吃，那就赶紧起来给本王洗脚！"

你才是牲口呢！唉，她是敢怒不敢言。

她挫败地耷拉下脑袋："禽兽！你到底有没有一点怜悯之心啊。"浑身一点力气都没有。

"怜悯，就凭你这种人，也值得本王怜悯吗？痴人说梦！"冷冷地抛下这句话，青衫浮动，俊美的身影绝然而去。

裴星彤恨恨地咬着牙，脸上怒意横生："你个冷血的大恶魔，蛇蝎心肠！本姑娘早晚有一天要射穿你的心窝！”

她气喘吁吁地强撑起身子爬下床榻，呢喃自语：“哼，本姑娘就用自己的洗脚水给你洗脚！额外再加点唾沫，恶心不死你……哈哈。”

第三章 夜遇刺客

“王爷，这葡萄甜得很呢，您尝一颗。”纯净美丽的女子将一颗剥去皮的葡萄，递到侧卧在软榻上的俊美男子的唇边，殷勤娇媚。

男子冷邪的俊眸不经意地半眯，斜睨一眼蹲在腿前给他洗脚的裴星彤：“葡萄再甜，也比不过青青的唇甜啊。”东方云霄揽过美丽女子的肩，在她的唇畔浅啄一口。

美人柔软的身子顺势卧在他的怀里，娇嗔道：“王爷真坏……”

裴星彤忍住呕吐的欲望，抖抖鸡皮疙瘩，偷瞄一眼桌上那饱满硕大的葡萄和精致的点心，暗暗吞咽着口水。

东方云霄这个禽兽，仗着自己身份尊贵，不仅美人在怀还有东西吃，还虐待亡国奴，真是气煞人也！

更令人生气的是，他竟然在她面前，肆意地与美人耳鬓厮磨，调情弄意。

“你在走神？哼，又在算计什么？”东方云霄轻哼。

裴星彤意兴阑珊：“我在想，果然是饱暖思淫欲啊，王爷你艳福不浅。”

他稍做沉默：“做事要专心些，记住，你现在不是相府千金，而是……”

“对对对，我是阶下囚，活该被人奴役！”用得着时时刻刻提醒她吗？

东方云霄蹙眉：“……”

迅速将他的双脚擦拭干净后，裴星彤站起身，端起桌上的一碟点心，毫不留恋地转身离开了。

哼！等本姑娘有了男人，非得也当着你的面，亲给你看！

裴星彤踉跄着身子离开后，半躺在软榻上眯着眼的东方云霄赫然推开倚在他怀里的美人，惹得那个叫青青的女子一阵愕然。

“王爷，裴星彤已然是这等卑贱身份了，却是这般不懂规矩。”青青一边小心翼翼地整理着东方云霄的衣襟，一边宛若漫不经心地说道。

东方云霄似无意地推开她，唇角绽放出一个邪魅的淡笑：“哦？青青也认识她吗？”

青青纯净的脸庞浮过一抹慌乱，但转瞬即逝，而后她怡然自得地掩唇一笑：“前云凤国丞相府的二小姐，刁钻跋扈、阴险毒辣，有几人不知？”

衣袂微摆，他转过身，清冽一笑：“是啊，她阴险毒辣，有谁不知。”

见他欲走，身后的青青满眼迷恋地问道：“王爷，今夜不需要妾身侍寝吗？”

侍寝？

东方云霄微微侧首，冷瞥着桌上刚刚放过点心的位置：“本王还有事要出府一趟，青青先歇下吧。”

平淡地说完，他矫健的身躯便瞬间消失在门外，飘然而去。

月上中天，宁静的王府后院再次成为裴星彤夜间光顾的地方。

不过，今晚她的目标不是厨房，因为从东方云霄那里抢了一碟点心后，已经让她饱饱地慰劳了肚子。所以，今晚她的目的地是后院土坡下游的一个木棚。

白天去后院劈柴时，她无意间发现土坡后面有一个隐蔽的木棚，她怀疑裴影彤就被关在那里。

悄悄潜伏到一个假山后，裴星彤正欲走向土坡时，发现一个身着丫鬟装的人影也正鬼鬼祟祟地藏匿在假山后面，还不停向土坡那边偷偷张望。

裴星彤从后面轻轻将手搭上她的肩，在她即将惊呼出声时，另一只手及时捂住她的嘴，压低嗓音：“嘘！不想被发现的话，就管好自己的嘴。”

说罢，她便放下自己的手，才发现正是早晨讥讽自己的那个尖嘴猴腮的小丫鬟。拧起秀眉，不解地对她问道：“大半夜的你在这里做甚，会情郎啊？是不是厨房的小六子？”女人呀，就没有几个不喜欢闲扯的。

那个小丫鬟双手捂着嘴，看了她好一会。待看清对方是裴星彤时，才慢慢放下手，冷睨着她冷哼：“关你何事？少胡言乱语，莫要以为别人都和你一样淫秽，小心我撕烂你的臭嘴！”一边说还一边向土坡处偷瞄着。

碰了一鼻子灰，裴星彤悻悻地挑挑眉梢，顺着她的目光看向土坡处。

那里有人，有一个衣着暴露的女子。

而且还有几只灰白相间的鸽子在她手心处，兴奋地啄食着。

但那个诡异女子是侧对着假山处，而且月光也不是很明亮，因此只能依稀看到她的侧脸，却看不清她真正的容貌。

大半夜的，她躲在这隐秘的土坡上喂鸽子，兴趣爱好还真是令人匪夷所思。

去后面的木棚必然要经过那个土坡，而现在那里正有人喂鸽子，裴星彤只得轻叹一声，看来今晚时机不成熟。

温饱都成问题的人哪里有闲情逸致偷窥别人喂鸽子，她只得施施然地离开了假山。

而在她转身离开，刚走到一棵树旁时，那个依然藏匿在假山后面尖嘴猴腮的小丫鬟突然惊呼一声："啊！是她……"

小丫鬟突然这么一惊一乍，让毫无准备的裴星彤吓得心头一阵激灵，脚下忽然一个趔趄，身子就恰巧摔倒在一个土坑里。那可怜的脑袋也很荣幸地磕到了土坑里的木桩上，看到无数金星后，她光荣地昏了过去。

清晨的阳光透过树叶洒落在大地上，也投射到了裴星彤的眼帘上。她下意识地抬手遮在眼前，缓缓睁开眼睛。

恍惚一瞬，她环视一圈周围的环境，自嘲地嗤笑一声："运气不好，连喝水都塞牙缝。"

没能找到裴影彤不说，自己还倒霉地摔进了大坑里。

虽然是盛夏时节，但在以天为被的大坑里昏睡了一宿，周身上下都酸疼不已。抖一抖身上的草屑，她利落地爬出了大土坑。

一边捶着腰，一边向前院走去。唉，还得继续给那个冷血的恶魔洗脚去。

这厢，裴星彤意兴阑珊地走到前院，发现那里站着里三圈外三圈的人，让她当即目瞪口呆，大清早为何都围在那儿。

此时，一个小丫鬟突然对着她走来的方向喊道："王爷，她来了，您可得为冬梅申冤啊！"说完便对着地面嘤嘤地哭起来。

裴星彤困惑地看向人群，才发现东方云霄也在一旁，不仅他在，那个小妾青青也在。

东方云霄森冷的凤眸噙着一股寒芒，背负着双手："裴星彤，你可真是无恶不作！亏得本王以为你死过一回就渐渐改掉了劣性，原来却是本性难移！"

这家伙一大早吃炸药了吧，训人有瘾么？

莫名其妙被骂，裴星彤百思不得其解地走进人群，待看到躺在地面上的人时，惊愕地瞪大眼睛。

这……

这不正是昨晚那个尖嘴猴腮的小丫鬟吗！依稀记得，昨晚她对着土坡的方向突然喊了一句："是她！"

是她？是谁？

夜间在土坡上喂鸽子的神秘女子，究竟是谁?

她凛然抬起头，看向神情诡异的东方云霄，之所以说他神情诡异，是因为他那副似乎在主持公道又似乎在暗中看戏的神色中，有那么一抹微妙到无法捕捉的清明和了然。

她扭头，又看向一旁的青青。

青青，多么清纯的眼睛啊，多么熟悉的脸型，多么恬淡从容的神色。

别人初见她时的惊讶，都只是认为东方云霄是对已故的华凝香一往情深，从而找了个外貌和脾性都与其相似的普通女子回来代替华凝香。

然而……

零星的记忆加上昨晚那土坡上奇怪的情景，再联想到东方云霄明明对花粉过敏却依然种植了一片玫瑰园，这既不相关又紧密相连的种种，都在她脑海里翻来覆去地上演着。

裴星彤不理会一群人的冷凝和蔑视，深呼吸一下，缓缓闭上眼帘。

半晌后，再次睁开眼时，她眼底已是一片清明和豁然开朗。

裴星彤斜睨着躺在地上的小丫鬟，泰然自若地启口："大家都认为是我杀了她吗？"

"明知故问！不是你还有谁？！只因昨日她羞辱了你几句，你便怀恨在心，狠毒地对她起了杀心！呜呜……冬梅好可怜啊！"守着尸体的小丫鬟咄咄逼人地哭喊道。

裴星彤淡然一笑："你昨日不也辱骂我了吗，为何你就可以好好地出现在这里？不会是你杀了她嫁祸给我吧……"

小丫鬟霎时惊愣，随即反应过来道："你血口喷人！"

还真就是血口喷人。裴星彤撇唇，看也不看她一眼，兀自蹲下身子，拔开冬梅的眼皮，死亡时间是昨夜，也就是自己掉到大坑里被撞晕之后。

那么，定然是她当时的惊呼声，被土坡上那个神秘女子听到，从而……她就被杀人灭口了。

"你还想抵赖，瞧瞧她的手里，攥着的不正是你的衣角吗？"那个小丫鬟指着裴星彤缺少一块布料的裙摆喝道，还将那块衣角对上她的裙摆。

结果就是，分毫不差，完全吻合。

裴星彤冷蔑地弯起唇角，绝美的脸上依旧波澜不惊。幕后的真凶可谓是用心良苦，她夜夜途径玫瑰园去厨房，曾被刮掉的衣角，却赫然出现在昨晚死去的人手里。

裴星彤慢慢站起身，将那块作为物证的衣角拿在手中，不紧不慢地问道："她的指甲既短又平，如何会扯出这般尖锐的痕迹？"

"物证在此，你还敢狡辩！王爷，您可得为冬梅昭雪呀！"小丫鬟扑通一声跪在东方云霄面前。

东方云霄手执青竹纤丝扇，眉飞入鬓，气宇轩昂，虽然性格差强人意，但外表却是美得三百六十度无死角。

院中微风浮动，掠起他一缕墨发轻轻擦过如玉的脸颊，一副翩翩美公子形象。恍惚间，真是引人遐思。

他一直无动于衷，此刻看也没看跪在眼前的小丫鬟，只是淡淡地斜睨着裴星彤："你不正是擅长一击毙命？"

听闻他此言，裴星彤有种搬起石头砸自己脚的感觉。由于一贯遭虐待，她时常在王府里扬言谁再敢欺负她，她就射穿那人的心脏。

低头看向冬梅尸体上那致命的一击，分明就是将匕首分毫不差地刺进了心脏啊。

呵呵……

脑海中恍然闪过，昨日在给东方云霄洗脚时，自己曾无意间当着他和青青的面夸下海口："本姑娘才不是什么亡国奴，本姑娘名扬四方，一击毙命！"

她收敛心神，唇角流淌出一抹清冷而肆意的浅笑。潋滟水目微微闪动，不经意地瞥向一直事不关己、淡定从容的青青。

接着，她晶亮的瞳眸微微半眯，左手以迅雷不及掩耳之势摸向怀中，身体赫然蹲下，再次起身时，三颗石子已然射向了天空。

众人只来得及看到她将那个奇怪的东西重新放进怀里，却不知她刚刚到底做了什么，但这当中并不包括武功绝顶的东方云霄。

远处草丛中传来不明物体落地的声音，裴星彤缓缓走向东方云霄，在经过青青身边时，她顿足朗声道："我的确擅长一击毙命，但那只是针对远距离攻击，近距离的搏击，我更擅长的是……"

微微停滞了话语，衣袂翩翩飞舞，她轻盈矫健的身体已然转到一个侍卫身后，灵巧地踢向对方的腿弯处，在对方顺势屈膝前倾身体时，她左手猛然勒住对方的脖子，右手掰过对方的脑袋。

在众人的惊呼中，她又利落地将腿后踢，及时制止了另一个在她身后攻击而来的侍卫。

这一连串漂亮帅气的动作，她是一气呵成，不懂武功之人甚至都来不及看清楚她是如何出手的，但东方云霄看清了，青青……也看清了。

若是她的右手再用力些，那个被她困制的侍卫，早就被扭断了颈骨。

她悠然地松开手臂，慵懒而漫不经心地吹吹手心，眼也不抬地继续补充说："近距离搏击，我更擅长的是扭断对方的脖子，或者踢碎对方的下巴。而不是随时藏匿着一把匕首，刺进别人的心脏！所以，一击毙命也要就情况而言！”多亏昨天吃了些点心，不然还真不一定有力气搏斗。

青青不可思议地与她对视着，仿佛要从她的眼底找到以前那熟悉的裴星彤，可是，她什么也无法找到。明明人还是那个人，可除了外貌，一切的一切都不是往昔的裴星彤。

这时，已有一个侍卫从远处草丛中拎回了一只鸽子，一只灰白相间的鸽子。

那侍卫恭敬地将已经奄奄一息的鸽子呈到东方云霄面前，弓腰俯首：“王爷，她射下的是一只信鸽。”

东方云霄好看的唇角噙着淡然清明的浅笑，冷傲地抬抬下巴：“你且去右侧草丛中瞧瞧，还有两只。”

他话音一落，众人纷纷愕然。

还有两只？裴星彤用那个稀奇古怪的武器，竟然一次性就射下了三只飞行自如的鸽子！

当三只信鸽都被找回后，侍卫将绑在信鸽脚上的小圆筒取下，呈给东方云霄。

一旁的裴星彤斜睨一眼被打开的三张字条后，优美的唇畔溢出一丝慵懒而快意的笑。

她缓缓踱到青青面前：“昨夜你模仿若兰的装扮在后院土坡上喂食鸽子，被冬梅发现后，你便起了杀心，将她杀人灭口了，对吗？”

青青依然保持着冷静恬淡的微笑：“我不懂你在说什么，她手里攥的可不是我的衣角，我劝你莫要信口胡言。”

裴星彤冷戾的双瞳一眨不眨地盯着青青的眼睛，浅声道：“没错，那衣角确实是我的衣角。但却是你在杀了她之后，才塞进她手里的。”

“哈！真是笑话，我无端端地怎会有你的衣角？”青青冷笑着回答，却不时躲避着她犀利的眸光。

裴星彤赫然上前一步，抓过一个一直躲在青青身后的小丫鬟：“你确实没有，但她有！你昨日一入府就亲点了她做你的贴身婢女，而她一直是负责照看玫瑰园的。之前我不慎被玫瑰刺刮掉了一块衣角，而她是唯一可以得到的人！莫不是你们二人心怀叵测、里应外合做了家贼吧，华凝香！”

一直镇定自若的青青在听到她最后一句话时，轻盈的身子几不可查地战栗一下：“你血口喷人！我是王爷昨日才纳进府的侍妾，名叫青青，难道裴姑娘这么快就神志不清地弄混了吗？”

裴星彤松开被揪出来的小丫鬟，背着双手，在青青周身绕了一圈，冷笑着开口：“青青？确实啊，除了这双清纯的眼睛和无法改变的身形，现在的你也就只能称得上是华凝香的替身而已。就算你城府再深，心机再细腻，也有情难自禁的时候，而你情难自禁的时候就是你在看东方云霄和那片玫瑰花园的时候。因为那都是华凝香最为钟爱的，恰巧也是你十分钟爱的，甚至昨晚你在伪装成别人喂食鸽子的时候，都大意地将一朵娇艳的玫瑰别在了发髻间。嗯，现在你的发间，都还残留着淡淡的玫瑰花香味呢！”

青青惊恐地瞪大眼睛：“你，你凭什么这样冤枉好人！”

她无辜地耸耸肩：“我怎么会冤枉你呢，你明明没有死，却要装神弄鬼地以青青的身份进入霄王府，难道只是为了用三只信鸽传给别人‘她没死’那三个字吗？”一只信鸽只携带一个字，她可真够谨慎的，一般人若是只射下一只信鸽，单凭那突兀的一个字，怎会明白这其中的意思。

裴星彤冰冷的瞳眸瞬间眯起：“我不管你是因为什么死在了裴星彤的手上，而后又诡异地易容重生，我只想警告你一句，以后莫要再打我的主意！”

说罢，她轻然转过身，轻叹一声：“霄王爷，你看戏也该看够了吧。”

茫然失措的青青倾身扑向长身玉立的东方云霄：“表哥！哦不，王爷！您可要相信青青呀，千万莫要听她挑拨离间啊！”情绪陷入激动中的青青，再也无法冷静自持，失口喊出了不该喊的称谓。

不知东方云霄如何处置了刚进霄王府一天就被她揭穿身份的青青，不，应该是华凝香。

总之，第二日当裴星彤经过后院时，那里曾经一片美丽的玫瑰花园已如华凝香一样消失殆尽。

只是一夜间，花海变平地，旧爱变沉寂。

如果说华凝香改名换姓入霄王府是因为某种目的而有心为之，那么，东方云霄的顺水推舟和将计就计绝对是在试探裴星彤。

她径自失笑，东方云霄先是明知自己皮肤对花过敏而忍受了她的花瓣足浴，又突兀地将易容过的华凝香接进王府扮恩爱甜蜜，再然后就是心中已如明镜，却要旁若无物地逼她出手为自己澄清。

这一切，还不是因为他根本就是在怀疑她的身份，怀疑她到底是不是裴星彤吗！

然而，无论他怀疑也好，试探也罢，她这个阶下囚都没有丝毫主动权。

且行且凄惨吧。

华凝香那个流水兵已经消失不见，程若兰那个铁打的营盘却整天以折磨她为乐。相比不动声色的华凝香，她的坏都表现在外，是打是骂皆明着来，也算好应付。

今日那暴露妹子不知抽什么邪风，非要看裴星彤颈间戴着的莲子，她自然不给看，这虽是一颗莲子，却也属于私人物品，她有权利拒绝分享。

程若兰可不如此认为，口口声声诽谤说莲子定然另有玄机，或许里面藏着毒药，准备随时用来暗害她表哥。

瞧瞧，她也太有忧患意识了吧，编起故事一套一套的，比戏本子都精彩。

裴星彤的抗拒让程若兰恶向胆边生，歹心再起，把裴星彤每天仅有的一碗稀粥也给扣掉了，并且让她洗了比平时多两倍的衣服。

宁得罪小人，不得罪女子。

其实，这个莲子乃是一个很普通的东西，并不是什么贵重物件，也没有暗藏毒药，在药铺里可以轻易买到。

只不过它是不久前那个薄纱斗笠男子手中弹射出来击中李姓淫贼的那颗，裴星彤当时出于好奇，便顺手捡回，才发现莲子表面居然雕刻着凤凰浴火图。小小一颗莲子竟然也可以承载这样的高超技艺，她觉得很惊奇，很喜欢，放在身上又怕弄丢，便用红绳穿起来戴在脖子上。

程若兰那个胸大无脑的蠢女人，找不到借口对她发难，便把坏主意打到莲子上，还借题发挥。

月光弥散，皎若霓虹。

裴星彤气若游丝地躺在木板上，默默乞求月亮替她惩罚那对蛇蝎兄妹，最好今夜就从天而降一个正义的天神，将他们干掉。

“刺客！有刺客！快快，往后院去了，追上去抓住他！”

外面由远而近传来一阵叫嚷声，与嘈杂的脚步声混合在一起，让暗夜不再宁静。

裴星彤倏然起身，先是想那刺客会不会是挣脱困制的裴影彤，后才想起她内功已被禁，不可能自行逃出。

莫非真是刺客？月亮啊，早知你如此神奇，她又何必忍辱负重到此等悲惨地步！

“你们几个去后门围截，你们几个去护卫王爷，剩下的跟我进后院搜！”

透过王府侍卫手中火把的映射，柴房那扇用嘴一吹就倒的木门处忽然闪进一个人影。

他黑衣蒙面，身型挺直，手中并没有任何兵器，说是刺客，倒不如说像个窃贼。

将刺客打量完毕，裴星彤迅速起身冲向门口，手臂被刺客拽住的瞬间，她低声说：“敌人的敌人就是我朋友，你放心，我绝对与你同仇敌忾，不会出卖你的。”

话音刚落，手臂果然恢复自由，她示意刺客躲到木板床上，而后将自己的身体半掩在门外，冲外面追踪而至的侍卫队喊道：“喂喂，各位护卫哥哥，快过来瞧瞧我这里有没有刺客，我好怕！”

“休要添乱，若跑了刺客你可担不起责任！”领头的侍卫鄙夷冷哼，“一个亡国奴而已，倒是挺怕死。”

说完，侍卫不再理会她：“你们几个快点，去墙根边上的狗洞那里搜一搜！”

待所有侍卫都无视裴星彤的乞求而追往别处后，她回身摊手，对黑衣刺客促狭调侃：“看到了吧，我越主动配合，他们越忽略这里，这叫上杆子不是买卖。他们宁愿相信你钻狗洞，都不相信你就在我这里。我说好汉，你怎么对我无礼啊，恩将仇报是不是！”

黑衣刺客摘下蒙面，柔润的双眸微微含笑，目光缱绻，神情典雅。

不得不说，他的容貌很平庸，比东方云霄差了不知多少倍。可那双瞳眸却如潺潺泉水般清澈，在皎洁月光的映衬下，旖旎迷离，使得人第一眼看去，会自动忽略他不值一提的容貌，而沉溺在他的眸光里。

两人相对站立，刺客的身形似是融入夜色中，恍惚间散发着缕缕寂魅魔力。

有一种男人，他的俊俏无关乎外貌，而是气质使然。

“是在下唐突了，姑娘莫怪，我只是想瞧瞧那个。”他微笑着指指她脖子。

刺客的声音淡然温润，低语缭绕，宛若一阵飘落在湖面的梨花雨，动听怡人。

裴星彤瞬间愣怔，迷失在他的笑颜和嗓音中。

“姑娘？”

她回神儿：“嗯？哦，你说这个呀，呵，其实它就是一颗莲子，不是什么新鲜玩意儿。”眨眨眼，继续打量他，“好汉，你是初来乍到的刺客吧？”

刺客狐疑：“……”

“没带任何兵器就敢来刺杀，不是愚勇，就是世外高人。”有哪个刺客像他这样跟逛集市似的。

“能否换个称谓。”刺客自来熟地重新坐回木板床上。

“嗯？”裴星彤觉得自己有些跟不上他说话的节奏，跳跃性太强。

“好汉这个称谓不动听。”刺客漫不经心地说。

“嗯，那换成壮士，如何？”刺客老弟，你还真挑剔！

“……”

“……”

“好吧，大侠！”裴星彤下意识翻个白眼。

刺客唇角微勾，似是笑了笑：“莲子可否借在下一观？”

裴星彤脸皮儿抽了抽，上上下下打量他：“你打扮成这个样子，就为了来看这个？为免太兴师动众了吧。”

审时度势一番，她分析着肯定打不过对方，只好把莲子取下来递给他一观。

刺客伸手接过，在手中把玩几下，似乎是纯欣赏，未有任何攻击意图。

裴星彤晃了晃神，外面的噪杂声渐渐消失，刺客一弹指，莲子又回到她手里。

“今夜多谢姑娘仗义解围，后会有期。”刺客留下一句话，身影如游魂般跃出窗外。

裴星彤艳羡不已，连忙追到窗前，对着夜色自言自语：“好想拜他为师。”

翌日清晨。

裴星彤愤愤地将水盆扔到地上，水花随即溅满四周，她心有不甘地踢踹着木盆：“啊！真是火大，难道我要这么一直做个没有前途的洗脚奴？”

谁说作为女子就必须性情沉稳内敛，温婉宽容，她这似兽中之王的性格，就是天下女子中的一个例外！

她矫情，她泼辣，她幼稚，她刁蛮……

“怎么，这木盆也惹到你了？”

身后蓦然响起东方云霄冷厉的声音，裴星彤懊恼地翻个白眼，悻悻然转过身，映入眼帘的就是东方云霄俊美绝伦的身影。

精美的白玉发冠将他浓密而顺滑的黑发束起，他俊美邪魅的脸展露无疑；绣着祥云图案的绛紫色云缎锦袍，将他健硕的身躯修衬得更加颀长华贵；腰间自然悬挂的玉佩莹莹而垂，夺目而高雅。

他今日这身有些隆重的装束显然是刻意修饰过，好像是要去什么重要的场合。

裴星彤的眼神缓缓从他迷人心魂的身上移开，冷睨着地上的木盆，气乎乎地启口：“你是要出去吗？恰好也没有水给你洗脚了。”

“是要出去，但，是和你一起。”说罢，东方云霄侧首示意身后的婢女将托在双手上的宫纱罗裙递给她。

裴星彤不明所以地歪着头，眨眨晶莹透亮的眼睛问他：“和我一起？这……是什么意思？”她定定地看着落在手上的宫纱罗裙。

难道蛇蝎王爷发觉了她那天晚上窝藏刺客，准备将她带到一个满是野兽的深山老林，让她漂漂亮亮地上路？

东方云霄将她的呆愣和困惑完全漠视，悠然转身，向大门口的马车走去："莫要啰唆，赶紧换上便是，本王不喜欢等人！"

专制，霸道，独断专行！

裴星彤对着他的冷峻背影做个鬼脸，低喃自语："又跟我摆谱，如果不是看在有好看衣服穿又可以出去玩的份上，本姑娘才懒得理你。好好说话会死啊……"

可是，在这之前能否先让她吃顿饱饭。

微风拂过树叶，那沙沙作响的声音伴着鸟儿欢快的歌声，跳跃出美妙的音符。

当身穿淡紫色宫纱罗裙的裴星彤出现在东方云霄面前时，他眼底瞬间闪过一抹惊艳和迷离，很陌生的感觉。

以前她也经常是如此衣着华丽，但这气质和神态却是全然不同，此番那纯净的眼底没有阴郁、没有算计、没有贪婪的掠夺欲，只有宛若一汪清泉般的大气与豁朗。

这样自然活跃的她，让东方云霄的心头闪过一丝莫名的悸动。

裴星彤在马车外亭亭玉立，兴奋地看着外面的街景。

她眼含笑意地提出建议："东方云霄，我们要去哪里玩？乘坐马车实在没劲，不如策马御风，那多畅快啊！"

自醒来后便一直憋在霄王府里做苦力，今日终于见到了外面的世界，情难自禁之际，她难免有些忘记了两人的身份差别。

东方云霄半眯着俊眸，对一旁的侍卫吩咐道："漠黎，备马！"

"是！"恭谨应声后，漠黎利落地牵过两匹骏马。

下一刻，绛紫色衣袂翻飞，气宇轩昂的东方云霄便翩然地稳坐在马背上。

而裴星彤虽然还不能纯熟地运用轻功，没办法做到像他那般动作潇洒，但之前多年的骑射训练，也让她拥有了超高的驭马技巧。

她摸摸马头，动作熟稔地跃上马背，忽然间觉得空气都清新了许多。她眉眼弯弯地看向身侧的俊美男子："东方云霄，咱们比试比试如何？"

他清冽一笑："输的人要怎样？总得有个赌注或彩头吧。"

裴星彤挑起秀眉，黯然神伤地摊摊手："我身无分文，你比谁都清楚吧。"稍做停顿，她眉目流转，晶亮的美眸散发着醉人的神采，"东方云霄，那我们就赌一个承诺吧，你若是输了就要答应我一个承诺，如何？"

承诺这东西最值钱，也最不值钱，反正她现在只有这种无形的东西。

当很久以后，他们再一次经历此情此景时，心境早已不同今日。

"你就那么笃定自己会是赢的那个？若是你输了呢？"东方云霄斜睨着她明媚的脸

庞，唇畔浮现着亦正亦邪的笑容。

裴星彤愣怔须臾，眨眨美眸："当然也是应你一个承诺呀，笨蛋！"这无可厚非啊，没银子咱就赌点虚无的东西。

东方云霄冷嗤一声，皮笑肉不笑地说道："承诺？你有什么承诺值得给本王的？"他怎会不知她的心思，她要的承诺就是……

裴星彤愤愤地瞟他一眼，这人怎么就会揭人家的伤疤呢！是啊，她现在是阶下囚，是他的牛和马，哪里还有什么值得做赌注的承诺。

"不比算了！啰唆……"她利落地拉过马缰绳，微微夹紧马腹，"驾！"

淡金色的阳光下，紫色轻纱飞扬，裙摆在她身后拂动，柔顺的墨色长发被风自然卷起，如一道唯美的彩虹，灵动中散发着清透而幽婉的气息。

不得不说，此种神韵配上那浑然天成的美貌，便有了摄人心魄的魔力。

东方云霄微微眯起冷峻的狭长凤眸，随后追了过去："让了你二十丈，接下来可就全凭实力了！"

他清朗的声音飘至裴星彤耳际，让她有片刻呆愣。随后，她翘起唇角，不再有一丝大意："少大男子主义，谁需要你让，今天我赢定你了！"

她自信得有些狂妄，东方云霄不自觉地笑出声："那便拭目以待吧，目标是城东的巷口。"

"好！我一定会赢你的！"

虽然不是在空旷的野外，但霄王府到城东的巷口并不会经过城内的繁华路段，所以，两人驾马奔驰起来，就没了什么顾忌，可谓是全力以赴。

摇曳的绿柳和盛开的鲜花形成的美丽风景被抛在身后。微风在耳边呼啸而过，在清澈的湖面上激起层层碧波，也送来阵阵荷香，沁人心脾。

这般清新舒爽的感觉，无端让人心头油然升起一股游荡红尘、豁然开朗的惬意。

最后，裴星彤还是很不厚道地使了个小伎俩，赢了东方云霄，率先到达城东的巷口。

可她胜利的喜悦笑容还没在脸上维持多久，就顿时垮下了一张脸。

裴星彤抬头看看眼前虽是上午却已经生意兴隆的飞舞楼，再瞄瞄自己身上这套华丽曼妙的宫纱罗裙。

"怎么，要花招赢了的人，该是你此时这副表情吗？"随后追上的东方云霄语气深沉地暗讽着。

裴星彤神采奕奕的黑亮双瞳猛然黯淡下来，抿着嘴低声恳求："东方云霄，我们回去好不好？我回去继续给你当牛当马，每日洗两遍脚都可以，你别把我卖到飞舞楼好吗？”

她略带乞求的语气和楚楚可怜的娇颜，是一种他从未见过的风情，这种陌生的风情裹着令人痴狂的冲动，一点一点地蛊惑着他那颗心。

东方云霄紧闭一下凤眸，再次睁开时，又恢复一贯的冷峻和清寒。他冷蔑地将她上下打量一遍：“卖你？裴星彤，你也值得被卖掉吗？说话之前先掂量掂量自己的身价。”

天天对她冷嘲热讽，也不怕闪到舌头。

裴星彤恼火地抿着双唇，不值得！不值得！屁大点儿的功夫他都已经说了两遍不值得了，看来在他眼里她真是连棵小草都不如。

东方云霄不理会兀自生气的裴星彤，潇洒流畅地下马，指着飞舞楼旁边的一个豪华首饰店铺：“进去选件首饰，稍后要进宫。”

说罢，不容她再继续发呆和费解，便直接将她推了进去。

裴星彤就这么猝不及防地被他推进门，在里面其他客人的注视中，她立即稳住身形，轻咳一声，整理整理衣襟，悠然地走向首饰柜。

只要不是被卖进飞舞楼，天天只喝一碗粥也不是问题！

眼冒精光的店掌柜一见她那身华丽着装，赶紧亲自迎上前，哈着腰道：“这位姑娘，您打算选件什么样的首饰？我们这里可是全城最大、最好的店铺，有最上乘的……”

裴星彤没什么耐心地伸出手：“停！你且别‘最’下去了，我先自己瞧瞧。”

“好嘞！您到这边瞧瞧，这边可都是最……呃，呵呵……”掌柜刚欲再次夸耀，又及时地收住了嘴，阿谀奉承地谄笑着。

对于首饰，她其实并没有什么爱好，不过，这里的首饰确实很好看，做工和手艺皆非常精细，样式也十分华美，可谓是琳琅满目、珠光宝气。

而裴星彤最终只是选了一件精美的金步摇，刚刚东方云霄说了要带她进宫，虽然不明白他为何要带自己进宫，进宫又是去做什么，但总归不能太寒酸太简朴了。

第四章 波澜暗涌

皇宫，这是多么令人震撼的地方啊！

果真是五步一楼，十步一阁，廊腰缦回，檐牙高啄。

昭和殿内，无数宫女和太监在忙碌着，似乎是在为什么重大的节日做着准备。

进入大殿，脚下是上好白玉铺成的地面，在阳光透射下熠熠生辉。前方是一个约六尺高的朱漆方台，上面安放着金漆雕龙宝座，背后是雕龙围屏，方台两旁有六根高大的蟠龙金柱，每根大柱上盘绕着一条栩栩如生的金龙；仰望殿顶，中央藻井上有一条巨大的蟠龙，从龙口里垂下一颗银白色的大圆珠，周围环绕着六颗小珠，龙头、宝珠正对着下面的金銮宝座，梁柱间彩画绚丽，鲜艳悦目。

“裴丞相权倾朝野，其女进皇宫如履平地，不该是你此时这般没见过世面的模样，眼神莫要那么猥琐。”

耳边传来东方云霄提示性的声音，裴星彤忙不迭地收回四处观赏的目光。回想了一下大家闺秀该有的姿态，她放下被拎起的裙摆，双手稳妥地叠放在身前。

对于东方云霄的鄙夷和奚落，她无奈沉默，扯出一抹不甚在意其实有点小内伤的大度微笑。

这人，一会儿不说风凉话嘴就难受！

诚然，现在她也深刻意识到，作为一个亡国奴，一个合格的亡国奴，一个心有余而力不足的亡国奴，她有义务被主子随意训斥。

他们二人一入殿，便引起了所有人的注目，裴星彤知道，吸引众人目光之人并不是身边的东方云霄，而是她自己。

想想也能明白，她可是银月的战俘呢，这么尴尬的身份，大家当然对她会很好奇了。不过，她脸皮厚得很，才不怕看！

他们喜欢看就随他们看便是。

裴星彤瞄了瞄殿内两旁端坐着未穿朝服的大臣和一些后宫妃嫔，她微微凑向身旁的东方云霄，低语问他："喂，今日可是什么重大节日吗？"

喂？这是她对他的另一种称呼吗？自从她自杀未遂到现在，她不仅直呼他的名字，根本没有一点阶下囚的自知之明，现在更是毫不拘谨地称呼他"喂"。

见他半天也不回答，裴星彤只能悻悻地撇嘴："那我们坐哪桌？"满桌山珍海味此时正不停引诱着她，让她垂涎欲滴。

这些天在霄王府连温饱都解决不了，现在终于有这么多好吃的食物在眼前，她恨不得赶紧扑上去狠吃一顿。

她那副几百年没吃过饭的急迫表情让东方云霄冷酷的脸上阴郁一片，拧着眉轻斥她："莫要给本王丢脸。"

裴星彤很窝火，瞪向他："给你丢脸？有没有弄错事实，我是银月的战俘，又不是你一个人的！既然你的老相好是诈死，这回我可不欠你人命了，你我之间的糊涂账也该两清了吧霄王爷！"

东方云霄双手蓦然握成拳，冷峻的凤眸中倾泻出复杂的神情，紧抿着的俊美双唇微启，咬牙启口："莫要忘了，与你那个相依为命的丑丫头还在本王的手上！"

裴星彤冷哼一声，浅笑盈盈地挑眉："可你刚刚输给我了，我要你答应的承诺就是放了我的贴身丫鬟。别瞪我，皇亲贵胄不可不守信誉哦！"

她话音一落，东方云霄幽冷的眼底顿时迸射出寒凉的光芒，她越是想要两人划清界限，他就越不会让她称心如意！她是他的牛和马，她没有权利左右一切！

他眼底那骇人的光芒让裴星彤暗捏一把汗，对自己那带着挑衅的话后悔莫及，毕竟自己现在是打不过他的。

正当两人间波涛暗涌、剑拔弩张的时候，一个清甜的声音打破了僵持中的两人："三皇兄，她是你的侧妃吗？"毕竟能出席今日这种场合的女子，定然不会只是个侍妾的身份，且又没有听说三皇兄娶正妃。

"不是！"

"不是！"

两人异口同声地回答，让东方云烟不停地眨着眼睛。

裴星彤敛起心神，看向身前的女子，她很美也很可爱，大概十五六岁的年纪，一身水粉色宫纱罗裙让她显得更加俏皮灵动。她称东方云霄为皇兄，那么，她应该就是银月唯一的公主东方云烟吧。

东方云霄宠溺地摸摸她的额头，语气和煦，哪里还有半分狠戾："云烟今日没出宫去吗？"

一时阴一时晴，情绪转换如此不着痕迹，裴星彤自叹不如。

东方云烟娇笑着吐下舌头："今日这样的日子我怎敢出宫，再说，太子哥哥和三皇兄都不陪我玩儿，出宫也就没什么乐趣了。"

咕噜！人家两兄妹正在唠家常，裴星彤的肚子很不应景地叫了起来当伴奏。

她没有一点出糗的窘迫感，嘿嘿一笑着说："二位能先坐下来再聊吗？"

东方云烟转向她，笑眯眯地拉过她的手，向右侧的两个空位而去："你不是三皇兄的侧妃，那你是谁呀？"

"裴星彤。"她一边回答，一边尽量动作优雅地将点心塞进嘴里。

东方云烟惊愣一瞬，蓦然睁大水灵灵的眼睛："你就是……裴星彤？"

"是啊！"有点被噎到的裴星彤顺手端过桌上的一个白瓷杯盏，毫不犹豫地一饮而尽。

酒水味道也不错哦，这琼浆玉露很好喝。

"与传言中的不大一样呢……"东方云烟愣愣地看着豪饮的她，有些迷惑。

裴星彤敷衍而笑："呵呵……传言的可信度很低，谣言止于智者。你伸个手，帮忙把那只鸡腿递给我。"

"……"东方云烟有种看到怪物的感觉。

这时，上面传来了礼官太监抑扬顿挫的声音："皇上驾到！皇后娘娘驾到！"

闻声，正在对裴星彤议论纷纷的众人立即整装跪拜："皇上万岁、万岁、万万岁！皇后娘娘千岁、千岁、千千岁！"

一身明黄色龙袍的皇帝缓缓在龙椅上坐下，同样是明黄色凤袍的皇后在一旁的凤榻上坐下。

皇帝微微一抬手："诸位卿家平身吧，今日乃皇后之生辰，诸位不必拘礼，权当平常家宴。"

"谢皇上！"

直到这会儿，裴星彤才明白，这昭和殿为何会有如此喜庆的气氛，原来是要为皇后庆祝生辰。

接下来就是那些大臣及后宫妃嫔们，对皇后的阿谀奉承之词了。

听着礼官太监念着艳红布帛上的礼单，裴星彤心下惴惴，连忙蹭到了被几个官家美人团团围住的东方云霄身旁，沉声问他："今日是皇后娘娘的生辰你怎么不早知会我？"

后宫中的老大过生日，她就这么两手空空地来了，岂不是会平白惹人不高兴。

东方云霄避开身边几个大臣之女，斜睨她一眼，冷飘飘地说：“为何要知会你？”

那你为何带我来！她怒了。

此男人真是招人恨。

“因为……”算了，说了有什么用，她根本就没什么像样的东西可以当礼物，一分钱也能难倒英雄汉。

东方云霄若是早说进宫是来参加皇后的生辰宴，她就不会傻傻地跟着来了。

东方云霄不再理会欲言又止的裴星彤，缓缓从自己座位上站起身，双手托着一个金色的锦盒，俯首朗声道：“母后，这是儿臣寻来的东海驻颜膏，此番献给母后，儿臣恭祝母后福寿安康，容颜永驻！”

上首的皇后欣慰一笑：“这东海驻颜膏可是万金难求啊，霄儿有心了，母后甚是喜欢。”

金色锦盒被礼官太监接过后，东方云霄再次抱拳俯首，垂下眼帘将眸底情绪掩盖起来：“能讨得母后欢心，是儿臣之荣幸。听闻太子皇兄已然归国，此番适逢母后生辰，儿臣已许久未见皇兄，还想着与他好生喝上一杯，却又不曾见到他，实乃可惜。皇兄素来好雅兴，常年喜好寄情山水，闲云野鹤，真是令人生羡。”

众所周知，银月太子殿下神龙见首不见尾，甚至有些新继任的朝臣都不曾目睹其容颜。据说是个神仙般的人物，虽挂着太子头衔，但很少上朝议政，喜爱外出游历。

东方云霄这番话说得仿佛兄友弟恭，其实无不暗讽堂堂一国太子居然常年在外，不上朝，不参政，根本不是一个储君该有的做派，辜负了那个储君名衔。

皇后的神情瞬间从雍容华贵变成惊愕失措，似乎被人说出了什么不愿声张之事，但她毕竟是在深宫摸爬滚打的人，很快掩饰掉失态：“轻儿向来体弱，昨日又替皇上理了些奏折，此时刚刚歇下，稍后你们兄弟二人可在东宫可慢慢畅饮。”

说罢，皇后瞧向他身侧的裴星彤，眼神清明而悠远地问：“霄儿身边的女子是？”此话转移大家注意力的意图明显可见。

还未等东方云霄回答，东方云烟已经心直口快地替他回答了：“母后，她就是前云凤国的裴星彤啊。”

“哦？是吗，果然是倾国倾城之颜。”皇后面色亲和地说道。

东方云霄与皇后表面母慈子孝，可裴星彤怎会看不出他们之间的波涛暗涌，短短几句话，已是一场没有流血的战争。

皇家就是如此，没有亲情，只有生存。

对于皇后的赞誉，裴星彤只是垂首不标准地福了福身子，并没有说话。言多必失，她现在的身份本就尴尬，更何况这皇宫里的人个个心思九曲，心机深沉，还是少说话为妙。

“为何只有你没送上寿礼呀？”这时，东方云烟的身后突然冒出了一个锦袍男孩儿。

男孩儿大概十岁左右，样貌很好看。他歪着头站到裴星彤面前，问出这样的一句话，让裴星彤再次成为众人瞩目的对象。

这个熊孩子。

“帆儿，休得无礼！”一直威严正坐的皇帝开口轻斥道。

万幸这九五之尊还懂得照顾亡国奴的自尊和颜面，虽然裴星彤根本不需要。

见东方云霄没有要解救自己的意思，她低咒一声，转身对身边突然出现的东方云帆谄媚一笑：“谁说我没有准备寿礼，把你手里的蝈蝈笼子借给我。”

东方云帆眨眨天真无邪的眼睛，不疑有他地将手里的蝈蝈笼子递了过去。

裴星彤笑嘻嘻地捏了一把他嫩嫩的脸蛋：“小兄弟真乖，大恩不言谢。”

她这个漫不经心的动作可是让在座的大臣及其家眷都吸了一口冷气，试想，这殿内除了皇室中人，有谁敢当众捏皇子的脸呢！

更何况，她还是个亡国奴。

但裴星彤当然不觉得有什么不妥，她从座位上站起来，一手将蝈蝈笼子自肩头甩至身后，一手捻着裙摆，就边跳边唱起来。

当她载歌载舞地表演完，整个昭和殿都变得鸦雀无声，甚至只可以听到她的喘气声。

“呵呵，真有趣……”

倏然，离她最近的东方云帆愉悦地笑出了声。紧接着，整个昭和殿都响起了众人的笑声。

只是，大家似乎都是在嘲笑而已。

就连威严的皇帝，都在掩饰不住地抖动着双肩，而皇后则是很雍容地掩唇轻咳着。

而更让大家意想不到的是，东方云帆忽然一本正经地冲到大殿之上跪下，像模像样地抱拳道：“父皇，母后，儿臣喜欢她，恳请父皇将她赐婚给儿臣可好？”

“噗！”显然是有意志不坚定的，在喷酒呢。

“什么？”一脸惊愕的裴星彤连忙蹲跪到他身旁，对他耳语道：“喂，兄弟，你晓得自己在做什么吗？”

东方云帆无辜地眨眨眼睛：“很显然，我在向父皇请旨赐婚啊！”

“帆儿，不许胡闹！”上首的皇帝板着龙颜说完，便一挥手，殿内立即变得歌舞升平起来。

同时也证明了，皇帝只是把东方云帆的举动当作了小孩子的玩闹之举。

见皇帝已经发话，裴星彤连忙将东方云帆拽到一旁的桌前坐下：“这位伯乐小兄弟，你为何要娶我？”这么点的孩子知道娶媳妇儿是干什么的吗？

东方云帆眉眼弯弯地回答：“当然是因为喜欢了！”

裴星彤无奈地翻个白眼：“你确定喜欢的是我，不是我刚才唱的歌？”瞧瞧那些人嘲笑的目光，她就知道她这首歌也就只能得到东方云帆这个年龄段的人喜爱了。

“呵呵……都喜欢呢。”

当大家都从这个小插曲中收回心神，开始欣赏大殿中央的轻歌曼舞时，东方云霄走到了嘀嘀咕咕的两人身前，冷声插言道：“五皇弟，恐怕你不能喜欢她了，因为她是三皇兄的侍妾。”

侍……侍妾?

裴星彤狠狠地瞪东方云霄一眼，对东方云帆解释：“别听他胡说，我只是他的专职洗脚奴而已。”鬼才要当他的侍妾呢，简直就是个花心冷情又自负的臭男人。

东方云帆不解地问她：“专门洗脚的侍妾吗？那你嫁给我多好，我不仅可以允你正妃的位子，还可以给你洗脚。”

多么好的男孩儿啊。

“呵呵……真的？”这么点儿的小孩倒是挺会哄女人呀，有前途！

一旁的东方云霄脸色倏变，一把拉过裴星彤的手，两人就从后面屏风处出了昭和殿。

裴星彤刚被东方云霄拽出昭和殿，就碰到了神色慌张的御林军首领，他一见到东方云霄出来，立即如获至宝似的单膝跪倒在地，战战兢兢地参拜一声：“王爷！”

“秦川，有事？”东方云霄放开手中拖拽着的莹润纤手，不自觉地回味着那柔腻美妙的触感，以前那种厌恶感已全然不在，真是奇怪。

方才在殿内，她那样肆无忌惮地乱蹦乱跳，舞姿幼稚古怪，一切行为举止完全没有她以往的一丝痕迹，更没有官家小姐该有的矜持和才情，根本就是在向所有人宣示，此人脑子虽然不灵光，但是志气坚定。

可就是这样的她，居然让人着迷。

被叫作秦川的御林军统领微微一抬头，谨慎地瞥向他身边的裴星彤：“王爷，事关重大，末将恳请王爷借一步说话。”

裴星彤比较生气，瞧瞧那人，防她跟防贼似的，至于嘛！要记清楚他的样子，下次碰见时一定套个麻袋揍他一顿，他最好现在就开始祈祷下次不要单独碰见她！

东方云霄稍顿，随着绛紫色锦袍的衣角随风浮动，下一刻，他已飘然站到了御林军首领秦川身前。俊眸不经意地斜睨着远处观风望景的裴星彤，冷峻蹙眉："何事？起来说吧。"

"谢王爷！"秦川恭敬地站起身，微微凑向前，唇角嚅动着……

不知道御林军首领到底跟东方云霄说了什么，只见他听了秦川的话后，面色阴沉古怪，随即转身对裴星彤命令："你先回去。"

说罢，便神色匆匆地和秦川以及另外几个御林军绕过荷塘而去。

裴星彤无辜地眨眨眼，对着他们的背影自言自语："回哪儿呀？"他莫名其妙地把人家拽出来，这会儿是让她回昭和殿呢，还是回霄王府呢？

回昭和殿吧，她实在是不喜欢那些人看她的眼神，回霄王府吧，又没有出宫的腰牌。

风卷树叶，青草躁动。

正在她犹豫不定的时候，倏然，一抹雪白身影翩然从她右侧假山上的阁楼飘飞而下，抢占了她的眼球。

那缥缈的身姿，好似踏碎了一地的阳光余晕，宛若一道惊鸿般，炫花了人的肉眼和心神。

他墨发如瀑，柔顺地倾泻在肩后，白皙的手中轻握着一支精美的玉扇，此情此景，比那画中仙还要俊逸非凡。他面部遮盖着一层白色薄纱，后面的容颜若隐若现，更增添了一丝神秘与深幽。

因为距离较远，又有那起到了些作用的白色面纱遮掩，所以根本看不清楚他的真实面容，但那绝俊温润的轮廓和身姿足以令人浮想联翩。

他狭长凤眸中似乎噙着一丝浅淡如水的笑意，一身雪白云缎锦袍犹如雪山之巅的莲花般摄人心魄。

他足尖轻点，在裴星彤下意识地伸出手欲抓住那似乎要凭空消失的轻盈身影时，他清俊的身影已翩然落在了假山上的一角，清润纯净的眸子似乎仍然闪烁着淡淡的笑意，就像从天宫走出的神仙般，美得不染一丝纤尘，美得夺人呼吸！

裴星彤吞咽着唾液，眸光闪动，那颗昏睡已久的"少女"之心开始蠢蠢欲动。

她左右看了一下，这里除了她就只有在殿外门口两侧值守的宫女和太监，而那白衣俊男所在的角度，刚好对着她这个位置。

那么，他现在是否是在对她笑？

调整着呼吸，她再次将眸光投向假山处，而那位俊美若仙的男子，依然如雍容华贵的天神般站在假山之上，也依然保持着高洁幽雅的浅笑。

似乎在无声地召唤着她追随而去。

那雪白身影静静地伫立在假山上，衣袂无风自动，像纯净的雪花般翩跹起舞，与墨色发丝交相辉映，更是形成了迷人风景。

裴星彤有一种冲动，想要撕开他衣衫的冲动，只因担心那雪白衣衫会突然变成一双翅膀，带着那个绝代风华的男子飞走。

思绪微动，紫色宫纱飘飞，裴星彤已在不自觉间缓缓走向了假山，走向了那个如梦幻般的男子。

然而，在她即将接近假山时，那抹高洁华贵的雪白身影已如一片随风起舞的羽毛般，缥缈而去。

裴星彤撩起碍事的裙摆，恶向胆边生，心急如焚地追逐着他的身影。

而那个俊逸绝伦的男子，明明拥有着超然轻功，却恰到好处地与身后的裴星彤保持着五六丈的距离，既不让她追上靠近，又让她能够尽力跟着。

就这样，在皇宫一条偏僻的曲径通幽处，一个绝美紫衣女子在追逐着一个身姿非凡的白衣男子。

裴星彤一手提着裙摆，一手撩拨着垂在小径上方的柳枝，紧跟着那抹飘逸而莹白的身影穿梭在青石板路上，根本无暇去想她跟来的目的，以及……他让她跟来的目的。

白衫，紫纱，在皇宫深处的青石小径上舞动出绚烂的魅影。

片刻后，她终于追到了一个空旷的阁楼前，站在原地转圈，天上地下来回打量了一周，却怎么也无法再找到那个如梦似幻的画中仙了。

重新调整着呼吸，她自嘲一笑，如果这不是睡意中的梦境，那就是她白日做梦了。

蓦然，鼻腔内涌动起一股异常的味道，确切地说是……血腥的味道。

她盈动双眸微微半眯，猛然转过身，才发现这个看似很庄重的阁楼门是开着的，而那门口及门槛处横七竖八地躺着几具尸体，尸体心口处那汩汩向外涌出的鲜血，证明了他们刚刚被结束生命。

裴星彤如紫色蝴蝶般的身子当下一震，这……

耳廓微动，翩然回首，她想赶快离开这是非之地，已然是来不及了。

眼前绛紫色衣衫浮动，俊美清冷的男子面含惊愕，上前一步……

“你好大的胆子，竟敢私闯皇宫禁地！”

然而，这厉喝的声音却是从另一个方向传来。

“参见父皇！”东方云霄俯首抱拳。

“参见皇上！”秦川和其他御林军双膝跪地。

一身明黄色龙袍的皇帝对着身后的御林军和太监向那个阁楼做了个手势，几个御林军和太监立即奔进被称之为皇宫禁地的阁楼。

随即，他板着脸问道：“这是怎么回事？！”他威严冷戾的眸光是看向裴星彤的。

裴星彤微微低垂下眼眸，暗自苦笑。果然是色令智昏啊。

从外人视线的角度来看，怎么看她现在身子的方向和趋势都是从那个刚死了人的阁楼里出来的。

那么，也就是说，她现在在别人眼中就是个欲逃的杀人犯。

皇宫禁地，要么是存放着什么贵重的东西，要么是藏匿着什么见不得人的东西。可不管是哪一种，似乎今天她都是好巧不巧地掉进了一个陷阱。而引她入陷阱的，却是那个画中仙。

呵呵，美男计呢。

盈润的水眸看似不期然地撞上东方云霄的视线，她唇边勾起一抹无奈的浅笑，不卑不亢地轻语：“我现在说什么都是欲盖弥彰，百口莫辩，不如直接告诉我，那里面到底少了什么吧。”

沉着而冷静，倒是难得。

她没有临阵乱脚，没有被皇上的威慑力吓倒，也没有被逮个正着的慌乱，那副泰然自若的神情就像被蜻蜓点过的水面一样，没有波澜，只有迷人的余晕。

这时，东方云霄再次微俯首抱拳道：“父皇，秦川方才与儿臣讲解了这里发生的事，有一个武功卓绝的匪徒，趁今日皇宫兵力侧重昭和殿之际，冒充御林军在守卫镇宝阁的御林军的饮水中下了药，只是盗走了外间的几样物件，并未进入密库。”

裴星彤垂下眼帘，心里百转千回，怪不得东方云霄刚刚离开时那么匆忙，原来秦川与他耳语时禀告的就是这件事，可明明他们比自己先离开昭和殿来到这里的呀。

东方云霄话音刚落，那几个进去查看的太监和御林军便神色惊慌地奔跑而出：“皇上，大事不妙了！”

皇帝东方擎龙眉猝然皱起，沉声问：“宝物被盗了吗？”

几个御林军和太监惶恐地跪倒在地，颤抖着声音答：“回禀皇上，宝物确实是不见了！”

就目前之情形而言，裴星彤觉得水深火热这个词基本就等于是为她量身打造的。

“什么？来人，将她拿下！”东方擎怒不可遏的话音震荡着这皇宫禁地，凌厉的气势让人不自觉地胆战心惊。

听闻宝物被盗，一旁的东方云霄和秦川均是一愣。

森冷的银光闪耀，待手持大刀的御林军以凌厉之势欺上前时，淡然而立的裴星彤轻缓地伸出右手，像是早已预料是这个结果般，那晶亮的瞳眸和脸上仍旧静若止水："等一下！皇上，事已至此，杀了民女您同样也是丢了宝物。既然如此，民女恳请皇上给民女一个洗清冤屈证明自身清白的机会。"

她冷静自持的表现让东方擎的瞳眸急剧收缩，他依旧阴着脸冷斥："冤屈？朕为何要相信你是清白的！"

裴星彤抬起脑袋，眸光流转，略显单薄的身子仿佛摇曳的树叶："相信皇上您已经确认了，民女身上此时没有藏匿那宝物，您定然认为民女是伙同他人一起盗取了宝物。那么，您即使杀了民女，那宝物也是落在他人手上了……"

轻微沉吟片刻，她再次轻启朱唇："半月之内，民女在此起誓，半月之内定然将宝物完完整整地寻回，完璧归赵！"

"朕如何信你？"

裴星彤美眸闪动，毫无畏色地直视着那个一国之君："民女这条贱命不足以用来当作起誓的资本，但就目前的情形而看，皇上您若信我，或许半月后宝物回归；若不信我，你现在就可以见到一具毫无价值的尸体。"

皇帝离开后，裴星彤微微松开双拳，那里早已浸满了温热的湿润。本以为会在隐秘的花丛中发展一段风花雪月的爱情故事，哪想到差点发展成人命事件。

"明明是被人陷害，为何还要当众起誓？"东方云霄冷魅的瞳眸紧紧地审视着她。

她长出一口气，侧首望向绛紫色锦袍的俊美男子，自怜的笑意在优美的唇角扩散开来："起誓，我尚有希望苟活半月；不起誓，现在就彻底遂了你的愿，送我归西！"

说罢，她悠然转身，向那几具尸体走去。

东方云霄心口一颤，深魅黝黑的俊眸微微眯起，眼前这个陌生的熟人，他真是愈发琢磨不透了。

裴星彤将裙摆别至腰间，缓缓蹲下身体，认真查看着那些守卫禁地的御林军尸体。西游记的故事告诉我们，有拖延症的人根本吃不上唐僧肉。故而，她当机立断，必须抓紧一切时间为自己洗脱冤屈。

鬓角的墨色发丝使得她娇美的脸庞若隐若现，却挡不住从她身上散发出来的清幽与迷离，谁说认真的男人很迷人，女子在认真做事时，同样令人移不开目光。

东方云霄缓缓站到她身侧，敛起恍惚的心神，冷嗤一声："都是你擅长的手法……"

裴星彤勾起一抹苦笑，依然垂首查看着。

引她入局之人还真是够用心，瞧瞧这些尸体，全都是被扭断了颈骨和踢碎了下颚。

还有那画蛇添足的行为，简直就是此地无银三百两，都已经扭断人家颈骨了，还要在心口处插上一刀，只为了迎合她一击毙命的称号吗？

她叹口气，施施然站起身：“东方云霄，带我进密库去看看吧。”

东方云霄深睨着她淡然娇俏的脸，恍惚间，淡淡的柔情一点点沁入他眸中：“且跟我来。”

裴星彤跟在他的侧后方，茫然地盯着他们双手相接处，眼帘微抬，袖子下的手渐渐紧握，眸光清澈而松散。

东方云霄感觉到她的回握，虽是一个极其自然的小动作，但他原本还带冷厉之意的神情立即浮上欣喜，嘴角也抑制不住地上弯，可偏偏还得为了维持冷面王爷的威严而努力掩着欢愉。

一跨进禁地，裴星彤顿时被晃花了眼，不愧是皇宫的藏宝阁，单单是这外间就放满了奇珍异宝，古董字画、金银首饰、珍珠晶石，美得令人眼花缭乱，数目多得数不胜数。

穿过了外间，里面有个不太起眼的月亮门，东方云霄拉着她低头进入月亮门，右手在一个装饰画上一按，只听咔嚓一声，一个书柜应声转动起来。

一股淡淡的檀木香味扑鼻而来，因为没有光线，东方云霄顺手取过一颗硕大的夜明珠来做烛光取亮。

绕过书柜进入密库，裴星彤自然而然地将手从他温热的大手中抽出，四下打量起来。这里相比于外间的金碧辉煌，着实普通得令人咋舌。灰蒙蒙的墙面上悬挂着一些样式奇特的长剑，地面的架子上摆放着陈旧的长矛，还有一些其他看不懂的东西。

总而言之，这里反倒像是个兵器库。

眉目流转间，角落里的一个案板吸引了裴星彤的目光，轻身上前，她将东方云霄手中的夜明珠夺走，向案面上一照……

白皙纤长的食指在案面那深色痕迹处轻轻一抹，查看指腹时，莹白的指腹依然洁净如初，再抹一下案面的灰白处，指腹上立刻沾满了灰尘。

轻轻转过身，单手指着案面上那洁净的长方形痕迹，对东方云霄问道：“丢失的宝物，是一架琴吗？”

他的俊眸中闪过一丝赞赏，诚实地点头道：“没错，正是牡丹琴。”

得到肯定的答案，裴星彤费解地皱起眉头，这满屋子似乎都是一些兵器，为何单单只放了一件乐器进来？而那个神秘的偷盗者，对那么多的珍奇异宝不盗，却偏偏盗走了那架琴，真是令人匪夷所思。

东方云霄像是看透了她的心思，上前一步，耐心地给她讲起了关于牡丹琴的奥秘。

牡丹，乃是百花之王，牡丹琴顾名思义，就是琴之翘楚。

这牡丹琴不单是一件普通乐器，它还是一件杀人利器。

多年来，江湖中不管是威震八方、雄霸武林的名豪，还是游走于江湖底层的小虾小蟹，都渴望着自己能够得到这架神秘的牡丹琴。

而各国皇室更是对此琴趋之若鹜，狐翡国皇室还曾向各界人士重金悬赏，只要得到此琴并将其奉给狐翡朝廷者，无论性别男女、身份贵贱，不仅允其三代入朝为官，还可赐予其皇家恩泽。此昭示一出，当即就引得江湖及各界一片疯狂，甚至还曾有人拿着高仿的假牡丹琴前去领赏，可结果就不得而知了。

相传，只要拥有这架牡丹琴，就会雄霸天下。

听了他的详细讲解，裴星彤盈动的眼波在夜明珠的照耀下显得异常璀璨，她不屑地撇嘴："一架琴而已，真的有这么邪乎吗？银月何时得来的此琴，从哪里得来的？"

既然这么抢手，那肯定也是得来不易吧。

听闻她言，东方云霄神色一窒，凛然抬起她的下巴，清俊的瞳眸中凝聚起复杂的深邃，那瞬间涌起的幽深仿若一汪不见底的深潭，像是能把人吸进去般，无法看懂更无法琢磨："……真的……不记得了吗？"

裴星彤仰着明媚动人的脸，迎上他幽暗冷魅的双眸，霎时间，心口处又浮动起了第一次见到他时熟悉的痛楚，那种痛楚此时正侵蚀着她的心窝和脑海。

闭上双眸，一颗晶莹剔透的泪珠从眼睑挤出，顺着她白皙滑腻的脸颊潸然而下。

蓦然，她纤细的腰际被一只有力的手臂揽住，温热的气息贴近她的面部，在即将贴上那粉润红唇时，他的头微侧，好看的薄唇赫然在她面颊处落下轻柔的一触，也顺势将那颗晶莹剔透的泪花抿进口中。

裴星彤微微掀起眼帘，迷蒙惺忪的瞳眸在夜明珠的投影下如子夜空中的星辰一般，粲然晶莹，绚丽夺目。

她静静地看着他俊美冷魅的容颜，曾经的裴星彤究竟对眼前这个男子承载了多少令人震撼的眷恋和痴迷啊："是我，是我亲手将它交给你的……"

原来，那引得天下人争相要拥有的宝物，竟然曾经是在她的手中。

如此想来，她国破家亡的下场，是否与曾经她将宝物拱手相让有关联？

裴星彤的声音低沉而暗哑，那沙哑中仿佛含带了一刹那的幽怨与不甘，还有淡淡的沧桑，这幽怨与沧桑如一记重锤，狠狠地撞击着东方云霄的心口。

"……而你，在得到它后，便毁掉了我的所有，国与家……还有我。"颤着双唇说完这句话，眼皮一沉，她轻盈的身子便犹如一片紫色的花瓣，软倒在他怀中。

原来真是如此。

东方云霄立即收紧手臂，俊颜骤变："星彤！"

一声"星彤"，不知倾泻出多少两人间的恩恩怨怨。

三年的纠缠不清，三年的她恋他厌，可当华凝香诈死的时候，又是谁欠了谁的呢？

她并没有因为那满腔执着的贪恋而杀害他心仪的表妹，而他却利用她的一片真心，骗得宝物，还致使她毁家灭国。

过去的三年，他对她只有厌恶与鄙弃，不仅对她冷漠无情，更是将她的痴恋视作粪土。

当以为凝香是死在她手上的时候，他便发誓，日后定然会狠狠地折磨她，让她生不如死。而现在，分明是她该恨他才对。

她用三年卑微到尘埃里的爱恋，换来了心仪之人的兵戈相对，换来了国破家亡，她到底该为她这简单的爱慕之心葬送多少珍贵的东西！

谁应了谁的劫，谁又变成了谁的执念……

华贵奢靡的卧寝内，沉香木床边悬着轻薄的纱幔，纱幔上面编绣着娇美的海棠花。夜风穿过微微开启的窗棂涌进房间，尽情地舞动着薄纱，如坠入云山幻海一般缥缈旖旎。

榻上放着青玉抱香枕，铺着软蚕锦被，锦被下是一个拥有倾国容颜的睡美人。

通亮的烛光盈盈摇曳在她的睡颜上，那莹白的肌肤显得更加透明纯净；淡弱的光晕也使得她纤长的羽睫在白皙的脸上投映下两排娇俏的黑影；微启的双唇粉红中透着水嫩，分外迷人。

床沿凹陷处是俊美男子颀长的身子，他一手轻轻地握着熟睡中女子的手，静静地注视着她娇憨睡颜，另一只手的指尖小心翼翼地划过她柔腻思维肌肤，轻蹭着。

片刻后，似乎觉得这样还不够，于是他像是有些犹豫地低下头，在快要贴上那粉润双唇的时候，又停顿了一下，然后继续俯首，缓缓印上。

当四片唇相贴的一瞬间，他的胸腔内被一股奇异的悸动胀满，胀得他连呼吸都紊乱起来。

甜腻而美妙的触感，引得他有些欲罢不能，本来只是想试一下这张红唇的感觉，可在尝试之后，却完全沉溺在其中了，于是他身不由己地沉沦迷醉。

"跟睡梦中的人接吻有意思吗，东方云霄？"就算他是王子，她也不是白雪公主。

随着一个半揶揄半轻佻的声音响起，东方云霄猛然抬起头，直起身体，尴尬地掩唇轻咳着。

裴星彤悠悠地坐直身体，脑袋左右环顾一周："这么奢华的地方不像是柴房呀，这是你的窝？"她从未进过他的卧寝，没想到竟是这般华贵。

真是人比人得死，货比货得扔。

东方云霄很快掩饰掉尴尬，撩起纱幔，起身倒了一杯仍冒着些许热气的茶水给她，淡语道：“你晕倒了……”

她欣然接过茶水，毫不优雅地灌下几大口：“是啊，整日给你做牛做马地干粗活，又没饭吃，好不容易偷懒一天又摊上了盗贼的罪名，能不累晕吗？”她只口不提当时是因为曾经的情绪迷幻了她的意识。

东方云霄的拳头蓦然握紧，站在床榻前，烛光将其挺拔的身影投映在她娇小的身子上，无比缠绵。他定定地凝视着纯净灵动的她，眸光闪动，不发一语。

裴星彤掀开绸缎锦被，看着摇曳的烛光，像是想起什么似的忽然问他：“天啊！东方云霄，我睡了多久？”

男子轻叹，自然而然地取过她手中的空杯，如实回答：“七八个时辰而已。”

而……已？还而已！

疯了疯了，这种人命关天的时候，她怎么可以睡这么久！她必须要赶紧着手追查牡丹琴的下落，才能在十五日后有继续睡觉的机会啊！否则十五日之后，她就会永远地闭着眼睡下了。

看出她心里的想法，东方云霄悠然地走到桌前，淡淡地抛出一句：“有强健的身子，才会有精力去做别的事情。”语落，他就着手里的空杯又倒满茶水，视线不经意地掠过杯沿，稍微转动半圈，含住。

茶水入口，幽香入心。

第五章 三年痴缠

还有一个时辰天就要亮了，裴星彤索性脱掉外衫，踏踏实实地在柔软的床榻上躺了下来，毕竟这大半夜的确实什么也做不了。

东方云霄很绅士地没有将她丢出去睡柴房，裴星彤瞥了一眼躺在一旁软榻上的男子，脸上蒙上一层复杂的清明与深幽。

鼻端传来绸缎锦被上的淡淡清香，恍惚的思绪便随之活跃起来，她静静地思索着白日里那诡异的一切。

按东方云霄的说辞来看，那盗匪一开始明明只是对守卫的御林军下了药，密库里间当时也并未被打开。可那人为何引她过去后，又将已经迷晕的御林军杀死，从而打开密库盗走了宝物呢？难道只是单纯的想要栽赃嫁祸给她吗？

那宝物藏在一个不起眼的角落里，密库中却没有留下盗匪翻找宝物的痕迹，而且，那个月亮门里面的字画后才是打开密库的机关，按理说应该只有很少人知道才对，可为何盗匪却可以不费吹灰之力就进入了密库？难道他对宝物的藏匿处十分熟悉？

还有，东方云霄明明是先她一步赶往禁地的，事关重大，他和秦川定然是走了自认为最近的路线，可为何还是她先一步到达了那里？难道她走的那条路才是最快通往禁地的吗？那个飘逸如仙的男子又为何会那么熟悉这条连东方云霄和秦川都不知道的路线？

她现在已然是个阶下囚的身份，身上图无所图，那个神秘男子又为什么要引她入局？

太多的疑问在她脑海里反复萦绕，纠缠不清。

朝廷，牡丹琴，江湖，列国，这浑水她是彻底趟进来了。

晨曦透过纱幔洒落在她慵懒的脸上，将她点缀得如日光精灵般娇美。

外间传来了窸窸窣窣的声音，将美梦中的人唤醒。

裴星彤惺忪地眯着眼，撩开轻薄纱幔，意识恍惚地走到外间。

她困顿地揉揉眼睛，对正在享受美婢更衣整装的东方云霄说道："东方云霄，我今日还要进宫一趟，你带我去吧。"

昨夜想了好久，总觉得要想找到些许线索，就必须再到皇宫的禁地去查看一遍。

随着她慵懒声音的落下，三四个侍候东方云霄的小丫鬟，均是不可思议地抽一口冷气。

王爷的卧寝除了她们日常整理与打扫外，其余时间是从不让任何人进去的。而眼前的裴星彤，身着白色里衣，发丝零乱，分明就是夜宿在这里的模样。

虽然惊讶，但她们并不敢多看此时的裴星彤及她走出来的方向。

东方云霄垂眸看向她裸在外面的粉白双足，下意识地皱起眉头："怎么不穿鞋就出来了，不怕着凉？"

她嘿嘿一笑，无辜耸肩，如实回答："昨日是你给我脱掉的，我刚刚没找到。"

她这容易让人误解又有些暧昧的回答，立刻引得几个小丫鬟怯怯地偷瞄，眼里带着嫉恨与鄙夷。

东方云霄被她明媚的笑容晃得一阵失神，片刻后，他上前一步，抬起手臂对身后的丫鬟冷声命令："都退下吧！"

"是。"几个小丫鬟不敢再多留，恭敬地应声而退。

在几个小丫鬟还未退出之际，他弯身一把将裴星彤窈窕的身子打横抱起，眼角余光瞥见房门已被关好后，他声音平静地开口道："你故意让她们想入非非是吧？"他怎么会忽略掉她眼中那一闪而过的狡黠与算计。

裴星彤双臂自然地环住他的脖子，笑眯眯地回答："谁让她们以前总是欺负我，我就是要她们知道我现在是王爷的新宠，看她们以后还敢不敢欺负我，不给我饭吃！这就叫三十年河东，三十年河西。"眼珠溜溜一转，她坏笑着，"君子报仇，十年不晚。小人报仇，从早到晚。她们该知道，我不是什么正人君子。"

她眉眼弯弯的俏皮模样，就在他眼前，这样近的距离，他甚至可以清晰地感觉到她那份得意洋洋。那纯净狡黠的笑容，正一点点蛊惑着他的心。

他忽然有一种冲动，一种想要让她的脸上永远保持着那份纯净明媚笑容的冲动。

"那我如此配合你，你打算如何谢我？"这句话问得有些突兀，连他自己都被这不自觉问出口的话吓了一跳。

裴星彤有些憋屈地撇嘴，斜睨着他俊美的脸庞，嘿，不要以为自己长得俊就得寸进尺好不好！"为何要谢你？平日里还不是你纵容她们欺负我的，而且你比她们还坏。"

她的话，让抱着她的东方云霄呼吸一窒。

是啊，他才是最会欺负她的那个。

裴星彤洗漱完毕，外面的婢女便鱼贯而入，手上均是托盘，托盘上是各式各样的精美菜肴，那阵阵菜香味，霎时弥散在卧寝外间的空气中，诱人口水。

当满桌子菜肴整齐地摆置妥当时，裴星彤惊讶地瞪大眼睛，就吃个早餐至于这么铺张浪费吗？而且就他一个人，哪里吃得完啊，真是不知人间疾苦的家伙！

她摸摸瘪进去的肚子，转身走向门口，心中不得不承认自己已经没有力气鄙视他了。

“出去干什么？”身后坐在餐桌旁的俊美男子突然出声。

她回头瞪着东方云霄，理直气壮地回答：“去厨房，去吃你的残羹剩饭啊！”这人，故意的吧！他在这里只是吃个早餐就这般山珍海味，她却连吃顿饱饭都是个问题，人和人的差距要不要这么大。

东方云霄俊眸微闪，冷瞥一眼守在门外的裴星彤：“你不是自封为王爷的新宠吗？既然要做就做得像样子些才是。”他平淡的语气中噙着一丝不易发觉的无奈和柔软。

领悟到他话中之意，裴星彤赫然转身，扑向餐桌，自怨自艾的脸上顿时溢满了欣喜的笑意：“呵呵……我真的可以在这里吃吗？”真的吗！这是每天可以吃饱穿暖之人无法理解的情绪。

仿佛被她的快乐感染，东方云霄冷魅的俊脸上难得地浮现出了温暖的柔情。他翘起好看的唇角，盯着她手上的鸡腿饶有兴致地打趣道：“你不是已经开始吃了吗？”

裴星彤眉眼弯弯地点着头，大刀阔斧地往嘴里猛塞东西，根本无暇顾及眼前的人还没开始动筷子。

东方云霄半眯着眼，就那么定定地欣赏着她可以称之为野蛮的吃相，偶尔抬起手中的筷子，也是将夹起的菜放进了她的碗里。

他唇畔依然是浅浅的笑意，笑得若无其事：“你倒是很好养活……”

他突然来这么一句有些煞风景的话，让嘟囔着嘴的裴星彤险些被嘴里的肉噎住。

什么叫“你很好养”？他还真把她当个牲口了呀！不过，不管是人还是牲口，能吃饱饭就行。人啊，一旦经历过大起大落，就会发现什么问题都不是问题。

“让您见笑了。”裴星彤一边不文雅地吃着，一边口齿不清地回答他。

东方云霄眸中染上一丝清冽：“仅仅是这样就感动了？”

感动?

裴星彤低着头，面对碗口的水眸中划过一抹冷笑，他是逼她跳河自杀的人，是把她屁股打开花的罪魁祸首，是让曾经的裴星彤心灰意冷的薄情郎，想单凭一顿美食就让她感动，未免有些异想天开吧！

不过，她现在既是无家可归的亡国奴，又摊上那么一个重大罪名，现实是不允许她和东方云霄为敌的。所以，靠着他这棵大树，多少会好乘凉些。

额前的发丝掩盖了她清冷的脸，低垂的眼帘遮挡了眼中的思绪和想法，仿佛她依然在没心没肺地吃着东西。

将手上被啃得干净的鸡骨头扔掉，她绝美的脸上依旧是纯净的笑容："东方云霄，可不可以给我那个小丫鬟也送些菜和肉，正是长身体的时候，跟着我吃了不少的苦。"她没有请求东方云霄放了裴影彤，因为现在她是自身难保，说不定半月后还会掉脑袋，裴影彤待在霄王府反而安全些。

东方云霄审视般看着她说道："真是瞧不出来，你以前可是不怎么喜欢善待她。"

裴星彤懊恼地站起身："我现在良心发现了不行吗？"她可以感觉到东方云霄是在怀疑她的身份，从给他洗玫瑰花足浴开始，他就在怀疑她，试探她。

可她就是裴星彤，就是重生后的裴星彤。

吃过早餐的两人刚走出房门，就碰见了程若兰。

她依旧是衣着华贵暴露，性子骄纵蛮横，但只要是在东方云霄面前，她就会变成依人的小鸟。

俗话说，鸟美在羽毛，人美在露腰。

程若兰看见东方云霄身旁的裴星彤，先是一阵惊愕，而后就开始用杀人的眸光瞪着她。

裴星彤不以为然地挑挑眉，一副小人得志、你能奈我何的表情。这个暴露狂每天朝九晚五地来霄王府，从不迟到和早退，准时得很，更是恨不得一天十二个时辰都长在这里，真够敬业的！

程若兰最后甩给裴星彤一记冷眼，盈盈倾身向前，拉着东方云霄的手臂，嗲声问道："表哥，这一大清早的，可是要出去吗？"

"进宫有事。"简单的四个字他便不再多言，冷着脸推开了她的手，典型一个面瘫的无情男子。

程若兰豁然皱起眉头，声音带着有些不受控制的尖锐："也带这个小贱人去？"

东方云霄的脸上赫然蒙上一层戾气，冷声呵斥："若兰，闲来无事就回府去闹腾。"

他冰冷的语气中带着愠怒的情绪，脸上那昭然若揭的寒戾让程若兰当下一愣，表哥从没这样冷漠地对待过她，今日怎么？

她怨毒的瞳眸恶狠狠地瞪向裴星彤，都是因为这个小妖精！

裴星彤眉目流转，莞尔一笑，对咬牙切齿的程若兰摊摊手，挑衅地拉起东方云霄的大手，摆出一副亲昵的模样："云霄哥，我们快些走吧，不然有人要发飙了呢。"

东方云霄任由她拉着手，向外面走去。

他将视线从她欢快的脸上移到两人相握的手上，心头再次划过异样的感觉，那感觉有些发胀，又有些发疼。

云霄，他从来不知道自己的名字竟是这么好听，不清楚是名字本身就很好听，还是因为她这样亲昵地叫他的名字，从而使得这个名字很好听。

"表哥！照熙表姐说有要事找你！"程若兰似乎使出了杀手锏，惊天地泣鬼神地喊着。

东方云霄果然停下脚步，蹙眉沉思片刻："星彤，你且先留在府里等我，待我回来后再领你进宫。"

古有凝香，现有若兰，此刻又冒出一个照熙。霄王爷，你究竟有几个好妹妹？

裴星彤忽略程若兰的得意神色，难得贤良淑德地笑笑："我想自己出去转转。"察觉到他的犹豫，她似是嘲讽地轻叹一声，"你放心，阿影那丫头还在你手里，我断然不会自行溜掉的。"

东方云霄抿起薄唇，她的话语和神色均是讽刺之意，让他的心口十分犯堵。堂堂一个王爷，哪里受过别人的冷嘲热讽，即便在云凤做质子时也是享有一国皇子该得的尊荣。现下裴星彤不但不领情，还处处违逆他，心里岂能畅快。

"没错，有那丫头在我手上，料你也不敢轻举妄动，哼！"赌气地说完，他拂袖而去。

辰时的茶楼里安静沉寂，只有零星几个类似赶路之人在饮茶解渴。

裴星彤愤愤地拍桌子："老板！来一斤女儿红！"

好，很好，程妹妹欺负她上瘾是吧？她真是喜欢挑衅滋事，不生气不生气，她裴星彤气度宽宏，心胸广阔，广阔得像大海一样。她才不跟一个黄毛丫头一般见识，可是为什么她还是很想发泄一下这郁闷之气呢！

老板娇躯微震："这位侠女，小店本小利薄，您……您看在咱们往日素不相识无冤无仇的份儿上，能否高抬贵手？"老板仿佛男低音附身一般发着颤音。

咦？难道她看起来很像砸场子的吗？裴星彤喊道："来壶白开水。"

老板面部顿抽："女侠，我们真的是小本生意……"茶楼最忌讳客人点白开水，那证明店里的茶水不好喝。

裴星彤掏出怀里的小铜镜，左照右照，里面除了一个绝世古典小美女，丝毫没有半点恶霸的踪迹。

她只好摆出自认友善的笑容："老板，你到底想怎么样？"

"这……"老板抖如筛糠。

"掌柜的，烦请给这桌上一壶君山银针。"一道如涓涓流水般空灵幽美的男声拯救了老板。

"好嘞，客官您请坐，小的这就去拿。"老板如获大赦地溜之大吉。

"好巧啊大侠，你还亲自来喝茶？"裴星彤没什么诚意地瞥了对面那个男客人一眼，语调阴阳怪气。

黑衣男子勾唇："茶能解暑消渴，亦能降火去躁，稍后你可以多喝些。"

裴星彤抬头，托腮细细打量他。眼前的人似是凭空出现，容貌平凡而中庸，气质却尔雅矜贵，声音温润动听，无端地给人一种他乡遇故知的亲切感。

这种人应该锦衣玉食，天天吟诗作对才合适，怎么就成了刺客呢？

大概因近期发生的一些烦心事导致了她草木皆兵的暴躁情绪，弄得她看谁都不顺眼，像个刺猬，有些狰狞。这样不好，裴星彤立即调整心态，慵懒道："大侠，能不能来两壶君山银针？"

刺客静静地坐在她对面，一副人好钱多的模样："好。"

店小二送上茶水时没想到会有个如此美貌的女客人，在裴星彤习惯性说谢谢后，他的脸顿时红如苹果，眼神儿直勾勾地盯着她挪不开。

裴星彤自然感觉到了店小二的痴迷目光。

于是她火上浇油地对其抛了个媚眼儿，惹得人家娇喘连连……嗯，其实是店小二倒吸了一口冷气，只因他没想到如此美若天仙的女子竟然会毫不矜持地调戏男人。

此非仙女，而是狐狸精。

"丫头，专心喝茶。"刺客突兀道。

"我姓裴，不叫丫头，你呢大侠？"

他微微眯眸："你可以唤我无双。"

"无双？天下无双，好名字，"她一杯接一杯地豪饮，"你怎么会在这里？"鬼才相信是巧合。

"来请你喝茶。"他依旧温润浅笑，连喝茶的姿态都优雅无比。

裴星彤挑眉看他，心绪流转，不置可否。

半晌后，她在确定对方不会小气到跟她各付各账时，又让店小二上了一盘煮花生。

男人啊，说一千道一万，其实就是替女人付钱的样子最迷人。穷人裴星彤现在十分赞同此观点。

“最近如何，可还顺意？”无双刺客的神情从容自然，漫不经心地问。

一个居家旅行皆不宜的刺客，现在竟然跟她这半个陌生人聊起家常，着实诡异。

裴星彤豪饮的动作微顿，继而没心没肺地回答他：“顺不顺意不重要，重要的是目前我还活着。”不得不承认，此时她很想矫情一回，已经多久没人这样关心过她了？

她经历了仇敌伤害，姐妹分离，嫉妇栽赃，莫名陷害，却没有一个人真心地关心她，她也是个有情绪的正常女人，她需要安慰和开解，需要呵护和关怀。

现在，突然有这么一个人，不管是真心还是假意，他愿意问候，愿意听诉说，怎会不被触动？

裴星彤是个吃软不吃硬之人，最抵不住别人的怀柔政策，此时将刺客都能视为知音。

两人有一搭没一搭地聊着，她本想扮作知心姐姐拯救一下这个落入歧途的小兄弟，但她发现无双不仅沉着稳重，温柔体贴，思维敏锐，连人生观价值观都比她正派。

拯救未遂，裴星彤很气馁，好在无双刺客蛮喜欢听她侃天说地的，一双勾魂儿的凤眸中总闪烁着殷殷光晕。

“我的愿望很腐败，就是有一天可以不劳而获，衣来伸手、饭来张口，天天购物，夜夜搓牌，有男人暖被窝，有父母伴左右，有兄弟姐妹谈心……”裴星彤丝毫不怕无双刺客笑话，越说越来劲，隔壁桌两个书生样子的客人频频咋舌，硬是被她震撼得欲生欲死。

这点真需要表扬一下无双刺客，果然干不正当职业之人就是抗刺激能力强，瞧人家，听得津津有味。

从茶楼出来，他们又去划龙舟，吃各式各样的小吃，还免费观赏了街头卖艺及一个富贵人家的比武招亲。

总的来说，和无双刺客在一起很逍遥自在，过得充裕且开心，致使裴星彤险些改行跟他做刺客。

“如果下次还有见面的机会，我们去长安城最好的酒楼，我请你！”临分别时，她对无双慷慨地承诺，豪气冲云天，身无分文的人才喜欢这么豪爽。

无双淡笑：“好，依你。”

裴星彤哈哈大笑：“你还当真了，谁知道我们还有没有机会见面，上次和这次我可是都当作最后一次的。”

“会的。”无双语气温润且坚定不移。

回到霄王府时已是傍晚，平日里还算有人气的王府此刻犹如关禁闭的小黑屋，静谧得掉根针都能听到，明明是七月的天气却让人感觉阴风嗖嗖。

裴星彤好奇地问一个低头躲在树后的丫鬟：“喂，这是怎么了？皇上来了？”这院里就这么几个人影，而且还都跟被罚站似的，一个个恨不得把脑袋扎进地缝里。

丫鬟险些惊呼出口，诡异地看了她一会儿：“你怎么才回来？”

“王爷允我歇一日不行呀，我说你躲树后面做什么？你抖什么，别跑啊……”

“裴姑娘？”

裴星彤回身，原来是东方云霄的贴身侍卫漠黎：“茉莉花，你找我有事？是不是你家王爷要洗脚。”莫怪她随意给人起别名，实在是为了修衬一下他冷漠的面孔。

漠黎乍闻此称谓，脸色微微抽动，未做反驳：“请裴姑娘速移步寒月阁。”

“寒月阁？”东方云霄又弄什么幺蛾子。

她的疑惑在瞧见寒月阁门外跪了满地的丫鬟和小厮后，有了初步猜测，东方云霄目前很不爽。

裴星彤抱着可能会被殃及池鱼的心态走进寒月阁，里面的境况更惨烈。地面上至少摔碎了七八个花瓶，娘亲哟，那可是货真价实的古董。

显然，古董已成了东方云霄的撒气品。据不完全估计，眼前这位暴躁的壮士至少损失了几千两银子。

东方云霄也发现了门口的裴星彤，先是微愣，而后快步走上前厉声呵斥她：“你一个人跑去了何处？怎么才回来！”暗中跟着她的侍卫居然不小心将她跟丢了，她可知一个人在外面这么久会有多危险！

裴星彤眨眨眼，他发脾气砸东西不会就是因为她旷工一日吧！

她想梗着脖子吼回一句关你什么事，幸好及时记起自己阶下囚的凄苦身份，才把没说出的话咽到肚子里，避免了流血事件发生。

冲动是魔鬼。

裴星彤清清嗓子：“我活一天少一天，出去散散心也不行？我跟你说……喂，你拉我去哪儿啊？”

“用晚膳。”东方云霄握紧她的手。

裴星彤扯着手臂跟在他身侧：“吃饭？”什么情况，幸福会不会来得太快了？

所以说，塞翁失马，焉知非福。

第二日，东方云霄这个情绪犹如幼齿孩童般变幻莫测的家伙终于没有被哪个表妹召唤，乖乖带着裴星彤进宫了。

再次进入皇宫，她早已没有了初次那份兴奋和欣赏的心情，只有满心的阴郁和茫然。

裴星彤没有直接去禁地的密库，而是来到了昭和殿。今日的昭和殿并没有不久前那番热闹与喧嚣情景，只因昭和殿是皇宫平日里摆宴的宫殿，而皇帝上早朝是在景乾殿。

她在昭和殿的门前沉思着，东方云霄只是默默地看着她，并不出声打扰。

片刻后，她忽然指着前日假山出现谪仙男子的方向问道："东方云霄，那里是什么地方？"

东方云霄顺着她手指的方向望过去："那里面是冷宫。"

"冷宫……"裴星彤喃喃自语着，又指向前日追逐飘逸男子的青石板路方向问他，"那里呢？"

东方云霄蓦然眯起俊眸，沉默了须臾，才冷声轻哼："怎么，对东宫也感兴趣了吗？"

东宫！东宫不就是太子的宫殿吗？

太子……

前日东方云烟给她指了很多重要的人物，让她认识，可唯独没有太子的身影。而在裴星彤的记忆中，关于银月太子的事情也很少，只知道银月太子一向神龙见首不见尾，很少出现在公众场合。而且，那时裴星彤的心思一直都在东方云霄身上，对其他事情的关注并不太多。

虽然皇后一再解释，但神秘莫测的太子前日竟然没有参加皇后的寿宴，这不在情理之中啊。

"东方云霄，你不需要上早朝的吗？"按理说，成年的皇子都需要参加早朝，那太子定然也是会上早朝的吧。

东方云霄抬头望了一下东边的天际，淡淡地回答："现下还未到早朝的时辰。"

她进宫来不去密库却直接来昭和殿，又问些奇怪的问题，东方云霄眸中闪过些许狐疑："你是不是有什么事情瞒着我？前日你为何会去禁地，而且比我先到？"

裴星彤嘴角扬起一抹自嘲且无奈的弧度："如果我说是有人要陷害我，刻意引我去的，你会相信吗？"当时她中了美男计。

俊眉拧起，东方云霄深邃的眸光散发出冷峻的寒芒："引你去？是谁？"

裴星彤眸光迷茫而淡然地凝视着那条青石板路，娇美容颜上溢出点点忧郁的娇俏，抬手将飘在脸侧的长发别至耳后：“不知道是谁，只觉得是一个宛若天仙的人……”单单是一双眼睛和缥缈的身姿就是那般风华绝代，那么，中了他的美男计，她也不委屈。

回答完，她抬起轻盈的脚步，按着前日的路线向青石板路走了过去。

宛若天仙的人？“是个男人？”东方云霄跟上她的脚步，突兀地问道。

裴星彤没有回答他，只是心思沉重地继续往前走。

东方云霄身子一晃，便如一阵风般飘到了她身前，用挺拔的身子挡住她的去路，双手扣上她的双肩，再次冷声问道：“回答我！”

一门心思想事情的裴星彤微愠地凝视着他俊美的容颜：“回答你什么啊？”她这正郁闷着呢，这可是人命关天的事啊。

“那个宛若天仙的人，是男人吗？”他冷魅瞳眸紧紧地盯着裴星彤的双唇，似乎很在意她即将说出的答案。

“是男人啊，可是这事与那人的性别有什么关系？”她奇怪地冷睨他一眼，推开他，继续往被浓密柳枝掩盖的小径走去。

当然有关系！她用宛若天仙来形容别的男人，这怎么会跟他没关系！他以为她的眼里不会再有别的男人了，他东方云霄才应该是裴星彤心目中那个宛若天仙的男人！

她岂可如此见异思迁？

东方云霄蓦然转身，注视着她秀美的身影，双拳不自觉地握紧。以前她一直把他视作珍宝，非要嫁给他，对他纠缠不休，宁愿变成阶下囚也要跟他来银月，那般痴心。

可那个一直把他挂在心间的人，忽然变得漠视他，眼中能容下别人的身影时，一股怅然若失的感觉，就像被蛊毒蚀心般令人难以忍受。

他冷魅的双眸危险地眯起，紧紧盯着远去的窈窕身影，她一辈子都只能是他的……牛和马！

上午的阳光明媚而清丽，淡金色光晕透过浓密的柳枝和藤蔓，穿插在青石小径上，形成一条条细密的射线。

裴星彤单手撩起垂落的柳枝，一步一步地向里面走去。她的速度不快，一边透过缝隙查看周围的环境，一边向前慢慢走着。

然而，在走到一半时，她突然停下了脚步，因为此时她的面前出现了一个岔口。

岔口呈人字形，分向两个不同的方向，两条青石小径几乎没什么外观上的区别。而她前日根本就没有发现这里出现过岔口，她当时只是一味地追逐着那个神秘男子，并没有分出心来观察路况。

那么，前天他们走的到底是哪条路呢。

脑中略作思索，她眸中波光微转间，绝美容颜上已然有了一层释然的笑意在慢慢扩散开来。

眼帘垂下，裴星彤倏地闭上璀璨的瞳眸，霎时间，那个白衣胜雪、身姿卓绝的男子，仿佛一下子就出现在她的脑海里。

他衣袂翩飞，发丝飘舞，矫健而轻盈的身体像只引路蝶一般，在前方为她指引着方向……

裴星彤缓缓伸出双手摸索着，按照直觉开始跟着那抹翩白的身影而去。

半晌后，当眼帘前由黑色渐渐变成橙红色时，裴星彤轻轻睁开了眼睛，前方一丈之外，入目的赫然是那皇宫禁地。

她黑宝石般的瞳眸中闪烁起明亮的光晕，不自觉地弯起好看的唇瓣。

看着眼前守卫森严的密库，她幽然垂首，思绪转动着，脸上又渐渐裹了一抹清冷寒凉的意韵。

盗走牡丹琴的人肯定是对这个皇宫十分熟悉，甚至比东方云霄和御林军都要熟悉，才会知道这条隐蔽的捷径。

那么，就必然是有内鬼了，可到底是谁呢？为何要栽赃嫁祸给她？可她现在已然是个毫无用处的阶下囚，还有什么能够让他人暗算的价值？

牡丹琴……

既然是琴，那么就得弹才能发挥它的效用，如果是普通人盗了此琴，肯定会用来换取高额的金银，不会留着自己弹。

而牡丹琴又不是普通的物件，若想出手，必然不会在当铺或钱庄出手，盗匪究竟会选择什么方式出手呢？带着那么大的物件跑去狐翡国当官领赏吗？恐怕他连这长安的城门都出不去吧，现在整个长安城满街都是巡查的官兵，盗匪定然还在城内。

既然有人想引她入局，那她是否该遂了人家的愿。

微风拂过，柳叶沙沙作响，她斜睨着青石板路藤蔓后面的东宫。

据说太子少顾内政，却外务繁忙，不常出现在东宫太子府。如此，也许不会参加今日的早朝了吧。

“你在这里做什么？”一身朝服的东方云霄对站在青石小径上兀自发呆的裴星彤问道。

裴星彤恍然回神，收起眸子中的阴郁和迷蒙，扬起清澈盈动的笑脸，回答得有些话不搭边：“东方云霄，我们出去玩吧。”

她俏皮的脸上正闪动着明媚的笑容，娇艳而迷人。

东方云霄扬起若有似无的浅笑，上前一步，右手挑起她莹润的下巴，用探寻的眸光凝视着她的眼睛：“你是想把余下不多的几日都痛痛快快地活完，还是在算计着什么？嗯？”

他平静的语气中含着淡淡的玩味，加上他唇畔那浅薄的笑痕，让他一贯冷魅的俊脸变得不再那么拒人千里之外，也亲和了许多。

东方云霄的面容真的很俊，不然裴星彤怎会对他那般如痴如狂。还有那个程若兰，恨不得天天都黏在他身上。

裴星彤仰着脸，唇角溢出一个纯净甜美笑容，清明的眸光中带着半分慵懒、半分戏谑，吐气如兰：“东方云霄，你可真好看，怪不得我以前像程若兰似的，天天黏着你不放。”

她的话，夸赞了东方云霄，讥笑了程若兰，也调侃了自己。

可……这跟他刚才的问话有何关系？

在东方云霄俊脸微红之际，裴星彤已如一只欢快的小鸟般飞离了他的手心。

茫然地看看空落落的右手，东方云霄抬头望向前方，她正在向他招手：“快点过来啊，等会酒楼就该没空位子了，记得多带点银子！”

第六章 王子病

长安城街道两旁垂柳相依、闾阎相望，周围不停地响起小商小贩们高亢的吆喝声，也有人围了一圈临街观看卖艺人那精彩的炫技。酒楼饭馆更是人声鼎沸，热闹非凡，整个长安城依然是一片繁荣似锦、平静祥和的景象。

但细心之人不难发现，城门处的安全巡查变得比以往更加森严了，还有那些潜藏在暗处用目光搜寻可疑之人的官兵，都显示出了在这貌似祥和的平静中，正蕴藏着不同寻常的诡异。

晌午时分，酒楼和饭馆可谓是最受人们追捧的了，不管是官僚商贾，还是平民百姓；不管是英豪侠士，还是蝼蚁小辈；不管是王爷，还是阶下囚，饿了终归是需要填饱肚子的。

既然是人多的地方，自然也就有故事可以听了。

“不是要去酒楼吗？为何又要进这成衣铺？”被裴星彤拽进一家成衣铺的东方云霄正不解地发出疑问。

他邪魅的容颜上沁着不易发觉的笑意，虽然有疑惑，但还是没有丝毫拒绝地跟了进去。

裴星彤转过身，审视着东方云霄的脸回答：“你整日顶着霄王爷这张脸在外面吃饭，不觉得别扭和不自在吗？”他这张皇家贵族脸，不仅会让人对他点头哈腰恭谨慎微，还要接受别人不停的膜拜和瞻仰，多没有自由！重要的是，他往那一坐，谁还敢直言不讳、倾腹而谈。

东方云霄冷魅的眸中浮起些许玩味，饶有兴致地问：“为何要别扭？”

裴星彤嗤笑一声，眼含蔑视地撇嘴：“王子病。”看来他是早已习惯了被别人敬仰和恭维，习惯了成为万众瞩目的焦点。

当裴星彤翩然的身影已经走进柜台，在掌柜的热切接待下挑选成衣时，身后的东方云霄才恍然领悟她的意思，他冷峻的容颜上忽然荡漾着一种叫作柔情的东西，却犹不自知。

片刻后，一身华贵朝服的东方云霄已换上了一件淡青色的普通外衫。

裴星彤捏着下巴，从上到下打量了他一遍，才满意地点点头："嗯，我太'善解人衣'了，这样穿就很自然，这个颜色倒是十分适合你。"

说完，她把东方云霄换下来的朝服丢给一直跟在两人身后的漠黎："茉莉，给你们王爷送回去。"

一直恭谨垂首的漠黎，双手托着那身朝服，微微看向东方云霄，在见到东方云霄不经意地点头首肯时，他才转身飘然而去。王爷以前一看到裴星彤或是听到她的名字，就会露出生不如死的表情，现在却是欲仙欲死了。

裴星彤自己也换上一件普通的月牙白色男式外衫，她将挽成发髻的墨色长发打散，又简单地在后脑束起。顷刻间，一个翩翩美少年便横空出世了。

月牙白色外衫将她如凝脂般的肌肤衬托得就像刚剥去壳的煮鸡蛋般，莹白而嫩滑，让人忍不住想要咬上一口。简单束起的如瀑发丝，将她所有的灵气完全彰显出来，修长的脖子更是犹如上等美玉般，柔腻得令人心慌。

那肥胖掌柜惊羡地吧唧吧唧嘴，连忙翘起八字胡，谄媚地奉承道："哎呀，真是天人之姿啊！姑娘若是男儿身，不知又要迷倒多少官家小姐和名门淑媛呢！"

裴星彤的眉眼瞬间弯成月牙形，很受用地扬起下巴："那当然了！你真有眼力。"不过要是让裴影彤扮成男子，肯定比她还要像，还要迷人。

对着铜镜转一圈，裴星彤发现自己扮男人还挺人模狗样的，于是摆出各种姿势顾影自怜。

"姓裴的，可以走了吗？"东方云霄语气不悦地出声。

他很不喜欢店掌柜眼中那抹对裴星彤的惊艳和心猿意马，他有种自己的私有物品被别人窥视的愤怒感。

"哦，等等，这个给你戴上。"裴星彤顺手将一个面纱递到他面前。

东方云霄蹙起眉头，瞪着那个面纱："本王乃银月堂堂三皇子，怎可戴这种有失尊严的东西？"难道他这张皇子脸，还见不得人了！

"诚然，你是银月三皇子，但是，尊严那种东西要因情而定。若是我一味顾及尊严，如今还能活着吗？"她意有所指。

东方云霄一滞，赌气扭头："你我岂可相提并论，总之……我不要。"

理性劝说失败，裴星彤遂板起脸，对他伸出手心："那你给我银子，我自己去吃，不要和你一起。"

"你……"莫要得寸进尺。

话未出口，东方云霄愤愤地扔掉面纱，从柜台上扯过一个青纱斗笠戴在了头上，咬牙道："这样，可以了吗？"

裴星彤双眼一亮，唇边绽放出一个明媚的笑容，两指按住双唇，豪爽地甩出一记飞吻："哈哈，这个更好，真乖！"

真乖？依稀记得她之前就是这样说五皇弟的。

五皇弟，十岁……

东方云霄慷慨地扔给掌柜一张银票，就粗鲁地拉着她出门，只是遮住面容的斗笠下，赫然是一张翘着唇角的俊美笑颜。

而被他拽着的裴星彤却是三步一回头，五步一回首地看着身后的成衣铺。那个八字胡老板此时一定是捧着银票乐疯了吧，应该让他找钱的。

身无分文的女子穷不起的。

此时酒楼正是高朋满座之时，甚至想找个座位都有些难，裴星彤跟在戴着斗笠的东方云霄身侧，一起进了酒楼的门。

两人都是普通衣衫，但那周身散发出来的气质却不容忽视，店小二忙不迭地迎上前，笑呵呵地招呼道："两位客官，里面请！"虽然看不清东方云霄的脸，可裴星彤那张夺人呼吸的阴柔俊颜和不凡气场，已使得店二小不敢因为两人那身普通的衣衫而有半分怠慢。

"两位是要雅间吗？那恐怕得让两位客官稍等片刻了，您看这满屋子的人……"店小二脸上挂着职业性的微笑说道。

裴星彤倾身上前一步，颇礼貌地说："小二哥，刚好我家公子爱热闹，不喜静，你就在一楼给我们找个中间的位置吧。"

"好嘞！两位客官里面请！"店小二见裴星彤如此好说话，又是个奇怪性情，笑呵呵地弯腰为两人引路。

裴星彤刚欲抬脚跟上，蓦然，手被人拽住了，她奇怪地回过头，还没等她问，东方云霄已经咬牙切齿地附在她耳边低声道："我爱热闹不喜静？裴星彤，你且看看这一楼都是些什么人，本王怎么可以在这里用膳？即刻改成雅间！"

喂喂，以为会瞪眼神功就了不起呀！裴星彤无奈地指指他那件普通青色衣衫，沉声解释："公子，你现在的身份不是什么王爷，只是个普通路人而已。"她刻意将普通二字咬成重音。

不理会东方云霄身上散发出来的怒意，裴星彤跟上店小二的脚步，状似无意地浅声问：“小二哥，今日这京城为何会这般热闹？”

店小二倒也率直，有问就答：“客官，您不是本地人吧？这再过三日可就要召开江湖中的鉴拍大会了，您说这人能不多嘛！不过话说回来，每年都召开鉴拍大会，今年的人却是远远多于往年。”

裴星彤细心听着，目光流转，清冷的眉宇间潜藏着幽静的深邃。

江湖鉴拍大会，看来今天果然来对了，只是这店小二知道的并不多，要想听到更多的信息……

她看了看满屋子举止和穿着各异的人，唇角堆起深幽的笑意。

说话间，店小二已经将两人领到了一楼中间的一个雕花屏风旁，他不好意思地指指一头已经坐了两个人的长桌说道：“二位客官，真是对不住，这几日客人着实太多了，您且看看二位能否在此桌将就一下？”别的桌子都满了，只有这里还有两个空位。

店小二的态度极为讨好，也很诚恳，裴星彤水眸中光波莹润，淡笑者回答：“特殊时期，也只能这样了，只要二位姑娘不嫌弃便可。”

长桌那头坐着两个一身同样打扮的女子，由那腰间的长剑和两人的气场来看，两人只不过是哪个门派里初出茅庐的小丫头罢了。

裴星彤本就拥有倾国之颜，再加上那女扮男装的阴柔之美和温文尔雅的态度，顿时让两个小丫头心潮澎湃起来，还不等店小二征求她们的意见，其中一个年龄稍小的女子已然笑媚着点头应道：“公子无须多礼，出门在外能相逢便是缘，理应彼此照应，两位公子请坐就是。”还真是江湖儿女不拘小节。

她话音一落，身边年纪稍大些的女子便红着脸捅捅她胳膊，嗔怪反驳：“秋月，莫要随便与人搭语。”

这厢，裴星彤只是礼貌地冲她们一抱拳，唇角流淌出温润的浅笑：“那在下便代我家公子谢过二位姑娘了。”

言罢，她优雅地侧首对店小二吩咐：“小二哥，两位姑娘的吃食都算在我们账上，以此谢过两位姑娘仗义仁心，再给我和我家公子上几盘酱肉和酒来。”不是自己的钱，花起来真是痛快。

店小二笑逐颜开地用挂在胳膊上的抹布擦着桌子：“好嘞！两位客官请稍等片刻，小的马上好酒好肉地给您伺候着！”

“有劳了。”

裴星彤矮身拽过一只硬邦邦的木凳，用衣袖擦擦根本不存在的灰尘，随后转身谄媚地对被当作隐形人的东方云霄嘿嘿一笑：“公子，舟车劳顿，您请坐。”

东方云霄冷着脸瞪向她，不仅要与一些烂鱼小虾坐在这从未坐过的硬板凳上，还要与别人同桌，他本想一走了之，可心下又明白她来这里的目的，只得忍着浑身的不自在，硬着头皮坐下来。

裴星彤忽略他冒火的眼神儿，安排他坐下后，连忙谄媚地倒满一杯茶水递给他："呵呵……公子，先喝口茶润润喉吧，温度刚刚好。"

见她接收不到他愤怒的眼神，东方云霄凑近她耳边沉声说："本王从来不喝这种可以随便喝的劣等茶水，你现在就去给本王点一壶皇山碧螺春来！"

裴星彤兀自翻个白眼，没好气地靠近他的耳廓："你见过穿成咱俩这样喝那种茶水的人吗？如果我脑子没坏掉的话，好像皇山碧螺春只有你这种皇族才喝得起！"

东方云霄气急："你……"

不等他继续说下去，裴星彤柔润的美眸已凝聚起薄凉的黯然："不高兴你走就是，反正我为了活命，容不得什么事情都得按着自己的喜好来了。"对付他这种人就得软硬皆施，酌情下策。

两人相互较劲，仿佛已全然忘记了这是公众场合。

两个男子一坐下来就开始暧昧地相互咬耳朵，不仅让同桌的两个女子惊愕得直咽口水，更是让邻座一些注意到他们举动的人嗤笑和戏谑。

直到店小二把酒菜都上齐，两个相互较劲的人才恍然醒悟，感受到大家"关爱"的目光。

裴星彤清咳一声，倒了两杯酒递给东方云霄一杯，自己则端着酒杯对同桌两个一直含羞带怯的女子遥敬一下后，一仰而尽。

那辛辣而刺激的感觉顿时侵袭着整个咽喉，她猛咳几声，见两个女子一直对她放电，连忙忍住喉间不适，欲保持形象和风度，可结果却把脸憋成了猪肝色。

东方云霄冷冷地塞给她一块锦帕，怪声怪气道："不会喝就莫要逞能！"

裴星彤毫不客气地用那带着清香味的锦帕擦擦嘴："这酒……味道太冲了。"

他鄙夷地轻哼一声，端起酒杯凑到斗笠下的唇边，比喝茶还痛快地一口饮尽，然后又挑衅地将空杯推到她面前，示威性地淡语："满上。"

裴星彤眨眨眼，崇拜地扯动唇角，凑近他耳际制止他这种拿命喝酒的不恰当行为："别正事还没办你就喝醉了，再说，酒后容易……"

"容易怎样？"东方云霄在她稍微停顿之际，嗤之以鼻地问。

她迷蒙地眨眨眼，将夹起的牛肉放进自己嘴里，低声嘟囔："容易乱性啊，这是常识。"

正在东方云霄想要说什么之际，裴星彤已飞速撩起他垂在面前的薄纱，将一大块牛肉塞进他嘴里，堵住。

然后，挤眉弄眼地和同桌两个女子攀谈起来：“看两位姑娘气质不凡，敢问两位姑娘师出何处？”

依然是那个年纪小的女子抢答道：“凤舞宫！”

报上家门后，她满脸得意之色。显然，这个凤舞宫应当是一个十分有地位和威望的门派了，可从两人的气场和举止来看，应该只不过是凤舞宫里身份和排位最下层的人。

凤舞宫，脑海里的记忆中，只知道这是一个神秘而强大的门派，不仅在江湖中受到各门派的推崇和拥戴，更是在武林中稳坐白道第一大门派的位置，其神秘宫主的地位也是仅次于武林盟主。

所以说，越是地位高之人越喜欢低调。

“哎呀！原来两位姑娘是名门弟子啊，失敬！失敬！”裴星彤状似惊讶和崇拜地恭维。

“敢问公子出自何门何派？”小丫头倒也不扭捏，率直地问她。

她们出自……皇宫。“我和我家公子只是途经此处，并没有拜入任何门派。”裴星彤继续睁着眼睛说瞎话。

见两个女子并未起疑，裴星彤狡黠地半眯着眼，眉目流转间，漫不经心地问道：“两位姑娘可是为这江湖鉴拍大会而来？”

“是啊，据说今年……”没什么心计的小丫头刚欲再说些什么，她身边年纪稍大的女子立即摇头制止，“秋月，人心险恶，莫要多言了。”

裴星彤也不介意，只是淡笑一下，可那清澈的瞳眸中已是一片清凉与了然。

她在心底冷笑一声，与其说是江湖鉴拍大会，莫不如说是江湖中小鱼小虾们施展拳脚的机会罢了。

江湖是什么，江湖就是个大杂烩，优劣好坏无奇不有。只会蹲个马步，就可以挎把劣等剑，说自己是江湖中人。

故而，这江湖鉴拍大会根本就没什么权威性可言，再看看满屋子的这些人，压根就没几个是真正的武林翘楚。只有在这江湖鉴拍大会中能够脱颖而出、拔得头筹的宝贝，才会真正吸引武林中人的眼睛。

而今年这人会比往年多，只不过是因为……

“二师兄，你说这次鉴拍大会真的会有什么意想不到的宝物吗？”隔壁桌子一个二十多岁的黑衣男子问向同桌的另一个男子。

还没等那个被他称作二师兄的人回答，与他们邻桌的一个方脸大汉便扯着嗓子喊道：“这位兄台消息很闭塞呀，你且瞧瞧这满屋子的人，有几个不是为了那个绝世宝物而来的？”

黑衣男子蓦然瞪大眼睛，惊讶不已：“绝世宝物？这可以称作绝世宝物的，无外乎就是牡丹琴和神秘的玄铁雷火箫了，而玄铁雷火箫至今也只是个传说而已，难道……这次的鉴拍大会有牡丹琴？”

“哈哈！小兄弟，孺子可教也！”方脸大汉的朗笑声让满屋子诡异的气氛缓和不少。

黑衣男子讷讷一笑，转过脸继续问向他同桌的男子：“二师兄，这次真的是有牡丹琴吗？我们是否要竞拍？”

被他叫作二师兄的男子面无表情地吃着菜，斜睨周遭一眼后，沉声回答：“我们只管听从安排，探听牡丹琴的消息便可，其他事情自有掌门师兄来定夺。”

午时过后，喧闹的酒楼方清静下来，目送与他们同桌的两个女子依依不舍地离开，两个人才站起了身。见四下已无人，东方云霄欲扯掉那个让他厌恶至极的斗笠。

“不要摘掉。”斗笠刚取下来扔到桌子上，裴星彤就适时制止了他。

冷眸中寒芒乍现，气得咬牙切齿：“人都走光了，为何不可以取下这见鬼的东西？本王受够了！”

裴星彤静静地凝视他，灵动的美眸瞬间清冷下来，凄然启口：“如果你不能起到积极作用，就不要妨碍我为保这条贱命而付出的努力！我不会因为你利用我的感情夺走宝物和让我家破国亡而怨恨你！所以，你大可不必掺和进来。如果十日后，未能寻回牡丹琴，我魂归西天时，便是你我两清之日！从此阴阳两隔，永不相见！”

东方云霄霎时惊愣，胸口有规律地起伏着，紧紧地凝视着她漠然凄寂的容颜，眸光深沉如夜色。须臾，他愤恨地扯过斗笠：“谁要和你天人永隔了？莫要以为你这样说，本王就会感到愧疚！你且看着，就是倾尽所有，本王也会保你的命！”

裴星彤黯然神伤地低下头，而那幽然半眯的眼帘则掩盖了她眸子中的精芒和算计。好人不长命，祸害遗千年，为了生存下去，她不可以毫无心计。

指甲深深地陷入手心的肉里，她再次抬起头时，美眸中已有晶莹的水汽在涌动，配合着她眼底的一丝局促和不安，轻启朱唇：“东方云霄，我不怕死，反正我现在活得猪狗不如。可是，阿爹当时用全家老小的命换得了我一人生还，不是为了让我这么快就去与他们在黄泉之下相聚，我现在不是为自己而活，是为了所有珍爱我的人而活。诚然，我死不起。”

东方云霄心下震撼，蓦然将她娇柔的身体拉进怀里，以温热的大手抚摸着她的长发：“星彤，即使无法寻回牡丹琴，我也不会让你死的，你定要信我。”

听闻他此言，附在他肩头的绝世容颜上，扯出一抹得逞的冷笑，随即，又恢复了令人怜惜的坚强之色，附在他耳边轻轻呢喃："我相信你，但我们必须尽力寻找牡丹琴的下落，毕竟这似乎不只是偷盗那么简单，定然是有人要引我入局。如此，即使我这次侥幸被你保住了，幕后之人还会继续为我设下其他更险象环生的陷阱。"

她馨香的热气断断续续地扑在他敏感的耳后，带着魅惑的温度，一点一点地掠过他的心房，激起无限缱绻迷离。

东方云霄稍微拉开两人之间的距离，冷峻瞳眸中有一股奇异的情愫在翻涌。他轻轻地擦拭着她晶莹的眼角，低语如烟："莫要担心，他挖一个陷阱本王就给你填平一个陷阱。接下来，可是要与他们一样去茶楼？"

他语气中带着连他自己都不曾听过的温柔和宠溺，就像个痴情郎在诱哄着自己的娇妻。

裴星彤翘起唇角，眉眼弯弯地使劲点着头："东方云霄，你真聪明！"没错，接下来人多的地方就是茶楼了，也许在那里还可以探听到些许有价值的线索。

就这样，丢下银子后，两个"男人"便手拉着手向茶楼奔去。

待他们的身影完全消失，二楼最里面的豪华雅间中走出一个清逸出尘、唇红齿白的美貌女子。从她轻盈的身姿及流畅的动作就可以看出，她的武功已经到了非同寻常的地步。

她袅袅走出后，恭敬地向里面俯首道："宫主，他们已经走了。"

这样倾城容颜的华美女子竟只是别人的下属，那里面被她尊崇的人又该是……

里面没有再走出人，只是有一个宛若清泉般纯净甘甜的男性声音，从里面清幽地传出："三日后，牡丹琴现世。"

他的声音很淡薄，似乎没有任何情绪掺杂在里面，犹如雪山冰晶一般纯净透明，让人心生窥听之意。

美貌女子微微抬首，脸上闪现一丝疑惑，下意识地问出口："宫主，为何要提前实施计划？"

"你没看到本宫的妻子还在别人怀里吗？"这次，男子那悦耳的声音中沁入了丝丝波澜。

可就是这几不经察的点点波澜，却足以将她震慑："属下僭越了，请宫主责罚！"美貌女子双膝跪地，诚惶诚恐地请罪。

"谅你初犯，下不为例。"清凉淡泊的声音，依然悦耳迷人。

在茶楼又混了一个下午，大致算是了解到一些这次江湖鉴拍大会的情况。

裴星彤叠着腿，将新鲜的荔枝剥开，慵懒自在地轻启朱唇问："查出值守密库的御林军中少了谁吗？”既然是内鬼，又可以让值守的御林军放松警惕，还可以轻易地找到壁画后的密库机关，除非那个人就是平时守卫密库的御林军中的一员。

软榻上，东方云霄唇角扬起赞赏的浅笑，悠然地握住她的手腕，将她刚刚剥好的荔枝顺势含进口中，邪魅的眸子里溢出松散的柔润：“……少了一个叫张裕的人。”

裴星彤并不介意他亲昵的举动，挑挑眉梢，继续剥着鲜嫩的荔枝：“我们是该顺着张裕这条线索追寻，还是直接在江湖鉴拍大会上拍下牡丹琴？”

东方云霄挑眉：“且不说江湖鉴拍大会中会露面的牡丹琴是真是假，即便是真物，你以为我们只要使劲砸银子就可以拍到吗？那些真正的武林中人定然不会放过这个难得的机会。以前牡丹琴被皇家所得，他们仍会跃跃欲试，更何况这回牡丹琴流落在外了。朝廷与武林，这其中的复杂关系永远让人参不透，相同点就是都想睥睨天下而已……”这次，他不仅又抢走了她的荔枝，还将温热的双唇留恋在她沾了荔枝汁液的甘甜的指尖上。

裴星彤任由他暧昧地吸着自己的指尖，美眸中潜着一丝复杂的深邃。

“可那个张裕恐怕早已被毁尸灭迹了。”淡淡地说完，她不经意地抽回手，静静地看着自己那被他吮得有些殷红的指尖，忽然也很想尝尝看是不是真的有那么好吃。

于是，她将手指凑到自己嫣红的唇畔，赫然含住。

她这个动作，让身边的东方云霄倏然眯眸，钳住她柔美的下巴，俯首道：“你故意诱惑我是不是？”

裴星彤被他的力道迫使仰着脸，璀璨星眸望进他燃起炙热的眸子里，默然不语。谁说这是诱惑行为，如有雷同，纯属意外啊！这位仁兄！

两人久久地相望着，仿佛两道视线就那样胶合在一起。

忽然，裴星彤明媚而笑，暗香袭人地吐气道：“那你被我诱惑到了吗？”

她那眉目间横生的媚态，在摇曳的烛光下清透而娇俏，足以令人心猿意马，情愫暗生。

说实话，起先他只是想逗逗她。可趋近的时候，心头却无端泛着微澜，她豁朗的意态、娇艳的唇瓣都牵制着他的眼睛。

连日相处下来，她性情骤变，正逐渐以不可置信之势侵蚀着他的心，成为他不需抗拒的诱惑。

如此，在她挑衅出声时，他便顺从本能，捕获了她的唇，吮着。

见她没有拒绝，东方云霄灵巧地探出舌尖。

烛光暗红，摇曳生姿。

不知是不是曾经对他的情意太过浓郁，还是其他的什么，总之，裴星彤此时生理上的感觉并不排斥东方云霄的亲密举动。

裴星彤轻轻地闭上眼睛，环住他的腰身，踮起脚尖回应着陷入迷离中的他。

甘甜如蜜，醇香如醉。

当裴星彤感觉到这个吻再继续下去就不只是这样时，她赫然睁开迷醉的星眸，哑着声音道："……如果你现在想继续下去，就必须做到一生一世一双人，否则，我劝你即刻停下。"

东方云霄静静地看了她片刻，眸中的火热随之逐渐降温，他冷冷地嗤笑："你想做正妃？"女人果然都是贪慕虚荣之辈。

她星眸微黯："我只想做唯一的妻子，一生一世一双人，这是我的原则。"

没有几个人会一辈子只爱一个人，但在还爱对方时，便必须做到忠于对方。

东方云霄紧抿着双唇，脸上又恢复了一贯的冷魅，嗤之以鼻道："一生一世一双人？那是个什么鬼东西，本王可是堂堂的王爷！"

与生俱来的骄傲和尊贵意识早已蒙蔽了他的观念，突然要他受人摆布或轻易允诺是有些异想天开。

见他如此，裴星彤并不发怒，只是扬起一抹薄凉的冷笑，方才那点点痴迷已然在眸中瞬间凝成霜："那么，请你放开我。小女虽为阶下囚，却绝不会接受那种三妻四妾外加逛窑子的行为举止！你这种人，根本不会知道什么叫爱。你，要不起我。"

东方云霄瞪着她，利落地翻身下床，一边套上自己的外衫，一边冷笑："莫要以为本王会喜欢上你，过去的三年里本王都对你不屑一顾，此番又岂会因单单的一吻而有所改变？以前不会，此时不会，日后亦不会。"

说罢，他冷峻的身影便翩翩消失在夜色中。

一生一世一双人？

唯一？

爱？

她在痴人说梦吧。

第七章 为谁风露立中宵

东方云霄离开后，裴星彤神色清冷地坐起身，整理好零乱的衣襟后，她缓缓地下了床，透过窗棂凝视着窗外的银白月光，漠然浅笑着走出了卧寝。

想亲就亲，兽中之王不发威当她是垂耳小白兔呢吧！可眼下，她还真就是一只任人宰割的红眼兔子。

她本想为自己再争取一次期盼中的爱情，然而，东方云霄终究不是她的良人。

他们之间有说不清的纠葛，有跨越不了的隔阂，有难以抛却的过往，有无法彼此敞开的心扉。

风掠脸颊间，她抬首……

今夜月色很好，浩瀚无垠的天空中还有繁星在闪闪眨眼，为夜色平添了一份灵动和旖旎。

收敛心神，她走出东方云霄的卧寝，大摇大摆地向后院的土坡处走去。

一路上，有些家奴和婢女看见她，都是酸酸地撇嘴，然后与她擦肩而过，并没有再指使她干粗活，也没人再限制她的自由。

裴星彤扯动唇角，一个嘲讽而冷蔑的笑容流淌而出，王爷新宠这个身份确实很管用呀，只是不知能管用多久。

绕过了假山，视线因没了灯笼的照亮而变得蒙眬起来，裴星彤只能借着月光缓缓向前寻找着那个木棚。

晚风徐徐，树叶摇摆。

她步履依旧，耳廓微动。倏然，刹那眯起如水的美眸，使出一个利落敏捷的过肩摔，她抓住了一只手臂，而那人身影移动，如闪电般将手抽回，安稳地飘落在了她的前方。

她双唇轻启，还不等话出口，对方快如鬼魅的黑色身影已再次发起攻击。

白色衣袂飞舞，裴星彤再次接下对方的招式，可是，对方武功太好，轻功更是卓越，她饶是再能耐，也无法靠近对方半步，只能勉强防守着。

没错，她曾经会武功，只是她一直隐瞒了所有人而已。如今，她为自保运用起来尚不得其道，从而无法自如施展。

不知自己作为相府娇滴滴的二小姐为何会身怀绝技，且深藏不露，或许任何人都有不为人知的苦衷吧。

璀璨星眸微闪，裴星彤瞥了一眼黑衣人的腰间，这个奇怪的黑衣人腰间明明有长剑，却只是与她这样赤手空拳地互搏，若是他想取她性命，恐怕她连三招都接不下，就魂归地府陪伴阎王了。

黑衣人不仅没有要置她于死地的意思，一番招式中反而带着些许试探的意味。

妙哉妙哉！裴星彤眉目流转，狡黠地扬起唇角，猛然向前倾身，似是要以身承下对方发出的招式，可在对方微愣的瞬间，她伸出魔爪，掏向了对方的胸口。

黑衣人幡然醒悟，连忙以手臂挡下她即将得逞的动作，然而，裴星彤的手却已灵敏地转了方向，利落地钳制住黑衣人的另一个手臂。

在黑衣人微愣之际，她又伸出腿扫向了对方的腿弯处。

电光石火间，黑衣人忙用内力震开她的钳制，抽身而退。

一个优美的旋身后，他翩然而落。

“诡计多端，虽内功被禁，但还是有些小聪明的。”

他的声音很沙哑很低沉，沙哑到根本无法分清到底是男是女，他显然是在刻意隐瞒自己的真实声音。

裴星彤拍拍手，不紧不慢地问他：“我暗人不做明事，活该你点儿背。话说，你试探我半天，却不敢在我这个弱女子面前展露真颜，岂不是会让人笑话。”

“丫头，你也是弱女子吗？激将法对我无用。”黑衣人依然站在离她一丈远的地方说道。

她如月色般清冷的眸光微微收缩：“好，那说出你今晚的目的吧。”他如何知道她有内功，他们之前很熟吗？

是熟人就好，熟人好办事。

对方不回答，只是指尖一弹，两枚看不清颜色的丸状物就已十分精准地射进裴星彤的手心。

“这是何物？”她故作轻松，面色平静地问道。

“一粒是你身上毒的解药，一粒是可以助你短时间内恢复内功的贡丹。”黑衣人淡淡回答。

裴星彤施然一笑："贡丹？深更半夜说胡话很有趣吗，我如何信你？"万一她吃了以后，毒上加毒了怎么办，那岂不是今晚就得翘辫子。

黑衣人并不介意她的无礼质问，依然哑着声音问有所答："你可以不信我，但是，你必须强大起来，那样，云凤才有希望复国！"

云凤复国？这是哪跟哪啊！

她只是个落魄的丞相遗孤，复国那么高危险、高水准、高难度的事情，关她何事！又干卿何事？

黑衣人趁她发懵之际已然转身而去，裴星彤急忙叫他："喂，贡丹大侠！那个，可不可以再给我一颗解药，我妹……"

还没等她把话说完，黑衣人早已消失在夜色中，只留下一串低沉暗哑的声音，激起夜色中阵阵阴风："你妹妹已然安全，你们自会有重逢之日。"

黑衣人的身影凭空消失，徒留裴星彤一个人呆愣在原地，缩着脖子吞咽唾沫。

说实话，她宁愿相信锦囊妙计，也不愿相信什么灵丹妙药。

然则，她此番若不信，便只能坐以待毙；若信了，或许会柳暗花明、否极泰来。

想了想，她将两个药丸塞进口中，喃喃自语："他应该没必要耍我，怎么跟羊粪蛋儿似的，就不能把药丸做得色香味俱全一点吗？"

一番折腾下来，裴星彤很识相地在柴房里度过了一夜，在晨曦的投映下，十分不甘地爬起身。

回想起昨晚的奇幻经历，她在唇畔勾起了温润的笑意。

虽然不知道那个神秘黑衣人到底是谁，但她还是很感谢他给的解药和贡丹。她身怀武功，却没有使用内功，也不知道该如何凝力和吐纳气息，但在服下那颗名副其实的贡丹后，她身体上的一切感觉和对内功的领悟，就像与生俱来一般，信手拈来。

由此看来，原来曾经的自己也并非一无是处，真的只是深藏不露而已。

随便活动几下，全身通畅无比，仿佛有使不完的力气。无形中，她对那个神秘黑衣人充满了感激和信赖，或许他是云凤的前朝旧臣。

洗漱完毕，她美滋滋地向东方云霄的卧寝走去。

其实她昨夜想了很多，既然裴影彤已然被救走，她身上的毒也被解除，那就没什么把柄握在东方云霄手中了。没有了顾虑，她是否可以天大地大任逍遥，管他什么牡丹琴还是江湖鉴拍大会的，她躲起来不让他们找到不就行了。

可仔细一想，又觉得这样不妥，一是普天之下莫非王土，她不想一辈子做个躲躲藏藏的通缉犯；二是这些天又是白衣飘逸男子引她入陷阱，又是神秘黑衣人赠药点拨武功的，她忽然感觉自己已经被几个神秘势力盯上了。

阿弥陀佛。

她如今只能顺其自然，慢慢等待幕后的人现身。

脑海里浮现昨日东方云霄跟她说的话：“就是倾尽所有，本王也会保你的命。”不管怎样，他这句慷慨的承诺还是让她多了一份感激。

正想着，她已经来到了东方云霄的卧寝门前，门外几个婢女见她过来，纷纷捂着嘴贼笑起来，眼中分明是鄙视和看笑话的神情。

“王爷可有起身？”裴星彤面无表情地问道。

“王爷现在起没起身我们可不知道，因为啊，王爷昨夜根本就没宿在此处。”其中一个小丫鬟怪声怪气地说道。

裴星彤秀眉微蹙，满心疑惑：“王爷没宿在这里，是否昨夜没回来？”

另一个小丫鬟冷冷地嗤笑一声：“王爷当然回来了，只不过呀……”她阴笑了几声后才继续说道，“只不过王爷昨夜是宿在了锦绣园。锦绣园知道是什么地方吗？那是未来正妃娘娘安寝的园子。”

正妃？裴星彤的心头浮起一丝困惑，倒是没听说他已经娶正妃或者要娶正妃。

她费解的表情被几个婢女主观地定义成了伤心欲绝，于是她们更加落井下石地戏谑起来：“哼！这侯门王宅里最常见的就是‘只听新人笑，不闻旧人哭’，所以呀，有些人不要得宠几日，就目中无人把自己当成了宝，终归是个亡国奴而已。”

小丫头片子，以为说几句不受听的话就能打击到她？呵，她的心脏可不是玻璃做的。

裴星彤没工夫再去理会她们的讥笑和辱没，转身向锦绣园走去。

锦绣园就在东方云霄的卧寝东侧不远处，平时裴星彤并没有关注过这里，没想到锦绣园还有这层含意。

到达锦绣园时，裴星彤没等通报就直接进去了，里面的装饰大致以粉色和橙色为主色，充满了女性的柔美气息。

外间，有两个婢女正在为东方云霄和另一个女子梳洗整装。见她进来，东方云霄似是故意装作没看见，依旧悠然自得地享受着婢女的侍候。

王子病不轻！

再观那个美丽女子，丫鬟为她梳着流云髻，簪花莹媚，珠翠明丽，配上堪称绝色的容颜，真真美艳不可方物。

一看就是大家闺秀，很典雅。

俊男与美女，宛若明珠配美玉，相映成辉。

那女子也只是淡淡地看了裴星彤一眼，然后又若无其事地看着铜镜中的自己，全然波澜不惊。

裴星彤无奈一笑，眸子中的清冷更甚了："东方云霄，是否……"

"这么早就来给本王浴足吗？"她的话还没说完，就被东方云霄强行打断。

默然垂首，她并不应声。

自从他带她去了皇宫那日后，他就不曾再让她做洗脚奴了，可今日……

看来这新宠的身份还真是没能新鲜几天，她目前这境况就像虾，大红之日，便是大悲之时。澄清的瞳眸渐渐幽深，她抬起脑袋清浅一笑："星彤这就去为王爷准备温水，不要薰香和花瓣，水覆过脚面即可，是吗？"这是东方云霄浴足时的习惯，她已经渐渐摸索出来了，虽然他从未自行规定或要求过。

这次，东方云霄终于转过头看她，他幽冷的凤眸中凝聚着复杂的光芒，紧绷的双唇把俊脸衬托得愈发生硬而淡漠。

片刻后，他突然邪魅一笑，清语道："今日本王不浴足，不过……本王的侧妃要浴足。"

侧妃，不是正妃？

裴星彤微微凝眉，潋滟水眸蓦然成霜，一道冷戾的眼神裹着骇人的光芒射向那个在故意挑衅她的冷峻男子。唇边含笑，她厉声启口："如果你想以此来羞辱我、激怒我，那么你成功了。可是，激怒我的后果可就不是你可以承受得起的！"

狗急跳墙，人急悬梁，千万别得罪小心眼的女人。

"好狂妄的口气！你以为你是谁？裴星彤！"东方云霄拍案而起，紧紧地瞪着她冷傲的容颜，心头那股异样的感觉再次翻涌起来。

以前她哪里会如此对他说话。

裴星彤同样冷冷地瞪着他，两人就这样互不相让地较着劲儿。尘缘流盼，轮回痴缠，冰凉的过往，终究轻染了沧桑。

"王爷，臣妾没有清晨浴足的习惯，您莫要为臣妾费心了。"

一道清淡而雍容的声音不带任何波澜地响彻在两人耳边，才让喜欢互掐的两个冤家收回对彼此的怒视。

东方云霄冲那个美丽而清冷的女子温和一笑："芙蓉既然如此说了，本王当然不会驳了爱妃的善心。"他亲昵地在芙蓉娇美的脸颊上落下一吻，又示威性地对眼神悠远而缥缈的裴星彤说，"芙蓉已怀了本王的子嗣，本王明日便明媒正娶，将芙蓉迎进霄王府。"

裴星彤收回紊乱的心绪，茫然地轻叹一声：“那是你的事，恭喜两位。星彤乃俘虏之身，穷困潦倒，身无长物，就不送贺礼了。”那一刹那间的纠痛心碎，并不属于她。

如今是侧妃，日后还会有正妃和姬妾，他不会属于谁，更不会独属于谁。

很好啊，不是吗？至少她不是那若干女子中的一个。

穷则独善其身，富则……娶妻纳妾。

东方云霄冷冷地盯着那抹倔强而冷傲的身影，他忽然感觉那渐渐远去的翩然身影，就像一只展翅飞舞的蝴蝶一般，已然不在他的掌控之内，就要展翅翱翔飞过沧海，直至消失在他的生命中。

他狠狠地握紧双拳，才强忍住想要追上前将她拥入怀中的冲动。

刚才见到她的时候，他眼角的余光就从未从她的身上离开过，越不想看就越忍不住看，脑海中都是她昨夜的模样，他拼命地想要遗忘和忽略她，却无法做到。

到底是从何时开始，他已不再拥有主动权？

不！他不承认他爱上裴星彤了，他不会爱上她的，他只是怜悯和愧疚而已，他反复这样告诉自己。

她昨夜竟敢奢望做他的唯一，呵呵……

那么，他现在就用事实来告诉她，他永远不会爱上她，只要是他想要，他就会拥有很多女人！他要让她知道她的想法有多么幼稚和可笑！

太阳隐没在乌云之后，天空阴暗而朦胧。

微风渐起，稀疏的点点水滴忽然从空中落下，看看街边纷纷收摊的小商贩，裴星彤依然如故地缓步而行。

她现在的心情就跟这应景的天气般，阴郁而迷蒙。

不知是自己曾经对东方云霄的情意感染了她，还是杳无音信的牡丹琴左右了她，总之，她的情绪很低落。

刚才本来是想找东方云霄带她进宫，再去那个神秘的东宫太子府去看看的。可是，却遇到了那样的场景和待遇。

她漫无目的地走到了一个门庭冷落的阁楼门前，摸了摸怀里的几张银票，大步凛然地走了进去。

钱就是自信的资本。

那银票，是她从东方云霄那里偷来的，没想到这么快就要发挥作用了。

一进门，就看见一个衣着艳丽的老妇人正在用柳条抽打一个瘦弱的少年：“什么都做不好，我买你来何用？真是赔钱货！”

那瘦弱的少年只是蹲坐在冷硬的地面上，一言不发地承受着老妇人的打骂，只有那不断颤动的双肩显示出了他在极力地忍耐着身上的疼痛。

裴星彤想也没想，一把夺过老妇人手中的柳条，厉声喝止："你怎么可以如此没有人性，他也是人啊！"不知是在为自己的遭遇申诉，还是被少年的无助和凄惨而感染，一向不愿管闲事的她，此番就这样冷不丁地插了一脚进来。

被她吓得有些呆愣的老妇人片刻后才醒悟过来，瞄一眼她身上的普通月牙白色衣衫，撇撇嘴，酸酸地说道："哟！这位爷可够心急的，我们这里可得到了未时才招客呢！"

裴星彤忽然想起自己出门时，已然换上了男子打扮，又环顾了一圈周遭的环境，确定了这里是个专门供断袖男人享乐的地方。

她自嘲一笑，没想到自己竟然大清早就进了这种地方，看来不是想喝闷酒，而是缺花酒了。

瞧瞧老妇人满目的不屑之色，简直就是一个势利眼，不过她长得倒是很"阳光"，因为她拥有一张向日葵般的脸，人家是大眼瓜子脸，她是大脸瓜子眼，这副尊容也只能适合拉皮条了。

裴星彤敛起心神，莹白的纤手往怀里一摸，抽出一张银票放到那个门缝里看人的向日葵妇人手中，淡漠地启口："不要再打他了，终归还是个孩子。"

其实，女人付钱时的样子也是很风度翩翩的。

说罢，她转身便欲离开，准备找个正经的地方喝闷酒。

可就在这时，那个瑟缩在地面上的少年忽然站起身抓住她的手，低声嗫嚅着："公子，既然来了，您就买我陪您一日吧！"

他的话，不仅让裴星彤险些瘫倒，就连那个拿着银票发笑的向日葵也是满面疑惑地看了他一眼。

裴星彤缓缓转过身，才算是看清了眼前这个少年的样貌，顿时心下一惊，原来他竟是如此好看，应该说他是如此妖娆。他全身上下都蕴藏着一种阴柔之美，脸颊白皙，鼻梁挺直，双唇嫣红，眉眼妩媚，这样的妖冶少年最能激起断袖男人的征服欲。

晨光中，少年妖娆的容颜有种惊心动魄的美，裴星彤刹那惊艳后，暗叹他如此样貌……还真挺适合干这行。

轻咳一声，她掩饰掉自己眼中的惊艳和邪念，浅笑道："小兄弟，可在下不是断袖，不好此道。"

妖娆少年连忙握紧她的手，用楚楚可怜的纯净眼神看着她："公子可以只买我侍候您饮酒，我会弹琴的，我真的弹得很好，公子稍后可以听听。"

像是怕裴星彤会拒绝，他一再强调着自己的技艺。

无法拒绝他那股切而凄楚的眼神，裴星彤轻轻地点头：“那好吧，你弹琴，我饮酒。”同是天涯沦落人，忽然生出一种惺惺相惜之感。

向日葵收起银票，此时已然把裴星彤当作金主，见风使舵地谄媚道：“这位爷，您先和狐狸到雅间候着，奴家稍后就给您送上珍品女儿红！”

有钱真的能使鬼推磨哦。

一进入二楼雅间，裴星彤就忍不住大笑起来，毫无刚才那副行侠仗义、舍我其谁的严肃模样，她不顾形象地笑瘫在软榻上。

妖冶少年将房门带上，无措地眨眨纯净的双眸：“姐姐，你为何笑得如此开怀？”这是疯魔了不成?

裴星彤自顾自地倒了一杯茶水，一口气喝尽，咯咯地笑着问他：“你……你真的叫狐狸？”如果不是她耳朵有问题，刚才那个向日葵分明就是这样叫他的。

美少年掩下眼底的精芒，羞涩地点点头，如实回答：“是。”

她渐渐停止笑声，忽然像想起什么似的，凑到美少年跟前，低声问：“咦，你刚才叫我姐姐，你怎么知道我是女扮男装的？小兄台的眼睛也太毒了吧。”一边问他，一边检查着自己的装束，想看看是哪里露出了破绽。

美少年抿唇一笑，宛如三月樱花：“不用检查了，我只是闻到了你身上的香气，属于女子的香气。”曾经，他最喜欢母亲身上这样好闻的香气。

裴星彤把手臂伸到鼻下嗅了嗅：“是吗？我怎么觉得你身上比我还香呢。”

美少年白皙的脸颊顿时染上一层绯红，轻声询问：“姐姐，你想听什么曲子？”

裴星彤无所谓地耸耸肩：“随便吧，我没什么特别喜好的曲子，若是你不想弹琴，就陪我聊聊天或者咱俩摇骰子玩也行。”

美少年微微皱眉，灿亮的双眸染上黯然：“可我没银子可以跟你下注。”

“那就不赌银子啊，输的人要么往脸上贴纸条，要么就脱衣服或者喝酒。”她自然而然地提议道。

“脱衣……”少年微微垂首，唇角轻翘，清澈的眸子中闪过一抹别样的情绪。再抬起头时，他依然纯净如初地浅笑，“好，那我们就赌脱衣的。”

裴星彤一愣，还以为他会选比较文雅点的贴纸条呢，真是低估了后辈人的勇气。于是，她略带宠溺地轻敲一下他的额头：“好吧，我这人做事向来一板一眼，刚正不阿，到时若是你输了可不许说我欺负小孩儿。”

“我是男人，不是小孩儿！”美少年有些倔犟地仰起头。

小孩儿一般都不愿承认自己小，就像醉鬼总说自己没醉一样。

裴星彤耸耸肩，如水的美眸堆起明媚的笑意，玩味地问：“呵呵……男人？你才多大年纪？”

美少年像是为了证明什么似的挺挺胸膛，朗声回答：“我明年就十六了！”

裴星彤撇撇嘴：“少玩文字游戏啊，你直接说今年十五岁不就得了。”

整整一天的时间，裴星彤都把自己和狐狸关在雅间里赌骰子。完完全全地放空脑袋，不去想牡丹琴，不去想东方云霄，不去想一切。

然而，赌博的结果却是出乎意料。

不是她高估了自己，而是她低估了眼前这个清瘦的妖冶少年。小兄台，一个男人居然对女人毫不留情，你还是个男人吗！此时她早已忘记方才是谁说人家是小孩儿了。

当再次压错了点后，裴星彤摇晃着双手，眸光醉醺地一把拉住得意洋洋的美少年，很不雅观地打个酒嗝：“小狐狸精，姐姐求你了，罚我喝酒行吗，别再让我脱了。”她一边求饶，一边指指自己身上单薄的中衣，已经快脱干净了。

美少年妖娆一笑，纯净的眸子中波光闪动：“那一坛酒都已然被你喝光了，这次你还要如何耍赖？”

“喝……喝光了？怎么这么快就喝光了！”可见她到底输过多少次，这一天她都在输，没有那么多衣服可以脱，她就耍赖以喝酒代替。

可是，现在连酒都输光了。

人呀，倒霉的时候喝水都塞牙缝，她委实不该在时运不济的境况下与人下赌。

裴星彤微微摇晃着轻飘飘的身体，脸上带着酒后的微醺，娇媚一笑：“……脱就脱，你一个未成年的浑小子，还能将我怎样？日后若是长针眼，莫怪我不曾提醒过你。”

说完，她眯着盛满醉意的美眸，一把扯开身上的白色中衣，然后……便光荣地醉倒在地面上，晕死过去。

一旁的清瘦美少年立即上前，将仅剩下湖绿色肚兜的她抱在怀中。稳步走到床榻前，他让她躺在床榻上，眸光幽深地伸出白皙而修长的手指，缓缓抚在她莹美的颈部，那里有一块玉，覆在她的肌肤上。

直到第二天日上三竿时，裴星彤才悠悠转醒，一睁开眼她就懊恼地拍着额头。要命！性命攸关的大事还没完成，她竟然还有闲情雅致跑到这里来喝花酒，真是要崩溃了。

急急地穿戴整齐下楼，见向日葵鸨母似乎在跟狐狸说着什么，她轻咳一声，将狐狸拉到一旁低声问道：“她昨日为何要鞭打你？”

狐狸抿抿嘴，纯净的丹眸中有些留恋地看着她，浅声回答：“她要我接客，我不肯……”

“她有没有人性啊，你还这么小她就让你接客！”裴星彤气愤地吼着。

脸上挂着凶恶的表情，她大步走到向日葵面前，往她手里塞了几张银票，冷着脸沉声道：“我只有这么多了，我知道这些远不够给他赎身，但他现在还小，不适合接客，我希望你看在这些银子的份上，让他顺利健康地长大成年。”

路见不平，行侠仗义，是需要代价的。经过此番，她又一次身无分文，口袋空空。

从惜君楼出来时已接近傍晚时分，裴星彤揉揉涨疼的太阳穴，明天就是江湖鉴拍大会了，她到现在却一点头绪都没有，难道真要干等着掉脑袋的时刻来临吗？

目前来看，都不敢确定东方云霄会不会遵守诺言，全力保她的命了。

收敛心绪，裴星彤加快脚步，不情愿地向霄王府的方向走去。

自尊哪里有性命重要。

此时霄王府中满院子皆是喜庆的红色，裴星彤忽然想起今日是东方云霄娶侧妃的日子，她竟是没来得及回来讨杯喜酒喝。

不过，倒是可以省下礼金了。人穷志短，便是如此形容。

因为只是娶侧妃，故而并未大张旗鼓地摆宴席，只是将霄王府装点成了喜气洋洋的红色。

一路直行，裴星彤不理会家奴和婢女的嘲讽和鄙夷，直接大踏步地去了正厅。

那里，一桌子丰盛的晚膳已摆置妥当，桌前有两个人，东方云霄和……怀孕的侧妃聂芙蓉。

聂芙蓉，银月兵部尚书的长女，却也只得个侧妃的名分。东方云霄此举既得了美娇娘，又能在通往夺储位的道路上纳入一个拥护者，真是两全其美的大喜事。

她进去时，东方云霄的暗卫漠黎刚好在他耳边耳语着什么，只见东方云霄听完后，犀利的眸光中带着冷冰冰的锋芒，突然狠狠地瞪视着门口的裴星彤，咬牙冷声呵斥：“你先回去等我！”

裴星彤左右看了一眼，发现门口只有她一个人，才恍然领悟他是在跟她说话。

她漠然地转身走了出去，还没走几步，刚要转身向东方云霄要她回哪里等他时，漠黎已然在她身侧俯首，淡声提醒：“请裴姑娘回寒月阁等候王爷。”

她微微不解地看漠黎一眼，凛然向寒月阁——东方云霄的卧寝走去。

一直饿着肚子等到了月上柳梢头的时候，东方云霄冷魅的身影才出现在寒月阁内。

静静地坐在软榻上沉思打盹的裴星彤站起身，刚要开口说话……

啪！一记响亮的耳光，便毫不客气地扇在了她粉润莹白的脸颊上。

“没有男人活不了是不是？很需要男人是不是？荡妇！”东方云霄眸若寒星，暴怒的厉吼声冷冷地灌进她的耳膜，却掩不掉那份灼热。

裴星彤左手抚着火辣辣的脸，舔去嘴角的血腥：“打女人的男人，呵呵……最没种！”只许州官娶美人，却不许百姓喝花酒，他以为他自己是谁！

鲜红的血液点缀在她的唇畔，东方云霄冷峻的眸子中闪过一丝心疼，却依旧阴沉着脸，周身依旧散发着冷酷的戾气。

他上前一把扯住她的衣领咬牙质问：“没种？哈哈，那又怎样？说，你是不是去了惜君楼？你有没有……有没有……”被别的男人碰。

裴星彤冷漠地与他对视着，浅浅地勾起唇角，寒声打断他的欲言又止：“有！但是与你无关！”

虽然东方云霄没有说出口，但她知道他要问的是什么，不过，她的回答多少带了些负气成分。

“你！”

在他的巴掌又要落在她脸上时，裴星彤灵敏地捉住他有力的手腕：“从我侥幸生还那日以来，你已经打过我两巴掌了，此番我亦不会计较，但绝不会容忍你一而再再而三的挑衅！”她最擅长的不是翻脸不认人，而是翻脸不是人。

东方云霄不可置信地望进她的冷眸中，又看看她的手腕：“你到底是谁？！”

她敏捷地推开他的钳制，面无表情：“如你所见，裴星彤。”

半晌后，东方云霄整理一下零乱的衣袖，半眯起凤眸，转身侧首：“不管你是谁，都只是本王的玩宠，休想再逃出去做背叛本王的事情！”

裴星彤抿唇，玩宠？背叛？呵呵……

他不想被“一生一世一双人”的承诺束缚，却又想将不属于他的东西都据为己有，真是恶劣至极！

默默地看着他冷峻挺拔的身影消失在寒月阁，她才将视线转回他刚才丢在桌面上的东西，伸手拿起打开一看，她心头微微一滞，情绪晦涩难明。

手中，赫然是明日江湖鉴拍大会的贵宾间请柬。他并没有忘记，也没有弃她于不顾。

再次将视线投到门外，那里只有一片凄迷的夜色。

将请柬小心翼翼地收起，裴星彤撇嘴愤懑，这家伙不打人的时候，还有那么点可爱之处。

嘴角疼。

正在思索之际，眼前蓦然飘来一个黑影：“裴姑娘，这是王爷特意让属下送来的伤愈膏。”

裴星彤暗暗翻个白眼，拍着小心肝，对跟前俯首而立的人揶揄道：“茉莉，我知道你轻功了得，可你不要在这半夜三更飘来飘去吓唬人好不好？我会做贼心虚的！”

漠黎依然恭谨俯首，平淡地开口：“属下鲁莽，请裴姑娘责罚。”

裴星彤伸手拿起他手上的小药瓶，不拘小节地摆摆手：“我可不敢责罚你，我连东方云霄都打不过。”

“王爷只是关心您，请您莫要怪怨王爷。”漠黎依然是恭谨而平淡的语气。

她置若罔闻，一边将清凉的药膏涂在脸上，一边说道：“行了，你不要为他打圆场了，反正我们俩就是一对永远相看两相厌的冤家，过往积怨太深。冰冻三尺非一日之寒。”

第八章 幽香袭人

也许是昨晚在惜君楼睡了太久，也许是今晚的月光太过明媚，总之，裴星彤一直躺在寒月阁舒适而奢华的大床上辗转反侧，折腾到了子时还是没有一丝一毫的睡意。

披上外衫，她轻轻地移步到窗前，晶亮的双眸透过纱幔凝视着窗外皎洁的月光。

今晚的月色很美，带着旖旎和缠绵的韵味，把霄王府满院子的红色大灯笼，都照耀得美轮美奂，也为凄寂的夜色增加了几许柔情蜜意。

推开房门，她缓缓地走向外面那些悬挂在半空中的灯笼。

脚步落定，她仰头凝视，顿时一片红色的光晕便将她的双眸溢满，心头颤动，她忽然有种怅然落寞的感觉。

“裴姑娘，夜深露重，您还是早些回去歇下吧。”

耳边赫然传来的说话声，将陷入回忆中的裴星彤唤醒，她回身转向说话的人：“你不会是时时刻刻都在监视我吧？”好吓人的。

一身黑衣的漠黎俯首：“属下只是奉王爷之命，保护裴姑娘的安全。”

裴星彤浅淡一笑：“今日你说的话比以往加起来的都多，之前还以为你的嘴只有吃饭的作用呢。”

漠黎微窘，抬头看一眼她的前方道：“王爷是在意您的，只是……”

他突然冒出来的话让裴星彤有些摸不着头脑，微微侧首，顺着他的视线看过去，目光落定在那灯火通明的前方，她幡然醒悟。

她此时的正前方不是别处，正是那锦绣园啊！今夜，是东方云霄和聂芙蓉的洞房花烛夜。

再看看自己此时这副凄凉萧寂的样子，不正是对着情郎的洞房黯然神伤的情景吗？

简直是个大乌龙。

她哑然失笑，忽然腹中坏水决堤，于是勾起唇角对着锦绣园的方向，很应景地念道：“似此星辰非昨夜，为谁风露立中宵。”

言罢，她转过身，翩然而去，只留下夜色中的一阵余香。

清晨，裴星彤在一阵喷香的味道中，被馋虫召唤醒。

挨过饿的人哪里经得起饭香味的勾搭，她唇角保持着优美的弧度，缓缓睁开惺忪的双眼。鸟美在羽毛，人美在勤劳，贪睡不是好习惯。

“你终于笑醒了。”

空气中多出一道浅淡的男声，让无比慵懒的她一下子就进入作战状态。美眸扫向悠然坐在桌前的俊美男子，她才放松地打个哈欠，学着他怪声怪气的语调：“王爷撇下怀中软香温玉，大清早跑到我这里来，就是想看我是哭醒还是笑醒吗？”

东方云霄身着青色锦袍，清俊非凡，他没有回答她的话，沉默了片刻后，才突兀地开口，“昨夜……”

裴星彤懒懒地起身，毫不避讳地在他面前穿上外衫，忽然打断他的话：“昨夜你良辰美景，我知道啊，新婚燕尔嘛。”看也不看他一眼，对着铜镜开始洗漱起来。

“你！”她这样露骨又暧昧的话，让东方云霄蓦然哑言，白皙的脸上瞬间浮现一抹尴尬的红晕。真不知道她是脑子坏掉了，还是装疯卖傻，说话全然口无遮拦。

裴星彤麻利地洗漱完毕，吃了几大块桂花酥，瞧着东方云霄一副羞恼愤慨的样子，便站起身：“可以走了。”

两人出了房门，又碰到了每日准时到访的程若兰。裴星彤无奈地翻个白眼，干脆住这儿算了。

知晓东方云霄要带她出门，程若兰依旧是对她横眉冷对、悲愤交加，而那个侧妃聂芙蓉不仅进退得宜，更是雍容淡然。

裴星彤心底冷笑，聂芙蓉是真的淡泊清冷吗？外表即使再雍容大度，那眼神却随时会在不经意间就出卖了她的心。看来，争宠这种戏码，聂芙蓉比程若兰不知要精明和高深多少倍，根本不是一个档次的。

如若是一夫一妻，又何来如此为争宠而费尽心机的境况，可是，东方云霄却对一生一世一双人的承诺嗤之以鼻。

志不同，道不合，不相为伍。

常言道，有人的地方就有江湖，但现在看看这人满为患的山脚下，不得不承认，混江湖的还真不少。

今年的江湖鉴拍大会是在长安城郊外，一个依山傍水的明月山庄举办。

这些年来，江湖鉴拍大会，每年都是在不同的地方举行，各门派可以在每次大会结束后，就参加申请举办下一届大会的主办权，如果得到的票数最多，就能拥有举办下次鉴拍大会的权利。

今年摘得橄榄枝的是明月山庄，其实明月山庄并不算江湖中的名门大派，其主要侧重于经商，并不像其他大门派般，广收弟子专攻武艺。

然而，明月山庄虽然不是武学最强劲、派别排在最前列的，但其丰厚的产业和金钱背景，还是让它能在激烈的角逐中，成为众望所归的胜者。

有钱能使鬼推磨，古人诚不欺我。

风柳依依，草香四溢。

裴星彤望着眼前仿佛没入云端的台阶，懊恼地捏捏下巴。

这个明月山庄好好的平地不住，偏要矗到山顶上去安家置地，天天呼吸云彩很过瘾吗，真是吃饱了撑的。

在她的前方是连哭带闹非要跟着来凑热闹的程若兰，此时，她正示威性地冷瞟着后面的裴星彤，见裴星彤也看向了她，连忙缠上东方云霄的手臂，将那快要弹跳出来的胸部不经意地贴着他，嗲声道："表哥，人家走不动了。"

鸡皮疙瘩都快掉下来了。裴星彤不屑地撇唇，明眼人都能看出来东方云霄根本不喜欢程若兰，但好歹他还算顾念些亲情。

东方云霄看也不看程若兰，冷声吩咐身后的护卫："你们两个扶着若兰上去。"

扑哧！裴星彤忍不住咧着嘴，光明正大地偷笑，为东方云霄的艳福感叹着。

程若兰狠狠地瞪着忍俊不禁的裴星彤，继续嗲声撒娇："表哥，人家才不要他们扶，你牵着人家！"

东方云霄微微皱眉，语气清幽且淡漠："如果你没有毅力走上去，那我劝你还是即刻回去为好。"

说完，他背着双手向前方走去，身姿清逸俊朗。

裴星彤轻咳一声，绕过程若兰，跟上了东方云霄的步伐。其实她本想对小姑娘劝说几句，但以她和程若兰的交恶程度，任何安慰都是虚伪的。

女人付出的爱，爱到七分就够了，还有三分要留着爱自己，只有先爱自己，别人才会爱你。给予的爱太满，对于男人而言不是幸福，反而会让他不珍惜。世上的道理，原都是如此简单，无论是爱物，还是爱人，都要有节制。

月满则亏，水满则溢。但有些人根本不懂。

程若兰见两人均不理会她，在原地气得直跺脚，而后也只得缓慢地跟了上去。

通往明月山庄的路有两条：一条是参加大会中普通人走的路，当然那条路也是人最多的；而另一条路就是他们现在要走的路，人也相对少了很多。

咳，这或许就是传说中的贵宾通道。

而谁走哪条路，则是由手中请柬的含金量来决定的。裴星彤所走的这条路就是一条贵宾路，通行的人自然要比另外那条路人少，毕竟这贵宾请柬只有三张而已，而东方云霄却在短时间内搞到了这难得的一张。

当然了，如果与会的人之中，有大门派的掌门或是地位较高的武林人士，能够通过提供能说明自己身份的物件或信函，也是可以从这条贵宾路通行的。

在一口气走到半山腰的时候，裴星彤终于停下了脚步，用衣袖抹了抹额头的细汗，虽然她现在已知道自己拥有内功，但她暂时还不能完全地应用自如，所以，在爬到这么高以后，她已是累得气喘吁吁。

再抬头看向云梯的彼端时，东方云霄已不见了人影，那家伙一直都是步履轻盈，爬了这么高连粗气都没喘过，她这才稍稍歇歇脚，东方云霄就已消失得无影无踪。

转身瘫坐在台阶上，她低咒："这比平日里干粗活还累人。"

正当裴星彤坐在台阶上自怨自艾时，一直走在后面的程若兰也跟了上来，确切地说，她是被两个皇家护卫架上来的。

程若兰停下来微微喘息着，转身对那两个护卫命令："你们先行上去，本姑娘要和她一起走。"

"是。"两个皇家护卫不疑有他，躬身施礼后便向前走去。

程若兰冷蔑地看着眼前的裴星彤，她此时脸上早已没有了在东方云霄面前的那副娇艳妩媚的模样，而是被一片狠戾与毒辣覆盖，如蛇蝎般的眼睛更是恨不得将裴星彤千刀万剐。

程若兰缓缓走向对她爱搭不理的裴星彤，素手不经意地抚顺鬓角有些凌乱的碎发，而后又慢慢收回。

眯了眯眼，她愤恨地对裴星彤喝道："你只不过是个低贱的亡国奴而已，凭什么让表哥如此恩宠于你，为你付出那般多？"

言罢，还不等裴星彤搞清状况，她右手中赫然多出了一支尖锐的发簪，那发簪此时滑过空气，带着一股凌厉的劲道，直直地刺向裴星彤的脸颊。

全然没有任何防备的裴星彤蓦然睁大瞳眸，下意识地侧脸将身体向后仰去。然而，还是有些晚了，那尖锐的发簪在她耳前的脸颊上划出了一道血痕，她仿佛听到了皮肉被划开的声音。

脸颊上豁然传来灼痛，裴星彤自然而然地伸出双手，推开身前突然发飙的罪魁祸首。

然而，她此时不仅拥有内功，还在无形中用了不小的力气。所以，没有任何功底的程若兰就像一道抛物线般，掉下了台阶外侧的陡坡。

“啊……救命啊！”

顷刻间，一道急切的呼救声，将刚刚站起身愣怔在原地的裴星彤惊醒。

她顺着声音传来的方向跑过去，扒开台阶外侧的矮草丛，才发现程若兰的身体是被卡在了横向长在陡坡上的两棵树干中间，而树干的下方就是陡峭的山坡。

裴星彤心底暗自惊恐一番，这里海拔虽不高，但若是掉到下面，必定会摔成肉饼。如果程若兰不是命大被两棵树干卡住，那么，自己现在就会成为防卫过当的杀人犯了。

她虽然讨厌程若兰，但还没到需要杀了她的地步。程若兰这个专属灾星！

顾不得脸上的灼痛和滴在衣襟上的鲜红血印，裴星彤连忙单膝跪在台阶上，伸出脚踩在湿滑的矮草上。

她侧首看了看身旁那棵小树干，左手紧紧地握住，向前倾身，随即她又伸出右手，对吓得又哭又喊的程若兰大喊：“喂，别喊了你！还没掉下去呢，瞧这点出息，试着抓住我的手！”

“呜呜……你个心狠手辣的贱人，竟敢心起歹念谋害本姑娘，呜呜……”程若兰一边狠狠地怒视着上面的裴星彤，还一边骂骂咧咧的。

裴星彤秀眉微微蹙起，有些懊恼，她只不过是正当防卫好不好，怎么就成了谋害她了，这是欲加之罪啊。

不过话说回来，这个蛮横跋扈的暴露狂，对东方云霄的侧妃聂芙蓉也只是冷淡和不屑罢了，为何偏偏与她这个没有任何名分和竞争力的阶下囚针锋相对呢？

明眼人都能看出来，东方云霄现在即使不厌恶裴星彤，也称不上喜欢。程若兰为何一定要揪着她不放，还处处刁难她。她又不是程若兰的情敌，更不会与她争宠，程若兰这样针对自己有那个必要吗？还不如多花些心思对付那个冷静自若的聂芙蓉比较值得。

傻丫头，连谁是情敌都弄不清楚，她能如愿才怪。

正当她出神发愣的时候，被树干卡住的程若兰微微扭动一下活动自如的身体，唇角溢出一抹狠毒的笑意。眼底闪过一道阴险的精光，她继续大声哭喊：“姓裴的，人家身子被卡得死死的，无法移动，你就再向前来一点嘛！呜呜……都怪你……”

好家伙，程若兰自始至终一直叫她贱人或亡国奴，此时这句“姓裴的”已经算是比较友好的称呼了。

裴星彤被程若兰拉回神儿，又被她的哭声弄得心烦意乱，也懒得再去想其他办法了。她连忙收敛心绪，拧眉看向自己左侧的小树干，这里除了这个可以用来稳住身体，已经没有其他可供拉着的东西了。

不过，小树干离下面的距离确实有些远，眼看只差一点就能抓到程若兰的手，裴星彤心一横，便松开了握着小树干的左手。然后裴星彤将身体再次向前倾斜几许，双手伸向程若兰，厉声道：“如果想要活命，就赶紧抓住我的手！”

程若兰擦擦眼角，将手缓缓伸向又靠近她几分的裴星彤，心底的怨毒与狠戾再次涌动起来。

裴星彤用力拽过她的手，将她被卡住的身体从树干中间拉回，拧着眉：“喂，娇小姐，你也用些力气好不好，不要像一堆猪肉似的干等着，专心踩住下面的树干！”

状似听话地点点头，程若兰抽回手，踩上了刚才卡住她身体的树干。她双手一把抓牢裴星彤抓过的那支小树干，忽然又喊起来：“哎哟，人家身子都被卡的麻痹了，你在后面先把我推上去吧。”

真是个成事不足的娇娇女，裴星彤没好气地瞪她一眼，听话地将身体向后挪动一下。

殊不知，在她双手即将扶上程若兰腰际的瞬间，只觉得本就倾斜的身体，倏地被人用力一推，整个人顿时就像一只展翅飞舞的蝴蝶般，向陡峭的土坡下方翩然落去。

身体向下不断坠落的过程中，裴星彤心里却涌起了万千思绪，她倒宁愿被一击毙命，也不愿这样束手无策地等待着死亡的到来。

杀千刀的东方云霄，如今自己被爱慕着他的女人陷害，果真是冤家啊。他不杀伯仁，她这个可怜的伯仁却因他而死。

如今，她只盼望着掉下去后，能一下子摔死，千万别被摔得半死不活。

千钧一发之际，空气凝结卷动，她眼前蓦然出现了一条白色的纱绫缱绻飘舞，幽香袭人。

那白色纱绫宛若夜空中莹润璀璨的银河，在她眼前倾泻而下。下一瞬，就已紧紧地缠绕在她的腰身上。

幽香沁入鼻腔，缓缓流进心田。

不做他想，裴星彤下意识地伸出双手，抓住那触感柔腻的纱绫，身体顿时便停止坠落，向上方凌空而起。

风声在耳边呼啸而过，更加将那诱人的幽香弥散开来。

正在她思绪如梦似幻时，她轻盈的身体已经稳稳地落在了台阶上。

白色纱绫轻然浮动，犹如一条灵活的白蛇般抽身而去，电光石火间，裴星彤心里忽然腾现一股空落落的感觉，不自觉地伸出双手，却只是抓到了一缕余香。

她缓缓站稳身体，才恍然回神，她被救了。

所以说，世间确有神仙吗？

蓦然抬头，几丈之外赫然是一架缥缈而梦幻的白色轿子，而那莫名牵动着她心绪的白色纱绫，此时正在被轿中人收回。

那轿子很大，也很美，外面就像是由金白相间的纱幔制成，在微风的拂动下，华贵而奢靡，空灵而飘逸，不似人间所有。

抬轿子的是四男四女，个个都是男的俊，女的美。由那轻盈而稳健的步伐可以看出，他们的武功绝对不容小觑。

可就是这样容貌俊美、武功非凡的人，却只是个抬轿子的！那轿子里的人，又该是何等的容貌与身份呢？

裴星彤施施然地对轿子抱拳俯首，语气轻松地致谢："多谢恩人仗义相救，星彤无所回报，本想以身相许，奈何恩人与我同是女子，只得记下此恩，他日恩人若有需要之处，星彤愿赴汤蹈火，在所不辞！"

她之所以认定轿子里救她的是个女子，只因那白色纱绫上迷人的幽香不像是男子所有。

裴星彤刚说完这套打官腔的言论，却见那轿子全然没有停下来的意思，她连忙扯着嗓子高喊一声："姑娘，请留下芳名，他日……"

话还没说完，那轿子仿佛已经没入了云端一般，不见了踪影。

难道这就是所谓的神出鬼没？

她站在原地愣怔了片刻，抹一下脸颊上的血迹，又开始凝起虚弱的内力向明月山庄而去。估计程若兰已经快到地方了。

好吧，等逮到了程若兰那个敌我不分的棒槌，非得……

还好鉴拍大会的请柬是在她这里，所以到了明月山庄，裴星彤在出示了请柬后，来不及欣赏这里的美景，就直接让人带她去了贵宾间。

来这里参加大会的人都会有相应歇脚的房间，当然这房间的档次好坏也是根据手中的请柬来定的。

不多说，她和东方云霄下榻的房间自然是明月山庄最好的。

裴星彤一脚踹开门，怒意横生地瞪向那个快她一步刚刚到达的程若兰。一句话也不说，她上前几步，纤手挥起，在别人都还没反应过来时，一个响亮的巴掌就甩在了程若兰脸上。

“啊！”程若兰眼含不解和埋怨地用手抚上脸颊，我见犹怜地泣声问她，“你凭什么无缘无故就打人？”

行啊，原以为是个没心计的家伙，此刻却这般会演戏。裴星彤更是恼火，欺身上前，恶狠狠地咬着牙：“无缘无故？你竟然敢跟我说无缘无故！人不犯我，我不犯人；人若犯我，礼让三分；人再犯我，必记在心；人还犯我……呵，斩草除根！”

她狠狠的又有些粗鲁的模样将程若兰吓得浑身一阵寒战，连忙恶人先告状地扑进东方云霄怀中：“表哥，你可得救救若兰啊，她……她，魔怔了！”

东方云霄脸色微沉，冷眸瞥向裴星彤，厉声喝止：“裴星彤，你在做什么？”

裴星彤不以为意地冷笑一声，上前一把抓住躲在东方云霄怀里的程若兰：“不做什么，我这人心胸狭隘，有仇必报而已！”

她已然被眼前这对蛇蝎二人组彻底惹翻了。

“啊！表哥救命呀！她……她说要斩草除根啊！”程若兰一边尖声求救，一边往东方云霄身后躲。

东方云霄一把挡住裴星彤伸向程若兰的手：“她平日虽骄纵跋扈了些，但都无伤大雅，罪不至死，你何以如此狠心无情？”

裴星彤眯眸，气鼓鼓地瞪着他，不言不语，而是开始伸脚踹向程若兰。

“啊哟！好疼啊表哥，她是真要杀了我呀……”她顺势倒地，捂着肚子哭喊。

“裴星彤，莫要以为我不会把你怎么样！”东方云霄与她对瞪，倒是不先去扶自家表妹。

“你要对我怎么样是你的事，现在我必须得教训教训这个有恃无恐的歹毒丫头！”她凛然回声。明明只踹了一下程若兰的小腿，她却捂着肚子打滚，多么低劣的陷害，可就是有人愿意相信。

东方云霄扯住她的手腕，俯首冷盯着她的脸，片刻后，忽然怒声问，“你的脸是怎么回事？”

那斑斑血迹虽然不大，却仿佛刻在他的心口上，一点点啃噬着他的心。

他刚欲伸手去触碰那道血红划痕，裴星彤就已敏捷地侧过脸，躲开了他的手，赌气喝止道：“干你何事？不要你管！”

她生冷的语气让东方云霄一滞，心头再次涌起淡淡的黯然和疼痛。

这时，明月山庄的一个管家站在大敞四开的门外，突然开口：“王爷，午时已到，您可以去前厅竞拍了。”

虽然这江湖鉴拍大会并不能引起真正的武林中人前来，但当绝世宝物牡丹琴被盗后会出现在江湖鉴拍大会上的流言蜚语横空出现时，还是让一些武林中人动了心思，只不过大部分门派都只是派遣了一些中下层的弟子或门徒来打探消息。

所以，这与会的所有人中，真正身份地位尊贵的，也就是显得有些突兀的皇室之人——东方云霄，还有就是另外两个贵宾间里一直未曾露面的神秘人物。

明月山庄的庄主是一个年过五旬的长胡子老头，他此时正满面红光地将东方云霄和裴星彤引到了一个视野最好的位置，然后含笑俯首：“此次鉴拍大会能引得王爷亲自莅临，陈某真是受宠若惊，无尽惶恐，若有什么照应不周的地方，还请王爷海涵。”

阿谀奉承的话让人听着就是舒服，东方云霄礼节性地俯首回礼：“陈庄主不必客气，此次参加这鉴拍大会，只因王妃喜欢凑热闹，本王不忍驳了美人意罢了。”意思就是，他是为凑热闹而来的，不是为了皇家丢失的牡丹琴而来。

陈庄主连忙心领神会地点点头，谄笑着看向裴星彤，目露惊艳之色：“霄王妃果然是倾国之颜，王爷爱美人之心，值得颂扬啊！”

“谁是……”裴星彤欲解释陈庄主的误解，可才说出几个字，就被东方云霄状似揽住她腰身之际，点上了哑穴。

好吧，武力才是解决问题的最好办法。

她干巴巴地对其他人赔着笑点头，侧头瞪了一眼东方云霄。如果说眼神能杀人的话，东方云霄这会儿早被杀死一百遍了。

东方云霄不再和陈庄主寒暄，青色衣袂飘动，已然将裴星彤拉到了坐席前。他修长的手指又在她身上巧然一点，双唇凑近她的耳廓，低语：“你以为凭你也配当本王的王妃吗？只是逢场作戏而已。”

有必要说得这么直接吗？利用完了还得打击一下，什么人啊这是！

张了张嘴，发现可以说话了，裴星彤窝火地侧脸低吼：“谁——稀——罕！”

东方云霄的唇本就抵在她耳边，而她这么一侧脸，正好将双唇好巧不巧地划过他还没来得及离开的唇。也或许不是东方云霄没来得及离开，而是被裴星彤身上的馨香气息蛊惑了心智，不舍得离开。

裴星彤轻咳一声，悻悻然地在席位上坐下：“喂，对不起，我绝对不是故意非礼你。”

真伤脑筋，她也不知道为什么要道歉，这种事明明是女人比较吃亏一点。不过，她总感觉东方云霄既然不喜欢她，那么刚才那一瞬间的亲密，就是她在占人家便宜，而且怎么看，刚才好像都是她主动的。

东方云霄撩起青色锦袍的前摆，状似无所谓地在她身旁坐下，可那一直在加速跳动的心脏，却怎么也无法平静下来。

他眼角的余光不经意地落在她莹润的朱唇上，脑海中竟是浮想联翩，很想再尝尝那诱人味道。

轻舔一下被她触碰过的唇瓣，那里仿佛还残留着属于她独有的芳香，回想起那夜她甜腻的味道和美妙的触感，东方云霄忽然感觉自己的气息竟然有些紊乱。

轻瞄一眼专心关注竞拍的裴星彤，东方云霄哑然失笑，大庭广众之下，他竟然对她产生了遐想。

人声鼎沸，不断的喊价声响彻大厅……

前厅中央，一件件竞拍品出现，也一件件地被人拍走。

直到傍晚时分，鉴拍大会上出现的也只是些玛瑙玉器之类的东西，而武林中人关注的当然不是这些东西，大家皆知道，这真正的重头戏还在后面。

由于历来鉴拍大会的规矩是参加竞拍的物品无论贵重与否，在鉴拍之前，物品的名单都会保密，故而，谁都不会知道参加竞拍的到底都有些什么，由此来给鉴拍大会蒙上了一份神秘感，也更加能够吊起人们的胃口。

这次鉴拍大会到底有没有牡丹琴，也只有主办大会的东家才知道，但东家首先要能做到的一点就是，不向任何人透露竞拍物品名单，这也是江湖鉴拍大会一直可以吸引众多人的地方——机会面前人人平等。当然，也总是会有人抱着侥幸心理，看能否在这里收获一份意想不到的东西。

在房间中吃过明月山庄精心准备的晚膳，裴星彤懒得看程若兰，准备躲出去图清净，因为程若兰是一个神奇的存在，总能勾起自己想要杀了她的冲动，所以，只能眼不见心不烦了。

擦擦嘴起身，裴星彤轻抚一下还在发疼的脸颊，瞪着连吃饭都黏糊在东方云霄身旁的程若兰，无奈地摇摇头后，向外走去。

“去哪里？”东方云霄在她即将跨出门之际，开口问道。

裴星彤步伐依旧，头也不回地回答：“在屋子里怕长针眼，出去晒月光。”

微风拂过，树叶晃动。

枝叶浓密的大树上，一个绿衣女子仿佛是掩映在树叶后的午夜精灵，骑坐在一根粗壮的树枝上，没有规律地摇晃着双腿，盈动的美眸，正不时盯着前方的一个厢房。

见没什么异动，她又百般无聊地扯过一片树叶叼在齿间，将头倚靠在树干上，水润的眸光穿望向浩瀚无垠的天际。

看着闪闪的星辰，仿佛无比惬意，倏然，她猛地坐直身体，对着遥远的天边那抹一闪而过的晶亮光晕，低声愤然：“这颗流星怎么这么快就不见了，我还没来得及许愿呢！”

“信它不如信自己。”

一个半揶揄的声音从她的身后传来，裴星彤也不惊讶，意兴阑珊地继续靠在树干上，用舌尖摆弄着唇间的树叶：“不好好在屋子里面陪你的馒头表妹，就是为了出来扫我的兴？

微风起，青衫飘动。

东方云霄望着前面的厢房，浅声回答：“我怕你一个人照看不住。”

裴星彤灿若星辰的美眸微微半眯，斜睨着他：“你也觉得它在那里？”

邪魅的淡笑绽放在唇角，他笑而不语，只是眼角的余光总在不经意间流连在她莹白滑腻的脸上。

见他不答，裴星彤不以为意地耸耸肩。

其实，她也是无意间发现，白日进行鉴拍大会时，唯独那个厢房总是守卫森严，她便怀疑也许那里面会有牡丹琴。

就在两人之间有些出奇的静谧时，房檐上一个与夜色融为一体的黑色身影，在利落地冲门口洒下一把药粉后，敏捷地从窗口飞入了厢房。

下一刻，守卫在门口的护卫便毫无生息地软倒在地。裴星彤眸中寒光一闪，就欲飞身而下。

东方云霄连忙拉住她的手臂，在裴星彤微愣之际，迅速地递给她一块锦帕。

裴星彤会意，连忙用锦帕遮住口鼻，轻点脚尖，犹如一片飘零的落叶，稳落在地。然后她想也不想就冲进了厢房，东方云霄稍愣片刻，随她而至。

进到漆黑的厢房，裴星彤很快分辨出了那个黑影的所在。她双手微动，念由心出，招式已在瞬间发出。

但很显然，黑衣人的武功比她要好。

黑衣人怀中抱着一个用锦布裹住的长型物体，依然动作轻松地与她过招。不料，眼角在瞥见裴星彤身后冲进来的东方云霄时，他不再恋战，身体一晃，便从开启的窗口脱身而出。

青色衣袂微摆，东方云霄身法灵敏地倾身追上，裴星彤也紧随其后。

黑衣人刚跳上房梁，就被东方云霄的招式牵绊住，裴星彤也跳上房梁，试图与东方云霄联手围攻他。

而黑衣人似乎感觉出东方云霄的功夫不在他之下，见形势不妙，他倏然从怀间抽出一把匕首，刺向比较弱势的裴星彤。

裴星彤一直专注在他怀里的那个长方形物体上，并没来得及发现他手上多出了一把匕首。

风卷云动。

在那匕首即将刺上她胸口的一刹那，东方云霄暗咒一声，来不及制止黑衣人的动作，只来得及在翩然转身后，将裴星彤的身体完全掩护在怀中。

伴着尖锐物体刺入肉中的声音，一声闷哼瞬间从他唇畔溢出，低魅迷离。

裴星彤惊愕地摸上他的后肩，低吼着问："东方云霄，你受伤了？"

气愤至极，她刚欲倾身去追那个已经趁机远去的黑衣人，东方云霄却皱着俊眉，看向另一侧晃进夜色中的身影，制止道："莫要追去了，我们中了调虎离山之计。"

裴星彤扶着他，手握上他后肩的匕首："好一个声东击西，果然有手脚不老实的人。你忍着点……"

话音刚落，锋利的匕首已经被她拔出，将手中的锦帕迅速按在他的伤口上，然后查看一下匕首上面顺流而下的血迹："还好没有淬毒。"

东方云霄微微皱眉："我们下去吧。"

裴星彤扶上他的身体，语气关切地询问："还可以走动吗？"

他不以为意地淡笑，一双千年不变的沉静的魅眸中，只在刹那升腾起缕缕温润："未伤到筋骨，不碍事。"

说完，两人的身体同时翩然一跃，稳稳落下房檐。

第九章 以物易物

然而，他们刚落在地面的树下，就听到一阵急切的脚步声向这方而来："那边有动静，快，去看看！"

两人对视一眼，心照不宣地将身体掩映在粗壮的树干后面，屏息敛神。

举着火把的山庄护卫匆匆赶来，蹲身查看一眼倒在地面上的尸体，又冲进厢房查看一圈后，跑出来急声禀报："庄主，大事不妙！东西被盗了！"

火光照映下的陈庄主脸色一变，厉声命令："万万不得声张！盗匪一定还没走远，你们小心地在周围巡查几遍！"

"是！"

那些护卫为了不引起别人的猜测，只得灭掉手中明亮的火把，开始借着月光小心翼翼地向周围搜寻盗匪的身影。

躲在树干后的裴星彤恨铁不成钢地低咒："等他们来捉盗匪，盗匪早都杳无踪迹了，一群饭桶。"

身后的东方云霄连忙拉过她，耳语道："我们此刻出去只会引来误会，先躲到后面的草丛中去。"

裴星彤点点头，表示赞同，他们此刻若是出现在这个敏感的现场，一定会被当作盗匪，而不是守护宝物的侠客。

两人无法脱身，只得俯身慢慢潜藏入不远处几棵树下的草丛中。

矮身在草地上坐下，裴星彤从自己的裙衬上轻轻撕下一块布条，然后上前欲扒开东方云霄的衣襟。

"做什么？"东方云霄下意识地捉住自己的衣襟，惊讶地看向板着脸的裴星彤。

她冷蔑地撇嘴，低声嗤笑："放心，在你不愿意的情况下，我是没办法强迫你的。”

她有些粗鲁而毫无女子矜持的话，把东方云霄噎得不知该如何反驳，只能任由她扒开自己的衣襟，然后才恍然发觉她是将那块布条缠绕在他受伤的后肩处。

她的身体离他很近，近到他一抬眼就可以看见她滑嫩的脸颊和那道疼在他心头的伤口；近到他的鼻腔内，满满都是她身上的清香味；近到他只要一抬首就可以吻到在他近日梦里百转千回的双唇，那粉嫩的双唇，总是可以轻易地就让他回味无穷。

当东方云霄半眯着凤眸，满脑子都是裴星彤的身影时，他的唇瞬间被吻住了，而且正是他熟悉和渴望的味道。

莫非这就是心想事成?

裴星彤的力道有些重，有些急切，她突然间的主动让东方云霄心下狂喜，真是想什么来什么。他用力环住她的腰身，热情地回吻着那时常令人想入非非的双唇。

过去的种种，犹如亘古残梦，厌也好，怨也罢，皆于此番淡落于心间，成为不堪回首的记忆。此时此刻，他只想任凭一腔绵婉相思，随夜卷动，烙印在她的朱唇上，映刻在她的水眸间。

就在他无比投入的时候，裴星彤又动作急切地褪去自己的外衫，利落地褪下后，她又将东方云霄的外衫也扒了下来。然后一个用力扑身，便将东方云霄压倒在草地上，两件华贵的外衫也被顺势压在两人身下。

她动作敏捷，一气呵成，但身体的重量都集中在东方云霄身上，让他后肩的伤口蓦然灼痛，可那一瞬间出口的呼痛声却被裴星彤及时地吃进了嘴里。

她趁机探出舌，与他纠缠追逐，试图就此转移他对后肩伤口的注意力。

东方云霄用灵活的舌紧紧地与她纠缠着，狠狠地回应着她突如其来的热情，仿佛要将她整个人都吞入腹中。他一手用力环着她柔美的腰身，一手扣住她的后脑，将她的唇使劲压向自己。

“这里有人！”

一阵窸窸窣窣的脚步声后，忽然传来了一个护卫的惊诧声。

接着，草丛一角被人扒开，一对激情四溢，热切拥吻的男女就赫然映入那些护卫眼中。

凌乱的发丝掩盖了黑暗中两人的容貌，而进到忘我境界中的两人，仿佛没有发现有人到来，依旧彼此暧昧而亲密地相拥亲吻着。

“原来是一对偷情的野鸳鸯，啧啧……”

“咱们可莫要打搅了人家的好事。等巡查完了，咱们也抱个小娇娘爽快一番去，哈哈！”

伴着那些淫秽笑声的远去，裴星彤耳廓微动，收敛起心神，刚欲起身查看东方云霄的伤口，身体却被东方云霄用力重新拉了下去，然后，继续吮着她的双唇。

欲罢不能。

“喂……别得寸进尺啊你……”裴星彤坐在他身上挣扎。

男子唇边漾开清幽的笑容，如冬日破冰的融雪，耀眼不已。

月光清透，星光璀璨，却无法透过浓密的树叶照进草丛中。

感觉到东方云霄的呼吸越来越粗重，大手也开始不老实地在她身上乱动起来。裴星彤又挣脱不开，无奈下只得微微用力咬住。

随即，一股腥甜味道便流动在唇间，裴星彤终于得到了自由呼吸的权利。

她用力地呼吸新鲜空气，明知道对方看不见，还是狠狠地瞪着身下的东方云霄，咬牙低声道：“霄王爷，逢场作戏而已，你似乎太过投入了！”占便宜上瘾是吧。

东方云霄吞咽下口中的腥甜，缓缓伸出手，在即将碰到她的脸颊时，又恍然收回，似是在自言自语道：“呵，裴星彤，我……该怎么办……”

裴星彤嘴角抽筋，喂喂，这家伙真俗气，这样言辞也好意思说！

利落地起身后，她向他伸出手：“趁着没人，咱们得赶紧潜回去，你的伤口需要敷药。”

东方云霄愣愣地看着眼前的秀美纤手，有那么一瞬间的失神，或许真的可以只牵着这双手白头偕老，一生一世一双人吧。

可是……

他们下榻的贵宾间总共有四五个卧寝，刚好可以任由他们三个人随便睡。

两人悄无声息地潜回房中时，已是过了子夜时分，那个咋咋呼呼的歹毒表妹程若兰早已睡下。

裴星彤给东方云霄清理过伤口，才随便找了个屋子去睡觉。

爬了半天的山，半路险些遭遇不测，此番又折腾到这么晚，着实身心疲惫。当身体一着床，裴星彤就沉沉地进入了梦乡。

而当她的呼吸渐渐匀称而平缓时，一道俊挺的身影如晚风般，轻轻地移到她的床榻前，双眸一眨不眨地盯着她娇美的睡颜，唇角微微翘起，笑意如月光般华美皎洁。

第二日，鉴拍大会依然有条不紊地进行着，仿佛昨夜没有发生过任何事情，也仿佛根本没有丢失宝物一般，一切平静而安宁。

竞拍物品中没什么吸引人的东西，大家都有些失去兴趣，可这人群中却是兴起了两个热门的八卦话题：一是霄王妃为争宠对随行的女子大打出手；二是昨夜有两个户外偷情的野鸳鸯，情急之下杀死了目睹他们奸情的山庄护卫，手段却极其残忍，有的被扭断颈骨，有的是一剑入心。

裴星彤水眸中冷光乍起，附在东方云霄的耳边，细声低语："那些护卫明明是被黑衣人毒死的，怎么又成了扭脖子穿心脏了呢？"

早知道如此，她之前是真不该一时逞英雄。

东方云霄只是挑挑眉梢，突然有些邪恶地笑言道："那对偷情的野鸳鸯，大抵说的就是我们吧？这个形容甚好，你怎么看？"

天知道她多想一拳打晕他，可最终她还是默念十遍《玉女心经》，才非常理智地克制住了。

裴星彤恼火地甩给他一记冷眼，闷声闷气地启口："你到底有没有抓住事情的重点？现在是讨论野鸳鸯的良机吗？我找不到牡丹琴我就得掉脑袋，你真是饱汉子不知饿汉子饥啊，我的王爷仁兄！"

饱汉子？

实在无法领悟她的意思，东方云霄悠然自得地看向正厅，继而，微微皱起了俊眉。

见他不说话，裴星彤只能用眼瞪他，打算用眼神与他进行精神领域的交流。

东方云霄不甚在意她的瞪视，忽然低声说："少安勿躁，你且看陈旗手上的东西……"

裴星彤深呼吸，顺着他的视线看过去，心下一阵困惑，那陈庄主手中捧着的赫然就是昨夜被黑衣人盗走的东西啊。

这时，众人的目光纷纷被陈旗手中的物体吸引，在片刻的交头接耳和阵阵猜测声中，陈旗在近十个护卫的围绕下，清清嗓子扬声开口："今日是江湖鉴拍大会的最后一日，也是诸位英雄豪杰最为关注的一日，而我手中的最后一件竞拍品……"

说到这里，他故意停顿一下，由此也将所有人的心都提了起来。

须臾的停顿后，陈旗状似不经意地瞄了一眼贵宾席的东方云霄，继续朗声启口："最后一件竞拍品就是刚刚重现江湖的……牡丹琴。"

陈旗的声音很平淡，平淡到好像从他口中说出的最后一件竞拍品，只是一件再普通不过的东西。

可不管他的神情多么波澜不惊，语气多么平淡沉静，他的话都足以令在场的每一个人心惊胆战。

即使众人心里早已有所准备，而且绝大多数人就是冲着牡丹琴来的，可这意料之中的意外惊喜，还是将众人的好奇心提到了顶点。

在良久而诡异的静谧之后，整个竞拍大厅豁然喧嚣起来，响起了众人交头接耳之声。

裴星彤与东方云霄默默地对视一眼，心中均是隐现了丝丝疑惑。

难道昨夜被盗走的不是牡丹琴？又或许，陈旗此时手中那个并不是真的牡丹琴？毕竟假冒牡丹琴的例子不是没有过。

正在众人都兴奋地跃跃欲试，并准备拼尽血本也要拍下牡丹琴的时候，裴星彤半眯着美眸，用食指指背无规律地轻轻摩挲着好看的下巴，漫不经心地瞥向自始至终都不曾走出过人的另外两个贵宾间，澄清的水眸中盈动起一抹复杂的深邃。

而正在她眸光落定的一刹那，中间那个神秘的贵宾间的房门被打开了。

正因为神秘，才更容易吸引众人的眼球，只见对方只有一人，是个神色冷漠清俊的男子，他披肩的长发将容貌遮掩得若隐若现，一身黑色劲装将身体衬得挺拔而健硕，腰间是一柄金属色长剑，赫然是一个行走江湖的大侠模样。

他稳步走到大厅间，冷瞟着陈旗手中裹着锦布的长方形物体，漠然开口："陈庄主，无论谁出价多少，在下都在其基础上多加一万两黄金，上不封顶。"

他话音一落，顿时又引起众人的一阵哗然。

多加一万两！还是黄金！还上不封顶啊。

这明显就是对牡丹琴势在必得嘛！众人你看看我，我看看你，颇有一副"人家话都说到这个份儿上了，咱还有必要跟着瞎凑热闹吗"般的表情。

不过话说回来，到底是哪个门派会如此财大气粗，多加一万两黄金不算奇怪，可这"上不封顶"的话就不是一般人有底气说得出口的了，除了皇家谁会有无穷无尽的金银可供这般挥霍啊！

眼前之人虽然不知是哪个门派的，但分明就是一副江湖中人的打扮，而且皇家的代表人物就是那贵宾席的霄王爷，人家一来就说了，是为了陪美人来凑热闹的。

那，眼前这个神秘的财阀又到底是何方人士呢？

大部分人皆在一边咋舌，一边丈二和尚摸不着头脑，裴星彤则是微微扯动唇角，眼底浮现出一派了然的光晕。

怪不得东方云霄会如此公然以霄王爷的身份来参加这属于江湖中人的竞拍大会，还很意料之外地带了程若兰来。之前她和程若兰刚到这里就大打出手，可是为别人的茶余饭后增添了不少八卦。

这所有的一切，原来都是东方云霄刻意高调地将众人的目光都引到自己身上来，就是为了在关键时刻让众人不会怀疑黑衣男子的身份。

而此时正厅中的那个黑衣男子，不是茉莉花——漠黎，又是谁！

毕竟这江湖鉴拍大会，是不会允许皇室参与的，即使谁都知道这牡丹琴就是皇室丢失的，可到了这里，就不再会有皇家的烙印，它就是属于有权利参加竞拍的每一个江湖中人，比的就是谁出的价格高，再不济就是比谁的武功高，而比有钱谁又能比得过皇室呢。

裴星彤眼角的余光飞快地扫过身侧青色锦袍的俊美男子，见他依旧是一派事不关己的从容神色，她只好收回视线。

众人的目光都集中在正厅中央这个语气有些狂妄的黑衣人身上，也有些人开始等待陈旗的反应，毕竟他才是鉴拍大会的东家，亦是有权利代表竞拍品的提供者说话。

空气凝滞间，陈旗依然是笑眯眯的表情，见众人已将目光投向他这里，他淡然浅笑道："这位兄台，实不相瞒，琴主人已事先交代与老夫，他此番不以金银来交易，而是……要以物易物。"

"以物易物？"陈旗这番话即刻又引起了众人的一片惊讶声和交头接耳声。

漠黎仍是面无表情地站在那里，并未与东方云霄进行任何视线或表情上的交流，他淡漠冷静地开口："不知这物是指何物？"

虽是询问的话，但那语气中的不容拒绝和势在必得却是昭然若揭。

陈旗将琴轻轻放在案面上，满面笑意地刚欲回答时，却有一道房门轻然开启了，正是那个神秘的第三个贵宾间。

随着房门的打开，一个一身水粉色纱裙的曼妙女子翩然走出，那华贵气质和优美姿态犹如月宫仙子般缥缈，让人望尘莫及。

她的出现顿时让在场绝大部分男人都倒吸了一口气，甚至还可以听到有些人吞咽唾液的声音，就连裴星彤都暗自感叹那女子如此出众的容貌和脱俗的气质。

绝美女子仿若根本不屑于这些男人贪婪和爱慕的目光，她泰然自若地款款走向正厅，恬淡一笑，抬首瞥向在天空来回盘旋的鸽子群，颠颠手中的石子道："还是由我来说吧，我家主人所谓的以物易物，就是谁能在最短的时间内，并且在不用内力的情况下，只用这些石子射下三只飞翔中的鸽子，那么这琴，便是他的了。"

她此番将话说得清淡无比，却在众人中引起了不小的波澜，偌大竞拍大厅内又是一片哗然。有的是在猜测这个天仙般的女子到底是什么身份，如此不凡的女子口中被唤作主人的人又会是谁？有的则是在想如何才能在不用内力的情况下，用石子射下飞翔中的鸽子。

由此，众人才幡然领悟，原来这第三个贵宾间的神秘尊客，竟不是来竞拍的，而是牡丹琴的所有者。

其他人再如何惊讶或费解，都比不上裴星彤心中此时那翻涌而出的波澜。

且说那不用内力射下三只鸽子的条件，分明就是为她量身定做的啊，她何其荣幸。

紊乱的思绪将她的脑海搅得乱七八糟，这幕后之人到底是谁，他如此做的目的又是什么？这些她已没有心思去参悟了。

她瞳眸微闪后，便也没有了丝毫波澜。

裴星彤收敛起心神，起身走到正厅那个女子跟前，眼神却是看向陈旗的，她漫不经心又有些痞子气地问："陈庄主，听闻昨夜庄内有武功高强的几个护卫被一对野鸳鸯杀了，可有此事？"

众人一听"野鸳鸯"三个字，纷纷笑出声。

而陈旗眼底仍旧静谧，俯首浅笑着回答："确有此事，希望没有惊扰到霄王妃。"

"如此，惊扰倒是没有，可是那几个护卫却是好巧不巧地死在了东厢房门口，而这牡丹琴你就是从东厢房内取出的。所以，你能确定这琴……还是真的牡丹琴吗？"裴星彤语气温润轻灵，却又是有些咄咄逼人。

陈旗静谧的眼底终于划过一抹几不可察的闪动，继而又是一片清明。他依旧笑眯眯地回答道："霄王妃的疑虑实属在情理之中，那咱们不妨就请人来鉴定一下这牡丹琴的真伪吧，也算给大家一个交代。"

言罢，陈旗对一直沉默的东方云霄一俯首，抱拳道："王爷，在座的各位虽然对牡丹琴都了解一二，但真正见到和鉴赏过此琴的也就是王爷您了。所以，老夫恳请王爷移驾，为大家鉴定一下这牡丹琴的真伪。"

陈旗这番话，说得滴水不漏，进退得宜，裴星彤眼中的探寻一闪而过。

青衫俊美男子的眸光冷凝地斜睨了一眼那个天仙般的女子，随即撩动锦袍缓缓上前，在揭开牡丹琴上的锦布时，顿时引得众人翘首观望，都争相一睹这上古神器的真面目。

东方云霄伸出修长的手指，慢慢划过琴弦，又流连在杉木琴面上，辗转摩挲，仿佛是在抚摸着久违的爱人……

一架琴，一段往事，衍生了曾经的爱恨情仇。

裴星彤静静地看着那宛若一只凤凰的牡丹琴，一股熟悉而纷乱的记忆又开始侵蚀着她的脑海。

万卷忧愁缓缓袭来，似痴似缠，早已在心脏的角落里种下今生刻骨的伤。当她把心连同牡丹琴倾囊相付时，又岂会想到回馈她的乃是国破家亡。

在裴星彤闪神之际，东方云霄已回到了她的身旁，深幽的凤眸落在她迷茫的脸上，丝丝烦躁和莫名的慌乱从他的眼底溢出，他俯首在她耳边低语："琴是真的，但已不是完整的牡丹琴了。星彤，你……”

她抬首，那双清澈的眸子，安静且恬淡：“如何不完整？”

这样冷静自持而内心清明的裴星彤是陌生的，也更光彩夺目地吸引人的目光，东方云霄忽然感觉现在的她已不再是自己能掌控的了，这样的想法让他的心里隐隐发慌，眼底骤然凝聚起片片深寒。

“比原来轻了些许。”东方云霄如实回答道。

就在两人窃窃低语时，那个如仙女子在不近不远的地方翩然玉立，清缈的声音随风传来：“莫非两位还在怀疑牡丹琴的真伪？还是说……不敢尝试此次交易？”

裴星彤慵懒地淡笑着，没有被她略带无礼的激将法激怒。侧首，墨发卷风而起，在空气中肆意飞舞。

收敛起眼底的淡淡蒙眬，她微微抬眸，淡漠与娇俏诡异地结合成一抹流光溢彩：“是真是假……得弹过了才知道。”

言罢，她右手拇指与中指巧然搓出一记响亮的回声，在众人不明所以之时，一个紫色衣衫的妖媚少年便犹如一个空降的精灵般，随着响指声飘落在裴星彤面前。

他看也不看满脸惊讶的众人，像只翘着尾巴的小狐狸般上前一步，亲昵地拉起裴星彤的纤手，开始无规律摆弄着，语含嗔怪：“我在树上吹了这么久的冷风，都快冻死了，姐姐给个温暖的拥抱好不好？”

冻死？裴星彤挑挑眉梢，眼角是纵容而调侃的笑意：“小鬼头，现在是八月，想吹冷风恐怕还得再等上四个月吧。”

众人听言，快要惊掉了下巴，怪事年年有，今日特别多啊！

然而，还不等紫衣妖媚少年继续耍赖，一旁的东方云霄已然手臂一伸，将裴星彤带入怀中，咬紧牙关，带着酸意问：“他是何人？”

他寒澈眸底有愠色若隐若现，似在酝酿着冷戾的风暴。

紫色衣袂划动，阴柔俊美的少年又凑近裴星彤身边，再次抓起了她白皙的纤手，无赖地撒娇：“姐姐，我不喜欢他！”

裴星彤扶额，嘿，这家伙说话真是直接，好歹给堂堂一国皇子点面子呀。

东方云霄危险地眯起冷眸，冰寒的戾气开始凝聚在周身，他冷冷地盯着少年的手，顿觉分外刺眼，感觉那曾经独属于他自己的东西此时正在被别人窥视和抢夺。

他有种冲动，想要剁掉那双肆意妄为的手。

冷凝的气氛让裴星彤不以为然地轻咳一声，挣脱东方云霄的手臂，敲着妖媚的少年额头：“小狐狸精，我是让你来抚琴的，不是来添乱的。你自诩琴艺过人，今日可要好好表现了。”

事实证明，外貌越出众的男人就越有把事情搅成一锅粥的本事，而且嘴脸还特别无辜。

眼前的紫衣少年不是别人，正是那日在惜君楼的小倌——狐狸。正是因为怕这鉴拍大会中出现的牡丹琴会以假乱真，她当日才以高价向惜君楼的向日葵借用了他。

在昨夜发生了那样诡异的事情后，她更加需要有人来鉴定这牡丹琴的真假。虽然大家都妄想拥有牡丹琴，可真正能驾驭这琴，使它由乐器变成杀人利器的又有几个？

妖媚少年抬起纯净的眼眸，眨巴出一道无邪的流光："弹得好有奖励吗？"少年继续着手上摆弄的动作，似乎很喜欢她的手指，忽然又像想起什么似的，倾身凑近了些许，用只有两人可以听到的音量低声补充道，"没银子的话，以身相许也可以的，姐姐。"

不得不说，她作为一个美貌与智慧并存的女人，本该被无数男人争相追求的，可心里那点自信居然还得靠一个未成年人来寻得。

这位人见人爱花见花开的小郎君，就凭他能慧眼识珠发现她的美，她也会好好爱抚他的……嗯，应该是会好好爱护他的。

阿弥陀佛，善哉善哉。

裴星彤唇角堆起和煦及略带宠溺的笑意，玩味低语："你这般不爱钱财着实难得，不过以身相许嘛……那也得等你成年了再说。"

"行！你可要记住了，现在且先欠着。"少年仿佛很好说话，甚是爽快地答应了。

东方云霄瞥了一眼自己空落落的怀间，再看看那亲密的两人，赫然冷声道："既然是个小小琴师，那就速速试琴吧，切莫耍花样。"他发誓若此时不是在大庭广众之下，他很可能会将这个清瘦柔弱的小妖男一掌击毙。

他很不喜欢少年和裴星彤之间的亲密，自从她自杀未遂醒来之后，她就从未对他这样温柔而轻松的笑过。

裴星彤将手从少年手中抽出，眸光投向不远处那个美貌女子，脸上慵懒的笑意依旧存在，可眼底却是深深的探寻："众所周知，牡丹琴既是乐器，也是杀人利器，诸位豪杰即使没亲身体验过它的功力，恐怕也会听说一二。那么，此琴如若是真的牡丹琴，可就得请诸位先屏气凝神，收敛内功，莫要让牡丹琴伤了身体才好。"

说罢，她再次将探寻的视线落在那个女子身上："若此琴是真的牡丹琴，姑娘所谓以物易物的约定，本人就应下了！"

那貌美如仙的女子只是平静地微微颔首，并不应声。

陈旗看向裴星彤，眼中之赞赏一闪而过，正色道："如此甚好，诸位都知牡丹琴的琴谱就在这琴面之上，弹琴之人定要拥有精湛的内功和纯熟的琴技，方能展现牡丹琴的效能。方才老夫已见过这位公子的内功修为不凡，接下来就请公子抚琴吧。”

妖媚少年的眼睛自始至终都只落在裴星彤身上，仿佛其他人都是空气，陈旗说了一堆的废话，他都毫不客气地完全当作耳旁风，只在见到裴星彤向他微微点头后，才眼含笑意地走到琴边。

他倾身在准备好的软椅上坐下，像一只高傲的小狐狸般昂首挺胸，清贵妖娆之韵，肆意横生。

抬手垂眸，快速浏览了一遍琴面上的谱子，他忽然侧首对前面的女子悠然开口：“姐姐啊，这曲子很难驾驭也很费神的，我可不可以先讨点彩头。”

众人当然不知他口中的彩头是什么，而裴星彤则是了然于心。无奈的浅笑蔓延在唇角，她微微上前一步侧过身子，左手宽大的衣袖诡异地掩在鼻下，右手伸平，粉润的指尖悄然按在双唇上，印下一吻，继而，又伸向琴前的紫衣少年，一个梦幻无形的飞吻便流转在两人间。

少年聪明地领悟了，妖娆的笑意赫然扩散在唇畔，竟是比女子还妩媚，晃花了众人的眼：“呵呵，姐姐果然甚得吾心。”

他伸出白皙而修长的双手，丹凤眼蓦然半眯，眉眼如丝，发丝垂在妖冶俊美的脸上，顿显风情万种，此番媚态不正是那小倌的真实写照。

指尖落定，悠扬婉转的韵律犹如山谷夜莺啼鸣声般清脆悦耳，醇厚的音律缱绻绵长，盈盈贯彻在偌大的竞拍大厅中。

琴声四溢，满厅光华。

恍然间，仿佛有一只睥睨尘世的凤凰，在众人眼前萦绕徘徊，傲视人间。

此琴配此曲，柔腻的音韵盘旋在空气中，似乎不是响在耳际，而是缠绵在心口，竟让人有些忘却红尘，昏昏欲睡的感觉。

然而，噗的一声，第一个被牡丹琴带入迷境的人，口中喷出一道细密的血雾后，捂着胸口轰然倒地。

明明就是那么细腻优美的曲调，明明就是那么婉约柔媚的韵律，可那如梦似幻的迷境竟是有着如此摄人心魄、蚀心切骨的震撼力。

刚刚倒地的那个人，定然是在承受不住时，凝聚了内力抵御，岂不知他越是用力抵抗，却越是会被那音律入侵心境，直至蚀心而死。

就在众人因这突然猝死的人而惊恐万分之时，裴星彤已有了动作，她倾身上前，在美貌女子的手上轻然一摸，下一瞬间，三只因牡丹琴强悍威慑力而惊慌飞散的鸽子，便诡异地同时落地，随之，妖娆少年落在琴弦上的手也轻然收回。

手起音落，挣扎在恐惧与痛苦中的众人也相继狠狠地喘着粗气，有些不顾及什么颜面的人，已然倚靠在木桩或椅子上，捂着胸口不断地咳嗽着，不再强忍。

裴星彤将弹弓揣入怀中，潇洒不羁地拍拍手："最短的时间内射下三只鸽子，不就是同时射下三只鸽子嘛，姑娘，这琴……是否有一半已经属于我了？"

如仙女子飞身取回同时落地的鸽子，浅笑着说道："这位姑娘既然已如约完成我家主人的要求，那么，就请将这三只鸽子亲手送与我家主人并对下我家主人的诗句吧。"

然而，紫色身影从后面翩然而至："姐姐，我劳心费神，现下浑身无力，你给我度些内力吧。"他一边说还一边煞有其事地将头靠在裴星彤的肩上。

东方云霄最是厌恶此类妖男，见此情景，猛然上前，刚欲拍飞那个无赖，裴星彤便在一个优美的旋身后，无意间将身体挡在了他面前，亲昵地环住他的脖子，脸上笑面如画，唇间却是低沉的警告与提醒："现在不是你乱发脾气的时候，我们要得到牡丹琴，有人一步步引我入局，那么，我就只能被他牵着鼻子走。"

东方云霄俊眸眯起，紧紧盯着眼前的娇颜："不许去！难道你忘了在云凤女子送男子鸽子代表着何意吗？情缘尘飞落，鸽羽寄相思。"

裴星彤低垂眼帘，一个不羁而邪肆的笑意跃上唇角，情鸽？情哥哥吗？很好。

"那又怎样，这里是银月，云凤……早已不存在！"说完，她凛然转身，不理会莫名其妙的东方云霄，对紫衣妖娆的少年低语："你休想瞒骗我，区区半首曲子，又是一个不完整的牡丹琴，怎会让深藏不露的你浑身无力？"

她斜睨一眼牡丹琴，脑海中的碎片在不断翻涌，蒙胧的眸子渐渐清明。

众人以为这牡丹琴的威力便是如此，可他们岂会知，少了那不知是什么的东西，现在的牡丹琴只能发挥一半的威力而已。

少年无邪而妖异的明眸上下眨动着，"姐姐是在给我戴高帽吗？我只是个善于抚琴靠出卖色相为生的小倌，哪里深藏不露了。咳……姐姐啊，今日就不能再多支付些彩头？"

他既然不想坦白，裴星彤也没有非要挖掘人家秘密的好奇心，她只是无所谓地耸耸肩，打趣道："待你成年了，连本带利一起讨要岂不是更好。"

话落，她翩然转身，对那美貌女子启口："我现在就带上我的鸽子，跟你去会会你家主人。"

接着，她又成竹在胸地向身后言道："还烦请陈庄主暂且替我把牡丹琴收好了，切莫再有任何闪失。"

显然，她现在就已将牡丹琴归到自己的名下了。

从正厅到第三个贵宾间的距离并不远，裴星彤跟在那女子身后来到了第三个贵宾间门前。而后，美貌女子翩然侧身，微微俯首，不卑不亢地说道：“裴姑娘，我家主人就在里面静候，您请进，春雨在此候命。”

裴星彤几不可察地微顿一下身体，以眼角余光细细打量她。春雨没有像这里其他人一样称呼为霄王妃，方才是称呼自己姑娘，现在的称呼却表明她已是完全明了她自己身份。

漆黑如子夜的星眸瞬间流转，裴星彤暗暗思索，春雨和里面的人到底是什么身份？

说话间，她侧头对春雨淡淡地点下头，清透的眸子中已然看不出任何情绪。

从春雨身前越过，她一个人靠近门前，长腿伸出，只听砰的一声，檀木制成的房门顿时变得摇摇欲坠，正痛苦地嘎吱作响。

裴星彤心下低咒一声，由于情绪紧绷，她纯粹是做出了下意识的动作。

日后还有待修身养性。

感觉到身后的视线，她做贼心虚地扭头一笑，对正蹙眉而立的春雨谄笑：“呵呵，习惯了，习惯了。”

一手拎着三只鸽子，一手撩起啰唆的裙摆，裴星彤神态自若地走进贵宾间。

可抬眸的一刹那，她险些惊呆了，屋内简直就像一个白色的迷宫，白纱从屋顶翩跹倾泻而下，飘飘摇曳，如画似梦。

此乃什么情况？

裴星彤小心地拢起纱帘，感觉像是走入了仙境，穿过第一道纱帘，一阵淡淡的幽香便弥散在空气中，渐渐沁入鼻间，泛着清浅的迷醉。

而里面依旧是一道纱帘，纱帘后依稀是一个朦胧身影，那身影端坐在软榻上，执笔于案前，明明知道她进来了，却是不言不语，泰然得像一座冰雕。

好吧，一般神秘人物都比较低调，她可以理解人家不喜欢出风头的心理。

缓缓伸出的手就这样悻悻然地放下，既然人家爱玩神秘，她也就不去窥探人家真容了。

把三只鸽子撇在身侧的椅子上，裴星彤很自来熟地为自己倒上一杯茶水。

饮尽后，她擦擦嘴，见对方还是了无声息，便忍不住蹙起眉：“你设局引我来，就是为了向我证明你是个哑巴？”

还是没有任何回应……

裴星彤撇嘴，耐着性子问：“鸽子给你带来了！”对方的武功一定是卓绝超凡，不然她不会明明看到了对方的身影，却丝毫感觉不到对方的气息。

里面的空气依旧静谧如初。

此时拼的就是心理素质，若不是为了牡丹琴，她早就牛哄哄地走掉了。

裴星彤压下心底的懊恼，须臾，她将水杯放回桌上，咬着下唇翻白眼："我最缺的就是耐心，为何还不现身？"

她兀自生着气，放水杯的手似乎碰到一支狼毫，裴星彤垂首看去，那桌上果然整齐地摆放着一块锦帛和一支毛笔。

她一把抓起那块写着字的锦布，入目的是两行优美整洁的字体，裴星彤明媚的脸上染上一阵惊异，神情有了一丝迷茫。

虽然来这屋子之前她早已猜到，既然所有的要求基本都是为她一人量身定做的，那么，这个神秘人定不会不相见。

朱唇轻启，她清冷的声音传进纱帘："你是谁，引我来到底有何用意？"

"着急了吗？"

一道很舒润很轻灵的声音从纱帘后传出，缥缈在空气中，那么梦幻。

是疑问的话，却是没有波澜的语调，裴星彤蓦然一惊，这声音似乎有些耳熟。

纱帘后那姿态优美的朦胧身影……竟然是个男子！可那淡淡的幽香……

进来后，她就知道那幽香味她不是第一次闻到，难道程若兰将她推下陡坡时，救她一命的是个男子？可笑的是，她当时还叫人家姑娘。

误会闹大了。

自嘲一笑，她竟然片面地由那香气断定了对方是女子。

纱动，风起。

裴星彤还来不及眨眼，眼前就已经多出一个卓绝的男子，他……

第十章 无双公子

金色与白色相间的身影蓦然欺近，幽香弥散在空气中，很迷人。

在她的如水美眸中，流光凝聚成璀璨耀眼的风景，赫然是因为那抹超凡脱俗的身影倒映在其中。

裴星彤不知道自己此时是否还在正常呼吸，因为心脏跳动的频率已然是一片紊乱，就像被重锤狠狠地撞击着，不是疼痛，却是比疼痛更让人蚀骨焚心的悸动与魅惑。

她下意识地伸出粉白纤手，想要确定眼前的美景是否只是那梦幻里的梦中仙。

她轻颤着手指缓缓凑向他完美无瑕的脸颊，柔润的指腹带着丝丝炙热的温度，慢慢地抚在他美如冠玉的脸上，可指腹刚刚触碰到那冰润的肌肤，又猛然收回，像是害怕眼前这俊逸如仙的男子如一碰即碎的泡影，会因为她莽撞的举动而凭空消失。

然而，她收回的手还在半空中时，他已然伸出莹白秀美的大手捉住她欲逃离的纤手，缓缓拉向他，在美玉般的脸颊上落定，指腹下的肌肤细腻如瓷，润滑似玉。

那柔腻美妙的触感，顿时让裴星彤心口如窒息般赫然收紧。

水眸闪动，呼吸已乱。

那完美到没有任何瑕疵的容颜，就像雪巅之上的冰晶一般，华贵清透，洁美纯然，让人不敢奢望靠近及拥有，只甘愿能够远远地膜拜。

如此冰玉之姿，不是望尘莫及，而是不敢亵渎。

男子狭长的凤眸中沁着温润的笑意，带着摄人心魄的幽韵，他轻然启口："喜欢吗？"

双唇微动，传出的是清然若水、缥缈空灵的声音，像山涧中的清泉般舒润悦耳，柔腻入魄，荡涤心扉。

这眼眸，这声音，有着不可思议的熟悉感。

裴星彤迷醉的水眸一眨不眨地凝视着他不染纤尘的容颜，朱唇微动，吐气如兰："喜欢，如果不是在梦里的话……"

与他温润的磁性声音相比，裴星彤此时的声音无疑是略带沙哑的。

他瓷白皓齿微露，笑意在优美绝伦的唇畔渐渐扩大，竟是比那华美的月光还要雍容眩目，仿佛让世间一切闪亮的东西都瞬间失去了色彩。

他长身玉立，清润的狭长凤眸中浅笑点点。

俊颜蓦然凑近，幽香蚀心，笑意更甚："终于等到你了，我的妻。"

什么情况？人家还是个黄花大姑娘好不好。

恍惚的神志被猛然拉回，裴星彤不明所以地眨眨眼睛："停！等一下，你的……妻？呵呵……如果我没记错的话，到目前为止我都只是第一次见到你，甚至连你姓甚名谁都不知道，怎么就成了你的妻？"

"云轻。"男子优美的双唇轻微一动，两个字，一个名字，是他的回答。

"云轻……"轻盈的两个字带着丝丝魅惑传入耳中，裴星彤暗暗做了一个深呼吸，尽量让自己忽略他给她带来的视觉冲击及心灵震撼。

口中轻念着他的名字，纯净的水眸中却潜藏着些许探寻。

他身着雪白罩纱锦袍，前襟、袖口和腰带上都绣着金色图案，金色与白色完美至极地结合，更是将他雍容华贵的气质映衬得超凡脱俗，绝无仅有。

与东方云霄的祥云图案不同，他衣袍上绣的是宛若金色凤凰般的图案，可这宫纱与云锦的料子却说明了他的身份一定尊贵无比。

可他是谁呢？

脑海中残存的记忆碎片萦绕盘旋，蓦然抬眸："你是……凤舞宫宫主，无双公子！"

无双，无双，他是刺客还是神仙？与之前的黑衣刺客像是一个人，又不是一个人，他如此不同，已然成功地把她弄晕。

凤舞宫，那是怎样的一个存在？

它在江湖中无人不知无人不晓，它是武林中白道门派的翘楚，连街边的三岁娃娃都知道凤舞宫的神秘与强悍，它是连朝廷都要忌惮几分的的天下第一宫。

其宫主被人称作无双公子，只因没有人知道他的真实背景与姓氏名讳。他很少公然出现，即使出现也是以斗笠遮容，也就极少有人知道他的真实容貌，只是那浑然天成的清贵与脱尘气质，让世人均是尊称其为无双公子。

云轻，是他真实的名字吗？真的是人如其名呢，华贵雍容，云淡风轻。

无论是无双，还是云轻，都让她心里产生一种奇妙的依赖感和安全感。

裴星彤微微垂眸，不经意地瞥向椅子上那三只鸽子，弯长的睫毛煽动着，调整呼吸说："三只鸽子就让我成了你的妻子吗？"沉稳若水的声音中藏匿着一丝不易察觉的凝重。

云轻温润如春风的凤眸中是略带着宠溺的笑意，金色与白色翩然浮动，清逸风华的身体前倾些许，他已然将她带入幽香的怀间："十八年前我们就已定下婚约，而现在，你才是我真正的妻。"

或许是因为他是刺客无双时两人就已经熟悉，或许是因为他出众的外貌格外吸引人，反正她的身体和心都不排斥他亲昵的举动，甚至还很喜欢在他怀间的感觉。

抬首，额头不期然地撞在他好看的双唇上，激起心头片片涟漪。裴星彤眨动着迷蒙的潋滟水眸："指腹为婚吗？有什么人证和物证？"

又是一抹清润的浅笑完美地跃动在他的唇畔，令人莫名地无比舒心："人证嘛，只有你的孪生……妹妹裴影彤了。"

他竟然知道裴影彤的存在！连东方云霄都不知道，看来，他也许没有说谎。眉目流转，裴星彤掩掉眼底的探寻，继续说道："既然是指腹为婚，那为何不是阿影？"

既然是孪生姐妹，又怎知指婚的是哪个。

云轻淡然若水的凤眸中没有任何波澜，依旧清澈见底："因为我只要你。"

多么平缓的语气，多么沉静的声音，多么窝心的答案，令人无法辩驳。

有那么一瞬间，裴星彤真的什么都不想管了，就这么跟着心里的感觉走，做他的妻子。

可是，他太神秘了，突然这么明晃晃地在她面前展露真颜，感觉有些说不出的诡异。

"之前缘何易容扮作刺客去霄王府？"她问。

"拿解药，接近你。"他答。

见她还是不太相信，云轻宠溺地轻点一下她挺俏粉润的鼻尖："要看我们指腹为婚的物证吗？"

随着他的动作，幽香缱绻四溢，沁入心田。

裴星彤忽略掉对那幽香的留恋，暂时从与他亲昵的微醺中清醒过来，沉静迷蒙的脸上染上一丝盈动娇俏："如果你只是个普通人，我也许立刻就跟你走了。可是，你费尽心机引我入局，难道就是为了告诉我，我是你的妻子吗？既然是指腹为婚，为何现在才来履行婚约？"

见他不语，裴星彤微微拉开两人间的距离，低声浅笑："在皇宫那日，虽然我们的距离较远，我没有注意到独属于你的淡淡幽香。但我的感觉不会错，你的姿态、气质及这清俊华美的双眸，我是不会看错的。是你将我引到了禁地的密库前，让我成为名副其实的盗匪，或者说是盗匪的帮凶。”

抬手抚上颈间的莲子，她继续陈述：“街头用莲子施助，扮成刺客接近，原来都是你一人。总之，为了保命，我此番一步一步地走入你的陷阱，可我不知的是，你目的何在？”

明明是娇俏的神情，却是咄咄逼人的质问。

云轻将她重新拉回怀中，俊美的下巴抵着她的前额，几不经察地轻叹一声：“虽然说来话长，但我现在还是理应先简单地回答你。对于为何现在才来履行婚约，那是因为我们虽是指腹为婚，却相距两国，本是定下在你十八岁时成亲，可是以往的你，心思全都扑在东方云霄身上，而我……亦是不喜欢以前的裴星彤。”

说到这里，他淡润的双眸中有微微的黯然一闪而过，可却让裴星彤捕捉到了。莫名地，她竟然觉得心口被那抹黯然揪得有些发疼：“你知道我已不是曾经的我了？”

话问出口，俊逸如仙的男子只是宠溺地笑着，任那绝美的笑意晃花了她的双眼，迷惑了她的心扉。恍然回神之际，才惊觉自己在无意中已经说出了不该说的答案。

她连忙轻咳一声，率直地揉揉眼，擦擦嘴：“你不要总是这样笑，你笑得我心烦意乱，会说胡话。我的意思是说，你知道我的遭遇了？”

色令智昏，古人诚不欺人。

云轻胸口震动，溢出压抑的闷笑声，流光溢彩的笑颜再次点亮轻纱浮动的房间，“如果你承认是我的妻，便可以随意说胡话。”

好，好，如此甚好。裴星彤眉眼弯弯地点头，后又想起什么似的瞪起眼，佯怒道：“不要转移话题，还没说你出现在皇宫的事情！”

他冰润的指尖微微抬起，在将要落在她娇美的脸上时，却只是捻起她鬓角的一缕碎发别在她耳后。

那细腻如玉的指腹不经意地划过她的耳廓，却让她的心口猛烈地跳动起来，那胸腔内的心脏似乎会只因他的一个细微动作就能激起一片波澜壮阔。

缠绵悱恻的触碰间，让她的厚脸皮难得地染上了一抹绯红，连额头都染上了诱人的粉红色，为她的倾国容颜又平添了几分娇俏妩媚的风情。

这般娇媚的她，让云轻淡泊的眸子中晕开了一抹宠恋的微醺。

裴星彤抬首，映入眼帘的就是他美得不染一丝纤尘的俊颜，这般笑容温润和煦、气韵优雅非凡、身姿华贵卓绝的男人，让她怎么能够无动于衷，若不是因为这件事情有些突兀和怪异，恐怕她现在就会跟他走。

“那日在皇宫，确实是我将引你去的，但盗取牡丹琴的却不是我，我只是将牡丹琴从那盗匪的手中抢了过来而已。”他的声音一如既往的清润悦耳，纯净安然，只是那双迷人的凤眸一直都没有离开过裴星彤的纯美脸颊。

“不是你？那是谁？你为何将我引去，又好巧不巧地让他们逮个正着？”裴星彤很难想象，这样俊美如仙的男子竟然会用“抢”这个字。

云轻凤眸微微半眯，直直地盯着近在咫尺的诱人双唇：“到底是何人唆使那个人盗取牡丹琴，我并不知晓。而我引你去，只因为想要确认你是否有能力为自己平冤，是否能全身而退，是否是……我等待的妻。”

他的话将裴星彤说得有些云里雾里，歪着脑袋不可思议地问：“你大费周章的就只是为了这个？那昨夜你为何又派人去东厢房盗牡丹琴？”

云轻淡润一笑，雍容温润的凤眸总是好像什么事情都了然于胸，却又云淡风轻的模样，仿佛那双眼眸中完全没有一丝贪婪的欲望，纯净清透得比山涧溪水还要澄澈明朗：“若我说昨夜那人不是我派的，你可会相信？”

不是他的人，那又是谁呢？为何昨夜明明已经盗走的牡丹琴，今日又会出现在竞拍大会上，难道昨夜盗走的琴是假的？或者说盗走后又送了回去？

云轻冰润白皙的手指抚平她眉宇间的小山，低语呢喃：“他盗走牡丹琴是为了取下琴底的玄铁。”

幽香的气息吹在裴星彤脸部的肌肤上，麻麻痒痒，激起一片战栗：“玄铁？怪不得东方云霄说牡丹琴比原来轻了些许。”

当她口中说出东方云霄的名字时，云轻雍容润泽的凤眸不易察觉地幽深了几分。蓦然俯首，他在裴星彤额头及鼻尖上落下阵阵细吻，在即将触碰到那娇美的朱唇时，他缓缓抬首，叫着她的名字：“星彤……”

云轻有些陶醉在她纯净灵气的笑容中，伸出修长的手指勾起她秀美的下巴。

笑意在唇角散开，裴星彤垂下眼帘，整理心神，尽量不让他完美无瑕的容颜干扰她正常思考的能力：“云轻，那人为何要盗走玄铁？别人都关注牡丹琴，他何为要对玄铁情有独钟？”

云轻一直圈在她腰际的手臂微微收紧，神情依然寡淡温润：“世间有两件宝物是所有人趋之若鹜的，一件是牡丹琴，一件是玄铁雷火箫。玄铁雷火箫从未有人见过，故而，它只是个神奇的传说。可是能制成那雷火箫的玄铁，正是在牡丹琴的琴底，真正知道这件事的人没有几个。”

“所以昨夜盗琴的人，真正的目标是牡丹琴底下的玄铁？”没有了玄铁的牡丹琴威力已经减半，那人取下玄铁后当然就将牡丹琴还回来了。虽然云轻说知道这玄铁之人没几个，但他作为凤舞宫的宫主，知道此事当然不足为奇。

云轻笑着点点头："你的任务只是找到牡丹琴，而现在，你完成任务了。"

言外之意就是，皇上要的是牡丹琴，她只管拿着琴回去交差，至于牡丹琴少了点什么东西那就不干她的事了。

眉眼弯成一道迷人的月牙儿，裴星彤欣喜地点头："没错，我这就将琴送进皇宫。"

忽然又像想起什么似的问道："从你得了牡丹琴后，试探了我这么久，就只是为了想确定我是一个不一样的裴星彤？难道你喜欢跟你一样强大的女人？"偶尔的自恋不等于自负。

对于她突然的质问，云轻没有丝毫的迟疑和慌乱，神色安然而淡泊地回答："我要确定的是，你是那个有能力让云凤复国的裴星彤，而在确认的期间内，我对我命定的妻子……动心了。"

这个重磅炸弹一抛出，裴星彤脑海中猛然浮现出那日在霄王府后院遇到的黑衣人，那个黑衣人不仅解了她的毒，还赠予她练成内功的贡丹，重要的是他也说过，她必须要强大起来，云凤复国才有希望。

难道那个黑衣人也是云轻？

她就知道，这些看似没有任何关联的事根本没那么简单，没想到这一切都扯到了已覆灭的云凤国。

虽然裴星彤本身就是云凤的臣民，可她只不过是个落魄的前丞相之女，为何这些人都把这么艰巨的任务安在她身上。皇亲国戚都死了，复国了谁当皇帝啊！再说，谁若是想当皇帝，谁就自己复去，为何非得拉上她！

裴星彤秀眉微蹙，水眸中眨出一道晶亮的流光，半猜测着问："世人都说你的身份神秘莫测，难道你也是云凤的臣民？或者说，你是云凤幸存的皇子？"

绣着金色凤凰图案的衣袂微摆，清贵高雅，华美出尘，虽是云淡风轻，却拥有着睥睨世间的气韵。

他拥有这般雍容华贵的气质，简直就是皇家的标志，如果真是皇子身份，那么也真的一点都不奇怪。

对于她的猜测，云轻只是浅润一笑，他喜欢这样敏锐与灵动的她，沉着与冷静中又带着些许可爱，组合在一起便散发着璀璨光芒，总是让人忍不住为她注目："我是什么身份不重要，重要的是只有你才能让云凤复国。"

他这样模棱两可的回答，让裴星彤更加摸不着头脑，神色黯然地嘟着嘴："可我只想过清静安逸的日子，根本不想去参与难度那么高的事。"原来他说她是他的妻子，就是想要让她帮他复国，功利性的感情她才不稀罕。

云轻在她唇上飞快一吻："好，那我们就过清静安逸的日子。"他说得极其轻巧，却撩动了她的心弦。

"你不会还记得我那个很奢靡的愿望吧。"那天，她对刺客无双说，她的愿望就是有一天可以不劳而获，衣来伸手饭来张口，天天购物，夜夜搓牌，有男人暖被窝，有父母伴左右。

"你说的每句话我都记得。"他话音刚落，裴星彤尚未来得及翻白眼，便突然被他揽紧腰部，足尖轻点便是一个迅捷的旋身。

金白辉映的衣袂与湖绿色的裙摆绕颈纠缠，飞舞翩然，两个紧密相贴的身体，在半空中划出一个旖旎优美的弧度后，安然掩藏在了第二道纱帘后方。

那厢，随着一个尖锐物体碰撞剑柄的声音，门外传来了一个男子气急败坏的声音："裴星彤，回来！"

裴星彤看着眼前不知何时已然戴上斗笠的云轻，无邪地眨眨眼睛，他的身手真是已经到了出神入化的地步，她就在他怀里，却不知他是如何将那支鸽羽变成武器，袭击门外人的。

抬首，看不到云轻的神色，裴星彤推开两人紧密挨在一起的身体，刚欲走向门外，纤手就被身后的男子捉住："星彤。"

云轻看出了她的犹豫，上前一步，宠溺地点了一下她娇俏的鼻尖："傻丫头，我只是想陪你一起出去。"

笑意从唇畔流淌而出，裴星彤点头："既然牡丹琴是我的了，我也该尽快将它送进皇宫，洗脱罪名了，以免夜长梦多，毕竟还有很多人在窥视它。"

男人啊，什么美感骨感质感幽默感，统统是次要的，只有能给人安全感才是最踏实的。如今，云轻愿意实现她可笑的愿望，她也愿意接受他的温柔。

斗笠上垂下的白纱遮掩了他的容颜，也掩盖了那绝世的雍容风华，他紧紧地握着裴星彤的手，缓缓向门外走去。

纱帘摆动，芳影留香。

当两人牵着手从贵宾间走出时，东方云霄顿时心头一颤，胸口内没由来地妒火中烧，那牵在一起的双手竟然比午间的阳光还要刺眼万分，冷戾的寒意渐渐在他周身弥漫开来。

他瞪视着那个虽然用斗笠遮面，却依旧身姿华贵清逸的男子，那锦袍及衣袂上的金色凤凰显示了此人的身份，也让他的呼吸猛然一滞，咬紧牙关，东方云霄压抑着情绪开口："星彤，跟我回去。"

他不知道他的声音中已经带了一丝微颤，他不知道他的语气中竟然有那么一分祈求，他不知道他的心头为何像被火焚烧一般灼痛。他只知道，他不能让别人抢走他喜爱的东西，谁都不能。

“本宫会陪内子一起将牡丹琴送回。”声音如清泉般纯净润泽。

裴星彤还未说话，云轻已然上前一步将她的身体半掩在身后，应了东方云霄的话。

剑身舞动，寒气袭人，下一瞬间，东方云霄手中的长剑已经抵在了云轻的喉间，寒戾的愤意昭然若揭：“收回你的话！莫要以为你是凤舞宫宫主，本王就不会杀了你！”他的话一字一顿，字字寒冷狠戾。

云轻不躲不闪，仍是一派淡定从容，指尖将东方云霄冰凉的剑尖拨开：“霄王爷为何要杀本宫，本宫可是寻回牡丹琴的人。”

冰冷的寒光从东方云霄的眸中迸射而出，他俊美邪魅的脸上带着一丝杀气与阴鸷：“放开她！”

云轻不为所动，依然牵着裴星彤的手，语气淡泊而冷蔑地嗤道：“放开？她是本宫的妻子，本宫为何要放。”虽然无法看到他斗笠下的神情，但那泰然的气势却是让人发自内心地敬畏。

东方云霄冷魅的瞳眸愈发幽深，不再多言，青色衣袂飘飞，掌风带着剑气，凌厉地向云轻袭来。

金色与白色完美呼应，云轻已接下他的攻击，衣袂浮动间犹如翩跹的蝴蝶般随风飞舞。

青衫招招紧逼，白衣招招只守不攻。

青色，白色，金色，带着凛冽的劲气，一个气势如虹，一个身姿飘逸，身影交错间，竟然煞是好看。

半晌后，裴星彤收起明眸中的丝丝探寻与观摩，对着互不相让的两人，轻启朱唇道：“如果你们要继续打下去，我只能一个人先走了。”

东方云霄阴鸷冷冽的眼睛猛然瞪向她，裴星彤还是有些了解他的，从小呼风唤雨、高高在上惯了，她以前缠着他的时候他烦，即便她死在他面前，他都能无动于衷地冷眼看着，甚至会拍手称快。如果她身败名裂无人问津，他看见她的时候或许还会洋洋得意地想到此乃是他厌恶且不屑的女人，亦不会再正眼瞧她，可如今无端出现一个男子，把她当成一个宝，他自然会不甘心，耍起王爷脾气。

长剑收回，掌风敛起，清冽微寒的空气又恢复了属于夏日的暖意。

两人纷纷上前，倒是很有默契，一人抓住她的一只手。“星彤！跟我回去！”依然是属于东方云霄的霸道口吻。

“星彤，我们走。”和煦温润，只有云轻的声音才是这般柔润舒心。

“本王劝你最好即刻放开她，她不会跟你走的！”

“霄王爷何来的自信？她是本宫的妻子，今日自然会跟我走。”

裴星彤暗自叹息，两个男人都没问过她的意见，就各自决定了。虽说问她意见，她也不敢拒绝，可他们好歹也要象征性地问问啊。

“星彤！”

“星彤……”

两个都是身材颀长、健硕挺拔的大男人，而她软胳膊软腿，哪里经得住他们这般拉扯。淡淡的声音响起：“虽然我很高兴自己忽然变得如此抢手，但是，如果你们要就此把我一分为二的话，我恐怕就没有命继续高兴下去了。”

半是玩味半是邪肆不羁的话刚说完，她的右手已然被人松开，右侧是云轻。

手是松开了，但那只是因为他担心会伤害到裴星彤，薄纱吹动：“星彤，我同你一起将琴送回，然后你是否愿意与我回凤舞宫？”

他是询问与征求的口吻，没有强制性的霸道，一如他给人的感觉一般，柔和舒润，比春风还要暖心。

然而，还没等她回答，身体就已经被一股强劲的力道掠飞而去。

东方云霄火爆的脾气哪里会容得她做出回答，青衫摇曳间，裴星彤已经被东方云霄推进了一顶宽大的轿子内，而她被推进去之前，只来得及对身后做了一个简单的手势。

偌大的轿中没有别人，只有那架牡丹琴赫然躺在软椅上。

裴星彤刚在轿中坐稳，东方云霄便冲了进来，一把捏住她秀美的下巴，冷魅的瞳眸内是阴鸷的盛怒：“少不得男人是不是！为何要招惹上他？”他刚刚打发掉那个紫衣的娘娘腔小子，现在她又投入了另一个男人的怀中，这叫他情何以堪，她是他的……牛和马啊！

东方云霄毫不怜香惜玉的力道弄疼了她，却又无法挣脱这样的钳制，裴星彤仰首瞪视着怒不可遏的他，愤然出声：“我就是少不得男人怎样！你不喜欢我，还不允许别人喜欢我吗？”

“不允许！即使我不喜欢你，也不会将你送予别的男人！”他霸道的话语几乎是低吼出口，冷峻脸上的阴郁更甚。

“你有什么权力不允许？我又不是你的谁，我爱喜欢谁就喜欢谁！”裴星彤赌气地瞪着眼前的英俊男子，剧烈浮动的胸口显示了她也是处在盛怒之中。

这个浑蛋男人动不动就捏下巴，让她完全没有气势。

听她此言，东方云霄手掌下滑，一把钳制住她粉嫩的脖子，明明很想用力掐死她，却怎么也使不出半分力道：“你喜欢他？你敢再说一遍！”

裴星彤可以感觉到他压抑中的愤怒，更能察觉到他的隐忍。如果现在她要跟他硬抗下去，她终究只是个女子，定然不会占到半分便宜。

于是，她的指甲又一次陷入了自己手心的肉中，冰晶般的泪珠瞬间被逼出眼睑。下一刻，她便嘤嘤地哭了起来：“你就会欺负我，以前是，现在也是！你的表妹们陷害我，谋杀我，我只能像个蝼蚁般奋力挣扎方能自保。我国破家亡，被你掠到这里来，每日都在生死边缘挣扎，受尽折磨。即便我曾经真的十恶不赦不招人喜爱，也罪不致此！现在终于有男人肯喜欢我，肯对我好，你又要从中作梗，我是不是上辈子欠了你的！东方云霄！”

她的情绪突然转变，让东方云霄有些愣怔，却又被她顺着眼角倾泻而下的眼泪吓到，她每一句近乎于埋怨和委屈的话，都狠狠地击在他的心口，那潜藏在心底的疼惜与眷恋瞬间倾巢而出。

指尖抚上她的脸颊，抹掉她带着温度的泪痕，将她的头按在自己肩上：“星彤……对不起。”

他心里所有复杂的情绪都化作了这简单的三个字，也彰显了他心中对她的那份矛盾而纷乱的感情，让他那么纠结与彷徨。

也许是因为这些日子以来一直都没有睡好觉，导致她太过困乏；也许是因为牡丹琴终于寻回，她一直紧绷的神经得到了松解。总之，裴星彤哭着哭着就在东方云霄的怀里睡过去了。

八月的季节，阳光明媚，杨柳依依，花香四溢。

轿内，一个倾国之颜的娇美女子正舒服地窝在男子怀中，睡得好不香甜，一路好眠。

倏然，马蹄声停滞，轿子微顿，美梦中的女子下意识地嘤咛一声，微微皱起眉头。

轿帘被拂开，东方云霄及时制止了那个侍卫已经到嘴边的话，他双唇微动，比云雾还浅薄的声音从口中溢出，浅薄到那个侍卫全仗着耳力好，并通过分辨他的唇型，才明白他是什么意思。

他说的是：莫要停下，继续驾车走。

于是，那个侍卫悄声而退。重新驾着马车从眼前的霄王府门口通过，沿街围着偌大的王府院墙绕起圈来。

与此同时，那有规律的摇晃又起，轿内女子仿佛又继续沉浸在那容易使人昏昏欲睡的摇晃中，她眉头渐渐平展，唇角依然是美梦中的恬静弧度。

而路过的行人却没人知道，那辆豪华马车为何要一直在霄王府外面绕着圈圈。

若是他们知道，那只是为了让轿内女子能继续舒服地睡觉，该会是何种反应。

东方云霄拥着裴星彤，时不时瞄一眼她的脸，未曾想过自己有一天竟然会因为多享受一会儿与她亲近的机会，而做出如此幼稚的事情。

爱情就是这样，局外人看得清，局内人却永远不会觉得自己傻气。

不知过了多久，裴星彤满足地伸个懒腰，缓缓扇动弯长的羽睫，眼帘轻启，漆黑晶亮的瞳眸中裹着慵懒而明媚的意韵。

她眨眨眼睛，低头看看怀里的牡丹琴，真是要疯了，她竟然搂着个硬木头呼呼大睡，可睡梦中明明感觉是搂着又软又舒适的抱枕。

坐直身体，纤手撩起轿子的流苏珠帘，向外看了一眼后，她推了一下身旁闭着眼睛小憩的东方云霄，诧异地询问："东方云霄，怎么天都黑了？我们这是到哪里了？"明月山庄虽然在郊外，但也不至于走到天黑都还没到皇宫吧。

话音刚落，驾车的侍卫已经停下了马车，隔着门帘在外面适时禀告："王爷，到了。"

"嗯。"东方云霄轻应一声，面色依旧冷峻地拉起裴星彤："下车！"

对于他这种一贯命令式的口吻，裴星彤只是不服气地撇撇嘴，便心不甘情不愿地跟着下了马车。

看着眼前华灯初上的熟悉大门，她拉住东方云霄的衣袖，满面疑惑："我们回霄王府干什么？得赶紧将牡丹琴送进皇宫啊，不然又被别人盗走了怎么办？"

东方云霄斜睨着她，并不搭言，只是对出来恭迎的漠黎吩咐道："漠黎，你即刻将琴送入皇宫。"

说完，他拉着有些懵懵懂懂的裴星彤就向王府内走去。

裴星彤扭头看着马车，突然甩开东方云霄的手："我要亲自将琴送进宫！"她得进宫跟皇帝讲清楚，她可是完成任务了，以后这琴若是再丢，可跟她没有半毛钱关系。

东方云霄瞪着她，一把拉过她的手，拧眉道："漠黎去比你去更安全，更稳妥。"

裴星彤拉扯不过他，只得回头高喊："茉莉！你可得跟皇上说，琴是我寻回来的，让他以后莫要将我当成通缉犯了！喂！东方云霄，你别拽我呀……"

因为一直扭着头，她并没有专心看前面的路，只是一味地被东方云霄拽着走。而当东方云霄已经停下脚步的时候，她自然也就没有察觉，结果就是她的半边脸和胸口都很不幸地撞在了他坚实的后背上，当即就被挤成了肉饼。

"哎哟！"身体被撞得一个趔趄，裴星彤哀号一声连忙稳住身体。

馒头被挤成面饼，他故意的吧！

“恭迎王爷回府，臣妾给王爷请安。”

还没等她质问和斥责东方云霄，伴着一声轻柔的参拜声，东方云霄已忙不迭地上前几步扶住了一个女子的身体：“爱妃不必多礼，你身子不方便，莫要累着。”

裴星彤暗自嗤笑一声，施个礼也能累着？哼，见一个爱一个的大色胚！那个诈死的挚爱表妹刚消失没多久，他就又弄回一个未婚先孕的侧妃。

聂芙蓉瞥一眼他身后的裴星彤，清浅一笑：“臣妾不累，理当如此。王爷舟车劳顿，臣妾已命人将晚膳准备妥当，时辰不早了，臣妾的身子不宜久站，就不侍候王爷了。”

没有刻意地曲意逢迎，没有伺机邀宠扮娇，聂芙蓉依旧是那副进退得宜、清冷恬静的模样。

东方云霄的冷眸中没有责怪，反而是难得的温柔浅笑，点头应道：“好，芙蓉受累了。”

裴星彤心里的愤怒骤起，懊恼地瞪视着看似很温馨甜蜜的两人。

聂芙蓉袅袅娜娜地离开，裴星彤看着聂芙蓉身影消失的方向，收回审视的眸光，漫不经心地说道：“这般雍容大度、温良贤淑的女子，你为何不直接娶她做正妃？”

东方云霄又恢复了一贯的邪佞不羁，冷眸中那一瞬间的温柔已然消散，脸上也因她的话而蒙上了一层阴霾：“正妃之位已有所属！”

言罢，他幽冷地转身，向正厅走去。

留下裴星彤一个人在原地对着他的背影轻蔑冷笑，这家伙还真是够博爱的。

第十一章 发现阴谋

虽然跟东方云霄一起用膳的次数并不多，但裴星彤发现他真是越来越可恶了，自己只要是多夹了哪个菜几次，他必然会将那碟菜端到他自己跟前，似乎才发现那菜很好吃的样子，兀自享用着，让坐在对面的自己无论怎么伸着胳膊都无法再夹到那菜。

为什么他就是很喜欢跟她做对呢，只要她喜欢的东西他都会很霸道地据为已有，刚才他就以借去观赏之名抢走了她的弹弓，现在又跟她抢菜。

裴星彤咬着筷子瞪向东方云霄，却只能眼巴巴地看着那盘蜜汁糯米藕又未能幸免地被端到他跟前。

真是受够了！

裴星彤敢怒不敢言，只得将碗里的白饭扒拉进嘴里，恨恨地把筷子摔到他面前，冷哼一声便下桌了，这饭吃得憋屈至极。

总觉得东方云霄变得好幼稚，好无聊，言行举止像极了故意在喜欢的人面前调皮捣蛋的小孩子。

一个人出了正厅，裴星彤仰望着繁星点点的天空，思绪开始浮动，也不知裴影彤现在在哪里，她们什么时候才能再见面。她要不要相信云轻，然后做他的妻子呢？虽然云轻出现得有些突兀，有些难以名状，但她还是想相信他，毕竟她现在只是一个家破国亡的孤女，也没什么值得别人企图的。

况且，她也很好奇云轻的身份，他口中所说的只有她能让云凤复国又是怎么回事？虽然不想参与进那些繁复的事情里去，但毕竟她现在是裴星彤，终归是身不由己的，她想安逸却阻止不了别人不让她安逸。

至于那个霸道又专制的东方云霄，等她找到昨晚不小心遗落在他卧寝的莲子，她就彻底跟他拜拜。

想到这里，心情仿佛清爽了许多，然后便悄悄地向他的卧寝走去。

而目光一直追随着她身影的俊美男子，在看到她离去的方向时，冷峻的唇角不自觉地溢出欣喜的笑痕。

放下手中的筷子，东风云霄瞥着跟前那些平日里他看都不看一眼的菜肴，突然发现这些菜肴原来也是如此美味。

青色衣袂摆动，他直奔寒月阁。

月光清冷，夜色迷漫。

裴星彤一个人走到寒月阁门前时，却意外地碰见程若兰正鬼鬼祟祟地从寒月阁里潜出来。

裴星彤从她的身后拍一下她的肩膀："今晚要留宿？"平日里，天黑之前程若兰都会被东方云霄撵走，看来今日她是给自己放水了。

"啊！鬼呀！"程若兰被她突如其来的动作吓得低喊一声，而后自己又赶紧很识相地捂住嘴。

待看清裴星彤后，程若兰愤恨地呵斥出声："贱人！你想吓死我啊！"

呵，就不能换个新鲜点的称呼！裴星彤耸耸肩："不做亏心事，不怕鬼敲门。""谁……谁做亏心事了？"她的话让程若兰有些磕巴，仿佛真有那么一丝心虚，"喂，这么晚了，你还来表哥的卧寝做什么？"

程若兰俨然一副大老婆那种盛气凌人的模样，裴星彤冷嗤回答："我喜欢去哪就去哪，让开，好狗不挡路！"说着就绕过她的身子，推开门往里面走。

越看程若兰她就越控制不住想打人，这是怎么回事。

看着裴星彤是这般态度，把程若兰气得直咬牙，本欲阻止她进去的身体，在片刻微愣后，又很意外地错身让开："呵呵……是啊，你去哪我自然管不着，你死了……我就更管不着了，贱人！"阴阳怪气地说完这句莫名其妙的话，她便傲着胸脯离去。

裴星彤瞪着程若兰的背影，自己又没跟她抢男人，她为什么总是跟她过不去，还咒她死。

进到寒月阁，里面还没有掌灯，裴星彤只能借着从窗棂透射进来的月光，摸索着向床榻前走去，因为她觉得昨晚一定是将莲子掉落在床上了。

终于潜到床榻前，她连忙将手伸进平整的云锦被下摸索，可摸了几下都没摸到莲子。

倏然，纤手摸到了一个软软的、凉凉的、细细的东西，那东西此时似乎还在她手里蠕动着。

于是，她猛地掀开薄被，看向手里抓住的东西，那个软软的东西在月光的投映下正泛着点点耀眼的金光，那光亮似乎能将屋子点亮一般地炫目。

“啊！”她一把甩开那细软的金色物体，很没骨气地尖叫出声，比程若兰方才叫得还邪乎。

那东西分明是一条小蛇，金色的小蛇！

作为一个心理强悍的女人，她天不怕地不怕，可就是怕蛇！所以，此番不是她故作娇弱，而是她真的很害怕也很厌恶那种软软的爬行动物，尤其是蛇，况且很多种类的蛇都是有剧毒的，她还没嫁给如仙的云轻，她真不想再死一次了！

甩开小金蛇，裴星彤刚欲落荒而逃，赫然发现那条被她撇到床上的小金蛇似乎正在很痛苦地蠕动着身体，晶亮如星的小眼睛也正在满含乞求地看着她，根本没有蛇类那种森冷的攻击欲和令人恐惧的獠牙，有的只是一副楚楚可怜的可爱模样。

简直可爱极了。

裴星彤停住身体，伸脖子仔细一看，才发现它腹部那里竟是有一条不大的伤痕。

纠结地愣在那里，她犹豫了一下，却怎么也无法狠心地忽略它那副我见犹怜的目光。

轻叹一声，她无奈地从软榻下面的储物阁里取出一瓶创伤药膏，试探性地慢慢地移到床榻前，看着那条金色小蛇，拧眉道：“你算准了我菩萨心肠，是不是？现在我要给你涂药膏，你可别恩将仇报反咬我一口，你要是敢咬我，我就将你扒了皮炖蛇汤喝！”

她是疯了才会大半夜对着一条蛇说话。

小金蛇像是听懂了她的恐吓，果然乖乖地趴伏在那里，一动不动。

裴星彤将身体挪向前，一边谨慎地将药膏涂在小蛇的伤口处，一边精神高度集中地观察着它的反应，随时戒备，就怕它会咬人。

可小金蛇不仅没有攻击她的意图，反而还悄悄地将头贴在她的手上，亲昵地磨蹭着她的手心。

顿时，一股凉凉的滑腻触感让裴星彤的手心一阵阵发痒。这下子她也胆大了，给它涂了药膏后，她便开始小心地抚摸着它细软的身体。

小金蛇并不大，只有两个手指般粗细，三十公分左右的长度，一看就是个没长大的幼蛇。

小金蛇似乎很喜欢她的抚摸，不仅不再像方才那样痛苦地蠕动身体，还很享受她在它身上乱摸，并不时地用头轻蹭她的手心，惹得裴星彤呵呵直笑。

裴星彤正跟小金蛇玩得不亦乐乎，寒月阁内突然亮起了烛火，她才恍然惊觉屋子里面已经进来了人。

房间通亮，在烛光的摇曳下，小金蛇的身体愈发灿烂夺目起来，而东方云霄在看清裴星彤手里的物体时，心头猛然一颤，身体瞬间腾起，急速冲向床榻上的裴星彤。

领悟到他的目的，裴星彤连忙闪开身体，双手背向身后，将小金蛇安全地掩护了起来，急言解释："它不伤人的！"

东方云霄一把抓空，又焦急地探向她身后，厉声怒喝："你不想活了是不是？速速扔掉它！"

身体再次向后躲去，裴星彤避开他的大手："你先停下来听我说行不行，它真的不咬人！"

见她确实还是如此活蹦乱跳，东方云霄渐渐冷静下来，冷魅的双眸紧紧地盯着她，伸出手道："听话，将它给我扔掉。"

他语气虽然缓和了许多，但那神情却仍是不容拒绝的强硬。

裴星彤不依地抿着嘴："不给，它真的很可爱，不伤害人的！为何我喜欢什么你就抢什么，真是讨厌！"

讨厌？裴星彤怎么可以讨厌他？她一直是喜欢他的啊！追逐和纠缠了他这么久，为何她这么快就见异思迁了。

瞳眸蓦然收缩，冷寒的戾气凝聚在他的周身。对！他就是喜欢得到她喜欢的东西，他不仅要得到她所有的东西，他还要得到她！

他那冷戾的眸光让裴星彤幡然醒悟，相处这段时间以来，她多少也可以从他的眼神中看出些他的情绪，也知道该如何才能使他不再那么暴躁。

在那股冷寒气息又出现在他眸中时，裴星彤立刻很识相地软了下来："东方云霄，你先冷静一下。我把它给你看看也可以，但你得先答应我，在确定它不会伤人后，不要伤害它好不好？"

她眸子中水波潋滟，潜着灵动的光晕，语气也温柔得腻到了他的心坎儿里。

东方云霄暗自苦笑，不知从何时起，他已无法再拒绝这样柔顺娇媚的她。恍然发现，只要她对他表现出那副委屈或是温婉的表情，他纵使心里已经愤怒到欲杀人，她也有能力将他满腔的愤怒和暴躁浇灭。

收回心神，东方云霄依然板着脸说："如你所说，只要确认它无害，我定然会将它还给你。"

"嗯嗯，你是男子汉大丈夫，说话可要算话的哟！"裴星彤一边点头应着，一边还不忘加上一句算是警告的奉承。

东方云霄将小金蛇谨慎地拿在手中，而小金蛇却一直留恋地看着裴星彤。

将小金蛇检验一番，感觉它确实没有攻击人的意图和能力，东方云霄才把它还给裴星彤。片刻后，他危险地眯起双眸，突然发问：“公的母的？你在哪里发现的？”

从未见过裴星彤如此喜爱一种动物，记得以前她曾亲手杖毙一条幼犬，只因那幼犬冲她吠叫。现在这条蛇可真幸福，被她摸来摸去，好不亲热，再瞅瞅他，想离她近一点都被防范着。

裴星彤将小金蛇重新捧回手中，漫不经心地回答：“就在你的床榻上，你管它是公是母，有性别歧视啊你，大男子主义！”

回答完他的话，裴星彤眸光微闪，忽然意识到了什么，脸色瞬间幽冷了下来。回想起刚才在门外碰见程若兰的情景，又看看手里的小金蛇，她愤恨地暗咒一声。

那个大胸脯竟然不知悔改，又要暗害她！

这蛇虽然是出现在东方云霄的床榻上，可王府里的人都知道东方云霄是睡在锦绣园，而睡在这里的人是裴星彤！

程若兰不可能暗害她的宝贝表哥，那么肯定就是想让这条蛇咬死她裴星彤了。

指尖抚上小金蛇乖顺的身体，暗自庆幸多亏它不是一条有杀伤力的毒蛇，否则她此时便又驾鹤西游了。

东方云霄也沉默下来，而他在想的是，刚刚他本来就在裴星彤身后不远处，孰料半路上突然被一个婢女拦住了，说是聂芙蓉身子不适，让他过去瞧瞧，那个婢女是聂芙蓉的贴身丫鬟翠柳。

然而，当他赶到寒月阁时，裴星彤却从床榻上发现了蛇。

幸好这蛇不伤害人，否则后果……

他的冷眸渐渐深邃幽寒，散发出骇人的狠戾。

如果裴星彤被蛇咬死了，那样的场景他不敢想象。

须臾，他问：“你喜欢什么花？”

东方云霄突然问出这样一句前不着村后不着店的话，裴星彤猛然一愣，眨眨眼睛：“喜欢什么花？桃花呀……”

得到答案，东方云霄走向外间的门口，对门外婢女说了些什么，那婢女应声后，便领命而去。

不多时，东方云霄便从外间端了一个竹制足浴盆过来。

那足浴盆此时正缓缓冒着稀薄的热气，热气中赫然有着桃花的香味，热气裹着香味弥散在房间的空气中，荡漾着旖旎韵味。

青色衣袂撩动，那飘着花香的足浴盆已经平稳地放在了床榻前。

裴星彤歪着脑袋问：“你要浴足？不是对花粉过敏吗？”她一边说一边欲下床给他洗脚，看来她真是犯贱的命，给他洗脚都已经快成习惯了。

裴星彤还没来得及穿上绣鞋，双足就已经被蹲在前面的东方云霄一把捉住。

他笨拙地脱去她的绣鞋和裹足带，握着那双秀美的粉足，凝视了须臾，缓缓按进漂着桃花瓣的足浴盆内。

裴星彤仍没反应过来这是怎么回事，只是愣愣的任他摆弄着。忽然觉得，整个世界都静止了。

东方云霄搓揉的力道有些大，但她感觉很舒服，裴星彤手捧着蛇，目光呆滞。瞧着眼前这诡异的情景，呼吸着那浓郁的桃花香味，心绪泛起丝丝迷蒙与混沌。

半晌后，东方云霄将她的双足提出水面擦拭干净，动作生疏却极有耐心。

那被水浸泡过的双脚已变得更加粉嫩，可比她脚更粉红的，是东方云霄那双手。

裴星彤注视着那双因花粉过敏而变得粉红的手，终于清醒过来。她无奈地轻叹一声，又去软榻下面的储物阁里取出另外一种药膏，拉着他的双手涂抹起来。

透明药膏涂抹在他发痒的双手上，带着微凉的清爽感觉，东方云霄的心绪一阵恍惚，斜睨着认真而沉静的娇美女子，忽然感觉心里似乎也清透舒爽了许多。

裴星彤将东方云霄的双手涂抹了药膏后，缓缓托起，凑到唇边，轻轻吹着。

霎时间，一股通畅的清新凉意直达东方云霄心底，泛着美妙的迷醉。

“仅此一次。”这般突兀地说话，是他一贯的风格。

给她洗脚吗？裴星彤的眼帘依旧低垂，掩盖了那黑瞳中跳动的烛火倒影：“是你主动的。”

一人一句后，空气静谧如初。

偌大卧寝内，烛光摇曳，映出两道旖旎身影，东方云霄的高大身影将裴星彤秀美的身影紧紧包裹着。

烛光下，她看着他的手，而他在看着她的脸。

良久，裴星彤放开他的双手：“说吧，如此屈尊降贵，你有什么目的？”轻盈地转身，湖绿色的罩纱裙摆顺势扬逸出优美的弧度，缥缈灵动。

东方云霄俊眸微闪，双手背负在身后，指尖相互摩挲着，似乎在留恋方才那短暂的柔润。怦然心动，大抵是此种感觉。

他缓缓走到窗棂前，透过飘逸的纱幔凝望着不知名的远方，眸光幽深迷蒙，目的……

“你会一直在我身边吗？”他缓缓启口，声音很轻，像是在问天上的圆月。

清冷的月光投映在他青色的云锦外衫上，折射出明亮的光晕，让他全身都散发着孤寂而凄迷的气息。

有那么一瞬间，裴星彤竟然很想冲过去抱住他，安抚他那不知名的落寞和孤寂。他终究是她曾爱慕过的男人。

轻抚着盘绕在她手腕上的小金蛇，“我不是一直都在吗？可我要的你给不了。”

男子蓦然转身，扣住她柔美的双肩，凤眸半眯：“裴星彤，无论如何，我不会让你离开我的！”

早已习惯了他如此霸道的语气，裴星彤只是微微挑挑眉梢：“想囚禁我吗？”平淡的语气中没有怒意，可那明眸中渐渐凝聚的冷蔑与深幽却表露了她此时的心思。

东方云霄拨开她散落在鬓角的墨色发丝，别至耳后，那道还未完全愈合的粉红色伤口赫然入目。冷眸渐渐暗沉而清寒，他温热的指尖微微下移，挑起她秀美的下巴，毫无预料地咬了一下她的唇瓣，在她因痛而惊呼出声之际又及时含住，而后温热的双唇又移到她脸侧的那道伤口上，浅浅地吻着：“如果有必要的话，我不介意那样做。所以，别逼我做一些不好的事情。”

说完，他邪魅一笑，衣袂扇动，绝尘而去。

什么？裴星彤摸了摸还留有他气息的灼痛着的下唇，懊恼地踢了一脚身侧的椅子腿：“真是岂有此理！等姑娘我得势的时候，非得潇洒地留个背影让你看！椅子腿怎么这么结实……”

没被小金蛇咬到，反而被东方云霄给咬了，真是气人！

晚风拂动，树叶沙沙，为炎热的夏日增添了些许清爽。

白日里睡得太多了，下唇刚刚又被东方云霄咬的火燎燎地疼，睡不着觉的裴星彤只好带着小金蛇到外面去转悠。

她提着裙摆漫无目的地走着，不觉间来到凉亭后的荷塘旁。

夜色下的荷塘一片清静，虽然荷叶将水面遮住了许多，但还是可以看见一群群鱼儿穿梭在荷叶下面。裴星彤手指着在月光弥散下波光粼粼的荷花池，对着小金蛇说：“那里面有鱼，你要不要为自己加点夜宵？”

见小金蛇依然乖乖地盘绕在她的手腕上，她皱皱眉头，自娱自乐地继续对着根本不会说话的小金蛇问：“不喜欢吃鱼吗？可是这里似乎没有老鼠和青蛙，要不你下去捉两条鱼来给我，省得东方云霄那个霸道的家伙总是跟我抢菜吃。”俗话说，滴水之恩当涌泉相报，抹药之恩换两条鱼不为过吧。

月上中天，黑夜如斯寂静。静谧得可以听到鱼儿划动水波的声音，裴星彤见四下无人便想借此时机逃出霄王府，逃离那个邪恶的家伙。

抬起脚步，衣袂飘飞，在她刚绕过荷塘走到亭廊时，忽然听到里面有人在悄声低语。

“王爷还在我园子里呢，你这般急急地要我出来做甚？有什么话不能明日再说？”

一个压抑的女子声音从漆黑的亭阁里传来，语气中带着责备与急迫。

裴星彤悄悄凑近了些，竖起耳朵也没有辨别出这声音是属于谁的。

听墙角这种事情，真是让人欲罢不能。

“奴婢知罪，请娘娘责罚。”又是一个刻意压低还很慌乱的女子声音传来。

娘娘？这整个霄王府能被人称作娘娘的，也就只有那个锦绣园的侧妃聂芙蓉了。

裴星彤暗自冷笑，怪不得自己刚才没听出她的声音呢，聂芙蓉一贯是沉静雍容的样子，平日里说话的语气也是很娴静淡然，何曾听过她这般冷厉和急躁的声音。

她果然是深藏不露啊。

“行了，行了，有何事尽管速速说来，稍后王爷该起疑了。”

“是，娘娘，那个……裴……裴星彤……她……她……”小丫环似乎很胆战地嗫嚅着，断断续续的几个字也没具体表达出什么意思。

裴星彤本来不想再继续偷听下去的，毕竟秘密听多了也不是什么好事，尤其这种摆明了是侯门女子间勾心斗角的事，她更不想听。

可因为听见提到了她的名字，她抬起的脚步又重新落了回来。不是她不想走，而是既然跟她有关，她就不得不继续听下去。

凝起内力，她借着浓密的树荫翩然飞身，利落地伏在了亭阁的房檐上，微微俯首，便可以看到亭阁内的两人。

“裴星彤怎么样了？你倒是快说啊！你不是已经把蛇放进去了吗？”是聂芙蓉失了冷静的声音。

房檐上的裴星彤蓦然一惊，是她！蛇竟然是聂芙蓉让人放进寒月阁的床榻上去的！既是如此，程若兰当时为何会鬼鬼祟祟地在那里？

倏然，扑通一声，听见聂芙蓉的冷声质问，那个小丫鬟连忙跪在她面前：“奴婢是亲自将蛇放进去了，可那裴星彤……竟然……竟然没被蛇咬死。”小丫鬟仿佛用了很大的勇气才将这个令聂芙蓉失望的结果说出来。

聂芙蓉冷喝道：“什么？！你！真是个蠢货！怪不得到现在都没什么动静，那妖女倒是有些运气。”

“奴婢愚钝，奴婢该死，请娘娘责罚……”胆小的婢女开始颤着声音猛磕头，甚至还渐渐低泣出声。

聂芙蓉对跪在地面上的婢女厉声呵斥：“住嘴！罢了，你想让别人听到吗！”

而后，空气静谧了片刻，聂芙蓉又恢复了往日的淡定与从容，她俯首低声说：“哼，这次算她命大，暂且再让她再逍遥几日吧，你去寒月阁时可有被其他人瞧见？”

小丫鬟急忙摇摇头，一边擦着眼泪一边回答：“没有没有，奴婢是趁着寒月阁值守的婢女去吃饭时悄悄潜进去的，并没有被人发现。”

裴星彤冷蔑地扯动唇角，她以为没人看见，那程若兰不是人吗！如此想来，那程若兰肯定是发现了聂芙蓉她们的意图和阴谋，但她一想到能借聂芙蓉的手杀掉自己，程若兰也就索性乐见其成，隔山观虎斗了。

聂芙蓉怨毒地冷哼一声：“哼，既然没人看见，那今夜就当什么都没发生，她就是想破脑袋也怀疑不到我这里来！这件事只有你知我知，记住了吗？”

还有我知！裴星彤愤恨地瞪着她们。

“是，奴婢记下了。娘娘如此沉着冷静，冰雪聪明，奴婢自叹不如。”小丫环看情况转好，便不再低泣，又开始拍起马屁来。

聂芙蓉不耐烦地挥挥手：“好了好了，起来吧。瞧你弄的是条什么破蛇，连个人都咬不死，下次做事放机灵些。”

“是！奴婢下次定然会办好。”

看着两人的身影渐渐消失，裴星彤足尖轻点，旋身而下。

好恶毒的女人啊！她根本就没招惹过聂芙蓉，这个蛇蝎女人为何一定要置自己于死地呢？若不是今夜意外得知此事，她还真是想破脑袋也不知道聂芙蓉会害她。

百思不得其解，她只能无奈地摇摇头，惹不起总该躲得起。

一边想一边向后院的土坡潜去，看来用心练好武功很重要，拥有一身绝世武功，起码能在被陷害时自保。不是每次都会像今天这么幸运，碰到了一条不伤人反而很黏人的乖乖蛇。

还好她就要逃离这个看似平静、实则凶险的霄王府。

在后院的土坡处找了个隐蔽的地方，裴星彤拿出一本从寒月阁里偶然发现的武功秘笈，按着上面的心法和招式练了起来。

说来奇怪，可能是她的领悟力太高或者是黑衣人给的贡丹起到了作用，总之，这秘笈上面那些诡异招式，她很容易就能参悟并吸纳。

同时她也发现，这些武功虽然每套招式的套路似乎都只有那么一点联系，可仔细领略后又仿佛都是独立的个体，没什么联系，甚至每套武功都有独立的内功心法，就像是武林中不同的门派间都有自己独门的绝技武功一样。

过了许久，裴星彤在打完几套招式后，连忙盘膝而坐，气运丹田调整内息，此时她整个身体内就像有几条不同的劲气在相互碰撞，而后又诡异地相互融合。

噗！随着一道血雾从她的口中喷出，渲染了清冷的夜色，裴星彤方觉得身体里那些奇怪的东西渐渐平息下来，不再相互较劲了。

她抹了抹嘴角的血迹，兀自暗咒一声：“这是哪门子破武功，差点走火入魔。”

站起身才发现被她放在一旁的小金蛇不见了，于是裴星彤连忙俯下腰，在地面上四处寻找。

她时而扒开草丛，时而借着月光摸摸地面，终于在草丛后的一个石头上发现了它。

裴星彤一把抓过它，刚欲教训它几句，忽然听到前面传来了说话声。

她抬眸一看，发现自己竟在不知不觉中来到了土坡下面的那个木棚旁，说话的声音正是从那里面传出来的。

“阿霄，伤口可有好些？”是一个陌生女人关切询问的声音。

“皮外伤而已，无碍，你不是已经及时收回力道了吗。”

裴星彤听得出这正是东方云霄的声音，依旧是冷冰冰的。她微微抬头望天，无限忧郁，有时候你越不想碰见什么就越会碰见什么，也许注定今夜就是个听墙角窥探别人秘密的良宵。

木棚的门板已经有些残破，晚风拂过时，褴褛的木板便“嘎吱！嘎吱！”摇晃着，成为寂静夜色中唯一自然的声音。

“阿霄，她现在已然没有任何利用价值，为何还要留着她？留着她，只会后患无穷。”陌生女人叹息一声，语气又稍微柔软了一些。

“所以，那日母妃就可以不顾及我的感受，欲擅自除掉她？玄铁你已经得到了，孩儿希望您莫要再干预我和她的事情！”东方云霄的语气很复杂，有质问、有抱怨、有冷漠，也有请求。

裴星彤水眸半眯，将她们的话串联起来反复琢磨着。下一刻，瞳眸蓦然睁大，竟比那月光还要晶亮。

一丝了然慢慢溢出她的眼底，原来在明月山庄那晚，那盗琴的蒙面黑衣人，竟是这个说话的女人，东方云霄的母妃！

怪不得黑衣人当时会将匕首刺向她，而在东方云霄为她挡下后，黑衣人明显是收回了许多力道，是以那一刀才会刺得并不深。

原来如此。

黑衣人就是东方云霄的母妃，当朝的德妃啊！

贼喊捉贼，守和盗的人原来都是同谋。东方云霄竟还假惺惺地与她一同捉贼。

这些复杂而诡异的事情，忽然让裴星彤觉得头很疼。为什么那么多人不想让她活着，为什么她要承受这些暗算与阴谋？到底有多少人的野心是需要她的鲜血来铺垫？

心乱了，呼吸也乱了，为了不被这两个武功高强的母子发现自己在偷听，她连忙敛起气息，凝起内力向外而去。

她走后，木棚中的对话依然在继续……

“阿霄，她只是个落魄的阶下囚，对你的前途没有任何帮衬。你是尊贵的王爷，日后若是继承了帝位，想要什么样的女子还不是任你的喜好随便挑选，为何要留下她成为一根鸡肋呢！”女人的口吻虽是劝导却明显有些强硬。

东方云霄不屑地冷哼一声：“哼！帝位又怎样，如果永远无法和自己心爱的女子相伴，那个位置只是个孤寂一生的梦魇而已。”作为一个皇子，君临天下的野心他自然有，但若是有心仪的女子相依相伴，那才是真的快慰。

有人曾对他说过，女子不是物件，不是男人的附属品。女子也有尊严，也有选择伴侣的权利，只要机会平等，她们一样能像男人一般成就大事。她还说，爱情是平等的，没有谁是尊，没有谁是卑。只有男子能做到一心一意，才能要求女子忠贞不渝。

乍听起来，她此番言论是多么荒谬，多么大逆不道。男子三妻四妾是自古以来的定律，尤其是皇亲贵胄，若哪个妻子要求自家夫君不得纳妾，那便是犯了七出之条的善妒之罪。

可是，爱情本就是如此，你可以喜欢很多异性，但能让你产生爱情的，只有一人。

“放肆！你忍辱负重那么多年，怎可因区区一个女子而变得如此没有气概！善待聂尚书的女儿，她还有用！阿霄，你要记住，有了江山才会有美人，莫要因一个卑贱的亡国奴而迷失了自己！”冷厉地说完这句话，女子的身影便如鬼魅般消失在木棚中。

而东方云霄则背负着双手，对着不知名的远处喃喃自语：“可我爱上她了，只想为红颜一笑，一生一世一双人……”年轻气盛时，有几人能抵挡住心动的感觉。

他就是这样，不会将自己的心意在别人面前说出，包括他在意的那个人。以致属于他的爱情，在将要失去时，才发现早已经刻骨铭心。

原来爱情也可以此一时彼一时。

尽管心里装了很多事情，裴星彤还是躺倒在床榻上没多久就没心没肺地睡着了。怀里还搂着那个她以往最害怕，现在又很喜欢的小动物——小金蛇。

翌日清晨，裴星彤故意拖沓到很晚才起床。

洗漱完毕，又随便吃了些东西，看了看桌上的沙漏，现在正是东方云霄上早朝的时候，也正是她逃跑的绝好时机。

可出了房门看见那伫立在外间的漠黎时，裴星彤简直想撞墙，差点气得晕过去。

该死的东方云霄，看来是把她当犯人了，竟然让漠黎监视她。

经过昨晚，她更是铁了心要离开这里，不然非得让这几个女人给害死不可。一个个皆非善类，她乃肉躯凡胎，经不住她们轮番上阵。

小金蛇依然乖乖地盘绕在她的手腕上，金光灿灿的很好看，若不仔细瞧还以为是她刻意佩戴的什么怪异首饰。

裴星彤一路在荷塘和假山处闲逛，状似很有闲情逸致，而眼角的余光却漫不经心地瞥一下身后，果然漠黎正远远地跟在后面。想必是以为反正就在这王府内，她也跑不掉，他并没有跟得很紧。

她嘴里哼着歌，百般无聊地抓起一把石子，蹲在假山后的小湖旁打水漂，忽然发现一身水粉色宫纱罗裙的聂芙蓉从另一处向她走来，神情恼怒愤恨，像是刚被谁骂过。

当聂芙蓉渐渐走近时，裴星彤斜睨一眼身后的某处，发现漠黎已在看见聂芙蓉时隐没了身影。

她眼帘低垂，眼底波光流转，宽大袖口下的手安抚住明显对聂芙蓉有敌意的小金蛇。

缓缓抬起头，她状似惊讶地看着已停在眼前的聂芙蓉："娘娘也有雅兴来打水漂？"

聂芙蓉冷蔑一笑："本宫现在身子不方便，没法子玩这种低劣的把戏！本宫过来是为了把这个给你。"

只有她们两人时，聂芙蓉倒也不再避讳什么，真性子展露无疑。

裴星彤看着她手上那密封完好的密信，眼中看似迷茫，心底却是一片清明。

伸手取过，那是东方云霄的字迹，裴星彤先是故意困惑片刻，然后便毫不介意地在聂芙蓉面前打开。

在看过里面内容后，她脸上已是无比深沉，不是因为信的内容，而是因为惊叹聂芙蓉模仿别人字迹的完美功夫。

聂芙蓉当然主观地认为，她现在这副苦瓜脸是因为看了信的内容，而伤心欲绝。

裴星彤为什么会知道是聂芙蓉将里面的信调包了呢？那是因为她刚才经过荷塘时，明明看见是一个宫里的小太监前来送信，却恰巧被前厅的聂芙蓉给拦住，跟那小太监说了几句什么，那小太监便一脸恭谨地将密信给了她。

若是那信就是给聂芙蓉的话，小太监根本不会啰唆那么久才将信交出，所以，裴星彤当时就猜到，那信定然不是给聂芙蓉的，只是没想到原来是给她的。

她浅浅垂首，一个邪肆的笑意缓缓从唇边流出。那原本属于她的信，却被聂芙蓉带回锦绣园近两盏茶的时间，才送到她手里。

两盏茶的时间，足够用来做些手脚了。

纵然不知原来的信中是什么内容，但此信中简单的几个字，却足以让她苦笑，意思无外乎就是让她自动消失。

她抬起脑袋，迷茫地看向聂芙蓉，这个相对比较精明的女子，终究是为情而疏忽了一些东西。

再聪明的女人，陷入爱情或嫉妒中时，都等于傻瓜。

东方云霄既然让漠黎跟着她，就是想要囚禁她，又怎会弄封密信来赶她走？而聂芙蓉没有看见漠黎，也不知晓东方云霄的心思，更是小看了她裴星彤的智商。

不管怎样，这倒顺了她的意，正好苦恼如何摆脱那个盯梢的漠黎，聂芙蓉就如及时雨般出现了，即便她们的心思不同，但起码目的是相同的。

裴星彤眼中渐渐散发出一抹决然，赫然望进聂芙蓉的眼底，那冷厉和清明的眸光，让聂芙蓉瞬间恍惚一下，继而又很快调整过来："怎么，王爷在信上可是说了什么让妹妹不开心的事吗？"

裴星彤浅淡一笑，回答说："说了什么不重要，重要的是……在临走之前娘娘能否施舍我一身可以在路上换洗的衣衫？"

聂芙蓉挑挑眉梢，审视地凝望了裴星彤片刻，假意惋惜："王爷要赶妹妹走吗？如此还真是可惜了，若是妹妹不嫌弃，这就随本宫去取吧，顺便带些盘缠，以便路上方便。"

她俯首垂眸："多谢娘娘恩泽，星彤不胜感激。"我谢谢你鬼使神差地帮了我大忙！

轻步跟在聂芙蓉的身后，裴星彤冷瞟了一眼远处的黑色身影，一抹明媚的笑意绽放在唇畔。

第十二章 定情信物

从锦绣园出来时，裴星彤以行路不便为由婉言谢绝了聂芙蓉要施舍给她的华贵罗裙，只换上了一身霄王府内统一的青色婢女装。

整理妥当，她自锦绣园后门出了霄王府，偌大霄王府里有几十个婢女，服饰都一样，裴星彤很成功地躲过了漠黎的监视。

可是，裴星彤知道现在她的身后依然有尾巴。于是，她轻盈的身体往小巷内一闪，后面两个江湖混混便快步追了上来，在左右张望后也转进了小巷。

裴星彤则在他们的身影消失后，从巷口的树枝上跳了下来，得意地拍拍手上的灰尘，扬长而去。

聂芙蓉果然不会轻易放过她，竟然找了这么两个蠢货就想将她灭口，未免太过小瞧人了。

走出不远，她进了一家成衣店铺，用聂芙蓉给的盘缠在店铺内买了一身男装，又将自己修饰成了一个翩翩美少年，然后便向繁华的大街走去。

这一路上，只要人多的地方都在谈论着两个话题：一个话题是，亡国奴裴星彤不珍惜霄王爷的恩宠，竟然还有失道德和矜持地去惜君楼与小倌宿醉言欢，讨论这些的人都是些平常百姓；第二个话题是，江湖鉴拍大会中，霄王妃竟然见异思迁对凤舞宫宫主无双公子一见倾心，致使霄王爷与无双公子为得美人而大打出手，讨论这些的便是一些游走江湖的人。

可他们却很默契地归结为，都是红颜惹的祸。故而，裴星彤很光荣地成了别人口中的红颜祸水。

裴星彤兀自苦笑，她不知这些谣言从何时开始传开的，却知道她确实很冤枉。

正想着，她已经来到了一个客栈门前，抬首看看门前的额匾，唇角勾起，撩起衣摆迈步而进。

“这位小公子，您是住店还是打尖？”

裴星彤刚到门口，一个小厮打扮的男子便迎了上来，一边乐呵呵地询问，一边打量着她的衣着，他们通常是以此来断定该给来人推荐什么档次的房间。

还未等她开口回答，一个动听的女子声音便及时传来：“店家，她是我家主人的贵客。”

是春雨，依旧是美若天仙，雍容淡雅。

聂芙蓉那装出来的气质与她根本无法相比，她的美才真是雍容大气。裴星彤素来欣赏这种气质美人，对春雨的印象格外好。

“哎呀，原来如此，小的有眼无珠，只盼没有唐突了小公子。”店家是为刚才那不太礼貌的打量而致歉。

这位店家，你总小公子小公子地称唤，是有身高歧视吗？裴星彤抽抽嘴角，终是礼节性地摇摇头：“无碍。”

其实在裴星彤看见春雨的那一刻，她真的很惊讶，没想到云轻真的能理解她那个手势的意思，到这里来等她。

那日在明月山庄，她被东方云霄强行推上马车前，只来得及对云轻做一个简单的手势，就是先后伸出两根手指，没想到他真明白是什么意思。

云轻果然与她五行相生相合。

一日后一品楼，这就是她当时要表达的意思，而现在这家客栈的名字就是一品楼。

随着春雨来到二楼最外侧的雅间，推开门的刹那，刚好可以清晰地看到坐在里面正中间的谪仙男子。

裴星彤心中狂喜，撩起衣摆，一边飞跃而去，一边惊喜地叫着：“云……”

在眼角的余光瞥见房间两侧至少还有十余个其他人时，她及时收住险些叫出口的名字。

世人都只知道他是无双公子，而云轻是他的真实名讳，在不了解那十余个人是什么身份之前，她不该当众这样称呼他。

谪仙男子翩然起身，接住她飘零而至的身体，在将她抱个满怀后，绽放出一个温柔和煦的绝艳笑容，那笑容清艳靡丽，晃花了裴星彤的眼。

云轻宠溺地点了一下她的鼻尖：“他们都是自己人，星彤不必顾忌，但说无妨。”

裴星彤眉眼弯弯，点点头：“嗯。”在这个陌生的地方，终于有一个可以让她信任和依赖的人了。

“云轻真的很聪明，由我两根手指就领悟到我的意思，果然是心有灵犀一点通！呵呵呵……”裴星彤自然而然地在他的幽香怀里，仰起头夸赞着。

云轻不理会依然站在下面的十余个人，屈膝在软椅上坐下，将她的身子揽坐在双腿上，亲昵地为她理理鬓角的碎发：“那星彤要如何奖励于我？”

裴星彤的眉眼依然弯成月牙，假意摊摊手：“你知道我很穷，没什么能拿出手的，所以……”话说到一半，她突然停了下来，眸光流转后，她很无辜地眨眨眼，将双唇凑到他白皙的耳垂上，吐气如兰地低语，“所以，我把自己送给你如何？你可愿？”

馨香的气息带着暧昧的热度扑在云轻敏感的耳垂上，顿时一阵陌生的麻酥感觉顺着他的耳垂袭遍全身，最后在心口处激荡起缱绻的涟漪，一圈一圈在他的心湖中弥散开来。

见他半天没有反应，裴星彤失落地嘟起嘴，呈少女状歪着头问：“你不愿？”打算顺利见到明日的太阳，就斟酌以后再说！

“我愿。”微愣中的云轻恍然回神，一把捧过她娇俏的脸，想也没想就脱口而出，全然没有了一贯云淡风轻的泰然和风度。

爱情无论有多少种形式，大抵就那么两类，或一见钟情，或日久生情。裴星彤之于云轻，不是一见钟情，也不是日久生情，却仿佛命运之神早已将那种感觉融进了骨血，待到天时地利人和，便迸射而出，一发不可收拾。

听到下面人那惊愕的抽气声，云轻才发现她眼中带着一抹狡黠，才明白自己被她算计了。而云轻却只是抓起她的纤手，宠溺地轻咬一下她粉嫩的指尖：“坏丫头。”

“怎么连神仙也这么喜欢咬人。”虽然一点都不疼，但裴星彤还是娇笑着装疼。

云轻因她话中那个“也”字而注意到了她下唇还没有痊愈的伤痕，温润的凤眸倏地眯起，心口涌起了另一种陌生的感觉。

他感觉心口那里有什么东西就要破体而出。手臂渐渐收紧，云轻将俊脸又凑近她几分，依旧温柔地笑着：“我们明日就成亲可好？”云轻觉得只有用这种方式将她绑在身边，他才会安心。

明天就成亲？裴星彤眼底一片惊讶。

他正望着她，双眸狭长，如柳叶般低垂，目光温柔和煦，像月色下盛放的雪莲。

裴星彤的惊讶和沉默让云轻的心底莫名发慌，他尽量让自己的语气平和：“莫非星彤不喜欢我？”

裴星彤脑袋立即摇成拨浪鼓，急忙说：“谁说我不喜欢你了，就是因为太喜欢，所以有些不敢相信是真的，呵呵……”她最会说甜言蜜语了。

云轻终于再次露出淡润的笑容：“那是否代表星彤已经答应了？”他语气中裹着一丝诱哄。

裴星彤用了很大的抑制力才不让自己笑抽筋，假装矜持起来："会不会……太快了？"

"怎么会快？十八年前你就是我命中注定的妻子。"云轻的心被她这样模棱两可的态度弄得忽上忽下。

明眸看着眼前俊美绝伦的容颜，裴星彤伸手抚上他的脸，望进他清润的瞳眸里。这样完美如仙的他，浑身都笼罩着不食人间烟火的超凡气度，可眼底对她的情意昭然若揭。

她清甜一笑，又将手心伸到他面前摊开："物证……"

还好，理智仍存。

只是简单的两个字，云轻已会意，他宠溺一笑："鬼精灵。"

云轻白皙的大手伸进怀中，再抽出时手上已赫然多了一只成色华贵、精白润泽的玉坠。只是那玉坠很奇怪，看不出具体是个什么形状。

云轻似是看出了裴星彤的疑惑，凤眸睨向她的领口，又瞬间收回。他侧首，对下面那十余个始终不敢抬头的人开口道："暂且都退下。"

"是，宫主！"十几个人整齐而恭谨地俯首后，鱼贯而出。

直到出去后，他们才敢畅快地自由呼吸，不是他们没见识，而是他们实在无法相信里面那个超凡的男人到底还是不是他们的宫主。

他们的宫主一向云淡风轻、性情寡淡，从来没有见过他的情绪像今天这样波动，他对那个女子的宠溺甚至已经到了纵容的地步。

他们从未见过有哪个人可以近身宫主两步之内，尤其是女子。而里面那个美貌女子不仅就那么自然而然地坐进了他的怀里，还肆意抚摸着他的脸，两人间的亲昵之举让他们大开眼界。

这样柔情蜜意的宫主，他们真的是闻所未闻过。之前曾经有个春字辈的女下属跟在宫主身边很久，对他一片痴心，有一次只是情不自禁地碰到了宫主的手，就被他以违反宫规之名赐死了。

可是里面那个女子竟然可以让宫主失了一贯的雍容和淡静，真是一物降一物。

这厢，偌大的雅间内只剩下他们两人，云轻指着裴星彤的领口："将你的那块也取出来吧。"

"我的那块？"忽然想起自己沐浴时脖子上挂着一个饰物，但她一直没当回事，以为就是块普通玉坠而已，她险些因为要戴那颗莲子而把玉坠扔掉，没想到那竟是两人的定情信物。

多亏没扔掉，善哉善哉。

裴星彤毫不扭捏地扒开领口，白皙的锁骨顿时暴露在云轻眼前。他呼吸一滞，心头像被猫舔过一般，跳动得愈发剧烈。

裴星彤把玉坠取出，云轻连忙将她的领口拉严，淡润的凤眸中已有了莫名的情绪和燥热。他以前不是没有见过裴星彤，可那时就是没有任何感觉，而现在看来他们果然是命中注定的爱侣。

收回心神，云轻将两块形状完全不相同的玉坠对在一起。瞬间，一个展翅的凤凰图形便展露出来。

裴星彤惊愕地捂住嘴巴，原来这两个单看时没有什么逻辑的玉坠，组合起来竟然是一只睥睨世间的凤凰。

凤凰涅槃，浴火重生。

云轻将她的表情尽收眼底，把属于她的那块凤头挂回她的脖子上，浅笑道："如此，星彤可是相信了？"

"嗯……"她用鼻腔拉着长音，就是不回答，歪着头斜睨着他，像是在犹豫和思考。还好他不是说那颗莲子就是信物，不然她都说服不了自己相信他。

"星彤？"他眯眸。

神仙也是会生气的，裴星彤不再逗弄他，讨好地攀着他的脖子："不生气，不生气，我逗你的。"

见他依然面色清冷，裴星彤耷拉着脑袋扮委屈："云轻，不要生气，我错了，你惩罚我吧！"

"如何惩罚？"他挑起她低垂的脑袋问道。

裴星彤眉目流转，笑眯眯地启口："就罚我亲你一下，呵呵。"

云轻眼底闪现的笑意也代表他赞同这样的惩罚，可他还是看着她不语。

裴星彤无害地眨眨眼睛，蹙眉道："嫌少？那两下。"

"哪里？"

他莫名其妙地说出两个字，直接把裴星彤的脑子搞得一片混沌，什么哪里？跳跃性不要这么强好不好，最近智商在下降。

云轻勾唇："亲哪里？"

幽香弥散的奢华雅间，一个少年装扮的女子侧坐在一个绝代风华的男子怀中。她的星眸中波光潋滟，双臂攀着男子的脖子，粉润的双唇缓缓贴向男子，他们彼此呼出的气息扑在对方的脸上，泛着旖旎的意韵。

女子的双唇离男子的双唇越来越近，而在四片唇瓣即将吻上的一刹那，女子唇角弯起一抹狡黠的弧度。岂料，她微侧过头，那看似即将吻上男子双唇的粉润唇瓣，就落在了男子白皙绝俊的脸颊上。

然后，她坏笑着问：“这里可以吗？”那一双璀璨如星辰的水眸灵动而娇俏，一颦一笑间都带着纯净而耀眼的魔力。

俊逸男子有些怅然若失地沉下脸，佯怒：“星彤是在故意耍弄于我吗？”他白皙修长的手指在她娇嫩的脸颊上摩挲，蕴藏着满腔的爱恋与迷醉。

裴星彤眉眼弯弯地摇着头，促狭地笑着问：“呵呵……那你说我该亲哪里？这里？”她伸出手指向他另一侧脸颊。

整体五官好看得没话说，每一处单看更是毫无瑕疵。

云轻不再跟她嬉闹，揽在她腰上的手臂轻微一用力，裴星彤的身子便紧紧贴向了他。接着，他将另一只手扣向她后脑，动作温柔地将她按向自己。

于是，他终于品尝到了那一直在诱惑他的甜美樱唇。

与东方云霄那霸道与熟练的吻不同，云轻的吻有些生涩，但笨拙中满是轻柔和疼惜。

他动作有些单一，只是在她粉润的唇瓣上反复辗转着，并没有进一步深入动作。

这种明明吃到，又吃不爽快的感觉实在是让人揪心，裴星彤立即由被动变为主动。神仙果然是易推倒。

她热情的回应举动，让云轻沉溺在这美妙绝伦的感觉中，他似乎觉得这样还不够，便很有天赋地学着她的动作，更加贪婪地汲取着她口中的馨香和甜腻。

如此冰玉之姿，如此缱绻热情。

明明没见过几次面，明明对面这个男人她还不够了解，甚至是比较陌生，怎么心里的触动却那样契合妥帖呢，裴星彤竟生出一股前世今生的感觉来。

她稍稍退开，近距离描摹着云轻的容颜，嘴角带着傻笑。

云轻见她不动，便拉她的手：“怎么了，为何看得如此出神？”

“就是想看你啊。”

“有什么可看的。”

裴星彤咧嘴：“因为好看，哪儿都好看。你到底是吃什么长大的，怎么会长得这么俊俏？”

“和你一样，吃五谷杂粮。”

裴星彤伸出手来，轻轻抚上他的眉宇，从那里一路向下，经过眼眶、鼻梁，最后停在了嘴唇那里：“可惜了。”

云轻略蹙眉：“哪里可惜？”

目露狡黠：“你没去唱戏反而要常常戴斗笠遮面，太可惜了。你若是去唱戏，其他人便没饭吃了。"

云轻聪慧，一下子抓住了关键语："我看起来像个戏子？"这丫头说话倒是有让人心情跌宕起伏的本事。

"呵呵，你这张脸反串女子都不用描妆，还定然会艳惊四座。可惜，真是可惜了。"

"所以……你是暗喻我具有脂粉相，毫无男子气概？"不管好自己的嘴，就要做好挨打的准备。

"哈哈！"裴星彤笑得上气不接下气。

云轻晓得自己被戏弄了，便以吻惩罚，必须早早证明男儿身。

正当两人在这软椅上嬉笑打闹之际，紧闭的房门忽然被人推开。下一瞬间，白色金边的纱蔓如飞絮般翩跹起舞，将衣衫有些凌乱的两人与堂皇而入的人隔开。

"春风，你愈发不懂规矩了！"

云轻带着冷戾的呵斥声传出，使得突然进门的年轻男子立即屈膝跪倒。他低垂着头："属下该死。"

"知道该死，那就无须本宫动手了。"云轻在纱蔓后方将身上的裴星彤抱坐在怀中，一边为她整理着散开的衣领，一边不咸不淡地说。

裴星彤睁开惺忪的水眸，将云轻的白玉发冠佩戴整齐："云轻，他定然是有要事禀报，不要动不动就杀人，青天白日的，多晦气。"

门口跪倒的年轻男子依旧是深深垂首，在听到云轻浅淡的应允声后，他才恭谨地启口："启禀宫主，霄王爷亲自带领两千禁卫军在全城内搜寻被贼子掠走的霄王妃，眼看就要到这里了。"

被贼子掠走？

裴星彤与云轻对视一眼，春风口中所说的霄王妃大家都心知肚明指的是谁，这个东方云霄怎么就不能放过她呢！

"哼！本宫还怕了他不成，你且先退下吧。"云轻不屑地冷哼，温润如玉的凤眸一直没有离开眼前的女子。

他盯着裴星彤那被他吻得更加娇艳欲滴的水润双唇，怎么也移不开视线，他一直认为自己是一个清心寡欲的人，没想到也有这般控制不住的时候，看来不是他清心寡欲，而是他才等到令他疯狂之人。

春风心有余悸地退出雅间，才敢深深地呼吸起来，他也不想冒着被杀的风险进去打扰他们，可是，他在这门外都已经大声通报好几次了，而里面却一点反应都没有，情急之下他才擅自闯入的。

云轻的凤眸中充满了贪婪，情难自禁地继续在她的唇上浅啄，仿佛根本没有将春风禀报的事情放在眼里。

裴星彤轻轻拉开两人间的距离，躲避着他的追逐：“……云轻，趁他还没找到这里来，我们现在就离开吧。”

云轻的眉头轻微蹙起，幽香的气息萦绕在她的脸部：“为何要离开，他以为带了两千人就能将你抢走？此番我偏不如他的意。”

依旧是从容淡薄的语气，却有着睥睨世间的气度，甚至带着那么一丝孩子气。总之，很诡异。

裴星彤噘起嘴，歪过头：“你不怕他，我怕他还不行吗！现在我都成了大家口中的红颜祸水了，你若是再和他打上一架，我这罪名可就坐实了。天可怜见，我何其冤枉。”

明知道她是在撒娇耍赖，可云轻就是不忍看她如此愁眉苦脸。他怜爱地托起她的下巴，让她看到他眼底的妥协和宠爱：“罢了，罢了，都依你，我们现在就走可好？”

裴星彤立刻展颜，笑呵呵地在他美玉般的脸上轻吻了一下，见风使舵道：“云轻最好了，天下无双！”

云轻轻捏她挺俏的鼻尖，感受着指尖传来的柔腻触感：“知道就好。”

翩然起身，金白色锦袍摇曳生姿：“春风，春雨……”

随着话音落下，一对俊男美女已从门外轻然而进，齐齐对他抱拳俯首：“宫主。”

他牵着裴星彤的手从上位走下来，沉声命令：“春雨让掌柜将后门打开，春风去后门探路。”

“是！”两道身影领命而去。

浓密的乌云将清冷的月光掩盖在天际之外，让整个大地都黯淡无光。淅淅沥沥的雨滴落在树叶及房檐上，敲击出心碎的声音。

东方云霄将手中的酒坛扬起，瞬间，飘着浓郁酒香味的透明液体倾泻在他的口中，在喉间划过一片辛辣的炙热后，将那颗钝痛的心冰封。

他不理会那洒落在里衣上的液体，将空掉的酒坛狠狠地摔在门框上，酒坛顿时成了一地的碎片，就像他现在的心一样，零零散散，空空落落。

白皙的大手抚在床榻上的云锦被上，轻轻摩挲着，似乎在感受着那上面残留的清香气息。

然而，下一瞬间，他五指猛然收拢，云锦被立即被纠错成褶皱的一团，眼看就要破碎在他凝着内力的大掌之下，顷刻间，又被他放开，在仔细的摊平后，他紧绷的双唇终于开启："你怎么可以这样对我？怎么可以！"怎么可以在撩动了他的心扉后，又弃之如草芥。

当他怀着一颗激动和喜悦的心从皇宫中急迫地赶回来时，满心以为迎接他的是她快乐的拥抱和娇美的微笑。

可是，什么也没有。

没有她的拥抱和微笑，连她的人都像空气一般，消失了。

他带着两千禁卫军将整个京城都搜寻个遍，就是没有找到她。她就这么抛弃了他，也或许是她不屑于他的承诺了，她这样突然消失，将他那颗满满都是裴星彤的心给掏空，乃至揉碎。

之前她要一世一双人的承诺，他嘲笑讽刺，自负心作祟之下以冷言冷语伤害了她。无奈的是，语言这东西，在表达爱意的时候如此无力；在表达伤害的时候，却又如此锋利。他将不善于说出口的承诺以文字形式交予她时，却未曾挽回伤害。

"漠黎！拿酒来！"生硬的声音带着钝痛的凄寂。

黑色身影闪入，身上是细细的雨滴，手中空无一物："王爷，您不能再喝了。"

而他恭谨的劝慰只换来东方云霄更暴躁的怒喝声："放肆！连你也要背弃本王了吗？拿酒来！"他想醉，醉了就感觉不到心痛了，醉了就可以忘记她。可是，不管他喝掉多少酒，在他脑海里的那个娇俏身影越来越清晰，越来越挥之不去。

屋内，酒气裹着凄迷的伤感充斥在空气中，门外，雨滴划过树叶，沙沙作响。

微风拂过，檀木门轻轻摇曳。

倏然，一身白色里衣的东方云霄冷眸瞥向摇曳的檀木门，猝不及防地向门外冲去。

漠黎惊愕不已，快速挡在他前面："王爷！外面在下雨，您这样出去会感风寒的。"

"让开！她回来了，我听到门响了，是她回来了！"东方云霄满口酒气，一边胡言乱语，一边用内力将漠黎推开，只穿着单薄的里衣冲入雨中。

雨滴越来越大，洒落在地面上，溅起一层迷茫的水雾。

东方云霄长身玉立在夜色里，雨水顺着他的脸颊滑落，将墨色发丝打湿后，与他的脸贴敷在一起，将整个人衬托得更加邪魅而冷峻。

他就那么愣愣地站在雨中，望着没有任何身影的前方，心绪恍然……

一件外衫落在肩上，俊美男子仍是浑然未觉，他只是对着莫名的远方，喃喃自语："原来这就是被心爱之人冷弃的感觉，她如今倒是原原本本地还给我了。现在我应允了她要的承诺，她却已经不屑于拥有。"

"王爷，都是属下失职，看丢了裴姑娘。王爷怎么责罚属下皆可，只恳请王爷不要在此淋雨了，会伤身的。”身后陪他一起淋雨的漠黎依然俯首自责地开口。

“不，本王不回去，本王也要……为她风露立中宵一次。”他的声音已趋于平淡，似乎被雨水淋掉了心头的醉意。

痛心到极致时想说一长串证明自己的话，可是话到嘴边却又变成了苦笑，觉得再没有任何作用，说一个字都觉得多余。

身后的漠黎无奈，只得趁他不备，点上了他的睡穴。

闭上眼睛倒在漠黎怀中的一刹那，他凄绝地叫出口：“星彤！”

她说：“你毁掉了我的所有，国与家，还有我。”

她说：“是你纵容她们欺负我，你比她们还坏。”

她说：“如果你现在要我，就必须做到一生一世一双人。”

她说：“似此星辰非昨夜，为谁风露立中宵。”

她说：“你就会欺负我，以前是，现在也是。”

她说……

现在满京城都是东方云霄的禁卫军在搜寻所谓被贼子掠走的霄王妃，作为当事人，云轻和裴星彤在赶了一夜路后，终于在第二日午时到达了离长安城百里外的禹州。

虽然舟车劳顿，好在他们都有武功在身。到达禹州后裴星彤反而是神清气爽，没有半分疲倦之意。

禹州没有京城那般繁花似锦，却也是个地灵人杰、山清水秀的好地方。

“你怎么脸色不大好？”裴星彤蹙眉，倾身伸手去抚着他的胃部，“胃不舒服？”两人同乘一辆马车，虽然云轻极力掩饰，但她还是发觉了他的不适。

她明眸中流转着真切的担忧与关切，竟让云轻心生怅然。他已很多年不曾在谁的眼中看到为他而有的这些情绪，只是单纯地关心他、心疼他，不会碍于他的身份而掺杂其他目的。

云轻拍了拍身侧的位置：“过来坐。”

裴星彤依言坐到他身边，等着他回答自己的问题。

“阿彤……”他的笑容似拂面春风，“我想这样叫你。”

这人是怎么回事？裴星彤张了张嘴，又瞪他一眼：“我跟你说正事呢，是不是身体不舒服，休要顾左右而言他。”

云轻笑着拥着她：“闭上眼睛。”

“闭眼？为何？”

云轻：“呵呵……”

呵呵？这是要结束谈话的状态吧！裴星彤认真地说：“闭上眼睛你就告诉我吗？”

“嗯。”

裴星彤微眯起双眸，审视着他那双漂亮至极含着笑意的眼睛。眨眨眼，有了结论：“你骗我，才不上当呢。”

“不骗你。”

她又深凝着他，挑挑眼梢，见他一副清心寡欲的神仙样子，就闭上了眼睛。

只是一会儿的工夫，她感觉到云轻凑了过来，感受到了他温热的气息，感受到了他的手臂环住了她的脖子。

“这是我的良药。”他低语。

裴星彤睁开眼睛的同时，他的双唇落了下来。

云轻起先只想逗逗她，真的是这样而已。可在趋近的时候，心头骤然起了微澜，她半信不信的模样，娇艳欲滴的双唇皆在诱惑着他。

在她抱怨出声的时候，他顺从本能，捕获了她的唇，吮着、蹭着。

裴星彤愣了愣，呆呆地瞪着他近在眼前的漆黑凤眸。

云轻险些笑出来，此刻的她失了娇俏灵动和活泼不羁，实在是像极了一只小呆猫，索性抬手蒙住她水光潋滟的双眼。她眨着眼睛，纤长的睫毛碰到他的手心，痒痒地撩动着他的心弦。

这种临时起意的好事她固然喜欢，但不能成为他逃避病情的杀手锏！裴星彤僵住的身形终于恢复了支配能力，她试图转过脸，可是不行，他一手扣住了她的后脑。她又去拉他蒙着眼睛的手，可是云轻力大无穷，此时的她竟是无法反抗。

云轻到底是有多怕别人知道他生病啊，连美人计都用上了！令人发指的是，她正沉迷其中。

裴星彤一味做着无用功之时，云轻又加深了亲吻，力道略略加重，舌尖掠过她的唇齿，想要汲取更多。

呼吸完全乱了频率，仅剩的那点儿反抗意识似被倏然抽走，战栗从四肢百骸向心口席卷而来。

云轻的吻未染指过红尘风月，吻得毫无章法和技巧可言，然而感受却是无可替代的美好。

裴星彤开始回应他，他便收敛了那份急切，蒙着她双眼的手落到她的腰际，随着心意探寻索取。

他由浅至深的吻，夺走了她的力气，也夺走了她的清明。

在裴星彤将要窒息的时候，云轻放开了她，眯着眼细细打量着她此刻的样子。明眸沁水，脸颊绯红，双唇丰润，别样风情，遂又忍不住在她的唇上啄了几口。

当初她怎么就认为云轻是神仙呢，分明是采花狂徒嘛！

裴星彤自是晓得被他吻成了何种模样，报复心起，勾住他的脖子就要反攻，却在听到一阵声响后不得不仓促放开，兀自整理仪容。

“宫主，到了。”春雨挑着马车珠帘禀报。她声音淡淡的，似乎不曾看见里面的旖旎风光。

裴星彤丢给云轻一个暂时放过你的眼神，而后轻撩起流苏轿帘，贪婪地欣赏着沿街风景。

真是个好地方，即便同样是几声吆喝和叫卖声，都让她感到百姓的安居乐业。这里少了京城的奢靡与污浊之气，却多了一份自然清新的感觉，让人心旷神怡。

如今海阔天空，躲开那些是是非非，她终于不再如囚笼中的困兽一样挣扎煎熬。

此情此景，她很想张开双臂迎风招展，像那跳跃在花丛中的蝴蝶与蜜蜂一般，尽情地欢腾起舞，享受这难得的清静与惬意。

凤舞宫的总坛就在长安城郊外，云轻本意是先回总坛筹办婚事，春雨却及时而理性地提醒他此时此地皆不宜久留。

裴星彤也有同样的担心，饶是云轻再厉害，凤舞宫的名气再威盛，可又怎么抵得过皇家的军队呢。

有史以来，朝廷与武林就是相辅相成的两个矛盾体，但无论武林中的豪杰如何厉害，又有几个能胜过朝廷铁血雄师的围剿？那是人数的差别，不是自身能力的问题。

裴星彤不会让云轻因为她而与朝廷起正面冲突，也许这只是东方云霄一时的抽风行为。

云轻对此不做坚持，欣然同意。

此时的她以为，像云轻这样神仙般的男人是因为脾性随意，不拘泥于形式才同意不与她大办婚宴。可很久之后她才知道，他是根本不会也不想与她举行隆重的成亲仪式。

“我很喜欢这里，谢谢你，云轻。”裴星彤由衷地说。终于翻身做主人了，此时此刻，连呼吸都顺畅通透了许多。

这些乃是云轻给予的。

“你我之间何言道谢。”云轻微笑看着她，手指摩挲着她的脸颊，视线流动，游离在她如花蕊般嫣红的唇瓣、细直挺秀的鼻梁及如画的眉目之间。

吸引，真是一种令人担忧的感觉，这感觉致使他会随时随地想要与她亲近，云轻自感在裴星彤面前就是一个喜欢动手动脚、不知餍足的登徒子。

无论是耳鬓厮磨，还是唇舌交缠，这样意识醉醺醺，如漫步云端的感觉，真是玄妙而让人贪恋。

轻盈的身体忽然落进一个幽香温润的怀抱，头顶传来了他悦耳声音："阿彤，今日本该是我们成亲的日子，却要在此长途跋涉，无法将你风风光光地迎进门，我很惭愧。"

他语气中带着些许失落与惋惜，裴星彤转过身，双臂环在他劲挺的腰际，偎进他的怀里。鼻间是熟悉的幽香，那是令她无比留恋和信赖的味道："成亲的方式也可以是另一种样，我们从昨日一路而来，观赏美景也算是一种迎娶我的方式。"她果然是个善解人意的家伙。

"属实？"两个字，却是有着不符合他淡薄温润性子的惊喜语调。

裴星彤抬首，如星的水眸望着他冰玉般的绝俊容颜，娇笑着点头应声："当然属实！"

云轻的雪润手指在发顶轻捻，一只同样是凤凰图形的发簪从他的头上转移到了裴星彤的发髻上，"那阿彤现在可就是我的妻子了。"

她眉目流转，神韵微微飘忽，紧紧盯着他眼睛，"云轻，我不是个宽容大度的女人，三从四德或三妻四妾什么的，非我所信奉的规矩。你若娶我，便要允我一生一世一双人的承诺。否则……"不久前，她也对另一个男人说了同样的话，可是，他嗤之以鼻。

云轻白皙的手指捏着她的脸颊，似乎要捏掉那失神的表情："不会有否则的，云轻孤僻懒散惯了，不屑于其他软香温玉的围绕，只庆幸能够得到灵魂相抵的红颜娇妻。云轻在此起誓，今日天地为证，凤玉为媒，你是我今生唯一的妻，白首不相离。"

看着他无比认真的表情，裴星彤眉眼弯弯地拉下他举起的右手："我这个人唯一的缺点就是记性好，愿君莫相负。"脸颊缓缓贴在他的胸前，聆听着他心口处为她奏出的激动乐章。

裴星彤曾经使尽浑身解数也得不到东方云霄，而今她却可以邂逅云轻，多么幸运。

事实证明，上天不给我们的，无论我们怎样十指紧扣，仍会走丢；而上天给我们的，无论过去我们怎么失手，都会拥有。

眼帘轻闭，她眨掉了眼底的淡淡雾气，这不是个伤感的时机。可她竟然成亲了！

云轻感觉到她的情绪有些反常，伸手将她的小脸从怀中捞出："阿彤缘何伤感？"似乎怕她是不满意这样简单就成亲了，云轻的语气有一丝沉重。

裴星彤嘿嘿一笑，调皮地眨眨眼睛："也没有什么，就是突然想到我们就这样成亲了，而我唯一的亲人却还不知道。"

云轻亲吻一下她的眉心："你的……妹妹，是去寻找其他凤玉的下落了……"

裴星彤眉心蹙起：“其他凤玉？难道不是只有我们手中的这两块？为何要寻找其他凤玉？”

轻捏着她的鼻尖：“问题真多，那我们就先回凤舞宫，我再与你详细说来。”

原来凤玉一共有四块，而这四块凤玉的秘密就是，只有寻齐四块凤玉才能找到云凤前朝太祖皇帝临政时就藏下的巨额宝藏和神秘利器，有了这些，云凤才有足够的能力复国。

听了云轻的叙述，裴星彤更是脑中一片混乱：“难道云凤的太祖皇帝早就预知云凤在本朝会被灭国？”不然，怎么将巨额财宝和神秘利器事先就藏了起来。

云轻对上她有些依赖和迷茫的眼神，温润一笑，在她好看的唇角印下浅吻：“只因当时天师懂得占卜与巫术，所以，银月得到的云凤就是副空架子而已，只是苦了那些沦为亡国奴的云凤臣民……”

他平淡的语气中有着忧国忧民的黯然，裴星彤伸手抚平他的俊眉：“既然是天意，那么这就是他们躲避不了的波折和坎坷，只有经历过失去的人，才会更加珍惜日后所拥有的，相信复国后的云凤定会所向披靡，无人能及！我会帮你的，虽然我不知道能帮到你什么。”

本来她也不想参与什么复国的事，可是既然有那么多翘首以盼的臣民在殷殷等待，连她妹妹裴影彤都去寻找另外两块凤玉了她又怎能置身事外。她既然嫁给了云轻，作为他的妻子，就应该出一份力，更何况她自己本身就是云凤的臣民。

虽然她没有开口问过云轻的身世，但以他对云凤的了解和不公然露面的行为举止来看，裴星彤暗自猜测他应该就是那个在云凤复国后君临天下的人。

云凤的国姓是云，而他的真名是云轻。

交颈而谈至傍晚，他们都浑然未觉，直到有人来敲房门，两人才发现竟然躲在卧寝里面几个时辰了。

云轻放开怀中的美人儿，金边雪白的锦袍飘动间，已经将卧寝房门打开。门外是一脸恭谨的春雨，她双手托着一个托盘，上面是一对酒杯，还有一壶酒：“宫主，您吩咐的酒已准备妥当。”

云轻接过托盘，面无表情地应声：“嗯，下去吧。”脸上没有了刚刚面对娇妻时的温柔宠溺，当他面对别人时，仍是那副雍容淡然、傲然矜贵的模样。

“是。”春雨飞快地瞥了一眼屋内软榻上的女子，躬身而退。

合上房门，云轻手托着托盘，向她走来，那俊逸笑颜，美得不染一丝纤尘，仿若天宫中的莲花般高雅出尘，圣洁超凡。

裴星彤半眯着慵懒的星眸，扬起一个魅惑笑容，完美到无懈可击。她坏笑着挑挑眉梢，看向眼前如仙的男子。

云轻飘逸的身子在软榻上坐下，伴着胸膛的轻微振动，温润如玉的唇边，笑意渐渐蔓延，带着噬魂摄魄的魔力，让那华美的月光都为之汗颜地躲进了云层后面。

云轻将两只酒杯倒满，递到裴星彤面前一杯："喝了这杯合卺酒，我们就是真正的夫妻了，

唯恐他会反悔，裴星彤连忙将端酒的手臂绕过他的手臂："要一滴不留哦！"

云轻薄唇浅勾："好，一滴不留。"

仰首，透明的液体形成两道散发着醇香的细流，倾刻滑入喉间，那甜蜜的味道取代了辛辣，在身体里奔腾后，划过心间，激起涟漪一片。

放下酒杯时，裴星彤的面颊已渐渐染上媚惑的绯红，伸手捂上自己有些发热的脸，她娇俏而笑的："呵呵……云轻，这酒真好喝，可不可以再喝一杯？"

她明媚的水眸中已潜着酒后的微醺，那迷离的眼神像是水晶一般，黑亮而莹灿。咯咯的娇笑声带着蛊惑人心的风情，她用甜腻的声音叫着云轻的名字，那是世间最能撼动他心魂的美妙之音。

"不可以，那会破坏我们的洞房花烛夜。"他凤眸微眯，身体已然前倾，一把将她抱起。

裴星彤的美眸半睁着，眼前的男子一如当初的超然俊逸，让人着迷，他那精致绝伦的五官不似凡间所有，似乎多看几眼都会亵渎了他如仙的气韵，不敢妄想拥有他。

而现在，他就在她身旁，摒弃了那不食人间烟火的冰雪之姿，他只是个为她动情的男人。

古人云，人生四大喜事为：金榜题名时，洞房花烛夜，久旱逢甘露，他乡遇故知。裴星彤仔细想了想，现在她似乎一下子同时拥有了其中两项喜事。

第十三章 柔情蜜意

良辰美景，她怎么能够连续三天晚上都被美酒误了正事，每每到关键时刻就睡死过去，好吧好吧，那果汁酒确实很好喝，且后劲儿无穷，完全能够轻而易举地放倒她，怨只能怨她自己贪杯。

裴星彤暗暗发誓，今晚无论如何不能再嘴馋了！

云轻在白天都会比较忙，但可以看出他已刻意将事情都交代给别人去办，尽量用最多的时间来陪裴星彤。

新婚燕尔的日子自然是如胶似漆，难舍难分，仿佛每一刻都是蜜里调油。

“云轻，那种果酒是用什么做的？”裴星彤捧着桃子吃着问。

男子将卷着她长发的手移到她的腰间，微微一使力，她便紧贴上了他的胸膛。他低头蹭了蹭她的脸颊，缓缓说：“以石榴酿成。”

怪不得口感甜美爽口：“是谁如此心灵手巧，居然会用石榴酿酒。”她将啃了一半儿的桃子递到他嘴边。

云轻顺势咬一口，淡淡地道：“是春雨。”

裴星彤撇嘴：“她人美又能干，你就没对她有过什么想法？”

这就是女人的通病，瞧不得别的女人比自己强，归根结底是瞧不得自己的男人身边有美人。

云轻微微叹息：“阿彤，你若介意，我可以将院里的女侍从通通撤走，但你不可怀疑我对你的心意。”

裴星彤嘿嘿一笑，立即解释加掩饰：“逗你玩儿呢，我这么贤良淑德、雍容大度、秀外慧中、温柔婉约，怎么可能善妒呢。”

云轻浅笑，捏捏她的脸：“淘气。”

裴星彤转移话题："咳，云轻啊，你眼睛怎么红红的，是不是事务太繁忙，劳累过度？"

他依旧身着月牙白绸缎长袍，颀长的身子挺拔如竹，浑身散发着优雅气质，发顶是白玉簪子，配着他那张绝俊的脸，可真是叫人移不开眼。

然而，好好一个神仙，却成了红眼兔子。

云轻伸手戳她脑门，眼底的笑意忽然染上一抹打趣与邪气："第一晚，你一人喝掉一壶酒，随即跳了大半夜的舞；第二晚，你喝掉一大坛酒，举着竹笛唱了一整晚，说是神曲赠神仙；第三晚，你虽只喝了半坛酒，可吐了我满身，待我正在沐浴时你又梦游进浴室。你说，连续三晚不能安眠，我岂能正常如昔。"

这……这……

"等等，你说我竟然在梦游的时候看到了你沐浴？"她手里的桃子滚落在地。

云轻点头，玉颜染起红晕。

裴星彤圆眸瞪起，这么香艳的事情，她怎么可以一点印象都没有。

云轻自然不知道她波澜壮阔的心理活动，只是将单薄的唇瓣勾成一个好看的弧度，狭长的凤眸盈盈含笑，毫无预兆地吻住了她。

此时此刻，她的脸颊微染红晕，当云轻主动时，她竟有些不好意思，伸手试着推开他，却根本撼动不了那双手臂，反而被他抱得更紧，亲得更用力。

这不是他们第一次这样亲密无间，但此刻的唇齿厮磨跟以往截然不同。云轻不带丝毫试探的意味，绝然而执拗，不容反悔地咬着她，他几乎是亲得很蛮横，不再怜香惜玉。上一刻对她的遐想化作这一刻的冲动和热血，他仿佛要把自己所有的情绪全部加诸在这个吻上，不论怎样深入地侵占她，他都觉得不满足，远远不能满足。

良久，云轻突然放开她："今日是七夕节，我们这就去踏鹊桥吧。"

裴星彤："……"这人到底属什么的，行为举止跳跃性这么大！

牛郎与织女的传说是一个千古流传的美丽爱情故事，是中国四大民间爱情传说之一。

人们在感叹这凄美的爱情之余，都借由这个传说祈愿自己的爱情能在现实中得到完美的结局，这便成就了七夕节的存在。

裴星彤今儿个出门前特意向春雨要了件红衣裳，毕竟人家织女就是身着红衣才得到与牛郎恩爱缠绵的机会。

街上人山人海，出来凑热闹的人还真不少。裴星彤手执玉扇，还得不停地擦汗，反观云轻，依旧神清气爽，脸上半个汗珠也没有。

汗液流失过快，导致身体饥渴，裴星彤找个人少的地方停下脚步，把通身冰冰凉的小金蛇贴在脸上解暑：“云轻啊，风干物燥，小心火烛……我的意思是说能给我点水喝吗？”

云轻回身走近，幽香温热的气息喷在她的耳朵上，让她浑身更加有气无力，此人就是来火上浇油的。云轻动作亲昵而自然，把水囊凑到她的唇边：“前面有家酒楼，不若我们先进去歇歇脚。”

裴星彤咕噜咕噜喝下几大口清水：“那怎么行，我们还没一起踏鹊桥、挂许愿囊呢。”瞥了瞥他干净白皙的脸颊，她目露狡黠，“这样吧，为了节省劳动力，我们相互背着走，但要通过剪刀石头布来分胜负，决定谁背谁走十步。”

云轻不疑有他，很快就学会了游戏规则。可是，每次都是他背裴星彤，不是他每次都输，而是每次皆由裴星彤来定是赢的人背还是输的人背，并且要在分出胜负后决定。

女人不讲理起来，你就是神仙，也等于秀才遇见兵。

裴星彤舒舒服服地趴在云轻背上，嗅着好闻的幽香，只觉得如此人生便得到圆满了。

“云轻，一会儿我们找个葡萄架，躲在下面吧。”她歪歪扭扭地附在他身上，语态慵懒且妩媚。

云轻侧头看她，绵柔的情意汇在眉心：“你确定要在如此青天白日里……做那样的事？”

那样的事是哪样的事！她难得浪漫一次，裴星彤无奈地答道：“据说能在葡萄架下偷听到牛郎织女互诉相思之情的，云轻，你到底用这样和谐的神仙外表蒙骗过多少无知少女！”

“只你一个，不会有别人。”云轻说。

裴星彤捶他的肩头：“原来你是我的专属骗子。”

俊男美女的组合总是能够轻易吸引众人的目光，何况裴星彤和云轻还一路打情骂俏，嬉笑玩闹。

街上的人群愈发密集，尤其是到了祈愿树和鹊桥那里，更是人挤人。

云轻一手环住裴星彤的腰将她护在臂弯里，一手挡开与他们产生肢体触碰的人，眉目之间尽是温柔缱绻。

被他揽在怀里的裴星彤浑身酥软，鼻腔发热，脑海里的画面可谓是飞沙走石、万马奔腾。毕竟是如此血气方刚的年纪啊，他笑得这般楚楚动人，她不想入非非才怪。

正值此之际，他忽然附在她耳边说：“这里人多，我们先去那边买香囊荷包吧。”

裴星彤微微退出他的怀抱，一看那边正好有卖甜冰的，立刻双眸放光。她需要清醒，需要冷静。

在两人经过祈愿树外围时，一个白衣女子好巧不巧地撞在云轻胸口："啊，对不起啊公子，我刚刚不小心扭到了脚，有没有撞伤你？需不需要一起去医馆瞧瞧。"

云轻面无表情："无碍。"

女子揪着手里的香帕，满脸羞涩，目含期许与惊艳："那家医馆是我爹开的，去瞧瞧很方便。"

云轻蹙眉："不需要。"

"公子家住何处，是否一个人？不妨到我家中喝杯茶……"她竭力争取，说话的同时，身体也渐渐靠在云轻的另一只手臂处。

裴星彤双臂抱胸："我说这位白无常，需要去医馆的是你，而不是我家夫君。回去让你爹给你开点去热解燥的药，降降心火再出来，有病咱得及时治。"

白衣女子像是刚发现她的存在，被气得双唇发抖："你……你说谁是白无常？说谁有病？"

裴星彤耸肩，无趣地把玩着胸前的长发："你看你看，还说自己没病，耳朵不好使也是一种病。"

小姑娘三两下就被裴星彤气得满面通红，羞恼万分，最后哭哭啼啼地跑路了。

云轻似乎也不是个有同情心的家伙，捏着裴星彤鼻尖，浅笑启口："顽劣。"

裴星彤做个鬼脸："你不好意思做坏人，只好我大显神威了。"

她不是什么心胸开阔的好人，相反，只是一个极其自我的小女人而已，向来缺少与别人分享私有物的高尚美德，尤其是属于她的男人。

两人买了香囊荷包后在酒楼点了十余道菜，裴星彤撇开膀子吃，全然不顾别人见她的目光由惊艳变成震惊甚至是恐怖。

云轻神情温润雍容，眼底满是无限宠溺，却无奈地摇头。瞧她那副模样，足以证明一句至理名言：民以食为天。好在他之前假扮刺客时就领教过裴星彤的率真和洒脱。

而裴星彤真的是前阵子在胥王府里饿怕了，见到吃的就控制不住地想占为己有。

"现在祈愿树和鹊桥那里应该人少些了，天气炎热，待会儿挂好香囊我们去游湖如何？"她不雅地揉肚子，歪在木椅上，犹如餍足的猫儿。

云轻替她摇扇，眸光不经意地瞥向窗外："好，还很热？"

她以手拭汗："我最怕热了。"

他贴心地递过一块锦帕："你且在这里等着，我出去给你再买一碗甜冰来。"

"嗯嗯，我乖乖等你回来。"云轻真是宜家宜室，太感人了。

然而等云轻回来时，已不见了裴星彤的身影，只因她那种一时也闲不住的性子致使她此刻正在街上围观别人吟诗作画，并很捧场地给予欢呼和鼓励。

当街献艺的是几个年轻男子，为了引得围观的女子注目，他们可谓使劲浑身解数。

可他们的卖力展示，却抵不过某个人静静地站在人群中。

他的出现令所有女子目不斜视，犹如一株出淤泥而不染的青莲，超凡脱俗。

一个刚作完画的男子跑过来，叹气道：“喂，这位兄台，你能不能赶快走开？拜托，我们几个使出浑身解数，好不容易引得几个姑娘来围观，结果你往这儿一站，全都改看你了！给兄弟们留条活路可否？”

云轻对其不予理会，只是穿过人群找到一身红衣的裴星彤，在确定她依然完好无损时，面若冰霜地拉着她离开。

“喂喂，云轻啊，青天白日的，即使是葡萄架下，也不是做这种事的好地方。”裴星彤略微推开正在吻自己的男子。

方才他不管三七二十一，把她拉到葡萄架下，二话不说便吻得轰轰烈烈。葡萄架下是用来偷听牛郎织女情话的，不是用来做坏事的，云轻真的误会她了。

云轻的俊脸压下，凤眸半眯，神情复杂难辨：“不是说好在那里等我？为何要不声不响地离开？”

裴星彤不知道他为何突然变得情绪化，刚想开口解释，却又被他堵上了嘴。他开始在她的唇上攻城略地，丝毫没有一贯的温柔如水。

表妹之于表哥，就如同官家小姐和俊俏的穷酸秀才，这两种关系的相似之处就是太容易产生奸情。看看东方云霄便知，表妹天生就是表哥媳妇儿的候选人。

裴星彤咯吱咯吱地嚼着榛子仁，眼睛眨也不眨地瞪视着那个挂在云轻手臂上的臭丫头。不要鄙视她贪吃，那是你没经历过挨饿的日子。

榛子仁是云轻亲自一个一个剥好给她的，虽然他用内力一捻就碎，可他比唐僧还细皮嫩肉，剥完满满一盘后，如玉般的手指都磨破皮了。

这样的宠爱何其难得，足以说明他在用心对她好，他便是裴星彤寻寻觅觅的良人。

然而，今日突然冒出一个表妹，一个水灵灵的姑娘。她容貌说不上顶美，性格倒是难得的率真活泼，时而憨态可掬，时而狡黠灵动。

“表哥，那个从我进门一直吃到现在的姐姐是谁啊？”小丫头天真无邪地眨巴着眼睛。

裴星彤忧伤地扶额，无语凝噎。

云轻略带责备地睨了小丫头一眼，示意她最好在他动手之前松开他的手臂：“玲珑，她是你表嫂。”

被叫作玲珑的女子一愣，随即蹦跳到裴星彤面前，将她上上下下打量个透彻，然后，拽着她的手臂摇啊摇："原来是表嫂啊，失敬失敬！你就是要与表哥和亲的那个公主呀，叫什么来着？哦哦，我想起来了，叫狐……"

"胡闹！玲珑，还不快松开你表嫂。"

云轻适时制止了玲珑的快言快语和唐突举动，裴星彤方感觉眼前的一圈星星消失。

玲珑眼珠一转，咧嘴一笑："表嫂莫怪，我还以为你又是哪家迷恋表哥的姑娘，才欲助表哥守身如玉。啊哈哈，你还不知道吧，表哥他还是个童子哟！哦哦，估计现在已经不是了。你的伟大就在于能别人所不能！咦，表嫂，你的身材是如何保持的，不要吝啬分享好方法……"

"玲珑，听说最近你师兄下山了。"云轻淡淡的一句话就成功地让玲珑停止了碎碎念。

一问之下裴星彤才知道，原来小丫头喜欢上了自家师兄，奈何落花有意流水无情，她苦苦追求无果，只好第十八次下山疗心伤。

此表妹是个异类，是朵奇葩，如此一来，裴星彤反倒立刻喜欢上她，因为她不会是情敌。

府上因玲珑的到来又多了一份热闹，渐渐地，裴星彤和她两个人简直相见恨晚。

晚膳期间，玲珑对裴星彤与云轻不顾伤心人随时随地秀恩爱的举动表示非常愤懑。眼珠溜溜一转，她突然得意洋洋地道："师兄瞧不上我是他有眼无珠，昨儿个在鹊桥可是有四个翩翩假公子同时追我呢！"

裴星彤当即表示羡慕嫉妒恨："不错啊你！至今还没那么多男人追过你表嫂我呢。"

云轻斜睨玲珑，漫不经地心启口："又闯了什么祸，说实话。"

玲珑顿时垂头丧气，很无奈地说："我只不过看不顺眼他们那样低劣的画技还敢出来骗良家女子，便上去把画撕烂了。后来……后来我实在跑不动了，就被他们逮住揍了一顿！我现在腿还疼呢，他们一点都不怜香惜玉，简直毫无男子气概！"

原来此追非彼追，裴星彤乐到喷饭，对玲玲的壮举无限敬仰。可是玲珑姑娘，你确定自己是在行侠仗义，而不是失恋后找人撒气?

云轻夫君，你太了解自己的表妹了。

夜如黑幕，月色朦胧。

晚上，两个女子躺在屋顶上聊天，玲珑说："其实，师兄他曾经也与我说过愿意与我共赴黄泉的誓言。"

裴星彤挠挠被蚊子咬出的第八个包："原来你不是单恋啊，难道是那个家伙见异思迁移情别恋了？他如何对你发誓的？”

玲珑吸吸鼻子，撇着嘴：“他说……若要娶我，他宁愿去死。”

这叫共赴黄泉的誓言？

裴星彤严重怀疑这姑娘如果不是中邪了，就是在消遣表嫂。

“咦，表哥啊，你已经来找表嫂九次了？黑灯瞎火的，有何急事吗？我还有一肚子衷肠要对表嫂倾诉呢。”玲珑突然对着月色中的清俊身影说。

裴星彤喜上眉梢，暗赞云轻与自己实在是心有灵犀。他再不来解救自己，她就快被玲珑这个神经质弄成神经衰弱了。玲珑的爱情故事情节太曲折，太跌宕，裴星彤觉得这不是在讲爱情故事，而是在讲惊悚故事。

云轻双手背在身后，狭长的凤眸深邃如子夜，看向玲珑：“晚睡的女子气色会变差，久而久之，肌肤便开始松弛，身材亦会走样。据说，你师兄是个爱美之人……”

“表嫂！你动作麻利点，不要挡在这里耽误我回房睡觉！”玲珑已不需要云轻再说什么，师兄就是她的死穴。

玲珑的身影消失得很快，云轻直接飞身而上，衣袂浮动的刹那，便将裴星彤拥入怀中。旋身跃下房顶时，他重重地咬住她的唇瓣：“我等了你好久，真是该罚。”

裴星彤也不矫情，直接回吻他：裴星彤缩在被子里数心跳，檀木屏风后的水声已然停止，接下来是窸窸窣窣的穿衣声，想必是云轻沐浴完毕了。

黑夜静谧，一点轻微的声响都会被扩大数倍。接下来会发生什么事她心知肚明，心中忽然就无端涌现出很多意料之外的情绪，期待和忐忑混为一遭，倒是形容不出自己到底是何种心理了。

虽然两人已是名正言顺的夫妻，性情又格外契合，平日里也不乏亲昵之举，早就不需要忸怩作态。然而，这毕竟是他们初次如此，难免会有些不自然。

裴星彤先行沐浴后兀自躺在床榻上辗转反侧，脑子里会随着那些水声而不时幻想着云轻沐浴的场景。

不多时，云轻裸着上身从屏风后走出来。他的身材很好，表面上看似清瘦，一副弱不禁风的贵公子模样，实则宽肩窄腰长腿，身体线条极为均匀，没有一丝瘦弱之态，完美地诠释了什么叫作穿衣显瘦，脱衣有肉。

卧房里燃着烛火，他白皙皮肤的表面仿佛蒙着一层薄薄的水雾，更添几许魅惑感。

云轻行至床榻前，垂首瞧见床榻上的被子微微隆起，隐约呈现出一个人形，好似连绵起伏的小山丘，一动不动。有几缕黑发从被子边缘露出来，铺落在雪白的玉枕上。

裴星彤这副缩头乌龟模样落在云轻眼里，颇为有趣。平时那样一个不拘小节、敢作敢为的姑娘，此时倒晓得羞怯了。

“喂喂，云轻，你抓我脚做什么？”裴星彤终于装不下去了。

接着，云轻握着她的脚踝，轻轻搔她的脚心，丝丝入微的酥麻感一路无碍地冲进她的肌肤，直至钻进她的心里。

身份使然，他从未玩过挠痒痒的游戏，没人敢和他玩，也不会有人和他这样亲近。即便幼时和兄弟们不会有那么多顾忌和芥蒂，但也只限于可以一起在翰林院读书，做到面上兄友弟恭，互相嬉闹玩耍则属于痴人说梦。有时候不慎看到小宫女们在暗地里打打闹闹，心底都会异常羡慕和憧憬。

可此时此刻，将这丫头皮滑肉嫩的脚丫握在手里，他竟是舍不得放开，也不介意肆意妄为一回。

裴星彤咯咯地笑着，在床榻上滚来滚去，被子也揉到身下，笑得眼泪都要流出来了。

被人搔着痒痒肉的感觉，就像被人抓住了软肋，她全然顾不得无踪无影的被子，以及领口微敞的中衣，可怜兮兮地求饶：“云轻，你别闹了，求你了……我真的很怕痒！”

这是什么情况啊，预想中的缠绵悱恻呢，暧昧缱绻呢？

尽管云轻对此情此景颇为受用，握着玉脚的手却是不肯松劲，他墨玉般的双眸掠过她不小心从睡裤下摆露出的修长美腿，眸色骤然暗沉。

他停下搔痒动作，手指微凉，紧紧覆在裴星彤的脚掌上，起初带来的感觉很是熨帖，舒坦得紧。后来，他手势又起，改为游抚，多了点儿漫不经心，感触却是愈发撩人。

裴星彤下意识轻嗗一声，眼泪仍盈满眼眶，楚楚动人。

云轻的呼吸凝重起来，周身的血液都似被烛火烘烤着。

他勾过她索吻，舌尖撬开她的唇齿，攻城略地。

热情如烈焰般突然而至，裴星彤反倒有些愣怔，忘了回应。

云轻一个倾身，亲吻带着几分强势与迫切，手顺势解开了她寝衣的系带。

裴星彤眨眨眼睛，略转过脸，气喘吁吁地凝着他：“你……”话没问出口，因这时脑筋飞快地转了几个弯，已明白过来云轻要做什么。

云轻亦回视她，语声转为低哑：“阿彤，你欠我一个洞房花烛夜。”

“唔……”她该说些什么能够画龙点睛的话回答他呢？

云轻点了点她的唇：“就今夜，好吗？”

她抿抿嘴刚要说话，他已迅速垂首落下灼热的一吻，补充一句：“不准说不好。”

好霸道。

裴星彤又气又笑，真想白他一眼，难道他瞧不出她已期待已久了吗？

“就现在。”她说。她怕云轻再磨蹭下去她又会害羞。

他灼热的吻再度落下来，侵占着一切感官。

衣衫褪尽，她纤弱而玲珑有致的身形呈现在云轻眼前，他焦灼的视线肆无忌惮地膜拜。

玲珑忧郁且惆怅，原因无他，必然与她师兄有关。

据说，她师兄在第十八次拒绝她的表白时，被刺激到了爱情末梢神经，这几日竟是开始天天出入勾栏院。

裴星彤抬头，眯眼瞧着那块牌匾——温柔乡。

很写实的招牌呀，这位老板，你就不能含蓄一点？

“玲珑啊，我们真要进去？”

玲珑眼神呈呆滞状：“必须去！”

裴星彤侧头：“你大老远拉我过来，就是让我陪你逛窑子？”

“背水一战。”玲珑目光坚定。

裴星彤嘴角抽筋：“至于弄得这么硝烟滚滚吗，万一你的心上人今晚不在这儿呢？”

玲珑甩甩袖子，拉开准备大干一场的架势：“瞧瞧他喜欢什么样的女子也是有必要的。”

“我们大晚上出来拈花惹草，你是怎么说通你表哥放行的？”云轻是个心细之人，从不允许裴星彤单独出门，担心她人生地疏遇到坏人。上次七夕节她没有在原地等云轻，害得云轻到处找，唯恐她被心怀不轨的仇家盯上。

“我看到表哥出门了才领你出来的。”玲珑呲着牙奸笑着。

裴星彤翻了个白眼，感到深深的忧伤，万一被云轻发现她不仅私自出门，还是来这种地方。

两人身着男装，一派稚气未脱，不知男女情爱的少年模样，很是引人注目。

爱美之心人皆有之，风尘女子亦是如此。她们瞧着裴星彤和玲珑都是容貌俊俏，谈吐风趣，纷纷芳心蠢动，倾慕不已。

雅间里，裴星彤巧妙地躲过一个女子的嘴唇，仰身对玲珑低声说：“你看她们这番春心荡漾的模样，到底是青楼女子。而且，不巧的是你心上人今晚还真没来。”

玲珑拍掉一个女子的魔爪：“无论怎样，至少我得弄清楚师兄到底包下了哪个姑娘。”末了，她大义凛然地挺挺脖子，凑近裴星彤说，“做大事情的人，就得有献身精神！表嫂，这是你教导我的原话。”

在两人差点被那些女人摸穿帮时，终于套出了关于她师兄包下一个花魁的有效信息。

美滋滋地出门，还不等两人得意，就发现上天真是一个不厚道的家伙。

“表嫂，今儿个初几？”玲珑眼尖地看着远处一个熟悉的身影。

裴星彤低头看路，只觉她话题转得有点快：“好像是初一二……三吧，怎么了？”

“不管今儿个初几，反正忌出行。表嫂，我先行一步，你自求多福。”身影已随着尾音消失。

“啊？”裴星彤眼神迷蒙，待看见由远及近的云轻时，她终于领悟了。玲珑，你好样的！如此背信弃义，等到时候逮到你，你表哥也救不了你！

“阿彤？”云轻蹙眉。

裴星彤捂脸：“……”我不是阿彤。

“你怎么来了？”

她继续自欺欺人地捂脸：“我没来。”

“阿彤！”

“是！”她规矩地站直。

“你一个人来的？”云轻眯起凤眸。

昂首挺胸：“是的，表哥！”

云轻嘴角抽了抽，回首跟身后一个人低声说了几句什么，那人就离开了。接着，他上前拽过她的手，神情不悦道：“你可知这是何种地方？”

裴星彤眨眨眼，忽然双手叉腰：“好啊好啊，看来你明知道这里是勾栏院，还深夜前来！我们刚成亲多久，你就喜新厌旧耐不住寂寞来逛窑子！我在这里等了一个时辰，本以为是自己多想，原来你居然真的来了！”既然自己被抓了个现行，她决定先来个倒打一耙。

她动情的指控使得云轻蓦然一愣，抿了抿薄唇，轻叹一声，终究是半语未发。不管多么睿智的一个男人，遇到不讲理的女人，都只有无可奈何的份儿。

眼前的男子俊逸若仙，面含纵容与无奈，只是一声叹息，便如魔咒般勾魂。

裴星彤看得如痴如醉。

闲暇时，好动的裴星彤喜欢看戏，大多数情况下都是云轻命人请戏班子来家里演，有时他也会带她去戏楼看。

颐乐阁是镇上最大的戏楼，共有四层，最上层为鼓楼，三层是框式戏台，一二层为开放式的戏台。台上演出的是雅乐和散乐，雅乐用于国家庆典祭祀，散乐是民间歌舞和杂技。

颐乐阁很雅致，没有浮华夸张的装潢，古色古香。看台处总是人满为患，裴星彤提出建议要和云轻一起坐在屋顶上，那里人少。

她双手托腮，做思索状，看得兴致上来，有感而发：“这位怜香姑娘不愧是颐乐阁的台柱子，若我是男子，定然会娶她。”然后又意识到，云轻不正是男子，便戳了戳他，“你呢？想不想娶怜香这般的女子？”怜香在月下翩翩起舞，美得亦真亦幻。

不知云轻为何总是对她认为好看的事物不甚感兴趣，一手托着头，一手捏着她的手，都快要睡着了。被她两下戳醒，便敷衍地回答：“不想。”

裴星彤从齿缝中挤出一声嗤笑，颇有几分感慨：“诚然，我是你夫人，但你不必忌讳我而不敢说真言，眼下只是就事论事而已。怜香这等倾国倾城的美人，有几个男人瞧着会不动心。”

“何处美？”云轻将她挪到自己的腿上，声音慵懒却问得正经。

“容貌呀，身段儿呀，无一处不美。你瞧人家那腰，又细又软，瞧那肌肤，犹如凝脂。反正哪儿哪儿都美！”

云轻淡然一声：“夜里太暗，瞧不清楚。”

裴星彤揉着太阳穴，沉默好一会儿才开口：“你得把眼睛睁开，往台上瞅一眼才能瞧清楚。”

他终于肯睁开迷魅的凤眸，却说：“阿彤，夜深露重，我有些凉，回去吧。”

裴星彤：“……”源源不断传递到她身上的灼热是哪里来的？

远处台上，看起来心无旁骛起舞着的怜香蓦然惊骇，她心心念念的男人，正将一个女子搂在怀里，缱绻缠绵，深深拥吻。他将她紧紧钳制在怀中，像是稍微松开一点，她就会消失不见。他那么拼命地吻着她，仿若要为这个吻，耗尽所有力气。

怜香终是乱了心神，乱了舞步。一个犹如天山冰雪般的人，一个永远伫立在云端的人，在现实中却真的会喜欢上一个女子，他吻得那样沉醉，吻得那样深情。

甜蜜惬意的日子总是让人觉得时间过得很快，云轻的每一丝温柔和贪恋，每一丝真心呵护和宠爱，都彻彻底底征服了裴星彤的心。

一见钟情也好，日久生情也罢，爱上云轻是极为容易的一件事，没有哪个女子能抗拒得了。

裴星彤现在很享受这样清静安逸，恋恋相依的日子，除了对裴影彤的牵挂。

这里没有争宠，没有勾心斗角，也没有恶意伤害。云轻简直已经将她宠上了天，只要是她想要的、想玩的，他都会毫不犹豫地帮她得到做到。

这种生活，美好得就像梦幻中的天堂，令人迷醉。

又是风和日丽的一天，荷塘畔的廊桥阁楼内，不时有咯咯的笑声自人群中传出。人群中有一个宫纱云锦罗裙的出尘女子，她墨色的发丝简单地束在脑后，发间是一只玉质华美的发簪，身体曲线窈窕玲珑，肌肤粉白中透着盈盈水嫩，眉目间是灵动而娇俏的意韵。

清风拂过，宫纱被风吹摆着，翻飞起翩然的弧度，更将女子映衬得飘逸脱俗。

可就是这样纯美犹如仙女般的女子，此时却是将一只脚毫不文雅地踩在矮凳上，两只手凑到嘴前呸了一声后，相互揉搓着，然后缓缓伸到旁边的桌面上，将面前的三张骨牌猛然翻开，又殷殷地看看另一个人同时翻开的三张骨牌。

而后，那一脸期待与兴奋的表情顿时成了一副苦瓜脸。她懊恼地瞪着围在一旁的年轻下属，嚷嚷道："真是窝火，早知道你们这群小子这般孺子可教，我当时决不会倾囊相授，弄得现在每次都是我输，不玩了！不玩了……"

"哈哈哈！宫主如此宠爱夫人，莫不是连这点银子都输不起？呵呵……"一个俊俏男子打趣地说完后，立刻引起其他十几个人附和地大笑。

他们都是凤舞宫春字辈和夏字辈的下属，这一个月以来，他们只要有空闲时间就会被裴星彤揪到一起玩骨牌，她没有什么尊卑观念，性子又很直率，从来都是很随和也很容易相处。

如此一来，他们私下里在她面前也就没了什么身份上的顾虑，倒是将她当作了同等身份的朋友。所以，这调侃和揶揄的话也是随意说，不用担心她责罚或是跟宫主告状。

裴星彤俏颜佯愠，双手叉腰："谁说我输不起了，我这就取银子去，一会回来杀你们个衣衫不整、片甲不留，看你们还会不会这般得意忘形，哼！"开始玩时几乎每日都是裴星彤赢，可是后来却都是她输，她真是低估了这群人赌博的智商。

"吾等会静心等待夫人满载而来，夫人莫要趁机而逃啊！哈哈……"一群朝气蓬勃的俊男美女对着她离去的背影调侃着。

自从裴星彤来到这里后，这样欢快的嘻笑声时常会从凤舞宫里传出。

裴星彤垮着脸望天，真想念再次踏上坎坷爱情征途的玲珑，她在时，裴星彤永远不会是输得最惨的那个。

阳光明媚，绿柳成荫。

裴星彤随意扯根柳条把玩，绕近路前往书房。近路比较窄小，会经过厨房。

厨房位置比较隐蔽，院外此时有两个小身影似乎在争执什么，是一个十岁出头的男孩儿和一个七八岁的女孩儿。

“谁准你拿这个的？”男孩儿神色严肃，声音满是责备。

“我就喜欢拿，你管不着！”女孩儿不服气地梗着脖子。

男孩儿更气：“还学会顶嘴了？你知不知道咱们不可以随意拿东西！”

女孩儿也是倔脾气的娃：“哼！我就拿，我喜欢吃！娘都没说我，你凭什么这不准那不准！”

“凭我是你亲哥哥！娘是没发现才没说你，主子的东西我们下人岂能乱碰乱拿？快些放回去，不然被娘发现可就有你苦头吃。”男孩儿开始推搡女孩儿。

小女孩儿彻底跟他杠上了：“不放不放！哼，你只会跟娘告状，我才不怕呢！”

“冬子，给你妹妹吃吧。”裴星彤适时出声。

男孩儿和女孩儿是厨房总管的儿女，由于裴星彤经常出入厨房找吃食，厨房的杂役都认识她。

女孩儿手里拿的是榛子，现在不是产榛子的季节，市面上比较稀有，府里这些皆是云轻以高价为她所购。

按本朝尊卑制度而言，女孩儿此种擅自拿主子东西的行为足以构成偷盗罪，主子是可以凭心情对其随意惩罚的。

两个小家伙见到她均是一惊，满脸慌乱。接着，男孩儿一把抢过妹妹手中之物，并迅速拉着女孩儿一起跪下。

“夫人，榛子是冬子所拿，不关风儿的事，请夫人处罚。”男孩儿低着头说。

此时的女孩儿早已吓得浑身发抖，一派做错事被发现的凄楚模样，哪里还有方才跟哥哥顶嘴时那股伶牙俐齿的劲儿。

裴星彤眯起美眸，鼻子忽然有些发酸。明明是妹妹拿的，哥哥却在关键时刻揽下全部罪责，纵然方才还在骂她，现在袒护妹妹的心意已溢于言表。

两个小家伙跪在地面上瑟瑟发抖，裴星彤轻声叹息：“冬子，告诉你娘，这些榛子我都吃腻了，让她拿给你妹妹吃吧。”

他们不可置信地抬头，女孩儿脸上还挂着泪珠，却已开始双目放光。男孩儿则微微蹙眉：“夫人……”

裴星彤戳戳他脑门：“你是个好哥哥。”说罢，她不再逗留。

她却不是个好姐姐。

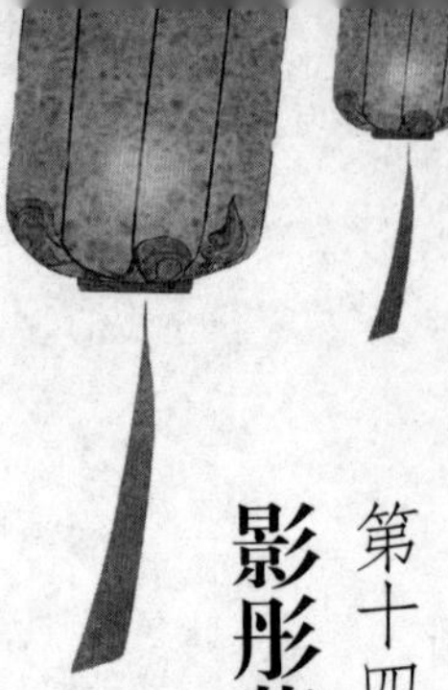

第十四章 影彤落难

裴星彤心情复杂地走到书房门前，当然不是到这里来取赌资的，她卧寝内有多到用不完的银票及云轻送给她的珠宝首饰，刚才跟他们说来取银子，只是在找借口不玩了而已。

她今天心里一直在惦记着云轻，午膳时他就被春雨急急忙忙地请到了书房，直到现在都还没有出来，她有些好奇地想看看他在做些什么。

云轻的书房她从未进去过，只因这里是他日常处理公务的地方，她一直很识趣地从不进去影响他。只是不知今日他为何进去那么久都没出来。

思绪间，她已经走近了书房，门外是春风在守卫。

见她过来，春风连忙恭敬俯首："春风见过夫人。"

裴星彤放下撩在手中的裙摆，看着书房的门问道："春风，云轻在里面做什么，为何进去这么久？"

"这……"

见他为难且欲言又止的模样，她纯净如水的美眸微微闪动，继而浅淡一笑，很识相地说："当我没问吧。"

转身欲离开之际，忽然被人撞了一下："哎呀！"

"您无碍吧？"春风连忙上前探问。

裴星彤拍拍裙摆上的茶水，摇摇头："无碍。"幸好这茶水是被换下来的温茶水。

"对不起姑娘，秋月没注意到身前有人，真是对不起……"一个青色罗裙的小丫头一边躬身为她擦拭着裙摆上的茶水，一边慌慌张张地道着歉。

春风蹙眉低声呵斥："如此笨手笨脚，若是伤了夫人，你焉有命在！"

"啊！夫人？"小丫头一听自己撞到的人竟是宫主夫人，双腿一软连忙头也不敢抬地跪倒在地，声音有些发颤，哽咽道，“夫人饶命，秋月知罪，再也不敢有下次了！”

秋月此时的心正扑通扑通地猛跳着，她今日真是很不走运，竟然碰撞了宫主夫人。

平日里，他们秋字辈的属下都是在下等阁活动和食宿，只有轮值侍候时，才会到上等阁来。所以，宫主成亲一个多月，他们秋字辈和冬字辈的人很少有见过宫主夫人真容的，只是听说宫主夫人很美，宫主很是宠爱夫人，可没想到今日刚轮到自己来侍候就犯下了如此大错。

裴星彤抬手制止了春风的责难，俯身扶起秋月，美眸中绽放着明快的笑意：“秋月不必害怕，是我自己没注意到身后有人，你先抬起头来看看我是谁。”

有些懵懂的秋月讷讷地抬起头，然后目光畏怯地看向她。接着，便惶恐地张大了嘴巴：“啊！你……你不是那个……”小丫头惊愕地捂着嘴，脸上表情十分丰富。

“放肆！怎可对夫人如此不敬！”春风再次冷下脸怒斥着。

裴星彤拉下小丫头在嘴上的手，对春风浅笑道：“春风，不必训斥她，我们是有缘人，之前就认识。”说罢，便拉着秋月向自己卧寝的方向走去。

跟秋月解释清楚了自己的身份，裴星彤浅笑着饮下一口茶，状似不经意地问：“午膳时分宫主就匆匆忙忙地去了书房，可在会见什么重要的人。”

她之所以猜测云轻是在会见什么人，是因为他从未扔下她一个人自己先下饭桌过。如果只是有什么重要的事，他完全可以用过午膳后再去处理。所以，她猜测他定然是急着去会见什么人，而能让云轻如此注重的人，必定身份不一般。

春风不肯跟她说，她就愈发好奇里面的人是什么身份，而秋月是刚刚负责侍奉茶水的人，那么她定然是见到了里面的人，即使不认识对方，起码也知道是男是女。

“回禀夫人，宫主是在跟老宫主谈论要事呢。”秋月低着头，是一如既往的直率，没什么心计，裴星彤问什么她就答什么。

裴星彤轻柔一笑，莹润的美眸中流光浮动。为何没听云轻说过还有什么老宫主，老宫主是谁？云轻的师傅吗？

掩下心中疑惑，她轻敲一下秋月的小脑袋打趣着：“你这丫头，我说过了，只有我们两个人时你不必这么拘谨，那日在酒楼时你可是话多得不得了呢。”

她轻松的话语和洒脱的动作，让秋月稍稍放松了点，有些羞赧地笑语道：“夫人您就莫要取笑秋月了，您当时是男子装束，秋月以为您是江湖中人，所以……”

裴星彤唇角依然含笑：“好了，不逗你了，说说老宫主前来所为何事。”再次端起茶杯，她低垂着眼帘，浅浅地问道，语气是那样自然舒缓。

秋月此时已不再拘谨，之前也听说过宫主夫人是个很随和且好相处的人，今日一见才发现竟是与其有过一面之缘。

虽然心情放松了不少，但她在回话时还是有几分谨慎："秋月可不敢随意偷听，只是不小心听到了几句，他们好像在说去寻什么玉的人此时落难了，对方好像要咱们拿什么去交换。老宫主不同意去交换，我听得不太清楚，大概是这个意思。"

裴星彤眼帘蓦然抬起，如水般的美眸盈满惊讶，难道是寻找凤玉的裴影彤落难了？老宫主为何不同意交换，难道要裴影彤自生自灭吗？

可是，有什么比人命更重要的！

秋月走后，裴星彤一个人望着窗外的月光静静沉思……

对于云轻和别人来说，少了一个裴影彤只是少了一个为云凤复国鞠躬尽瘁的人而已；少了一个裴影彤也并不会影响他们复国的脚步，毕竟还有那么多像裴影彤一样的人在前仆后继。

然而，对于她来说，裴影彤是她唯一的血缘至亲。裴影彤是心疼和关爱她的人，是与她一奶同胞的妹妹。当她被打得屁股开花时，裴影彤为了不让自己趴在潮湿的地面上，就那么一直抱着她，并且为了两人的自由，明知道武功被禁，还冒险去盗取解药。

自始至终她都在享受着裴影彤的关爱，只因她们是姐妹。

裴影彤身为一个女子，并没有苟且偷生，而是为了复国大业奉献着微薄力量。而她呢，作为亲人，竟然就这样安逸地对裴影彤不顾不问，还有什么资格听她唤自己一声姐姐。

这世间，没有哪一种感情可以胜过亲情，亲情是不需要回报的，也永远不需要保质期和保鲜期，那是血脉相通的情感，是骨肉相连的依偎。

任何感情都可能遭遇背叛，而亲情不会。

裴星彤知道云轻什么也不跟她说，只是因为她曾说过自己要惬意平淡的生活，可是现在她忽然感觉如果自己一直这样清静安逸地活下去，便是一种罪责。

人无论到何时，都无法真正做到只为自己而活，生存需要环境，环境则能潜移默化地改变一个人的心态。

既然赠解药的黑衣人和云轻都说只有她才能让云凤复国，那么，她是否该顺应天意呢？可是，她真的不知道自己能做些什么。

如果她真的有能力复国，她愿意给妹妹一个可以安全栖身的家园。

复国不是一朝一夕的事，现在，她知道自己必须想办法先救回唯一的妹妹。

厚重的云朵将月光遮掩，晚风吹过，窗外树影婆娑。

卧寝外间，袅袅雾气萦绕在纱帐内，烛光忽明忽暗。刚刚沐浴后的女子肌肤晶莹如雪，在烛光的映衬下，蒙胧之中散发着无限妖娆的风情。

裴星彤抬手取下搭在屏风上的月牙白色肚兜穿好，玲珑有致的身体在雾气中若隐若现，纤腰盈盈一握，肌肤赛雪瓷白如玉。

系好肚兜，她又取下搭在屏风上的睡裤穿上，当纤手再摸向屏风上的里衣时，那里已是空无一物。

抬眸，果然是云轻已经神不知鬼不觉地站在她跟前，手中赫然是她的雪白里衣。

裴星彤向他伸出手心："神仙也有偷窥女子沐浴的爱好吗？"

云轻上前一步，将她打横抱起，幽香的气息喷薄在她的脸上："谁让你美得让我无法移开视线。"他绝俊的脸上笑意浅淡。

话毕，吻落。

裴星彤今夜格外投入地吻着云轻，舌齿间淡淡的清香卷入他口中，是令他迷醉的甜美韵味。

云起云落，暗夜靡魅。

男子在她耳边低语呢喃："星星，可否把那条讨厌的小金蛇扔掉，它总是喜欢缠着你。"

床榻之上，缠绵欢好时，他总喜欢唤她星星，而不是阿彤。

裴星彤瞥一眼趴在她身后的小金蛇，它确实是每天十二个时辰都跟自己在一起，就连晚上也要与她同榻而眠。

云轻是个有洁癖之人，能容忍它在床上这么久，已经是极限了，她必须要顾及一下云轻的感受。

转身轻摸一下小金蛇微凉的头，裴星彤软语道："乖乖，云轻夫君不喜欢你这么黏人哦，自己到软榻上去好不好？"她诱哄的话仿佛将小金蛇当成了一个小孩子。

小金蛇的头在她手心上磨蹭着，黑豆般的眼睛很是无辜和楚楚可怜。裴星彤见它不动，故意板着脸沉声说："乖乖若是不听话，我可就要生气喽！"

小金蛇仿若听懂了她的话，它默默地垂下头，恋恋不舍地爬下了床，那两步一回头三步一回首的委屈模样，让裴星彤很是不落忍。

云轻见小金蛇已经被驱逐下去，才满意地吻着裴星彤的耳垂。他知道裴星彤很喜欢那条蛇，而她现在为了顾及他的感受而做出退让，这使得云轻的心像飘在云端一样，万分欣悦。

其实，他只是不喜欢那蛇总是黏着裴星彤，她那么美，他只想独自拥有，即使它只是一条不知性别的小蛇，他也不喜欢她被窥视和分享。

恍惚间，他发现自己对裴星彤的占有欲真是越来越强烈了，仿佛世间任何一切有诱惑力的东西都比不上她对他的撼动力，拥有了她，比拥有什么都让他满足。

裴星彤双手微微抵着云轻的胸口，唇角裹着一抹慵懒而妖娆的浅笑："云轻夫君，我想妹妹了，她何时才能回来找我们？"

云轻的身躯几不经察地一顿："也许她是对凤玉志在必得，寻得凤玉多少会费些时日。"

裴星彤如水的美眸中有一丝失落瞬间闪过，继而，她嘟着嘴呢喃："那她会不会有危险？她一个弱女子，碰到坏人了可如何是好。"

细碎的吻如雨点般落在她的脸上："星星莫要担心，她武功精湛，定然不会有危险的。"

她再想说些什么时，唇瓣已然被云轻吻住。

纱幔飘摇，夜色迷蒙。

裴星彤悄然起身，穿上一套普通的青色罗裙，她借着淡弱星光凝视着床榻上美轮美奂的男子，在他光洁的额头上落下一吻，轻叹一声。转身走到软榻前，伸出手臂，小金蛇立即雀跃地盘在了她的手腕上。

最后留恋地望了一眼纱幔内蒙眬的身影，裴星彤运起轻功，从卧寝的后窗跃入夜色中。

不管云轻和那个老宫主有什么顾虑，她必须要去救裴影彤，她的孪生妹妹。

成功躲过了几处有人值守的地方后，裴星彤来到大门口，轻瞟着门口值守的护卫，她右手缓缓摸向腰际。

倏然，啪的一声，门侧寂静的草丛中传来了一个重物落地的声音。

"什么声音？你们几个过去看看。"其中一个护卫沉着脸说道。

留下的这个护卫一边看着草丛那边的几个人，一边心不在焉地看一眼裴星彤的衣着："姑娘，这么晚了出去做什么？请出示腰牌。"

这时，查看草丛的几个护卫冲他回禀道："领卫，没什么异常，只是不知从哪里掉下来一只死老鼠而已。活见鬼了，居然能从树上掉下死老鼠。"

裴星彤微垂首，趁着他们说话之际摸出腰牌，压低嗓音："属下是下等阁的秋月，出去为夫人办事。"

"哦，是为夫人办事，那速去速回，路上小心！"那领卫瞄了一眼她手中的腰牌，一听是为宫主夫人办事，倒是没有再追问，很痛快地放行了。

顺利地出了大门，裴星彤抚摸着手腕上的小金蛇，笑眯眯地自言自语："乖乖好聪明啊，你是不是神兽？不然怎么能听懂我说的话，又完全拥有人类的聪明才智呢？"她让它想办法引开那几个护卫的视线，它便真的办到了。

小金蛇爬到她的肩头，吐着信子舔在她的脸上，又爬回她的手心里，仿佛听懂了她的夸赞，雀跃地蠕动着细软的身子。

“乖乖，我们现在要去救阿影，我能不能活着回来还是个未知数，你确定还要继续跟着我？”裴星彤摸着它的头说道。

小金蛇诡异地点着头，竟是在回应她。

出了凤舞宫，裴星彤急速赶到了城中的马市，半夜三更硬是把人家敲醒，出高价购买一匹快马，向城外翩然而去。

青色衣袂飘扬，发丝迎风飞舞，点点英气从她的周身散发出来，甚是迷人。

正常情况下，以云轻的武功修为，怕是她刚刚起身，就会将他惊醒。所以，她今晚缠了他大半夜，白日里她让秋月帮她买到用来助于睡眠的安神药，事先含在了口中。没有任何防备的云轻便无意中吞了她口里的安神药，自然会安安稳稳地睡到天亮。

风声从耳边呼啸而过，马背上绝美脱尘的女子面色深沉。

云轻曾经跟她说过，裴影彤追查到了第三块凤玉的下落，是在柳阳城一个商贾的手上。

此人名叫钱代，手上经营着酒楼、茶坊、钱庄、药铺等，名下的生意几乎是遍布三个国家，是有名的富商。

虽然不知道钱代是如何得到那块凤玉的，但裴星彤猜测裴影彤此时一定是在柳阳城钱代的手上。

再次夹紧马腹，急速前行的青色身影在暗夜中形成一道突兀的风景。

柳阳城地处银月国的北部，从禹州至柳阳快马加鞭也需三四日的行程。

裴星彤不知道路线，只能一边走一边问路，问清路线后，她又开始马不停蹄地赶路，因为她只要慢一点，裴影彤的危险就会多一点。

如此披星戴月，日夜兼程，裴星彤终于在第四日午时前赶到了柳阳城。

柳阳城相对于禹州的祥和安逸多了一分繁荣与商业气息，也许是因为这里离长安城不远，多少能看到些属于长安城的繁华。

裴星彤先在繁花似锦的主街找了一家客栈，将马交给客栈小厮，来不及梳洗和换下那身被汗水浸湿过无数次的衣衫，随便吃了点干粮，向掌柜问道：“掌柜的，今日这街上为何会如此热闹，是谁家在娶亲吗？”瞧那满街敲锣打鼓的，好不热闹。

掌柜的抬起眼皮，打量了一眼形象有些邋遢的裴星彤：“哟，这位姑娘，您是外地人吧，今日可是咱们柳阳城第一商贾钱老爷家大公子纳妾的日子，能不热闹嘛！”

听闻此言，裴星彤下意识地皱起眉头：“纳妾？这也太……”太高调、太夸张了吧！

东方云霄堂堂一个王爷，娶侧妃的排场连这万分之一都比不上，钱府只纳个妾就如此铺张浪费，满城风雨。

掌柜的瞧她那副眉头紧锁的样子，忽然咂咂嘴："莫非姑娘也是来钱府追债的？"

裴星彤被他那副惋惜的表情弄得有些懵，不解地回道："追债？您看我这副穷酸相，钱府是闻名的商贾，怎会欠我的债？"

掌柜的轻叹着摇摇头："就是因为太过富有，所以才到处招惹感情债啊，姑娘！钱府那位大公子家中已有无数美娇娘，却依然流连花丛中，十天半月就纳一个。还不都是钱给闹腾的……"

感情债？钱府娶妾？

裴星彤如水的美眸倏然一亮，正愁着没有法子进入钱府探探底呢，这机会就来了。

她爽快地掏出一张银票拍到掌柜的面前，喜笑颜开："掌柜的，谢谢你了！这些银子你张罗着好好照看我的马！"

话落，她翩然的身影已消失在门外。

那掌柜的愣愣地打开银票一看，顿时傻了眼，她……她给这么多银子，竟然只是让好好照看她的马？！

再想想她那副寒酸和风尘仆仆的装扮，掌柜的无限感慨地叹道："好好的一个姑娘，就这么让钱府的情债给弄得痴痴傻傻，疯疯癫癫，真是造孽哟！"

钱家大公子名叫钱贵，仗着身家背景殷实、势力庞大，又颇有几分样貌，可谓是在花丛中流连忘返。不仅家中已纳了二十几个侍妾，在外更是进出勾栏院如履平地，比进自己家门都勤快。

今日他纳的已经是第二十九房妾室，午时已近，奢华的钱府大院门口往来恭贺的人络绎不绝。由于只是纳妾，钱代本人并没有出来迎亲接客，只是一些家丁在忙活着。

眼见这敲锣打鼓声越来越近，门口那些宾客也越聚越多。

裴星彤站在人群中撇撇嘴，瞧此番秩序井然的样，这些人恐怕十天半月就得来为钱家大公子道贺一次吧，人家纳个妾他们也跟着瞎凑热闹，还不是为了攀上钱府这棵大树。

裴星彤换上了一身水粉色纱裙，看着由远及近的迎亲队伍，冷蔑地弯起唇角，钱贵非得每次纳妾都搞得跟娶正妻似的吗？

行在队伍前面的就是钱贵，他一身绛紫色锦袍，满面春风，倒是有几分样貌，怪不得那些女子宁愿做妾也要跟他。

清风徐徐，锣鼓声声，这般喜庆的氛围下，并没人注意到有一个女子已悄然站在了钱府门前一个阁楼的房檐上。

骑着一匹高头大马的钱贵在钱府门前下马，正欲接下轿子中的新妾时，忽然有漫天的玫瑰花瓣，洋洋洒洒地飘落而下，犹如一场缤纷的花瓣雨，无限凄美。

这时，阁楼房檐上有一抹粉色身影迎风而立，那翻飞的轻纱在空中浮动出优美的弧度，如瀑的发丝被风儿卷起，摆动出哀怨寂寞的痕迹。

女子容颜倾国，冰肌玉骨，唇红齿白，仪态万千，美目流转，加上满面的淡淡哀伤，我见犹怜，真是让下面的众人惊呆了，当然也包括今日的主角钱贵。

绝美女子在众目睽睽之下，再次撒下一把娇艳的玫瑰花瓣，朱唇轻启："如花美眷，韶华红颜，昔日誓言犹在耳边，如今却是人迹无踪，君许吾一生的美丽承诺，却在转首后幻灭为过往云烟。妾本欲身随情绝，化作飞花伴君一生，奈何却不舍将心中的痴恋随风覆灭。今日见君仍是笑意浮面，妾终是心碎矣，愿化作此花瓣，再入君怀间……"

一声声细软凄美的话语从房檐上的绝美女子口中传出，随着一片片飘落的花瓣，显得那么凄婉悲凉，下面有几个男子甚至已经走至阁楼下欲劝慰她几句。

而女子的目光却直直地落在钱贵身上，最后勾起一丝悲绝的唯美笑意，她张开双手："此情已惘然，再无羁绊，永别了吾之爱，钱郎……"

话音落，身体已随风坠下。

那曼妙的粉色身影宛如一只翩跹的蝴蝶，轻盈而优美地从阁楼上飘下，惊骇了一群惜花的男人。

"不要！"

在大家惊愕与惋惜的同时，一个绛紫色身影已经飞身上前，很及时地接住了那个险些随风而去的娇美女子。

钱贵双手接住她，在半空中划出一道唯美的弧度后，两个身影已安然落地。

女子迷蒙地睁开双眸，两道水晶般的泪痕潸然滑下脸颊，而她却弯起唇角，勾出一个凄美笑容："钱郎，如烟生是你的人，死是你的人，现在如烟是不是已经是你的鬼了？"

钱贵紧紧盯着怀里的绝美女子，眼中的惊艳昭然若揭，他吞了吞口水："如烟不是我的鬼，如烟是我的人。"

裴星彤用力攥着拳头，尽量抑制住想吐他一脸的冲动，眨眨眼睛后，她黯然垂下眼帘，"……为何要救我？既然不能与钱郎相伴厮守，如烟已没有活下去的理由了。"

如烟这个名字是裴星彤在路边听那些聊八卦的人说起的，说是以前勾栏院中的一个花魁，对钱贵一往情深，奈何那个钱贵在包下她一晚后，就弃之不要了，如烟心灰意冷便自杀身亡。

但钱贵糟蹋过的女子没有上千也有成百个，当然早已不记得什么如烟了，所以她临时起意就编了这个名字。

钱贵盯着她绝美的脸，那眉目间是无限风情，身上缭绕着淡淡清香，没有一丝胭脂味，美玉般的肌肤吹弹可破，让他现在就恨不得咬上一口。

此时的他早已被这个女子优美的身姿和清新的气质迷得魂不附体，哪里有心思去回忆自己到底有没有和这个如烟好过。不过，这么柔美娇弱的女子他真是有些后悔自己怎么就忍心抛弃了呢？

“我就是如烟活下去的理由，从今往后，我们相伴相守可好？”钱贵一副色迷心窍的样子，口水险些流了出来。

裴星彤眉眼中闪动着明媚的雀跃：“此话当真？”然而，还未欣喜片刻，她又落寞地垂眸嘟嘴控诉哀怨，“可是你今日已经找到相守的人了，能与你相守的女子又何其多。”

她那副娇俏灵动的丰富表情，让常年在女人群中打滚的钱贵狠狠地心悸了一下。他见过的女人太多，可无论对方多么美，也从没有哪个让他一见倾心，也从没有哪个让他的新鲜劲儿超过三日，更别提对哪个心动了。

可是，眼前这个女子，是那么不同，她的眼神清澈见底，眉目间娇俏纯净，仿佛是那不食人间烟火的仙子，美得让他心痒难耐。

“不是的，如今我只要如烟！”他的声音已沙哑。

一场满城风雨，热热闹闹的钱府娶妾事件，就在一场绝美佳人舍命伴君的戏码下以超高人气和赞誉声收场。

钱府纳妾是半月没有一个月便早早的事，这些前来祝贺的人从心里都是不想来掺和，光这礼钱都不知送了多少。但钱府不仅是柳阳城的富豪商贾，更是银月国的赋税大户，连皇家都是对其多有照拂，他们是不得不来啊，毕竟还指望着钱府的帮衬或点拨呢。

本以为此次纳妾过程又将无比乏味无趣，哪成想出了这么一出旷世奇恋的戏码供众人欣赏，倒是给大家又多了一个茶余饭后的闲聊话题。

现在，柳阳城内可都在传述着钱家大公子终于被一个绝世女子收拢了那颗飘荡已久的心，成了柳阳城的新锐痴情男子的奇事。

华灯初上，烛光摇晃。

裴星彤最终把人家那个眼看就要进门的轿中女子给取代，成了这洞房里的新美人：“乖乖，一会儿那个令人作呕的家伙进来后，你有没有办法让他不碰我？我本预想着趁其不备点了他的睡穴，可他的武功不在我之下，我怕他会起疑。”

小金蛇在她手心中直立着半条身子，微微蠕动几下，一会点点头一会又摇摇头，像是说有办法又好像在说没办法。

裴星彤蹙起眉，眨眨眼睛，恍然大悟般笑眯眯地说道：“哦，我知道了，你是神兽当然拥有法力，可是你却不能用法力来杀人，那样会违犯天规，对不对？”

这回，小金蛇便使劲点着头，黑黑的圆眼睛像宝石一般纯澈晶亮，一眨不眨地盯着裴星彤，它还不时用头磨蹭着她的手心。

手心处传来凉凉痒痒的感觉使裴星彤咯咯地笑出声，摸摸它的头：“那就没有什么别的办法了吗？我本无意杀他，只是能在找到阿影之前，不要让他碰我便可。”

小金蛇歪着脑袋，像是沉思了片刻后，又点了点头。

裴星彤美眸蓦然一亮，娇美的脸上是满满的雀跃之色：“真的吗？太好了，你可真是我的宝贝啊！”

她的笑声仿佛也感染到了小金蛇，圆圆的眼睛也弯成了月牙形，然而，它又像是不满意她只有言语上的夸奖一般，忽然在她手中翘首对着她的脸吐起红信子。

裴星彤眉目流转，朝夕相处这么久，她自然知道它是什么意思。半眯着美眸，她好气又好笑道：“乖乖又在向我讨要好处吗？”她一边说一边在它凉凉小小的蛇头上浅吻一下，“哼，我真是越来越觉得你是一条小坏蛇了！”

小金蛇不理会她嗔怪的话语，在得到满意的奖赏后，在她手心中欢快地蠕动着，还得寸进尺地爬到她的肩上，用头磨蹭着她的脸颊。

就这样，一人一蛇在卧房内玩得不亦乐乎……

这时，卧房门忽然被人一把推开，那力道带着明显的急切。

“如烟，我的小美人儿，我来了！”随着房门落锁的声音，一道急切的声音也随之传来。

裴星彤心底一沉，心里不停地咒骂，这个色胚，竟然没喝醉就急着跑回来了。她将小金蛇迅速掩入宽大的袖口中，暗自清清嗓子，嗲声嗲气地回应：“钱郎，你可回来了，如烟都等得不耐烦了，你若再不回来，如烟可就先行睡下啦……”

那半撒娇半耍赖的语气将钱贵刺激得浑身战栗，他猥琐一笑，倾身扑上前：“哎哟，我的如烟小心肝儿，我哪里舍得让你等我啊！这不，只喝了几盏酒就急着回来与你共赴良宵了吗……嘿嘿……”

裴星彤被他那副淫秽相恶心得差点连昨日啃的硬干粮都吐出来，她强压下心中的厌恶，巧妙地躲开了他的熊抱，娇笑着敷衍：“那也得罚你，就罚你抓到我为止，否则就莫要想着共赴良宵了。”

钱贵一边追逐着她的身影，一边奸笑：“哎哟，我的小美人儿，你可急死我了！好好……我该罚！等我抓住你，且得好生收拾你。”可那心里却更是对她喜欢得不得了，以前那些美人，只要他勾勾手就都会主动取悦他，而眼前的美人，却吊足了他胃口。

水粉色的娇美身影一边在卧房内绕着桌子椅子躲闪，一边发出如银铃般美妙的笑声，将钱贵迷得那叫一个心魂俱失。

须臾，裴星彤掩下眸子中的冷蔑与鄙弃，假意娇喘连连地软倒在床榻上，心底却是在冷笑。这就叫妻不如妾，妾不如偷，偷不如偷不着。

钱贵便是如此，他本可以利用武功一把将她制服，但是他自己已沉浸在这追逐的游戏中兀自销魂，也就不能怪她故意吊他胃口了。他此时越是得不到就越会心痒难耐，可他又很矛盾地喜欢这种你追我跑的新奇过程，也享受这样刺激的过程。

见裴星彤终于被逮到，钱贵立即扑了上去，将她压在床榻上：“如烟小美人儿，我可算追上你了！”

说完，那张嘴就对着裴星彤的脸压了下来。

裴星彤抬起一只手，及时捂住了他的嘴：“不要急嘛，人家还有话要说呢。”

“好，好，小美人儿有什么话你快说，春宵苦短莫要虚度了！”钱贵揉搓着她的手。

裴星彤微微垂眸，苦着一张小脸道：“如烟虽出身清寒，但自身向善，曾有位得缘的僧人说过，如烟夫家必是大富大贵之家，可如烟只盼与钱郎真心厮守……”抬眸不经意地探寻一眼手脚不老实的钱贵，她继续说，“可那僧人又说，若是大喜之日夫家有被俘之人，如烟便会命不久矣，敢问钱郎，如烟不会刚刚得到幸福就又要与君别吧？”

越是有权有势的人，就越在意封建迷信，亏心事做多了。

听闻她此言，钱贵眉头微微一皱，停下了不安分的手，看着眼前的娇美女子。

烛光摇曳，裴星彤心底猛然一颤，莫不是自己编得太假，让他起了疑心？

手心下意识地摸向袖口内的发簪，若是出现紧急情况，她就只有一搏了。

没想到，钱贵在沉吟了片刻后，像想起什么似的说：“府里前几日还真是捉到个盗贼，我爹让人严密监守，不过我把她关押在西院的柴房里了，西院离此地这么远，定然不会让如烟应了那僧人的话。嘿嘿……如烟就放心吧！接下来，我们还是讨论一下这良宵如何欢度的事吧，嗯？”

在他的嘴又要压下来之际，裴星彤连忙推开他，将小金蛇举到他面前。

“啊！”钱贵被这突如其来的状况吓得惊叫一声，继而，那盯着小金蛇的眼神却越来越迷蒙，越来越充满炙热。

须臾，他竟是独自扑在薄被上，又亲又啃，淫语连篇：“如烟宝贝儿……你真是个妖精……可想死我了……”

裴星彤连忙跃下床榻，鄙夷地撇撇嘴："死鬼！你自己好好在这儿和被子共赴良宵吧！"

眼疾手快地在他身上翻找出一串钥匙，裴星彤把茶水倒在桌布上，使劲擦擦手，然后笑呵呵地对小金蛇夸赞着："没想到你还会幻术，真是了不起啊！"

小金蛇立马直起半条身子，一副昂首挺胸的模样。

月上中天，光晕如波。

裴星彤倾身从后窗跃出，小心翼翼地踏入夜色中，手里紧紧攥着那把钥匙，心中掀起了阵阵波澜。从分开到现在，她和裴影彤已经近两个月不曾见面了，也不知这钱代和钱贵有没有对她用刑或者虐待她。

西院果然离得挺远，裴星彤一路运足了轻功，才躲避了几队巡夜护卫，水粉色的身影在清冷的月光下，飘逸而灵动。

钱府西院比较荒凉，虽然阁楼和亭院也不少，但显然是个没有主人居住的地方。

她将身体稳妥地掩藏在茂密的树丛中，四下观望了一圈，见只有角落里那个木棚周围有人在看守。裴星彤心下暗喜，还好这里比较偏僻，监守的护卫也只有两个。

纤手摸进怀间，一支新弹弓已然握在她手中。下一瞬，两个石子在劲气的弹射下，在风中急速飞行而出，直直地射向那两个护卫。

啪！啪！两声。

"啊！"随着两个石子同时击中物体的声音，两个护卫只来得及发出一个简单的音调就软软地躺在了地面上。

水粉色轻纱飘零，一个绝美女子从大树上翩然而下，跃到两个倒在地面上的人跟前，她试探性地一人给了一脚，见两人真没有什么反应，才满意地拍拍手上不存在的灰尘。

翘着唇角，她挑挑眉梢："原来姑娘我不光是射心脏射的准，算你俩走运，这弹弓技能可是第一次用在人身上。"以前光打鸟了，咳……那个……打鸽子。

裴星彤迈过两人的身体，将那把牺牲了点色相才弄到手的钥匙缓缓塞进长形的铁锁内，向右扭动一下，啪的一声，铁锁便被轻松打开。

裴星彤的心顿时因为兴奋而突突地跳着激动的频率，拉开木门，她刚将身体探进漆黑的柴房，脖子就被人从侧面紧紧勒住。

裴星彤双手下意识地掰向卡着她脖子的那只胳膊，用仅有的一丝呼吸艰难开口："咳咳……我的……亲妹子啊，你……哪里来的这么大……力气……咳咳……"

在她满眼开始冒金星，看到腾云驾雾的玉帝来迎接她时，脖子又被猛然松开。

一得到自由，裴星彤便开始大口大口地灌着气……

可还没等她把呼吸捋顺，轻盈的身子就落入一个有力的怀抱中。虽然自己看不见，但裴星彤知道她的脸一定是憋红了，因为气不够喘。

由于身体被抱离了地面，裴星彤只得伸出双手搂着她的脖子：“好……好……妹妹，你先……冷静一下！”她这妹妹在外面如此吃苦奔波，怎么反而更健壮了。

“阿姐，你真的是阿姐？”

裴影彤的语调中蕴含着满满的激动，激动到声音都有些低沉和喑哑。她将脸紧紧贴在裴星彤的耳际，温热的呼吸刷动着裴星彤的耳廓。

裴星彤微微拉开两人间的距离，双手捧着裴影彤的脸问她：“阿影，你没事吧，他们有没有欺负你？”此时的裴影彤已然易容成了一副陌生的面孔。

破碎的记忆让她知道，裴影彤不仅是精通医术，更是个易容高手。这样也好，作为一个亡国奴，换一张面孔，也等于有了一个新身份。

裴影彤连忙摇摇头，明亮的双眸定定地注视着眼前的女子，像是要将所有的思念一下子灌注到她的眼里。

片刻后，她将裴星彤放下，顺了顺她耳边的碎发，压下心中的激动与想念，低声说：“你怎么会来这里？他呢？是他让你来的？”

裴星彤勾起好看的唇角：“他？你是说云轻吗？你知道我和他……呵呵……其实我是瞒着他来找你的。对了，趁现在无人看守，我们赶紧逃吧！”

裴影彤无奈地摇摇头，随着哗啦哗啦的声音传来，她走至窗口借着月光指指自己的脚踝处，“你以为凭外面那两个人就能看守得住我吗？他们如此放心是因为这个……”

裴星彤低头看向裴影彤的脚踝处，那里在月光的透射下泛着点点金属的弱光，心头霍然泛酸：“见鬼，死钱袋子！混账东西，姑奶奶我非扒了他的皮不可！”

裴影彤脚踝处赫然是一条粗重的铁链，那铁链的另一端压在一个巨大的石柱下面，若想要挪动是绝不可能的。

“阿姐，趁现在无人，你且速速离开吧，若是……”

“停！”裴星彤皱着眉头打出一个手势，不悦地说道：“别说丧气话，你把我当成什么人了，你是我亲妹妹，我怎么可能将你一个人丢下？既然我们能够同生，若是能够同死那也是天意，黄泉路上我们彼此依偎，依然是血脉相通的至亲。”

空气静谧片刻：“可是……”

裴星彤伸手捂住裴影彤的嘴：“没有可是，我们不会死的。死钱袋子如果一再难为我们，我就跟他死磕！”老天已经劳了她的筋骨，也苦了她的心智，必会降大任于她。所以，裴星彤感觉自己不会轻易就死掉的。

可其实，她是在自我安慰。

伸手将裴影彤拉坐在一旁的草甸子上，捋了捋她零散的发丝：“阿影，你跟我讲讲，你是如何追查到凤玉的下落的。”她一边说，一边寻了一块尖锐的石头摩擦着裴影彤脚踝上的铁链。

抬眸看到妹妹眼中的不赞同，裴星彤轻叹一声：“不要什么事都自己去承担，我们是亲姐妹，理当荣辱与共，同舟共济，我不想做一个躲在你们身后的娇弱花朵。只要是你想做的，我都会去帮你完成，虽然我不知道自己能否出得上力，但……”

她的话还没说完，身体就蓦然跌进跟前的怀抱：“阿姐没有躲在我的身后，是我，是我懦弱地一直躲在阿姐身后！”

第十五章 云霄的陷阱

朦胧月色，寂静西院。一切都安静得那么诡异，只有角落的柴房内不时传出石头摩擦铁器的刺耳声音，让凄寂的夜晚不再那么沉默。

裴星彤一边聆听着裴影彤的简单叙述，一边不死心地对着铁链子下功夫。

每用力一次，手心处都会传来钻心的灼痛，但裴星彤仍是咬着牙用力摩擦着。

明知石头磨不断铁链，但她依然不肯罢休。做着如此愚蠢的举动，不是她真缺心眼。她这样较劲且执着，是想以此举告诉裴影彤，她不是一个人，她还有姐姐，她们是至亲。

由裴影彤的讲述中得知，她本是在追查另一块凤玉，可前些日子突然得到消息，说柳阳城的富商钱代花重金买下了一块稀世宝玉。

而后，裴影彤查到那块玉的来源，发现钱代是从一个穷困潦倒的秀才手中买得。在查出这个秀才的身份后，裴影彤确定了钱代买走的那块稀世宝玉正是凤玉。

因为这个秀才的祖父就是云凤太祖皇帝临政时的当朝太傅大人——慕于礼，他为人清廉耿直，赤城忠心，深得太祖皇帝的赏识和重用，当时太祖皇帝就曾将其中的一块凤玉交由他保存。

那个卖玉换钱的穷困秀才正是太傅慕于礼的孙子，想必是家中落魄后，不知这凤玉的重要性，为了生计便将那凤玉给变卖了。

裴影彤顺藤摸瓜来到钱府追查那块凤玉，却中了钱代的埋伏。将她捉到后，钱代便根据裴影彤的身份向凤舞宫进行了敲诈，要以其他凤玉来换人。

裴影彤讲述的话音落下后，静谧的空气中依然是石头摩擦铁链子的声音，尖锐刺耳。

倏然，裴影彤一把抢过裴星彤手中的石头扔掉："阿姐，莫要如此徒劳了，磨不断的。”她看到裴星彤的手心已经磨出血痕，双眸顿时溢满了疼惜之色，“阿姐，你自己离开吧，只要有你在，云凤就有希望，莫要辜负了对云凤忠心耿耿的臣民们。”黄泉路上也要彼此相伴，这是她所听到的最美语言，能够和裴星彤生死相随，如果真是这样，那将是一件多么美妙的事啊！有一瞬间她真的被蛊惑了，可是，她不能。

手心上传来微凉的柔软触感，裴星彤的心头划过一丝异样感觉：“我说过了，死也要一起做伴。而且我管不着那么多人会不会流离失所，也管不着他们的殷殷期盼，我现在只想让你好好活着，我们一起逃出去。”

“逃？哈哈，丫头，今晚你们两个谁都不要奢望从老夫这里逃出去！”

随着一道苍老而深沉的男声响彻在柴房外，漆黑的西院顿时烛火通明起来。

裴星彤站起身，下意识地挡在裴影彤身前。眼帘掀起，门外火把上的火苗便跳跃在她清澈的水眸中，晶亮而璀璨。

思绪回转，她对着门外喊道：“钱袋子！你这个奸诈的老匹夫，你以为就凭你们也能拦得住我们吗！”虽然心里很没底气，但她不得不一边肝儿颤，一边装腔作势。

“哼！小丫头口气倒不小，那老夫今日就见识见识你凭什么如此嚣张狂妄！”话音越来越近，钱代有些臃肿的身子已经挤进了柴房内。

裴星彤半眯着潋滟瞳仁，气运丹田，内力已运转至周身，进到了高度戒备状态，准备随时抵抗钱代的袭击。

然而，风起叶摇。

在钱代的话音刚落时，柴房外又传来另一道男子的声音：“钱老板，休得无礼！如此冒犯我家王妃，你有几个脑袋！”

裴星彤的双唇已在不自觉间微微张开，黝黑的瞳孔蓦然睁大，这声音……

是漠黎，茉莉花！

他怎会在此？漠黎来了，那么……

她刚刚想到这里，一袭淡雅而不失华贵的青色身影便赫然出现在柴房内，如斯俊美，如斯冷魅。

她心口莫名一颤，竟是呆呆地看着他，一句话也说不出来。

相见，不如不见。

“草民钱代参见霄王爷，王爷万福金安！”臃肿的钱代战战兢兢地跪在地面上参拜。

青色锦袍的东方云霄看也不看跪在腿边的钱代，冷魅的双眸却是一眨不眨地凝视着一身粉色罗裙的娇美女子：“出去！”

见不到时思念，见到了才发现……竟是如此思念。

他依旧是那般熟悉而霸道的口吻，在裴星彤还处于错愕与震惊中时，钱代已经提着衣摆诚惶诚恐地退到了门外，还不时地擦拭着额头上的冷汗。

“他竟然让你一个人来了？”空气静谧了片刻，东方云霄率先开口道。

裴星彤微微垂首，掩下心中的波澜万千，美眸中是幽静的深沉，思绪飞速流转着。

“为何不说话？”她的沉默让东方云霄握紧拳头，努力克制住上前……拥抱她的冲动。

近两个月了，他黯然神伤了快两个月，也恨了她两个月，更是……疯狂地想念了她两个月。如今，她终于就在眼前。

然而，他承受着煎熬时，她却抛弃了他给出的一生一世一双人的承诺，竟然投奔了凤舞宫无双公子，而他像无头苍蝇般满世界找她。

晚风从窗口吹入，卷起粉衣女子的衣袂和发丝，那么空灵而妖娆。

良久的沉寂后，裴星彤凛然抬首，冷傲地勾起唇角，一抹邪肆而略带自嘲的笑容便跃至唇畔，她并没有回答他的问题：“呵呵……我就说嘛，钱代只是个商人，怎会知道凤玉的价值所在？可是你东方云霄就不同了，你是银月尊贵的三皇子啊，又在云凤做了多年的质子，了解凤玉的事情也不足为奇。”纤细的食指无规律地摩挲着另一只手的掌心，裴星彤唇边的笑痕越来越深，竟比这淡淡的晚风还要魅惑人心。

东方云霄依然握着拳头，按捺着心底的狂躁与落寞，指关节处泛着冷漠的森白。

“所以，你知道无双公子也有一块凤玉，便故意将钱代得到凤玉的消息透漏出去，就是为了等着我们来自投罗网，是不是？原来，你才是在幕后操纵一切的人！”

裴星彤的声音渐渐冰冷，脸上的愤怒也昭然若揭。

钱代既然能在银月混得风生水起，怎么可能少了皇家做后盾？那么，若是皇家有事嘱托，他当然是随时为皇家鞠躬尽瘁，他是皇家的皇犬啊！

此番，钱代就是以自己为饵钓到了她和裴影彤，而握着鱼竿的人就是东方云霄。

裴星彤的心底暗暗苦笑，她竟然瞒着云轻如此莽撞地跳进了陷阱，云轻定是猜到了这是个陷阱，才没有贸然行事来救裴影彤。

一切都是她因关心则乱，她一门心思地想要救唯一的妹妹，却是没能将事情斟酌清楚。

现在，她只希望云轻不要找到这里来，更不要交出凤玉。

温柔的晚风拂面而过，心底却是寒凉一片。

东方云霄被她脸上的冷漠表情深深地刺痛了心口，他下意识地微微上前一步，想要告诉她……

岂料，裴星彤已然伸出手臂像只老母鸡似的护着裴影彤：“不要碰她！我没有带凤玉来，你要杀要剐都随便！”

东方云霄几乎是咬碎了银牙，冷魅的双眸蓦然眯起，寒凉的冷光便从眸中迸射而出。他愤恨地停下脚步，将一串东西扔到了娇美女子的面前。

裴星彤疑惑地看着脚下的东西，没有下一步动作，因为她不明白东方云霄又要玩什么花样。

“王妃，是链锁的钥匙。”在两人就那么相互僵持着的时候，漠黎适时开口解开了她的疑惑。

她深深地看着眼前的俊美男子，弯身捡起钥匙，将裴影彤脚踝上的铁链子打开。

钥匙果然与锁匹配。

接着，她缓缓走向东方云霄，望进他幽冷的凤眸中：“很想得到凤玉，是吗？”

她美眸中是凌厉的探寻，眸光那么冰冷，那么淡漠。可就是这般伤人的眸光，东方云霄也不舍得回避，仍是注视着她，张开紧抿着的双唇：“是。”不是！一切只为了让你出现！

简单的一个字，是他心口不一的答案。

无双公子将她藏得很好，他竟然找不到她，碍于凤舞宫在武林中的地位，他没有正当的理由出兵将其一举剿清歼灭。

所以，他只得设下了这个陷阱引她来。

女子将唇角轻轻勾起，依然是那么优美的弧度：“……玄铁你已经得到了，我是不会再让他交出凤玉的！你到底要利用我几次？这一次还想利用我，是不是？”

牡丹琴是裴星彤曾经为了讨好他，亲手送上的，如今又是凤玉。

其实，现在她身上就有一块凤玉，但东方云霄越是想得到，她就越不会交出来。

她的话令东方云霄的冷眸中凝聚起复杂的神情，然而，他还是那个答案：“是！”不是！他知道无双公子有一块凤玉，可他今天是为了裴星彤而来。

近情情怯，便是如此。

窗口那里又吹进来阵阵微风，将两人近在咫尺的呼吸卷绕在一起。

东方云霄肩头的发丝被风掀起，悄然划过裴星彤的脸颊，心口蓦然收紧，他竟是希望这风能再大些，大到能将她吹进他的怀抱。

她双唇中呼出如兰花般的馨香气息，是熟悉的味道，是东方云霄想念的味道，想要拥有的味道。

东方云霄修长的手指缓缓探向那熟悉的脸庞，带着几不经察的微颤，在终于碰到魂牵梦萦的脸颊时，那柔腻的触感又让他多了份贪恋，心脏似乎欲从胸腔内跳出，呼吸也乱了。

“星彤，只要你跟我回去，我就可以什么都不要。”东方云霄一贯霸道生冷的语气中，已蕴藏了淡淡的柔软和沙哑，那冰冷中的温柔竟是带着丝丝蛊惑。

脸颊上是他莹润的指尖，裹着点点温热摩挲着她的肌肤，他的发丝不时地刷过她的鼻尖，便有阵阵干净清新的香气沁入她的呼吸中。

他邪魅的凤眸里已没有了犀利和冷若寒霜，竟是蒙上了一层暖暖的柔情，那柔情蕴在他冷魅的眸中，有种令人身处水深火热中的感觉，明明那么诡异却那么吸引人，想更深地探寻下去。

她朱唇微张……

“放开她！”

两道声音，异口同声。

劲风袭来，发丝舞动。

裴星彤转身看向已到跟前的身影，那身影一片雪白，雪白中点缀着丝丝金黄，依旧是华美雍容，依旧是俊逸如仙。

矜贵男子此时的手上正提着一把不断滴着血的长剑，血滴像红色的珍珠一般滑落在地面上，然后绽放在凄迷的夜色中。

而他雪白的锦袍上，仍是一尘不染，干净利落。

他凛然傲立，妖娆的血红与他雪白的衣衫交相辉映，那么诡异妖娆，那么邪魅英气。

裴星彤心中狂喜，虽然不希望云轻此时来找她，可是在见到他的这一刻，她才知道她有多么想念他温暖的怀抱。

她下意识地飞扑上前，可又在中途收住了脚步，微微垂下脑袋，像做错事的孩子般用两手无辜地揉搓着腰间的流苏饰物，低低地叫了一声：“夫君……”

她的声音微不可闻，可这两个字一出口，顿时让所有人震惊不已。

东方云霄的冷眸又聚起一片深寒；一直沉默的裴影彤则惊愕地瞪大眼睛；漠黎只是静静地垂首，偶尔偷偷观察一下东方云霄的表情；表情最最丰富的就属钱代了，他不可思议地张着嘴，一会儿偷瞄瞄这个，一会暗自瞧瞧那个，最后兀自摇摇头，不停地眨着眼睛还不可置信地掏掏耳朵；唯一冷静的人就是云轻，但他戴着斗笠，所以看不到任何表情。

裴星彤仗着自己拥有少女般的外表，便故作天真无邪地眨眨眼，忽然发现夫君这两个字这么有震撼力。

“阿彤，下次万不可以一个人出来了，你可知道我找不到你，心里有多紧张。”没有责怪，只有一贯的温柔宠溺。

裴星彤连忙点头："嗯！我知道错了，下次我一定不再这般鲁莽。"见云轻没有责难自己，她立即笑面如画，眉眼弯弯。

云轻扔掉手中滴血的长剑，翩然上前，将她拥在怀间，温热的双唇透过面前的轻纱吻在她的耳垂上："你这个坏丫头，真是把我吓到了，你这样突然不见，可知道我当时有多恐慌？以为你就这样消失了，若不是想起你那夜的异常，我都不知道该如何是好。"

热气呼出，他在她的耳边淡淡低语着，旖旎而亲昵，全然不顾场合，仿佛其他人都是空气。

倏然，一道凌厉的掌风迅猛袭来，金边雪白衣袂飘浮，下一瞬间，云轻已揽着怀中女子利落地躲开了东方云霄的袭击。

翩然旋身后，两人安稳地站定在两丈之外。

"星彤，还记得我刚才说的话吗？只要你跟我回去，我什么都不要！"赫然是东方云霄冷戾而略含哀求的声音。

可还不等裴星彤说话，云轻周身已散发出来不曾见过的寒戾气息："霄王爷，你对本宫的妻子说这般话，不合时宜吧！"

妻子！夫君！一个个刺耳的称呼让东方云霄深若寒潭的眸中又燃起熊熊的火焰："哼！你以为你还能周全地离开吗？"

青色衣袖扬起，东方云霄大手一挥，顷刻间，荒凉的钱府西院就被身着铠甲的禁卫军团团包围。

树叶晃动，空气冷凝，同样盛怒中的两人就那样冷冷地相互对峙着，戾气骤起。

片刻后，云轻淡然开口："霄王爷，本宫既然能杀进来，就不会怕你这区区五百禁卫军。择日不如撞日，不妨今日你我二人就在此切磋一下……"

"乐意至极！"冷魅的话音一落，青衫随身飞舞。

在裴星彤还未反应过来时，两个人就已经交起手来。

这是所谓的一怒冲冠为红颜吗？

风卷草动，两道如闪电般的身影翩飞在夜色中。两个人相同的凛冽神韵，一双傲骨风姿。

他们的动作和招式都很优美轻灵，身形矫捷宛若游龙，不断晃动间，令人眼花缭乱，竟是比月色还能够渲染凄寂的夜空。凝眸，屏住呼吸，让人甚至忘记了这是在比武，反而像是在观看唯美的表演，这就是高手间的过招，攻击性和可观赏性都堪称一绝。

金边雪白衣袂飘逸，青色华贵锦袍翩飞，同样是绝世之姿，同样是凛寒之气。

在此空档，一旁的裴影彤忽然拉起裴星彤，急切而愤然地问道："阿姐，你真的与他成亲了？"

她的情绪似乎有些激动，裴星彤不明所以，转首看向她，点头回答："嗯，一个多月之前的事了，那时又找不到你。"

闻言，裴影彤愤愤地蹙起眉头，咬牙道："他怎么可以……你是女子，终身大事你怎可如此草率？"

莫名其妙地被她训斥，裴星彤无辜地歪头，有些疑惑地看着盛怒中的妹妹："阿影，你怎么了？我和他不是有婚约的吗？我都看到定情信物了呀。"

难道裴影彤也喜欢云轻？或者说，与云轻有婚约的人是裴影彤？可是，她都已经嫁给云轻了啊。

"信物？何来的定情信物？"裴影彤的手蓦然收紧，俯视着眼前的裴星彤。

手上传来微微的疼痛，裴星彤凑近她耳边低语说："我们有婚约你不是也知道吗？定情信物就是他那块凤玉啊，两块凤玉组合在一起就是一只完整的凤凰图形呢。"

"什么？他……"裴影彤狠狠地瞪向打斗中的白色身影。

裴影彤的反应有些奇怪，裴星彤握住她的手臂，拧着秀眉："阿影，你怎么了？有什么不对吗？是不是你也……"喜欢他。

然而，还未等她说完，就突然被人打断了，是漠黎："王妃，请您喊停吧，再这样打下去，王爷的身子定然是吃不消的。那日王妃突然离开后，王爷就感了风寒，却不肯医治。如今，这身子也是尚未痊愈的，请王妃心疼王爷一次！"

裴星彤回神儿，蒙胧水眸瞟向依然处在风驰电掣中的两人。果然，青衫男子的动作虽然还是那般迅猛，可那惨白的俊颜已经说明了他是在苦苦支撑着。

这个爱耍倔的家伙，死要面子活受罪！

美眸中潜满疑惑，裴星彤不解地问漠黎："他感染了风寒？为何不肯医治？"这么大的人了，居然还怕吃药。

漠黎恭谨俯首："那夜本就在下雨，王爷未寻到王妃，却执意要为王妃风露立中宵，而后便连续数日高烧不退，却不肯医治，说是欠王妃的要以身偿还……"

她眸中的费解渐浓，化作一片迷蒙。为她风露立中宵？这……又是何苦。

叹息着抬头，那厢，肢体碰撞的声音，掌风带动劲气的声音，挥退了属于午夜的沉寂。

电光石火间，白色身影在虚晃一招后，手腕翻转，右手掌心便以惊鸿般的速度拍向青色锦袍男子的胸口，姿态那么华丽优美、动作那么敏捷飘逸。

恻隐之心猛然溢满裴星彤的心头，已没心思去欣赏云轻优美的姿态了："夫君，莫要伤他！”

然而，话出口时已是有些晚了，那一掌终是拍在了东方云霄的胸口。

“呃！”随着东方云霄的一声闷哼，两人均是倒退数步。只不过云轻很快就稳住了身形，而东方云霄则是以背撞在树干上才得以站稳。

“东方云霄！你你……哎呀，茉莉花，快去看看他！”裴星彤跑至两人中间，稍许犹豫后，跑向了云轻。

脸颊因急切而染上了淡淡的绯红，在清冷的月光下媚态横生，她抓住云轻的手，将他全身上下扫视一遍，关切道：“夫君，你没事吧？”

她知道刚刚云轻的内力已然凝聚在掌间，而被她这么一制止，他发出的内力若是想要收回，那定然是会伤到他自己。

云轻浅笑，漫不经心地擦去唇角的一缕鲜红，顿时将面前的白纱染成了一朵娇艳的玫瑰：“无碍。”

裴星彤心疼地抚上他的脸颊，眉头紧蹙：“还说无碍，你看都震出内伤了！都是我不好！”

云轻顺势拥住她的腰身，淡笑着：“轻伤而已，阿彤不必自责，我喜欢阿彤开心的样子，你不喜欢的事，我就不去做。”

他的声音依然温文尔雅，和煦如春风，话语中是对她没有底线的溺爱和纵容，没有半点责备，没有丝毫怨声，有的只是让人心醉神迷的温柔宠溺。

这就是他，云轻，一个温润如玉、俊逸若仙的男子。

东方云霄看着他们深情相拥的画面，只觉心痛无比，一把推开漠黎的搀扶。顷刻间，一口鲜血溢出他的唇角，滴在他的青色锦袍上。

他单手捂着胸口，有些摇晃地站稳身形，燃满怒火的凤眸就那么愤恨地瞪视着云轻和裴星彤。可明明觉得刺眼至极，却还是不忍浪费这短暂的相见。那娇美的女子让他思之若狂，纵然心里已经鲜血淋淋，可是，他宁愿再痛一些也要贪婪地将她的身影放入自己的视线中。

越是得不到，越是不可自制地想要。

“星彤……”只有这两个字，没有其他语言，这是属于他的表达方式。

东方云霄的声音不大，附在云轻幽香怀间的裴星彤微微转身，见他已如没有受伤般长身玉立在身后。

他脸上依旧冷若寒霜，凤眸内还是拒人千里之外的漠然，只是依稀可以从他的神色中看出几不经察的祈求与落寞，那深沉如迷雾的眸光竟让人狠不下心拒绝和忽略。

踮起脚尖，抬首，裴星彤隔着面纱轻吻一下云轻的唇瓣：“夫君，我过去跟他说几句话，咱们若是硬拼出去，只会两败俱伤，得不偿失。”

云轻沉吟片刻，悠然俯首，在她耳边呼出丝丝热气，双唇碰触到她的脸颊后，忽然用雪白的皓齿轻咬一下她的耳垂：“阿彤，你是我的妻，你身上每一处都有属于我的气息，都烙下了我的痕迹，真恨不得时时刻刻将你藏在我的怀里，不让别的男人窥视一分一毫。但，我不会将我的妻子当作囚宠，你想做什么我都愿意给予支持……”双手托着她娇美的脸，又在她的唇瓣上落下一吻，继续浅语道，“只要阿彤不要被他蛊惑就好，分开这四日就已令我神魂俱失了。所以，阿彤要快些回来，去吧，我等着你。”

云轻的每一句话都重重地敲在她的心口上，那么缱绻、那么痴缠、那么涤荡心扉。

心口涌起阵阵悸动，裴星彤欣然一笑：“好。”

粉色薄纱随风飘舞，她走到东方云霄跟前。

在看到他前襟上的血迹时，她下意识地皱起秀眉：“霄王爷，凤玉我是不会交出来的，难道你一定要这样鱼死网破吗？”甩掉心头的淡淡心疼，她还是说出了这样冷寂之词。

东方云霄幽深的凤眸中闪过一丝伤痛：“星彤，我还是那句话，只要你跟我回去，我可以什么都不要。”这是他今晚给她的承诺。

他的语气不再生冷，反而潜藏了丝丝无奈，搅乱了她的思绪。

她不由得轻叹一声：“东方云霄，你这是何苦，之前不是讨厌死我了吗？”她承认她的话带着些许负气，谁让他之前对她那么无情无义又心狠手辣的！

人们都说世上唯有女子与小人难养，她现在就是那个小人中的女子，有些记仇。

东方云霄的手猛然扣住她的双肩，气息扑近：“那我告诉你原因，我……爱上你了！我承认自己以往从不屑于那种虚无缥缈的东西，但，它该死的就是让我义无反顾地爱上你了！”他豁出去了，他必须告诉她自己的心意，他必须将她夺回来！

裴星彤后知后觉地眨眨眼，被东方云霄这般突然的表白惊得愣怔半晌，垂眸间，她施施然地浅笑：“可是……我不是以前那个裴星彤了……”

“我知道，所以我爱上你了，现在的你！”他不愿承认自己的感情很肤浅，以前她主动，他不屑；如今她已放手，他却欲罢不能。

裴星彤眼底的蒙眬渐渐扩大，不可思议地望进他的眸中：“可是……可是，你喜欢我什么？琴棋书画我不会，洗衣做饭我嫌累。除了会射弹弓，我简直是一无是处。”

东方云霄猛然将她揽入怀间，那失而复得的充实感让他更加钝痛：“我不知道，不知道！没有理由，没有原因，就是心底最真实的感觉，我真的不知道。”

青色衣袍和粉色轻纱缠绵萦绕，绚美了夜色。

此情此景，裴影彤微微眯起清澈的瞳眸，云轻修长而秀美的双手则蓦然握成拳：

“阿彤……”

他的声音依然是云淡风轻，裴星彤霍然推开东方云霄：“我已经嫁人了，而且我喜欢他，今夜你放不放人我都悉听尊便。”

“星彤，为什么，为什么你要喜欢他？你怎么可以喜欢他？”东方云霄嘶喊。

“和你一样，没有理由，没有原因，我就是喜欢他！我已经不是那个对你深情不悔、苦苦痴恋的裴星彤了。”

他脸上的柔情渐渐消散，冷笑溢出优美的唇角，咬牙冷哼：“我若是不放人呢？”

裴星彤与他深深对视，淡然一笑：“如果我们拼不出去，你可以得到我的尸体。”

“你！你吃准了我舍不得杀你，是不是？”那愤然的话语几乎是从牙缝中挤出来的。

“……”似乎有点。

“好，希望你不要后悔。早晚有一天你会发现，他就是个不敢以真容示人的骗子而已！”恼怒地说完这句话，他暗暗压下涌上喉间的腥甜。

裴星彤面色深沉地看他一眼，没有再发一言。

走回云轻和裴影彤的身边，她笑着说：“我回来了，我们回家吧。”

“好。”面纱下是云轻欣慰的笑容和放松下来的情绪。

足尖点地，三个人的身影翩然而去，周围的禁卫军举起手中弓箭，对着三人离开的方向蓄势待发。

“放下！莫要伤到王妃！”

随着漠黎话音的落下，东方云霄在看不到那抹粉色身影后，终于喷出一道血雾，挺拔的身躯轰然倒地。

“王爷！”

出了钱府，门外就是春风春雨等十几个人在等候，还有两辆马车。

三人一出来，春雨看到云轻面纱上的血迹，连忙上前：“宫主，您受伤了？”

云轻的视线和心思一直锁在心不在焉的裴星彤脸上，取下头上的斗笠，轻飘飘地回答：“无碍。”

暖黄的月光衬染，他的容颜似是画中谪仙般清雅出尘。微微低敛的视线落在裴星彤身上，暖光剪影，睫羽之下投射出一片细绒，叫人移不开眸光。

倾身上前，他左手拥住裴星彤的腰身，右手托起她的下巴，微微蹙眉：“阿彤……你有心事？”他的心口有些发慌，突然觉得很害怕，怕阿彤心里还在想着东方云霄，毕竟那个男人的竞争力不容小觑。

陷入思绪中的裴星彤恍然回神，仰脸嫣然一笑，掩饰掉自己的失神：“我在想，我的夫君真是好聪明啊，竟然那么快就猜到我来这里了，呵呵。”

她傻笑着，明知道如此苍白的谎言，云轻那般心思清透之人又怎么会轻易被哄骗，可她还是没有说出心底的思虑。

她娇憨的悠悠一笑间，风华无限，调皮且娇俏。云轻情不自禁地俯首吻住她的唇瓣，没有戳穿她的掩饰。

“阿姐！”其他人都很识相和尴尬地低下头，只有裴影彤冷着一张脸。

裴星彤微微推开云轻幽香的身躯，难得不好意思起来：“云轻夫君真是越来越坏了，大庭广众之下就……哼哼……”随即，她指着两辆马车开口，“夫君，我要和妹妹同乘。”

云轻斜睨着后面的裴影彤，眸光微寒，在对上她愤怒的视线后，他不以为然地翘起唇角，在低头看向裴星彤时，俊逸无双的脸上却又满是温润的笑意：“可是我想阿彤了，而且刚刚还受了伤，需要阿彤贴身照顾。”

云轻是那种姿容白润如玉、气韵雍容而冰清素雅之人，虽淡泊，却隐隐带着傲然的贵气。可就是这样一个人，偶尔也会幼稚、会无赖，可这样的他，竟不会让人觉得有任何违和感。

明明是拒绝的话，他偏偏说得那么在情理之中，还带着些许诱哄，裴星彤为难地提议：“我们姐妹二人都好久没见了，要春雨照顾你不可以吗？”他刚刚不是说只是轻伤?

云轻蓦然垂首，贴上她的耳垂，微愠启口：“除了你，我谁都不需要！”

好吧好吧，这话虽霸道，但着实动听。

于是裴星彤见风使舵地环住他的腰身，讨好地应允：“好好好，我照顾你，我一定贴在身上照顾你！”谁让这次是因她的鲁莽行事，而害云轻受伤呢。

安抚好云轻，裴星彤转身看向后面的裴影彤，干笑着说：“阿影，那个……嘿嘿，这个……”

在她转过身之后，云轻淡润的凤眸中凝聚起明朗的欢欣，唇角绽放的弧度，如月牙般华美雍容。

“哼！”还未等她解释，裴影彤已然冷哼一声后兀自进到了后面的那辆马车里。

“阿影妹妹，你听我说啊……”这下子连裴影彤也生气了。

裴星彤懊恼地翻个白眼，为什么她一个人要哄两个人，可哄好一个，就会得罪另一个。

思绪间，她的双脚已突然离地，刚刚惊呼出声，轻盈的身躯就已被云轻抱进了前面那辆宽大的马车中。

夜色里，木制车轮摩擦着地面，传来咕隆咕隆的响声，队伍渐渐向柳阳城行去。

车内，裴星彤被云轻压在软榻上，吻如狂风暴雨般落下：“云轻夫君，别……这里是车上，会……会被别人听到。”

马车平稳地行进着，车内春意盎然，欢声笑语。

东方云霄问她喜欢云轻什么，她无从回答。

爱情就是这样，当你喜欢上一个人时，你之前的择偶标准就都形同虚设，他在那里，就是标准。云轻无论容貌还是性情，都无可挑剔，想要不爱上他，很难。

“云轻，如果我今晚不幸被……”

云轻猛地用手勾住她的脖子：“傻丫头，说什么傻话，不会有那样的如果。”他忽然毫不留情地拧她的脸，略带惩罚性。

裴星彤吃痛，发出踩猫尾巴般的惨叫，才得以逃离某人的仙爪。

身子往他怀里钻钻：“幸亏你来得及时，不然我和阿影怕是要完蛋了。”

云轻狭长的眸子里涌起平时不肯显露出来的阴鸷，俊美的脸庞不复往常般清隽温润，薄唇上还挂着点鲜红血丝，愈发凸显出他俊脸上的妖孽感。

她不提此事还好，这一提起，云轻自然要来个秋后算账。他危险地眯了眯凤眸：“阿彤，日后无论怎样，你都不准擅自行动，你的安全比任何事都重要。”

太感人了。

裴星彤再往他身上蹭蹭：“云轻啊，你是怎么知道我此次是来柳阳城？”

云轻收了收手臂，挺直的鼻尖顶着她，神情似笑非笑，有点小坏：“阿彤想知道？”

“想。”期待中。

他挑眉：“真的想知道？”

她眨眼：“想。”故技重施？

“确实想？”

面无表情：“想。”

“离开四日，想我了吗？”

“……想。”神仙哥哥，你如此反反复复，到底要做什么啊。

“好。”他侧首在她耳边清润一笑，唇瓣刷过她的脸颊。

嗯？什么好？

所以，她的问题都白问了吧。

翌日，裴星彤醒来时才发现他们已经宿在了客栈内，身侧的床榻上已经空空一片，只留有属于云轻熟悉的幽香味道和淡淡的体温。

独自梳理完毕后，她推开门，门外意料之中的是春雨在守候："春雨，我妹妹呢？"

春雨抬首，微愣一下，她没有问宫主而是问她的妹妹："回夫人话，您妹妹在那边第三个雅间。"

对于春雨一贯的恭谨和遵规守矩，裴星彤只是无奈地摇摇头，她已经和春雨说过无数遍了，不必那样拘束，可她就是改不掉。

顺着春雨的手指看向廊柱后面的雅间，裴星彤对她粲然一笑："谢谢啦！"

"夫人，您还未用膳。"在她转身之际，春雨神色微闪，浅声提醒道。

"我现在还不饿，等会直接用午膳吧。"说罢，裴星彤便提着裙摆向裴影彤的房间走去。

"可是……"春雨上前一步，本欲说些什么，在看到她远去的背影后，终是没有将后面的话说出口。

裴影彤的房间并不太远，绕过廊柱第三个门就是。

"你这个道貌岸然的混蛋！怎可以瞒着我欺骗于她？！"是女子的声音，可她的声音中是满满的愤怒。

"欺骗？我有吗？"云淡风轻的声音，依旧平静和煦，悦耳怡心。

裴影彤懊恼地瞪视着眼前的男人，咬牙道："敢做不敢当吗？你怎么可以把我的那块凤玉说成是你们的定情信物！"

云轻身上那块凤玉是她的，她和裴星彤两人一人一块，因为担心出去寻找其他凤玉时有个什么三长两短，会把凤玉丢失或被别人夺走。所以，她便将自己那块凤玉留在了云轻那里。

云轻浅淡一笑，并没有被质问的尴尬和窘迫："我和阿彤本就有婚约，有没有信物又如何？"他承认这件事他是对裴星彤说谎了，但他只是为了让裴星彤完全相信他，才不自觉那样做的。他当时只是单纯地想要快点将他的妻子娶进门，迫不及待地想要拥有她而已。

争取爱情的过程里，适当施加点善意的手段，有何不可？

"你……你这个混蛋！"水蓝色的罗裙摆动间，裴影彤已被气到了极点，下意识地发出招数。

云轻冰玉般飘逸的身体微微闪动，利落地躲开她的攻击，温润的凤眸幽然眯起，冷声警告："裴影彤，莫要逼我还手！"

"云轻，阿影，你们在做什么？"

檀木门蓦然被推开，身着粉色罗裙的裴星彤就这样毫无预警地出现在两人面前。

云轻与裴影彤同时收手，看向眼前的绝美女子，均是惊愕地愣在原地。

刚才那段对话，她听到了多少？

门口的裴星彤在两人之间扫视一周，黯然垂下脑袋，静默不语。

云轻心口顿时涌出一阵慌乱，迅速飘至她身前，捧起她情绪低落的娇颜，小心翼翼地问："……阿彤，你……你没听到什么吧。"他此时的眸光中早没了一贯的泰然与从容，呼吸也乱了起来。

他的声音极轻，轻到有些微颤，轻到好像根本不敢问出口，甚至他都可以听到自己胸腔内心跳的声音。

裴星彤仰着黯然的脸，瞳眸内是一片迷茫的神色。她凝视着云轻好看的凤眸，片刻后，微微推开他，又是垂眸不语。

"阿彤！"云轻彻底失去冷静，他一把将她揉进怀里，惊慌失措地启口："阿彤，你且先听我解释，我只是……"

她又一次推开云轻幽香的身躯，抿着唇，看了一眼伫立在几步外的裴影彤，又抬首看了一眼云轻，嘟起嘴黯然神伤："我虽然什么都没听到，但我猜想，你们发生争吵定然是因为我……"水眸不期然地与裴影彤对视，她讷讷地问道，"阿影，是不是有婚约的是你们两个人，而我破坏了你们？"毕竟她们是孪生姐妹，当时又是指腹为婚，她自己又完全不记得此事，说不定有婚约的是他们两人。

"没有！"

"不是！"

否定的答案，坚决的语调，是云轻与裴影彤的一致答案。

见裴星彤似乎没有听到刚才的对话，云轻暗自松了一口气，再次将她拉进怀里，用优美的下颚腻蹭着她的发顶："我的妻子是你，也永远只有你，所以阿彤不要乱猜测好不好？"

耳边传来他坚定的承诺，裴星彤仰起头，眉眼弯弯，"嗯！云轻夫君，那我想单独和妹妹说说话可以吗？我们都好久没见了……"

"可是阿彤还没用膳……"云轻挑着她的下巴说道。

不知为何，裴星彤总能感觉到云轻好像不喜欢她和裴影彤独处，可是她们是孪生姐妹啊！秀眉拧起，她假意不高兴地噘着嘴："我就是要和阿影单独说说话，你可以让掌柜的将午膳送到这里来嘛！"

"好，好，你们姐妹是该叙叙，我这就吩咐掌柜的去。"见她那半耍赖的生气模样，纵使心里再不愿意，他也永远不忍心惹她不高兴。

第十六章 惊天秘密

费了好大的劲儿才将裴影彤哄高兴，一行人用过午膳后便又开始启程。

宽大的马车内，裴星彤单手托腮，时而望望流苏珠帘外的路景，时而不经意地瞥着身侧的云轻，若有所思。

他的眼神依旧澄澈得犹如山间泉水，除了对她的无限宠溺和柔情，那眼底没有任何波澜和玄机。可就是这般和煦的双眸，却越来越让她捉摸不透，明明可以通过那双眼睛看到他的心底，可是他的心底却是有云雾在缭绕，迷蒙了她的双眼和感觉。

不知从哪一刻起，裴星彤便觉着自己有些看不透他，每回刚以为对他的性情多了一分认知，他又能轻易地将之颠覆。

虚虚实实，叫人瞧不明白。

东方云霄的话就像梦魇一样，不停地搅动着她的思绪，她相信东方云霄纵然桀骜不驯、冷酷不羁，但他不会无缘无故说那样的话，也不会信口雌黄地蒙骗她。

他那么蒙眬的话语中，到底有着什么样的含义，她实在琢磨不明白。

云轻，这样云淡风轻的贵雅男子，为何愈发清澈得见不到底，因为即使再清澈，如果底太深，也一样无法看穿。

她忽然发现身边的人都越来越高深莫测了，裴影彤每每说到一些以前的事就会躲躲闪闪，欲言又止；云轻又说只有她可以让云凤复国，却是没说理由，而且到目前为止也什么都没有要她做；东方云霄又说了那样莫名其妙的话，不知有什么目的，毕竟他不是第一次算计她了。

为什么他们每一个人都那么难懂，那么复杂？她明明已经卷入其中，却又什么事情都不知道，也什么都无法去做。

幽香扑近，鼻尖被云轻捏了一下：“阿彤为何如此心事重重？”

她抬首，映入眼帘的依然是颠倒众生的绝世容颜，一双温润如玉清澈纯净的双眸，没有心机也没有算计，真诚得一塌糊涂。

裴星彤敛起心神，嫣然一笑：“云轻，你……喜欢我吗？”

云轻神色微愣，随即浅笑着点头：“自然喜欢。”很简单的回答，没有修饰词，却是笃定的语调。

“那你爱我吗？”她继续问着突兀的白痴问题。

请原谅陷入爱情里的女人，恋爱中的女人都比较幼稚任性。

“……嗯。”优美的唇角是那一成不变的雍容淡笑。

喜欢就好，不管他有什么目的，有没有藏着什么心机，只要他是真心喜欢她就好。如此，她便愿意无所顾忌地沉浸在他幽香的怀抱，迷恋在他溺爱的心海，陶醉在他温柔的情网，今生与他相依相伴，珍藏着他的承诺，做他唯一的妻。

她将头依偎在他的怀间，芬芳飘语：“我爱你，云轻。”

清淡如风的声音弥散在马车内，甚至已经被车轮声掩盖住，可他听到了，垂首，吻落在她的唇上。

沿途他们并没有急着赶路，而是一边消遣一边前行。

途中，不时地听说银月国近期要有大喜事，人们都在纷纷议论着这喜事中的主角。

路人甲：“太子殿下一向神秘莫测，就连这娶亲的大事也不曾露面呢。”

路人乙：“你知道什么，太子殿下那是心系天下，心思都放在安邦定国上，娶亲的事自然由宫中操办即可，哪还需要太子殿下亲自费心啊！”

路人甲：“是啊，太子殿下之所以神秘，那是因为他日理万机啊！不过，听说这次要迎娶狐翡国的公主做东宫太子妃。如此一来，有狐翡国的支持，霄王爷可就是没有半分争储上位的机会喽。”

路人乙：“咱们银月的储君自古以来俱是立长不立贤，还有，据说真正收复前云凤国的其实是太子殿下，他卧薪尝胆，与霄王爷联手帷幄，里应外合，起到了至关重要的作用。”

对于百姓们的议论纷纷，裴星彤倒是有几分兴趣，更是对那个神秘而得民心的太子殿下好奇不已。

云轻和裴影彤却是表情各异，一个依然云淡风轻和事不关己的淡静，而另一个则是神色复杂，若有所思，眸光飘忽不定。

一路上听着那些闲言碎语，裴星彤虽心有好奇，却并未去深入探究，也只将那些议论当作了耳边风，毕竟那跟她没有半点关系，到底是谁让云凤走向灭亡已经不重要了。

她不知道自己能为云凤复国做些什么，也不知道该如何将东方云霄刚得到的那块凤玉夺来，更不知道去哪里找第四块凤玉。

反正全无头绪。

回到凤舞宫在禹州的分坛，云轻就直接进了书房，如同每次一样，房门紧闭。

望着那紧闭的门扉，裴星彤心里莫名地有些怅然。

云轻，好像越来越忙碌了，也越来越高深莫测。

将裴影彤的住处安顿妥当，裴星彤便让春风去将秋月叫来，想要当面把从她身上窃取来的腰牌归还，顺便道谢及道歉。

春风和春雨一样，向来不苟言笑："夫人，秋月在柴房，没有宫主的允许是不可以随意出来的。"

柴房？她太了解那是个什么地方了，她曾经就被东方云霄关押在那种可怖的地方。

裴星彤秀眉蹙起，幡然醒悟，眉目流转道："当夜值守的那几个护卫也被宫主责罚了吗？"

春风微抬首，有些佩服她心思的细腻和清透，如实回答："是。"

裴星彤端起桌面上的托盘，如瀑般的发丝轻微摆动，她清冷启唇："带我过去吧。"

春风迟疑地看着托盘上的茶壶及茶杯："夫人……"

她有些自嘲地浅笑一声，轻嗤道："我又自作主张了吧，不过，这次我会和宫主解释清楚的，受责罚之人应该是我，而不是无辜的人。"是她擅自行动牵连了他们受罚，她怎么可以在知道后还坐视不管。

春风没有再说什么，而是直接转身带领她向柴房走去。

其实宫主这次对犯错下属的责罚已经是很轻的了，他犹记得当日清晨宫主发现夫人不见时，差点就将相关的人当场毙命。后来春风及时说了夫人不喜欢杀人，若是回来知晓了此事，定然会内疚和不欢喜，宫主这才决定轻罚了他们。

柴房在下等阁，裴星彤在春风的引路下来到柴房。

里面有个单独的小院，此时有五六个男子和一个小丫头正在劈柴，他们正是那夜值守的护卫和秋月，被关押的罪名是玩忽职守和知情不报。

几个人见她和春风进来，先是一阵惊愕，继而欲连忙跪拜，裴星彤适时地沉声说："如果我此时还要接受你们的跪拜，我该情何以堪？你们若要跪我也可以，那么是否要先接受我歉意的跪拜？"

闻言，几人相互对视一眼，身子就那么半躬地站着。她都这样说了，他们哪里还敢行跪礼。他们一脸无措地看向春风，春风则是垂首不语，仿佛根本没有看到他们的求救眼神儿。

清澈的流线倾泻而下的瞬间，液体溢满茶杯，茶香飘散。

裴星彤将茶水杯举过头顶，俯首道："秋月，是我拿走了你的腰牌，又假借你的名义潜出凤舞宫，让你蒙受了冤屈，在此我郑重向你道歉，请你接受我的道歉，否则我将会寝食难安。"

她的语气诚恳而虔诚，秋月惊慌失措地用双手绞着腰际的流苏不知道该怎么办。夫人会来这样屈尊降贵地给她道歉，她是怎么也没想到的。若是接了，不就是承认了夫人的偷盗行为；若是不接，夫人又说会寝食难安。她可担当不起这样的罪责呀，于是她的眼睑中已经急得渐渐起了水雾。

裴星彤抬首，无奈地轻叹一声："秋月，你怪我了吗？"

小脑袋马上摇成了拨浪鼓："秋月不敢……"

是不敢，不是不怪。裴星彤清冽一笑："喝了这茶水，就代表你原谅我了，日后我不会那样了。"

她自己莽撞行事，却要他们来为自己承担罪责，这样让她愧疚还不如让她直接受罚。可是，云轻又怎么会惩罚她。

强迫每个人接受了她道歉的茶水，又让春风将他们调回各自的岗位，裴星彤心里才多少安然了些许。

屏退春风，她一个人漫无目的地游荡在下等阁的竹林内。

绿竹，粉衣，一幅天然的美图画。

不知走了多久，抬头望天，已是夕阳西下了，可现在她怎么也找不到来时的路。

看着周围千篇一律的景物，裴星彤有些发慌，这眼看就天黑了，怎么就在这竹林里迷了路呢？要是因为迷路而耽误了吃饭，那真是饿得太冤了。

抬起手腕，空空如也，也不知那条神兽小金蛇去了哪里。

懊恼地低咒一声，她撩起裙摆，按着自己的直觉向前走去。

郁郁葱葱的竹林深处，微风习习，卷动了落叶，舞动了发丝。

裴星彤一边探索，一边在竹林内走着，可这竹林就像没有尽头一样，怎么也找不到出口。

倏然，眼前一暗，她抬首，发现面前竟是出现了一个掩映在树丛中的突兀山洞。

放眼看去，山洞里面有些暗，她本想绕过，可一想反正也找不到路了，说不定这个山洞的尽头就是竹林的出口呢。

所以，她将啰唆的裙摆掖入腰带，随手折断了一根细嫩竹子，用竹枝探路向山洞里面走去。

山洞不大，里面也不是很崎岖，只是有微风灌到里面后，发出阵阵回荡盘旋的声音，多少有点瘆人。

她扶额，擦了擦冷汗。

裴星彤猫着腰摸索着向前走，没走多远迎面就出现了一道石门，她失望地垂下肩头，原来山洞内没有出口。

窝火地用力踢一脚僵硬的石门："你能开门吗？"

哗啦！哗啦！

就在裴星彤正躬身揉着踢疼的脚尖时，那道石门竟然鬼使神差地自动开启，迎面扑来一股阴冷的气息。

她一时没反应过来，被那响动声吓得一个趔趄，很不雅地摔坐在地面上。

她瞪着美眸咽咽唾沫，以双肘支地撑着上半身："老天，原来真的能开门！"

裴星彤惊诧了须臾，缓缓站起身，拍拍手臂上的尘土，又拎起那个细嫩的竹枝探头探脑地走向石门内。

身体刚一进入石门，那股森冷的气息愈发寒彻全身，侵袭着身体的感官神经。裴星彤下意识地缩缩脖子，以手心摩挲着身体用以抵御这突如其来的寒意。

本以为里面要么是有出口，要么是黑乎乎的湿地，没想到，里面的石壁上竟镶嵌着硕大的夜明珠照明，而且越是往里面走就越温暖如春，并没有刚进来时那样阴冷和潮湿。

当然了，里面还是没有出口。

用手掰了两下那看上去价值连城的夜明珠，纹丝不动，没有半分能被掰下来的迹象。裴星彤嗤之以鼻地撇嘴，谁稀罕。

她借着夜明珠的光晕，开始仔细观察着山洞里面。这山洞的内室没有什么特别之处，也不晓得云轻弄这个山洞是做什么用的，难道这里面有宝藏？可是，环顾四周，发现除了石壁上的夜明珠，这里面好像根本没什么其他值钱的东西了。

意兴阑珊之际，她的视线被一个石台吸引住。缓步上前，石台上有一个玉枕般大小的盒子，安安稳稳地立在那里。

眸光流转，裴星彤伸出手摸着那突兀的盒子，里面应该是有什么重要的东西吧，也许这山洞就是为了存放这个神秘盒子的。

不过，她摸了几下见上面虽没有锁头，可就是打不开。她悻悻然地扯动一下唇角，不再继续跟盒子较劲儿。

轻然转身，身后立着一个古色古香的檀木屏风，她摸了摸，见没什么特殊的地方，便绕到了屏风后面。

然而，屏风后面的景象，瞬间就让她惊愣在当场。

屏风后面是一面平滑的石壁，而石壁上的东西才是让她惊愕的缘由。

那是一幅画，画中有一个貌美如仙的女子，那女子肤若凝脂，眉目含笑，清逸出尘，长发卷首，白衣缥缈。

美如梦幻，撼动凡尘。

裴星彤摸向自己的脸："这是谁把我画得这么美？云轻吗？"嗯嗯，画得甚是传神。

这画中女子，不是别人，就是她本尊。不，也许是裴影彤，毕竟她们长得一模一样。

她慢慢伸出白皙的手指，指尖落在画上，小心翼翼地抚在画中女子的眉宇间，那里才是最美的，最璀璨夺目的。

星星，那里有一颗星形图案的朱砂痣，那图案很梦幻，将画中女子衬托得犹如睥睨世间的仙女，那么绝逸，那么缥缈。

裴星彤微微蹙眉，这眉宇间为何要填上这么一颗星形朱砂痣呢？她不自觉地摸摸脑门，从未发现自己或者裴影彤的眉心处有什么特别的图案，难道是画者臆想出来的？莫说，这创意还真是画龙点睛之笔，很漂亮呢。

她摸着画像，毫无缘由地傻笑着。

脑中思绪万千，手指处蓦然传来了奇怪的触感，好像是画像后面有个凹陷的痕迹。

裴星彤小心翼翼地掀开壁画，平滑的石壁上赫然是一个雕凿出的奇怪凹槽。

那个凹槽很奇怪，并不是很规则的形状，也不知有何种用处或者是何种机关。

机关？

她猛然想起皇宫密库的机关也是在一副壁画的后面，歪着脑袋仔细观察一会儿，无端地觉得这凹槽的形状似乎有些熟悉。她纤手抚上石壁，指尖传来微凉与丝滑的感觉。

眸光向下移动，蓦然，又一块凹槽映入眼帘，同样是不规则的形状，却与上面的那个形状不同，但同样让她种有熟悉的感觉。

迷蒙的眸子中荧光闪动，渐渐变得璀璨而清朗，裴星彤收回手伸入自己的领口，那块属于她的凤玉就被她托在了手心。

晶莹剔透的凤玉依然是如斯华美，与透亮的夜明珠相比，是一种低调的奢华。

她抬手将凤玉对照着上面那块凹槽比量几下后，将凤玉调整了个相对应的角度，按了进去。

安全的没入，出奇的吻合！

上面那个凹槽应验了她的猜测，那么下面的那块凹槽形状应该是属于……云轻的那块凤玉。

果不其然，心绪紊乱间，平滑的石壁突然在裴星彤的错愕和诧异中慢慢开启。

与外面那道石门相比，这个石壁开启时，是毫无声响的，诡异得让人不敢相信这么厚重的石壁竟然没有发出任何声音。

人类造物之神奇，不能用言语来形容。

她不停地眨动着睫毛，那么，云轻身上那块凤玉也是可以开启这道石壁的吧。

回神后，她抬步潜身而入，里面也没什么特别的，倒像是一个陈旧的书房。

裴星彤漫不经心地摸摸书架上古旧的卷宗和简册，在看到指腹上的一层灰时，她满脸嫌弃："搞得这么神秘兮兮的，却原来都是些破玩意儿而已。"

她扫兴地转过身，准备出去继续到竹林中寻找出口，不然天黑后就更出不去了，到时候云轻定然会万分着急。

然而，有一个突兀的声音从不知名的地方传来，让她前行的脚步戛然而止。

是说话声，这里只有她一个人，可是竟然有人说话的声音。

"你是否确定了她便是'凤栖星女'？"陌生的声音，是男人的声音。

裴星彤移动顿住的身体，稳住因惊吓而微抖的双脚，耳廓微动，壮着胆子寻找着声音传来处。

"……是，确定。"依旧是男人的声音，却是熟悉的声音，那温润的声音在无数个夜晚里与她耳鬓厮磨，浅语呢喃，她又怎么会不熟悉。

大致找到了声音传出的方向，裴星彤将脸侧贴在书架上，继续聆听着。

"眉宇间确实有浮现星辉朱砂痣？何时会出现那般情景？"陌生男子的声音。

空气静谧了半晌，在裴星彤以为云轻不会出声回答时，他一如既往的平淡声音悠然传来了，"床笫间。"

淡然如水的三个字，却让裴星彤的脑袋像中了箭矢一样，被爆得一塌糊涂，混沌之至。

与云轻床笫间的……不就是她吗！可什么又是"凤栖星女"？这个陌生男人又是谁？

片刻的沉静后，陌生男人轻咳一声："咳……既然她真的是'凤栖星女'，那么，你切记要牢牢地抓住她，看来那句偈语并不是空穴来风，不久便会应验了。'卿入世间四变三分，东争西斗风雨凡尘，乱世之秋谁主浮沉，凤栖星女指点乾坤。'轻儿，你要记住，你可以宠她，喜欢她，就是不要爱上她！天下红颜皆为祸水，我们大事将成，日后行事更要极为小心谨慎。"

又是半晌的静谧，响起了云轻淡淡的回答声："……是。"

"下月初一，你便要迎娶狐翡国的公主了，千万莫要出任何差错。一旦与狐翡国联姻，你这储君之位便是谁也夺不去了，到时我们与狐翡联手再……"

接下来那个陌生男子又说了些什么但裴星彤已经无法听清楚，因为她此时的身体已经全然无力，瘫软在地面上，渐渐蜷缩着。

迎娶狐翡公主的应该是银月的太子殿下啊！云轻，他是东方云轻，他……不只是她的云轻。

双手蓦然捂住太阳穴，痛！头好痛！

他贯以斗笠遮面，他身份神秘莫测，银月太子的名讳是东方云轻。她……她竟然像个蠢货一样以为他是云凤的皇子。

他骗了她！

不！一切都只是她主观的自我猜测，她没有问过，他亦没有说过。

他没有骗她，可是他本是银月的太子，却为何以她未婚夫的身份说要让云凤复国！难道……只是为了得到凤玉，得到宝藏，进而得到……天下？

她给予全然的信任，得到的竟是隐瞒。

双手又捂住胸口，那里面还在跳动的器官该是流血了吧，不然为何已经痛到无法呼吸。

眼帘紧闭，呼吸紊乱……

无数个亲密无间的夜晚，他的瞳眸都是那样旖旎斑斓，比绚烂的烟花还要璀璨。本以为那是独属于她的美丽风景，却不想，那美丽的风景竟是一个梦幻的倒影，来自她眉宇间的倒影。

冰晶似的液体顺着脸颊倾泻而下，滑出两道寒凉的流线，顺着脖子流进胸口。

彻骨的冰凉。

难怪云轻在动情之时会情不自禁地唤她星星，竟是因为那种异象。

痛极反笑，摸着那陌生的泪珠，裴星彤笑得全身都在战栗。她从小就不喜欢哭哭啼啼，那是属于懦弱者的东西，她向来不喜欢。

她流泪的次数很少，虽说自己曾在东方云霄面前流过泪水，那也只不过是她逢场作戏为了博取他同情的筹码，无关心情。

而现在，她竟然流泪了，真真正正属于她的泪水，是那个将她宠爱到极致的云轻所给予的。

不，不是宠爱！他们刚刚说过了，只有宠，没有爱！

原来，偷听真的是个很不好的习惯。

混沌的脑海中，记忆碎片纷乱无序，不停地针刺着她脆弱的神经，一阵阵钝痛铺天盖地而来。

陌生的人、陌生的场景、陌生的事件，杂乱无序地穿插在一起，却组成了熟悉的记忆，震撼着她的心。

原来……如此……

裴星彤，竟然不是受不了东方云霄的虐待和羞恶而自杀，而是因为……

因为所有的人都在欺骗她、利用她，她感到身心俱疲，从而想要以自己的死亡结束那复杂烦躁的一切。

原来她一心赴死的具体原因是，她在无意中得知了她并不是裴丞相的亲生女儿，她真正的身份竟然是云凤的公主！而裴影彤则是她的孪生……弟弟。

她们姐弟的身世，混乱得一塌糊涂。

裴星彤自嘲地冷笑，慢慢站起身，她最亲的妹妹竟然是一直在男扮女装！是啊，他擅长易容术，竟然连声音都可以模仿成女子，可是，只有她一个人不知道她的妹妹原来是弟弟。

不是裴星彤和裴影彤，而是云星彤和云影彤，云凤的公主与皇子。

裴影彤才是云凤的皇子，怪不得他那夜说，是他一直躲在她的身后。

此时根据记忆想来，确实如此啊，裴影彤伪装成女子，做毫不起眼的丞相之女，为的不就是掩盖他真实的尊贵身份嘛！

云凤国灭亡了，云凤的皇子正以别人的身份健健康康地活着，一心准备复国。而裴星彤就是个彻头彻尾的棋子和傻子。

泪眼蒙眬，天旋地转。

一些错综的争斗和复杂的身世，亲人的隐瞒欺骗及东方云霄的冷酷，这些都让原来的自己身心交瘁。她想从中解脱出来，便选择了最直接有效的方式，以放弃自己宝贵的生命来宣泄着她对这世间一切人和事的怨恨与绝望。

至于云轻，身份就更复杂了，凤舞宫宫主无双公子、银月太子东方云轻、云凤世子云轻，呵呵……一人分饰多种角色，他……不累吗？

一个拥有神仙外貌的人，却因多重身份而活在阴暗里，高深莫测。

轻轻抹掉脸颊上的冰清泪珠，她缓缓弯起好看的唇角，一个陌生的笑容流淌出来，她笑得那么邪肆淡漠，笑得那么冷傲不羁。

她如此真心地爱着她的丈夫，那么全力地珍惜着的唯一的妹妹，可是，他们依旧没有人对她坦诚，没有人对她敞开心扉。

丈夫欺骗了她的感情，弟弟隐瞒了真相，只有她犹不自知地被耍得团团转。利用，欺骗，这就是她用真心换来的东西。

情何以堪？

若不是今日她意外撞破他们的真面目，是否魂归地府之日，才是她清醒之时？

凛然抬首，裴星彤水润的眼眸瞬间幽冷，深邃如一泓不见底的潭渊，寒光乍现。

这些悲惋的记忆犹如一柄利剑，一点一点地剜灼着她的心，冰封着她的骨髓，那是嗜血的痛。

然而，她已不是那个只会选择自杀的裴星彤，既然没有人珍惜和怜爱她，那么，她的宗旨就是：宁愿我负天下人，也不要有一个人负我！

她悠然地转身，拍拍身上的尘土，走出山洞。在即将跨出去时，她回首，又意味深长地看一眼那个石台上的盒子，唇角上翘，溢出一抹冷灭的微笑。

石门在她出来后自动关闭，望着黑漆漆的天色，她的心里此时也如同这天色般，一团漆黑。

找了一块平整的石头坐下，她仰头闭目，呼吸着淡淡的竹香味，整理着紊乱而纷杂的思绪。

耳廓微动，她依然闭目，但那娇美的脸上漾着浅笑，笑得冰清玉洁。

他们来了……

眼帘掀起，她再侧首时，容颜依旧柔美而娇俏。

“阿姐！”

“阿彤！”

云轻和裴影彤齐齐上前，一人拉住她的一只手，温热从冰凉的手心处传来。

云轻微微松一口气，急切道：“总算找到你了，阿彤为何总是喜欢这样惊吓我。”

一贯宠溺而温柔的声音，没有责怪，只有无尽的宠溺，仿佛之前那个说只有宠没有爱的人不是他。

裴星彤摆出笑颜，语气略带委屈：“哼哼，你们一个两个的都不陪我玩儿，我一个人好生无聊，本想到这竹林里随意转转，不曾想突然迷了路，怎么也找不到出口。这竹林是不是有什么迷阵之类的，太考验人的智商了！”

云轻亲昵地捏着她挺俏的鼻尖：“你呀，就是贪玩儿，这竹林内确有迷阵，你这样贸然进来当然会迷路了。”

“阿姐，你的眼睛怎么红了？”这时，拉着她另一只手的裴影彤忽然问道。

“还不是那该死的沙子，跑到我眼睛里不出去，阿影啊，快给我吹吹。”她一边睁着眼睛瞎掰，一边凑近裴影彤，仰着娇俏的脸作势要让他吹。

裴影彤俯首，眼睛一眨不眨地盯着她，胸腔内涌起阵阵温情暖意。

“阿彤，天色已黑，莫要在此久留，”云轻一把将她的身子拉回自己怀里，附在她耳边继续低语，“等回去了，我给阿彤好生吹。”

他的语调有些暧昧，唇角还带着一抹难得的坏笑，裴星彤眯起眼，调侃说：“啧啧，风水轮流转，我的神仙夫君也变坏了呀。”

她在“夫君”前面加了“我的”，这样充满占有欲的字眼，让云轻弯起了薄唇。

夜幕如墨，繁星点点。

裴星彤躺在云轻的臂弯里，他的手在她的身体上抚摸着。不是带有欲望的抚摸，而是那种眷恋的、不舍的轻柔爱抚。虽然他嘴里什么情话都不说，裴星彤却觉得得到了不可言说的柔情蜜意。

云轻就是有这样的魔力，让人在不知不觉中深陷泥潭，还恍然不知前方便是陷阱和深崖。

渐渐地，她便如此在他的温柔抚摸下睡着了。意识模糊间，下巴被挑起，一双温柔幽香的唇落到她的唇上，熟悉的味道，熟悉的触感，细细啄着她的唇瓣。

这种亲吻温柔至极，爱恋至极，没有给睡梦中的她造成任何不适感。

有那么一瞬间，裴星彤梦中是两人初见的场景。无论是第一天在街头用莲子助她见义勇为，还是他以刺客无双的身份接近她，抑或是他以云轻的身份娶她。

那时，她都没有想到会是如今这般田地。怪不得他们匆忙成亲时，他与春雨一唱一和地暗示不摆宴席；怪不得玲珑会失口说她原来就是与云轻和亲的狐翡公主。

呵，原来早已漏洞百出，只怪她粗心大意，全然没往心里去，而是被从天而降的幸福蒙蔽了双眼。

裴星彤睁开双眼，眸色惺忪，抬起头，亲上云轻清艳的下颚。他当即低下头来，吻她的唇，缠绵火热而深入。

这个吻带有极度的侵略性，仿佛要证明他能占有她。

“云轻，美人重要，还是江山重要？”裴星彤笑着躲他，漫不经心地问。

云轻似是未想到她会这般问，略顿一下，轻笑起来：“别人我不知，我不是帝王，从未想过要什么江山。我只知晓像这样把你抱在怀里，我便觉得我的生命无憾了。故而，我需要有能力保护你。”他哑声叹息，愈发将她抱紧了些，“我得守住我的生命。”

他这情话不说则已，一说便是如此蛊惑人心。裴星彤木然冷笑。

“如若必须江山美人二者选一呢？”她纠缠着这个问题。

云轻不明白她为何要执着于此，翻身而上，黑色青丝垂落而下，拂过她的脸颊。他亲吻她的额头，亲吻她的眉宇，亲吻她的鼻子，亲吻她的嘴唇，将她的整个容颜亲了个遍，然后看着她，轻柔又郑重地回答：“我的答案一如既往，无论面对什么，我们皆不会分开，何人也不能把我们分开！”

“云轻夫君，我们来点有情趣的，如何？”她一边爬到云轻身上，一边扯过一条腰带说道。

云轻眯眸：“如何……情趣？”声音沙哑而紧绷。

裴星彤将手上的腰带摊平，身体前倾，便将华贵的云锦腰带遮掩在云轻的双眸上，并绕过他脑后系好，她附在他耳边轻声地吐气如兰道："这样……才有情趣，云轻夫君可喜欢？"

"阿彤喜欢，我就喜欢。"

不再多语，裴星彤俯身惩罚性地吻上他柔润的双唇，仿佛要将一生的眷恋都在这一次发泄和享有。

微风吹进，纱幔摇曳。

"夫君，喜欢我吗？"

"喜欢星星。"他说。

星星，星星！她现在真的很讨厌星星！无数个亲密的夜晚，他都一遍一遍地吻着她的眉心，一遍一遍地在她耳边呢喃着，星星真美。

而她却傻傻地以为，所谓真美的那个是她，可没想到，那个被他称之为美的星星却是在她的眉间。他喜欢的是那颗星星朱砂痣，那颗能证明她是什么"凤栖星女"的星星印迹，而不是她裴星彤。

多么滑稽，多么有戏剧性。

她以往一直也很喜欢星星的，而现在却是无比地厌恶星星，因为对她来说它代表的是谎言和心机、欺骗与算计。

她曾经以为，云轻就是她命定的良人，能给她一个安心而平静的港湾，呵护她，宠爱她，愿意为她支撑起一片纯净的天空，告诉她：即便世间所有人都伤害了你，我依然会为你抚平伤口，承受你的痛苦；即便所有人都背叛了你，我也愿意站在你身后，背叛所有人。

可是，他没有。

那样完美的爱情，连她自己都觉得是天方夜谭，何况世间没有那样完美的男人。

在她全然投入和身心交付后，他依然用他的宠溺和柔情为她编织着一个美丽的谎言。

"星星……你在分心？"

云轻的声音响起，思绪恍惚的裴星彤蓦然回神。垂首，再次贪恋地凝视良久，她缓缓地俯下身体。

悄然伸手取过早已准备好的铜镜举到自己面前，果然，铜镜中的景象那么神奇而震憾，一枚星形朱砂印记在她眉宇间若隐若现。

那奇异景致，果真很美。

第十七章 梦幻誓言

待听到身旁拥着她的人呼吸渐渐匀称，裴星彤幽然掀开眼帘，如水的双眸深邃而明睿，静静地看着眼前俊美绝伦的男子。

脑海中一遍遍地萦绕着他的爱语与誓言，那过往的甜蜜誓言此时犹如梦魇一般，啃噬着她的心，锥刺着她的骨。

他说："云轻在此起誓，今日天地为证，凤玉为媒，你是我今生唯一的妻，白首不相离！"

他说："阿彤，下次一定要在原地等我回来。"

他说："阿彤，你是我的妻，你身上每一处都有属于我的气息，都烙下了我的痕迹，真不想让任何男人窥视你！"

那些蛊惑了她所有理智和心绪的甜言蜜语，曾经是那么真切与美妙，而现在却是宛如梦幻的虚境一般，触手之处都是满满的伤痛。

过不了多久，他即将带着他违心的誓言以另外一个身份迎娶别的女人，是联姻也好，是喜欢也罢，他终归是辜负了对她"一生一世一双人"的承诺。

他真的好残忍，用他的无尽柔情和几乎到了变态地步的宠溺，光明正大地夺走了她的心，然后又使得她在知道了那些不堪事实后，一下子便从天堂坠入了万丈深渊，摔得粉身碎骨。

裴星彤此时倒是欣赏起东方云霄的风格了，爱就爱，不爱就不爱，没有违心的欺骗，也不会曲意逢迎，直率得令人钦佩啊。

可是，现在该如何是好呢，爱得太深了，所以，恨也太切了。

她爱上了这个表面云淡风轻的男子，从此她自己却再也无法云淡风轻。

思绪间，心口处传来阵阵钝痛，呼吸也愈发急促起来，从而惊扰了身边的敏锐男子，裴星彤猛然闭上双眸，连忙调整内息。

下一瞬间，浅眠的云轻微微睁开眼，在看到身边的娇妻已然是熟睡状态时，他弯起优美的唇角在她眉心处落下一个轻吻，才满足地收紧手臂，继续睡去。

裴星彤紧紧抿着双唇，努力调整着内息和心绪，努力忽略钝痛的心脏，努力地……

他，依然独爱她的眉心，那里有星形朱砂印记。

女子真的必须做到以下这样，才会为自己筑起一道坚强的堡垒：如果渐渐深爱上一个人时，要学会阻止自己的心沦陷，不要完全依赖，不要把他当成生活的全部，不要将所有心思都投注在他身上。因为投入得越多，就会慢慢地忘记了自己，失去了自我。那么，若有一天发现他的欺骗与背叛时，唯一的结局就是美好的梦幻都会瞬间灰飞烟灭，那曾经被视作生命的诺言，也会如尘花般被吹散在凄冷的风中。如果没有爱自己和保护自己的意识，结局就是一个人带着滴血的伤口，却无可奈何，只能像困兽一样，躲在角落里自舔伤痕。

谁爱得越深，谁受伤害的概率就越大；谁先爱上对方，就等于赋予了对方伤害你的权利。

翌日午间，云轻看起来有些忙碌，裴星彤在征得他的同意，又听了他不下十遍的千叮咛和万嘱咐后，便拉着裴影彤进城逛逛，一如往日般没心没肺，像匹脱缰的野马，仿佛什么也没有发生过，平静而泰然自若。

裴影彤依然是女子打扮，明媚动人。

两个人一路嬉闹玩耍，犹如两只翩跹的蝴蝶般欢快而自由。

来到禹州城里繁华的街区，裴星彤停住脚步，笑呵呵地说："阿影，我们像那群孩子一样玩捉迷藏好不好？"

裴影彤看看周围喧闹的街市，眼中凝聚着不赞同："阿姐，我们不可贪玩儿，这里人多混杂，若是你被心怀不轨之人伤害到该如何是好。"

裴星彤扫兴地嘟起嘴："阿影妹妹，你怎么也如此呆板，你看看这满街的人当中，有哪个能打过我？瞧瞧，除了老弱，就是病残孕，我不害他们，他们就该烧高香了。"抓起他的手继续耍无赖，"你就陪我玩一会儿吧好妹妹，你陪我玩儿，我回去后给你做蜜汁糯米藕可好？"

裴影彤轻叹一声，不忍看到她沮丧的表情："那你可不许跑远了。"他承认他被她的条件诱惑到了，不是因为他喜欢吃蜜汁糯米藕，而是因为他喜欢看着阿姐为他忙碌的身影，喜欢她为他下厨的感觉，那会让他知晓自己不是一个人，还有一个会毫无保留对他好的血缘至亲。

过去的十多年中，因为种种不可言说的原因，他们作为孪生姐弟，却不曾真正亲近和友爱过。如今，难得的亲情怎能不叫人生出贪念。

裴星彤撒娇加耍赖，终于哄骗裴影彤同意她藏他找。于是果断运起轻功，飞掠而去。

她身姿优美而轻盈，速度把握得很有节奏，不快不慢，既让裴影彤能在人群中辨别出她的方向，又灵敏地不让他轻易就能找到她。

半晌后，她在一个胭脂香味四溢的阁楼门口停住脚步。抬首看着门梁上的匾额，她捋了捋碎发，不由地笑了。明明笑得那样晶莹剔透，那样轻灵纯净，可是，那眼底却像个无底幽深的深潭，丝丝算计跃然于眸中。

大踏步地走进尽欢楼，裴星彤对一个脸上直掉粉渣子的老女人问道："你是这里的妈妈？"

老女人眨眨眼睛，毫不掩饰眼中的惊艳，用那双火眼金睛将裴星彤上下打量个遍，而后挥着手中的帕子，咂咂嘴回答："哟！这位姑娘，我们这可还没到做生意的时间呢，你若是想到这里抓回偷嘴的夫婿，恐怕得晚些时候来了。"来她们勾栏院的女子，大多数都是为了抓回喝花酒的男人。

老女人的话音一落，立即引得身后几个妖艳的美人发出讥讽而同情的笑声，即便不情愿，她们眼里那抹对她容貌的嫉妒之意也是掩饰不掉。

裴星彤微微皱眉，又不以为意地挑挑眉梢，兀自找了个椅子坐下，很自来熟地自斟自饮起来。伸手指着那些风情美人，半训斥半调侃地说道："笑，笑，笑，就知道笑！平日里卖笑还没卖够？小心笑得满脸皱纹，到时候看你们拿什么卖笑！"

这句话果然好使，那些美人一听，忙不迭地摸上自己的脸，全然没有了任何笑意，只做面瘫。

见她们终于消停了，裴星彤才满意地勾起唇："妈妈，我就废话少说吧，我不是来这里抓偷嘴男人的……"

老妈妈不明所以地眨着眼，扭着腰上前问："那你是来找乐子的？可我们这里没有小倌啊，过了这条街向东没多远就是提供小倌的勾栏。"她很有敬业精神地为裴星彤指明路线。

裴星彤被呛得咳了几声，差点把口中的茶水悉数喷在老妈妈的脸上。顺了顺气，瞪她一眼道："咳咳……我不需要小倌，我今儿个是来卖人的。"

"卖人？卖谁？"老妈妈眼冒精光，盯着眼前的倾世佳人，若是能有她这样仙女般的女子做花魁，她们这尽欢楼不知会吸引多少男人呢！此时，她似乎已经感觉到无数的银子开始哗啦哗啦地掉在她手里了。

裴星彤鄙夷地斜睨着快要流出口水的老妈妈，没好气地翻个白眼：“卖我自己。”啧啧，好歹也是久经风月的人，至于这么没见过世面吗？

她话音一落，老妈妈激动得一个踉跄，险些跌倒：“你……你说真……真的？”世间这样大，无奇不有，卖身能卖得像这姑娘一般云淡风轻，也算是长见识了。

瞧着挺水灵的一个丫头，可惜脑子不大灵光。

“是啊，我不打诳语，妈妈你给估个价，看我能值多少银子。”裴星彤平淡地喝着茶，语气轻松得好像是在卖白菜。

老妈妈笑得春回大地情暖人间，咽咽口水之后，连忙伸出五根手指。

裴星彤慵懒地掀起眼帘，漫不经心地问：“五千两？”

老妈妈连忙瞪大眼睛，惊愕地看着她，张着嘴却说不出话。果然脑子不好使吧。

裴星彤黑着脸，眉头蓦然拧起，继续猜测：“难道才值五百两？老婆子，你休要店大欺客！”霍然起身，她作势要走人，懊恼地丢下一句话，“你个门缝里看人的守财奴，我同你说，少了五千两，姑娘我绝对不卖！你买不起，我就去别的地方！”想她如花似玉的年纪，好歹也是一个美人儿，老妈妈竟然出了个白菜价。

她可是冒着卖私盐的风险行此一举，怎能就卖个白菜价！

然而，她刚转过身，手臂就猛然被人抓住：“哎哟哟，姑奶奶哦，我出的是五万两！不是五千两，更不是五百两！你这丫头气性忒大。”

五……万两！顾不得老妈妈像牙疼一样的呼喊声，这回真是换裴星彤惊愕了，她确实没想到自己能值这么个高价。

她清清嗓子，端起皇亲国戚的姿态，傲然地整理整理衣襟：“既然这样，妈妈是否可以先支付一半的订金？我……我被一群恶霸追债追得实在是没有法子了，妈妈就先让我把债还上，我再回来踏踏实实地帮你日进斗金，可好？”说到最后，她连忙撇掉刚刚那副得意洋洋的表情，做出一副我见犹怜的悲戚模样。

“这，咱们可没这个先例啊，你若是拿钱跑了，我当如何？”老妈妈精明得很，哪里会这么容易就被她说服。

裴星彤楚楚可怜地吸吸鼻子，继续编故事：“那群追债的恶霸就在外面，你可以找两个强壮的小厮跟着我，我一个弱女子，还能跑过他们不成？”

“那……你欠了人家多少银子？”老妈妈显然有些动心了，毕竟这天仙般的美人实在是难得啊！有了此美人做花魁，她便不用整日发愁自家生意敌不过隔街的百花楼了。

“五千两。”裴星彤伸出四根手指。

老妈妈看着她的手指，嘴角乱抽一通，而后微微点头：“这样吧，既然你欠了他们五千两，我就先付你五千两还债如何？”

弱弱地点点头："好吧，只要先还上他们的债，我就无牵无挂，无所顾忌了……"

暖风拂面，裴星彤手中握着老妈妈给的银票，唇边勾起一个薄凉的笑容，静静地垂首走在前面。眼角的余光在搜索到远处人群中的熟悉身影时，她不屑地斜睨一眼身后的两个壮汉，气运丹田，凝聚内力，她轻然一跃，便如鬼魅般眼睁睁地消失在他们眼前，毫无痕迹可寻。

"娘的！别跑！"两个壮汉恼怒地追喊着，却只能像无头苍蝇一般胡乱地在街上找寻着她的身影，"小贱人，居然敢愚弄我等！给我追！"

然而，在他们的身影被淹没在人群中时，裴星彤才悠然自得地从房檐上翩然跃下，并丢下一个冷蔑眼神，缓缓向另一个焦急的身影走去。

噗！噗！在裴影彤还来不及反应时，他的身体就被人从身后毫无察觉地点住，无法动弹半分，无法言语丝毫。

而后，一个娇美女子自他身后绕到他身前，抬首，望进他与她同样晶莹粲然的眸子中。

对视不语，他们就是那么相互望着……

光洁莹润的额头，凤眸星目，长长的睫毛，挺直的鼻子，红润的双唇，白皙粉嫩的脸颊，这张与她分毫不差的绝世容颜，是那样美，难怪他扮成女子，她也完全没有怀疑。

荷香流经，人来人往。

两人间的空气静谧片刻，裴星彤缓缓伸出白皙的纤手，微微拉开他高高的衣领，果然，细腻如玉的脖子上有着属于男子的喉结。

此时的裴影彤没有任何地方可以动，就连嘴也发不出丝毫声音，只有一双满含惊慌的水眸紧紧默认着她的动作，却又无法阻止和解释。

有口难言，便是此种处境吧。

裴星彤不理会裴影彤惊慌失措的眼神，又倾身上前，一只手搂住他的腰身，用自己的身体挡住另一只手，然后巧然探向了他的胸口。

在确认摸到了她意料中的东西后，她又放开双手，再次抬眸时，映入眼帘的就是裴影彤羞红的双颊以及眸子中更深的慌乱。

裴星彤淡淡微笑，幽深的美眸渐渐清冷下来："我最讨厌的就是欺骗，而我身边最亲近的两个人，却都在欺骗我。也许你们有什么难言之隐，也许你们有很多欺骗我的理由。但是，我是一个有思想、有情绪、有感情的正常人，绝不会用沉默来纵容你们的欺骗行为，既然不能阻止你们的欺骗，那么，我就只有躲开你们。亲人也好，爱人也罢，从此两不相识，情归路人。"

看到他眼中的焦急和惊恐，裴星彤粲然一笑，状似很抱歉地凑到他耳边，低语道："对不起了阿影，我不想给你们任何解释的机会，因为解释就是继续编故事，我说得对吗？云影彤，我的皇弟！"

裴影彤定定地注视着她，眸中的惊愕已经聚集到了极点，却是依然不能言语，也不能动，双眸渐渐被逼至猩红。

裴星彤向后倒退一步："我知道你现在有些痛苦，被至亲的人算计是何种滋味，我岂会不知？不过，我非良善之人，又实在是没什么度量，喜欢以牙还牙，睚眦必报，行事决绝。反正你们没有人是真的在意我，那么，就此别过吧。"

最后一句话她说得极轻，轻得仿佛那触摸不到的天边之云，缥缈而蒙胧。

缓缓垂下脑袋，她漫不经心地抹了一下眼角，再抬头时依然笑靥如花，手抚着胸口："原来分别是这样凄绝啊，这里很疼，很舍不得。可是怎么办呢，我确实是厌烦了欺骗和利用，尤其是被最至爱的人那样对待。所以，还是做无缘的陌生路人比较好。"

衣袂浮动，她又上前一步，仰起头："阿影弟弟，路人是不会欺骗路人的，对不对？"

在感觉到他脸庞的湿润时，她猛然转身，利落地戴上一个斗笠后，对着人群中高喊道："尽欢楼的大叔们，本姑娘在这里哦！"

音落，衣飘，魅影无痕。

片刻后，两个壮汉急忙跑过来，毫不怜香惜玉地一把架住一动不动的绝美女子："小贱人！敢戏耍老子！以为换了外衫老子就认不出你了！"

而那女子依然是瞪着猩红的双眸，不言不语。

在那两个壮汉把裴影彤拖走后，戴着斗笠的裴星彤才从树上跳下来，对着他们的背影静静伫立。

对不起，再见。

须臾，她抹掉脸上的两道水线，转身进了一家药铺。

从药铺出来，裴星彤又用卖自己得来的银子，哦不，是用卖弟弟得来的银子，买了一匹好马，强迫自己不再对这个伤心地产生任何留恋，利落地翻身上马后，便向城外风驰电掣而去。

垂眸瞄了一眼空空的手腕，她心中涌起无限落寞，现在她什么也没有了，就连总喜欢黏着她的神兽小金蛇也不声不响地凭空消失了，无影无踪。

其实，不能说她现在什么也没有了，应该说她自始至终都没拥有过什么，除了那些令人厌烦的欺骗与利用。

发丝飘舞，魅影如飞。

双腿微微夹紧马腹，风划过肌肤的劲道变得更大，脸颊处传来了些许刺痛感，不过她喜欢这刺痛，起码可以暂时消减她心里的钝痛。

她紧紧地抿着双唇，眸色幽暗清冷，此时的她就像江河中的孤舟一样，毫无方向，毫无目标地孤独漂荡。

寂静的山间小路上，一个普通灰色衣衫的女子，御马而驰，溅起山路上片片灰尘。

就这样漫无目的地奔驰了两个时辰，太阳已经绕到了西边天际的山脚下，将大地晕染上了一层属于黄昏的凄美景色，迷迷蒙蒙，无限萧寂。

裴星彤抬首望向两里外的小村落，拉住马缰绳，决定到那里借宿一晚，不再继续赶夜路了，毕竟她只不过是一个女子，纵然现在的武功不会怕那些山贼强盗什么的，可特殊时期还是少用武功比较好。

倏然，萧索的风声划空骤起，卷动了树叶和绿草沙沙作响，空气中跳动着肃杀的气息，黄昏不再寂静。

她收敛思绪，耳廓微动，美眸幽然眯起，已清晰地感觉到背心处有股劲气突袭而来。

电光石火间，裴星彤猛然将身体前倾，身子轻盈地平覆在马背上，灵巧地躲过了那猛烈的袭击。

下一刻，那个黑影便如闪电般飞掠过她的头顶，施展出的劲气竟是将前方粗壮的树干击穿，化作漫天飞舞的木屑，飘飘洒洒……

蒙面的黑衣人见一掌击空，身体翩然旋转后，稳稳地站定在地面上。

然而，下一瞬间，一条锋利的软剑已凝聚着冷戾的寒芒直刺而来，凌急而寒冽。

裴星彤抬眸，水润的瞳仁中冷寒一片，周身缭绕着清冽的气息。内息流转，劲气凝起，双腿赫然用力，脚尖便点在了马背上，猛踏一下，轻盈的身体瞬间腾空而起，空灵而缥缈，翩若惊鸿。

黑衣，灰衫，锋冷的剑光，带着肃杀的劲气逐风纠缠。

两人身形所到之处草动叶落，尘土卷扬成烟。

这突如其来的袭击，让裴星彤心下大骇，可纵然心中疑惑万千，也深知即使想要将来人的身份和动机问个明白，也不会得到对方的任何答案。

故而，她只能专心应战。

剑光凛然挥舞，灰衫节节退守，将凄迷而沉寂的黄昏渲染成生动的沙场。

就那么苦苦应对了两盏茶的时间，裴星彤的额头和手心已溢出湿润的细汗，小腹处传来的阵阵灼痛更是让她分了心，而且她不敢全力以赴，因为越是运用内力，小腹间的灼痛就会愈发强烈。

至此，裴星彤的招式渐渐只守不攻，动作也愈发迟缓和拖沓。

对方似乎看出了她招式中的顾虑和犹豫，更是加剧了攻击的速度和力道，咄咄紧逼。

她本就骑了那么久的马，而且又是这般剧烈运动，再加上对方的武功不在自己之下，所以，裴星彤此时连单纯的防御也已愈发吃力起来。

眸色幽冷黯然，心下叫苦不迭，难道她就要这么不明不白地成为别人的剑下亡魂了吗?

好不甘心啊，临死都不知道仇人是谁，让她都无法恐吓人家一句：做鬼都不会放过你!

树叶，草屑，弥漫飞扬。

小腹处的灼痛越来越强烈，裴星彤额头上的细汗一道道滑过鬓角，晶莹而光泽。

在以双臂挡下黑衣人的一个腾空踢腿后，裴星彤的身子猛然后退几步，垂首瞬间，汗水越过眉毛侵入眸中，晕出淡淡的迷蒙。

还未等她将呼吸调整顺畅，黑衣人凶猛的劲气已再次划空而来。

裴星彤慌乱地瞪大眼睛，却是无法用弥散着汗水的双眸辨别出黑衣人的身形，只能看到那锋利的长剑裹着冷戾的寒芒呼啸着刺来……

她兀自轻叹一声，用手捂住小腹，全然没有了要招架之意，任命似的不躲不闪，也或许她已无力躲闪。

双眸半眯，她只能看着那柄长剑对着自己的胸口，越来越近。

墨色发丝翩飞，灰色衣袂舞动，她羸弱的身子随风微微颤动着。面对死亡，谁能无半点害怕?

然而，在她欲闭上眼等待刺痛来临之时，只听叮当一声。

在她猛然睁开眼的瞬间，那柄长剑已在即将刺入她的胸腔时应声而断。裴星彤脑中流光转动，立即凝力于手心，以守为攻，趁黑衣人惊愕的刹那，猛然击中对方胸口。

黑衣人受外力干扰，猝不及防，浑然惊异中便硬生生地吃了她一掌。受力的身体擦着地面倒退数步后，黑衣人捂着胸口又稳稳地站定了身形。

这时，又一道黑色身影凭空而出，直击向手握断剑的黑衣人。

裴星彤身形微晃，错愕地盯着自己的双手，她双手刚刚碰到了……

“想死也不要死在我眼前！”

在她的脑中一片混沌之际，摇摇欲坠的身子已被人从身后接住。然后，就从头顶传来了一个男子冷魅的训斥声。

蓦然抬首，青色锦袍映入眸中，裴星彤惊讶地蹙起眉头，接着又有些惊喜而无力地勾起唇角："……你，来了……"

说出这三个字后，她手抚上小腹，眼一黑，便晕厥在男子怀中。

这到底是怎样的孽缘呢。

"星彤！"

风吹，叶摇。

这个凄婉的黄昏注定了不再平静。

禹州凤舞宫，此时已是一片混乱，所有人都战战兢兢地跪在地上，垂首不语，甚至在这九月的天气里都在不断地瑟缩着身体，不敢看向那个周身散发着寒戾气息的俊逸男子。

"连个人都寻不到，留着你们还有何用？说！你们还有何用？"

金边雪白衣袂无风自动，云轻紧握的双拳在咯吱咯吱作响，那莹润的指关节正泛着森冷的冰白。

此刻，他俊美绝尘的脸上早已没有了一贯的泰然自若和温润和煦，潜在他凤眸中的幽冷与深邃像是要将人凌迟一般骇人，声音更是凌厉得没有一丝温度，犹如雪峰之巅的冰川，彻骨寒悚。

"宫主，那边……"

没有人敢在此时说话，就连春风也只是深躬着腰，斜睨一眼门口的方向，淡淡地只说了这几个字。

云轻幽冷寒戾的凤眸微抬，映入眼帘的是一个熟悉身影，那个让他心心念念期盼的身影，正由远及近而来。

"阿彤！"云轻身随声动，金边雪白衣角飘摇间他飞掠到来人的面前，叫出那个揪得他心都疼碎了的名字。

可是，他的狂喜神情还未维持几秒，就又化作更加冰冷的寒冽。他一把扣住来人的肩膀，咬牙道："星阿彤呢！我的阿彤呢？"

裴影彤漠然垂眸，像只木偶一般，眸光呆滞而萧瑟："……她果真没有回来？她果然走了……抛下我了，她恨我……恨我啊，真的走了……"

他就那样语无伦次地碎碎念着，无力地垂下肩膀，没有一丝生气的脸上已是湿润一片。

云轻紧紧盯着他的脸，凤眸半眯，脑中猛然想起昨夜在竹林中找到裴星彤时，她就坐在山洞的前方，而她的凤玉可以开启山洞的石门，山洞密室又是与他的书房相通。

那时，他就在书房里……

一道惊雷轰然划过他的脑海，她……她定然是听到了他们谈话的内容！

所以……她什么都知道了……

呼吸渐渐粗重，云轻愣怔地瞪着凤眸，决然仰首："阿彤！"

手抚上胸口，他挺拔的身体摇晃起来："去！快去！你们都给本宫滚出去找夫人！若是寻不回，你们统统提头来见！快去！"

他一边厉声命令，一边捂着胸口重咳着，春风立即上前欲扶住他，却被他一掌拍开："滚！你们马上再出去找，一定要将夫人给本宫找回来！"

春风硬生生承下他那一掌，被击倒在地，起身轻轻擦下嘴角的血丝，又恭敬上前俯首道："宫主，整个禹州城都被我们翻遍了，夫人她若是有意躲藏，定然是已经离开了禹州，我们此时这样茫然寻找，只能还是无果无踪。"

春风冷静分析的声音一落，空气倏然静谧，蚀骨森冷。

"请问，这里是否有位姓裴的姑娘？"

在整个院落都沉浸在冰冷寒冽的气氛之中时，一个突兀而颤巍巍的声音自门口处传来。

第十八章 她杀了我的孩子

所有敢抬头的人都纷纷看向了那个突兀出现的男子，却没有人应答他。

男子也感受到了这里的气氛似是很诡异，空气也冷凝得吓人。他咽咽唾液，又弱弱地问了一句："请问，这里是否有位姓裴的姑娘？"

春风平步走上前，斜睨着他手中的烟黄色纸包，开口应答："我们这里确实是有姓裴的姑娘，阁下是何人？有何贵干？"

男子擦擦额头上的冷汗，干笑起来："没何贵干，没何贵干……在下是寿春堂的医徒，今日早些时候有位姓裴的姑娘到舍下抓了两包药，可她走时少拿了一包，因听她说了姓裴，是为贵宫的宫主夫人抓药，所以，在下发现她遗落的药时，连忙送了过来，因为这药很重要。"

一口气说完这些话，男子又小心翼翼地擦擦额头，奇怪，这里的空气明明冷冽清寒，自己怎么还一直冒汗呢！

春风不经意地睨了一眼身后的云轻，见他没有什么动作，继续问道："我家夫人身体康健，不需要服药，阁下是不是弄错了？"

云轻侧首，冷凝瞳眸瞥向裴影彤，无声地询问着。

裴影彤会意后，摇摇头说："我没有去过药铺。"他一个下午都被困在那个该死的尽欢楼里，直到老鸨母为他验明了男儿身，才被解开穴道，又让他偿还了五千两银子后才放人。

身得自由，他便急匆匆地回来了，哪里还有心思去什么药铺。

那男子抬头在看到裴影彤后，面带惊喜地说："哎呀！不就是这位姑娘嘛！"在仔细打量一遍后，又挠挠头，"样貌完全一样，可这位姑娘似乎比那位姑娘高挑些……"

"你手中是何药？"云轻面色深沉地问道。

男子感受到了云轻周身散发出来的冷戾气息，微微瑟缩一下，诚惶诚恐地回答他：“在下手中的是专门用于补气补血的草药……”

云轻幽然眯起凤眸，裴星彤为何给自己买补气补血的药？明明未听她说过身子有什么不适。

在云轻思绪紊乱的空当，裴影彤迅速闪身上前，抢过男子手中的药包闻了闻。接着，他一把揪住男子的领口，脸上的深沉不亚于云轻，冷声问出口：“……她，拿走的是何药？”虽然心中已然猜到了答案，可他还是希望自己的猜测不要应验。

“是……是，是堕胎的药物……”男子惊骇地看着裴影彤，有些不敢相信这女子竟然有这么大的力气。

堕胎！

他的话一出口，周围的人群中立即响起一片抽气声。而后，更是没人敢抬头看向身形摇摇欲坠的云轻。

裴影彤惊愕地松开双手，那没有武功的男子便像一坨肉般摔坐在地面上。

风卷残云，院落内的气氛更加阴冷至寒。

云轻的凤眸中凝聚着满满的阴鸷与痛楚，就那么一动不动地站立在那里。

华贵的衣袂翻飞，在黄昏余晕的渲染下，从内到外透露着一派萧寂的凄美。

半晌后，他口中喷出一道血雾，踉跄着转过身，向不知名的远处慢慢走去，口中不断地喃喃自语：“孩子，我的孩子……她竟然杀了我的孩子……她杀了我的孩子……”

身影渐渐远去，却不再云淡风轻，只有无边的怨怒。

爱，恨，谁能断得清此中的是与非。

淡弱的烛光摇曳在女子脸上，将她弯长的睫毛在下眼睑处投映出两排俏皮的黑影，为那熟睡中的倾世容颜又增添了一份柔美。

她的羽睫轻轻煽动几下，眼帘慢慢掀开，黝黑的美眸便茫然地睨着眼前齐齐站着的三四个陌生人。在意识到身处陌生的环境之中时，她用力闭上眼后，又警觉地睁开，惊慌如触电般坐起了身，“大……大婶，你们是何人？！”黑无常？白无常？孟婆？

衣着朴素的中年妇女见她醒来，连忙笑呵呵地上前：“姑娘，你可算醒了，快把这粥趁热吃了吧。”

裴星彤微微蹙眉，下意识地向后移动着身体：“我才不喝孟婆汤！你……你还没告诉我你们是谁呢。”虽然他们看起来很淳朴可亲，但在没弄清楚是敌是友之前，她绝对不敢掉以轻心。

思绪流转，不对啊，她明明是在看到东方云霄和漠黎来救她之后，才因身体虚脱而晕倒的呀。

手悄悄抚上腹部，她抬首望着眼前站成一排的几个陌生人问道："那个……东方云……呃，我是说，把我送到这里来的那个人呢？"东方云霄那个混蛋不会如此不仗义地把她扔到这里，就和漠黎跑掉了吧。什么心胸啊！

中年妇女并不介意她有些无礼的戒备之色，闪开自己有些臃肿的身子，依然笑呵呵地回答："你夫婿不就在这里。"

裴星彤透过中年妇女和她身侧三个家人的身体，看向她手指的窗棂处，果然，那里有一个身着青色锦袍的男子正长身玉立在窗前，他面向窗外，背着双手，身姿挺拔而孤寂。

微风吹入，卷动了他肩侧的发丝，冷魅依旧。

夕阳西下，暖热的余晖洒落在他的肩头，因脸颊逆着光，轮廓更显深邃而冷漠，如同冰雪雕出来的一般。然而，这一冷一热呈现在他身上，竟是很契合地融为一体，形成一副赏心悦目的画卷。

裴星彤莫名地松了一口气，还好他在这里。

东方云霄缓缓转过身，脸上神情冷冽，双唇紧紧抿着，幽冷的凤眸中浮动着一层寒霜，就那么一眨不眨地凝视着她的腹部。

裴星彤见他回首，连忙有些心虚地垂下头，舔着有些干涩的双唇，不敢与他对视，手再次悄悄抚上小腹。伤脑筋，她凭什么要心虚！

中年妇女瞧见了她的动作，亲和地把粥碗递到她面前："姑娘，你夫婿刚刚请了村医过来，给你瞧过身子了，多亏你们来得及时，吃几副安胎药就无碍了。你现在先吃点粥吧，一直睡着，都没吃东西。"

裴星彤眸色微闪，璀璨而晶亮，缓缓伸手欲接住粥碗，而手在伸到一半时，她又怯怯地瞟了一眼窗棂前的东方云霄，眨巴着眼睛，不动也不语，活像个受气的小媳妇儿。

"吃吧。"东方云霄面色清冷地与她对视片刻，不冷不热地说出这两个字。

"嗯嗯嗯。"眉眼瞬间弯起，她一把夺过中年妇女手中的粥碗，大口大口地吃着。

"姑娘，吃好了就歇息片刻，老身这就给你煎药去。"说着，中年妇女便拉着她的家人一起往门外走。

裴星彤连忙伸长脖子喊道："谢谢你啊，孟婆大婶！"

待中年农妇一干人出去，裴星彤便毫不矜持地将碗扬起，喝了个底朝天。

她用手抹抹嘴，睨向前方的青衫俊美男子，欲言又止。

烛火依旧随着空气跳跃着，简陋农舍内的气氛有片刻沉默……

"你怎么会出现在那里？"

“你怎么会出现在那里？”

就像彼此对过戏词一般，两人开口的第一句话，竟然出奇得一致。

裴星彤谄谄地摸着鼻子，很有风度地说：“你先问吧。”

青色衣角划动，东方云霄已坐到了粗糙而简陋的椅子上：“他不要你了？”

裴星彤没好气地瞪着他，让他先问，他却已然换了问题，一个很可气的问题。

美眸翻转，她倔强地扬眉：“谁说他不要我了，是我不稀罕要他们了！”死也要死得有面子。

东方云霄不期然地睨着她平坦的小腹处，微微半眯着眼：“是谁要杀你？”

裴星彤漠然垂首，知道他问的是那个黑衣人：“……我要是知道就好了，她……怎么样了？”晕倒之前，她看见漠黎在与那个黑衣人交手。

“跑了。”

并不惊讶于这个答案，裴星彤只是无可奈何地耸耸肩，应了一声：“哦……”那人能在漠黎手上逃脱，不那么意外。

“那你为何出现在那里？”没记错的话，这里离京城并不近，他怎么会那么巧地出现？

东方云霄皱着俊眉咽下一口粗劣的茶水，优美的唇畔溢出一抹冷笑，那冷笑中有淡淡的桀骜，有些许的深幽，还有丝丝不屑。

裴星彤被他复杂的神色弄得丈二和尚摸不着头脑，表情松懈地收回视线时，才惊觉他青色锦袍的肩侧和腰际都有几道浅薄的破口，那破口显然是与人打斗时被对方的剑峰划破而留下的痕迹。

她微微抿唇，明明不想多管闲事，可还是忍不住猜测他到底经历了什么事情。好端端一个王爷，居然沦落到如此窘迫之境。

“为了不让我破坏他与狐翡国公主的联姻……”东方云霄嫌恶地瞪了一眼那浑黄的茶水，冷飘飘地丢出这么一句话。

闻言，裴星彤苍白的脸上更是没有了一丝血色，静静地坐在那里，纤手始终没有离开过自己平坦的腹部。

是啊，若太子与狐翡公主联姻，东方云霄若再想争银月的储君之位，便更是有难度了。

脑海中浮现出在柳阳城钱府的那夜，依稀记得，当时东方云霄就曾说过，希望你不要后悔，早晚有一天你会发现，他就是个不敢以真容示人的骗子而已！

难道他早已猜测到了云轻的真实身份？可是，裴星彤委实不想再卷入其中了，这些男人一个个都欺骗过她，她岂敢再信任。

黯然垂首，裴星彤静默不语。

她落寞神伤的表情令东方云霄的心头一滞，起身走上前，按捺住想要拥住她的冲动，深呼吸一下，轻轻地坐在床沿上，伸出修长的手指，挑起她的下颚："星彤，只要你肯放弃这个孩子，我们就好好地重新开始，可好？"

他的语气很轻柔，还带有丝丝诱哄和无奈。

裴星彤仰首，望进他邪魅不羁的凤眸，浅淡地吐气："生命无价，我要这个孩子，他是我唯一拥有的希望。东方云霄，莫要在我身上费心思了，只要你肯敞开心扉，就会拥有更多更好的选择。"

东方云霄将凤眸危险地眯起："我的心，要么永远不会对谁敞开，但，只要是对谁敞开了，就一定要彼此拥有！"他已经查出来了，那日他给裴星彤的密信是被聂芙蓉调了包，才致使裴星彤当日根本就没有看到他给她的承诺，从而让他们擦肩而过，错失了机缘。

他又恢复了一贯的霸道口吻，裴星彤暗自翻个白眼，懒得跟他争辩："你要是敢打这孩子的主意，我做鬼都不会放过你！"

说完，裴星彤就不再理会他，直接躺倒在硬邦邦的床上假寐起来。

东方云霄力道适当地将她一把捞进怀里，厉声吼道："裴星彤！这已然是我最大程度的让步了！难道你还要我替他养孩子不成？"

裴星彤瞪着水眸，眼波盈动："谁要你养了！我自己可以养啊，谁又没说要跟你走。"

"不跟着我？既然你已然看透了他，又选择了离开，当然是该回去乖乖地做霄王妃啊！"老天好不容易又给了他们再次相聚的机会，她怎么可以说不跟着他！

裴星彤扯出一个洒脱不羁的浅笑："呵，男人没有一个是值得信任和托付终身的，现在的裴星彤谁也不需要，不会再嫁给任何男人！"

可是，为何话可以说得如此轻松和决绝，而心内依然钝痛如初。爱一个人是很傻的事，可她却依然执迷不悟；忘一个人是很快的事，而她心口内的影子却没有分毫减淡，依旧清晰可见。

她可以肯定，如果那个人的身影此时出现在她面前，她还会控制不住地扑进他的怀里，尽情发泄自己的委屈与幽怨。无论他是无双，还是云轻，抑或是东方云轻，她都全身心地用力爱着，又岂能朝三暮四，说忘就忘。

还有那个与她血脉相连的妹妹，呵呵……应该是弟弟……

想忘记，反而比记住还要费心思。

这样的痛心之爱，她真是不想再经历，在她离开凤舞宫那刻起，就决定要让这颗心一点一点死掉，没有了心，自然就不会心痛了。

烛火跳跃，她白皙的脸上尽是淡漠萧索。

东方云霄静静地注视着她清冷的娇颜，明明想反驳她，可就是无法说出口，毕竟，他也曾深深伤害过她。

单手揽着她的肩，他莹润的指腹将她鬓角的碎发捋顺，怜惜地摩挲着她细腻的肌肤："星彤，相信我一次，好不好？嗯？"

叩！叩！薄板木门忽然被人从外面敲响，裴星彤连忙推开拥着她的东方云霄，整理一下着装，才对着木门方向喊道："请进！"

话音落，木门应声而开，进来的是那个中年妇女的女儿。她手中正端着一个热气腾腾的药碗，紧低着小脑袋，神色羞怯而紧张地一点一点向里面踱步，还不时用胆怯的眼神偷瞄着一脸清冷之色的东方云霄。

裴星彤见状，微微凑近他耳边低语："人家是好心来给送药的，你唬着一张脸做什么？没看到小丫头很怕你吗，人家收留了我们，你应当表现得和蔼可亲一些，不要时时刻刻都犯'王子病'好不好！"

"和蔼可亲？'王子病'！本……"王字还没说出嘴，他便及时收住口。轻咳一声，他抛下一记冷眼，便兀自坐到了旁边的木椅子上。

门扉再次扇动，一身黑衣的漠黎也进来了，恭谨地呈给东方云霄一包东西，不知在他耳边低语着什么。

小丫头见东方云霄让了地方，这才敢走到床前："仙女姐姐，这是我阿娘刚刚煎好的药，嘱咐你要及时喝了呢。"

裴星彤轻柔一笑，接过药碗："小妹妹，谢谢你和你娘！不过，我可不是什么仙女，你叫我裴姐姐好了。"示意小丫头在床沿上坐下，她苦着脸凝视着手里的药碗。这药闻起来真要命。

小丫头毕竟不知道他们的真实身份，又见她很随和，倒也不再拘谨了，直接坐在床沿上，笑吟吟地说："裴姐姐客气了，请村医和抓药都是姐姐的夫婿在张罗和付银子，我和我阿娘只是出了点绵薄之力而已。你速速将药喝掉吧，温度正合适。"

裴星彤将注视药碗的眸光移向单纯而渐渐活跃的小丫头，解释道："小妹妹，你们误会了，其实他不是我的……夫婿。"他是……是她什么？前冤家现小叔？抑或是前小叔现恩人？

当察觉眼前有青色衣袂浮动时，她未说完的话就被人打断了："快喝药，莫要尽说些废话！"

裴星彤缩缩脖子，愕然抬首，入眼的就是东方云霄那张冷酷的俊脸。什么叫废话，那是真话！本想也跟他耍横，但一看到他眸中的冷魅和深沉时，她就很没骨气地全然妥协了。

这混蛋还说什么爱上她了，简直骗人，就他这种爱人的方式，能娶到媳妇儿全凭命好!

说实在的，她其实还真有点怕东方云霄，也不知道为什么会怕他，反正只要他一瞪眼，她的小心肝儿就突突地打战。所以，在明知道与他文斗不属一个境界，武斗不占优势的情况下，她只得乖乖听话，识时务者为俊杰。

举碗仰脖，她十分憋屈地将那碗黑乎乎的药汁一饮而尽，还自以为漂亮地用袖口擦擦嘴，讨赏般指指空碗，对东方云霄弯起眉眼，笑得一脸谄媚。

东方云霄面无表情地上前一步，吓得那个小丫头一溜烟地跑出了屋子。

裴星彤仰头看着他走近，不明所以地眨着眼睛，以为他又要无缘无故地发飙，毕竟此君喜怒无常惯了。于是，她连忙摆上一副可怜兮兮的嘴脸：“东方云霄呀，药苦……”

东方云霄白皙而修长的手指毫无预兆地伸到她面前，紧接着，有什么东西被准确无误地塞进她嘴里。

动不动就胡乱往人家嘴里塞东西，真不是个好习惯。他不把他们之间的孽缘改写成虐缘，是不会善罢甘休的。

裴星彤刚欲以舌尖顶出那个莫名其妙的东西，准备吐掉。可是，一股夹杂着玫瑰香味的甜腻感觉瞬间席卷了整个口腔，将那苦苦的药味全然覆盖。

慢慢咀嚼几下，竟是越嚼越香甜，甜蜜的玫瑰香味肆意弥散在她的口腔内，甜润着她的味蕾，沁入肺腑。

她垂首，轻轻合上眼帘，掩饰住那纷乱的心扉。

怪不得一醒来时没有看到漠黎，原来……东方云霄竟是让他去买蜜饯了。

这个小村落定然是没有卖的，得去很远的镇上才能买到吧。

该说他是个冷酷的霸道狂，还是该说他心思细腻呢。如此别扭的性子果然不讨喜，可是，却很真实，不是吗。

她缓缓吞下咀嚼了半晌的蜜饯，掀开眼帘，弯起好看的唇角，将莹白的手心伸到他跟前，像个讨糖吃的小孩子般，笑眯眯地说：“还有吗？”

月光如水，迷雾淡淡，一切都不甚清晰，正犹如裴星彤此时的心情。

东方云霄自从回来后，就在一直忙着，而裴星彤就像只被他圈养的金丝雀一般，在这寒月阁内深居简出，彻底画地为牢。

世事难料，无论她多么想低调地息事宁人，终归是无法躲开那些如犬般灵敏的嗅觉和精锐的眼睛。

瞧，这就有人来了……

粉色宫纱盈动，胭脂味随风飘来，聂芙蓉愈发丰腴的身子已不请而入。

她一双冷寂而狠戾的瞳眸紧紧地盯着裴星彤："没想到妹妹竟然又回来了，兜兜转转，倒是有些乐趣。怎么，在外面过得不如意？"神色和语气依然都是隐藏在雍容沉静背后的尖酸刻薄。

聂芙蓉在笑，可她笑得阴冷而飘忽，俗称阴笑。

"是啊，不如意，如意就不会回来了，难道你以为我已经永远消失了？"裴星彤眸色无意地划过她凸起的小腹，浅淡地扯动着唇角，表情淡漠疏离。

冷笑在聂芙蓉的唇畔蔓延，她斜睨着裴星彤，坐在桌前，悠然地举起茶壶，自行倒了一杯茶水，说道："这里本就是妹妹的家，不如意了，理当回来……"

粉色衣袖浮动，胭脂味四溢。聂芙蓉眯着精芒冷溢的眸子，细细地啄了一口茶水："明日太子殿下大婚，王爷欲带本宫赴宴，可本宫的身子不宜劳累，没法子去凑热闹了，刚好妹妹又重新归来，也是喜事一桩，不如我们明日去游湖如何。"

你就装吧！裴星彤在心中默然冷笑，游湖？她会好心地邀自己游湖？恐怕又有什么诡计，她眼中的那抹算计，虽已经加以遮掩，但还是可以轻易地被捕捉到。

上次她把密信调包的小伎俩已经够拙劣了，难道这次还会更高明吗？

裴星彤面带浅笑地看着她，不说去，也没说不去，只是那样静默着。

聂芙蓉终归有些沉不住气，动作自然地放下依然装满茶水的茶杯，缓缓起身，抚着凸起的腹部，说："身子重，人也容易乏力，夜已深，本宫也该回去等候王爷了，妹妹若有雅兴，明日本宫就到渡缤湖等候着。"

不请自来，不送自离。

大半夜的，聂芙蓉的邀请岂会只是游湖那么简单。

裴星彤若是会去，简直就是个大傻瓜。于是，对着那丰腴的背影撇撇嘴："你去空等吧，蛇蝎美人！"

缓步走至桌前，不以为意地耸耸肩，她将聂芙蓉用过的茶杯撇到一旁，自己倒了一杯茶水，一饮而尽。

刹那间，一股奇异香味渐渐弥散在卧寝内，裴星彤吸吸鼻子，那香味便猛然灌入她的鼻腔。

女人真是麻烦，闲来无事身上抹那么多薰香做什么，人都走了好一会儿了，香味还这样浓，好呛人。

放下水杯，蓦然，一阵陌生的眩晕感便毫无预料地袭来。裴星彤甩甩头，摇摇晃晃地走到偌大的床榻前，慢慢躺下。

从今天早晨开始她就开始呕吐酸水，看来是有孕期反应了，女人享受做母亲这份快乐的同时，也是需要付出代价的。

她拉过锦被搭在身上，将绣鞋踢掉，身子忽然却燥热起来，奇怪的燥热。

她下意识扯掉身上的锦被，又难耐地拉开衣领，燥热依旧。

聂芙蓉稳步走出寒月阁，高昂起头，抖抖衣袖，露出了诡异而阴险的笑容。

看一眼远处被贴身婢女翠柳牵绊住的漠黎，她唇角笑痕愈发深沉。

缓步上前，聂芙蓉还是那副雍容沉静的侧王妃模样："漠黎，原来你在这里，刚刚裴妹妹还在寻你呢，像是挺急切的样子。"

漠黎依旧沉着俊脸，微微对聂芙蓉俯首，一言未发就闪身奔着寒月阁的方向而去。

聂芙蓉怨毒的目光斜睨着他渐远的背影，露出了一抹得逞的快意笑容。这下子便不用等到明日游湖时动手了，还能顺便除掉这个碍手碍脚的漠黎，真是一举两得啊。

她傲慢转身，带着翠柳向锦绣园走去，险恶的笑容迎风而散。

裴星彤，怪只能怪你不该回来，你占据着王爷的心，我便容不得你，上次你侥幸逃脱，这次你只能任由宰割了！

漠黎走到寒月阁门前，谨慎地敲了敲门，但里面没有人应声。碍于男女有别和尊卑礼节，他不敢贸然而入，只得稍微加重了手上的力道："王妃？您寻属下可是有何吩咐？"

见还是没人应声，他心中起了疑虑，开始担心起她的安全。而在他刚欲自行推门而入之际，便灵敏地感觉到了有人走近："王爷……"

东方云霄蹙眉，不解地问他："这么晚了，你来此有何事？"

漠黎俯首，脸上依旧没有任何表情，恭谨地回答，"方才聂侧妃告知属下，说裴姑娘寻属下有急事。可是属下敲了门，姑娘没有应声，既然王爷回来了，属下这便告退。"

"聂芙蓉？"东方云霄斜睨一眼寒月阁窗棂处摇曳的烛光，心思微沉，冷然道："行了，你且先下去，若是聂芙蓉再敢耍什么花样，你可以先斩后奏！"

"这……"漠黎有些为难地抬头看他，欲言又止。

冷眸瞪起："这什么！区区兵部尚书的女儿而已，本王能忍到今日也算厚待她了！"

"是！"

东方云霄整理一下因着急回来而微乱的衣摆，推门而入。

房门在被推开的一刹那，一股奇异的幽香瞬间冲入他的鼻腔，盘旋萦绕。

“……嗯……”

随之，一声突兀的低吟从内寝方向传来。东方云霄心思略沉，再不多想，凛然抬步，闪入卧寝。

“星彤！”在看到床榻上那旖旎的景致时，东方云霄幡然醒悟，他连忙以内息抵御那香味的入侵。上前一把托起面色绯红的裴星彤，关切地叫着：“星彤，星彤！你怎么样了？可有何不适？”

一双柔弱无骨的柔荑像遇到沙漠中的绿洲般，急急地勾上他的脖子：“好热……我好难受……”

他呼吸微滞，轻轻拉下裴星彤的手，抚着她绯红的脸：“星彤，你先睁开眼。”他已然沙哑的声音中低低地带着诱哄，蛊惑至极。

而眯着眼的裴星彤似乎很不满意他这般推开她的动作，于是，她用着蛮力再次攀上他的脖子，双眼灼热迷蒙，咬上他的薄唇：“凭什么只有你一个人，太自私了！好热……唔……你居然还偷吃过果冰……”

东方云霄俯首咬上她的耳廓，火焰一触即发：“星彤，你先睁开眼，看着我……”他已知道那奇异的香味是一种叫作媚幻的催情香，这种东西的不同之处就是它不需要人服用或饮下，它是一种类似于薰香之类的药物，只要是人闻到了那香味，便会陷入其中，而唯一的解法不言而喻。

他刚才进门时就察觉到室内有异，所以吸入的并不多，勉强可以用内力抵制，而裴星彤此时的模样，显然是无法用内力逼退了。

残留的理智让他瞬间理清了这定然是聂芙蓉为了陷害裴星彤而为，如果刚刚进来的是漠黎……那样的结果他不敢想象。

冷眸中的炙热缓缓凝聚成寒光，聂芙蓉！你一而再再而三地得寸进尺，休要怪本王心狠！

裴星彤被耳朵上传来的一丝痛楚拉回了些许理智，艰难地睁开蒙眬双眸，愣怔了片刻，她惊叫一声：“啊！东……东方云霄……你在做什么？你这个……混蛋，快走开！”她那副防狼般的口吻，显然是不知道是她自已扑向人家的。

东方云霄托起她染上红晕的俏颜，深呼吸：“星彤，你被人陷害了，所以才会有如此情况。不过，我现在要说的是，我要你睁着眼睛，好好地看着我，感受我，想着我，听到了吗？”

“陷害？”难过的应声后，裴星彤又艰难地摇摇头，“不行，你走开！”她苦苦挣扎着。

闻言，东方云霄周身散发着冷戾而寒冽的气息，冷声道：“如果你此时可以决绝地推开我，我便走。不然，你就必须睁开眼睛好好看着我！”

裴星彤狠狠地掐着自己的手心，残存的理智慢慢回来：“东方……云霄，我求你……用内力……帮我，或者给我……冷水浴。”

她这种宁愿自己难过也不让他碰的话，让东方云霄狠狠地抽痛，恨不得一剑杀了她，也不想再听到她的拒绝。

他捏着她的下巴，气急败坏地咬牙：“裴星彤，你这个没心没肺的白眼狼！如果你不想要肚子里面的孩子了，我现在就给你运功或冷水！”

他警告的话语让裴星彤蓦然一惊，是啊，那样势必会很危险的，可是……

她难耐地低泣出声：“……那如何是好？我恨死……你们这对蛇蝎夫妻了！”

东方云霄凑到她耳边，火上浇油地呵着气：“星彤，我爱你。”

裴星彤蓦然睁大迷蒙的瞳眸，用最后一丝理智愣怔地看着他，眼中有说不清的情绪。

然而，在他的吻再次落下时，她……没有继续反抗。

我爱你！多么简单的三个字，可是，那个她心心念念的人，曾经在她耳边说过无数的甜言蜜语，却唯独没有说过这三个字，这简单而重要的三个字。

她如此在意的三个字。

晨曦洒落，淡淡的金色透过窗棂晕染着旖旎的卧寝，静谧一片。

明明已经醒来，却是不敢睁开眼。

她竟然真的和东方云霄……

心里突然有种做了错事的感觉，那感觉就像是红杏出墙。

总之，是一言难尽的感觉。

她该跟他说什么呢，是谢谢，还是对不起？毕竟人家是为了救她而奉献了自己的身体。

“既然醒了，是不是就该起来说些什么？”

男子邪魅而略带调侃的话语从头顶上方传来，使得裴星彤悲戚地暗自哀嚎，真是想什么来什么啊！

她以蜗牛爬行之速抬起头，脸上没有半分懈怠的神情，眨眨眼睛望进他邪魅的凤眸中，在感觉到他的温热气息时，又连忙心虚地低下头：“唔，对不起。”

“对不起？”东方云霄的脸开始抽筋，声音有些尖锐，她扭捏了半晌竟然跟他说出这样三个字！

裴星彤收敛思绪，轻叹道："好吧好吧，还有……谢谢。这是我的极限了，我也是受害者！"说完，她挫败地垂下脑袋，心里有无数的愤恨懊恼没地方发泄。

"谢谢？"东方云霄的声音愈发愤怒，甚至又开始咬牙切齿："经过了昨晚，你竟然想用这两个词就蒙混过去？"他深魅的凤眸中已然蒙上了一层微愠。

他承认，她不是他的第一个女人，但他可以肯定，日后她绝对是他唯一的女人。

"……那……你想怎样？"贪婪地呼吸着重新回到胸前的空气，裴星彤迷茫地问道。

东方云霄眸光闪动，翩然起身，将她的衣衫一件件穿上。

然后，将她拉到铜镜前坐下，又亲自给她洁面绾发。最后，他又从首饰盒中取出一只熟悉的金步摇戴在她的发髻上，最后才满意地站在她身侧，看着铜镜里好一会，附到她耳边说："将这个孩子堕掉，这个月十五，我要风风光光地将你娶进门，做霄王府里唯一的女主人。"他的语气中潜着丝丝不容拒绝，又带着满满的蛊惑。

可这话却犹如一盆冷水泼面，将裴星彤迷蒙的眸子瞬间浇醒。她惊愕地看着铜镜里的俊美男子，双唇微颤，却是说不出一句话。

他，还是打这孩子的主意了！

瞳眸倏冷，她默默垂首，暗自咬着牙，不可以！她绝不允许任何人伤害她的孩子！这孩子是她的唯一，是唯一一个不会利用和欺骗她的人，她爱这个上天赐予的珍贵礼物。

或许每个人都有这样一种执拗的心态，别人越不愿接受的，不在意的，自己便越觉得珍惜。

压下有些急促的呼吸，她眉目流转，心中燃起寒冽的冷笑，自己竟然为了那一句"我爱你"险些再次相信了男人！

呵呵……女人还真是感性。

他说爱她，却不接受她的孩子，这是人之常情，她可以理解。但，她不会为了他的爱，而伤害她的宝贝孩子！

所以……

纤手不经意地抚上小腹，裴星彤心中已有了决定。再抬首，她只是那样面无表情地看着铜镜，不言不语。

东方云霄见状，吻上她的脸颊，低声耳语："以后，你我还会有孩子，我们的孩子。"他们的孩子，光是这样想着，他的唇角就已经溢出了一抹柔润而憧憬的笑意。

裴星彤看着他的笑容，却更加心冷起来。

九月初一，注定是令她心神俱伤的一日，因为今日是云轻，哦不，是银月太子东方云轻大婚的日子，也是东方云霄想要堕掉她孩子的一日。

翩然而立，眸光悠远。

往日的恩爱和甜蜜又不停地盘旋在脑海，发疯地啃噬着她的心，痛得她连呼吸都那么困难。甜蜜时心智为空，痛苦时心智为负，如此便是爱情。

她用全然之爱和滚烫之心换来了今日的孤影残梦，那缕幽香是那么深入骨髓，想摒弃竟是如剜心刺骨般疼痛。

亲密的爱人，血脉相连的至亲，还有刚刚拥有了她的霸道狂，为什么所有人都不能简单些，她只是想要真诚和简单而已啊。

微风起，有淡淡凉意袭来，清醒了头脑，寒彻了心扉。

就让所有的纷乱与纠葛，都释放在风中，慢慢飘散吧。

送走了东方云霄，裴星彤静静地站在寒月阁门口，深暗的眸子望着不知名的远方，若有所思。

她，只是一个女子而已，可是，所有人都自私地欲从她这里得到些什么。要么是欺骗与利用，要么是霸道地想要杀她的孩子，他们没有一个人倾听过她的心声，没有一个人尊重她的想法，也没有一个人知道她想要的到底是什么。他们都自私地按照他们自己的方式行事，却不管她愿不愿意接受。

难道只能这样任人摆布吗？不！她不会做那个傀儡般的木偶，她，要为自己做主！

那些男人都认为自己可以征服天下，征服女人，那她就让他们知道，他们可以征服所有，但，那其中绝对不包括她裴星彤。

不是都想得到她吗？那她就让他们每个人都得不到！她只属于自己，与任何一个男人无关。

今日是太子大婚的日子，也是全京城欢庆的日子，肯定热闹非凡吧。

东方云霄已经进宫，那么……

裴星彤不经意地瞥了一眼伫立在远处的漠黎，继而，清冷地弯起了唇角，转身进到卧寝内。

半晌后，她抱了一个大包裹出来。

漠黎立即上前，俯首，不明所以地询问：“王妃，您这是何意？”

裴星彤挑挑眉梢，嘴角上翘，他以为她是要打包逃跑吧。

她扬起一抹不羁的笑容，淡淡地说：“我要用银子，就找了些看似值钱的物件去当铺换些银子，这些东西看起来很值钱的样子。”

漠黎抬首，微微惊讶："换银子？何须如此，王爷交代过，王妃若要用银子，可以到账房随意支取，不限额。"

抬眸，她理了理额前的发丝，神情甘洌而自嘲，不限额吗？同床共枕了一晚而已，东方云霄倒是够大方的，不过，既然他这么大方，她就只有欣然笑纳了。

漠黎在前引路到了账房，裴星彤举步而进，账房先生是位年过六旬的白胡子老头，一见裴星彤进来，他有些发懵，依稀记得她是云凤的战俘，王爷很厌恶她，听一些丫环说她之前莫名其妙地消失一段时日，前两日又被王爷带了回来，却不知其中缘由。

见老头一直呆愣地看裴星彤，漠黎连忙开口："朱先生，王妃娘娘需要支取些银两，你为娘娘准备一下。"

朱先生微微惊讶地抖抖胡子，随即，忙不迭地对她屈身俯首施礼："老奴眼拙，未能识出娘娘尊容，有失礼的地方还恳请娘娘多多谅解，老奴这便为娘娘取来银票。"毕竟在这王府待了很久，简单的察言观色他还是懂的，不管之前是怎样，既然漠黎说她是王妃，他当然得以主仆之礼相拜。

裴星彤舒润一笑，浅声道："朱先生不必多礼，那就麻烦朱先生了。"不是没看出他眼中的惊讶，但这些都不关她的事，这个霄王妃的头衔本来就是东方云霄强加给她的。

朱先生见她这般和颜悦色，连忙惶恐地再次深弓腰："娘娘多礼了，这是老奴的分内之事。敢问娘娘，您需要支取多少银子？"

"十万两。"她淡淡地回答道。

"十……十万两？"朱先生一听这数目，倒吸了一口冷气，惊讶地抬起头看向一脸平静的裴星彤，她却像是欲取十根萝卜那样不以为然，真不知这位娘娘有没有金钱概念。

裴星彤迎上他惊愕的眸光，浅笑着问道："怎么，太多了吗？"

"这……"朱先生犹豫一下，又匆忙地看向她身后的漠黎。

而漠黎的神色仍是一成不变的淡漠，也像是在数萝卜："王爷说过，王妃可以随意支取银两，不限额。"

朱先生连忙再次恭谨地摆出笑颜："是！是！是！老奴这便去为娘娘拿银票。"

今日的长安城街上果然很热闹，到处都是喜气洋洋的氛围，欢腾一片。

而这份喜庆只属于别人，却不属于裴星彤。

裴星彤寒心地走在大街上，垂着脑袋不去看眼前这番自己无法融入的欢庆景象。然而，她今日却又刻意没有坐马车出来，为的就是要提醒自己，那份不真实的幸福姻缘彻底结束了，更要让自己清楚地牢记，男人的诺言永远不可靠。

她紧抿着双唇，眸光迷蒙而漠然，矛盾着自己的矛盾。

眼角余光淡淡瞥向身后的三步以外，那里有漠黎如影随形地跟着，不管是保护也好，还是监视也罢，她都无法抗拒。

摸了摸怀里那一沓银票，她缓缓抬首，在看到跟前阁楼上的匾额时，她微微一笑。

“王妃，请允许属下随您一同进去。”在她欲举步而进时，身后传来了漠黎的声音。

裴星彤转首淡淡斜睨着漠黎，神情如霜如雪，清冷至极。洒脱微笑间，她已启口，“我何时说过不让你进了……”他没有阻止，她就已经很意外了，他要跟进去，她并不会拒绝。

漠黎再次凝视一眼那块匾额，俯首道：“那属下就失礼了，请王妃见谅。”王妃到底是怎样一个女子，他难以形容。她有时嘻嘻哈哈不拘小节；有时古灵精怪潇洒不羁；有时又晦暗莫测，心思成迷。就像现在，她露出漫不经心似笑非笑的表情，便让人瞧不出她是喜是怒。

裴星彤耸耸肩，不甚介意地笑笑，抬步进了面前的阁楼。

阳光随着她推开门的一刹那同时透射进来，使人的视线有些模糊，只能看清来人的身影，却看不清来人的样貌。

向日葵妈妈微微遮住眼睛，尖着嗓子道：“哎哟！我们这可还没到做生意的时候呢。今日是全城大喜的日子，竟然还有人如此早来这里，真是奇了怪了，天下怪人何其多。啧啧，莫非这是赶着要跟太子殿下同日洞房啊。”

她发牢骚的话还未说完，裴星彤已缓缓上前，对着向日葵妈妈浅笑吟吟：“妈妈，小狐狸在吗？”

向日葵妈妈定定地注视着眼前的绝美女子，惊艳且微愣片刻后，她的脑中闪过些许的熟悉感，可一时又想不起什么时候见过这绝美女子。于是，她撇撇嘴，语气有些冷横地说道：“姑娘，狐狸可是我们惜君楼未来的头牌清倌，不是什么人都随意能见的。”主要看你肯给多少银子。

“大胆刁民！怎可对霄王妃如此不敬，还不请罪！”漠黎冷着俊脸上前一步，手已握上了腰间的剑鞘。

他那冷寒的气息将向日葵妈妈吓得一个激灵，身体也不由地向后倒退两步，她惊慌失措地看着眼前的女子，下巴都在颤抖：“霄王……王妃？”带着侍卫来……快活？天下怪人何其多！

片刻后，她扑通一声软倒在地，战战兢兢地低泣起来：“……霄王妃饶命啊！奴家……有眼无珠，顶撞了娘娘，还恳请娘娘大人有大量……饶了奴家这一回啊！娘娘，奴家上有……”

裴星彤斜睨着一边磕头一边哀求的向日葵妈妈，又瞧了瞧净会吓唬人的漠黎，无奈地抿抿嘴：“行了，行了，没人要你的命，赶紧让小狐狸出来见我便可。”

向日葵妈妈嘴里一串的求饶台词还未说完，微愣怔一下，连忙爬起身，谄媚道：“……是！是！奴家这就让他出来好好侍奉娘娘。不收银子！”

侍奉？裴星彤清冽一笑，开始有些佩服这向日葵妈妈的想象力了，感情她以为霄王妃是带着护卫来逛窑子来的。

裴星彤没心情向向日葵妈妈多做解释，懒懒地在桌前坐下等候，兀自喝着茶水，压下那股又涌入喉间的呕吐感。

须臾，楼梯口拐角处，有一个妖冶的红衣少年翩然出现，就那么以无比炫目的姿态，惊喜地看着她。

抬眸，起身，她柔润地笑着。

“姐姐！”

微笑间，阴柔俊美的少年已如一朵舞动的玫瑰花般，飞扑而来。

而后，一把将裴星彤轻盈的身子抱起，原地转着圈。

他娇艳的红衣和她鹅黄色的宫纱罗裙纠缠相叠，缤纷多彩，犹如一片美丽的花海，绚丽夺目。

“王妃，仔细身子。”狐狸那么大幅度的动作让一旁的漠黎皱起了眉。真是大胆刁民！

像是终于注意到了还有别人在，狐狸安然地站稳身形，微微放开怀中微笑的裴星彤，撇着嘴，凑到她耳边道：“我讨厌这个棺材相的死人脸！姐姐，都这么久了，你怎么才记起来看我，我可是每日都在想姐姐啊。”

对于他有些撒娇和哀怨的语气，裴星彤只得无奈笑笑，伸出纤细白皙的手，捏捏他嫩滑的脸颊，有些宠溺地启口：“呵呵……你这只精怪的小狐狸精，就是这张嘴会讨人喜欢，跟抹了蜜似的。”从第一次见到他开始，她就一直很喜欢他，莫名就把他当成了自己的弟弟，想要对他好，不忍心看他如此年纪便流落在这烟花之地，饱受人间的肮脏灵魂。

弟弟……

那个与她血脉相连的亲弟弟，不知现在好不好。

“既然姐姐喜欢，那我就把抹了蜜的它送给姐姐吧，姐姐要不要现在就亲亲？”狐狸一双魅惑的丹凤眼已弯成了月牙形，一边说还一边把红润的双唇凑近，作势要给她亲。

从惜君楼二楼雅间下来后，裴星彤提着裙摆对漠黎说："漠黎，我们去渡缤湖吧，天气这样燥热，突然想去游湖赏景了。"

漠黎似乎是受主子的吩咐，对她的一切要求都无条件服从："王妃是否需要属下去准备马车？"

裴星彤摇摇头："不必了，今日普天同庆，街上那么热闹，我们怎可错过？要懂得分享别人的喜事，自己才会快乐。"

颈间的那颗莲子已被她取下，自离开云轻那日起，她每天都在上面扎一个针眼，代表她又经历了痛苦且思念的一天，原本光滑的莲子表面现在已经有了多个针眼，犹如她千疮百孔的心。不知到了莲子再无处可扎针眼时，她的心是否才可以平静下来，是否才能将他真正地归为过去。

漠黎谨慎地睨一眼她灿烂如花的笑颜，垂首，不再多言。

阳光和煦，绿柳依依。

街道上，少了商贩们吊着嗓子的叫卖声，却多了百姓们的津津乐道声，总之，比往日更加喧嚣。

一路走，一路唱……

越唱，才能越死心，头脑才能越清醒。

裴星彤冷傲地昂着头，平步向前，双手稳稳地叠放在小腹前，唇角始终保持上翘，让眼底的水雾随风弥散。

渡缤湖在城东，相对于城内的繁荣似锦与热闹非凡，这里显得清静无比。

望了一眼岸边停靠的一个画舫，画舫上站了一个绿衣女子，裴星彤唇角溢出一抹冷蔑的浅笑。那里，是聂芙蓉已经在等她了，不然有谁会在今日还有游湖的闲情雅致。

她敛起心神，微微侧首对漠黎说："你在此等候吧，今日天气明媚，很是适合游湖！刚好聂姐姐也有如此雅兴，我便与聂姐姐同游而快。"

漠黎在看到画舫上的聂芙蓉时，皱眉道："王妃，您万不可与她独处，她……"

裴星彤不耐烦地摆摆手："行了，行了，茉莉花，莫要大惊小怪的。她一个不会武功的弱女子，大庭广众之下还能将我怎样？我随便几招便能对付她。你见识过的，那天碰到黑衣刺客时若不是我刚好身体不舒服，指不定谁胜谁负呢。赶明儿我教你练练玉女心经，活络活络你的气质，别整天板着一张苦瓜脸影响别人心情。"

"可是，王妃……"

漠黎嘴角抽筋，还欲说些什么时，裴星彤已然沉下了脸："王爷到底是让你保护我，还是监视我？"

微抬头，漠黎一贯面无表情的脸上划过一丝惊异，而后，连忙恭谨俯首：“属下僭越了，请王妃责罚。”

“好啊，就让你在此罚站吧！我不回来，你可不许动。”说完，她已翩然转身，向聂芙蓉的画舫走去。

微风徐徐，鹅黄色宫纱随风飘摇，那么清逸翩跹，那么美撼凡尘。多年之后，漠黎都深深记得她此时的样子，因为这一刻便是诀别。

踏上聂芙蓉的画舫，两个表情不同的女人就那么静静地相望着，眸色复杂，心思各异。

半晌后，聂芙蓉率先开口：“妹妹果然有闲情雅致，本宫等候多时了。”

裴星彤勾起唇角，恬淡的浅笑弥漫在风中，声音缥缈而轻灵：“是啊，姐姐诚心可鉴，更是兴趣盎然。”

皇宫中此时都被一派华美的金色和红色装扮一新，太子东宫内更是人声鼎沸，喜气洋洋，但这份喜庆能感染在场的每一个人，却只有一人自始至终都板着脸，俊逸若仙的容颜清冷无比。

金玉发冠高高地束在头顶，雍容而奢靡，配上他脱尘如仙的俊颜，真是宛若睥睨世间的天神；他身着一袭华贵高雅的淡金色祥云锦袍，更是将颀长的身躯修饰得完美无瑕。

银鸾殿内，朝中大臣及其家眷无不争相观望，毕竟很少有人见过这个神秘莫测的太子殿下，今日能一睹真容，让所有人都狠狠地惊悸感叹着，没想到太子殿下竟是个如此风神俊朗、冰玉之姿的男子。

婚宴有条不紊地进行着，礼毕后，喜婆及宫女将新娘送入了洞房，而大臣们则开始纷纷向云轻敬酒恭维，献礼献宝献殷勤。

云轻只是礼节性地应承着，但明显是心不在焉。

东方云霄冷笑着走上前，双手握着酒杯：“皇兄……”

云轻冷睨着他，凤眸中一片深邃幽冷。

而东方云霄并不介意他如此神色，冷瞥一眼那些阿谀奉承的大臣，他低声道：“臣弟在此恭贺皇兄新婚之喜，恭祝皇兄与太子妃白首携老，早！生！贵！子！”

早生贵子这四个字他刻意咬着重音，果然如预料中的，他看到了云轻的眸中瞬间凝聚起了寒芒，冷冷地瞪视着他。

东方云霄冷蔑地笑着，淡淡地扯动唇角：“内子由于身体不适，未能来参加皇兄的大婚，心感歉意，特托臣弟将此薄礼奉上，以祝贺皇兄的新婚之喜！皇兄，请笑纳。”

云轻紧抿着唇，那寒冽的气韵犹如雪山冰晶，从内到外都那么漠然冷寂。

他半眯着凤眸，紧紧地盯着那个锦盒，却不知里面是什么，也不知东方云霄所谓的内子是何许人也。

缓缓伸出白皙而秀美的手指，接过那只锦盒，在看一眼冷笑着的东方云霄后，他终是打开了锦盒。

然而，在看到里面那个所有的薄礼之后，他再也无法做到冷静泰然。

锦盒内的东西让云轻的脸色倏变，瞪大了高雅出尘的凤眸，一贯的镇定自若也已消弭不见，心底一片骇然。

他微颤着白皙的手，取出那只发簪，心口内有万千波澜在澎湃涌动着。

深邃黝黑的瞳眸眯起，他的表情阴鸷而惊异。这发簪，他再熟悉不过了，这是他成亲那日送给他唯一的妻子裴星彤的，他每日清晨都会亲自为她戴上。

可是，这发簪此时却出现在这里，还成了他大婚的贺礼，她真的已经决绝到如此地步了吗？她怎么可以在杀掉了他的孩子之后，还这般绝情地投入东方云霄的怀抱，又让他将发簪送回！

云轻托着发簪的手蓦然握紧，气息紊乱地咬牙狠声说："果然是你将她藏起来了！把她还给我！"

东方云霄唇角的笑痕更深，他笑得邪肆而张扬，心中思绪百转千回，瞳眸冷冷地眯起："怎么，你终于不再装神弄鬼了吗？无双公子，我的皇兄！她和我一样，早就看穿了你。"

冰雪之姿的身躯微微晃动，狠戾的寒气裹满周身，云轻一把扣上他的肩头："我说，把我的！妻子还给我！"

他一字一顿地说着，每个字都像从心底发出一般，清寒至极。

东方云霄侧首，冷睨着云轻那凝聚着深厚内力的手，立即以内息抵御，依然邪肆不羁地冷笑着，嗤声道："东方云轻，你的妻子刚刚被送入洞房。此时此景，你有何颜面说她还是你的妻子？我告诉你，她现在是我的！此番，我绝对不会再放手！"

说罢，他抬手缓缓推开云轻扣住他肩头的手，冷魅低语："而且，是她不要你了，我已从父皇那里请到了赐婚的圣旨，本月十五，我就要风风光光地将她娶进门！然后，让她做我名副其实的妻子！你从我这里夺走的，我会一样一样地拿回来。"

"你！"咬牙怒喝间，云轻已无形地挥出一道狠厉的劲气，他如玉般的俊逸容颜几乎已经扭曲，眸色幽怨而深沉。

东方云霄危险地眯着瞳眸，利落地侧身闪退，躲过了他的袭击，而后站稳，动作自然得仿佛两人间什么也没有发生过。

“东方云轻！你想得到她只不过因为她是凤栖星女而已，你有什么资格拥有她的心？”想到裴星彤满心都是东方云轻，他不由得更加暗恨起来。

云轻蓦然一惊，双唇不停地颤抖，凤眸中更是猩红一片，那眼底的暴戾像是要将人吞噬掉一般，深寒悚然。

东方云霄嘲讽地勾起唇角，继续低语：“卿入世间四变三分，东争西斗风雨凡尘，乱世之秋谁主浮沉，凤栖星女指点乾坤。就因为这偈语，你便想千方百计地得到她，是不是？”

悠然地弹弹衣袖，东方云霄微微上前一步：“我爱她，以后我会一辈子独宠她一人，让她做我唯一的妻子。当然，我不会为了储君之位而与他国公主和亲，因为她介意。”

“你！你！好！好……”云轻愤恨地几乎咬碎银牙，眸中的幽暗更加森冷，微微平顺气息道，“……只要你把她还给我，这太子之位为兄现在就双手奉送给你！”云轻压下喉间涌上来的腥甜，全身都在战栗。

东方云霄挑挑眉梢，嗤之以鼻：“抱歉，臣弟不稀罕了，此生有她相伴，足矣！而且，我不仅要她做我唯一的妻子，日后，还要她为我……生孩子！”

“你！啊！”随着一声厉喝，盛怒中的云轻再也无法压抑，内力凝起，招式已然随着风动而迅猛地发出。

在所有人都还未来得及搞清楚状况时，这婚宴就瞬间变成了战场，两兄弟间的战场。

所有女家眷纷纷惊恐地退到最后面，而那些大臣和皇宫侍卫却不敢上前，毕竟不知该帮哪一个，万一帮错了人，日后那可是要掉脑袋的。

金袍，青衫，一个飘逸，一个冷魅，却都是天人之姿，都有着超然的震慑力。

一旁的人说是观战不知该帮谁，莫不如说，对于这么有欣赏性的唯美画面，他们不敢自不量力地去破坏。

第十九章 泣血如歌

没有刀光剑影，却是内息凌厉，两个人互不相让，招招毫不松懈。

这时，春风忽然从银鸾殿外飘然而至，对打斗中的云轻低呼道：“主子！”

掌心外翻，两人同时击出双掌，嘭的一声后，各自承下了对方的劲气，纷纷向后倒退两步，敛息，双双毅然而立。

云轻压下喉间的腥甜，看向身侧的春风，却不张口说话，只是用凛冽的凤眸冷睨着他，眼底微微闪过一抹期盼。

春风会意，连忙俯首，低声禀告：“主子，找到夫人了，她……”

然而，还未等他说完，云轻已然倾身而至他的跟前，急迫地开口：“她在哪里？咳……”随着他张口的同时，一股细密的血流顺着他紧绷的唇角缓缓流出，一点点滴在他淡金色的华贵锦袍上，慢慢晕染开来，娇艳如玫瑰。

而对面的东方云霄也迅速抹去流出唇畔的鲜红血液，冷眯着瞳眸，仔细观察着春风的口型。

春风瞥见云轻血红的唇角，连忙扶住他的手臂，关切道：“主子！您受伤了？”

云轻一把甩开春风的手，低声冷喝：“本宫在问你她在何处？快说！”

“渡缤湖……”

话音出，淡金色衣袂摇曳，云轻飘逸的身影已如离弦的箭般，向殿外飞射而去。

东方云霄耳廓微动，隐约听到了春风的回答，他连忙足尖点地，追向殿外。

“哎呀！太子殿下，您这是要去哪儿啊？喜宴尚未礼毕呀……”礼官太监一看东方云轻就这么中途跑掉了，连忙追喊着，可他哪里还能看到人家的半个身影。

长安城繁华喧闹的大街上，两匹骏马一前一后急速而驰，向城东而去，引得街上的百姓惊诧一片，有些见过世面的路人高喊道：“哎呀，那不是霄王爷吗？他前面的那个……难道是……太子殿下？”除了太子殿下，整个银月国谁还有资格和胆量敢穿淡金色的云缎锦袍，那是尊贵身份的象征啊！

“是呀，后面的那个是霄王爷，哎哟，这速度太快了，我都还没来得及看清太子殿下的尊容呢。”另一个路人满脸惋惜地摇着头。

太子殿下一直神秘莫测，就连朝中大臣也有没见过他的，今日突然这么公然露面，却未能及时看到其尊容，真是令人叹惜这难得的机会。

“太子殿下今日大婚，怎会突然出现在这里？”有人惊异过后发出了理智的疑问。

“他们向城东那边去了，咱们去瞧瞧不就晓得了。走走走！”

“是啊，是啊，走，这就去瞧瞧去……”

平静的渡缤湖面上，碧波万顷，垂柳摇曳。

一只精致的画舫在湖面上稳稳地飘浮着，由于没有人划桨，画舫只是借风而行，速度极慢。

画舫的船头上，两个女子肃然而立，黄衣女子在外，绿衣女子在内。

“昨夜那药没能让你如愿，很失望吧。”裴星彤浅笑着看着眼含怨毒的女子，不再与她掖掖藏藏。

聂芙蓉冷笑着摇摇头，眸色瞬间蒙上一层阴冷和狠毒，发髻上的华贵发簪在阳光下折射出耀眼的金芒，为她阴鸷的容颜又添了一份狰狞：“不失望，反正今日你就不会那么幸运了。呵呵……妹妹游玩时不慎失足落水，而我则因身怀六甲无法相救，这样不是很完美吗？”她的语调虽然平缓，却阴寒至极。

裴星彤不识水性，她可是调查得很清楚。

“呵呵……你确定要这样做？真的不计后果？”裴星彤笑得恬静而柔美，瞳眸纯澈得就像不食人间烟火的仙女，飘逸绝尘，美丽至极。

聂芙蓉见此，更是加重了心底的杀机，她必须除掉裴星彤，不然，没有几个男人能拒绝得了她的魔力。她知道东方云霄已经起了要休掉自己的心，那么，裴星彤更加留不得。

而裴星彤在清晰地感觉到她周身散发出来的杀机时，面色依旧气定神闲，仿佛在与挚友叙旧，但心底却已如一泓冷漠的寒潭。

微垂首，眼角余光在瞥见岸边那两个一前一后急驰而来的身影时，裴星彤笑了，笑得清冷动人，笑得明媚甜美，笑得酸涩幽冷，笑得萧索凄然。

瞧，时间算得刚刚好，她果然是琴棋书画四大皆空，阴谋诡计样样精通。

轻然抬首，她朱唇微动，凝视着聂芙蓉：“不后悔吗？”简单的四个字，没有掺杂任何多余的情绪，却如从地府中传来的一般，摄魂蚀骨。

聂芙蓉心头莫名地划过一丝慌乱，然而，在她还来不及开口说些什么时，裴星彤已倏然抬起左手伸向她的发髻。

聂芙蓉以为她要攻击自己，连忙下意识地伸出右手去抵挡她的手。

可是，就在这电光石火间，噗！一道尖锐物体刺入肉体中的声音赫然传来，惊呆了茫然慌乱的聂芙蓉。

聂芙蓉蓦然瞪大眼睛，缓缓低头，看向自己渐渐湿腻的手……

大惊失色后，她呆若木鸡地张着嘴，再也无法说出一句话。

不是这样的，不是这样的。

“阿彤！”

“星彤！”

“姐姐！”

随着岸边传来那撕心裂肺的惊呼声，聂芙蓉才恍然回神，她木然地微微侧首，在看清岸边的那些人时，她整个身体都战栗得抖动起来。

惊慌失措间，她再次看向裴星彤清冷含笑的脸，心霍然如暗夜的孤岛一般，死寂一片。

裴星彤斜睨着聂芙蓉的手，和自己胸口那滚滚而出的鲜红，又冷睨一眼已然驾马飞驰而来的两个熟悉身影，她摇晃着身体，艰难地启口：“所以，你……会后悔的……”

说罢，她用尽力气将聂芙蓉攥着发簪的手从自己的胸口内拔出，空气瞬间鲜血淋淋，她默然垂下眼帘，身体如落叶般砸向湖面，继而，消失不见。

泣血如歌……

只留下聂芙蓉瞠目结舌地看着自己染满鲜红的手，还有那只不知道何时攥在自己手中的发簪，那是她自己的发簪啊，上面沾满了裴星彤的血，她瘫软在画舫上，什么话也说不出。

“你会后悔的……”这句话如蚀心的魔音一般，将她完全击溃。

为什么会是这样，她没有想过让裴星彤以这样的方式死，她要的是自己能够全身而退啊，可现在她仿佛已看到了死亡的梦魇。

到底谁是仙女，谁是魔鬼，她万万没有预料到裴星彤会如此狠绝，如此……

“阿彤！”随着一声凄婉涤荡的声音由远及近，淡金色锦袍的俊逸男子飞身踏水而来，而后，毫不犹豫地跳进了湖水里。

“星彤！”伴着又一声疾呼，东方云霄已站落在画舫上，身体摇晃着凝视着那波光粼粼的湖面，声音如破碎了的玻璃一般，凄冷嘶哑。

寒彻入骨……

他面若寒冰地侧首，双手握拳，指关节在咯吱咯吱作响，瞪视着瘫软在画舫上的聂芙蓉，他眼底猛然迸射出悚然的寒芒，那寒芒幽冷而暗沉，蚀心刺骨般的狠戾。

他一把揪起聂芙蓉的领口，声音中有微微颤抖：“你竟然杀了她！你竟然敢杀她！你怎么可以……”

手腕用力，他便欲将已经失魂的聂芙蓉扔进湖里，可又在松手的一刹那，猛然将她拽回。他恨之入骨地启唇：“你不配给她陪葬！就这样轻易处死你，岂不是太厚待了你，本王要让你所有的家人为你的狠毒付出代价！本王要让你看着自己的亲人一个个因你的恶毒而死去，灭你九族，然后再让你生不如死！”

他一字一句如幽暗的魔鬼一般，将聂芙蓉本就失魂的身体又震慑得全然无力，眼睛一翻，便晕厥了过去。

东方云霄将她的身体狠狠地扔在画舫上，脸上是嗜血的阴鸷。

岸边，狐狸瞪大丹凤眼，颓然跪倒在地面上。他双手握着那十万两银票，潸然泪下，他拼命地摇着头：“不会的！她不会死的！她……她不会死的！姐姐！”

男儿有泪不轻弹，而岸边的红衣少年却是饮泣成殇，他颤抖着双手，看着那厚厚的银票，眼前却是那女子的娇美笑颜。

怪不得她今天的话有些反常，如果他能够早点发现她话中的诡异之处，他一定会拼尽性命及时阻止她，而现在……

微风起，发丝浮动，冰晶般的水汽弥散在狐狸眼底，他脑海中开始萦绕着裴星彤今日去找他时的情景。

狐狸扔下冷着脸的漠黎，将她拉进惜君楼的二楼雅间，让裴星彤坐在软榻上，狐媚地浅笑，“姐姐，你这么急着来雅间，是不是要跟我亲亲？嘿嘿，我的嘴天天抹蜜哟。”

裴星彤宠溺地敲一下他的额头：“亲什么亲！你呀，就是一肚子坏水。小狐狸精，你老实交代，是不是故意让我在漠黎面前尴尬？”

而狐狸没有半点被人戳穿的羞赧，他不以为意地耸耸肩，将脑袋附在她的肩头，眉眼如丝地呵着气：“姐姐，我真的已经长大了，你到底要不要现在就亲亲？”

裴星彤斜睨着像念经似的狐狸，无奈地翻个白眼：“不要总是说这样不正经的话了好不好？我喜欢你，莫名的喜欢，可是是像喜欢弟弟那样的喜欢。等你真成年了，懂得了什么是爱，你就会碰到那个命中注定与你有缘的女子……”她心里的空间还被云轻所占满，容不下其他人。

“呵呵……我现在就碰到了啊，那个人就是姐姐你呀。”一身妖娆红衣的狐狸像没有骨头一般，贴附在她的肩头，笑得一脸妩媚。

裴星彤轻叹一声，这家伙真是有做头牌的天赋，可是，他真不该沦落在这个肮脏的烟花之地。

微微侧首，裴星彤正色道："虽然不知道你是如何沦落到风月场所的，但，这里是个残忍而无情的地方，你不该属于这里。这些银子给你，为自己赎身吧……"他身上有一股难以形容的清贵气韵，她兀自猜测，他也许是哪个官宦世家落魄后的遗子，从而被迫委身于此地，她希望可以利用自己的能力，为他做些什么，权当为腹中孩子积福。

狐狸困惑地捧着她塞进他手里的银票，满脸茫然。

裴星彤浅笑道："我也不知道自己为何要这样做，总之，这是我最后想做的一件事了。"

见狐狸仍是一副呆愣模样，她有些俏皮地眨眨眼："曾经，我让一个妈妈给我估过价，她说我值五万两，你年纪小比我值钱，所以，这十万两应该可以为你赎身了。"

恍惚间，眼前蓦然压下来一片黑影，她那还未说完的话，便被一股柔嫩清甜的气息覆盖。

少顷，待狐狸离开她的唇时，她才惊觉刚刚到底发生了什么："小……小狐狸精……你……"

"莫要说那些扫兴而沉闷的话，听着像离别嘱托似的，我不喜欢听！"他有些强词夺理地说道。

裴星彤暗自苦笑，好一个心思细腻的少年："好吧，我不说了，既然来了，你就给我弹支曲子听听吧。"

狐狸媚眼弯弯地问她："姐姐想听什么曲子？"

"想听……呃……我若是清唱一首，你能否在听过之后掌握它的韵律？"

"那当然了！只要姐姐唱一遍，我便可将其韵律弹出。"狐狸有些炫耀地昂着头，就像一只高傲的孔雀。

裴星彤悠然一笑，清清嗓子，尽量不让自己跑调，只是尽量……

狐狸此时脑海中闪现着今日的一幕幕情景，清泪再次蔓延于眼底，昂首长啸："啊！姐姐！"

初一这一日，可谓是让全京城人都感叹唏嘘的传奇一日。这一日，大婚的太子殿下和霄王爷在银鸾殿大打出手，而后，太子殿下又为一女子跳湖。

霄王爷更是宣称他从未碰过侧妃聂芙蓉，聂芙蓉为爬上王妃之位而与别人暗通曲款，并在怀有身孕后，暗度陈仓，用迷魂散将霄王爷迷晕，声称两人已有肌肤之亲。继而，以野种来冒充皇家子嗣。而现在，她又谋害了霄王妃，其心歹毒至极，特定其为欺君之罪，满门抄斩以儆效尤。

传说，太子殿下及霄王爷之间的一切恩怨情仇都是因为一个女子，就是那个被聂芙蓉暗害至香消玉殒的女子，她就是未来的霄王妃，云凤的丞相之女——裴星彤。

这一天，发生了太多的事，而归结为一句话就是，红颜祸水！

番外 东方婵

我叫东方婵，在家排行第三，爹爹说我是一个率真豁达的姑娘，敢爱敢恨，坦坦荡荡。

娘说，这应该叫作胸大无脑。

我愤愤无语，通过滴血认亲确认了一下，娘居然是我亲娘。

“阿婵，爱一个人，真的必须以生命为代价吗？”碧潺站在我身侧，声音哽咽。

我木然地望着眼前那座孤坟，没有回答。

此情此景，我很想告诉娘，其实我是一个多愁善感的人。

莫误会，那抔黄土下，埋葬的不是我娘，乃是我们的同门师姐杜浣莲，她昨日刚满十九岁，却已然香消玉殒，空留一片唏嘘。

浣莲师姐不仅面容姣好，武功精湛，而且性情温婉随和。可就是这样一个无可挑剔之人，偏偏爱上一个寡情薄义的负心汉。

昨日是她生辰，且恰好得知自己怀孕，欣喜之下，她前往爱郎府里告知，得到的却是对方正在娶亲，新娘不是她。

未婚先孕在何时何地皆不是什么值得宣扬的光彩之事，那家人怕她搅局，愣是将她赶了出来。

而负心汉不认她腹中的孩子便罢，竟然还直言说不认识她这个人。面对曾经恩爱缠绵的情郎，浣莲师姐受不了刺激，选择了自尽。

我和碧潺皆是女子，又都是感性之人，其中苦楚，仿若感同身受。

师姐和那男子曾经爱得那般荡气回肠，轰轰烈烈，如今却是如此结局，岂不令人唏嘘。

当然，我和碧潺的情绪来得快去得也快。我们化悲痛为食欲，下山狠狠吃了一顿。

“碧潺，你说没人爱和爱错了人，这两种情况哪个比较苦？”我望天长叹。

“一个是没饭吃，一个是吃到了屎。”碧潺说。

她是一个不吃会死的人。师父说，我和碧潺在一起，很完美地诠释了一个词，真馋。

听了碧潺的回答，我的嘴角抽了抽，遂又点点头：“浣莲师姐此番出事，你可从中悟到了什么道理？”

碧潺剔剔牙：“男人是毒药，吃饭最重要。”她顿了顿，扭头问我，“你呢，可从中悟到了什么道理？”

我深呼吸，郑重其事地回答：“该出手时就出手，生命无常，不能等哪天我不小心挂了，让云寻歌白白便宜了其他女人。”

碧潺翻个白眼：“东方婵，你脑筋真奇葩，该不会是真打算跟你侄儿在一起了吧？原来浣莲师姐只是激发了你的兽性而已！”

我鄙视她：“请注意措辞，我和云寻歌可没有丝毫血缘关系。”

“诚然，你二人是名义上的姑侄，也确实郎才女貌，可他对你是一样的心思吗？”碧潺一针见血地挑破现实。

我瞪她一眼，拂袖而去：“鼓励我一下会死啊，下次再请你吃饭，我就不叫东方婵！”

我是个说做就做的人，当晚便下山回家，穿上那件昂贵无比，让无数蚊子对我趋之若鹜的云锦罗裙，很飘逸，很凉爽。

娘见我这般装扮，无情地打击道：“跟坟场里的吊死鬼一个模样。”

“娘啊，徐掌柜明明说穿上这衣裳就是天宫仙女。”我愤然。

吊死鬼和天宫仙女的差距可不是一个十万八千里。

娘扭着风韵犹存的小蛮腰走过来，真是难为这个快五十岁还在展现风情的老太太了：“傻丫头，人家知道你人傻钱多，都在诓你钱财呢。”她戳戳我隐在薄纱下的手臂，“勾引男人单靠露肉可不妥，尤其是针对寻儿这样一贯洁身自律的男人。”

我瞪圆眼睛，不可置信地盯着娘那双火眼金睛：“娘……娘啊，你怎么晓得我是要勾引男人，还精确到人选？”难道所有人都看出来我垂涎云寻歌很久了？

其实娘能瞧出我的心思不奇怪，毕竟她曾是大名鼎鼎的凤栖星女，一贯古灵精怪，心思通透。

她年轻时，那可是名震天下的人物，风流韵事数不尽数，所见之事不胜枚举，揣测人心自然不费吹灰之力，我在她面前简直是个透明人。

说起我娘裴星彤，那可真是，哎，算了，她一贯爱打击我，凭甚我还要捧她臭脚。

爹爹和娘都是当年的风云人物，后来纷纷厌倦了宫廷权谋，尔虞我诈，便解甲归田，周游列国。

故而，我的出身一下子由公主郡主之辈，沦落为江湖儿女。

云寻歌是爹爹和娘收养的一个远亲，他祖辈父辈皆是云凤的复国功臣，在很久之前那场天下之争中为国捐躯，致使他成了孤儿。

爹娘本想收他为义子，奈何，他祖父与我娘有过拜把之交。由此，按辈分，他得唤我娘一声祖母。

我这个做姑姑的，只比他大一岁而已，我多冤。

“你那双眼睛整日泛绿光地盯着寻儿瞧，娘又没老到老眼昏花，”娘在我的额头上敲了敲，寻思半天，咂咂嘴叹息着说，“你这样光穿件露肉的衣裳只会白白便宜了蚊子，怎会让寻儿乖乖就范？”

我连忙抱住她的大腿，掩饰掉眼里的激动和兴奋，楚楚可怜地摇晃着她：“娘啊，你真是我亲娘！”以往对血肉至亲的怀疑，此刻通通抛到了九霄云外。

她目露鄙夷：“我可没说会助纣为虐，帮你出馊主意陷害自家孙儿。”

我怒：“娘！这怎会是陷害呢？这叫肥水不流外人田！”

什么叫陷害他？我至于差到那种地步吗！

——

夜静如水，月光荼蘼。

我端着陶瓷茶杯独自坐在庭兰阁，目光呆滞，口干舌燥。想把茶杯端近喝一口，可双手在不停地颤啊颤，颤得茶杯与盖子之间发出噼里啪啦的噪声，直到茶水在抖动中洒了出来，我都没能如愿喝上一口。

我只好拽出手绢在手上胡乱地擦了擦，茶水倒是擦干净了，可手心又开始往外沁汗。

请相信我，我并没有病，我只是有点激动和胆怯。

真奇怪，我和云寻歌熟悉得不能再熟悉，此番居然紧张成这般模样。

“生病了？”云寻歌徐步走进来，依旧摆出那副高贵冷艳、不可一世的俊模样。

“我没病！”我想我现在定然是脸色苍白，双唇发颤，着实像个病患。

其实，我是有点做贼心虚。

云寻歌微愣一下，瞧瞧我手里的茶杯，声音有着明显的疏离，听不出喜怒：“婵姑姑，你不是从不喝茶吗？”

是啊，我嫌弃茶水既苦又涩，便从不喝茶水，今晚我真是鬼迷心窍了。

说实在的，我心里那些旖旎心思已在他那声中规中矩的称谓中一股脑儿跑到了天边儿去了。

“这是……我给你倒的茶水。”我撇开眼不看他，以免泄露真实情绪。

云寻歌盯着我瞧半晌，大抵是未看出什么端倪，嗤笑一声接过茶杯饮下：“难得婵姑姑如此贤惠，多谢了。”

我吞了一口唾液，赔上笑脸：“好说，好说。”若是你让我做你娘子我会更贤惠！

云寻歌身上有淡淡的酒香味，喝了茶水他便不再理我，兀自开始解起外衫来。

这下子我更口干舌燥了，早知道他喝酒以后会这么奔放大方，我早该把他灌醉。

“寻歌，你是不是还在生气？”我试探着问。

两个月前我们大吵了一架，我扬言跟他断绝姑侄关系，然后负气回了武当山，直至今日方回，这是我们之间分开最久的一次。

我们吵架的原因很不容姑息，因为他最近有沉迷风花雪月的倾向，并且在外面养了一个女人。

也是在此次我们闹翻时，他得知了我对他心怀不轨，意图霸占，从而开始对我退避三舍，再也没有去过武当山看我。

我们自小一起长大，虽然按名分我是他姑姑，但他比我只小了一岁而已，两个人便很少拘泥于长幼辈分，也算是青梅竹马、两小无猜。且他性情稳重，时常都是他在纵容迁就我，我这姑姑也就是个占便宜的名分而已。

曾经，我们无话不谈，相依相偎，琴瑟和鸣。

可自从我表露心迹后，他竟走高冷路线，开始对我冷淡疏离。

“一直在生气的是你，婵姑姑。”他淡淡地回答。

我彻底被他左一句姑姑右一句姑姑惹火，左手叉腰，右手指着他鼻子，冲他喊起来，“云寻歌！你敢拍着胸脯说你一点都不喜欢我？”

我鼓着腮帮子，怒火转换成了勇气，直接将那层窗户纸捅破。

他云淡风轻地拨开我的手指，垂眸俯视我，这个角度让我的气焰占不到一丝上风。

“我喜欢姑姑，也喜欢祖母，我现在就可以拍着胸脯说。”他平静地说。

他的喜欢，并非我所期待的喜欢，这个残酷的现实让我瞬间犹如暴雨中的小母鸡般颓废下来，有气无力。

被云寻歌连续两次拒绝，我的满腔热情，像被泼了冷水的木头般，焦黑一片，只剩青烟。

我想要他爱我，然而，他对我只有亲情没有爱情。

这不是他的错，是我过于执着和强求，强扭的瓜不甜，此道理我岂会不懂。

“乖侄子，祝你好梦！”我冷冷地扯着唇角，丢下一句话，甩袖而去。

做不成情人继续做和睦的亲人这种神奇的事情可不是我所能做到的，我小肚鸡肠，心胸狭隘。

他要么做我夫君，要么做我敌人，没第三个选择!

于是，我此番真是彻底跟他决裂了。

——

感情受挫，我这只斗败的母鸡在床上躺了两天未出房门一步，娘亲大人差点亲自来拆房门，后来大概猜到自己女儿遭到孙儿拒绝，在门外唉声叹气走了两圈便由着我自生自灭了。

扛到第三日，已是我能承受的极限，我饿得要死，身上又臭又痒，黯然神伤的戏码还真不是一般人能干的，我的毅力比戏本子里那些动辄便觅死寻活的姑娘差太远。

我饿狼扑食般跑到厨房啃了半只烤鸡，朱嫂没被我的潦倒形容吓倒，反而还笑嘻嘻地恭喜我，说什么云府终于要办喜事了。

“朱嫂，云寻歌没被我霸占成功不至于还要摆宴席庆祝吧。”我继续往嘴里塞鸡肉，忽然觉得一点也不好吃，如同嚼蜡。

朱嫂显然跟我不在一个谈话频率上，仍喜滋滋地给我碗里添肉：“婵小姐，你且快些吃，待吃饱了便去梳洗梳洗，让紫玉给你好生描描妆，再穿上那件绯红色罩裙，寻少爷也说你穿那衣裳瞧着定然妩媚又喜庆。”

我转转眼珠，拧着眉头问：“是云寻歌要我穿那么喜庆去给他庆祝？”

欺人太甚了吧，虽然我垂涎他是府里不公开的秘密，但我好歹也是女儿家!

朱嫂似懂非懂地眨眨眼：“听夫人说正是寻少爷从中撮合的。”

我想我再和她鸭同鸡讲下去只会浪费口水，必须自己去前堂自己印证一下事实。

怎么说呢，如果三天前我还有那么一点点爱他就放过他的崇高品德来安慰自己暗恋未遂，那么，在得知云寻歌为了自我解脱居然怂恿冯誉来云府提亲时，我真恨不得干脆彻底将他陷害成为我的碗中肉。

他不爱我可以，但是亲手将我推给其他男人委实不厚道，我那颗琉璃心此番碎成了八百瓣不止。

每个人的性情和气质会决定遇事态度，一般姑娘想要拒婚估计撒个娇说，“年岁尚小不想太早成亲”就能解决问题，到我这得靠武力。

我用力将冯誉拽出门外：“你来掺和什么，还嫌我不够烦？”

冯誉双臂抱胸倚靠在门板上，一副风流贵公子德性，抬眼将我上上下下打量一遍，似笑非笑地戏谑：“你要谋杀亲夫呀，小疯子。”

“我娘可没应下你的提亲！”娘还算跟我有些共识，那句“人生大事全凭婵儿个人意愿”便等于委婉地拒绝了他。

“你侄儿可是十分同意。”冯誉耸耸肩，故意提云寻歌来恶心我。

我眼底的阴霾愈浓：“你成心跑来看我笑话是吧！”

男人呵，果然比女子绝情，浣莲师姐的下场就是前车之鉴，我现在也步上了她的后尘。

云寻歌那个小混账，既然不爱我，为何一直对我温宠娇纵；既然不爱我，为何一直伴在我身边；既然不爱我，为何……偷亲我！

冯誉撇嘴凝视着我的晚娘脸，一副得意忘形的样子：“我哪里看你笑话了，还不是你前阵子在酒楼，当众将我夸得天上有地上无的，说什么要嫁就嫁给我这种德才兼备、身份尊贵、美貌与智慧并存的男子吗？”

我呆了呆。

唔，确实是有此事。

天地良心，我跟冯誉可是只有兄弟情谊，哪会想嫁给他啊！

我那样口是心非地夸冯誉，还不是因为荣华公主无意间透露她瞧上云寻歌了，欲请皇帝赐婚招他为驸马。彼时我一心急，才不得不当众把冯誉搬出来当挡箭牌转移公主的注意力。

荣华公主是何种性情我还是颇为了解的，她就是一个在皇宫里娇养出来的怀春少女，很是花痴，只见过云寻歌一次就被他的美貌勾走了心魂，她哪里懂什么情啊爱的，我只说冯誉比云寻歌好看很多倍，她就立即倒戈了。

可是，大家有没有抓住重点呀，我是想让荣华公主嫁给冯誉，万万没说我想嫁给冯誉。

对冯誉的那番夸赞之词，我只是说说而已，而且，还是为了驱赶情敌。云寻歌倒好，直接在外面养了一个女人，让我情何以堪！

我的一片痴心付诸东流，气闷之下便自己做主，应下了和冯誉的亲事。

反正云寻歌不要我，那我嫁给谁皆没什么区别。

冯誉听到结果时的表情，怎么说呢，很怪，非常怪。

“呵呵，阿婵，你还真是不出我所料，”冯誉皮笑肉不笑地咂咂嘴，“你且放心，我们定会给你一个惊天地泣鬼神、独一无二、荡气回肠的成亲礼。”

我懒得琢磨冯誉眼里的深意，直接被他的言词晃到神儿。

爹爹和娘一贯恩爱，据说他们年轻时的爱情轰轰烈烈，被世人传颂。我便十分向往，常常同云寻歌唠叨说自己也要拥有一段惊天地泣鬼神、独一无二、荡气回肠的爱情，才不枉在世间走一遭。

此番，竟想不到让冯誉这个耳朵比驴长的纨绔子弟给知道了。

——

把冯誉赶跑之后，我大门不出二门不迈，专心待嫁。

爹爹向来宠我，对于我私自允亲之事毫不责怪，娘或许心疼我失恋，也没有骂我。

云寻歌嘛，呵呵，我不找他，他不找我，我们再未见过面，应该是天天哄小娇娘去了。

唔，好心酸。

时间飞速，一晃到了成亲那日。

我麻木的脸上没有一丝一毫的喜气，披着嫁衣盖着喜帕，如同没有生命的傀儡娃娃，外面的乐声和喜庆完全感染不了我。

待到终于被喜娘领入喜房，我累得只想呼呼大睡。

我也这么干了。

夜色笼罩，月光如水。

迷迷糊糊间，听到门外有响动，似是喜娘在和人说话。

我连忙坐起身，把喜帕抖开重新盖在发顶。

门扉开启，自外面进来一人，我隔着喜帕愤愤埋怨："冯誉你个杀千刀的，想饿死我啊，这么久才进来！"

那人不出声，缓缓走到我跟前，一双毡靴映入我的眼帘。

"同你说话呢，做什么装神弄鬼的！赶紧帮我把头上这些鬼东西弄掉，可压死我了。"我心情欠佳，说话便横冲直撞，反正跟他也熟得不能再熟，没必要装矜持闺秀。

他依然沉默不语，身上略带酒气，甜甜醺醺，倒是不难闻。

"冯誉！冯誉？"我的耐心告罄，准备自行揭掉喜帕，再把他踹到外间软榻上去。

与此同时，他已伸手将我的动作制止，往我嘴里塞了一块酥糕。

我的嘴当下便只剩下咀嚼功能，一个字也说不出。

酥糕是我最喜爱的枣泥馅，口齿留香，可它掩盖不掉那只手上原有的味道。

那味道……

我瞪圆双眼，正在惊疑发愣，喜帕已然被挑开。

"咳咳咳……"我被呛得眼眶发红，"你……你……"

他伸手拍拍我的后背，笑得春风得意，温声细语："阿婵。"

我喘息着回神，尽量让自己平心静气："你……为何在这里？吃喜酒的话是在外面，难道冯誉没招待周全？"

云寻歌眸中溢满深情，更显容颜俊美：“阿婵，我们成亲了，我来洞房。”

听着他无辜而欣喜的语调，我险些喷出一口血，咬牙忍住痛扁他一顿的冲动：“呵呵，云寻歌，莫以为我非你不可，说这样的玩笑话一点都无趣。”

敢耍弄我！混蛋小兔崽子！

他一手拽着我的袖摆，一手与我十指相扣：“阿婵，你且听我解释，与你拜堂的是……”

“闭嘴！”我气得胸脯上下起伏，打断他，“松开我！”

云寻歌愣了愣，随即又继续笑容满面地凑近我的脸庞：“不放开。”

我用力甩动手臂，挣开他，大步向门口走。

他连忙追上来：“阿婵，你去哪里？”

“去找我夫君！你放开我！”我的眼眶更热了。

云寻歌紧紧抓住我：“阿婵，和你成亲的是我！”

我怒急攻心，武力上我断然不是他的对手，便细细回忆着他前一阵子那副倨傲冷漠的姿态，也像模像样地学起来：“寻儿乖侄子，请你称我为姑姑！你我只有亲情，何以成夫妻？我夫君……是冯誉。”

云寻歌收起笑颜，狭长的凤眸凝视着我：“阿婵，这辈子，你的夫君只能是我。”

我被他张狂的话语激怒，愤声反驳：“我夫君就是冯誉！”

“你是想要他死，还是我死？”他沉声说。

说实在的，咳，我有些被他镇住了。

大喜的日子，什么死不死的。我瞪着他。

“阿婵，莫闹了可好？”云寻歌直接将我揽进怀里，半冤屈半耍赖地启口：“那日你在酒楼把冯誉吹捧得那般好，全城的人都知道你爱慕冯誉，一心要嫁给他。你我二人在一起十几年了，从小到大，我对你细心呵护，言听计从，眷恋依赖，在我的心里你从来都是属于我的，任何人都莫妄想抢走你。可到头来，你却说喜欢冯誉，我就要被别的男人所取代了，岂能冷静得了……”

我心下惊愕，立时急着接话：“哪个要嫁给他了，我那不是为了不让荣华公主惦记你嘛！”

真是天大的误会啊。

“嗯，后来我知道了。”他在我的颈窝里蹭啊蹭，跟撒娇的狗儿似的，温热的气息全部吹到我的肉皮儿上，激起我一股战栗。

“那你养在别院里的小狐狸精是怎么回事？”我最经不住他这般撒娇抱屈，下意识地妥协。

他埋在我发髻上闷笑："那个是我表妹，姨母去世了，姨夫娶的继母对她不好，欲将她嫁于六旬老翁，她便逃出家门来长安城投奔我。"

我暗暗松口气，细声嘀咕："表妹表哥什么的，最是有门道了。"

云寻歌抬起头，俊俏的容颜晃得人眼晕："要我把心挖出来给你看吗？"

又是死，又是挖心的，能不能不要这般血腥！

我没好气地瞪他，却又舍不得责怪："既然你也心悦于我，那之前为何拒绝我，还那般对我？"

想想前阵子他那副冷漠倨傲的模样，我就气不打一处来。此番纵然舍不得跟他生气，可心里积攒的郁结怎么办？

他无赖般低头，偷袭我的唇角："为了实现你的愿望啊。"

我蹙眉："我的愿望？"我从来没有想被虐死的愿望。

"嗯，"云寻歌点头，"你一直向往你爹娘之间那样的爱情，还曾说过也想拥有一段惊天地泣鬼神、独一无二、荡气回肠的爱情。可我们自幼相识，朝夕相处，感情也是细水长流、平平静静，怎会有你说的那种感觉。所以……"

"所以，你们就联合起来耍我？"我真是要疯了。

我那只是随口说说而已！

洞房花烛夜，发现新郎官另有其人，这也真是够惊天地泣鬼神的了。不管怎样，我定会牢牢记住这个不同凡响的成亲礼。

云寻歌这个混蛋，平时瞧着稳重内敛，一副冰清玉洁的伪君子模样。到了床榻上，他就是个无所不用其极的小人。

我怕疼，不肯给他碰，他居然点住我的穴道，来个霸王硬上弓。

城池即将失守，我不甘心一个人受罪，便想法子治治他："乖侄子，你唤我姑姑，你若唤我一声姑姑，我便从你，不然我就咬舌！"

云寻歌愣了愣，停下疾风骤雨般的进攻，额头上沁着汗珠，眯眼将我露在外面的肌肤巡视一遍，笑着张嘴："婵姑姑……"

说罢，直接将我就地正法，毫不犹豫。

我悲催地发现，似乎这声婵姑姑更加激发了他的兽性。

啊，为什么我总是做一些搬起石头砸自己脚的事！

倾世红颜

之凤逆乾坤

下

XUE QINGCHENG
【作品】
雪倾城

新世界出版社
NEW WORLD PRESS

第一章 爱情是烟花

对于世人来说，苗域始终是一个半真半幻的存在，人们口口相传那是一个怎样神秘而令人生畏的种族，却极少有人真正身临其境。

传说在原始部落时，苗域人以树叶为衣，以岩洞或树巢为家，以女性为首领。

世人之所以会谈虎色变，是因为关于苗域几千年的历史，人们听得最多的就是他们善于蛊术和巫术，而这些仿若神话，让人无法解释清楚。

相传苗域之人均是人兽同体，半人半妖，食肉饮血，既可施蛊害人，亦能以蛊救人。

据说在很久以前，有个人曾在军队中做官，有权有势。他得了腹部膨胀的怪疾，每当发病时，就觉得腹中似有活物在游走，请了许多民间大夫和太医医治，吃了许多服药都无效，便找了个自称是荆楚苗域巫师的人多次做法施蛊，不多时，果然便痊愈。

自此，苗域愈发成了神奇的存在。

早期，他们本族人不可随意外出，也不允许外族人入侵。苗域原是荆楚之地，位于高山密林中，地势险峻，与外界犹如隔着一层天然屏障。曾经有很多不信邪的人试图硬闯入内，皆未曾靠近便离奇而死，有去无回。

诚然，传说毕竟是传说，很多人对于未曾亲眼一睹的事情都认为是无稽之谈。至于蛊术和巫术到底是何种样子，除了代代相传的说法，谁也没有见过，便更觉得那是子虚乌有的东西。

裴星彤做了一个梦，她梦到自己来到一个世外桃源，人间仙境，这里没有她所排斥的尔虞我诈，没有江山争夺，没有离奇的身世，一切都那么安逸而和谐。

可是，她梦中忽然浮现出那个还未曾谋面的孩子，那个孩子在嘤嘤哭泣着，怨愤她的狠心与冷漠。

她忽然就心软了，想要抱起那个孩子，告诉他，她没有抛弃他，母亲只是为了保护他。然而，她刚一走近孩子，面前却是只剩一片迷雾，哪还有孩子的踪迹。

“啊！孩子！我的孩子！”她惊慌地猛然坐起身，却因为动作过猛，撕裂了伤口：“好疼！”在画舫上她为了做得逼真，可真的是以命相搏了。

手抚着胸口，她茫然地环视着周遭的陌生环境，眨眨眼睛，入目的是一片火红。

赫然垂首，老天！她的衣服怎么也是红的？不至于出那么多血把衣服染红了啊！她下手很纯熟，也很懂火候。而且由于胸部空间有限，用来做道具的鸡血也没装那么多。

咦？难道是谁成亲了？

云轻成亲了……

想到这里，她的胸口又是一阵阵灼痛，他们定然是以为她已经死了吧，呵呵……这不正是自己想要的结果。

失去了最为亲近的两个人，她的生命像是突然出现了断层，心里的空落仿佛噬人的深渊，她就站在深渊的边上，不敢睁眼去望，不敢回想，只想抓着一根救命的稻草，将她带离这个绝境。

她到底不是个悲天悯人的弱女子，最终，她选择自脱苦海。

她当时摘下了聂芙蓉的发簪，又以她之手将发簪刺入自己的胸口，让所有人都以为是聂芙蓉杀了她。若不是聂芙蓉早已存有歹心，她也不会如此决绝，此番结果也是那个蛇蝎美人咎由自取。

裴星彤给过聂芙蓉机会，但聂芙蓉毫无顿悟之心，那就不能怪她耍心机用阴谋了。

那发簪看似是刺入了她的心脏，实际上却是有那么些许的偏差，而且她当时并没有太用力，毕竟疼啊，下不去手的。况且她还打算保持体力在沉入水中后，便利用自己优越的水性，带着她的孩子逃开一切，逃开他们。

预想是美妙的，现实却是极其不妙的，老天爷与她非亲非故，哪里会全然听她安排。

当时她刚沉入水中，就莫名其妙地陷入一道奇异的漩涡，而后便失去了意识。

那么现在，她到底是在哪里？阴曹地府？

“娘子！”

随着一道悦耳的男声传来，裴星彤才恍然回神。

她侧首在自己左右看了一圈，都未曾发现有其他女人存在。那么，这个“娘子”的称呼便是在叫她喽。

乖乖，莫非她真死了，且已经晋升为阎王小妾？

茫然抬首，她望向从门外进来的男子。

呼吸蓦然一滞，裴星彤惊愕地看着眼前的人，他的笑容好阳光呀！不，甚至比阳光还要明媚温暖！

他发顶佩戴着金色的发冠，发冠中间是一颗莹白的珍珠，将那发冠映衬得更加华贵奢靡。墨色的顺柔发丝被高高束起，气宇轩昂，英俊而潇洒。

光洁的额头，英挺的剑眉，挺直的鼻梁，自然上翘的唇角，线条优美的下巴，颀长的身躯，不论看哪一点皆是完美至极。

与云轻的雍容俊逸，东方云霄的邪魅冷酷，小狐狸精的媚骨天成都不一样，他是属于纯净阳光的俊美，尤其是那自然上翘的唇角，如沐春风般温暖亲和，让人莫名地喜欢。

好吧，她承认自己常常以貌取人，美好的事物终会轻易地让人喜爱。

“谁是你娘子？小俊男，你莫要认错人了。”若不是自己身边曾经有过几个绝世美男子，她还真是想问问他，要不要和她……哼哼。

纯美男子缓缓走上前，贴心地在她身后垫了一个软枕，依然保持着阳光般的俊美笑容：“你在我的洞房里，自然就是我的娘子，我怎么会认错人。”

裴星彤无奈而懊恼地翻个白眼，她只是随意想想而已。人生在世，上天何必总是这般戏弄一个孤苦伶仃的弱女子，为何什么稀奇古怪的事情全都让她给碰上了！

“我说阎王，你算准了我跳水的日子成亲是不是！既然没认错人，那你到底是何人？叫什么名字？家中有几人，父母尚在世否，有妻妾否，有子女否，有良田百亩否，有婚约否……”裴星彤脑中混沌一片，这到底是怎样一回事！

明媚美男子有些羞赧地微垂首，轻声道：“乖乖……”他只回答了一个听起来比较正常的问题。

“什么？”裴星彤以为自己没听清楚，刚想追问一句，然而，在看到他如玉的脸颊上浮起那抹绯红时，她确认了自己并未老眼昏花，也没有痴呆耳鸣。

看来，他是真的叫乖乖了，要不然怎会出现此刻这种羞涩的表情呢！不过，这名字谁叫起来都会像他这般难以启齿无地自容吧，因为这名字太……太羞于启齿了。

“好吧，唔，乖乖……你是什么身份，多大年龄，父母是否健在，家里有几口人，目前官居几品……”脑袋好疼，真是要魔怔了。

阳光美男缓缓屈身，坐在了床沿上，一身淡金色的锦袍华贵而高雅，很是炫目。他的唇角保持着养眼的优美弧度，神采奕奕道：“今日正好是我满一百岁的成年礼，也是我们成亲的日子。”

裴星彤木讷地眨眨眼，然后又摸了摸胸前的伤口，疼痛传来，她咧着嘴吸一口冷气：“嘶！能感觉到疼，既然不是做梦，就是我疯了，还是你天生喜欢说胡话？你确定你说的是和我成亲？”这个俊美男子，徒有其表，脑袋不大好使。

纯美男子浅笑着，清澈见底的眸子中一片坦然，他点点头：“确实是……我和你。”

我和你，我和你，呵呵！

裴星彤无力地垂肩，若有所思地瞪着眼睛，幸而她练就一身临危不惧、心如止水的好本事，方能没有即刻暴躁积郁。

少顷，她手心向上，朝他勾勾食指。

纯美男子虽然不明所以，但还是向前倾身，乖乖地凑了过去，也不介意她这般不雅而有失礼节的小动作。

随着他身体的靠近，一抹犹如暖阳般淡雅的清新气息扑面而来，蓦然让人心旷神怡。他狭长的眼眸也似潺潺春水般纯净清朗，轻笑间，便是温暖如春的醇和气韵，莫名地令人心安。

心安……

她曾经多么渴望这种感觉啊。

收敛心神，裴星彤将他近在咫尺的俊脸仔细看了个遍，又伸出双手，粗鲁地在他和煦纯美的脸上拉扯了半天。

最后，她有些泄气地轻叹："还真没有人皮面具，是不是我太光芒四射了，才会晃得你胡说八道？你瞧起来也就二十岁，我实在是没法对着你这张年轻的脸称你为太爷爷！"一百岁了，他却说他刚刚成年，莫非他是什么妖魔鬼怪？可是，妖魔鬼怪不都是张牙舞爪、满目狰狞的吗？她真是没办法将他这张阳光俊逸的脸与妖魔鬼怪联系在一起。

俊美男子见她满脸疑惑，忙不迭地说："娘子，其实我就是……"

裴星彤一记冷眼飞射过去，不悦地打断他："唉，有事说事，莫乱攀亲戚啊。不要叫我娘子，我是不会再嫁给任何一个男人的！再说，你都一百岁了，还想老牛食嫩草，好意思吗？"人家都是十八岁成年，他是一百岁成年，若其不是大骗子，则为装嫩。

男子并没有因为她不佳的态度而生气，那弯月般的唇角还是那样维持着好看的弧度，声音纯澈而清爽地说："那我唤你星彤，如何？"

裴星彤的表情不再松懈，她危险地眯起水眸，眼底蒙上一层疏离的防备，心中的思绪百转千回。

无论如何她还是无法用她那正常的智商，想明白自己现在到底又遇到了什么诡异而神奇的事情。故而，她只能试探性地浅声问："这位公子，你为何知道我的名字？刚刚你未说完的话是什么？骗人有风险，说谎要谨慎，不说真话就莫开口。"方才他是想说明他的身份吧，她希望他可以完全坦白，因为她忌讳欺骗。

"我的名字是龙绯雨，这里是龙宫……"

裴星彤像听天书似的听着他的自我介绍，无数次盯着他的眼睛，却都没能发现他一丝一毫说谎的意味，她只得无奈地妥协："既然这里是龙宫，那也就是说我们此时在东海？"

纯美男子唇畔的笑痕更深了，英气逼人的脸上满是旖旎。

见他这般，裴星彤拉下脸，挫败地翻个白眼，再重新打量一眼他的装束及那浑然天成的华贵气度后，揶揄道："若真如此，日后你见到一个叫哪吒的小孩儿可千万别惹他，要赶紧调头就跑，惹了那孩子的后果很严重，小心他会把你抽筋扒皮！"

她这般危言耸听的话语，让门口的守卫吓得险些拔腿就跑，而龙绯雨只是泰然自若地笑着，并有些羞涩地摇摇头："此龙宫非彼龙宫，此为伏羲卧龙宫，并非戏文里的神话事。"

裴星彤佯装漫不经心地挑挑眉，"伏羲卧龙宫？"实则嘴唇有些颤，"苗……苗域的那个伏羲地？"

还说不是戏文里面的神话故事，比神话故事更让人匪夷所思好不好。

苗域啊，想着以往听过的关于那些什么半人半妖、食肉饮血、擅巫擅蛊的传说，裴星彤便好想死去。

"我晓得外界将苗域传说得近乎妖魔化，谣言止于智者，你莫要胡思乱想。其实我们早就见过面的……”龙绯雨唯恐裴星彤对他心生惧意。

裴星彤实则早已心如铜墙铁壁，只是微微蹙起秀眉，狐疑地睨向他：“龙绯雨公子，你不要一直笑好不好？不然我会认为你这里有问题。”她用食指敲了敲自己的脑袋。

龙绯雨笑意未减，依旧喜笑颜开。

“算了，你继续笑吧。唔，你方才说我们早就见过面？那怎么可能？”

“其实……我就是那条小金蛇……”龙绯雨一边说，一边指了指她白皙的手腕。

裴星彤呆了呆，随即赫然瞪大眼睛，手指从上到下指着他颀长挺拔的身躯，惊愕道：“你……你……就是……”怪不得他一开始说他叫乖乖呢，那正是她给那个神兽小金蛇起的名字啊！

原来它竟是苗域的妖怪。什么谣言止于智者，这个现实比谣言更妖魔化。

龙绯雨将她落水后是如何变成新嫁娘的事情原原本本地叙述了一遍，而裴星彤虽然听得云里雾里，又不得不相信。

世间之大，莫不皆有。

得老天厚爱，给了她这样梦幻而神奇的一次命运之旅，她既然无法左右，便只能听天由命。

纵然有关苗域的一切使人听而生畏，然而，龙绯雨既已救她，便不会再对她施予伤害。

裴星彤纤手抚上小腹，慵懒地半躺在床榻上，倚靠着软枕，斜睨着龙绯雨：“我的孩儿……还好吗？”落到水里面以后她就失去了意识，也不知道有没有伤到肚子里面的孩子。

明白她是什么意思，龙绯雨浅笑着：“星彤切莫担忧，胎儿无碍，很稳妥。”

她终于弯起眉眼，绽放出一个粲然明媚的笑容：“唔，那便好，万幸。”

龙绯雨凝视着她的上身，清秀俊雅的脸上忽然飘上一抹红晕，扭捏而腼腆地说：“星彤，你先把外衫褪下吧。”

裴星彤下意识地揪紧领口，水眸骤然眯起，疾言厉色道：“不是说了吗，我是不会再嫁给任何一个男人的！瞧着你慈眉善目的，还以为是个正人君子，原来也是个道貌岸然的败类！”

龙绯雨连忙站起身，向后退两步，对她解释：“娘子……哦，不是，星彤……你且先听我细说，你的伤口尚未彻底痊愈，我只是要为你医治伤口而已。”

裴星彤后知后觉地眨眨眼睛，才意识到是自己以小人之心度君子之腹了，她憨憨一笑：“对不起，我是小人中的女人，又对男人有偏见，此番倒是误会你了。”

听她这番话，龙绯雨又笑逐颜开：“无碍，以后由我来保护你。”

他清爽的声音和纯净的笑颜，没有迷雾般的高深莫测，没有隐晦的幽冷暗沉，是那么真诚，那么透明。清透明朗的瞳眸中还潜着一种异样的光彩，明亮如夜空星辰，让人忍不住想靠近他，汲取他身上那干净的光芒，洗掉内心的铅华。

裴星彤垂下眼帘：“龙绯雨，谢谢你。”谢谢你让我知道，还有简单的男人和好男人的存在。

有些人的城府全部隐藏在心底，而有些人的善与恶，只在一目之间。

连与她近距离说话他都会害羞，如此单纯的人，她竟然怀疑人家要对自己用强，还真是可笑。

他是她的小金蛇啊，是唯一对她没有企图之人。

压下心里那丝的感动，裴星彤缓缓脱下自己的外衫和里衣，只剩下一件单薄的水粉色抹胸："这样可以了吗？"已经剩最后一件了。尽管已经是过来人，但毕竟还残存一丝女性的矜持。

然而，映入她眼帘的却是一张红苹果般的脸颊，他金袍修身，长身玉立，背负着双手，侧着头，一副非礼勿视的模样。

裴星彤邪恶地嗤笑一声，语气有些轻佻的调侃："至于吗？你那样扭着头，怎么看得见伤口。再说，以前夜夜睡在我怀里，也没见你这般害羞。"

龙绯雨掩唇轻咳一声，又重新坐回床沿上，腼腆地紧抿着好看的双唇，在她的皮肤上涂抹上一层透明药膏，又凝起心神，伸出白皙手掌，气运丹田，内息流转。

下一刻，他双掌中间渐渐聚敛起袅袅白雾，那缥缈的白雾神奇地缭绕在他的手心，形成一个诡异的白色雾团，继而幻化成一条糯白的软虫形状，带着清冽的气息，润泽无比。

他将手心缓缓覆在她胸前的伤口上，莹白的指腹轻轻划过她的肌肤，激起一片战栗。

而裴星彤则在感受到他指腹上传来的淡淡凉意时，舒服地喟叹一声，那美妙的清爽感觉，就仿佛是雪花在阳光的照耀下融成一缕清泉，缓缓流入心脾，舒畅着全身的血液。

她垂首，亲眼看着那个伤口越变越小，继而，渐渐形成一块粉嫩的痕迹。

"乖乖，你好厉害啊！原来你不是在耍把戏。不过，那个虫子是传说中的蛊吗？"裴星彤一边崇拜地赞叹，一边笑得媚眼乱飞。但亲眼瞧着一条虫子进入身体内，感觉很不舒坦。

龙绯雨收回手，看着她的笑颜，唇角弯起："早些时候已为你度了真气，现在我的真气已经完全融入你的身体里，伤口才会接纳我的内息，从而瞬间痊愈。至于那虫子，确实是一种极为普遍的蛊，对身体无碍，你且放心便是。"

虽然没完全明白他说的到底是什么意思，不过，裴星彤还是很感激他，她的美眸中波光潋滟，心头微酸。

近段时日，她经历了太多的事情，原本纯净活泼的心态像是一下子溢满沧桑。

如今，又遇到苗域伏羲地的卧龙宫这样匪夷所思之事，尽管她接受能力不差，但依然无法立刻吃得消。

于是，她日复一日地陷入思考中，渐渐地愈发沉默，不出门也不说话、不见人，每日朝夕相处的只有腹中的孩子及龙绯雨一日三次的定时探望。

她终日越思考越沉默，越沉默越思考。

混混沌沌的日子如此持续了很久，她想，如果继续这样恶性循环下去，她很有可能患上忧郁症，乃至癫狂。

不得不说，龙绯雨是个很执着且有耐心的人，尽管她有时候忽略他的存在，甚至能连续五六天不跟他说一句话，可他依旧风雨无阻地过来陪她吃饭聊天，讲一些有趣的事情，简直就像在演独角戏。

他对她除了饮食起居照顾得无可挑剔之外，还担心她烦闷寂寞，刻意在外面寻来一些戏文和话本给她看，偶尔还会询问她要不要出去散散心。

一切的一切，皆周到体贴至极。

他们每日相见，且他曾直言不讳地说过喜欢她，但他从未对她有过任何暧昧和逾矩之举，而是一直彬彬有礼，保持距离。

装成好男人容易，难的是一直装好男人。龙绯雨的一举一动、一言一行，无不证明他的好并不是伪装出来的，真是难能可贵。

一个人，只有真爱对方的时候，才会呈现出最简单的一面，因为爱情没有利益。面对外人再怎么邪恶的男人，在自己女人面前也要犹如一汪清泉，因为爱情没有所图。

“龙绯雨，你是个好男人，不要在我身上蹉跎岁月了，我们可以做挚友，做伙伴，就像之前那样。但，不要将感情投注在我身上，因为我……已经没有心了。你该晓得，我是如此珍视与你的友谊，所以，不愿见你受到伤害。”这日，她忍不住劝说这个好男人回头是岸，不要在她的阴沟里翻船。

龙绯雨眸色幽寂地垂首，黯然出语：“可我的心里已经全是你，我是真心喜欢你，仿佛我们前世就是夫妻。”

他的直率和坦然让裴星彤的心弦被撩动得微微战栗：“前世夫妻？呵呵……”这是将爱情也妖魔化了吧，即便如此，那也是属于前世而已，与今世何干？曾经也有个男人这样对她说过，可是，他们终归是不欢而散。

她突然清冷下来的神色让龙绯雨有些失措，连忙解释：“我说得是真心话！你不相信我？”她今日好不容易愿意开口交流，他显得有些急切。

龙绯雨清雅俊俏的容颜又见酡红，裴星彤歪着脑袋，悠然浅笑：“我相信宿命，也相信你，但我不相信爱情，以后更不会再相信一见钟情。爱情就是烟花，一见钟情就是昙花，它们都只是刹那的芳华，华丽只是在瞬间涌现而已，我更信仰的是平淡的简单和平凡的坦然。”

“你这般，分明是以偏概全。”他嘴里嘟囔着。

劝说无果，裴星彤懒得再费心思，便由着他去。

未过几日，卧龙宫有庙会，龙绯雨问她是否愿意出去逛逛，未想到她欣然同意，且颇为兴致盎然。其实他每日来，为了以后能再约见她，都会想尽法子寻个由头。两人见面的次数多了，自然能哄得她开心，让她慢慢改变心意。

两个多月以来，裴星彤终于不再封闭自己逃离现实，肯重新面对一切，这是个好兆头，龙绯雨更加不遗余力地讨她欢喜。

苗域的庙会十分有趣，内容丰富多彩。

这一天，他们玩儿得格外欢喜，是裴星彤这段时间过得最舒爽的一天，放下顾虑，放下心防，放下晦暗。

她的脸上又恢复了往日的笑颜，龙绯雨却比她还高兴。裴星彤忽然觉得很窝心，为自己在此期间草木皆兵的行为感到内疚和惭愧。

他不是那些骗她的虚伪男人，他是她的乖乖，对她无所图的乖乖啊。

整理好心情面对现实，裴星彤恢复了以往的快乐与天真。

听说一直未曾露面的前宗主姆赤长老今日回卧龙宫，裴星彤一早便起床梳洗。

苗域对于外界来说虽是传奇之地，被世人神魔化，而苗域的人却也都是有血有肉的，也同样需要食五谷杂粮。

龙绯雨过来时，她已经穿戴整齐，梳洗妥当。

“宗主，姆赤长老已在珊瑚宫等候，请宗主和夫人移步。”门外一个侍卫毕恭毕敬地上前俯首说。

裴星彤微微拧眉，不会弄些什么儿媳妇给公婆敬茶之类的吧，她可不懂那烦琐的礼节，到时候万一把他老人家惹怒，再把她咔嚓了可就真的小命休矣。

只愿姆赤长老会同他儿子一样和蔼可亲。阿弥陀佛，善哉，善哉。

她抱着人在屋檐下不得不低头的心态说：“乖乖，你可不可以跟长辈们说清楚，你我并未成亲，咱们一清二白。”

她这样的熟悉昵称让龙绯雨欣喜勾唇，看着她那副愁眉不展的表情，他打断：“莫要怕，我心悦于你，他定然也会喜欢你。”

心绪恍惚之际，龙绯雨已经将她带到了珊瑚宫。

这里真不愧是名副其实的珊瑚宫，偌大宫殿内的无数珊瑚将这里映衬得五彩缤纷，金碧辉煌。那千姿百态的各色珊瑚，有的像莲花静静绽放；有的像一簇簇跳动的烛火将屋子染亮；有的层层叠叠连成一片，像茂密的森林，绚丽多姿。

而殿宇正前方，有一位绝美女子，正安坐在上首的檀木椅上，她笑颜如画，那姿容真是如仙女般雍容脱尘。

正当裴星彤愣怔地伫立在那里目瞪口呆时，她身侧的龙绯雨已经对上方的女子屈身俯首：“孩儿拜见母亲。”

裴星彤蓦然睁大眼睛：“母亲？乖乖，呃……龙绯雨啊，她就是……你母亲？”她显然已经被震惊得有些口齿凌乱了。她脑子里先入为主把此长老的性别弄错了。

还未等龙绯雨回答，上方的绝美女子已经盈身而至。她依然保持着微笑，那唇角的弧度与龙绯雨的极为相似，都是美得那么令人心醉。

她挑挑眉，有些调皮地笑问：“怎么？不像吗？”

裴星彤恍然回神，意识到了自己的失礼，她连忙见风使舵地谄笑：“像！像得很！我只是一时震惊于长老的美貌，以为您是他姐姐呢，所以，有些失言了，呵呵……哈哈……”

说完，她斜睨一眼身侧的龙绯雨，都怪这家伙没事先同自己说清楚，害得她差点得罪大人物。不过，她真是没有想到这长老竟然是女子，还是如此年轻貌美的女子。

“呵呵……果然独有千秋，不同流俗。”

裴星彤呆了呆，想必龙绯雨没少在背后嘀咕她。

“呵呵……来来来，先坐下，现在先来说说，彼时我未能赶上你们成亲，实在遗憾得紧。喜事过去了这许久，便来问问你们的洞房花烛夜过得如何？”

裴星彤瞄了一眼周围那些垂首的婢女和侍卫，眨眨眼，自然而然地脱口而出：“还好，很和谐啊。”他们两人当时都很规矩，谁也没碰谁，很和谐。

不过这位长老，你有必要第一个话题就谈得如此有色彩吗？连人家房里的事都好意思问！还真是亲娘。

然而，她这番不经大脑的回答，却是让那些婢女和侍卫纷纷抖动着肩膀，脑袋都快伸到地下了。

姆赤长老闻言，也忍俊不禁地抖肩：“和谐就好，和谐就好，夫妻和谐，家庭方能和睦。”

裴星彤后知后觉地回味过来，刚欲解释，就听到了龙绯雨的轻咳声，裴星彤连忙闭口，求救似的看向以袖掩唇的他。

龙绯雨英气俊朗的双颊已经微微发红，袖口后的唇角却是翘着优美的弧度，他清清嗓子：“母亲，你远路归来定是饿了，我们先用膳吧。”

裴星彤在见到那满桌的山珍海味时，也顾不得和人家解释洞房的事了，毕竟肚子里面还有一个需要营养的小家伙呢。

用过早膳，姆赤长老将她独自留下，并没有让她敬茶之类的，反而是像朋友一样，拉着她坐在软榻上，笑颜如画：“想知道绯雨的前尘往事吗？”

裴星彤挑挑眉，兴致盎然地浅笑：“一定又是个梦幻而离奇的故事吧，不过，我今日既然都能坐在这卧龙宫里，还有什么事是不能接受的呢。”

“他本是苗域先宗主之子……”她用山谷夜莺般娇脆的声音，向裴星彤娓娓道来了关于龙绯雨的故事。

苗域作为世间一隅，原本并非避世远尘，只因擅巫蛊之术而成为世人崇敬畏惧的存在。久而久之，苗域起到了制约中原各国和谐共存的作用。

苗域乃是母系氏族，一向由历代圣女掌政。世代苗域族人轻易不得出域，世人憧憬向往苗域之时，少不得也有苗域人好奇外界。所以，上一代圣女庭戈因贪恋外界凡尘的惬意祥和，而私自出域，体验外面的风土人情。不料，她弄丢了稳定天下的圣物——凤玉，因而触犯了族规被罚，而任务就是寻回凤玉，稳定中原。

“其实，我更感兴趣的是，绯雨为何说他一百岁，而长老你又怎会如此容颜不老？”裴星彤被她讲得五迷三道，虽然面上波澜不惊，心里却是连连咋舌，索性也就当成神话故事听了。

“呵呵，我喜欢和爽快人交谈，”姆赤长老面带轻松的微笑，拍着裴星彤的肩膀，“你该晓得苗域擅长巫蛊之术，它可以使人容颜不老、青春永驻，这绝非无稽之谈。不过，我也是肉体凡胎，也会寿终正寝。”

“所以说，绯雨其实是个老头子？”

姆赤长老咧嘴而笑，“呵呵，你真是个有趣之人。绯雨肉身自然只是弱冠之年，只不过他的护体龙珠是一百年前由庭戈圣女以自身心头血培炼而成……”

当年的庭戈圣女在外界遇到了一见倾心之人，为情所困，又因身为苗域圣女而不能与外族人通婚，顿感女子之悲哀，便决心一定要推翻苗域母系氏族掌政的传统，势要自己的后代以男子为统治者。

由此，护体龙珠便成了苗域独一无二的圣物，凝聚着庭戈所有的巫术法力，它甚至能让龙绯雨真正做到拥有兽身。

古老的苗域有一处圣泉，只要女子饮用后，在特定的时间受孕，再以蛊术辅控，便可左右胎儿性别。

庭戈一生未婚，故去后，其宗族内的孙女凭借嫡亲血统，理所当然成为她的承袭人，就是龙绯雨的母亲，前任宗主，现任姆赤长老。

姆赤长老的名讳是龙霓冰，而龙绯雨的父亲不久前已离世。期间，其族内同胞兄弟姐妹便因此而心生歹念，贼心四起，欲借机夺位，从而在卧龙宫掀起了一场血腥的残杀，更是欲对龙绯雨不利。

龙霓冰当时势单力薄，无暇分心，便将龙绯雨送出苗域。

裴星彤默然沉思间，浅薄轻笑，怪不得当时她发现小金蛇的时候，它是身上带着伤呢。原来，不光是凡人爱江山，苗域之人也一样有七情六欲，权势纷争。

“唔，幸好绯雨并非真是个老头子。”裴星彤扶额莞尔。

龙霓冰走近她跟前，眼含促狭：“你且放心，绯雨肉身绝对鲜嫩。”在裴星彤因她的言辞惊愕之际，她又神神秘秘地凑近几许，“想不想看一下庭戈圣女的画像？”

裴星彤面无表情地眨眼：“愿携诚心瞻仰。”

不看尚好，看过之后就不太好了。那庭戈圣女的画像，分明就是裴星彤本人，与凤舞宫竹林山洞里那幅一模一样。

离奇的故事，真实的存在，她想要独善其身逍遥自在，只能是徒劳。她不是庭戈，却无法置身事外。

前尘往事，后世今生，每一个人在每一个循环中都有着每个人的价值和使命，她本是崇尚简单和平淡，没想到牵牵绊绊之事总是如此的不凡。

幸好她并非真正的庭戈本尊，否则岂不是成了老妖精，且龙绯雨就成了她的重孙。

就算她拥有一颗平常心，还是抵不过宿命的安排。之前她搭救过龙绯雨，此番龙绯雨又施救于她，有人不相信宿命或命中注定这种荒谬说辞，甚至会对其嗤之以鼻，那是因为还没有经历过自己无法掌控的事。

人生在世，有些事情就是不会朝着你努力的方向发展，不管你怎样抗拒和扭转，它还是有一个特定的结果在那里。比如去赶赴友人聚会，突然遇到大雨被困在路上未能按时赴约，而第二日得知聚会的那个酒楼着火了，无一生还；比如有一个貌美女子从小追求者无数，可貌丑如麻雀的闺中密友都已嫁人，她却依旧形单影只。

这些说不清道不明的事情不是宿命是什么？

如此想来，这一切，确实都是命中注定，每个人与她的纠葛都是必然，而不是偶然。

可她终归非仙非神，动了心，也伤了心。

“为了确保子嗣的血统，苗域宗主素来不可与外族人通婚，而你可以理所当然地留在苗域，便是因为这个。”龙霓冰指着庭戈的画像说。

裴星彤苦笑，想来她一醒来便成了龙绯雨的新娘，也是因为龙绯雨要给她一个能够留在苗域的身份。

纱幔飘飘，摇曳生姿。

“乖乖，你说……我的未来是怎样。”身体平躺在奢华的软榻上，明眸如星星般璀璨晶亮。

姆赤长老回来了，龙绯雨不得不重新搬回裴星彤这里，毕竟他们在卧龙宫里是名义上的新婚夫妻，不好让龙霓冰知道他们阳奉阴违的真相。

“不管你怎样选择，我都会一直在你身边。”干净而清爽的声音从另一边软榻上传来，脑中出现的是他自然上翘的好看唇角，如阳光般暖心。

“乖乖，不要再这样了，我怕我的复杂会将你的纯净给玷污，你有更好的选择。”而且，我怕会眷恋上这份难得的纯净和温暖。

纱幔煽动，床榻前已然多了一道清俊的身影：“我最好的选择便是你，因为我的心在你那里。”

裴星彤缓缓坐起身，撩开淡金色的纱幔，望进他纯澈的瞳眸中，唇角忽然勾起一抹慵懒而娇俏的笑意：“你会不会像以前一样安分守己？”

“嗯？”丰神俊朗的男子神情迷蒙，不明所以地看着她。

她白皙的纤手拍拍身下床榻，美眸中水波盈动，潋滟生辉：“你若是还能像以前那样手脚老实，我们还可以同榻而眠。”

龙绯雨英气俊美的脸颊溢满光彩，声音也因这意外之喜而显得有些激动：“你大可放心，未得你允许，我保证不会逾矩，保证不会碰你，保证……”

“行了，行了，相信你了，上来吧！如果你真的一点歪想法都没有，我就得对自己的性别持怀疑态度了。”微微轻身向前，裴星彤浅笑着拉起他的手，露出邪恶的微笑，恐吓性地戏谑道，“不过，我可不敢像你一样做那么多的保证，到时候我控制不住自己而对你动手动脚，你可莫要怪我事先没有提醒过你。”就是忍不住想逗他。

龙绯雨腼腆一笑，以袖掩唇，开心地轻咳着。

清新舒爽的淡淡气息涌进床榻，龙绯雨果然很安分地躺在她身侧，有些拘谨，一动不动。

裴星彤无奈地弯起唇角，轻叹着："我是该说你呆板呢，还是该称赞你重承诺？这样绷着身体，不消一个时辰，你就会浑身发麻。你是来睡觉的，不是来蹲大牢的。"

她芬芳如深谷幽兰般的气息扑在他的脸颊上，软软的，柔柔的，馨香而甜腻。

"我……"龙绯雨紧张不已，只是说了一个字。

裴星彤轻然侧身，让自己面向身体僵硬的他，面色平淡地注视着他，眸色流转。

片刻后，她淡然开口道："以前你就睡在我怀里，夜夜欣赏我和云轻的床笫之好，这样，你……也不介意吗？"

龙绯雨也侧转过身，气息凌乱，明眸抬起，纯净的目光中满是浓浓的情意，他拉着她的手："我在意！没有哪个男人不在意自己爱的女子属于别人。可是……与这相比，不能走入你的心，才是最让我最痛苦的。明明对你着迷至极，却不能让你接受我，这才是我更在意的！"

他的话让裴星彤蓦然一惊，那心口的荡漾在翻转了万千波澜后，凝聚起泛着酸的甜蜜。

裴星彤不经意地吸吸鼻子，声音有些低哑："乖乖，找个清白的好姑娘吧，我……配不上这般纯洁的你。而且……我说过了，我再也不会嫁给任何一个男人……"

经历的事情太波折、太复杂，已经在她的胸口压了一块大石，她不想再惹那么多的情债，从而让自己更加喘不过来气。

不然，到了最后，不是你欠我，就是我欠你。累极了……

龙绯雨不再开口，只是那好看的唇角抿成了一条直线，神采奕奕的瞳眸也变得黯然无光，没有了如辉般的光彩。

她可以一句话让他飞入云端，也可以一句话把他打入地狱。

温热的呼吸交融在两人的面颊间，空气静谧。

裴星彤注视着他如此落寞而寡欢的神情，心口微微发紧，怅然若失，不自觉地想要拂去他脸上的黯然，让那阳光般的笑容重新跳跃在他的脸上。

然而，就在裴星彤又欲开口时，房门突然被人踹开了。接着，一道飘逸的水蓝色身影便如鬼魅一般瞬间移了进来。

两人都被这突如其来的状况惊得双双发愣，绝美女子已经很不客气地挤上了床榻，并在两人的中间推出一个位置，突兀地盘膝而坐，动作自然而随意，毫无尴尬之意。

她先是斜睨了龙绯雨一眼，然后又笑眯眯地看向裴星彤："你说我这么个冰雪聪明、千伶百俐、八面玲珑、人见人爱、花见花开、佛见佛膜拜的绝世美女，怎么就生出他这么一个笨嘴巴、死心眼的儿子呢？"

话音落，见两人还是那副目瞪口呆的模样，她连忙摸摸鼻子，干笑着：“呵呵……我承认自己有些为老不尊，来的不是时候，可我对虫子发誓真不是故意来偷听的！我只是担心这个嘴笨心实的孩子不会哄女人，替他着急啊！呵呵……”唉！她这么口蜜腹剑之人，生出的儿子怎么就一点也没能遗传到她的诸多“优点”呢。

“母亲，你……你可不可以先下去……”龙绯雨一边偷瞄着裴星彤，一边低声建议着。

龙霓冰轻瞪龙绯雨一眼，用手点着他的额头道：“哎呀呀！我若是下去了，你自己能说服她吗？我这么能言善辩，口齿伶俐，玲珑剔透，这些优点你为何就一样都未学会？若不是你有这张和我相似的脸，我还真怀疑你到底是不是我的儿子。”

正当龙霓冰口若悬河地对龙绯雨谆谆教诲时，裴星彤咽咽唾液，用食指戳戳她另一只叉着腰的手：“唔，姆赤长老，你能否先冷静一下？”

“啊？”龙霓冰恍若回神地停住嘴巴，晶亮的瞳眸转了转，“呃……唉，我又情绪激动了吗？如果你有这样一个木讷儿子，就能体会到我的痛苦了！”

裴星彤眨眨眼，浅笑着点点头，如果她生儿子，一定努力把他教育得人见人爱、花见花开、佛见佛膜拜。

“哎呀，我同你说，你莫看他总对你笑得那么灿烂，当面对别人时，他的脸比驴脸还长，神色比冰山还冷，气韵比北风还凛冽，眼神比……哎呀，反正就是要多拒人千里之外就有多拒人千里之外，使得那些娇羞的美人明明都对他心有爱意，却都不敢靠近他跟他诉情。不过，我现在倒是不会怀疑自己生的是个和尚了，想来他不是天生没有情爱，只是因为对你情有独钟而已！所以，不要怀疑他的能力哦，你如果不要他，估计我就很难看到我的孙子出生了……”

说完这么一大串话，她还不忘跳下床，为自己倒杯茶水，润润喉。

龙绯雨微红着双颊，哭笑不得，有些尴尬地嗔怪：“母亲，你能否心性成熟些，莫要再说那些不着边际的话。”

裴星彤则是浅笑着看向龙霓冰，她的率真、大气及那有些可爱的性子，让裴星彤由衷地喜欢，感觉不到辈分和年龄差距，不由地想将她当成同龄的朋友，也喜欢她这样的直言不讳和爽朗……还有那令人匪夷所思的开明。

虽然龙霓冰的话大多数是在斥责和怨怪龙绯雨，但那话语和眼神中的疼爱却是昭然若揭，那是一个母亲对儿子最纯粹的宠爱，没有任何杂质。

敛起心神，眸光盈动。裴星彤扯出一抹无奈和酸涩的笑容：“绯雨很好，只是我不适合他，我已经发誓不会再……”

她话还未说完，龙霓冰就扔掉手里的茶杯，急迫地再次挤上了床榻，打断她：“哎呀哎呀，我晓得，不就是不想再嫁给任何一个男人了吗？我曾经也失恋过，体会过那种滋味。不过无妨，只要你肯答应给我生个活蹦乱跳、喜欢调皮捣蛋的乖孙，我马上就将他打包送给你，把他嫁给你不就可以了！反正你们也已经成亲了嘛……”看着这张冷脸已经二十年，她实在受够了，若不是跟自己的模样儿有八分像，她真怀疑这是不是她的亲儿子，性子又呆又板。此番，终于碰到能让他一展笑颜之人，她能不给加把火嘛。

裴星彤惊愕地张着嘴，半晌后，她揉着太阳穴："天啊，你是他亲娘吗？"

星碎，月稀。三年匆匆而过。

清透的银光流泻而出，溅出的液体坠入杯中发出清脆的音律，继而，醇美的酒香味破空涌出，翩翩弥散，无风自逸。

酒盏托起，仰首，流线型的透明液体便流淌出优美的弧线，与肩侧的墨色发丝辉映出缱绻韵味。

酒入口中，悉数饮尽。这酒，甘甜而醇美，爽口，醉心。

"真的打算一个人走吗？三年了，他对你的心意有增无减，而且愈陷愈深。"

柔腻的女子声音自身后传来，让自斟自饮之人微微停顿了一下倒酒的动作。她无奈浅笑，继续着手上的动作："我不忍也不该去破坏他那不谙尘世的纯真，他属于阳光，属于更完美的女子，就是不该属于我。"

原本她已立下逍遥自在、醉卧红尘的糜烂志向，然而，卧龙宫一众长老反反复复逼迫龙绯雨履行苗域宗主的职责，寻找凤玉稳定天下。更何况，外界近来似乎愈发欲涉足苗域，几次三番有人进犯边界。

裴星彤作为龙绯雨名义上的妻子以及她和庭戈面容之间匪夷所思的渊源，岂能置身事外。龙绯雨对她掏心掏肺地好，她自然要倾尽所有还给他。

龙霓冰上前一步，巧妙地夺过她手中的酒杯，一饮而尽。而后咂咂嘴，满意地看着酒杯，漫不经心地启口："如若你的心能同你的嘴这般冷情和决然，还至于一个人在这里酒不醉人人自醉吗？"

裴星彤又取过一只酒杯，举起酒壶，流光倾泻。再次仰首，让那甘甜滑过喉间，她的动作柔美中又带着几分男子的率性与洒脱。

唔，原来酒量和功夫一样，都是练出来的，原先一杯倒，现如今居然千杯不醉。

她沉吟了半晌，半眯着水眸："我回去不是去游戏人间，而是要完成使命和任务。这期间必然要被卷入那肮脏的尔虞我诈和阴谋诡计中，而绯雨是一片难得的净土，我想在心里保留这片净土……"

气氛沉静，空气中只有那恬淡的酒香味在飘散。

龙霓冰在她的对面坐下，左手撩着宽大的衣袖，右手举起酒壶："那你知不知道，你这样做太自以为是，也太武断了。"

秀眉蹙起，裴星彤费解地看着眼前绝美的女子："此话何意？"

龙霓冰递给她一只香味四溢的酒杯，难得有了正经之色，举着酒杯与她遥遥一敬，再次一饮而尽。而后，她兀自擦擦嘴，在裴星彤追问眼神的凝视下，她开口道："三年前，你的伤口虽没有伤及要害，却也是十分危险，雨儿为了能尽快为你疗伤，竟然私自把他的护体龙珠给了你……你知道对于他来说，那颗龙珠承载的是什么吗？”

见裴星彤惊愕不语，龙霓冰轻然抬首，短暂的与她对视一眼后，又举起了酒壶：“是生命。”他之所以能以男子之身稳坐苗域宗主之位，只因庭戈遗赠的护体龙珠。

是生命！

在裴星彤被震惊得目瞪口呆时，龙霓冰又将满溢着酒液的酒杯凑近唇边：“……他将生命都给了你，就是没有给自己留一丝一毫的退路，这就是他那可怕的死心眼儿。他若看准了你，就甘愿把生命交给你，不再容别人走入他的心。我但凡有一点法子能改变他的心意，也不愿意这样看着他一厢情愿下去。我是一个母亲，怎会不心疼自己儿子，可我纵然再不甘心，再恨铁不成钢，也拗不过他。”

酒液又被龙霓冰豪爽地饮尽，仰首时，她让眼睑溢出的那属于一个母亲心疼孩子的润泽液体，无声地流入鬓角的发间。

浓香浮动，身在战栗。心，一片惊骇。

心灵的震撼在空气中飘着旖旎的酸，晨曦般的笑颜盈满脑海，碰撞着心底的涟漪。

龙霓冰何时走的她已记不得，她只是静静地让那无尽的心跳肆意侵蚀着冰封已久的心田。

眼眶灼热，眸光敛起，映入眼帘的点点星光却化作一抹清俊的身影，扰乱着她的思绪。

兀自嗤笑出声，何时起，她竟是已经变成了见一个爱一个的人了。

曾经那般自负地嗤之以鼻于东方云霄的博爱；曾经发誓绝不会允许自己的男人三妻四妾；曾经那么决绝地信仰一生一世一双人，曾经……

然而现在，她不仅没有将心里的人遗忘，反而又让另一个人走进了心里……

不是心死了吗？原来……是还不死心。

都说时间就是最好的心灵良药，它能让人淡忘一切身心伤痛，可是，这三年的时间并没有让她淡忘那些与她有纠葛的人，反而让她更加记忆深刻。更可笑的是在这三年的时间里，龙绯雨已不知不觉地打开了她想要沉寂的心扉。

见一个爱一个？朝三暮四？

也好，起码比不敢爱和不会再去爱，好些。

既然选择这么令人伤神，既然相信宿命，既然无法摒弃，那么，就听命于天意，顺从于心意。

豁然开朗间，裴星彤弯着唇角，撩起裙摆，飞奔向自己的卧寝。

因为龙绯雨在那里……

第二章 舍不得分开

偌大的卧寝内，充溢着孩子咯咯的欢愉笑声，期间也夹杂着男子轻柔的诱哄，那声音如此悦耳甜腻，如此畅人心弦。

软榻上，一袭水蓝色华贵锦袍的男子平躺着，一个粉雕玉琢的小女娃则肆意地骑坐在他的腹上，一边啃着男子的下巴，一边口齿不清地叫着："爹爹……爹爹香香……"

男子不仅不嫌弃女娃那黏黏的口水，还揽着她的小身子，笑着柔声哄逗："爹爹给若若当大马，好不好？"

女娃一听，一双锃亮的双眼立即弯成了月牙形，骑在男子腹部的小身子一边上下坐着，一边咯咯地喜笑连连，娇声回答道："好哦……呵呵……爹爹……当大马……"

男子小心翼翼地握着她的腋窝，将她稳稳地护在身上，笑得那么明媚纯净。

小女娃一边笑，一边无辜地眨着眼开口："爹爹，你可曾试过同时和两个女子一同睡觉？"天资聪颖的女娃比寻常人家两岁多的孩童说话早得多。

裴星彤停下脚步，饶有兴致地看着他们。

龙绯雨被小女娃问得发愣，还好他早已习惯这丫头的古灵精怪和语出惊人，不过还是有点胆战心惊："未曾。"和裴星彤同室而居三年都不曾同床过，哪里还会有别的女子。

若若咧嘴一笑，声音软软地说："那爹爹是否想试一下？"

龙绯雨捏捏她粉嫩的鼻尖，笑颜舒润："淘气。"

若若不依不饶地扭屁股撒娇："爹爹，你今晚就试一下嘛。"随即，笑眯眯地扑在他胸口上："如果爹爹同意试一下，那我现在就回房拿睡袍过来！"

龙绯雨先惊后愣，不由地笑出声，她竟是这个意思。龙绯雨笑着说："鬼精灵。"这丫头真是有让人无言以对的本事。

房间里，是简单而温馨的父女嬉闹画面，裴星彤不忍心去破坏和打扰，心口也一阵阵悸动着。

半晌后，她拍拍胸口，深呼吸一下，尽量让自己摆出一副严肃的表情，举步进门。

“若若，你又不听话，身子那么重，还扭来扭去的，压坏了爹爹如何是好？”女儿还是幼齿孩童便会拐弯抹角地说话，这等九曲心思真是遗传自父亲。

她突兀的声音一响起，笑意融融的两人便同时看向了她，也同时停止了欢笑声。

小女娃一见到她，瞬间没有了方才那放肆的行为，撇着粉嘟嘟的小嘴，一头扎进龙绯雨怀里，将小脸埋在他胸口，一声也不吭，哪里还有方才那般肆意调皮的模样。

龙绯雨自软榻上坐起身，爱怜地搂着小女娃，看向裴星彤的眼神中，潜着些许不赞同：“我又不是纸做的，哪里会被她这么小的身子压坏，你吓到她了。”

“她若是会被吓倒，还会天天惹祸吗？都是被你们给宠坏了。”这丫头自打会走路开始，就凭着一副天使般的面孔，天天出去惹祸。不是揪断了人家某位长老的胡子，就是掀人家婢女的裙子，还在巫女脸上画乌龟。反正，她仗着有所有人的宠爱，算是淘气透顶了，整个就是一个天不怕、地不怕的小魔女。

“哎呀哎呀！谁又在数落我的乖孙女呢？”一道微风拂过，龙霓冰已如鬼魅般飘然而至。

她一把抱过龙绯雨怀里的小女娃，在她粉嫩嫩的脸上猛亲两口，看到小女娃那满脸的委屈时，她转首对着裴星彤佯怒训斥：“喂喂，我下半生的乐趣都指望这孩子呢，她可是我的活宝，谁要是敢不待见我的宝贝孙女，我第一个不同意！”说完，还不忘对裴星彤轻哼一声。

而裴星彤在捕捉到小女娃那鬼精灵般得意的笑容后，只得无奈苦笑。看吧，又来一个，整个卧龙宫最无底线宠着这丫头的，就非龙霓冰莫属了。

“可是她……”

在裴星彤还欲说些什么时，龙霓冰已经抱着小女娃向门外走去，而小女娃却伸出粉白的小胳膊，一边对着龙绯雨的方向挥舞着，一边喊道：“要爹爹抱，和爹爹睡觉觉……”装天真无邪，她最拿手了。

龙霓冰拉回她的小手，轻声哄骗：“若若乖，爹爹跟娘亲这会要忙了，没法子陪若若玩，奶奶带若若宰虫子去，好不好？”

小女娃一听，灵动的小眼珠滚动着，然后喜笑颜开地拍着两只肉嘟嘟的小手：“好哦，好哦，呵呵……宰虫子喽！宰完虫子，回来和爹爹睡觉觉。”

龙霓冰把若若带走后，偌大的卧寝里就只剩下了相互对视的两个人。

寂静的卧寝内，只有两人的呼吸声在起伏，只有彼此的眸光在交错，不言不语。

龙绯雨神色黯淡地轻叹一声，率先开了口：“把若若留下吧，我和母亲会照顾好她的。”既然她执意要走，孩子留下了，他至少还可以在心里存有些许期盼，至少还可以从孩子身上感受到她的气息和影子，至少可以证明她不会一去不返。

裴星彤唇角上翘，笑得神秘而无奈：“我不会一个人离开的。”

龙绯雨俊眉紧紧皱起，纯澈的眼底是满满的不赞同，语气也有着明显的不悦和伤怀：“孩子那么小，你带在身边根本无暇妥善地照顾周全，只会让她无端受苦。”

笑意在她的唇边慢慢扩散开来，她悠然地上前几步，伸出美玉般的纤手，抚平他眉宇间的小山："谁说要带着她了，那个小家伙只会惹是生非，我哪里敢带着她。"

龙绯雨清泉般的瞳眸微微闪动，不明所以："那你还说不会一个人走？"

裴星彤单眉挑起，故作神秘地说："确实不是一个人走呀，不带走小的……当然就带走大的了。"

在片刻的愣怔后，俊雅男子一把将她拉进自己的怀里，欣喜若狂地紧紧拥着她："星彤，真的吗？你真的愿意让我陪着你一起？"之前她一再强调不愿同他一起走。

裴星彤用双臂环住他挺拔的腰身，娇美的脸颊贴在他的胸口，听着他狂乱的心跳："早已习惯了有你在身边，所以，舍不得分开。"

他气息凌乱得仿佛连呼吸都有些困难，松开她的身子，修长而白皙的手指覆在她柔嫩的脸颊上，瞳眸中跳跃着炙热的火焰，声音也变得沙哑起来："星彤……"

不知该说什么好，索性他也就什么都不说，直接再次揽她入怀，拥着那渴望已久的人。

也许因为紧张，也许因为激动，总之，他连手臂都带着颤抖。

裴星彤缓缓闭上眼帘，感受着他的温柔和谨慎。

"我以为今世已经等不到了。"他以下颚蹭着她的发顶，清新的呼吸吹动着她的青丝。

他没说等不到什么，但是她懂得："对不住，让你久等了。"她打趣。

龙绯雨再次收紧手臂，闭上双眸，亲吻她的发髻："能等到便好，真的很好，星彤。"

"这般容易知足？我看起来很铁石心肠？"原来他竟是没抱太大希望。

他贪婪地呼吸着属于她的气息："你不是铁石心肠，只是心里没有位置，而又重情重义而已。"

裴星彤在他的颈窝处找个舒服的位置轻蹭："乖乖啊，你自己心肠好不代表所有人皆心肠好，我可没你说得那么完美。你瞧，我一直拒绝你的情意，却赖在这里混吃混喝，还带个拖油瓶一起占你便宜，你不觉得我是在利用你的痴心？"

"即便真如你所说，我也心甘情愿。值得庆幸的是，至少你愿意把被利用的机会给我，亦庆幸我之于你还有利用价值。"

这样也行？宗主大人哟，你缘何爱得如此卑微？

与他如此豁达的心性相比，她是不是显得狭隘很多，她的爱情里可容不得这些。

裴星彤回搂他："真是个傻瓜。"

"因为是你。"

她抬头，柔嫩的指尖缓缓伸到他的唇边，摩挲着他好看而自然上翘的唇角，眼中的感动化为一缕柔情："为何要把护体龙珠给我？"没有了龙珠，他就等于失去了九成的巫术和法力，而且如果他不能近距离感应到龙珠的气息，时间久了便会威胁到他的生命，也就是龙霓冰所说的：他把生命给了你。

而他竟然不言不语地允许她一个人离开，若不是龙霓冰告诉她龙珠的事，她真的就一个人离开了，那么他日后将要承受怎样的身心折磨和痛苦，她真的不敢去想象。况且，万一让族内心怀不轨之人知道此事，少不得会趁机滋事。

如果有一个如此优秀的男子可以毫不犹豫地把命交给你，如此，又有几个女子还能对其紧闭着自己的心扉呢?

龙绯雨在听清楚她的话后，先是蓦然一愣，继而，又黯然神伤地推开她，眼底的炙热火焰也渐渐平息。他自嘲地浅笑道：“你就是因为这个才选择接受我的吗？是内疚，还是自责？或是摆脱不了的怜悯？”

刚刚的温情赫然消失，他此时的神情是陌生的清冷和落寞。

裴星彤并不介意他瞬间冷漠疏离的态度，娇笑着又蹭上前，环着他的腰身：“还是第一次见你生气呢，真不容易，原来我的乖乖也有脾气呀，呵呵……”

她一边揶揄着黯然孤寂的龙绯雨，一边踮起脚尖，仰首间，不经意地在他唇畔浅啄一下。

须臾，见他仍然是无动于衷地紧抿着双唇，裴星彤眉目流转，勾起一抹俏皮的坏笑，将纤手抚在他的胸口处，隔着外衫使劲戳：“不是说喜欢我吗？”

龙绯雨双手在身体两侧握成拳头，强迫自己不被她馨香的味道和柔腻的红唇吸引：“如果你的心还没有为我打开，我便不会只贪恋这短暂的欢愉，我要的是什么，你应该比谁都清楚。”

她星眸慵懒地半眯，双手攀上他的脖子，粉唇靠近他的耳廓，在他耳边吐气如兰，低声呢喃。

紧接着，龙绯雨在听清楚她的话后，清澈的双眸猛然睁大，闪动着晶亮而璀璨的耀眼光芒。

下一瞬间，他重新抱住她，惊喜地喊出声：“你方才说的是真的吗？再清楚地说一遍！”他的喜怒哀乐无不受她支配。

裴星彤的水润美眸中波光盈动，定定地注视着情绪激动的龙绯雨。三年来，他对她的心意在这卧龙宫内无人不知无人不晓，可他与自己同室而眠三年，却从未有半分逾矩之举，只因他固执地想要拥有她的心，这是怎样的难得啊!

她是不是该试着再去爱一次呢？即使是瞬间的灿烂，也要贪婪地去享受这心灵交融的抵死相依。

她温柔浅笑，抚着他的俊颜，在他急切与期待的眸光中，缓缓轻启朱唇：“我也喜欢你。”

龙绯雨眯眸：“不是内疚？”

裴星彤笑着摇头。

“不是怜悯？”

美眸瞪圆，依然是摇头。

“不是……”

在他又即将问出口时，裴星彤已经用柔嫩的指腹按住了他双唇：“是爱情……”

是爱情！

龙绯雨什么也说不出了，他现在急切地需要确定这不是自己的梦境，于是，他开始用力回吻她。

当他还是蛇身时，便对她起了旖念，不见面会思之欲狂，见面了心跳就变得好快，看见她的笑颜心会柔软成一汪水，胸口胀胀的，仿佛有什么东西要溢出来，既甜又涩。他想，爱就是如此这般吧。本来只想着偷偷看着就好，却忍不住趋之若鹜。现如今，她竟然接受自己了，宛若做梦！

此时，裴星彤则侧头躲闪开来，在龙绯雨不解和询问的眼神中，她轻然开口：“乖乖，在此之前，我必须要跟你坦诚，我的心在不知不觉中已经为你开启，但以往的那个人此时还没有被完全摒弃。不过，我向你保证，我会努力将那些都忘记的，这样，你还愿意吗？你该晓得，我最不愿意看到的事情就是，你的痛苦来自于我。”忽然觉得自己好坏。

龙绯雨抓住她的手，放在唇边轻吻着：“我愿意，当然愿意，你的心里有别人，这些我一直都知道啊，我在意的是，现在你心里是不是有我。”

裴星彤凝视着他晨曦般的笑颜，抿抿嘴道：“我何德何能……”

他覆上她的手：“星彤，我爱你，爱得蚀骨焚心，而你愿意接受我，这就值得。”

深情对视中，双双浅笑。俯首，吻落。

紧紧拥抱良久，龙绯雨的心跳始终未能平缓下来，且有越来越有走火入魔之势。

稍微停歇片刻，他又想吻她了，遂又低头转过脸，抬起她的下巴，她脑袋顺势往后一仰，闭着双眼，睫毛微微颤动，被吻得嫣红的双唇愈发诱人。

她柔软且温热，将他所有的爱慕和惶恐不安悉数包裹，仿若厚厚的积雪被融化成甘泉，又如野火燎原般把他燃烧。

良久之后，一切平息。龙绯雨像个孩童，清俊的身躯蜷缩在她的怀抱里，再也不愿放手。

闲来无事，心情甜如蜜，裴星彤晓得自己作为一个女子偶尔总得有个温婉贤淑的样子，便找来几个专司女红的婢女学习刺绣。

经过一日一夜的苦苦奋战，裴星彤终于绣成一个荷包，不待自己细看，直接满怀期待地送给了龙绯雨。

“这个是辟邪的吗？”龙绯雨看不出上面的图案是何物，只得自行猜测，为了表示惊喜和喜爱，还将荷包紧紧握在手中，生怕别人抢夺似的。

裴星彤气鼓鼓地说：“辟邪？”好，甚好。想她初次给人送定情信物，费尽力气绣了个凤凰，居然被看成辟邪之物。

天理何在！

龙绯雨自知失言，忙陪着小心自圆其说：“你绣得野鸭极好，只是我眼拙，你又总有些新奇妙想……”

裴星彤扶额，用力将荷包从他的手里抠出来：“明明就是……”凤凰！欲出口的辩解待看清自己绣的那图案时，她只好无力地放弃。

龙绯雨说是野鸭真是太抬举她了，那图案看起来就像个……鬼符。不说能否辟邪，她真担心会不会招邪。龙绯雨娶个她这般的妻子，想必上辈子没少做坏事。

自此，裴星彤决定做个踏实的懒人，不再糟蹋锦缎和绣线。

苗域得世人敬畏崇尚，身赋异术，却也都是肉体凡胎，凡人的琐琐碎碎和勾心斗角之事同样存在。

龙绯雨身为宗主，便如一家之主，少不了会遇到各种各样需要他出面解决的事情，即便有些事根本不该是宗主的职责，有些人就是不愿意消停。

文杞其人资质平平，能够担任苗域的寨柳长老之一，全凭祖上曾是龙氏旁支。今日来滋事的，乃是其独女文甄子。

龙霓冰笑着指了指文甄子：“上午便过来了，执意要见你，任我如何劝都不肯听。”若龙绯雨每日都需要处理这些家长里短的小事，岂不是片刻也得不了空闲。

龙绯雨瞥了一眼文甄子，明显心不在焉：“起身叙话。”

文甄子一直跪在下面，闻得他此言方敢抬首起身。她看向龙绯雨，随后，面露惊愕。

老早便有耳闻，据说新任宗主有着少见的俊美，风华足以盖过天宫神仙。只是她素来不信，听了只是撇撇嘴。以往幼时常常同他玩在一起，彼时他如同一个圆嘟嘟的肉包子，容貌与身段怎么都瞧不出半点俊美，她还总暗地里嫌弃此人笨拙呆板，若不是他出身高贵，她才不愿意和他接近。

谁能想到，曾被她暗自嫌弃的肉包子，现如今会出落得如此风华绝代，俊俏非凡！

幼时他们接触频繁，略长大些后，龙绯雨因性情使然，便开始深居简出，最近他接任宗主之位，因他们主从身份有异，就更没有了机会见面。

初时，父亲还有意让她与龙绯雨结亲，她因心里实在不喜欢，便断然否决，并央求着父亲让她与赫斯长老的次子柳继结亲。

此刻一见，心里险些崩溃，与她订亲的那个人，无论身份背景，还是容颜面貌，哪里比得上眼前这个男子的一星半点儿！

文甄子看着龙绯雨，掩饰掉心里的惊涛骇浪，故作楚楚可怜：“绯雨哥哥，今日我执意寻死觅活也要见你，是因为着实有难处。昨夜，有人过来我们府上，说是柳继在外欠了一笔数目不小的银子，他还不起，便要我们文家还。可气我如今尚未过门便要替他还债，日后若是真成了一家人，岂不是永无翻身之地了……”

龙霓冰瞧着哭得肝肠寸断的文甄子，若有所思，笑了笑，不言语。

龙绯雨稳坐上首，面无表情，也不说话。

文甄子以为那母子两个人会立刻追问，最不济，也要问问她自己是什么想法。却不曾想到，一番话如同石子落入湖中，未激起半点声息。

她掩在衣袖下的手握成拳，擦拭着眼泪，继续哭诉："恳请绯雨哥哥念及旧时感情，替我解除与柳继的婚约。"如今见过了龙绯雨，她更加笃定必须要尽快摆脱未婚夫婿，方有机会争取龙绯雨的垂青。

龙绯雨清冷的视线落在文甄子脸上："这便是你一早执意要见我的理由？"

他终于肯看她了，可视线却是那般寒冽，透着些许嘲讽。文甄子顿觉有些冷，下意识拢了拢衣袖。

文甄子稳了稳心神，刚欲说什么，龙绯雨已然不耐烦地移开视线，站起身便往外走："我非你兄，君臣有别，日后切不要如此称谓。"就因为这个人，耽搁了他向裴星彤道歉，会给她好脸色才怪。难得裴星彤亲自给他做荷包，他竟是未曾看出图样，惹了她不欢喜。

文甄子惊慌而茫然地看着龙绯雨离去的背影，他怎么一副不耐烦看她的样子？她即便算不上倾城之貌，可在苗域伏羲地能与她比肩的贵族女子，也没有几个。

莫非他娶的那个女子貌若天仙？只是，她自然无甚机会得见裴星彤真容。

风和日丽，绿柳成荫。

裴星彤和龙绯雨乔装成普通的夫妇，牵着手走在银月长安城大街上，他们时而在街边的摊位上看看，时而在人多的地方站站，静静聆听着众人口中的那些流言，以获得更多有用的信息。

中午时分，两人走进了一家茶楼，点了二楼中间的一个雅间，又要了壶上等的茶水，缓缓地喝着。

在小二哥毕恭毕敬地退出门后，两人对视一眼，无声地交流着。

普通灰色衣衫的龙绯雨移至门前，然后将雅间的房门在内侧落锁，而裴星彤则推开窗棂，运起卓绝的轻功，飞身上了房檐。

两人目的很简单，只是为了偷听。

本来一楼散座人多嘴杂是获得信息最好的地方，但也只是能听到些不疼不痒的消息，况且那里是公众场合，没有人敢公然妄议皇家之事。

而这二楼的雅间就不同了，能进这里的大半都是达官显贵，运气好了还能遇到个朝中重臣之类的，那么他们之间聊的话题可就有价值多了。

这不，隔壁雅间内的就是当朝的兵部尚书和兵部侍郎，瞧瞧外边那两顶华贵的轿子就知道。

"唉！三年前，裴星彤那个妖女死了以后，这太子殿下和霄王爷可是一时都没有停过你争我斗……"八字胡的吕尚书说道。

"大人，那您说，我们到底该站在哪一边呢？"杜侍郎一边谄媚地给其斟茶倒水，一边问道。此事关系着生死存亡，他不得不谨慎行事。

吕尚书斜睨他一眼，眼中散发着老成的精芒："当然是谁强就站在谁的身后了，若是站错了方向，日后新帝登基之日，便是你我掉头之时啊！"

"那以您来看，此时，太子殿下和霄王爷哪个才是未来的君王呢？"

吕尚书轻哼一声，眯着眼说道："太子殿下虽为储君，但毕竟鲜少出入朝堂，而霄王爷文武谋略也均不在其下，而且在朝中早已得到了那些文臣的拥护。然而太子殿下与狐翡国联姻后，身后自然有了狐翡国的支持，而其又是皇后娘娘的嫡出……"

杜侍郎不解地挠挠头："大人，这说来说去，他们两人还是不分伯仲、平分秋色呀。"

吕尚书则神秘而诡异一笑，"就快不是如此局面了，太子殿下正要前往狐翡国商谈联手攻打玫风，到时太子殿下灭了玫风，立下赫赫战功，既得了民心又得了臣心，自然就更得龙心了……"

裴星彤面色沉重，神不知鬼不觉地跳下房檐回到雅间，龙绯雨递给她一杯茶水，问道："如何？"

她转动着手里的茶杯，轻抿一口茶水，脑海中有纷乱的记忆和思绪闪过。

沉吟片刻后，她开口道："银月皇后娘娘曾是云凤人，出嫁银月前曾与云凤国容王爷云季容有婚约，两人青梅竹马、情投意合，便暗通款曲。后来她嫁来银月没多久发现有了身孕，孩子自然不是皇帝的，于是她买通宫中太医和敬事房太监，让她与云季容的儿子成了名正言顺的银月太子，为此撒下了弥天大谎。东方云轻在银月神龙见首不见尾，乃是因为他时常以四处云游为借口，在云凤做容王府的世子。身份之复杂，犹如他深沉的心思。"叹了叹，她继续启唇，"云凤国容王爷和东方云轻明明是云凤人，却在银月覆灭云凤的过程中起到了推波助澜的作用，原因很简单，就是他们明白那天师的预言，深知云凤必然会灭亡，索性他们便就坡下驴。东方云轻表面的身份是银月太子，又与狐翡联了姻，欲攻打玫风。这夺得天下的野心，可谓昭然若揭……"曾经他口口声声说的要云凤复国，只是个要拥有凤玉的借口罢了，云凤复国有何用，他想要的根本就是这天下，他的心，竟是如此野性。凤玉能开启无穷无尽的宝藏，有谁能敌得过此诱惑？毕竟稳定臣心、增强兵力，乃至国泰民安，都需要大量的金钱来铸就。

她此番的目的就是要找回凤玉，平定天下。既然要天下太平，那么，就必须要四国势均力敌，保持相互牵制，相互制约。因为如果有人强夺了他国，而称霸天下，势必会就此埋下祸根，到时那些流离失所成为俘虏的他国臣民必然会再起复国之心，继而，带来的又将是血腥战争。

如此周而复始。

天下哪里能说合就合的呢？谁不想拥有自己的国家和主权，谁愿意永远对他人俯首称臣。所以，这天下合不得。合久必分，这是千古不变的自然规律。

龙绯雨温柔地将她拥进怀里，以下颚蹭着她的发顶，给予无声的安慰。

“乖乖，已经这么久了，为什么心还是会痛呢？”她只要闭上双眼，就可以清晰地记得他的每一个表情和他的每一丝气息，连那眷恋的幽香都会无端地萦绕在鼻腔。

听出她话语中的伤感，龙绯雨轻吻一下她的挺俏鼻尖，依然拥着她馨香柔美的身子，柔声浅语：“星彤，我知道。”知道那种爱而不得的无力感。

裴星彤缓缓抬首，略带忧伤地看着他纯净的俊脸：“就因为知道这个，所以，你才不介意我心里还有云轻吗？”

他单手挑起她的下巴：“我说过了，只在意你心里有没有我。”你是我的唯一，也愿我是你的唯一，没有哪个人的爱情是宽容大度的。

她敛起纷杂的思绪，双手勾住他的脖子，红唇蓦然凑近，语带调侃：“要不要现在就证明给你看？”

龙绯雨唇角上翘，笑容扩散，一把将她抱上自己的双腿，欺上她的双唇：“这可是你说的。”

裴星彤娇笑着躲避着他的唇，连忙说道：“现在有两件事需要去做，一是找到阿影，他是云凤的皇子，复国后他将是云凤的君王；二是要阻止东方云轻与狐翡国联手攻打玫风，不然战事起，又将是一次生灵涂炭的血腥；三是要让东方云霄增强势力；四是……”

“还没说完？不是说两件事吗？”纯美男子有些不悦她躲避，继续迷恋着她的樱唇。

“呃……是吗？我糊涂了，拜托啊乖乖……你不要这么热情嘛！我都没办法好好思考问题了……”

“是你先吻我的。”

“……”接吻也上瘾？

月黑风高，乌云遮空，两个如鬼魅般的身影正悄无声息地潜伏在魔萤教院墙外。

举目眺望，院内灯火通明，一片纸醉金迷的欢闹声。

两人均是一身黑衣，只有那四目晶莹璀璨，宛若星辰，在相互对视一眼后，几不经察地点点头。

片刻后，魔萤教院内的灯火倏然熄灭，陷入一片漆黑。刹那间，风起草动，杀气涌现，劲气凌厉翻转间，掌声逆风呼啸而过。

与夜色融为一体的黑色身影辗转腾空盈动，来去幽幽，魅影无痕。

在一片漆黑中，那些还沉浸在奢腐酒欲中的人，还未来得及换掉脸上的诧异表情，就已纷纷倒下。

紧接着，在一片惊呼声中，魔萤教内一片混乱，陷入了血腥后的阴森。

而那两个黑衣的始作俑者，在如风般飘出院外后，则手牵着手，像没事人似的，漫步在郊外：“星彤，裴影彤被崆仑派请去了，我们来这魔萤教乱搅一通做甚？”

裴星彤浅笑着，伸手捏着他俊朗的脸颊说道：“哎哟，我的乖乖，你就是心眼儿实。那崆仑派自诩武林正义之派，却是伪君子做派，打着武林白道行侠仗义的旗号，尽做些龌龊勾当。现在稍微有些势力和信息灵通的人都知道那句偈语，‘凤栖星女指点乾坤’。阿影一直以女子身份示人，崆仑派定然是把他当作了我，此番说是请去做客，莫不如说是也起了拥有天下的野心。”贪欲总是会让人异想天开，不自量力。

龙绯雨纯净的瞳眸中依然是宠溺的笑意，优美的唇角自然上翘，享受着她虐待自己脸颊的亲昵动作：“区区一个武林门派也妄想拥有天下，岂不是痴人说梦！”

她轻叹一声：“这就是人性的贪婪在作祟啊，又是被那句偈语蛊惑了心智罢了。”无穷无尽的财富，指点江山的权利，能有几人不动凡心。

龙绯雨豁然开朗地摇着头，清澈如水的眼眸眨动，沉吟片刻后，无奈浅笑：“你不直接去崆仑派救人，而是跑来魔蛊教捣乱，应该是想挑起他们之间的事端吧。如此，一旦他们之间起了冲突，我们便可坐收渔翁之利了。”

裴星彤赞赏地挑起他秀美的下巴，眉眼弯弯：“对付小人就是要比其更小人，反正双方皆不是好东西。魔蛊教是黑道的魔教，一直都是烧杀抢夺无恶不作，简直就是人间祸害！让伪君子和祸害相互搏杀，既为民除害又能毫不费力地救回阿影，一石二鸟！”

他轻咳一声，笑着吻上她粉嫩而可爱的耳垂：“不得不说，你好像越来越坏了……”母亲曾私下里问他，裴星彤有那样好吗，有时候还坏坏的，怎就使得他情根深种，非卿不娶。而在龙绯雨眼里，裴星彤这也好那也好，这些他自然不会说与别人，只有他一个人知道就好了，别人无须知晓。

裴星彤不以为意地挑挑眉梢，扬起一抹奸诈的坏笑：“呵呵，正所谓好人不长寿、祸害活千年，我若是好人就不会招惹你了。”

在看到他的俊颜染上红晕时，裴星彤露出了得逞的媚笑：“走，咱们去崆仑派那里等着看好戏去。”

下山路过夜市，裴星彤拉着龙绯雨看着街边捏泥人的匠人：“乖乖，你看这个，像不像小混球？”

咳，小混球是她对若若的“爱称”。

龙绯雨接过造型十分讨喜的捏人：“如果若若看见这个，一定很喜欢。”

裴星彤见他提到若若时满眼宠爱，心头暖暖的。她心里清楚，再心胸宽厚的男人也希望自己的女人从始至终都属于他一个人，更莫说接受别人的孩子了。可眼前这个男人因为爱她，便愿意爱屋及乌，甚至到了纵容她的地步，这是何等难得啊。“乖乖，你真是个好人。”裴星彤心有所想，脱口而出。

他垂首，忽然打趣起来：“你说过一个人女人如果对一个男人说他是个好人，就代表她是在委婉地拒绝男人。如此说来。我倒宁愿听些别的。”

裴星彤哑然失笑：“我说那么多话，你偏偏记得这些不中听的。”

“你说的话，我都记得。”

她贼兮兮地以手肘戳戳他的手臂：“那你现在想听什么？”我爱你？我喜欢你？

“给我十文铜板。”他正儿八经地伸出手。

有些人啊，平时看起来温温柔柔的，可就是有让人想撞墙的本事。

“要钱干吗？不知道男人有钱就变坏吗？”她愤愤地说，像个掌握家中经济大权的管家婆。由于她之前在霄王府受苦受难，自那以后对银子或值钱的东西都格外稀罕，如今便直截了当地控制着龙绯雨所有的银子。

龙绯雨依旧面色平静：“星彤，十文钱做不了什么坏事。”

“所以我问你要干吗呀？”噘嘴生气。

他摇头轻笑：“唔，给若若买泥人。”

第三章 借刀杀人

夜沉，风静。

娇美女子依附在俊雅男子的怀中，垂着眼帘，把玩着他胸前的墨色发丝，如此旖旎风光，仿佛是两个误入凡间的仙子，美撼凡尘。

耳廓微动之际，裴星彤蓦然掀开眼帘，随之，唇角勾起一抹邪肆而妖娆的笑容：“乖乖，魔萤教的人来了。”

男子不经意地瞥了一眼赫然亮起烛火的前院，而后温柔地在她唇角浅啄一下，才轻然启口：“不是要看戏去吗？”

“不急不急，免费的戏只有到关键时才好看，”说着，她便慵懒而笑，“哎哟，走那么多路腰都酸了，快给奴家揉揉。”

她的模样娇俏可爱，龙绯雨自然上翘的唇角更加弯起，将她重新拉坐在自己怀中，大手温柔地抚上她的后腰：“我是不是该节制些。”

裴星彤斜睨着他，没好气地捏着他俊脸，佯怒说：“刚刚还一副勇猛无比的样子，这会儿又来扮害羞，想以此来讨得我的宽容是不是！”

男子浅笑，腼腆依旧。

绵绵不绝的真气透过他温热的手心灌进她的身体，滋润着她全身的经脉，令她通畅舒爽。

裴星彤在心底轻叹，勾起柔肠百转，化作那沁入肺腑的温暖和信任，轻轻拉下他的手：“我有你的龙珠护体，又拥有一身诡异的武功，壮得像头牛一样，哪里会那么娇弱，真是个傻瓜。”

龙绯雨温热的指尖抚在她瓷白如美玉般的肌肤上，缓缓托起她的下颚，唇落下，细语呢喃：“我喜欢永远做你的乖乖和傻瓜。”

微风拂过，发丝纠缠。

半晌，前院传来了兵器猛烈撞击的声音，方让沉醉中的两人回神。

裴星彤的小心肝儿颤了又颤，嗔怪地敲一下他的额头：“又勾搭我，险些误了正事。”

而龙绯雨则笑得一脸明媚灿烂，率先站起身后，对抱怨中的她伸出手：“若再不去，就没戏看了。”

裴星彤睨着他的手，然后眉眼弯成了月牙形：“乖乖，奴家腿软了，你背着奴家走好不好？”

龙绯雨眉梢微挑，宠溺一笑，已然乖顺地蹲下了身体，心底柔情弥漫。刚刚还说自己壮得像头牛，这会又说腿软，根本就是和若若一样喜欢耍赖，喜欢撒娇。不过，他就是喜欢她对他撒娇，沉迷在她依赖他的感觉中。

崆仑派的前院此时劲风四起，刀剑相撞，寒光闪动。

夜，因这突如其来的血腥而不再沉寂。

魔蛩教的教众与崆仑派的弟子在相互搏杀，而魔蛩教教主则阴狠地瞪视着崆仑派掌门张可冲，厉声道：“好你个人面兽心的张可冲，我魔蛩教与你崆仑派无冤无仇，向来井水不犯河水。可你们竟然敢偷袭我教众，干此等下三滥之事，如此公然挑衅，以为我魔纳心善好欺负吗？”

张可冲怒喝道：“魔纳！你少血口喷人，我崆仑派乃是武林正义之派，偷袭断然不是我们的作风，你莫要找借口无端生惹是非，寻衅滋事！”

魔纳闻言，怨毒地冷啐道：“我呸！什么正义之派！想当妓女还要挂贞洁牌坊！我教众都是被你们崆仑派的独门武功‘幻影掌’所伤，敢问除了你们崆仑派，还有谁会‘幻影掌’！你竟然还妄想狡辩！”

张可冲蓦然一惊：“这，不可能！”

“怎么不可能！居然还狡辩，敢作不敢当，拿命来！”

劲风骤然四起，划破长空，杀意弥漫。

显然，魔纳教主丝毫不知何为语言美。

就在两方人马在血雨腥风中拼杀时，一道翩跹的身影像美丽的蝴蝶一般，杳无声息地从树枝上飞落，成了这冷邪氛围中一道突兀而唯美的风景，瞬间吸纳了所有人的目光。

不！一道美丽的风景，却是两个卓绝的身姿。

那宛如天神般俊朗翩然的男子身后，赫然还背着一个倾倒世人，飘逸出尘的女子。

此女子不仅没有被这紊乱杀伐的场面吓到，反而娇笑着与男子打情骂俏：“乖乖的轻功不错哦，下次咱们比试比试。”

男子侧首，扬起好看的唇角：“若还是像这样背着你比试，那岂不是你永远都在我后面？”

女子眉眼弯弯地挠挠发髻，娇憨地笑着：“是呀，那下次换我背你。”

男子轻柔地放下娇美的女子，整理着她脸侧的发丝：“可是，我不喜欢在你后面……”我要站在你身前，保护你。

“哦——”裴星彤暧昧地拉着长音，笑得不羁。

如此深夜，那边已血流成河，如此杀气冲天的氛围，如此刀光剑影的场面，他们却像一对游山玩水的仙侣，突兀地存在着，风华盎然的绝世之姿，比满院通亮的灯火还要炫目。

如此金童玉女，如此诡异的一夜。

张可冲与魔纳因这从天而降的两人而分心，在双双击出狠戾的一掌后，纷纷倒落在地，唇角溢出缕缕鲜血。

淡绿色罗裙的女子则浅笑吟吟地走上前，悠然玉立。她赛雪的肌肤，与这夜色形成鲜明对比，犹如润泽的珍珠一般夺目。莹润的双眸宛若一泓清泉，盈盈流转，而眼底却是一派冷蔑的讥讽。

借刀杀人什么的，她最擅长了。

她踢了一脚那摔落在地的张可冲，唇角溢出一抹嘲弄的笑容：“喂！死了没？没死就起来看清楚本姑娘的脸。”

张可冲单手抚着胸口，拧眉看向她，然而，在看清楚她容颜的一刹那，他蓦然大惊：“你怎么可能出得来？”

那厢的魔纳也站起身，在露出惊艳的目光之后，紧紧地盯着眼前的如仙女子。他猛然上前一步，无礼地挑起她一缕馨香的发丝凑到鼻端，嘶声说：“小美人可真香啊，你叫什么名字，婚配否？婚配了也无碍，只要你肯跟着爷，爷保证……”

淡绿色衣袂翻飞，她已翩然转身，扯回了自己的发丝：“啊呸呸，混蛋，老色鬼，脏死了！”

魔纳一看她那副嫌恶自己的表情，阴冷的威胁：“小贱人！别不识抬举，大爷今日就把你收拾得服服帖帖！”

刹那间，劲气涌动，掌风袭来，赫然是愤怒中的龙绯雨。

魔纳挥动手中长剑，迎招而上，凌厉地劈向龙绯雨。

黑夜中，水蓝色锦袍的男子御风而动，凛然的身姿优美凌厉，霸气卓然。

而魔纳则阴狠地摆动着手中的长剑，在十几招后，他都未曾碰到人家的一丝衣角。急迫中，他摸向腰际的暗器。

裴星彤双眸凝聚着冷戾的寒光，绿纱飘起，巧妙地将龙绯雨拉出战局：“乖乖，莫要让此人渣脏了你的手！”

说罢，她纤手迅速摸向怀中，一支黑色武器赫然握在手中，电光石火间，只听砰的一声，那手持长剑耀武扬威的魔纳便蓦然定住了身体，缓缓低下头，胸口那里却是在汩汩地向外涌血。

裴星彤摸摸手中的武器，上前一步：“敢动我的男人！死在我的武器下，你也算荣幸了。”

见他依然惊愕地硬撑着身体，裴星彤妖娆一笑：“知道偷袭魔萤教的人是谁吗？呵呵……正是本姑娘！”

“……为……何……”魔纳还在垂死挣扎。

“为民除害！”她说得悠然而轻松。

随着她的话音落，魔纳的身子轰然倒地，自始至终都紧瞪着双目。

紧接着，气氛陷入了一片静谧之中……

裴星彤又走回张可冲身前，冷嘲地开口：“裴星彤三年前就死了，你不知道吗？”三年前那一幕可是被传得沸沸扬扬，人尽皆知。

张可冲稳住身形，惊慌之余，他木然地望向她手中之物，道：“那你不是还在这里吗？三年前的事，只不过是他们故弄玄虚、掩人耳目，想将你藏匿起来罢了。”

裴星彤摩挲着手中的心爱之物，不羁的冷笑流淌出唇畔。原来他以为她是诈死，是啊，在看到裴影彤的时候，他定然是确定了他的猜测吧。

将武器揣入怀中，她冷然眯眸：“黑道是明着干坏事，白道却是暗地里昧良心！张可冲，废话休要多说，是你主动放人，还是需要我动手逼你放人？”

张可冲眉头蹙起，疑惑道：“何意？”她不是已经自己跑出来了吗？

“张掌门啊，我不是你请来做客的那个人，我才是真正的裴星彤。”她特意将“请”字咬了重音。

张可冲蓦然一惊：“什么？！怎会如此！”

她不悦地喝道：“你没听错，快点放人！不然，就凭你们这些伤兵残将，可不够我施展拳脚的！快点，我没工夫同你闲扯！”

张可冲不经意地看了一眼她的怀间，对身后的一个弟子低声说了两句话。

龙绯雨上前揽着她的肩：“这东西可还满意？”

裴星彤侧抬首，弯起眉眼：“没想到所谓的玄铁竟是可以制出这个，乖乖好能耐啊，有赏！”这玄铁是她从凤舞宫山洞中那个盒子里面取出来的，她当时本没想到玄铁是在云轻的手上，后来她分析，他怎么可能最初在皇宫里得到牡丹琴后还原原本本地放回去，定然是在其中做了手脚的，想那东方云霄和德贵妃却只是得到个假玄铁。

张可冲沉默了片刻，试探性地问：“裴……姑娘，你手中之物可是传说中的玄铁雷火萧？”刚刚她射穿魔纳胸膛的一幕，还闪现在他的脑海中，那武器的威力竟是如此强悍，一击即毙。

裴星彤挑挑眉，与龙绯雨对视一眼，邪肆地笑了：“玄铁雷火萧？呵呵，也许吧……”

这风云变幻的一夜，武林第二大门派就这样被人算计，与魔教经历了一场血洗，却只能眼睁睁地看着那个挑起事端、栽赃陷害他人的女子款款而去，张可冲更无从知道她为何能够运用自家门派的独门绝学“幻影掌”。

一切都那么诡异，一切都那么匪夷所思。

只是第二日后，整个武林都在流传，有一个女子不仅拥有天人之姿和卓绝的武功，更是拥有神秘利器。她一出现，就张狂地血洗黑白两道，杀人于无形。此女子乃是乱世之妖，红颜祸水，日后必定会引起天下大乱，她就是凤栖星女——裴星彤。

阳光明媚，空气清新。

长安城一家中等客栈内，身穿蓝色锦袍的男子端过一碟润泽莹亮的蜜汁糯米藕，递给望向窗外神游的女子："你这般高调，现在可是一举成名了。"

女子则不以为然地耸耸肩，低头一见到那碟色香味俱全的东西时，便露出了一副馋猫相。她伸手就拈起一块塞进嘴里，动作毫无女子该有的矜持，笑眯眯地看着眼前的男子："乖乖做的蜜汁糯米藕愈发让人着迷了，简直是无人能及，把我的嘴都养刁了，呵呵……"

男子情不自禁地俯首，轻吻着她甜腻的双唇："你喜欢，我便高兴。"养刁了最好，这样她便会更加依赖他，而他也终于有一样是她的唯一了。

在苗域卧龙宫时，向来享受别人侍候的他，只因为欲讨得她欢心，便为这小小一碟糯米藕而苦练三年，现在得到她如此高的肯定，他总算没有白费心思，心底自然是无限欢喜。

"喜欢，喜欢，跟喜欢乖乖一样的喜欢。"她娇笑着点头，还不忘施展轻佻的本色逗弄他。

龙绯雨露出洁白的皓齿，笑得明媚而灿烂："不介意外面的流言？"现在那越传越邪乎的流言，像随风飘散的尘埃一般，到处游走，撒遍世间。

她漫不经心地挑挑眉梢，嗤笑一声："有人说我是红颜祸水，有人说我是'凤栖星女'，有人说我是乱世之妖，有人说我指点乾坤。呵呵……嘴长在他们鼻子下面，喜欢说什么就随他们去！"神态悠然地直接将碟子抢过来，"嗯，真好吃……"

龙绯雨捋了捋她脸侧的发丝，浅啄她的鬓角："他也快醒了，我这便出去买辆马车，否则过不了多久这长安城便会让人给掀翻了。"

裴星彤一边吃，一边赞同地点点头，眉目流转，她正色道："嗯，那你速去速回，虽然这最危险的地方也是最安全的地方，可是我们必须在他们反应过来前离开。"

龙绯雨出了门，裴星彤便将门自内侧落了锁，一手端着瓷碟，一手举着糯米藕，优哉游哉地坐在床沿上。她倾身向下俯首，眨眨翦水双瞳，嚅动着嘴巴，对着那个沉睡中与自己容颜完全一致的人自言自语："怎么还没醒呢？"

他真的很美，肌若凝脂，俊眉弯长，羽扇般的睫毛甚至比她的还要浓密好看，鼻梁挺直，双唇莹润，真是个睡美人，不知道自己睡着的时候，会不会也像他这样美丽动人，应该会与他一样完美吧，呵呵……光这样想着，她就已在不知不觉中沾沾自喜。

裴影彤与她除了身材上的区别，这张倾世容颜还真是雌雄难辨，不知道他恢复男子装扮是怎样，肯定也是俊美非凡。

裴星彤咽下嘴里的甜食，在即将回身时，床榻上的人蓦然睁开了眼。裴星彤一惊，险些将手里的瓷碟摔掉，随即她保持着那个僵硬的姿势，呵呵一笑："阿影，你醒了……"

她怨过他，恨过他，但毕竟是血脉相连，三年未见，她还是很想念这个弟弟的。亲情永远比爱情容易得到原谅。

然而，裴影彤的眼底却没有她那般惊喜和错愕，仿佛见到起死回生的她只是很平常的事一样。

片刻后，他摸了摸她的手指，低语呢喃："阿姐又到我的梦里了，真好。今天的阿姐……比每天都要真实。"

裴影彤微微蹙眉，凤目转动间，已经将陌生的环境环视了一周。接着，他猛然坐起身体，睁大眼睛看着眼前活生生的女子："阿姐！"

"哎！我在。"

裴影彤便霍然将她拥进怀里，声音因激动而有些许颤抖："……阿姐，你果然活着！你回来了……终于又回到我身边了……"

裴星彤就那样顺从地任他用力地搂着："我又回来了！"

听到她熟悉的说话方式，欣喜若狂的裴影彤微微拉开两人间的距离，俯首，定定地看着她。眸中有激动的水光在闪耀，而室内却陷入了无边的静谧。

裴星彤静静地看着他，纷杂的心忽然涌出万般思绪。

三年前，她恨他与别人一样欺骗她，让她失去了这唯一可以信任和依赖的亲情，从而义无反顾地选择一个人离开。然而，此时此刻，她在知道了那其中的不得已和无奈之后，却又对他心疼不已。

二十一年前，他们降生在云凤的皇宫，她是云凤的公主，裴影彤则是云凤唯一的皇子。但在他们降生后，当朝的天师便让云凤皇帝把他们秘密地送到了丞相府，换回了同时降生的丞相之子。

从那时起，他们便是丞相府的二小姐和无人知晓的三小姐，长大后的裴影彤则一直扮成她的贴身丫环。

也正因为当时天师的占卜和预知，他们姐弟二人便顶着别人的身份躲过了亡国的牵连。试想，如果他们当时是以公主和皇子的身份活着，怕是早已被人当成祸根给除掉了吧。

裴影彤扮作女子，又扮成她的贴身丫环，为的只是能躲过那些如豺狼般的目光，掩饰他自己的真实身份。如此的身不由己，他为的只是那个云凤唯一皇子的身份，这其中的辛酸也只有他自己才有体会吧。

他从生下来的那天起，就是为了云凤而活，因摆脱不了命运和责任，让他从未为自己而活过。

这就是她的弟弟，她的血脉至亲，从小便懂得隐忍。

鼻子泛酸，她压下了那泛滥的怜惜和伤感："阿影，我的好弟弟，对不起，你欢不欢迎我回来了？”盲目误会你，所以对不起；没有给你解释的机会，所以对不起；狠心离开你，所以对不起。

裴影彤蹙眉：“自是欢迎。”

这时，半掩的窗棂赫然被人从外推开，紧接着，一道水蓝色身影在一个优美旋身后稳步落地，翩然而至。

裴影彤下意识地倾身向前，单臂伸出，以老母鸡护崽的姿势将裴星彤安全地掩护在身后，厉声喝道：“你是何人？竟然如此猖狂！”

裴星彤被自家弟弟如此呵护她的举动深深感动，泪如雨下，他真是时时刻刻都在护着姐姐，太感人了。

龙绯雨浅淡一笑，却并不作声，只是动作自然地倒了一杯茶水，优雅地喝着。

裴影彤危险地眯起凤目，被人无视，而且来人还一副很随意的样子。他跃身跳下床榻，刚欲发起攻击，就被回过神来的裴星彤拉住了手：“阿影，莫要动手！他是自己人。”

“自己人？”他惊讶地回首，脸上满是出乎意料。

见她点头，裴影彤再次看向那个俊朗非凡的男子，眸中冲斥着敌意，强压着心底的怒火，他扣着裴星彤的双肩问道：“他是谁？你们是什么关系？”

“呃……他是……”

“夫妻，我们是夫妻。”裴星彤还未说出口，龙绯雨已经浅淡地说出了这个他很喜欢的答案。

裴影彤的绝美的脸倏地紧绷起来，眸光染上一层冷戾：“夫妻？阿姐你……”他还来不及沉浸在她又回到他身边的喜悦中，她竟然又嫁人了！婚姻岂能如儿戏？上次已然错付终身，如今又任性妄为。

裴星彤脸上立即堆起谄媚的笑容，讨好地拉着裴影彤，将他按坐在床沿上：“哎哟，我的好弟弟，你且先听我慢慢道来，咳咳……”

茶香飘散，幽幽融情。

裴星彤挤出疑似娇羞的表情，大致跟裴影彤解释了一番，而后示意龙绯雨查看一下房间的周围是否安全。

在看到龙绯雨向她点头时，她莹白的纤手伸向怀间，下一刻，三块晶莹剔透的凤玉就出现在她的手中，当然了，这第三块凤玉是三年前的那夜她从东方云霄那里顺来的。

唉，她堂堂一个贤良正直的弱女子，居然干这些鸡偷狗盗的事，真的是……顺便而已。

她缓缓递上前，将凤玉放在裴影彤的手中：“凤玉放在你那里吧，待找到最后一块凤玉后，你便与那些皇家死士接头，然后启开宝藏。拥有了足够的财力，我们便可以重新自立，到那时，这世间便还是四国鼎立。这期间，我自会尽量想办法让云凤旧部与银月避免那血腥的杀戮，如果真要对阵沙场，只会劳民伤财，得不偿失……”

裴影彤接过那还带着她淡淡体温的凤玉，合拢手指，紧紧地握着：“可是，最后一块凤玉还杳无音信，我们便无法开启宝藏。而云季容的目标是这天下，又岂会容我们找到最后一块凤玉再动手？东方云轻又与狐翡国联姻，此时正在准备与其联手进攻玫风。如此一来，三国便尽在其掌握之中，即使那时我们开启了宝藏，那也只会成为他们的囊中之物，我们若再强行起义，岂不是以卵击石。”

裴影彤的顾虑很有道理，银月的皇帝已病卧床榻，定然是命不久矣，而东方云轻此时的身份是银月太子，东方云霄即使此时与他实力相当，可若是东方云轻攻下玫风后，这帝位便坐得毫无争议了。

她和裴影彤即使知道东方云轻的真实身份是云凤容王爷——云季容和银月皇后的亲生儿子，却无法向别人证明，又有谁会相信这样离奇的事情呢。

云轻，东方云轻……

光是听到这个名字，她的心就会悸动个不停。是爱，是怨，早已无法分清。

说是要忘记，却在忘记的过程中，牢牢地印刻在心间……

那抹雍容华贵的绝俊身影，以睥睨天下的绝代风姿，扎根在她心里，若是想摒弃，便只能将心挖出。

室内静默沉思，窗外欢声一片。

裴星彤伸出纤手，轻轻推开窗，望着楼下那热闹非凡的场景。注目一瞧，才发现那欢闹声竟是从斜对面的勾栏院里传出来的。

当匾额上惜君楼三个字映入眼帘时，她思绪万千，脑海中赫然出现了一抹妖娆的红色身影，是那个阴柔妖冶的翩翩美少年。

“绯雨，你自外面回来时，可注意到那里为何这般热闹？”裴星彤淡淡地问道。

龙绯雨缓缓走到窗前，眺望一眼后，启口回答：“听闻是一个头牌小倌要在今晚竞卖初次，看来姿色应该不错，竟然有如此多的人捧场。”

“头牌小倌……竞卖初次……”她皱着眉头，兀自嘀咕着。

片刻后，她蓦然抬头，继续望向那热闹非凡的惜君楼，依然低低地自言自语：“小狐狸精？狐璃……凤玉……”

压下心中的汹涌澎湃，她眯起美眸，以俯视之姿一眨不眨地盯着那宾客满座的惜君楼，若有所思。

龙绯雨和裴影彤虽然有些奇怪她此时在想些什么，却很知趣地没有出声打扰。

经过了半晌，抬眸间，裴星彤浅薄一笑，那笑容中弥散着慵懒的不羁，又蕴藏着丝丝清冽，还有着淡淡的豁然开朗：“最后一块凤玉……也许有些眉目了……”

裴影彤和龙绯雨一惊，都定定地看着她，不明所以。

皓月当空，酒香阵阵。

长安城最大的男伶馆此时正是宾客满贯，座无虚席的时候。

举目看看头顶的匾额和里面的灯红酒绿，龙绯雨微微蹙眉："星彤，你确定要进去？"

而裴影彤则难得地瞪视着她："你身边自始至终都未缺少过男人，为何还要到这里自降德行？"他的话中有些许愤怒的意味。自从阿姐被东方云轻伤害后，他潜意识里总认为她身边的男人都不是好东西。

裴星彤眉眼弯起，笑得一脸谄媚，很狗腿地两边安慰道："哎哟，我又不是专门来喝花酒的，也许会有重大收获呢！你们得用平常心对待这件事啦。"

她一个人站在那里笑得媚眼乱飞，可那两个男人却不买账。

继续干笑了几声后，她清清嗓子提议说："要不今晚就由阿影来唱主角好了，不管花多少银子，你只要包下小狐狸精就行。"既然都不同意她出头，那就只能牺牲亲弟弟了，反正她是不会让自己的男人在自己面前与别人眉来眼去的。

裴影彤嫌恶地看了惜君楼里面一眼，凛然拒绝："我才不要！"

三人争议了半晌，最后，还只能是裴星彤自己挑起了这个重任，谁让两位俊男极度排斥断袖呢。

在又检查了一下三人易容过的装束后，裴星彤率先抬步，进了惜君楼。

里面灯火通明，欢声笑语，一派淫靡之色。

裴星彤硬着头皮环视了一圈里面的环境，假装镇定地冲身后两人干笑着。话说，嫖妓这种事，她一直是心有余而力不足，只敢空想，不敢实践。

稳了稳情绪，她背着手装大爷。令裴星彤诧异的是，这里的一切并不像她想象中的那么恐怖，虽然人声喧闹，却也有些秩序，没有意料中的小倌直扑而上，纠缠不休。

之前她虽然来过这里两次，可都是在上午来的，人家没做生意的时候并没有此时这般喧闹的场景。

放眼望去，一楼散座里坐着形形色色的人，他们大部分都是衣着华贵，但那气韵可就不敢恭维了。想那些有断袖之癖的真正贵族，都会在自己府内专门圈养一些供其玩乐的小倌，断然不会到这里招摇过市，来这里的基本都是些好男风的粗俗暴发户。

裴星彤轻叹一声，虽是对这些少年有些怜悯，可是她此行不是来悲天悯人的。

思绪恍惚时，耳边有温热的气息扑近，是龙绯雨略带警告性的声音："不许看了！"

她尴尬地轻咳一声，清清嗓子低语："我身边就有两个绝世美男，他们有什么可看的，呵呵，你多心了，多心了。"

这时，忙碌不停的老鸨母终于发现了他们的存在，扭着水桶腰迎上前："哟！三位贵客也是为咱们头牌而来的？"

裴星彤见向日葵鸨母没有认出自己，压着嗓子说道："妈妈，给我们找个视野好、舒适些的雅间吧。"

香粉味浓烈的手帕一甩，老鸨母谄笑应答："哎哟，您瞧瞧，这一楼都有几位贵客没能订到雅间呢，您这刚刚来的哪里还能抢到雅间啊……"

裴星彤眉梢挑动，扬起一抹不羁的笑容。

"苗域驻颜膏，万金难求……"纤手伸出，一个不大不小的瓷瓶已出现在裴星彤手上。

老鸨母双眼猛然放光，有些不敢相信地盯着她手里的东西。

裴星彤淡然一笑，轻易就捕捉到了老鸨母眼中惊喜和怀疑的精芒："妈妈是行家，在下断然不会以假乱真，打开辨辨真伪吧。"

老鸨母也不客气，笑嘻嘻地打开，凑到鼻尖下一闻。瞬间，她眼中的怀疑已去，只剩下了满满的惊喜。

这苗域驻颜膏可是世间珍品，连宫中的嫔妃都很少有人得到，真是万金难求的。

在风尘中摸爬滚打这么多年，她岂会不识货，作为女人，而且是个老女人，此时能得到这稀世珍品，确实比给她万两黄金还能让她激动和兴奋。

老鸨母连忙将瓷瓶收进怀里，眼珠滚动，笑得更欢畅了："哎哟，还真巧了，咱们这二楼还真剩下最后一个雅间了，三位客官这便随奴家来吧。"

裴星彤得意地对龙绯雨和裴影彤撇撇嘴，昂首阔步地跟在老鸨母身后，向二楼雅间走去。

今晚果然是爆满，二楼的雅间都已人满为患，看来这头牌确实很吸引眼球，不知是否是她猜测中的那个人。

一进到雅间，在柔软的绒毯上坐下，立即有三个身着薄衫的少年送上靠垫，而后有人负责倒酒，有人负责为客人揉肩捶背。

三人的年纪大概都是十六七岁的样子，身上穿的是惜君楼统一的银绿色薄衫，不仅袖口宽松，领口更是松不蔽体，弯腰垂首时都会露出胸口的肌肤，全然一副随时勾搭人的装扮。

"出去！"

在其中一个小倌的双手刚刚抚上裴星彤的肩，裴影彤便当即厉喝一声，将那少年吓得一阵瑟缩。

"阿影，息怒息怒，他们都只是些可怜的孩子而已，莫要吓到人家。"平时他都是一副女子装扮，性子仿佛也更贴近女子的温柔娴静，可这一换回男儿身，也愈发有男子气概了。

龙绯雨优雅地把手伸入她的怀间，掏出几张银票，递给那三个少年："我们这里不需要服侍，你们且都下去吧。"

三个少年看了一眼那银票上的数字，连忙惊愕地跪倒在地，微颤着声音叩谢道："多谢恩客赏赐！多谢恩客赏赐！"

龙绯雨并不看他们，只是认真地倒着茶，将倒好的茶水递给裴星彤，他才启口淡语：“都退下吧。”

“是。”三人惶恐地起身，面带感激地退出房间。

待他们出去，裴影彤才冷哼一声：“哼！穿成那个样子，真是不害臊！”

裴星彤无奈地挑挑眉，一边享受着龙绯雨的捏肩服务，一边笑言道：“我的好弟弟，人家就是吃这口饭的，穿成那样也是正常的。”

“祸水！阿姐喜欢？”裴影彤瞪视着亲昵的两人，面色幽冷。裴星彤眉眼弯起，形成了一个好看的月牙形，娇俏而妩媚，没正经地咂咂嘴：“如果乖乖肯穿成那样，我就喜欢啊……呵呵……”调戏夫君，就得随时随地。

龙绯雨的俊颜浮起一层绯红，手上的力道也因她的暧昧之词而不自觉地加重。

裴影彤却突然愤愤地冷哼：“色令智昏，阿姐该是吃一堑长一智了。”

说罢，他便豁然站起身，敏捷地推开窗棂，身体翩然一跃，便消失在夜色中了。

裴星彤愣愣地眨眨水眸，对着窗口的方向问：“他怎么走了？”而且还是丢下那么辱没自家姐姐的话之后走的。

有他这样形容自己亲姐姐的吗？色令智昏？裴星彤下意识地摸了摸鼻子，好像还真是……

“刚刚窗外有烟火的信号发出，他定然是有事出去了。”

说话间，龙绯雨衣袖浮动，掌风发出，那敞开的窗棂便赫然被他挥手关闭。

紧接着，他俯下晨曦般的俊朗容颜，润泽的双唇便欺上了裴星彤的粉嫩樱唇。

裴星彤垂眸，静静地享受着他清新的味道。

心里低叹，她果然是个好色之徒。

正当热吻中的两人要擦枪走火之际，房门却被人推开了，门口之人在看见房间内两个一起来的男人正在热烈拥吻后，连忙识相地赔礼道歉：“哎哟！真是对不住，奴家敲了半晌的门，还以为……呵呵……还以为贵客已经走了呢，那你们继续、继续吧……呵呵……”老鸨母一边以袖拭汗，一边作势要出去。

怪不得不需要小倌侍候呢，原来人家两个人本来就是相好的。

难得在龙绯雨阳光的脸上看到了怒气冲天的表情，一身男子装扮的裴星彤连忙轻咳一声，知道老鸨母定然是误会了，但没有和她解释的必要。

在老鸨母即将退出去之时，裴星彤沉声问道：“妈妈可是有事要说？”

老鸨母又停下欲迈出去的脚，谄笑着说：“呵呵……我是来告诉两位客官，竞卖开始了。”

“哦，知晓了。”

老鸨母一退出去，立即有两个绿衫少年将房门打开，放下门框上的流苏珠帘，登时大厅内的境况便一览无遗。

随着众人一片惊艳的呼声，瞬间从楼顶飞下一个偌大的红色物体，本以为会狠狠地砸在地面上，那物体却在半空中停了下来，成了悬空而挂的状态，而位置正好是与二楼的雅间平行。

定睛一看，原来是一个吊在屋顶的悬挂式平台，平台四周都笼罩着一层红色薄纱，而薄纱笼罩的平台上赫然有一个人，一个红衣的男子。

红色，无比妖娆……

他正静静地垂首而坐，仿若在独自沉思，目不转睛地看着自己面前的琴，这外面的喧闹和惊叹声似乎全然无法进入他的耳中，他依旧沉溺在自己的空间中。

由于红衣男子是低着头，纵然裴星彤这个雅间的视野非常好，她也只能淡淡地看到一点侧脸，无法看清纱幔后面的容颜。

而只是这一个朦胧的侧脸，便让裴星彤的心中有了一丝异动，眉头微蹙，她静待后况。

就在楼下的客人和一些雅间里的客人开始纷纷竞价时，红色纱幔内的人动了。他缓缓抬起头，漠然地看着那些不停砸银子的人，继而，又缓缓垂首，依然不言不语，只是手上有了动作。

裴星彤对门而坐，美眸半眯，轻然执起酒壶，银光缓缓流泻，仰首，美酒甘洌入喉，醉心迷识。

当她再次执起酒壶时，一直斜睨着红色纱幔的眸光微微闪动了一下。

紧接着，如流水迷雾般的琴音，从他玉白的手指间款款流淌而出，充溢在整个惜君楼中。

音律盈盈，婉转悠扬，叫醒了人们的耳朵，也旖旎了喧闹中的夜色……

喧闹声戛然而止，楼内只有琴音流转，仿佛这夜晚又恢复了该有的平静，所有一切的美妙都属于他的手指。

然而，裴星彤的手却一直维持着举着酒壶的动作，因那熟悉的旋律而僵硬着。

第四章 妖冶狐璃

随着一个漂亮的尾音滑落，一首悠扬动听的曲子便被完美地演绎完毕。其韵律之独特，音调之瑰丽，令人叹为观止。

静谧中的众人仿佛还沉溺在那美妙旋律中，各自迷醉，全然忘却了自己来此的目的。

红衣男子收回玉手，缓缓开口，清凉的声音飘散在楼内的每一个角落，舒心润肺：“这首曲子一直珍藏在鄙人心中，只因它是一个很重要的人教的。今夜鄙人在此竞卖初次，不需金银，不需宝玉，只要有人能在鄙人再次抚曲时为此曲附上正确的词句，今晚鄙人就是他的人，分文不取！”

他的话音一落，整个惜君楼都陷入一片惊愕之中，有人开始交头接耳感叹着这出其不意的条件，有人开始抚额沉思那所谓正确的歌词，有人则一片茫然……

而裴星彤定神看着那妖娆的红色身影，脑中的思绪百转千回，如果说她之前还只是猜测，那么，在他弹了那支曲子之后，她已完全确认了他是谁。

他伸出玉手，琴音顿起，众人再次静寂了。

裴星彤撩起珠帘，走向房门外，在二楼廊道的扶栏处停下，幽深的美眸一眨不眨地凝视着那片娇艳的红色海洋。

他垂首抚琴，她举目遥望……

音律流转，她轻启朱唇：……

琴声，歌声，人无声……

一切都安静得有些诡异，只有老鸨母一张泫然欲泣的老脸，显然是被这唯美的音韵和磅礴的意境感染了。

琴声落，卷风起，红色纱幔飘摇的一瞬间，扶栏处还沉浸在迷蒙中的淡绿色身影已被人拦腰抱起。在一片惊呼声中，妖娆的红色与娇俏的淡绿色完美地纠缠在一起，旋身而起后便从二楼的暗门处飞掠而去，只留下了一片旖旎风光。

娇艳的红色身影敏捷地穿行在房檐上，像是在御风而行，裴星彤压下心中的惊慌，敛回心神，语调松散地揶揄："小狐狸精，你好歹也要叫我一声姐姐，能给咱留点颜面吗？我这样被你夹在腋下，分明就像个破包裹，而且我吃的东西都快被挤出来了，能换个姿势吗？好歹给姐留点自尊……"

不停穿梭的红衣男子微垂首，斜睨她一眼，果然听取了她的建议，可是，他接下来的动作，让裴星彤只有无奈轻叹的份儿了。

手臂瞬间翻转，一个轻然的托举，狐璃便利落地将她大头朝下地扛在了肩膀上。姿势确实是换了，可是，如此屁股朝天，反倒是一个更令人咋舌的姿势，也便更没有面子和自尊之说。

裴星彤窝火地耷拉着脑袋，咬牙道："还不如不换！"天啊，胃里的东西都快被他晃荡出来了。

在经过几个腾空跳跃，又穿过几个楼阁后，狐璃终于停下了飞越的脚步。他身形落地站稳后，猛然踢开一个房门，接着，裴星彤就两眼一黑，什么也看不见了，只觉得应该是进到了一个屋子里面。

狐璃快速走到床榻前，在一个优美的抛掷动作后，裴星彤便如被轮胎压扁的蛤蟆一般，毫不优雅地趴在了床榻上。

虽然狐璃的力道挺大，但床榻上铺着厚厚的绒毯和锦被，倒是没有摔疼她。

在她捂着胸口起身之际，漆黑的房间已被点上了烛火。与此同时，那抹妖娆的红色身影便兀自走到桌前，倒了一杯茶水优雅地饮尽。狐璃斜睨向皱鼻子瞪眼的女子，怪怨道："重死了，才三年而已，就长了一身的肥膘，整日混吃等死了吧。"

裴星彤下意识地摸向纤腰，眨眨翦水双眸："呃……没有啊，哈哈。"

她话音落下，眼前劲风袭来，红色衣袂翻飞，妖冶的绝美男子已蓦然欺近。裴星彤双手撑在床榻上，不自觉地向床榻内侧移动着身体，以躲避他有些压迫的气息。

男人啊，不管是大男人还是小男人，在女人面前他都是个正常男人。

随着一股清甜的香味袭来，狐璃已至跟前，他媚眼如丝地看着裴星彤，妖异的俊美容颜上噙着一抹媚惑的笑容，眼闪秋波，不言不语，只是那深幽妩媚的脸越来越凑近眼前不明所以的娇美女子。

他的脸如此近在咫尺，甚至可以看清他肌肤上那细腻的毛孔，那么清透，那么柔腻。

狐璃温热的呼吸扑打在裴星彤脸上，形成一圈圈氤氲气韵，麻麻酥酥。

那双含笑传情的丹凤眼，此时正闪动着妖冶光芒，每一次波光流转间都会传来一股勾魂摄魄的震撼，让人身不由已地深陷其中。

裴星彤深呼吸一下，猛然闭上眼睛，不让他那副魅惑的风姿迷幻自己的理智。

果然是色令智昏。

气息吐纳顺畅后，她才缓缓睁开眼睛，凝视着已经将她逼到角落里的妖娆男子："你……你，你想干……干……"干什么？

狐璃白皙而修长的手指倏地按住她粉嫩的双唇，也按回了她未说出来的话，媚眼半眯地轻声说："这个字太野蛮，也太粗鲁，换个字……"

什么情况？

裴星彤猛然呆愣，不自觉地咽咽唾液，才找回自己的声音，却很听话地换了个字："你……想做……什么？"他嘴角略抽，挑挑俊眉，笑得一脸风情，脑袋再次凑近她面前呵着气："姐姐，我就知道你不会那么轻易就死掉，呵呵……果然等到你了，今晚我就是你的了！来来来，饮杯酒助助兴如何？"

"呃……酒喝多了确实会……会误事……"裴星彤将身体倚靠在身后的墙壁上，才能让自己不在他清甜的气息中瘫软身体。

酒香味欺近，狐璃手中不知何时已多出一个盛满液体的酒杯，裴星彤垂眸凝视着那银亮透明的液体，心头和脑海都一阵迷蒙。

酒香，清香，弥散在空气中，沁人心田。

他妖媚的唇角勾起，如一只千年修行的狐狸精般，溢出一抹摄人心魄的笑容："反正我已经是你的人了，误事就误事呗！"

"喂喂，休要逼良家妇女犯错！"

在她还欲辩驳几句时，一张妖异绝美的脸已经完全压了下来，在她目瞪口呆中，一股醇香甘甜的味道便如一条润泽的流线般，从她的口中滑入喉间，直入肺腑。

狐璃抬首，笑容更加灿烂如妖，悠然自得地问："好喝吗？"

他的眼中潜藏着丝丝俏皮，盈动的波光总是能第一时间将她的理智全部消灭于无形中。裴星彤此时就像那案板上的肉，只能任其宰割："好……好喝……"

他身上的清甜味道很好闻，没想到在烟花之地这么久的他，不仅没有那呛人的胭脂水粉味，反而是这般清新甜美的味道。

那一身娇艳的红色，真的很难有人能驾驭得了，如果气韵和意境不符，那便是无比的恶俗，而狐璃却将这红色之美发挥得淋漓尽致，就好像他天生就属于这个颜色，同样媚惑，同样风情。

昔日的翩翩美少年，已经成长为一个风流潇洒、妖娆妩媚的男人了，那眉宇间的淡淡青涩已然退去，此时的他，简直就是个迷惑人心智的妖精。

而他只是挑挑眉梢，浅笑着凑近。

俊颜蓦然压下时，裴星彤晃晃微醺的脑袋，连忙单手抵住他的胸口："小狐狸精啊，等等……那个，你……为何要把我带到这里，这是哪里？"

他的俊颜因她抵抗的动作而微沉，声音却依然是无尽的媚惑："难道你要我在你屋子里那个男人的眼皮底下把美好的初次给你？我可不喜欢在那种时候，被别人观赏……”

裴星彤恍然回神，敲敲渐渐发晕的脑袋：“啊？哎呀！坏了，乖乖还在那里，你这样突然把我掠来，他定然会着急的。”

狐璃捏住她的下巴，语含警告：“跟我在一起，你竟敢还想着别的男人！”

说着，他便惩罚性地的在她的樱唇上咬下一口。

“哎哟！好疼！你到底是狐狸还是小狗？”她想自己的男人犯罪啊！这家伙也太非凡了吧，管天管地还想管她想谁。

裴星彤一边抱怨，一边舔着被他咬过的下唇。然后，用力推开他：“以后不要对有夫之妇动手动脚，我家相公会生气。唔，我得回去。”

狐璃凤眼微眯，继续警告：“你若是想被东方云霄逮走，尽管回去便是。”

裴星彤秀眉一皱，停下了欲下床的动作，沉吟片刻后，她才转首问：“你是因为发现他去了惜君楼，才急着将我掠来的？”她自己当时光顾着沉浸在曲子中，竟然忘记了她这般招摇过市的行为，有些人肯定是会得到消息的。

狐璃伸出长臂，轻轻一勾，裴星彤轻盈的身躯便又被他揽入怀间。眼波盈动，他粲笑依然：“嘿嘿，我倒愿意承认自己是想赶紧把初次交给你，才急着把你带来的……”

依然是那副不正经的媚态。

晨曦洒落，淡淡的金色光晕照在娇美女子的脸上，将她的眼帘投映成了玫红色。

裴星彤缓缓睁开眼，下意识地揉揉还在发胀的太阳穴，心底暗自低咒，这酒入口时甘甜醇香，可后劲太大，到现在脑袋还在发疼呢。

微微侧首，映入眼帘的就是一张妖娆俊美的笑颜。此时他正单手托着脑袋，好整以暇地看着她转醒。

她愣怔了片刻，微微坐起来，用锦被掩了掩自己的身体。

狐璃见她这般动作，嘲笑地撇撇嘴：“多此一举，都没什么值得看的，还遮起来有何用。”

不折辱人能死啊！裴星彤不理会他的揶揄：“小子，你也太强悍了吧！明明看上去很单薄的样子，我昨晚险些被你整死……”

狐璃的眼底则闪现一抹得逞的笑意：“这就是你小瞧人的后果，下次看你还敢不敢挑衅于我。”

裴星彤瞥一眼身侧衣着整齐的妖娆男子，又拢了拢身上单薄的里衣，一边寻找着自己的外衫，一边没好气地回嘴：“我以为你只是玩骰子厉害，没想到你喝酒更是深不见底啊，你个酒坛子。”

昨晚他提议还像两人第一次见面时那样玩骰子，输的人就脱衣服。当然了，结果是他连个头发丝都没掉，而她却几近脱光。后来她便借着酒劲，冒傻气地提议输的人由脱衣改为喝酒。结果是她连连豪饮，而他却一滴未进。

最后，她终于发飙了，便脑袋充血地提议两人直接喝酒，看谁先趴下，结果就是到后来她什么都不记得了。

输得那叫一个惨。

找到外衫，裴星彤兀自穿上，对一身清爽的狐璃说："我得即刻去找阿影和龙绯雨了。"

狐璃凤眼微瞪，眼神瞬间变得无比幽怨，愤愤地皱着鼻子："姐姐可真是够薄情的，方从我的床上爬起来，就欲马上奔入别人怀中，那我该当如何？"

裴星彤茫然地眨眨眼，笑意盈盈地回答："嘿，少摆出那副怨妇的衰相，得了便宜还卖乖！你想如何便如何，横竖我得即刻走。"

清香浮动，妖艳的红色衣袂翩飞，他霍然挡在她跟前，耍起无赖："说走就走，哪那么容易，睡了我一夜，就要负责我一辈子！"

裴星彤抬首，冲狐璃嫣然一笑，但那笑容中有着他熟悉的情态，那是跟他有一拼的更加无赖："没听说过勾栏院的小倌也会需要嫖客负责的，况且昨晚什么都没发生。"多亏她心脏强悍，坚不可摧。

"谁说什么都没发生了？我都已经是你的人了好不好！你摸也摸了，亲也亲了，咬也咬了，还想抵赖不成？"他一边表情很欠扁地抱怨着，还一边指着她在他手臂上留下的证据。

裴星彤皮笑肉不笑地盯着那些青青紫紫的痕迹，狡辩道："唔……哎呀，那也没有什么实质性的事情发生嘛！再说，你不是也掐我了吗？"说罢，她还学着他的动作，指指自己的手臂。

狐璃一把捏住她白皙的脖子，却力道适中地没有弄疼她："好啊，我苦等了你三年，你却想这样敷衍了事！罢，罢，那你就休想得到那块凤玉！哼……"

他言语一出，裴星彤瞬间惊愕，他……竟然知道她是为凤玉而来。

她连忙赔上一脸谄媚的笑容，嬉皮笑脸："呵呵……那个，狐爷啊，你……果然有凤玉啊！呵呵……唔，喝水吗？我倒。吃饭吗？我请。抚琴吗？我给你当琴架！"

狐璃握着她脖子的手缓缓上移，然后挑起她的下巴，注视着她娇美的容颜，媚笑着问："想要吗？"

"想……要什么？"凤玉？星眸闪动，她问得有些白痴。

妖娆男子恨铁不成钢地斜睨她一眼："呵呵，当然是……我了！"

脑袋立即摇成了拨浪鼓，然而，在察觉到他眼底迸射出的寒光时，她又很狗腿地点点头。

狐璃见此才满意地再展笑颜，然后转身向铜镜前走去："想要，就得好好侍候爷，爷一高兴，这人都是你的了，凤玉不也就是你的了吗。”

见她还愣怔在原地，狐璃没好气地轻喝：“还不过来给爷绾发！没眼力见儿的！”

他这一喝，裴星彤才恍然回神，施施然地向坐在铜镜前的妖冶男子走去：“哦，来喽来喽！爷您想梳个什么发型只管说，奴婢一定给您梳理得仪表堂堂！”

“闭嘴。”狐璃翻个白眼。

裴星彤嘿嘿一笑，走到铜镜前，在他身后站定，纤手便在他的墨色发丝上鼓捣起来。而身前的妖冶男子则舒服地垂下眼帘，唇角微微上翘：“你怎会知道我有凤玉？”

他的声音很轻，语调也十分平缓，裴星彤微抬首，从铜镜中看着他的脸颊。淡金色的阳光透过窗棂洒落在他红色的华美锦袍上，像是为其镀上了一层柔和的金光，将那红色彰显得更加明媚，也将他的脸衬托得更加美丽绝伦。

“嘶！姐姐！你弄疼我了，可否专心点？我知道你太过于垂涎我的美貌，但也不能大白天就如此失魂落魄呀！冷静啊。”他依然闭着眼睛，却是像能透过眼帘洞悉她的心。

明知道他看不见，裴星彤还是没好气地瞪他一眼，不过手上的力道却是变得小心翼翼了。

她认真鼓捣着他的长发，浅语如风：“东方云轻之所以会选择与狐翡国联姻，应该不会那么简单，我猜想他定然是追查到了最后一块凤玉……是在狐翡国。”说至此，她莹润的水眸中凝起一丝清冽的冷晕，内里却蕴藏着浓郁的伤感和落寞。

狐璃在听了她的话后，却嗤笑一声：“狐翡国有那么多人，你凭什么断定他与狐翡国联姻就能得到凤玉？”

裴星彤抬首，唇角勾起一抹意味深长的浅笑，她定神看着铜镜中仍旧闭目的妖娆男子，他的表情自始至终都没有过任何波澜，平静如初。

她手上的动作继续：“狐翡国的淑妃娘娘……曾是云凤的郡主，而长宁公主是淑妃娘娘的女儿，也就是现在的银月太子妃……”她一边说，一边用眼角的余光瞥着狐璃的脸颊。

察觉到他的俊眉几不经察地颤动一下后，裴星彤扬起唇角，微凑近一些，吐气如兰道：“可是，他不知道的是，淑妃娘娘还有一个儿子，而这个得宠的皇子早年在被自己皇兄陷害后，经人贩子之手流落到了银月，可在别人眼中他却已经死了。东方云轻更不知道的是，淑妃娘娘临终时并没有把她手中的那块凤玉留给她的女儿长宁公主，而是给了她的儿子——狐翡国的五皇子，名叫……狐璃……我说的对吗？小狐狸精……”

在看到他的脸上终于有了动容，连那双妖媚的丹凤眼也蓦然睁开时，她笑了，是得逞的笑。

“女人如果太聪明，就不那么惹人喜欢了……”他的表情很快恢复了自然，语气却是有着些许凉意。

裴星彤不以为意地耸耸肩，表情松松散散："我已经找到相伴终身的人了，没必要讨你这个小孩子的喜欢。"

狐璃倏然伸出长臂，一把将她拉坐在自己的双腿上，俊颜猛然凑近她的耳际，咬牙道："我再说一遍，我已经成年了，要不要现在就证明给你看？"

微风缓缓从窗口吹进来，卷起了她顺滑的发丝，芬芳如兰的气味便瞬间萦绕在狐璃的鼻端，那清幽恬淡的味道，带着蛊惑人心的气息，从鼻间渐渐流入心田。

感觉到裴星彤在他怀里挣扎了几下，抬首时，更是意外地瞥见她脸上难得地出现了一抹红晕，那般羞涩灵动的神情，让他的心头猛然一紧，咬上她粉润的耳垂："下次若是再敢在我面前倚老卖老，我便不会再像这样警告你了，我会……直接证明给你看，说到做到。"

见她像个乖巧的小女孩般点着头，他才满意地在她的唇畔浅啄一口，而后将她放下，走近铜镜检查着她给他绾发的杰作。

倏然，一声厉喝从他的口中传出，"裴——星——彤！"

听到铜镜前的男子连名带姓地叫自己，裴星彤连忙跑上前，仰首，谄媚地问道："爷，您还有何吩咐？"

狐璃指着自己头顶那歪歪扭扭的发髻，恼火愤然："这就是你梳了这么久，梳出来的成果？丑死了！"

这是天下无敌飞天猪尾巴头，您瞧出来了？

裴星彤抬眸，看着那个实在让人不敢恭维的发髻，咂咂嘴道："是有些难看哦，可是，奴婢以前从来没给别人绾过发，第一次弄，所以哈哈……"

妖娆男子挑挑眉梢，一双勾魂的丹凤眼中闪过一抹喜悦："真的没有给别的男人绾过发？"

裴星彤眉眼弯弯，忙不迭地点点头："真没有，所以才手生嘛！没关系，这次就当练手了，熟能生巧，以后……"

然而，还未等她说完，狐璃就以食指按住了她的双唇，打断她说道："以后只给我一个人绾发就行了！别人……谁还会任你这般糟蹋……"

裴星彤拉开他的手，阿谀奉承地嘿嘿一笑："唔……要不然我给你拆掉吧，我怕这般风情万种的发髻会影响您风流倜傥的贵公子形象。"

她一边说，一边作势要摘下他的发冠，狐璃连忙扯下她的手："不必拆了，爷……挺喜欢这样的。"

第一次绾发，是为他，他喜欢这样。

窗口的微风拂过，红衣飘舞，香味清甜四溢。

狐璃单手挑起裴星彤秀美白皙的下巴，另一只手执起她的手，按在自己胸口处，一双妖冶勾魂的丹凤眼波光潋滟："凤玉就在我怀间，你拿走它，我的人便也是你的了，一辈子都莫想要摆脱。”

裴星彤眸中慵懒的笑意渐渐消散，她在他的眼神中看到了一抹若有似无的认真，那一抹微弱的认真便足以让她的心升起了些许凝重。本想再拒绝，却又在一声轻叹中缓缓启口：“我……会把你当亲弟弟一般相待，日后……”感情债最好不要惹上身。

狐璃温热的指腹按在她的双唇上，清香的气息：“不是弟弟，你知道我要的是什么！”

裴星彤无奈地拉下他的手，眸中弥漫着深幽：“我有丈夫，也有孩子，这般尊贵如你，何必如此执拗？”

“没有完美之人，我只喜欢真实的感觉，若没有心动的感觉，纵然是三宫六院也不及进到心扉的那一人。”他声音中有着难得一见的深沉。

裴星彤垂头，双手在胸前把玩着两人交缠在一起的发丝：“我本来就是个没什么贞洁观念的坏女人，你这样，岂不是要把我变成更坏的女人吗？狐璃，我心里已然太拥挤，没有位置留给别人了，我喜欢乖乖，我得对他忠诚。”

闻言，狐璃嗤笑一声：“贞洁？那是用一百两银子就可以买到的东西，可以用银子来衡量的东西，你觉得它有价值吗？可是，心动的感觉就不一样了，有多少银子都买不到！莫要再用这些拙劣的理由摆脱我，也不要心口不一地说你对我没感觉……”不老实的手指点着她左侧的胸，魅惑一笑：“这里面有我的位置，我可以感觉到……”

裴星彤抬起脑袋，安然自若，嗤笑道：“你倒是自信，可我确实只当你是弟弟。”

环着她腰际的手臂蓦然收紧，狐璃俊美的脸上霎时蒙上一层冷然：“我说过什么了？嗯？”

她忙不迭地挥舞着双手，娇笑着抢答：“狐大爷，我错了，我错了，再也不会在你面前倚老卖老了！饶了奴婢这一次吧！”

见此，狐璃摸摸鼻子，又恢复了一贯的随意和不正经：“姐姐，凤玉就在我的身上，你若想要，就自己找吧。”他那双已然弯起的妖娆丹凤眼，晶亮而妩媚。

裴星彤抿着唇，半眯起莹润的水眸，顿时便有一抹狡黠的光芒跃然于眼底，她粗鲁地挽起衣袖：“小狐狸精，这可是你说的，后果自负哦！”

狐璃无辜地眨眨丹凤眼，总感觉她笑得很奸诈，很阴险，却嘴硬地鄙夷：“切，还能有什么后果，最多就是被你占点小便宜呗。”

裴星彤挑挑眉梢，笑得比他还像只狐狸。纤手缓缓伸向他的怀间，在摸到他的胸部时，她一边来回摩挲，一边妩媚地笑着，俨然是一副勾搭人的模样。

而在狐璃惊愣的片刻，她猛然将双手袭向他的腋下，用力地瘙痒着。

下一瞬，偌大的卧寝内，便传出了阵阵难耐的笑声，以及狐璃蹦蹦跳跳地躲避着她双手的身影。

“姐姐，饶命啊，饶了……我吧，我最怕……痒痒了……哈哈哈！”他一边笑，一边口齿不清地向她讨饶。

欢愉的笑声，追逐的身影，形成一片优美的风景。

而在他终于跳起来，并逃离了裴星彤的魔爪时，怀间的凤玉便唰一下从他那松散的衣衫处坠落在地面的绒毯上。

裴星彤弯起眉眼，得意地拍拍手，俯下腰，刚欲拾起那块莹白的凤玉，却只觉得眼前有一道雪白的翩然身影瞬间晃过，犹如一道急速袭来的龙卷风般，让人惊叹咋舌。

接着，眼前地面上的凤玉凭空消失，落入她视线的只有一片雪白的衣袂，一双淡金色毡靴及一缕魂牵梦萦的幽香。

她缓缓抬首，却觉得脑袋有千斤重，怎么也抬不起来，身体也微微摇晃。

垂眸，深呼吸，指甲猛然陷入手心的肉里，在感觉到指腹处那黏稠的液体时，她才因那钻心的疼痛被拉回心神。

眼帘掀开，凛然抬首，映入视线的就是那抹蚀骨焚心的冰雪之姿。

红色身影翩然跃至她的身后，以温热的胸膛撑住她的后背，微微垂首凑近她的耳边，轻言低语："借你胸膛，给你依靠。"

令人感动的声音，如一缕清泉般沁人心脾，滋润着她那颗快要停止跳动的心。

她将身体轻然后倚，将战栗的身躯依附在狐璃胸前。

再次深呼吸，她用尽所有力气让自己保持平静和淡然。

可是，那是多么难以做到啊！他是云轻，是她第一个爱上的男人……

曾经，他就是她的天，是她的地，是她的所有，是她的一切。

微风吹进，空气浮动。

那飘逸的冰雪之姿，宛若天神一般凛然而立，周围的一切似乎都因他绝俊华贵的身姿而失去了色彩。金边雪白的衣袂舞动，他依然完美得如同不食人间烟火的神仙。

他只是那样静静地站着，就足以让她的每一根神经都因他而紧绷、震撼。

他曾经温润如玉的眼神此时是一派深沉和幽冷，清冽得宛若雪山之巅的透明冰晶，令人寒彻心扉，却依然动人心弦。

气氛因这突如其来的变化而陷入无边的沉寂。

室内安静得连呼吸声都没有，只有各自感受着各自的心跳声。

"凤玉已经在你的手中了，难道太子殿下还要我们奉茶不成？"清冷的水眸闪动，裴星彤唇角漾着流光溢彩的恬淡笑容。

云轻长身玉立，绝俊的身影背负着双手，纹丝不动，面无表情地看着她，依然紧绷着双唇，凛冽的眸中没有任何波澜。只是细探之下，那睥睨世间的黝黑凤眸，看似云淡风轻，却又深沉如海。

就在裴星彤以为他会继续无声地耗下去时，他开口了："同我走。"

连声音都是冷的，与他此时的气韵完全一致，声音和表情都没有一丝感情。

裴星彤神情寒漠地轻嗤一声，再次向后倚了倚身体，才让自己能够在狐璃的支撑下站稳，语气淡漠疏离地回答："你要的东西已经到手了，我们同你去有何意义？"

这一刻，她似乎听到了自己的心摔成碎片的声音。

笑容依旧僵硬地保持在唇角，心绪却潮水般翻涌。怪不得，昨夜东方云轻不是没有得到风声，也不是没有行动，而是螳螂捕蝉黄雀在后，无声无息中竟然找到了这里。

看来是昨夜就跟踪至此，埋伏起来了吧。

然后，在凤玉出现的一刹那，他才赫然现身，直接掠走凤玉，坐享其成。

东方云轻，你的心到底有多深？真是让人看不透。

为何你总是如此不简单？

“你，同我走。”

在她心思百转千回时，他又说出了一句令她哭笑不得的话。

裴星彤本想一口拒绝他，可是，眼角的余光在瞥见外面那些蓄势待发的弓箭手时，她的心再一次沉入了蚀骨的寒冽中，那些弓箭手对准的……是她身后之人——狐璃。

她屏息敛神，撑着身体，缓缓上前，低语如水：“请不要伤害他，太子殿下。”

“姐姐！”

身后传来了狐璃的惊呼声，裴星彤微顿一下脚步，回首冲狐璃嫣然一笑，未言，只是口型在动。

劲风掠肩而来，下一刻，她轻盈颤抖的身子就已经撞入了那个久违的幽香怀抱，却容不得她敞开心扉去沉溺。

身体腾空，风声在耳侧呼啸而过，她就这样毫不反抗地被东方云轻带走了，不知方向……

他的怀抱带着丝丝微凉，不仅没有爱，更是连以往那虚假的宠溺也荡然无存了。可是，那熟悉而令人眷恋的幽香，还是能那么轻易地撩动着她的心弦。

如此欲罢不能，无以为救。

第五章 云轻掠彤

大门外早已有一辆豪华马车在等候，偌大的马车里面宽敞而舒适，俨然是符合他现在这样更加尊贵的身份。

进了马车，东方云轻便点住了她的穴道，然后将她放到软榻上，便自行侧过身，幽深暗沉的目光望着不知名的地方，对她不闻不问，就像她压根不存在。

裴星彤在心底暗自苦笑，他这是在做什么，冷暴力吗！这样一见面就将她掠来，却不言不语，只是为了用她来取另外三块凤玉吧。

只能是这样的答案了，不然，他们之间还有什么值得他这样亲自将她掠走的呢。

气氛死寂，心绪紊乱。

犹记得三年前，他从柳阳城的钱府救回她时，两人在马车上还是那样的亲密无间。如今，却是连看都不愿意多看她一眼了，呵呵……世事无常啊，曾经的宠爱全都是假的，有目的的，现在这样的冷漠和相见无言才最为真实。

马车平稳地行驶着，车外一切如常，依然阳光明媚，而车内，冷寒至极。

半晌，行驶中的马车突然停下了，接着外面便传来了一群人跪倒参拜的声音：“参见太子殿下，殿下万福金安！恭迎太子殿下回宫！”

裴星彤闭目暗惊，东方云轻竟然把她带进皇宫，看来他是要以太子的身份面对她，那么，便是将之前的夫妻情分完全摒弃了吧。

如此决绝，如此没有一丝留恋，而她刚刚却因为突然见到分别已久的他，如怀春的少女一般，悸动不已，真的是自作多情，不知悔改！

裴星彤依然不能动，只能静静地躺在软榻上，整理着纷乱的思绪，任由他将自己带到不知道的方向。

豪华马车进了皇宫，片刻后，再次停了下来，这回东方云轻有了动作。他倾身上前将她打横抱起，下了马车，然而却始终傲然抬首，不曾看她一眼。

裴星彤缓缓睁开眼睛，贪恋地呼吸着熟悉的幽香，打量着周围的陌生环境，皱起了眉头。

眼前的环境相对于豪华奢靡的皇宫来说，简直是破旧得有些荒凉，裴星彤有一刹那甚至在怀疑他们是否真的是进了皇宫。

周围的楼阁显然是没有人打理清扫，不仅杂草丛生，还到处附着灰尘，就像深山中的破庙一般萧索。

东方云轻抱着她踢开一扇摇晃的破旧木门，然后在一股呛人的灰尘中将她放置到了一个泛着霉味的床榻上，仍是没有看她一眼便转身离开了。

继而，这破旧的屋子里就只剩下她一个人了。

由于东方云轻没有给她解开穴道，裴星彤的身子还是不能动，只能无奈地忍着身下的不适，安静地躺着。

什么意思？难道他要把她一个人关押在这只有老鼠愿意来的地方吗？还不如直接关到大牢里，那样他起码会解开她的穴道还她肢体自由。

荒凉破旧的屋子里，裴星彤如木偶般静静地躺着，紧抿双唇，眸色黯然迷蒙。

片刻后，破烂的木门再次被打开，裴星彤斜着眼珠看向来人，是熟悉的面孔。

那人在床榻前几步之外就停住了脚步，俯首道："夫人，属下已经将隔壁屋子整理干净，请夫人过去吧。"说罢，便恭谨地站在那里一动不动，仿佛在等着她下床。

裴星彤窝火地翻个白眼，春风大侠，他都看不出她的异常吗？她被他主子点了穴道，除了能呼吸和瞪眼睛什么都做不了！

须臾，他似乎才幡然醒悟地上前几步，愣怔了片刻后，在她身上点了两下："夫人，这里太过脏乱，请您到隔壁吧。"

裴星彤舒展一下四肢，连忙离开那个发霉的床榻："春风，换个称谓吧，你们的宫主夫人三年前就已经死了。"

春风却不抬头，也不回应她，只是伸手对她做了个请的姿势。

裴星彤不以为意地摇摇头，抬步向隔壁走去。

隔壁的屋子虽然还是很简陋，但可以看得出确实是经过了细心的打扫和清洁，很干净。

简陋的屋子里，唯一可以坐的地方就是一张床，裴星彤缓缓走近，屈身坐了下去。与刚刚那潮湿霉烂的床榻相比，这张床俨然是干净舒适的。

窗边的桌子上有准备好的点心和茶水，她毫不客气地拈起一块点心放进嘴里，细细咀嚼着。身体是活着的本钱，没必要跟自己过不去。

她漫不经心地扫视一圈，眸光透过窗棂看向外面的杂草丛，唇边蓦然溢出一抹清冷的浅笑："春风，这里是……冷宫吗？"

春风抬首，眼中闪动着丝丝意外，如实回答："是的，夫人。"

"呵呵，冷宫……"眼底的清寒愈发浓烈，她笑得邪肆而张扬。

是啊，难道他会把她带到东宫吗，当然不会了，那里是太子和太子妃的地盘，她……什么都不是!

她以洒脱不羁的笑声掩盖着心头的痛楚，可是，钝痛依旧存在，无法掩盖。

纤手按了按柔软的床榻，她停止了酸涩的笑声："如果我就这么从你的眼皮底下逃走了，他会如何处置你？"

春风微微发愣，抬头道："主子好不容易寻回了夫人，属下是不会让夫人再次消失的。"平淡无波的语调，是他认真的回答。

裴星彤缓缓抬首，优美的唇角挂着冷蔑的笑痕，妖冶而幽冷："可是，你是打不过我的……"

她的话终于换来了春风表情的变化，而后，他撩起衣摆，双膝刚刚曲下，便被一股神奇而强悍的力量托住，怎么也跪不下去。

他惊愕地看向安坐在床榻上的绝美女子，她正笑颜如花地收回手掌发出的劲气："我不喜欢被人跪拜，而且我也不是你的主子，你没必要跪我，动手吧。"

见春风还是呆愣在原地，一副不明所以的模样，裴星彤揉揉眉心："只是要你点上我的穴道而已，不然，在这种情况下我却不跑，岂不是会让人笑掉大牙，以为我脑子进水了！"她是真不愿惊扰任何人，在皇宫里弄出一场麻烦。

春风这才领悟了她的意思，表情变得很复杂，欲笑她的可爱狂妄，却又深沉习惯了，不善于笑；欲感谢她的深明大义，又实在是汗颜，没想到她的功夫在三年间就已突飞猛进到了如此令人咋舌的地步。

须臾，春风还是很听话地上前一步，在她的身上点了一下后，立即躬身俯首："夫人，得罪了。"

裴星彤只是在心里冷笑，不知是在冷笑自己的不反抗，还是冷笑别人的自不量力。

眼帘垂下，她又安静地躺在了床榻上，任思绪如潮水般涌动。

既然肚子已经填饱了，又跑不掉，那么就安稳地睡上一觉吧，睡着了就不会有心痛的感觉了。

长安城的平安客栈，二楼一个雅间内。

妖娆的红衣男子，一边悠然自得地喝着茶，一边爱答不理地瞄着眼前两个俊美男子："唉！我命真苦，怎么就摊上这么一个花心的女人！唉，她弟弟，再来杯茶……"

裴影彤咬着牙上前，愤愤地又给他倒了一杯茶："这回可以说了吗？"

红衣男子抬首，媚眼如丝地顾左右而言他："你若是女子就好了，那样就没人和我抢了，呵呵。"

茶壶猛然被重重地摔在桌子上，裴影彤呵斥："妖男，你是存心来讨打的是不是？"

红衣男子将身体轻然一跃，在一个优美的旋身后，稳稳地落在了地面，也躲过了那纷纷四溅的高温茶水。

而后，他语气依旧轻佻："啧啧，真是易怒，还是姐姐的性子讨喜些。"然后转过身对一直沉默是金的龙绯雨说道，"他太野蛮了，你看起来呆头呆脑的，容易沟通些，我还是同你说吧。"

龙绯雨看着眼前的妖冶男子，语气平静："公子，事关她的人身安全，不宜拖延，还请公子直言不讳。"

狐璃悠然一笑："哎呀，别叫得那么生疏嘛，都是一家人了。"

龙绯雨明媚的脸上闪过一丝深沉，微微皱了皱俊眉。然而，还未等他说话，裴影彤已上前一步，猛然抓住了狐璃的领口："妖男莫要乱说话，哪个同你是一家人了？"

狐璃戳戳裴影彤的手，不怕死地回答："谁乱说了，昨晚姐姐就已经竞拍下了我的初次，人家早是她的人了，不信你问他。"说着便指了指龙绯雨。

龙绯雨连忙拉回愤怒的裴影彤，对狐璃清润一笑："公子，此时不是说这些的时候，知道什么就请快说吧。"此人性情古怪善变，言辞轻佻放浪，亦真亦假，他也只能尽量耐心应对。

狐璃轻瞪了一眼松开他领口的裴影彤，语气微酸地问龙绯雨："你就是乖乖？"

龙绯雨掩唇轻咳一声，点点头："正是。"

狐璃撇撇嘴，低喃道："姐姐就是偏心，给别人起的昵称这么好听，却给人家起了那么一个不褒不贬的昵称……"

公子，你是想急死谁吗？

见狐璃一句正经话也没说，裴影彤再次因心急而厉声怒喝："你这样顾左右而言他，莫不是你将她藏起来了吧！"

红衣男子用看白痴的眼神看着他："我说小舅子啊，你是在侮辱我的心智吗？若是我将她藏起来了，还会跑到这里同你们这般浪费口水！你急什么，我还正窝火呢，简直是人财两空，凤玉献出来了，人也被抢走了，我才更冤！"

他一边发牢骚，一边斜睨着跟前的两个男人，见他们似乎都被他逼到了快要发火的边缘，狐璃无趣地撇撇唇："其实，姐姐，她……被东方云轻掠走了……"

龙绯雨蓦然一惊，俊美如晨曦般的容颜渐渐暗沉，自然上翘的唇角也紧紧绷直，他缓缓转首看向了身侧的裴影彤。

两人对视一眼，四目中的惊涛骇浪不停地汹涌澎湃着。

裴影彤危险地眯起凤眸："东方云轻要的是凤玉，我要去救阿姐！"

说着，他便向外走，而狐璃却在此时轻哼一声："姐姐不会希望你拿凤玉去换她的，因为东方云轻若是得到凤玉，就更不会放开她了！你要想想，起码……东方云轻不会伤害她，不是吗？"

收到两人的询问目光，狐璃懒懒地倚在窗框上，转向沉思中的龙绯雨："姐姐当时只说了两个字，就是乖乖。此时东方云轻定然是将她藏起来了，并会严加看守，难道姐姐笃定了你可以神不知鬼不觉地找到她吗？"

龙绯雨清冷的面色倏然一喜，接话道：“她体内有我的护体龙珠，只要她运行内力，距离不远的话，我便可以感应到龙珠的气息，自然就能找到她！那我现在便潜进皇宫！”

狐璃却在这时垂首轻叹一声，状似很受伤：“唉！兴许人家还不愿意你去救呢，你们没看到她见到东方云轻时的表情和反应，简直是没一点儿骨气！就是我们三个人加起来，也比不过东方云轻一个人对她的影响力，救她有何用……唉，伤心哟。我说这两位同是天涯沦落人，你们瞪我做什么！”

抬首，发现房间里早已空空如也，哪里还有人瞪他。他低咒一声，连忙追出去：“喂喂！别跑那么快啊，我只是说说而已，人家还要找她负责呢！”

不知睡了多久，恍惚中，听到门口好像有人在说话。

屏息敛神，裴星彤闭目，静静地听着。

“她……在做什么？”

是熟悉的声音，裴星彤的心口顿时如小鹿乱撞般扑通扑通地跳起来，却是嗤之以鼻地撇撇嘴，动都不能动，她还能做什么。

“回主子，夫人应该是睡下了。”

有片刻的静谧，东方云轻继续吩咐：“到外面守着吧，连只苍蝇都不准飞进来！”

“是！”

有脚步声走远，也有脚步声走近，只是那走近的脚步声很轻，显然是刻意放轻了动作。

裴星彤依旧闭着眼假寐，尽量让自己的呼吸不因他的靠近而紊乱。

黑影欺近，幽香弥漫，裴星彤可以清晰地感觉到他就站在床榻前注视着自己。

而后，床沿下陷，幽香更近……

倏然，他冰润的指腹轻轻贴上她的双唇，小心翼翼地摩挲着。

他的动作很细微，却足以让裴星彤的心头震撼战栗。

熟悉的触感，想念的幽香，眷恋的气息，这些都席卷着她的意志，啃噬着她的理智。

他还是那么温柔，如刻入心扉中的记忆一样，温柔如初。可是，这怎么可能，他怎么可能还是那个温润如玉的云轻，怎么可能还是宠溺着她的夫君。

心绪纷乱，使得她弯长的睫毛抖动些许，也泄露了她已醒来的事实。

雪润冰晶的手指猛然撤离，那瞬间的温柔仿佛只是她的错觉，转瞬即逝。

她缓缓睁开眼，望进的就是一双幽冷深邃的眸子。依然是绝俊若仙的容颜，依然是雍容华贵的身姿，依然是睥睨世间的气韵，可那看着她的眼神却是那样冰冷漠然。

他不语，她亦不语，屋子内静得如同没有人存在。

倏然，他眸中的冷漠在转变，变得怨怒，变得愤恨，变得炙热……

金边雪白衣袖挥动，劲风起，下一刻，那半敞着的窗棂便赫然紧闭。

他一眨不眨地瞪视着躺在床上纹丝不动的女子，白皙的手指毫不怜惜地扯下她的腰带，在她惊骇的眼神中，将那腰带蒙在了她的眼帘上，系在她脑后。

霎时，她的双眸和眉心便完全被腰带遮盖。

裴星彤银牙蓦然咬紧，仍是不发一言。其实，春风并没有点她的哑穴，但她还是不想说话，不是无话可说，而是想说的太多，又无从说起。

云轻，你到底要伤我到何种地步才甘心！

双眸被东方云轻蒙住，裴星彤便看不见他的表情，也不知道他要做什么，只能任他摆布，迷茫地等待着他接下来的动作。

然而，东方云轻接下来的举动却是让裴星彤惊慌了，因为他此时正用另一条腰带缠上了她的双腕。

她本就不能动，他为何还要多此一举地捆住她的手？

眼前一片漆黑，心底一片迷茫。

接着，她的身上一凉，随着一声刺耳的布帛断裂的声音传出，她的衣衫被全部褪尽。他冰润的指尖点上她身体的同时，一具幽香的身体也毫无预兆地压了下来。

察觉到身体能动了，裴星彤连忙咬住自己的下唇，把即将出口的惊呼声吞进腹中。

身躯被他紧紧地钳制，熟悉的气息袭近，幽香浮动，身体交叠，春意盎然。

东方云轻单手将她被捆在一起的双手按压在她的头顶，清新的呼吸就涌动在她的鼻端和唇畔，却只是保持着这样暧昧的距离，恰到好处地不碰触到她，身体的动作则更野蛮。

她银牙再次用力，粉润的下唇已被自己咬得泛着凄楚的冰白。

可是，云轻却已开始毫无节制地颠倒黑白。

裴星彤一直咬着下唇，那冰白的下唇已渐渐溢出丝丝鲜红，娇艳凄美。她还是一声未发，也不反抗，可心口却是被无尽的痛楚侵袭着，那痛苦远比身体上的不适难过万倍。

云轻，她曾经温柔似水的夫君，此刻将她掠来，她想到了千万种可能，却怎么也没想到他竟是有如此行径。是啊，他那么深沉，她怎么可能看得透。

不知过了多久，裴星彤的意识慢慢恍惚起来，而身上的男人就像干涸了一个轮回那么久，无度且不停。

是怨，是眷，是爱，是恨，这一刻谁又能参悟得明白。

尘缘当泣，虐已成殇，无奈中的恩怨早已泛酸了心头的印记。

昔日的甜蜜已化作了今日的忧伤，孤星残梦，是谁的柔情激荡了谁的心扉，又是谁的冷漠将爱恨刻入了谁的骨髓？

欲相忘，却难忘，此生纠缠只能幻成唇畔的一缕幽凉和鼻端的一缕幽香。

如梦，如画，如冰，如霜。沉寂……

意识恍惚间，东方云轻因外面的丝丝声响而突然撤离，将薄被随意地搭在一动不动的女子身上后，他迅速裹着一件外衫出了门，有些行色匆匆。

而正当这时，屋子的房梁上出现了一个身着太监袍子的身影。他探下了头，晶亮的目光在看到床上的女子后，旋身而下，落在地面的便是一个拥有着晨曦般容颜的俊美男子。

龙绯雨急速扑到床榻前，温柔地解开蒙在女子双眸上的腰带，俊眉紧紧皱起，满脸疼惜地怒斥："东方云轻这个混蛋！他怎么可以这样对你？"

裴星彤先是惊喜，而后苦笑，乖乖，让你看到如此不堪的一目，我还有何脸面面对你。

"乖乖，对不起。"除了这句话，她不知道该说什么，只怪自己未想到云轻会这样做。

她的脸色苍白如纸，安静地躺在凌乱的床榻上，鬓角的发丝此时被黏腻的汗水贴敷在脸侧，没有血色的下唇还残留着淡淡血迹，这样凄婉的情景简直让龙绯雨痛彻心扉。

"星彤……"

腰带被解下，突然恢复的光明使得裴星彤不敢直接睁开眼睛，只能微微眯成一条缝，看向坐在床沿上的男子。

而他像阳光一样明媚的俊颜此时已笼罩上了满满的震怒，纯净的瞳眸中酝酿着骇人的风暴，内里却潜藏着对她满腔的疼惜和痛楚。

他的神情因怒不可遏的愤慨而阴沉寒冽，好看的唇角也紧紧绷成一条冰冷的直线，紧锁的眉头，没有了往日的光彩。

裴星彤依然平躺在床榻上，缓缓伸出手，抚上他纯美的俊脸，唇角突然溢出了一抹缥缈笑意，"……绯雨，我好坏，能逃却不肯逃，甘愿受侮辱……呵呵……我怎么可以下贱到还在眷恋他，怎么可以无耻到推不开他，怎么可以淫贱到有了你之后还在迷恋别人！怎么可以？"

龙绯雨猛然将她拉进温热的怀里，一手搂着她的腰，一手扯过一旁破烂的衣衫裹住她，惊慌失措地制止她继续自辱："星彤，不要说了，不要说了！这不是你的错……"

他俯首，当眸光注意到她身体上那些狰狞的伤痕时，龙绯雨勃然大怒。他咬紧牙关，纯净的瞳眸蓦然成霜，甚至还泛着骇人的金光："我要去杀了他！"

裴星彤收紧勾着他脖子的手臂，将苍白的脸颊贴在他的颈窝处，汲取着属于他的温暖："绯雨，爱也好，恨也罢，这孽缘又岂会是用打打杀杀就能剪得断的，也许真的是上天注定吧，注定我被他虐死。"

龙绯雨将她伤痕累累的身体用薄被包裹住，轻吻她凝聚着淡淡水汽的眼角："好，都依你……星彤，难过就哭出来吧，不要总是这样坚强得让人心疼，我会永远在你身后，为你抚平伤痛。"

他不说会永远在她的身边，而是说会永远在她身后，如此一字之差，便是他没有目的、没有算计的纯爱。在身后，这就是他表达爱的方式，他爱得小心谨慎，他爱得甚至有些卑微，而他是苗域宗主啊。

裴星彤用力逼回眼底的雾气，依旧不想做个哭哭啼啼的女子。她伸手抚平龙绯雨眉宇间的褶皱，笑得恬静而柔美："你是我的夫君，怎么可以在我身后，我的男人如此尊贵优秀，怎么可以让你只站在身后，你是这样光芒万丈，是我心底的骄傲和阳光，我要你站在我的左边，因为那里离心口最近，然后让你知道我有多么依赖你，多么离不开你。"

龙绯雨眸中的盛怒被喜悦和震惊取代，激动却小心翼翼地吻上她的唇，温柔地舔掉她唇部的血迹："星彤……"谢谢你，谢谢你那样离不开我。

三年前，她说"谁是你娘子"时，他就没有奢望过她会亲口承认他是她的夫，他深知她心里的那个人是谁。

而如今，她不仅亲口说他是她的夫，还将他当作可以依赖的港湾，让他靠近她的心口！

他真的没有奢望过……

门外，东方云轻看着前面以背相对的黑色身影，凤眸中闪过一丝复杂与幽暗。

春风无奈而自责地站在一旁，刚欲说些什么，东方云轻便一抬手，制止了他的解释，而后对着那个黑衣人淡薄地启口："父亲。"

"怎么，以为把她藏到这里，我就找不到？哼，轻儿，为父跟你说过多少次了，不要在她身上投注感情，三年前她既然诈死，那你就借此摆脱她，跟她纠缠在一起的后果你是知道的……"黑衣人徐徐开口，身体未动。

微风拂过，使得一边的破窗摇摇晃晃，吱吱作响，响彻心扉。

须臾，东方云轻眸光悠远而深邃地回道："有她，才能得到凤玉……"

黑衣人这时才转过了身，一双精光熠熠的眼睛暗沉如子夜："你的心思最好也如你嘴上说的这样！后日，你便启程前往狐翡国，务必要说服狐翡国皇帝与我们联手，出兵攻凤！"

东方云轻垂首而立，微风摇曳着他的发丝和衣袂，翩翩起舞，如梦中仙般俊逸超然。而他微垂的眼帘下却是一片凝重的清冷："是，父亲。"

当云季容的黑色身影渐渐变成远处一个虚浮的黑点时，东方云轻半眯着凤眸凛然转过身，对一旁俯首而立的春风吩咐："速去准备沐浴桶。"

面无表情地吩咐完，他便朝房门处走去。刚欲伸手推门而入，他又突然停下了脚步，沉吟了片刻后，微微回首，启口："水温莫要过高，夫人……不喜欢太热的水。还有……夫人不喜欢香味太浓，少加些熏香。"

"是。"春风领命而去。

东方云轻将外衫整理一下，伸手推门而进。似乎感觉到了里间有异动，他俊眉蹙起，耳廓微动，沉静的眼底闪现出了一丝慌乱和寒冽，内息瞬间运转，他急迫地腾身而入。

可是，那映入眼帘的画面，却让他全身的血液都在沸腾。

床榻前，不知何时已出现了一个气宇非凡的华贵男子。此时，他正温柔地为床榻上的裴星彤整理着刚刚穿上的衣衫前襟，那温柔似水的神情像是能将冰山融化一般。

而裴星彤则面色沉静地垂着头，小鸟般依偎在他的胸口，单臂环着他的腰身。郎情妾意，画面优美旖旎，无限温情。

那个陌生男子穿着一身太监袍子，尊贵儒雅的气韵却浑然天成，犹如傲视人间的天神一般卓绝，有些让人不敢逼视。

“放开她！”

焦躁冰寒的话音一落，东方云轻冷戾的劲气已扑面而来，透射着狠绝杀气，瞬间将室内的空气冰封到了阴寒的极点。

龙绯雨冷睨着发起攻击的东方云轻，晨曦般的容颜愤然成霜。手腕赫然翻转，同样凛冽而霸气的劲道就已运转而出，迎上东方云轻凝聚着劲气的手掌。

接着，他便敏捷地腾空而起，与东方云轻开始了你死我活的强悍交锋。

掌风骤起，劲气卷涌，气势如虹。

弹指之间，这萧索破旧的冷宫就成了他们二人的战场。

衣袂凌乱翻飞，发丝随身而舞，两道身影形如闪电，骨子里同样拥有着的傲气和凛然让他们不敢对对方掉以轻心，都是全力以赴。

可这一切只为了一个女子，那个端坐在床榻上，神色暗沉，思绪缥缈的女子。

一个欲夺回，一个要守住，然而，她又该属于谁？或是，谁都不属于。

两人一直纠缠僵持了良久，却依然不分胜负，龙绯雨面色微沉，他没想到东方云轻的武功修为竟是这般强悍，如在正常的情况下，他定然有信心打败东方云轻，但他现在没有了护体龙珠，功力无法全然施展开，想要迅速赢他确实有些吃力。

思绪间，龙绯雨暗自凝聚内息，翻腕，掌心的真气渐渐变为有形的雾气，在猛然挥出一掌后，趁东方云轻旋身躲闪之际，他霍然凌空而起，跃至裴星彤身旁，再次提掌，那手心赫然已是由刚刚的雾气凝聚成了一个如雪如霜的圆形球体。

他双手掌心蓦然合拢，在身前翩然挥洒，瞬间，一个神奇的圆弧形便将两人笼罩在了中间。

圆弧形光罩呈透明状，泛着淡淡金光，像是由一个个细小缥缈的金星组成，缤纷多彩，绚丽夺目。

东方云轻和裴星彤均是瞪大了眼睛，为眼前这神奇而诡异的一幕而震撼。

而龙绯雨则微勾起优美的唇角，悠然地站到裴星彤身边，仿佛不担心东方云轻会突然袭击，蹲下身体，为她穿上绣鞋。

东方云轻屏去眼底的惊愕，敛起心神，愤然上前，欲把裴星彤拉到自己身边。

可在他的身体碰到那层神奇光罩时，竟是怎么也无法越过，越是用力就越会被光罩弹回来。

看着龙绯雨已经拉起了床榻上的裴星彤，东方云轻眼底已有一抹急骤的猩红在涌动。

不可以！她不可以和别人走！他已经失去了她三年，一千多个日日夜夜里，他不知自己是怎样活过来的，他就像是一个没有灵魂的躯壳恍惚地度过了三年。

这一千多个日子里，每日都因想着她不会死，她就在某个地方等着他，等着他去将她寻回，然后他们还是恩爱如往的夫妻，他还会每日为她绾发更衣，而她每日喊着他夫君，讲着一些不着边际的笑话逗他开心，她还会像以前一样喜欢黏着他，然后说："夫君我爱你，你爱我吗？"再然后，他会毫不犹豫地大声告诉她："我爱你啊！爱得入心入肺，爱得蚀骨焚心，爱得涤荡心扉！我愿意抛却所有的世间纷扰，放下所有的一切，只想好好爱你，狠狠爱你！"

她确实没有死，可是，她已不再属于他！

她杀了他的孩子，诈死逃避他，而且她再次出现时身边早已有了别的男人，还带着身边的男人到勾栏院去会另一个男人。

她是凤栖星女，明明知道不可以爱她，可他却是在最初就已毫无征兆地爱上了她，在拥有她的时候就早已将心沦陷，沦陷到了深渊，怎么也收不回。

世上最难掌控的便是人心，他只是一个普通男人而已。

父亲说，你可以宠她，喜欢她，就是不要爱上她，因为……她命中注定就不会属于谁，你若是爱上她，就注定了你痛苦的开始。

如今，确实应验了。

第六章 痛心之爱

光罩外的俊逸男子早已失去了从容与冷傲，他拼命用凝聚着内力的双掌震荡着透明光罩，而后每次又都被弹回。

那透明光罩明明看上去那么淡薄易碎，却仿佛被赋予了神奇的力量，怎么也无法被撼动半分。

而惊慌失措的东方云轻依然不气馁，用力在外面攻击着，带着决然的执着。

裴星彤看着外面已然直接用身体的蛮力在撞击光罩的东方云轻，手指蓦地握成拳，眸子幽寂而深邃。他的每一下撞击都好像砸在她的心口，不知是在为他痛，还是在为自己痛。

她看到他在外面不停地动着双唇，像是在说着什么，俊逸若仙的容颜上满是痛苦神色，可她完全听不到，他们仿佛被光罩完全隔绝，她只能看到他已经失去了一贯的高雅脱尘和雍容华贵，就那么决然地用身体在撞击着，猩红的凤眸中弥散着排山倒海的伤痛和乞求，理智徘徊在失控边缘。

倏然，他口中喷出一道血雾，溅落在光罩和他白色的衣衫上，形成一朵朵凄美的玫瑰。

她的拳头再次握紧，在发觉龙绯雨的唇角也溢出一条鲜红的流线时，心头猛然一颤，连忙执起衣袖，轻柔地为他拭去，温柔嗔怪："你又乱用巫术了，莫要如此两败俱伤好不好？"东方云轻在外面攻击受伤，而龙绯雨在里面承受着他的攻击同样伤身，而这一切都是因为她。

苦笑在唇角蔓延，她果真是红颜祸水啊！

裴星彤深沉幽静的眸子溢出一丝依赖："绯雨，我们走吧。"她不能再让他们这样耗下去了，否则必会鱼死网破，那不是她愿意看到的结果。

光罩外面的东方云轻几乎已经用尽了力气，口中不停地涌出鲜红的血液，比玫瑰更加娇艳刺目。他眼神中的锋芒早已荡然无存，此时这般显得有些无助的他，怎么看，都让人心疼。

可是怎么办呢，他们在一起，终归是只会伤害彼此。

天意弄人。

龙绯雨看出裴星彤神色的起伏和变化，也从她眼底的波澜中看出了她的不忍，便顺了顺她鬓角的发丝，左手揽住她的腰际，面色憔悴地俯首，启口：“好，我们走……”

裴星彤用头在他肩窝中蹭了蹭，用鼻音应声：“嗯……”喜欢两人间的温情脉脉，更喜欢在他的怀抱中汲取温暖。

龙绯雨的左手手臂收紧，右手猛然挥出，下一瞬间，那神奇而梦幻的淡金色透明光罩便像一个一个晶亮的小星星般，在空气中弥散，而后又迅速聚拢成一条流光，潜入龙绯雨的掌心。

衣袂飞扬，两人如神仙眷侣般的身姿从窗口跃出，瞬间消失在凄冷萧索的冷宫内，独留下那个终于因虚脱而再也无法支撑站稳的冰玉之姿。

微风吹进，虽是夏日，空气却如凝霜般至寒。

鲜红的血液依然不停地从口中溢出，东方云轻匍匐在地面上，凤眸凄寂而黯淡无光。他望着窗口，自始至终都在呐喊着：“……星彤……我爱你……我爱……你啊！星彤不要走……我求求你，不要走……”

声音已经干涩沙哑，可是他仍是绝望而用情地喊着，回应他的却只有空荡荡的回声和从窗口吹进的微风。

全身的力气几乎已经用尽，他还是没能留住她，只能眼睁睁地看着她和别人一起拂袖而去。这一刻，何止是心痛，连那灵魂都在承受着无边的钝痛。

原来，爱一个人竟会如此无力。

他爱她，也恨她，他要惩罚她，却在惩罚的过程中更加狠狠地爱着她。那颗满满都是裴星彤身影的心，早已越陷越深，送不出，也收不回，只能兀自落寞灼痛。

虚弱的身体缓缓爬向偌大的床榻，口中的鲜血滴在地面上，被前行的身体拖出一道鲜红的血印，凄美，萧冷。

当冰白的双手终于摸到她遗落的一条锦帕时，东方云轻的双唇都在颤抖，将那块满是她的味道的锦帕紧紧贴在脸上，他终于颓然地躺下了身体，闭上双眸。

殷红的血丝划过俊逸的脸颊，凄美了多少辛酸，又激起了多少寒凉。

心，宛如落寞长空，旷远茫茫。这嗜血的痛心之爱，又怎么让人云淡风轻。

由于两人身姿太过扎眼，龙绯雨带着裴星彤只好找了一条僻静之路，出了冷宫。

在经过与冷宫比邻的东宫时，裴星彤还是抑制不住地瞥了一眼，而她这细微的眼神，却被心思细腻的龙绯雨捕捉到了。

没有责怪，也没有怨怒，龙绯雨只是温柔地抚着她的发丝，不言不语，却仿佛将无穷的力量传输给她。

裴星彤抬首，水润的双眸定定地看着眼前纯净俊美的男子：“绯雨，我很可笑也很荒唐对不对？招惹了一个又一个，让你为我付出，为我受伤害，不但无以为报，还交给你一颗残破不全的心。你这么完美无瑕，这么纯洁清透，却因为我，扰乱了你平静的一切。你是阳光，我就是子夜，你给了我无尽的温暖，而我却给了你……无尽的黑暗。我对你是多么残忍……”

龙绯雨轻叹一声，勾起心中无限柔情：“星彤，阳光虽好，可是这世间又岂能只有阳光？光明和黑暗谁又能分得清哪个才是更好。既然这二者是世间缺一不可的存在，那我们两人岂不是最契合的一对。不能只有阳光，也不能只有黑暗，就像现在的我们，你依赖我，而我……离不开你。”

他平静的声音中，是一片清透了然，但似乎还有一丝丝不易察觉的调侃。温柔悦耳的声音总是那么容易让人迷醉其中，也总是那么贴心地撩动着她的心弦。她缓缓将头埋进他的胸膛，沉浸在他清新的气息中：“我这样坏的女人，不值得你如此相待。”

“你不是坏女人，你是我爱的女人，是凤栖星女。”

身影相依，气息交融。

此时太阳已经绕到了西山头，弥漫着红彤彤的光晕，就像孩子可爱的脸颊。

裴星彤望着那娇嫩的阳光，唇角溢出了一抹缥缈的浅笑，而眼底却是一片无奈与愁云。

他的玉手抚平她的眉间：“想若若了？”

无奈一笑，他总是这样心思细腻。一个不经意的眼神，一个细微的动作，都能让他看清她的思绪。

裴星彤状似不屑地撇唇：“那家伙就会淘气，谁在想她了……”

龙绯雨宠溺一笑：“好，好，不想就不想，谁口是心非谁知道。”牵着她的手，他环视一周继续说，“趁着现在视觉不清晰，我们得赶紧离开，不然等到他追来就麻烦了，毕竟这里是皇宫，是他的所属地。”

裴星彤收敛心神，赞同地点点头，然后直接拉着他大摇大摆地向皇宫正门走去。

被她拖拽在身侧的龙绯雨在察觉到她的意图后，连忙扯住了她：“星彤，你不会是想就如此横冲直撞地拼杀出去吧？”

她唇角略弯，一个甜美的笑容如雪山莲花一般跃然而出，晃花了他的视线，也眩晕了他的心扉：“乖乖，你娘子我冰雪聪明，千伶百俐，哪里用得着硬拼或偷偷摸摸，咱们自然要大摇大摆地走出去。”

她自认是个没心没肺之人，人总是需要活下去的。

龙绯雨还在迷惑错愕时，已然有禁卫军发现了他们的身影，并上前拦住了他们，厉声喝道：“尔等是何人？可有出宫手谕？”

裴星彤不卑不亢地上前一步，表情松松：“出宫的手谕啊……没有。”

她语调中的片刻停顿让那个统领微微一愣，在听清楚她说的是什么后，他连忙沉下脸，欲拔出腰间长剑，然而，在那个统领正准备将不明身份的他们拿下时，裴星彤手中已然亮出了一样东西。

禁卫军统领看到那个东西，连忙跪倒在地，他身后那些禁卫军也随之跪下。

那个统领战战兢兢地开口："二位大人是太子殿下的人，属下有眼无珠未能识出，还望二位大人海涵。"

她手中握的不是别的，正是象征东方云轻银月太子身份的玉佩。

那晶莹剔透的玉佩，与凤玉竟是完全一样的成色和材质，只不过两者形状不同，而且这只玉佩是镶嵌在一块纯金的外套里，雪白中泛着华贵的金黄。

金镶玉，金色，白色。

裴星彤掂了掂手中华美的玉佩，兀自在心中惋惜，没想到她竟是一个神偷。现在想来，她偷过的东西还真不少，谁让她从来不甘心白白吃亏呢。

她对那个统领冷蔑一笑："呵呵……无碍，一回生二回熟，现在能放行了吗？"

"能，能，能！还不赶快开门！"那统领一边恭谨地应着，一边对身后的禁卫军下命令。

微风乍起，草香芬芳，竞相绽放的荷花缤纷了清澈的池水，空气也是那么自由和清新，惬意怡人。

顺利出了皇宫，裴星彤和龙绯雨便直接奔着与裴影彤和狐璃事先约好的茶楼而去。

她拉着他的手，心情似乎也被芬芳的花香和清新的空气所感染，阴霾渐渐消弭，淡淡的清爽沁入心田。

手指紧紧收拢，她与龙绯雨十指相扣，心心相印。

侧抬首，映入眼帘的就是他纯美脸颊，那么华贵，那么卓绝。

裴星彤觉得老天也算是有些眷顾她的，竟然让她可以拥有这么完美的男人，他的宠溺包容了她所有的任性，为她张开了一张温柔情网，让她栖身沉醉；他的纵容为她撑起了一片和煦天空，让她可以摒弃所有的纷扰，自由翱翔；他的纯洁为她保留了唯一的一片净土，给她无限温情。

龙绯雨说离不开她，而她，又怎么舍得没有他的陪伴。

他一个纯净明媚的笑容，就能让她释放出心中全部的阳光，湮灭黑暗。

她，又怎么离得开他。

深呼吸，她抛开脑袋里的忧愁和感伤，勾起唇角，只想珍惜眼前人。

两人步行向茶楼而去，路上反倒是裴星彤比较活跃，而她身边的龙绯雨则是一直保持沉默，一贯自然上翘的优美唇角也紧紧绷成一条直线，面色也有些许苍白。无论她跟他说什么他都只是用点头和摇头来回应，不言不语，只是那喉部在有一下没一下地滑动着，仿佛在压抑着什么。

裴星彤心绪流转，丝丝明了跃然于心底。心头再一次悸动地颤抖，为他的忍耐而感到心疼。

她快速上前一步，蓦然在龙绯雨身前半蹲下身体。

在感觉到他无声询问的眼神时，她侧回头，眉眼弯弯地拍拍自己的后腰处：“上来啊，让我也体验一下背着自己心爱的人，会是怎样的幸福感觉，别不给机会哦。”

没有得到声音回应，见龙绯雨皱着俊眉摇头，裴星彤直起身体佯怒：“你是不想让我体验幸福的感觉，还是你不想做我心爱的人，或是，你敢小瞧我背不动你？我体内有龙珠呢，浑身跟打了鸡血似的，保证不会摔到你。”他的身体已经受了不轻的内伤，而他却还在她面前隐忍着。

她明白，那是因为他不想让她自责和担心，可他却不知道他这样会更让她自责和愧疚，不过，她现在感觉到的更多的是心疼和感动。

她这样带着威胁性的话语使得龙绯雨愈发皱起了眉头，他不经意地看看周围的路人，然后不赞同地摇摇头。

裴星彤双手拽着他的手臂，却不敢用力晃，只是恰到好处地攀附着，嘟起嘴耍赖：“乖乖，你就让我背着你吧！我都不怕别人看，你怕什么，这也是一种夫妻情趣！”说罢，她又贴着他身前弯下了腰身，逼迫他的身体不能前行。

龙绯雨还是没有动，但裴星彤已经感觉到他的身体此时几乎是在强行支撑，有了些许的摇晃，她连忙硬着语调继续威胁他：“你再不上来，我可要生气了，我一生气，很可能会变成母夜叉的！哼哼！”

清新的气息扑近，重量也倾斜压下，旋即，他的身体已几乎是软倒在她的后背上。

她双手稳住龙绯雨的身体，让他的双臂环住自己的脖子，然后凝起内息，便将他颀长的身体背起。

落日的余晖渐渐消弭，柔润的月光悄然升起。

裴星彤迈着稳健的步子，微侧首，将自己的脸贴上他有些微凉的脸颊，晶亮美眸如月光般华美：“……绯雨，夫妻之间，不应该只有你的怀抱和后背随时为我准备着，而是应该相互扶持。我累了，你抱着我，你伤了，我背着你，彼此疼惜，这样才是夫妻。我虽然是需要你呵护的女人，可我更是你相濡以沫的妻子，不要为了顾及我而让自己强忍。在你需要扶一下的时候，我就在你身边，就像我要倒下的时候，总会落入你的怀抱。日后，莫要让我为你心疼了，舍不得你这样为我坚强。”

她一边说，一边单手抚向他的后腰，屡屡柔和温润的真气便度入他虚弱的体内。

不算热闹的大街上，一个娇美女子背着一个俊朗男子，男子无力垂首，女子细细低语。

身影交叠，发丝纠缠。

一路上裴星彤不停地给龙绯雨度真气，也不停地跟他说话，尽量让他保持着意识清醒。

过了一会儿，他们终于到达了约好的茶楼。

推门而入，整个一楼都空荡荡的，寂静得有些古怪。

裴星彤蹙眉，水润的双眸中闪过一丝诧异。虽然此时并不是茶楼生意火爆的时候，但也不至于连一个客人都没有吧。

微抬首，二楼雅间都紧闭着房门，看不出哪间有人，也看不出哪间没人，同样寂静得诡异。

她的心头划过丝丝异样感觉，仔细琢磨又不知道是哪里有问题。

裴星彤抿起双唇，甩掉那些紊乱的心绪，背着意识恍惚的龙绯雨走到了柜台前。

而掌柜和小二在看到她的一刹那，先是惊艳地瞪大眼睛，而后在看到她一个娇弱女子竟然背着一个健硕男子时，他们则是惊愕地张大了嘴，那瞬息万变的表情丰富多彩极了。

裴星彤没好气地瞪了他们一眼，窝火道："我们是来找人的，没看到我夫君需要房间吗？"她现在必须马上到房间里为龙绯雨调内息度真气，他受了内伤又因为强行压制而导致了体内有淤血，她要尽快帮他把体内的淤血逼出才行。

那愣怔中的掌柜和小二被她这么一呵斥连忙回了神，微肥的掌柜咽咽唾液，战战兢兢地启口："姑娘，您……可是姓裴？"

裴星彤毫无诚意地瞥他一眼，心绪流转，一抹疑惑和阴沉涌上心头。按理说，这里如此静，以裴影彤和狐璃的武功修为，此时应该是察觉到他们过来了，可为何这二楼雅间依然那么寂静，没有任何声音和异动呢?

"姑……娘，您……可是姓裴？"在裴星彤琢磨着这有些奇怪的气氛时，那个掌柜又颤颤巍巍地问了一遍。

裴星彤板起脸，冷睨着他："是，怎样？喝个茶还得查户口啊！"

掌柜连忙陪上一脸谄媚笑容，但一接触到她那凛冽的眸光，立马觉得后背冷汗涔涔。

他恐慌地微弓着腰："呵呵……姑娘，您可算来了，二楼第一间，有贵客相候，请您快上去吧！"他一边说，还一边以袖拭汗。

裴星彤抬头瞄着二楼的第一个雅间，微微歪头，懊恼地瞪着房门，这两个臭小子也不下来迎接一下，真没眼力见儿。

她背着龙绯雨向二楼走去，在抬步走到木制楼梯时，掌柜指了指她背上的龙绯雨问道："那个，姑娘啊，需要……帮忙吗？"

裴星彤看也懒得看他，冷声回答："不必了，如果方便的话，掌柜的就给准备一下沐浴桶吧。"

"哎，成。"

她踩着重步走到了二楼，盯着眼前近在咫尺的房门，暗咒，这两个家伙睡着了也不至于睡得这么沉吧!

嘭！一声响亮的踢门声传出，可怜的木门应声而开，只是此时在重力作用下已经是半吊在门框上，有些摇摇欲坠。

掌柜闻声抬头，最后只得龇牙咧嘴地以手掌蒙住双眼，又得花费银子装门了。

裴星彤本来就不怎么懂得矜持，这一脚下去，更显得她彪悍至极。

巨响后，里面的人看着门口的她，咂咂嘴："啧啧，姐姐，你怎么每次都这般高调，这般野蛮呢？瞧瞧，我说准了吧，她每次出现都是这么一鸣惊人。"

这怪声怪气的人不是别人，正是妖娆少年——狐璃。

然而，他此时只有声音是如此轻松的而已，身体赫然是被五花大绑着，而他身旁的裴影彤亦是如此。

裴星彤将眸光投向屋子里的另一个人，呼吸猛然一滞。他，一如既往的冷魅。

她眼底闪过一抹震惊，接着，晶亮如星辰的眸子又很快恢复了平静和从容，脸上没有丝毫波澜。

举步进到房间，她旁若无人地将身后的龙绯雨轻轻放到软榻上，并小心翼翼地褪去龙绯雨的外衫，又扯下自己袖口的一块衣角，温柔地为他擦拭掉唇角的血迹。

一切都如此自然，一切都如此从容，一切都如此气定神闲。

不大的屋子内，动作各异，状态各异，心思各异，气息各异，唯一相同的就是每一缕空气都冷凝而静谧得有些可怕。

"切！我就说了吧，你绑着我们两个人对她起不到丝毫威慑作用，躺着的那位才是人家的心头肉呢……"寒冽诡异的气氛，因狐璃这般调侃和揶揄的话语而稍微缓和了些许。

东方云霄冷瞥着被绑的两人，跃身上前，动作敏捷地点上了裴影彤和狐璃的哑穴。

继而，房间内终于又恢复了静谧。

裴影彤受到连累，瞪了一眼狐璃，叫你咋呼。

青色衣袂浮动间，红彤彤的烛火也随之摇曳。下一瞬间，怒不可遏的东方云霄已然冲至软榻前，他一把钳住裴星彤秀美的下巴，冷魅的凤眸狠狠地瞪视着完全漠视他存在的女子，阴冷的声音似是从牙缝中挤出："裴星彤，你意欲如何？三年前你诈死，现在又装作不认识了吗？"

裴星彤板着脸推开他的手，冷睨他一眼："你没看见我现在需要救人吗？"龙绯雨现在已经完全晕厥过去了，她必须马上运功。

东方云霄瞟了一眼自己被她推开的手，又怒视着躺在软榻上面色苍白的男子，冷戾的光芒从眼底迸射而出，阴鸷而寒冽："他是何人？"刚刚那个红衣的娘娘腔竟然说这个男人是她的心头肉。

她纤细的手指凝聚起劲气，点住了龙绯雨的几处穴道，又将他的身体扶坐在软榻上，轻飘飘地丢出四个字："我的夫君。"

说罢，她体内气息流转，真气齐聚在双手，眼帘垂下，便全心投入到为龙绯雨逼淤血的状态中。

"咳咳……"

片刻后，龙绯雨抖动双肩，咳出了几口呈暗红色的淤血，只是依然没有睁开眼。

裴星彤再次将他咳出的血迹擦净，为他盖上外衫，那动作轻柔而细腻。虽然她此时发丝凌乱、衣衫破裂，可是在烛光的投映下，那认真的神情仍是美得令人眩晕，恨不得自己才是那个被她照顾的人。

她擦了擦自己湿润的额头，看向已经面色铁青处在暴怒中的东方云霄，挑挑眉梢，语气轻松："你这样大费周章地来绑人，也是为了凤玉？"

东方云霄的眼底寒光迸射，阴沉得像是要将人吞噬掉，再次捏着她的下巴："你敢再说一遍，他——是——谁？"

他一字一顿地说着，手上的力道仿佛要将眼前这个让他有杀人冲动的女子捏碎。

裴星彤抬起明眸，无波无澜，淡薄得让人无法琢磨："我的夫君。"依然是没有任何改变的答案。

东方云霄的手在微颤，双眸危险地半眯着，咬牙切齿地怒喝："你！你怎么可以如此对我？我把所有的情意和恩宠都给了你，可你三年前选择了别人，三年后又是选择了别人！你把我当作什么？"

他一边厉喝，一边不敢相信地向后退步，连声音都在颤抖："如果你是在报复我曾经对你的伤害，那么……你成功了！三年前，在我爱上你的时候就成功了！可是，三年前我们之间的那些又都算什么？嗯？露水姻缘吗？或者是你情不得已情况下的解药？"

他此话一出，一旁不能言语也不能动的裴影彤和狐璃纷纷瞪向东方云霄。

火光跳跃，气氛冰凝。

须臾，裴星彤淡然一笑，唇角勾勒出一抹无奈："你说是什么便是什么吧，起码，我不欠你什么。除了那块凤玉，我没有带走属于你的任何东西，就这样两不相欠不好吗？何必苦苦纠缠……"爱与被爱，谁又能说得清谁受的伤害多。

东方云霄将裴影彤和狐璃掠走，无疑就是为了让她自己送上门，但她真的不想与他再有感情上的纠缠。

不过，不管怎样，她知道起码东方云霄暂时不会伤害他们两个人。那么，她今晚唯一的任务就是好好守护她的爱人，等他明天醒来。

掌柜和小二抬进来沐浴桶后，裴星彤先是细心地给躺在软榻上的龙绯雨擦拭了一遍身体，然后自己又舒舒服服地沐浴了一番。

沐浴过后，她擦拭着半干的发丝，环视了一圈只有这一个软榻的房间，无奈之下，只得挤在龙绯雨的身边和衣而睡。

掌风挥出，摇曳的烛火随风熄灭。

她单手环住龙绯雨的腰身，将脸颊埋进他的颈窝，呼吸着他清新的味道，缓缓陷入梦乡。

翌日，躺在她身边的不是龙绯雨，而是小金蛇。

洗漱完毕，裴星彤将乖乖托在手心，明媚的双眸中噙着慵懒的笑意："乖乖，为何要变身？"在问出口这个问题后，她恍然大悟地瞪大眼睛，眼底的内疚和自责跃然而出，语调也蕴藏着一丝慌乱，“乖乖，你这样……是否跟昨日受了内伤有关？你现在哪里不舒服？难道……”难道他伤了本元，无法变回人身了？

她此时真的不敢再按照自己的想象继续问下去了。

乖乖在她的手心蠕动着，一会点头一会摇头，而后又爬到她的肩头用小脑袋亲昵地蹭着她的脸颊，表现倒是很活跃，不像身体不适的样子。

它的亲昵举动让裴星彤慌乱的心稍微平缓了些，侧头在它的小脑袋上亲吻一下，黯然神伤道：“乖乖，对不起，我……”

裴星彤刚欲再说些自责和道歉的话，乖乖已然直挺挺地立起上半身，一双黝黑晶亮的眼睛定定地看着她，虽不能言，却是传达着裴星彤能够领悟的意思。

他们之间，因为有他的护体龙珠在她的体内，裴星彤发现他们可以简单地用意识交流。

很新奇的发现。

她亲密地啄了一下它的小嘴巴，立即笑逐颜开，讨好地说道：“好，好，我错了，不说这些了，我的夫君千万不要生气。”

乖乖这才又恢复了刚刚的活跃，不停地吐着粉嫩的信子，舔着她柔润的樱唇，那痒痒的感觉惹得裴星彤咯咯直笑：“呵呵……不要闹了。乖乖，我问你，你……还会变回人身吗？”如果龙绯雨会一直是蛇身，她将永远不会原谅自己。

见乖乖正用力地点头，她试探性地问：“那你何时才能变回？明天？后天？”

乖乖爬回她的手心，小脑袋对着窗棂处点着头，裴星彤望向投映着日光的窗棂，又看看乖乖的蛇身，歪头道：“今天晚上的时候？”

闻言，乖乖立即雀跃地点着头，还很赞赏地奖励她一个火热的吻。

裴星彤终于弯起眉眼，松一口气：“还好只是晚上而已，那我们今日就去一趟霄王府吧。”

既然躲不过去，便只好迎身而上了，毕竟裴影彤和狐璃是无辜的。

乖乖点点头，便一溜烟地爬进了她馨香的怀里。

裴星彤轻润一笑，温柔而毫无威慑性地警告：“不许起歹心，不然晚上就扒光你……的蛇皮。”

简单地在茶楼吃了点东西，裴星彤在街边的小店铺里买了一个斗笠戴在头上，遮好脸，朝霄王府而去。

如鬼魅般神不知鬼不觉地进到霄王府，当她缥缈清逸的身影出现在漠黎眼前时，漠黎惊呆了。她竟然能在守卫森严的霄王府来去自如，而且无人察觉，就连自诩武功不错的他，都没有察觉到她丝毫的气息。

而裴星彤在看到眼前的情景后，脸上的表情比漠黎强不了多少，同样满脸惊愕，因为霄王府竟然种植了满园的桃花!

那一片姹紫嫣红，竞相绽放的桃园，犹如天边的朝霞一般，炫目美妙。微风拂过，花瓣飘扬，阵阵清香钻进鼻腔，弥散在心田，恍惚了意识。

脑海中蓦然想起了三年前，东方云霄曾经问过她，你喜欢什么花?

她当时毫不犹豫地回答了桃花，此番，出现在自己眼前的这满园桃花又是何意？难道……

秀眉蹙起，她话不经脑子地问出口："茉莉，王爷不是对花粉过敏吗？"

漠黎掩下心底的崇拜和惊愕，平静地回答："自从三年前王妃您……跳湖后，王爷失魂落魄了很久，因相思成疾，便种下了您喜爱的桃树以解相思之情。"

裴星彤心头猛然一颤，东方云霄明明对花粉过敏，却为她种下了满园桃树。

她摇摇头，甩掉心底那抹莫名的悸动，半垂的眼帘遮盖了她的思绪。须臾，她浅声问："他在哪里？"

"王爷一早便在寒月阁等候王妃了。"漠黎恭谨地回答。

裴星彤轻应一声便熟门熟路地向寒月阁走去，没走几步，她忽然顿住了身体，淡语道："漠黎，以后莫要称我为王妃了，直接唤我名字即可，因为我……不是东方云霄的妻子。"她第一次没有调侃漠黎的名字。

"三年前，王爷就已得到了皇上将您与王爷赐婚的圣旨，而后……在当月十五如期与王妃的灵位拜了堂。所以，您是名正言顺的霄王妃，请恕属下不敢逾矩。"

裴星彤惊讶地转过身，花瓣飘落，那厢的漠黎依然是平静地俯首而立。

第七章 温顺云霄

裴星彤垂着头，心绪紊乱地走向寒月阁，一路都有清甜的桃花香味相伴。

越到寒月阁附近花香味越浓，地面上的花瓣也越多，就像一层天然的花瓣地毯一样，柔软，醉人。

她深呼吸一下，抬首，眼前已是寒月阁，寒月阁的旁边又是一片淡粉色的桃花海洋。她在心底微叹，怪不得这香味愈发浓郁了呢。

思绪流转，裴星彤不自觉地皱起秀眉，她记得右侧那片花海的位置……以前是锦绣园，侧妃聂芙蓉的住所，而现在竟然被拆掉种上了桃树。

聂芙蓉……

裴星彤已听说了她悲惨的结局，虽然心里有些惋惜，不过，并不会自责，因为自己当时给过她机会，是她要一意孤行。

所以，也怨不得她心狠。

“你还要在那里发呆多久？”

当她陷入思绪中时，寒月阁的房门突然被打开，东方云霄俊美的身影伫立在门口，说着不冷不热的话。

裴星彤眼睛一眨不眨地盯着他冷酷邪魅的容颜，心头有丝丝异动。他似乎很喜欢青色锦袍，不过，他穿青色锦袍很好看，能将他冷魅的神韵映衬得儒雅一些，不会看起来太拒人于千里之外。

东方云霄走到她面前，忽然将手伸了过来，裴星彤下意识地缩头躲闪，在发现他并没有碰到自己而只是在她的发髻上取下一片柔嫩的桃花瓣时，她又觉得自己似乎有些太矫情了。

于是，她掩口轻咳一声，掩饰着自己的尴尬，施施然地唠起家常：“……呃，那个，你对花粉不过敏了吗？”

东方云霄轻轻地勾起唇角，一个悠然而温婉的笑容便扩散在他的脸上，让裴星彤有瞬间恍惚，她以前很少见他笑得这么无害而温柔过。依稀记得三年前那夜，他在她耳边说我爱你的时候，语气就像现在的笑容一样，温柔而腻人。

“喜欢吗？”他不回答她的问题，反而是问裴星彤不明白的问题。

她眨眨清澈的双眸，挠挠鬓角，又望一眼身侧的桃花：“喜……唔，喜欢不喜欢，关你什么事？”

她这副小女孩闹别扭的娇俏模样将东方云霄逗笑，胸腔震动，他欢愉的笑声溢出喉间。

“喂喂，你……笑什么？”没事笑得这么殷勤，非奸即盗！

他如此温顺的笑容虽然很迷人，可正是因为这样，裴星彤反而觉得心里直发怵。

来之前，还以为两人一见面就得横眉冷对，甚至要大吵一番或是干脆打上一架。

反观现在，他笑得无害而温润，裴星彤弄不清他到底弄的哪一出，本以为自己就很不按常理出牌了，没想到这个霸道狂也不按常理出牌，此时他俨然是由暴躁的狮子变成了温顺的猫儿。

她这么不明所以，东方云霄则更是含情脉脉地看着她，淡笑不语。

“哎，我的亲哥哥啊！您有事说事可好？就这样一直笑，不说话，我反倒胆战心惊！”两人间难得有这样轻松的氛围，他眼中没有了昨夜的冷酷和怨怒，裴星彤说话也就恢复了一贯的随意。

东方云霄的唇角自始至终都保持着优美弧度，倾身上前一把拉过裴星彤的手，而后将她拖进身边的桃花林中。

花香四溢，身影缥缈。

裴星彤就这样不明所以地被他拉着，穿梭在桃花林中，两人所到之处，片片粉嫩的花瓣簌簌飘落。她一脸惋惜地咂咂嘴，可惜这花瓣了：“东方云霄，你要拉我去哪里啊？我可不是来跟你花前月下的……”

他们穿行在芬芳的桃花园中，身姿翩跹，气韵如仙。

片刻后，牵着她手的东方云霄在桃花林中一小块空地处突然停下，然后指着前面两棵树中间，对裴星彤说：“喜欢吗？”他的声音和语调仍是难得的温柔和煦。

她美眸半眯，他今天似乎格外钟情于“喜欢吗”这三个字。裴星彤顺着他手指的方向敷衍一瞥，然而，在看清那里的东西时，她惊讶地微微启口：“哦！”那里，赫然是一个静止的秋千。

水润的双眸蓦然一亮，她顾不得其他，提起裙摆就跑了过去，然后毫不文雅地一屁股坐上去，双手抓住两边的绳索，眉眼弯弯：“呵呵……甚好甚好！东方云霄，你快过来推我一下！”赶明儿给若若也弄一个。

秋千，依稀记得幼时经常玩，现在一坐上来，就仿佛又回到了那个无忧无虑、纯真无邪的年龄。

身后被一双温热的手掌覆上，接着，她的身体便在东方云霄的推动下，冲向了半空，而后又迅速荡回。

欢笑声，尖叫声，盘旋萦绕。

东方云霄倒也没难为裴影彤和狐璃，反而是好吃好喝地侍候着，将两人当成了座上宾，只是禁了两人的武功而已。

裴星彤进到“关押”两人的房间时，那个从不消停的狐璃正在一脸妖娆地逗弄着一个小丫鬟：“哎呀呀，瞧你说话的声音多好听，会不会唱曲儿？”

小丫鬟一边倒茶，一边满脸娇羞地垂首摇头，连茶水溢出了茶杯都浑然未觉，可想而知那情窦初开的小心思，都被那只妖冶的小狐狸精给勾了去。

狐璃则惋惜地摇摇头：“真是可惜，你说话的声音可是比我家姐姐唱曲子的声音好听多了，若是你会唱定然比我家姐姐唱得好听！不过，我还是很喜欢我家姐姐唱的曲子，我跟你说，她可就为我一个人唱过！你晓得我家姐姐是何人吗？我家姐姐啊，就是隔壁王大娘家三表舅的表妹的姨母家的二丫头……”

他就那样像念经似的撩着那个面红耳赤的小丫鬟，还口口不离“我家姐姐”这四个字。

裴星彤倾身而入，绕过见到她微愣的狐璃和小丫鬟，走到床榻前，她浅笑着对躺在床榻上闭目养神的紫衣男子叫道：“阿影，我们走吧。”

裴影彤好看的瞳眸蓦然睁开，惊讶一瞬后，连忙跳起身，一把牵起她的手，既惊喜又担忧地问：“他是不是对你提出了什么无理的条件？”

裴星彤扬起明媚的笑脸，捋了捋他脸侧有些凌乱的发丝，耸耸肩道：“说来也奇怪，他大费周章地把你们绑来，却什么要求也没有提，还真是太阳打西边出来了。”

“姐姐！”

腰身蓦然被人从后面抱住，她的身体便稳稳地落入了狐璃的怀里：“姐姐，你可算来了，人家都想死你了！在这个无聊的破地方简直憋闷得要命啊！”他一边在裴影彤如刀子般的眼神注视下亲昵地搂着裴星彤，一边还发挥着他风骚的特长抱怨着。

裴星彤从他怀里挣脱出来，鄙视地瞟他一眼，似笑非笑地轻嗤一声：“憋闷？我看你倒是挺有闲情雅致的呀，怎么，才来一天就看上人家府上的小丫头了？我是来带阿影走的，既然你喜欢这里，那就自己留下吧。”

“呵呵……姐姐，瞧把你酸的，你是在吃醋吗？”狐璃不怕也不恼，反而露出整齐的皓齿，笑得张扬而妖娆。

“你若是再敢乱说话，我便杀了你！”裴影彤隐现薄怒，一把将裴星彤扯回自己身边，语气和眼神均带着冷酷的警告之意。

狐璃不以为意地撇撇嘴，妖媚的丹凤眼中一如既往地蕴含着淡淡的轻佻：“切，真是不解风情的家伙，你若是能打过我，我便由你杀！”

裴影彤神情更是凛然寒冽，他冷哼一声：“这可是你说的！”

“慢！”裴星彤一手推开一个，窝火地说道：“我没出现时，看你们倒是能和平共处，相安无事啊！既然你们还有心情打架，那就都留在这里好好打吧，权当我没来过。”说罢，她便抽回身，一个人向门口走去。

“阿姐！”

“姐姐！”

前行的身体被两人拉住，裴星彤无奈地轻叹一声，回头看着两人问：“还打吗？”

狐璃呵呵一笑，连忙上前挽住她的手臂，讨好地回答：“哎呀姐姐，别丢下我啊！人家这不是一怒冲冠为红颜嘛。嘿嘿，不打了，不打了！”

见裴影彤也面色清冷地摇摇头，她才将手伸进衣袖，而后丢给他们一人一粒药丸。

两人吞下后，狐璃轻蔑出口：“姐姐，我讨厌那个冰山脸！昨日若不是他使用下三滥的手段买通了茶楼掌柜，又在我们的茶水里下药，本公子这么英明神武，哪里会乖乖在那里束手就擒！他可真阴险，姐姐你可千万不能喜欢他！”

裴星彤没好气地轻瞪他一眼，虽然这事因她而起，她心里很自责，但还是忍不住指着两人数落：“是啊，瞧你们两个多英明神武，英明到连被人下药都没察觉！”两个人的身份都非同一般，幸好昨日的人是东方云霄，他的目标只是针对她，并不会真的伤害他们。可若昨夜下药的人是一些心怀不轨或是两人的仇人，那么，他们此时还焉有命在!

明白她话中之意，两人均是赧然地低下头。

服下了解药，两人便恢复了武功，裴星彤目光深邃而悠远地轻叹：“我们走吧，该去打探一下云季容和东方云轻的动向了。”

三人出了门，之前在门外把守的暗卫早已撤离，裴影彤还是有些担忧：“东方云霄……他真的没有为难你？”

裴星彤点点头，脸上也同样是一派狐疑神色：“是啊，而且今天的态度和性子与昨夜相比极为不同，我现在也很好奇，他葫芦里到底卖的什么药呢。”

狐璃则不屑而轻佻地冷嗤一声：“姐姐，他这就叫欲擒故纵！见你不吃硬，他自然就转变攻势改来软的了，他现在不是单单要征服你的人，而是要征服你的心，若是征服了你的心，人不就被征服了嘛！”

裴星彤眨眨眼睛，恍然大悟：“哦，原来如此啊！啧啧，小狐狸精真不愧是全长安城最瞩目的头牌小倌，这风月场上之事就是比一般人看得透彻。”

狐璃半眯着丹凤眼，愤愤地瞪着戏谑他的女子，佯怒轻哼：“哼，是啊，我是全长安城最瞩目的头牌小倌，而姐姐带着男人去勾栏院买小倌更是人尽皆知呢！呵呵……咱俩真是绝配！”

看到裴星彤的脸瞬间变黑时，狐璃的笑容更加肆意而妖娆。

三人刚出了霄王府大门，就看到了东方云霄带着一队亲卫军骑着马急匆匆赶回来。

青色衣袂卷动，他利落地跳下马，定神看着裴星彤，自然而然地喊了一句：“星彤……”

裴影彤刚欲倾身上前，裴星彤已适时地拉住了他的手，对他浅笑着摇摇头，然后视线再次回到东方云霄身上。

早些时候，他在桃花园中刚同意放了裴影彤和狐璃，就被漠黎请到了一边，不知跟他说了什么，当时东方云霄的表情很复杂，在将解药给了她后，便迫不及待地与漠黎一起离去。

他，或许是进宫了。

水眸半眯，裴星彤的眼底闪过一丝了然，微侧首，浅语道："你二人在此等候，我去去便回。"

说罢，她款款走向前面长身玉立的俊美男子。

片刻后，她身形站定，微笑着问："还有事吗？莫不是反悔了吧。"

对于她有些调皮的揶揄，东方云霄只是淡淡一笑，而后拉过她的手："你……们去哪里？"

他的手心有丝丝湿润，显然是因为急着赶路而出了汗。

裴星彤悠然地耸耸肩，故意不正经地回答："没有家了，就四海为家啊。"

东方云霄冷魅的凤眸微微黯然，轻叹："不管怎样，你也是我名义上的妻子……星彤，到底要怎样你才会接受我？只要你说，我便一定会做到！"

裴星彤心头一颤，忽然有些不敢与他对视。是啊，他与她的牌位成亲了，他们之间也有夫妻名分的。

悠然垂首，低垂的眼帘遮盖了她纷乱的思绪。再次抬头时，水润的眸子中有着让人难以捉摸的深邃："东方云霄，你……真的想要我？"

男子的凤眸中瞬间染上一阵狂喜，黯然和冷峻渐渐消弭，双手扣住她的肩头，声音中是毫不掩饰的喜悦："星彤，我爱你！所以，我无论如何也要得到你，这是我爱人的方式，只要你肯接受我，要我怎样都可以！"

他眼中弥漫着希冀和欣喜的光芒，那光芒在阳光的照耀下，裹着让人怦然心动的风华。

裴星彤暗自深呼吸，努力让自己忽略他那希冀的眸光带给她心底的震撼和触动。眼梢挑起，一缕流光溢彩倾泻而出，她淡淡地开口问："那么，江山和美人……哪个对你更重要？"

东方云霄神采飞扬的俊脸上溢出一抹不解，而后，他一把将身前的娇美女子拥进怀间，用侧脸和下颚磨蹭着她清香如兰的发丝："只要你肯接受我，肯爱我，那我愿倾尽天下只与你逍遥自在，红尘为伴！江山固然吸引人，但是，如果没有一个身相依心相偎之人与我共享，即便是多少个江山我也不屑拥有！如此，江山永远抵不过萦绕在我心间的你……"

微风裹着清香轻柔地拂过，惬意怡人。

气氛有片刻的缱绻旖旎，裴星彤微微推开两人毫无间隙的身体，秀眉轻轻蹙起，悠然地勾起唇角，脑袋侧歪着靠在他的肩膀上。

她一时的柔顺和温情让东方云霄的心中更加畅快，可是，她接下来的话，却让他的表情有些呆滞。

裴星彤站稳身体，松松散散的表情中媚态横生："你不觉得有了江山，自然就有美人了吗？而且我喜欢君临天下、坐拥江山的男人。"

她将他那不可思议的表情尽收于眼底，收敛起眸中那抹轻浅的蒙眬，随意理了理鬓角垂下的碎发，启口间，媚惑的声音缓缓流入他的耳朵："是啊，我很爱慕虚荣，王妃我不喜欢了，我想要做皇后，那个位置象征的是世间最尊贵的女子，又有谁不喜欢？"

东方云霄俊脸微沉，神情又恢复了一贯的冷魅，沉吟须臾，他清冽开口："好！你爱慕虚荣，我便给你爱慕虚荣的权利和位置！舍江山为你，得江山亦为你！"

裴星彤笑着翩然退出他的怀抱，绝美的身姿仿佛会随时乘风而去，她双手无规律地相互摩挲着，突兀地问："知道东方云轻的动向了？"

东方云霄俊眉蹙起，双唇抿成一条直线，定定地注视着她，不语。她竟然猜到了他急着出去的原因。

裴星彤翻了个白眼，浅笑盈盈地捏上他冷酷的俊脸："还是喜欢你温柔的样子……"没心没肺地说了这么一句话后，她俏皮地眨眨眼："……我只是想帮你得到江山而已，呵呵……我着急做皇后嘛！"

东方云霄依旧板着俊脸，在凝视她良久后，才几不经察地轻叹一声："他明日启程，前往狐翡国。目的，你知道的……"

她低首，眼帘下是一派黯然："明日……"

"还在意他？"东方云霄语气清冷。

裴星彤抬头，眼底已恢复了一片清澈，浅笑着并不回答他，而是在转身的一刹那开口："我阻止不了他，但会尽力阻止狐翡国与他联手。银月余丞相权倾朝野，而且目前并未表明自己的立场，其独生爱女今年刚好十八，你若是娶了她做侧妃，朝中最位高权重的文臣便会被你纳入麾下。"

淡淡的语调，弥散在风中，窜入他的耳膜。

震怒。

裴星彤走回裴影彤和狐璃身边，还依然可以感觉到背后那寒冷而愤怒的视线，原来这就是针芒在背的感觉。

身前的红衣妖娆男子迎向她，动作自然地牵起她的手，挑挑眉梢："姐姐，你到底跟那个大冰山说了什么，我在这儿都能感觉他身上散发出来的冷意。呵呵，看来姐姐折磨人还真有一套。"

裴星彤甩了他一记白眼："想试试？"这家伙就会对别人落井下石。

狐璃连忙摇摇头，谄媚地笑："不想，你还是留着那些绝招对付大冰山吧！呵呵……"

绿柳成荫，荷香飘溢。

三人离开霄王府，便在城内找了个小客栈打尖。为了不引起别人注意，他们刻意选了一家有些破旧的小客栈。

而此时，狐璃正嫌恶地踢着房间内破旧的桌椅，撇嘴道："本公子乃长安城最值钱的头牌，何时坐过如此破烂的椅子，呸！呸！茶水也难喝得要死！"

裴影彤奉上一记鄙夷的白眼。

裴星彤坐在不太软的软榻上，悠然自得地喝着茶，看也不看他一眼，冷嗤出声："椅子破你可以不坐，茶水次你可以不喝，不想受苦……你可以回惜君楼继续韬光养晦做你的头牌小倌，日日锦衣玉食，夜夜纸醉金迷，还有银子赚。"

狐璃阴柔俊美的脸色微沉，蹭到她身旁，挤在软榻上坐下："姐姐，你这样说真是让人伤心！我此番可是你的人了，是名正言顺被你竞买来的，你怎么可以狠心地赶人家走呢？"他用着一贯半撒娇半耍赖的语气说着。

裴星彤的唇角微微抽搐，半眯起水润的双眸，唇畔含笑，可眼底却是淡淡的清冽和幽深。

凝视他片刻，她凉凉地开口："小狐狸精，我和阿影要去狐翡国了，你有什么打算？"她状似漫不经心地问着。垂首喝茶间，眼角的余光却一直在观察着他的表情。

而狐璃依旧是那副随意和不正经的表情，他轻佻地抛出一个媚眼："人家现在是无依无靠，无亲无故，既然是你的人了，当然是一辈子都跟着你，形影不离啊！对不对呀面瘫小舅子？"

正在擦拭软剑的裴影彤冷蔑地瞪他一眼，倒也习惯了他这般不着调的语气，不再像之前那样跟他一般见识。

裴星彤唇边的笑意却在渐渐消散，眼底溢出一抹清冷的流光，如霜似雾："狐璃，你之前说我让你有心动的感觉，我懒得猜测这话是真是假。但是，莫要以为我不晓得你的小心思。你这样费尽心机地跟在我身边，无非就是想借我之手帮你报仇雪恨，是吗？"他的母亲，狐翡国淑妃娘娘也是被他那两个皇兄害死的。他在流落他乡后，寄身在勾栏院苟且偷生，忍辱负重这么多年，不就是希望可以为母亲报仇吗？

狐璃浅笑着，妖娆的眼底仍是没有丝毫波澜。他望进裴星彤如星辰般晶亮的眸中，语调终于有了一丝正经："姐姐，我没说出自己的目的并不代表我是刻意隐瞒和欺骗，说利用也好，说帮助也罢，姐姐不也是如此吗？你猜到了我的目的，却依然默许我的纠缠和跟随，不就是想将我当成一颗棋子，然后推上那个位置？毕竟，我的两个哥哥都很想跟东方云轻联手呢！"

稍微停顿一下，他微微垂首，又继续说道："我们为何不把这些称之为相互帮助或是彼此扶持，而一定要归类于相互利用！目的虽不同，但在这个过程中我们彼此信任，彼此依偎，从而达到共同的目标，这样不妥吗？”

清香涌动，他蓦然站起身，缓缓向门口走去：“不管你相不相信，我对姐姐说过的话，没有一句是谎言！‘你在我心里’这句话更不是在说谎，也不会随便说出口！”如果说他们初见时，他确实在确认了她的身份后，只是将她当成了救命稻草。那么，三年前当他手捧着那沉甸甸的十万两银票时，他就沦陷了心。

抬步，狐璃走出门口，头也不回地说：“我去买马，姐姐若想与我就此分道扬镳，便可……先行离去。”

裴星彤愕然愣怔，连他的背影都来不及看清，他就已消失在门外。

刚刚他低头的那一瞬间，裴星彤没有忽略掉他眼底的黯然和落寞，所以，在他说完这些话后，她心底的波涛已在不断涌动。

她快速来到窗前，凝视着外面渐行渐远的红色身影，无奈地轻叹：“还以为这家伙就会疯言疯语，撒娇耍赖，却原来也有正经和耍脾气的时候！啊，真是窝火！这被人戳穿心事的感觉还真是很郁闷，这小子怎么也这么难驾驭。”还真不愧是狐狸精，精得像只狐狸似的。

金闪闪的太阳已经绕到了西边天际，一片片红霞弥漫在天边，像绽开的娇艳玫瑰般，美不胜收。

长安城一个不起眼的小客栈门口，此时有一个妖娆清傲、俊美无双的红衣男子，正在与那里的掌柜说着什么：“掌柜的，三号房里那两个房客真的已经退房走了吗？”虽然掌柜已经给了他答案，可他还是不愿意相信。

“公子啊，他们真的走了，老朽虽然人老了，可是眼睛不花，尤其是那般引人注目的一对，老朽绝对不会记错的。”老掌柜徐徐地说着。

“哦。”轻应一声，在他黯然垂首之际，那个老掌柜已经无奈地摇摇头，转身进去。

红衣男子孤寂地垂着头，墨色发丝被微风卷起，轻轻扑打在脸颊上，带着唯美的风情。

狐璃攥着马缰绳的手蓦然握紧，心潮犹如空寂的湖面，平静而幽冷。

她，还是选择了先行离开。

“你低着头在那里发什么呆？掉银子了吗？”正在这时，一道婉转轻灵的女子声音从他的身后传来，宛若一颗沉甸甸的石子，在他心口激起悠扬的涟漪。

猛然转身，淡绿色宫纱罗裙的娇美女子就映入他的眼帘。她眉如翠羽，肌肤赛雪，腰如束素，齿如含贝。此时，正左手托着一个纸包，右手拈着一个软软的包子，不时往嘴里塞。

西边的山头，残阳如血，淡淡的余晖没有了白天时的耀眼刺目，而是多了一份柔和与温润。光晕投射而下，将眼前俏美的女子衬托得更加妩媚而安谧。

裴星彤走近狐璃，伸出美玉般的纤手，左手那个还在冒着少许热气的纸袋就伸到了他跟前。

唇角勾起，她语调玩味："平时挺机灵的一个孩子……怎么买匹马回来就变傻了？你还要发呆到什么时候啊……"她一边说，还一边继续毫不矜持地往自己嘴里塞包子。

狐璃眯眸，用晶亮而妩媚的丹凤眼凝视着她，不想错过她的每一个表情。

见他不动也不语，裴星彤不以为意地耸耸肩："不吃？哦……我知道了，你去了这么久，定然是半路自己胡吃海喝去了，切！亏我和阿影还在这里饿了半天的肚子。"说着，她收回伸出去的左手，自己从纸袋里又拈出一个香喷喷的包子。

然而，在她刚咬上一口之后，右手就蓦然被人拉了出去。随即，那剩下的半个包子便进了身前男子的口中，惹得裴星彤一阵错愕。

狐璃细细地咀嚼，一双好看的丹凤眼始终没有离开过她出尘的容颜。

慢慢吞下那格外美味的半个包子，他的眸光又恢复了一贯的神采飞扬。将她指尖凑到自己的唇畔，然后暧昧地轻咬着，微微拧眉："唔，包子……怎么是素的？"

"呃……"裴星彤微愣一下，连忙抽回手，下意识地瞟了一眼被他咬得有些殷红的指尖，"……我又不开黑店，所以没有人肉包子啊。"

狐璃则是被她可爱的模样逗笑，胸膛震动，笑得分外欢愉。他忽然伸手夺过她手里的纸袋，邪气一笑，眸光肆意地扫视着她的身子："吃多了会影响姐姐曼妙窈窕的身姿，还是让我帮你分担一下吧。"

裴星彤懊恼地嘟起嘴，愤愤地瞪着他："谁吃多了，我还没吃饱呢！"

她刚欲上前抢回，鼻端又赫然飘来一阵香味，裴影彤将自己手中的纸袋塞到她手里，淡淡地道："阿姐，吃这个吧。"

嘿嘿一笑，她接过纸袋，拈起一个白白软软的包子，没有自己吃，而是抬手送到裴影彤唇边："呵呵……有弟弟真好！还是亲弟弟知道心疼姐姐。"

裴影彤愣愣地将那个不大的包子含进嘴里，眸子中溢出阵阵温情。

是啊，有姐姐真好。

空气涌动，红衫霍然飘近，狐璃也将自己手里的纸袋递到裴星彤面前，又发挥着他吊儿郎当的特长："姐姐，我也心疼你啊，你再喂我一个吧。"

裴影彤冷睨着他寒声问："为何只买两匹马？难道你不与我们同行？"

狐璃翻个白眼："真是好笑，我若不同行，怎会大老远地跑去买马？难道我像是傻子吗？"他真是奇怪了，明明自己是一副冰雪聪明、油嘴滑舌的面相，裴影彤怎么会把他当成白痴看呢！

"那你为何只买两匹马？难道你要跟在后面跑步？"裴星彤眨眨眼，也一脸困惑地问。

狐璃危险地眯起丹凤眼，他真是快要被这两姐弟给气崩溃了。衣袂翩飞，他已利落地飞身而上，动作优美矫健地坐在了马背上。而后，他身体侧倾，长臂一伸，便将裴星彤也拉上了马，让她稳坐在自己身前。

他动作敏捷，一气呵成，在裴星彤因惊呼而被来不及吞咽的包子呛着时，狐璃已环过她的身体，执起马缰绳，在她耳畔媚笑着说：“因为，我想和姐姐同乘一匹马呀！笨蛋。”

暮色越来越沉，三人在急速行进了半个时辰后，天色已经完全暗了下来。

皓月当空，星辰闪烁。

这时，在她怀里沉睡了一整天的乖乖倏地窜出来，它灵活地爬到裴星彤的肩膀，直立起半个身子，一双黝黑晶亮的眼睛正怒视着她身后妖异翩跹的俊美男子。

眼前突然多出一条金色小蛇，让正享受怀中软香温玉的狐璃蓦然一惊，他下意识地收拢手中的缰绳，急速而驰的骏马便鸣叫一声，猛然放缓了速度。

狐璃稳住身体，惊讶地盯着裴星彤肩头上对他充满敌意的乖乖：“天啊，姐姐！它……你身上怎么会有蛇？”

在他刚欲将乖乖从她肩头上拽下时，裴星彤连忙喝止他：“小狐狸精，休要伤害他！”

“可是……”

另一匹马上的裴影彤也放缓了行进速度，与他们平行前进。他没有像狐璃这般惊慌，只是望了一眼前方的点点火光说道：“阿姐，前方就是石林镇了，我们到那里歇歇脚，然后再买两匹马吧。”

裴星彤顺着他的视线望过去，点点头：“嗯，如此甚好。”龙绯雨晚上会变回人身，他们确实需要先找个地方停歇一下。

她身后的狐璃则只顾着与小金蛇对抗，并未留意他们说话的内容。他对小金蛇一边沉着脸，一边咧着嘴，想要将它驱赶走，而小金蛇则一扭头，再次爬进了裴星彤的怀里，彻底将狐璃恐吓的表情当成了空气。

狐璃吃瘪，只得谄谄地凑到裴星彤耳边，将线条优美的下巴支在她的肩头上：“姐姐，为何不扔掉那条破蛇？”

裴星彤微微侧首，嗤笑一声：“我扔掉你也不会扔掉他。”

“你……”狐璃愤愤咬牙，“姐姐的喜好还真是非同寻常，既然你喜欢蛇，改日我给你捉一筐来，让你玩个够！”

裴星彤无语地甩给他一记白眼，懒得跟他废话。

月上柳梢头，夜色深沉寂静。

三人到达石林镇时马市已经关门了，没买成马，他们只得先找一家客栈歇脚，待明日马市营业再去买马。

一进到客栈，裴星彤便对掌柜说道：“掌柜的，烦请给我们安排三间上房吧。”

狐璃双手抱胸，用胳膊肘暧昧地碰了一下裴星彤的手臂，痞声痞气地提议：“姐姐，为何要三间？两间便够了呀，呵呵……我们得省着点银子嘛。”

裴星彤没好气地翻个白眼，挑眉：“好啊，两间就两间，只要阿影愿意与你同宿便可。”

说罢，她便事不关己一身轻地向里面走去。

裴影彤也冷淡地斜睨他一眼后，跟向裴星彤。

狐璃眨眨妖娆的丹凤眼，微愣片刻后连忙追上前，拉着她的衣袖，谄媚道：“姐姐，人家可是你的人，怎可随意与别人同宿！与你同宿才是名正言顺，理所应当啊！呵呵……你说对吧，姐姐……”

说话间，他已与裴星彤进了同一间房内，裴影彤也面无表情地跟随而进，并回身将房门关严，落锁。

房中已有两盏烛火在轻盈地跳跃，裴星彤将微微敞开的窗棂关上，转身，耸耸肩询问：“你们确定要留下？”

狐璃在椅子上悠然自得地坐下，而后表情松懈而邪气：“是我留下，不是我们，我无法接受和小舅子一同睡。”

然而，就在他的手刚刚执起茶壶准备倒茶时，幽静的房间内蓦然闪耀起一道奇异的金光，将三人面部笼罩上一层淡黄色。接着，从裴星彤怀里窜出的小金蛇就瞬间变成了一个俊朗非凡、气宇轩昂的年轻男子。

龙绯雨美如冠玉的脸上绽放出一抹晨曦般的纯净笑容，将在身侧对他浅笑的女子拉进怀里：“还是这样抱着你的感觉最真实，最踏实。”

裴星彤扬起明媚的笑颜，抚着他俊朗如阳光的脸颊：“还是这样被你抱着的感觉最真实，最踏实。”

语毕，如神仙眷侣般的两人相视而笑，画面缠绵悱恻，唯美旖旎。

嘭！妖冶的红衣男子重重地将手中的茶壶摔放在桌子上，冷冷地瞪视着柔情蜜意的两人：“还以为少了个竞争对手呢，原来是装神弄鬼地变成蛇了！妖怪！”

怪声怪气地丢下这句话后，狐璃拂袖而去。

红衣飘摇，属于他的清香随之消弭。

裴影彤斜睨了一眼相拥的两人，也识趣地离开。

第八章 绯雨成殇

晨曦洒落，裴星彤缓缓睁开眼睛，手臂自然地搂向身侧，却没有揽到意料之中的健硕身躯，只有……一条盘踞在她臂弯的小金蛇。

她连忙坐起身，拧起秀眉：“乖乖，你为何又变回这般模样？”话问出口，心头骤起的战栗似乎应验了先前的不安和慌乱。

回想起昨晚龙绯雨的不正常行为和那句莫名其妙的“对不起”，她陷入了蒙眬的沉思。

龙绯雨那日是强行用了巫术，但他的护体龙珠却是在她体内。那么，只有两成法力的他，在受了严重内伤后，结果是……

她额头冒出细汗，恐慌，寒彻。

心神终于被爬上肩头舔舐着她脸颊的小金蛇拉回，此时它黝黑晶亮的眸子中是满满的柔情，那柔情叫作安慰，他，在安慰她。

她该死的竟然以为龙绯雨昨夜变回人身后，就会完全恢复了！然而，没想到竟是这般光景。

心中那短暂的幸福和快乐已经留给了昨夜，此时，裴星彤缓缓垂下眼帘，冰雪一般清明的眸光便弥散在暗沉的云雾之中。

空气静谧，心绪翻飞。

半晌后，她努力让自己双唇颤抖的幅度小一些，努力不让小金蛇看出她心底那无法沉寂的惊涛骇浪。双眼半眯，不是要挤出泪水，而是要将酸涩紧紧掩藏：“乖乖，日后都会这样吗？白日是蛇身，夜晚是人身？”

小金蛇在她的脸侧蠕动着点点头，漆黑如子夜的眼中有着淡淡的忧伤，但，它很好地掩饰了。

他曾经说：阳光虽好，可是这世间又岂能只有阳光的存在，光明和黑暗谁又能分得清哪个才是更好。既然这二者是世间缺一不可的存在，那我们两人岂不是最契合的一对。既不能只有阳光，也不能只有黑暗，就像现在的我们，你依赖我，而我……离不开你。

可是现在，她这块黑暗的乌云却将明媚的阳光遮盖，让阳光失去了光芒和色彩。他给她带来了温暖和阳光，而她却还给了他伤害和阴霾。

他因为她，竟然伤了本元，夜晚是人身，白日是蛇身。

这让她情何以堪？

她颤抖的双手摩挲着小金蛇幽凉的身体，仰首，将再也无法忍住的液体倾泻入浓密的发丝间。

他是尊贵的苗域宗主，受世人膜拜与敬仰，如今却因为她变成了如此这般。

他说他们就是缺一不可又最契合的一对，可是，阳光与黑暗虽然缺一不可，却是无法同时存在。如果同时存在，那么就是现在的结果，有一方会像是刺猬，当两人彼此越是靠近和深爱时，带刺的一方就会将对方伤害。

现在，她就是那个刺猬，越拥有，越伤害。

她绝对不允许心底唯一的阳光再因为自己而受到伤害，那么……

小金蛇似乎感觉到了她心里的波澜和自责，不停地舔舐着她的下颚，还欢快地蠕动着身体，像是为了证明他真的很好，真的没有什么。

可他越是这般无怨无悔，裴星彤的心里就愈发恨自己，也更加不想再继续污染这片净土。

收敛心神，她唇畔绽放起清恬的笑容："乖乖，我没有伤感，只是有那么一丁点儿自责。不过没关系，只要乖乖晚上是我勇猛神武的夫君就可以啊，哈哈……"她用笑声掩饰着那溢满全身的酸楚和悔恨。

她真不该将龙绯雨带在自己身边，她是黑暗，是乌云，是刺猬，她总是带给他伤害，而他总是那样无怨无悔地承受着她带给他的一切。

小金蛇在看到她又恢复了一贯没心没肺的笑颜后，安心而温柔地蹭着她的脸颊。

当她收拾妥当从房间里出来时，狐璃和裴影彤已经在大厅等候。

深呼吸一下，她可以掩饰自己的表情和眼神，却是无法掩饰微红的眼睛。

裴影彤上前一步，在裴星彤的躲闪中，用手托住了她的脸，俊眉蹙起："阿姐，你的眼睛怎么红了？谁惹你哭了？"

裴星彤连忙做贼心虚地否认："谁……谁哭了，你姐姐我可是宁愿流一桶血也不会流一滴泪的！"她不想让龙绯雨知道她对于这件事有多么在意和难过。

裴影彤似乎不相信她的答案，仍是蹙着眉，将她全身上下检查了个遍。

一旁的狐璃已经怪声怪气地开口："谁哭她也不会哭呀，若是哭，那也是幸福的哭泣，啧啧……看那憔悴的脸色和通红的眼睛就知道，这是纵欲过度的后果！什么也不懂的家伙！"

裴星彤此时看向正对她嗤之以鼻，冷嘲热讽的狐璃，眼神中对他不仅没有怒，反而是诡异的感激。她正犯愁不知该怎么解释，而狐璃这么一番话，却无形中为她解了围。

裴影彤微微红了脸颊，轻咳一声，向门口走去。

“咦？那个一会是人一会是蛇的笑面虎呢？”狐璃挑挑眉梢，语气依旧酸酸的。

裴星彤忙不迭地将小金蛇从怀里拎出，依旧笑得没心没肺：“呵呵……在这里，为了省些银子，咱们可以少买一匹马了，呵呵……”她的谎话说得那么苍白无力，心头更是有无限的暗潮在翻涌。

狐翡国在银月的北方，越向那边行进，空气中的凉意就越多一分。

风和日丽，万里晴空。

宽敞的官道上，三匹骏马在急速奔驰，三道身影翩然地迎风招展，为这寂寞的长途增添了一道不容忽视的靓丽风景。

倏然，在即将穿过一片竹林时，冷风骤起，竹叶飘落，一群黑色身影如鬼魅般出现，有些赫然破空而落，有些从地面的竹叶下腾涌而出，严严实实地挡住了三人急速奔驰的节奏。

“吁！”

三人整齐地收拢缰绳，马儿便停下了脚步，在原地低鸣。

前面那群黑衣人至少有几百人，个个手里都提着明晃晃的大刀，在斜阳之下泛着森冷的寒芒。

裴星彤美眸半眯，平静地看着眼前并未蒙面的黑衣人，淡淡的开口：“是你们主动让路，还是让我们的马踏着你们的尸体而过！”语气轻然，却是带着狂妄和嚣张。

为首的黑衣人桀桀地笑着：“哈哈……美人，有性格！不过，你们恐怕快没命继续嚣张下去了，哼！”

唇角勾起，裴星彤笑得冷蔑而松懈：“……我本不想杀人，可你们自己不爱惜自己的生命来送死，我就没法子了。”

黑衣人眼神微闪，在不经意地瞄了一眼自己身后那一群气势汹汹的人后，仿佛又有了底气：“哼！你还是去阎王那里说大话吧！”

话音落，风声扑近，黑影袭来。

顷刻间，红色衣袂飘起，狐璃已迎身而上，魅笑着说道：“你一个弱女子，在后面看着即可，让我们两人来收拾他们！”

裴影彤点头的瞬间，腰间的软剑也犹如游龙般闪射向黑衣人。

裴星彤好笑地摇摇头，这两人此时倒是开始大男子主义了。劲气凝起，她的身体腾空跃升，身影紧追在他们身后，不羁的话音潜入风中：“他们是冲着我来的，你们在身后看着即可。”

这群黑衣人不蒙面，应该不是刺客，且他们手中武器是属于魔萤教的夺魂刀。那么，这些魔萤教的余孽要么是为前教主魔纳来报仇的，要么就是因为窥视那所谓的神秘利器——玄铁雷火萧。

她身影飞掠，如一道急骤的闪电般射向那群黑衣人。

狐璃和裴影彤微愣地看向冲到他们前面的娇美女子，心底轻叹，看来，她今天是想将嚣张进行到底了。

嘭！竹竿对大刀，眨眼间，她窈窕的身影已冲进了一片黑色的人群中。

然而，那声响过后，凝聚着她强劲内力的竹竿完好无损，围剿在她周围的黑衣人手中的大刀却纷纷落地。

在黑衣人愣怔惊恐的瞬间，她身姿旋转，手中赫然已多出一柄夺魂刀。

淡绿色宫纱飞扬，发丝轻轻拂动，她唇角那抹慵懒而不羁的浅笑明明如幽兰一般魅惑迷人，却无端地让人心颤和冷悸。

纤手提着笨重的大刀，她婷婷而立："魔萤教的看家本领是夺魂腿，那么……我今天就用你们的看家本领来与诸位切磋切磋！"

冰冷的话音落下，杀气立时在全身萦绕，风声呼啸，气势如虹！

发梢纠缠着衣袂随身舞动，腾空而起，影过无痕，竹叶纷飞，劲气强悍，秀足踹过的痕迹处都留下了一道鲜红的刀口。

痛苦的闷哼声屡屡传出后，黑色人影纷纷倒地，猩红的血液染凄了竹林的落叶。

这哪里是切磋，明明是黑衣人单方面挨揍。

震惊，惊恐，绝望，所有的一切就在这一瞬间。

当最后只剩下几十人时，裴星彤轻盈地飞退出几丈，旋身站定，不让自己的脚沾染上地面的血红。

她单手背负在身后，另一只手提着大刀，那明晃晃的刀刃上竟是没有半分血迹，森亮依旧。

身影如魅，浅笑如兰，她静静地伫立在那里，面容娇美如仙，神情却犹如暗夜中的弑神修罗。

"还要继续吗？"慵懒松懈的浅笑绽放在唇角，竟是让人感到彻骨的冰寒。

也许，这就叫作浅笑间杀人于无形。

那个为首的黑衣人此时早已退到了残存的几十人身后，惊恐的表情凝滞在脸上，他张着嘴一句话也说不出。

他之前真的以为她只是因为拥有玄铁雷火萧才会在语气上如此嚣张，可没想到，她不仅没有用那利器，还是用着他们最擅长的独门武功将他们斩杀得如此残破不堪。

她，到底是人，还是妖?

她，到底拥有多少个门派的独门武功!

没人知道。

扔下大刀，他们已来不及去想刚才那一瞬间到底发生了什么，逃命才是他们仅剩的理智。

竹叶飞泻，人影逃散，萧索的空气中只留下了一片呛人的血腥味。

狐璃双臂抱胸，翩然走到裴星彤跟前，阴柔俊美的脸上弥散着慵懒的笑容，神韵洒脱不羁：“我说姐姐，你好歹低调些，照顾一下别人的心情，就不能给我们这两个大男人留些颜面吗？你一个女子就这样以一敌百，而我们两个男人却只能在后面纯欣赏，这若是传出去，我们俩日后在人前岂不是会颜面扫地？”

裴星彤鄙夷地翻个白眼，不冷不热道：“少来，你在惜君楼当头牌小倌就有颜面了？”

说罢，她扔下笨重的大刀，在与狐璃擦肩而过时，还不忘在他衣袖上蹭了蹭手心里的湿腻汗渍。

狐璃窝火地斜睨着她的背影：“你就不能不要随意揭人家的伤疤吗？再说，我这个头牌小倌现如今还不是被你嫖到手了！”

裴星彤接过裴影彤递过来的水囊喝了几口水，毫不文雅地用衣袖擦擦嘴角的水渍，飞身上马：“我有揭你的伤疤吗？我瞧着你似乎对那段光辉历史挺引以为傲的。”

红色云锦衣袂翻飞，卷动起翠绿的竹叶，交相辉映，美丽妖娆。狐璃也跃上马背，迷人的丹凤眼稍稍弯起，露出两排整齐的皓齿：“呵呵……我是挺引以为傲的呀，因为我们就是在那里相遇的。”

裴星彤夹紧马腹：“尽快赶路吧，天黑之前我们得找到可以住宿的地方。”

浮尘飞扬，马蹄声起，三人扬尘而去，只留下遍地的尸体和血腥。

月光流泻，树影婆娑。

由于要赶到下一个城镇还有两个时辰的路程，裴星彤不想赶夜路。天黑后，三人经过一个小村落，裴影彤便敲开了一个村民的家门。

那户人家只有两位老人，很朴实很和善，在对着三人的绝世之姿惊艳了半晌后，知道了他们只是要借宿，很热情地安置了三人。

农户家条件比较贫寒，土坯房只有两个简陋而狭小的房间，他们只能简单洗漱一下便准备歇下。

简陋的土坯屋子内，一个绿衣女子闭目盘膝坐在土炕上。裴星彤屏息凝神，微微蠕动的双唇像是在碎碎念着什么，在感觉到门扉被人推开时，她水润的双眸轻轻掀开了一条细缝：“乖乖，吻我……”

龙绯雨先是微微一愣，而后羞涩着抿唇，将被水浸湿的锦帕扔在破旧的木桌上，走向背对自己而坐的女子。

他自然上翘的优美唇角漾开一个爱恋而宠溺的笑容，双臂伸出，便将背影柔美的女子拥进自己的怀间，垂首，覆上那总是让他万般迷恋的双唇。

他们的双唇已然亲密无间，裴星彤却猛然攀上他的脖子，紧紧地将他压向自己。

可是，龙绯雨却没有因为她的热情而欣喜，他蓦然瞪大清润的双眸，眼底竟是一片惊愕。

今夜的月光很美，清净地洒落在这个宁静的小村落，柔和，幽然。

如此深夜，空气已经有了些许凉意，静谧的院落里，裴星彤清冷地站在月光下，绝美的身姿宛若天宫的仙女，华美如玉。

晚风吹拂，她耳廓微动，收敛起自己的心绪，百无聊赖地晃荡着手中的小树枝，眸子中的幽暗已蒙上了一层清透，犹如山涧泉水般澄澈。

她垂眸，眼帘内出现一抹红色衣袂，抬眸间，唇角漾出一丝难以察觉的笑意。

“三更半夜的，你不好生搂着男人睡觉，站在这里做甚？”清浅而邪气的声音源自红衣男子。

她眸光斜睨，挥动着手里的小树枝：“在抽风。”

男子凤眼含笑，一抹如狐狸般精明的光芒闪过：“拿空气泄愤吗？”今天她一个人对付魔萤教几百人，还不允许他和裴影彤插手，那架势明明就是在找人泄愤。

能让她心里憋闷的，也许就是那条小金蛇。

“怎么，是不是那个半妖半人的笑面虎榻上功夫太差劲，没有服侍好你？”依旧是属于他轻佻不羁的疯言疯语。

裴星彤身体前倾，欺近他跟前，魅惑而空灵的声音如深谷的夜莺般清脆，丝丝飘入他的耳间：“连初次都没有献出去的人，也有资格嘲笑别人的榻上功夫吗？”唇角勾起，一抹勾魂摄魄的笑容飞扬在月色中，手指有意无意地挑着他的领口，“难道你自诩榻上功夫会比别人强？”

他妖娆的丹凤眼微微半眯，一道迷人的光芒透射而出，有力的长臂瞬间伸出，已然将她揽进自己的怀里，用鼻尖抵着她的鼻尖：“虽然没试过，可我有自信比那些老家伙强，姐姐……要不要现在就试试看？”

裴星彤波光潋滟的眸底和粉嫩润泽的双唇，都噙着幽深的笑意，双手抵住狐璃的胸膛，欲拒还迎地捉着他的衣襟，吐气如兰：“果真这般有自信？”

馨香萦绕在鼻端，迷惑着他的意识，喉结滑动，他猛然含住近在咫尺的唇，轻咬一下：“只要你莫再继续摆出这副英勇就义般的表情来伤害我的男性尊严，我……便有这个自信。”

笑在她的唇畔蔓延，眼神飘忽，裴星彤仰首望着眼前妖异俊美的男子，忽然轻轻地踮起脚尖，浅啄了一下他的下颚，勾搭的意图很明显：“我说过，身份尊贵如你，样貌俊美如你，完全有资本拥有天下间最美好的女子。”

狐璃似乎不满意她那轻淡的浅啄，反而是狠狠地印上她的双唇，辗转吮吻着。

片刻后，他才稍微放开她：“我也说过，我只要让我心动的女子！”

裴星彤迷蒙的眼神再次对着房门口的位置飘闪一下，含笑着攀上他的脖子：“真不介意这么复杂的我？”

魅惑的笑容跃上唇角，狐璃轻然旋身，而后将她的身体压在树干上，“也许我比你还要复杂，看来我们两人绝配的地方还真不少。”

语罢，吻落。

清冷的月光下，一对身姿翩然的男女，在幽静的小院落里亲密纠缠。

可他们的热情洋溢，却将门口那个人推进了冰窟。

晚风拂过，凉意乍起，今夜的星光又将属于多少心碎绝殇的人。

狐璃有力的手臂托住她的腰："你真的想在这里继续下去？"

裴星彤睁开醉意蒙胧的水眸，眼波盈动："只有这里没有别人……"

她眸子虽然半眯，但不经意瞥向门口的小动作还是被狐璃精妙地捕捉到了。

他手臂用力，将裴星彤身体的重量都附在自己腰间，身体微转，眼角的余光轻瞥间，便留意到了门口那个面色痛苦的男人。凤眼低垂，心绪急速流转，刚刚她明明就是注意到了龙绯雨就在不远处的门口看着他们，而她不仅没有避讳，反而还刻意说着那样暧昧的话，难道他们吵架了？不可能，她和龙绯雨之间的感情一直都坚不可摧，让他白白吃了多少飞醋。他们不可能是吵架，而目前看来今夜的裴星彤真的有些太主动、太刻意。

她甜美的双唇贴上狐璃，薄怒地撒娇嗔："喂喂，你发什么呆，继续呀。"

狐璃微微一笑，妖媚的丹凤眼中赫然闪过一丝清明与了然。他狠狠地吻着她的唇，手也开始肆无忌惮。

须臾，他眼角的余光轻瞥，微微松开她，呼吸紊乱："姐姐，喜欢我吗？"

他突然提出的问题让裴星彤有片刻微愣，可在看到他眼底的那抹精光和飘忽时，她只得暗叹他的心思细腻和敏锐："喜欢。"

这个回答换来了狐璃的一个香吻，而且手也愈发放肆起来："可是我讨厌那个笑面虎，一会儿人一会儿蛇，跟妖怪似的，姐姐以后可不可以只属于我一个人？"

裴星彤美玉般的双手伸出，捉住他在她胸前作乱的手，本是想要推开，可在明了他眼中的暗示时，她思绪转动，霍然拉开自己的衣襟，将那只手按进了她单薄的衣衫内："好，往后我只属于你一个人。实话同你说，我本就不喜欢他，但龙绯雨是个好人，我不好拒绝。"

狐璃的俊脸蓦然压下，连忙吻上她的唇，她动作太热情，这回他是为了将自己的惊呼声吐在她的口中。惩罚性地咬了一下她的耳垂，他咬牙低语："你想害死我是不是，信不信我现在就假戏真做，将你就地正法！"

她双臂攀上狐璃的脖子，将脸埋进他的颈窝，沉声说："你帮忙帮到底，这样才更像，而且现在是你在占便宜啊狐璃兄弟！"

"你！"大手猛然用力，他狠掐了她一下，"那你何不干脆成全了我，那样更真实。"

裴星彤的脸颊在月光下染上一抹绯红，继续细声低语："小狐狸精，现在你好人做到底，日后我任你差遣。"

他的大手在她的身上作乱："哼，我就说嘛，今晚怎么这般有艳福，原来是在利用我！你个白眼儿狼，日后真的任我差遣？"

裴星彤险些因他放肆的举动惊叫出声，身体扭动着想要躲闪他的魔爪："喂，你莫要乱摸，只是做样子而已，做样子！”

狐璃冷哼：“……姐姐，你莫要再乱动了，不然，我真的会将你就地正法。”

“你！”她瞪他一眼，眼角余光再次瞥向门口，那里已经没有了那个萧索孤寂的身影。

裴星彤用力推开托着她身体的狐璃，站稳身体后，她一边整理着凌乱的衣襟，一边黯然垂首。

绯雨，对不起！乖乖，对不起！

这一夜，裴星彤和狐璃都没有回房间。两人骑坐在树干上，一个沉寂地抱膝沉思，一个不安分地凤眼乱瞄。

其实，今晚在房间里她让龙绯雨吻她时，是将她体内的龙珠度回到了他体内。

从苗域卧龙宫出来前，她就曾问过龙霓冰将龙珠还给龙绯雨的办法，但龙霓冰当时不肯告诉她，后来她只得对龙霓冰软磨硬泡外加理性地分析利害关系，龙霓冰才告诉她将龙珠度出体内的口诀。

她在知道口诀后没有急着把护体龙珠还给龙绯雨，是因为她知道龙绯雨不会轻易收回。龙绯雨对她的感情她最清楚不过了，他爱得太全然，爱得太患得患失，龙珠在她这里，他就会安心和踏实，如果她硬要将龙珠还给他，他只会不高兴，而且还会胡思乱想。所以，为了他高兴和踏实，她就没有急着将龙珠还给他。

可是现在，龙绯雨因她动用法力从而伤到了本元，只有在夜间才能变回人身。那么，只有把龙珠还给他，才能让他恢复法力，从而修复本元。

她今晚做的一切，目的确实是想要龙绯雨伤心而去。

虽然，这次她强行将龙珠度回给他，他便可复原。但是，她此行去狐翡国，期间必定会遇到各种危险，也必定会参与到那些险象环生的宫廷政变和尔虞我诈中，她不能再将龙绯雨带在身边去涉险。

她怕了，真的怕了，怕龙绯雨会再次因她而受到伤害，这次她还可以用龙珠来挽回，那么下次呢？下次他若是再受到伤害，她一定会恨死自己的，那样的后果她不敢去承受。如此，她宁愿现在就让他离开。

因为爱他在意他，便必须护着他。

那个傻瓜般的纯净男子，宁愿这样半人半蛇，也不告诉她龙珠可以让他复原。

这就是他，爱得太委屈，爱得太卑微。

晚风卷动树叶，一缕淡淡的凉意随风袭来。

狐璃将只穿着单薄衣衫的裴星彤拥进臂弯：“为何要那样做？”

裴星彤身体微微僵硬一瞬，在他的怀中如猫儿般懒散地蹭了蹭。

缥缈的思绪渐渐收回，她侧抬头，凝视着眼前妖异俊美的男子。白皙的皮肤，迷人的凤眼，完美的五官，他是一个心思清透的男子：“因为我爱他。”

狐璃的丹凤眼骤然眯起，眼底的黯然神伤转瞬即逝。随后，唇边绽放出一个不羁的笑容，他依然是那个不正经的小狐狸精：“姐姐可真是会伤人心，方才还那般热情如火，现在又在人家面前说爱另一个男人，啧啧。”他怪声怪气地抱怨着，神色却是半真半假。

裴星彤轻叹，苦笑弥散。

曾经她被一个又一个的男人伤害，而现在她却是伤害了一个又一个的男人。脑袋垂下，她的声音暗寂如夜：“狐璃，把你的心留给更值得之人吧。”

狐璃蓦然抽走手臂，身上的暖意瞬间消弭。他紧抿着双唇，恨恨地瞪视着她，半晌后，才愤然启口：“为何你总是喜欢逆我的意？为何你总是看不到我的心？为何你总是喜欢替我擅作主张！你可以不爱我，但是，你没有权力阻止我爱你！我也是个有心之人，你何必三番五次践踏人心。”

说完，他凛然旋身，跳下了与她依偎的树干，在即将离开时，他微微侧首：“……如果你曾经不被人所爱，那么，此时你是否就会珍惜现在爱你的人？”

那淡冽的声音萧冷了周边的空气……。

举步，他将傲然挺立而孤寂落寞的背影留给了夜色和她。

裴星彤双臂环抱，清冷的凉意让她再次陷入了无奈和纷乱中。

唉，那可恶的孽缘啊！到底是谁的不解风情揉碎了谁的真心，而又是谁的殷殷期盼搅乱了谁的眼神。

今夜，注定心如星光，满是碎裂的痕迹。

树叶轻轻摇晃，小院落里的树根此时已被人刨出了一个不大不小的坑。而后，一个身姿曼妙的女子便满意地提着一个酱色坛子，在一片草丛中找到了方才愤然离去的男子。

他此时正躺在草地上，嘴里衔了根草梗，头枕着双臂，眼望天空。

裴星彤将坛子放在草地上，一屁股坐在他身边，看了一眼那个如受气小媳妇儿般的男子，撇撇嘴埋怨：“你还真会躲。”

男子并不回应她，而是凛然侧转身，甩给她一个冷漠的大后背。

正在闹脾气。

裴星彤悻悻然地摸摸鼻子，轻咳一声，拉上他的手臂：“嘿嘿，小狐狸精，不要生气了！我错了还不行？我给你道歉……”

他一把甩开她的手，依旧背对着她，不言不语。

裴星彤又死缠烂打地转到他前面，赔上一脸见风使舵的谄笑：“求你别生气了，你看，我找到了什么好东西！呵呵……”

见狐璃终于将凝聚着寒冽的眸光投向自己，裴星彤连忙很狗腿地又凑近些，跪坐在草地上，打开那个坛子。

一阵醇香瞬间溢出，她忙不迭地将坛子递到狐璃跟前：“呵呵……竟然有酒呢，这酒应该是藏了有些年头了，很香的。”

狐璃半眯着凤眸，目光停滞在她谄媚的笑颜上，那比酒还醇美的笑容美得让人无法移开眼。

裴星彤见他终于肯看自己了，连忙献宝似的将酒坛送到他鼻下，讨好地说：“你闻闻，是不是很香，你先尝尝，若是喜欢，我便再去给你偷。”

酒香涌动，狐璃猛地将她嵌入怀里，紧紧地拥着她的身躯：“为什么？为什么你不允许我爱你，却一次又一次的撩动着我的心！你到底知不知道你有多么让人移不开眼、管不住心！你这个没心没肺的浑球！”

裴星彤心里暗咒，谁是浑球啊！

银光流泻，醇香弥散。月色清冷华美，酒香浓郁飘溢。

红衣男子和绿衣女子此时正坐在草地上，手捧着酒坛，你一口我一口地喝着，享受着静谧的夜晚。

狐璃挑起凤眼，凝视着动作毫无女子矜持的裴星彤，咂咂嘴：“人家老两口珍藏了这么多年的好酒，就这么被你这个白眼儿狼给偷了出来，真是识人不清。”其实，他之前坐在树干上时也闻到了那似有似无的酒香味，但不忍心祸害那对贫寒夫妇的心血，便忍了下来，没想到这家伙竟然就这么堂而皇之地给偷了出来。

不过，他很高兴，因为裴星彤是为了他才偷的。

裴星彤将酒坛递给说风凉话的狐璃，冷睨着他，噘起嘴巴略带醉意地嘟囔：“还好意思说，我还不都是为了讨好你！一个大男人也那么喜欢生气，唉！”

狐璃凤眼弯弯，笑得一脸飞扬，他凑近此时面若桃花的裴星彤，突兀地问道：“你知道为何有那么多男人抗拒不了你，宁愿为你飞蛾扑火吗？”

脸上浮着一层红晕的裴星彤懵懂地眨眨眼，歪着头像是在冥思苦想，片刻后，她仍旧疑惑不解：“哪些男人？”

狐璃翻个白眼：“你说呢！”明知故问，分明是在炫耀啊。

裴星彤嘿嘿一笑：“那你说说为何？”

他的凤眼中有波光闪动，点点星光投射在黝黑的眸子中，像细碎的金子般散发着璀璨光芒。在看到她神情中的淡淡迷蒙时，他无赖地笑着：“因为姐姐很会哄男人啊！如果哪一个男人能被你讨好，那是一种涤荡心扉的感觉，甚是幸福，甚是美妙。”

裴星彤眨眨困惑而微醺的双眼，打个酒嗝：“哄……哄男人？男人……也需要哄吗？”为何别的女人是被男人哄，她却要哄男人呢？

“当然需要了！尤其是需要被自己喜欢的女人哄着，讨好着！嘿嘿。”他凤眼中狡黠的流光缓缓浮现，继续对着自己怀里那个已经半醉半醒的女子说：“姐姐刚刚不就是在哄着我吗？还为我做了坏事偷人家的酒！呵呵……姐姐日后要常常保持这般好的表现，在我生气的时候要想办法讨好我，宠着我，知道吗？”他的语气有三分温柔，有三分夸赞，还有四分的……蛊惑。

酒香味渐淡，酒坛已空。

最后，是谁在哄着谁已经无法分辨了，因为那个娇美讨喜的女子已经安稳地睡在他的怀中，只是眉头始终在梦中紧锁，不知为谁。

翌日清晨，裴星彤诚恳地向两位老人家承认了自己的罪行，而后留下了重金作为补偿。

两夫妇在接过那沉甸甸的两个金元宝时，险些腿一软跌坐在地上。

他们一直贫寒清苦，一辈子也没见过这么多钱，那酒确实是为了卖钱的，可那一坛酒顶多值五两银子，而眼前这些人却给了他们两块金元宝。

老妇颤抖着双手，老泪纵横："姑娘啊，这使不得呀，那酒没这么值钱的……"

狐璃浅笑："婆婆，那酒物有所值，对她来说远不止这个价码呢！"

裴星彤冷冷地瞪他一眼，转首对老妇说道："是啊婆婆，您就莫要推辞了，多余的权当是我们支付的住宿钱吧。"

老妇抹抹眼角的湿润，感激涕零："几位都是好心人，定然会有善报的。"有了这些金子，就可以给孙儿买件新衣裳，他们老两口也可以好好安度晚年，再也不用为生计而苦恼了。

辞别了老两口，三人又继续赶路了。

没错，是三人。

清晨她从狐璃的怀中醒来后，就一直没有再见到龙绯雨，以她对龙绯雨的了解，她知道，在他看到她和狐璃间的亲密又听到他们的对话后，他定然是伤心地离开了。

而这，正是她要的结果。

绯雨，对不起！因为我爱你，所以对不起；因为我爱你，所以我要在心里珍藏着你。

策马奔驰，尘土飞扬，微风从耳边呼啸而过，吹走了清冷的思绪。

出了小村落，马背上的裴星彤倏然回首，望向身后，敏锐的目光到处搜寻着，可是那里只有一个秃秃的小山头和几棵枯树，再没有其他。

她眉头蹙起，刚才明明感觉到那道温存而灼热的目光了，那是属于龙绯雨的目光，而此时身后却什么都没有。

苦笑溢出，她收回了伤怀的视线，继续赶路，也许是自己太过留恋和想念他了，才会出现错觉吧，龙绯雨此时应该已在回苗域的路上了。

三道身影渐渐消失在扬尘中，小山头的树后缓缓移出一个俊朗非凡的男子，他双手背负在身后，神情凛冽。终于再也看不到那抹让他无比眷恋的身影时，他双手蓦然握拳，指关节渐渐泛起的苍白如同流光了血的心脏，失去了所有色彩和活力。

挺拔颀长的身躯迎风而立，他没有收回视线，仿佛那个萦绕在他脑海中的女子就在远处停留，对他微笑低语。

心口溢满了疼惜与爱恋，他的眼底因心头的酸楚和不舍而弥漫着丝丝水雾，那水雾在渐渐聚满眼睑后，缓缓流出。

这泪，不是为他自己，也不是为他和裴星彤之间的难舍难分，而是为她，只是为她而已。

时间流逝，远处的小路上，连飞扬的尘土也看不见了，龙绯雨这才恋恋不舍地收回视线。

好看的双唇缓缓嚅动，口诀碎碎念，而后身体旋转，在闪过一道奇异的金光后，秃秃的小山头上又只剩下那几棵孤零零的树在迎风颤抖。

苗域卧龙宫。

一个美艳娇媚的女子火急火燎地小跑进翡翠宫：“长老！长老！”

仰卧在华贵软榻上的貌美女子缓缓睁开眼，微愠的眸光凌厉地看向那个慌慌张张的娇媚女子，低声呵斥：“何事如此惊慌？”

娇媚女子恍然回神，此时才惊觉自己竟然脑子一热连尊卑礼节都忘得一干二净，况且长老最不喜欢有人在小主子睡觉的时候来打扰。

她双膝一弯，连忙跪倒在地，惶恐地讨饶：“长老请恕罪！梦溪知错了，梦溪一时情急竟然失了本分惊扰了小主子，请长老恕罪！”

龙霓冰一边拍着怀里半睡半醒的小女孩，一边不耐烦地低声道：“罢了，罢了，莫要嚷嚷了，有何事速速说来。”

梦溪见龙霓冰似乎没有要怪罪她的意思，才稍稍松了一口气，而后战战兢兢地回答：“启禀长老，宗主回来了！”当说到宗主时，她脸上的表情虽然还是一副诚惶诚恐，谨小慎微的样子，可眼底的喜悦和痴恋却溢于言表。

“哦？”龙霓冰连忙坐直身体，刚欲站起身，又想起自己还在哄孩子睡觉，于是她又收回了起身的动作。在感觉到怀里的小丫头动了一下后，她连忙摇晃着身体，继续拍着小丫头的身子想要将她哄睡着。

须臾，她斜睨着跪在下方的女子，明了地摇摇头，低声说：“莫要跪着了，起来吧。”怪不得她会兴奋得忘了礼节，原来是情难自禁。

梦溪喜欢龙绯雨不是一时半会的事情了，她心里当然也明白，只是她那个不解风情的儿子除了裴星彤谁都看不进眼，只能枉费了梦溪的一片痴情。

而此时她怀里的小丫头突然一个激灵地直起身子，软软的手臂搂上龙霓冰的脖子，眨眨没有了半点睡意的眼睛，奶声奶气地问：“奶奶，是不是若若的爹爹回来了？”

龙霓冰浅笑，宠爱地轻捏着她软嫩嫩的小脸，诱哄说：“小宝贝儿，你现在需要睡觉，等你睡醒了就可以看到爹爹了，好不好？”

“不好！不好！我要爹爹，我要爹爹嘛！”小丫头一边不依地扭动着身体，一边使劲儿嚷嚷着。

龙霓冰无奈地用手指轻按一下她的小脑门，语气微酸地撇撇嘴：“好你个没良心的小白眼儿狼，奶奶白疼你了是不是？有了爹爹就不要奶奶了？”

小丫头黝黑晶亮的小眼珠骨碌碌地转动，忙不迭地在龙霓冰脸上亲了一口，继续奶声奶气地阿谀奉承：“若若当然最喜欢奶奶了呀！奶奶第一，爹爹第二，若若第三，娘亲第四……”她一边狗腿地谄笑着，一边还像模像样地扒拉着粉嫩的小手指，排着顺序。

龙霓冰宠溺地轻叹一声，这个小家伙还不到三周岁，就一肚子的鬼心眼儿，简直就是个小人精！这不，只要这丫头一使出这招，她就会毫无抵挡地缴械投降。

疼爱地亲着她的小脸，龙霓冰站起身体："你这个小机灵鬼，就是嘴甜，算准了奶奶就吃你这一套是不是？"

龙云若咧着小嘴咯咯地笑着，一双黑亮的眼睛弯成了一副月牙形，既可爱又讨喜。

龙云若肉嘟嘟的小身子如一只花蝴蝶，一路扭扭歪歪地飞跑着。由于太过兴奋和欢喜，她喜滋滋的小嘴还在不停地流着口水，形成一条条细细的银丝挂在下巴处。

龙霓冰跟在她身后，瞧着她那副急切的模样既好气又好笑。这个小机灵鬼，方才还信誓旦旦地说奶奶第一，现在知道爹爹回来了，早把她这个奶奶给抛到一边去了。

啪的一声，清荷居的房门被一个肉嘟嘟的身子撞开，由于没有集中注意力，龙云若在撞开门的时候被脚下门槛给绊了一下。然而，在她的小身子即将摔倒在地面上时，一道劲风翩然袭来，下一瞬间，她娇软的小身子就被一个宽阔的怀抱稳稳接住。

"呵呵……爹爹！爹爹威武！"龙云若欢快地笑着，还不停地在龙绯雨的怀里上下动着小身子，以此来表达着自己的无限喜悦。

龙绯雨将她紧紧地抱在怀里，亲着她粉嫩的小脸蛋和眼睛，他激动而温润地笑问："我的小心肝儿若若，有没有想爹爹？嗯？"

龙云若柔软的手臂攀在他的脖子上，水汪汪的眼睛弯成两道新月，使劲儿地点着头，娇声娇语地回答："想，每日都想，呵呵……爹爹！爹爹！可想死我了……"

她一边回答一边不停地唤着他，龙绯雨爱怜地亲着她的额头，失落的心扉顿时被这个讨喜的小家伙塞得满满当当。他自然上翘的唇角扬起一个优美的弧度，软声细语："若若想爹爹就亲亲爹爹好不好？"

"嗯！嗯！若若万分愿意。"应声落下，她湿腻腻的小嘴就吧唧吧唧地在龙绯雨脸上一通乱啃，而龙绯雨却纵容着她的行为。

片刻后，在看到他的脸上到处都有了她的口水，龙云若笑得格外开心，见龙绯雨不仅没有生气好像还很喜欢，她便用小手抚上他优美的双唇，天真无邪地歪着小脑袋问："爹爹，娘亲都亲了爹爹这里，若若也要亲嘴嘴……"

龙绯雨俊眸含笑，宠溺地在她湿润甜腻的小嘴巴上亲了一口："这样可以了吗？"

龙云若眉眼弯起，扭动着肉嘟嘟的小身子，得寸进尺地耍赖道："还要，还要！还要亲嘴嘴……呵呵……"

站在门口的龙霓冰看着里面那对温馨亲密的父女，脸上弥漫着欣慰而柔和的笑容。虽然他们不是亲生父女，可龙云若自小就喜欢黏着龙绯雨，而且比跟裴星彤还要亲近，看来这就是缘份啊！

思绪收回，她轻咳一声，打断了那对浑然忘我的父女："若若，爹爹刚回来，身子累了，你先去和梦溪玩一会儿好不好？"

龙绯雨这才发现她的存在，连忙微俯首道："母亲。"

龙云若一听龙霓冰要让自己和好不容易盼回来的爹爹分开，连忙扭着小身子撒娇："奶奶，不要嘛，若若就要爹爹，就要爹爹！"

龙绯雨拍拍她的小身子，立刻安抚："好，好，好，爹爹陪若若玩……"

见龙绯雨又要对她施礼，龙霓冰笑容满面地摆摆手："这里没有外人，雨儿无须多礼。"说完，她斜睨着两人，佯装生气地抱怨："你们啊，一个是有了爹爹就忘了奶奶，一个是有了女儿就看不到娘。唉，我可真是寒透心了。"

"母亲……"龙绯雨有些嗔怪和腼腆地唤了她一声。

龙霓冰自找无趣地撇撇嘴，双臂抱胸倚着门框："行了，行了，我不说便是了，你这木讷的性子还真是一点也没变。说说吧，此番为何就只有你自己回来了？"

"……对呀，为何只有爹爹回来了？娘亲呢？"这时，龙云若也恍然大悟地眨着无辜的双眼，搂着龙绯雨的脖子问。

见此，龙霓冰笑了，心里蓦地豁朗了许多，看来这小家伙不光是见了爹爹就忘了奶奶，而是连自己的娘亲都给忘了。

要是裴星彤知道她的女儿根本就没想起来她这个亲娘，会不会被气得吐血呢？

呵呵，有意思。

龙绯雨的面色渐渐蒙上一层清冷，转身抱着龙云若坐在软榻上，沉默不语。

心思细腻的龙霓冰发现了龙绯雨眼中的黯然，了然地轻叹一声："行了，明日再说吧，这个调皮的小家伙今日就交给你了，我也去清静清静，休息休息。"说罢，她便悠然地转身而去。

龙霓冰离开后，偌大的清荷居内就只剩下了龙绯雨和龙云若一大一小两个人。

龙绯雨紧紧地抱着她，小家伙似乎也感受到了他的忧伤，一反常态地窝在他的怀里，不吵也不闹，格外安静。

半晌后，龙绯雨看着乖顺的小丫头，暗自轻叹一声，翩然站起身，双手握在她的腋窝下，浅笑着柔声问："若若，爹爹带你去骑大蟒可好？"他有些恼恨自己，怎么可以将心里的失落情绪带给一个天真无邪的孩子。

"若若不去骑大蟒，爹爹坐坐……"龙云若一边摇着小脑袋，一边用软嫩的小手指着床榻说道。

龙绯雨见她的小脸上没有了刚刚的嬉闹，认为是自己低落的情绪已经影响了调皮好动的她。于是，他连忙疼惜地继续逗哄："那爹爹带若若去摘柳果吃好不好？"

龙云若依旧是摇着小脑袋，嘟着嘴拒绝："不嘛，不嘛，若若不吃柳果！爹爹坐坐。"

见她一再要求自己坐下，龙绯雨无奈，只得在床榻上坐下，而后宠溺地捏捏她的小脸，浅笑："若若是想要睡觉了吗？"

她还是摇头："若若不睡觉。"回答之际，已经挣脱了龙绯雨的怀抱，然后走到一旁的玉石桌前。

龙绯雨不明白她要做什么，只好按她的要求坐在床榻上一动不动，而宠溺的目光一直追逐着她的小身子。

只见她在玉石桌前停下，仰头望了一眼高过她头顶的桌面，然后爬到桌子旁边的一把宽大的椅子上，在终于能够摸到上面的茶壶和茶杯时，她笑得眉眼弯弯，那副娇俏模样简直就是缩小版的裴星彤。

她站在宽大的椅子上，双手执起茶壶，将茶杯中倒满茶水。倒好了茶水，她先把茶杯放在另一把椅子上，自己再爬下椅子，待站稳了身体，她又自椅子上取过茶杯，然后小心谨慎地端着茶杯，缓缓走向龙绯雨。

她像模像样地在茶杯口呼了几下后，将茶杯递给龙绯雨，笑眯眯地说："……爹爹累了，爹爹喝茶。"

龙绯雨脑海中蓦然一片空白，心里瞬间被一种叫作感动的东西胀得直发疼。

得女如此，还有何求！

他澄澈的眼底溢满欣慰和悸动，微颤着双手接过那杯沉甸甸的茶水，而后一饮而尽："我的宝贝儿真乖……"这孩子懂事得让人揪心。

得到了爹爹的夸赞，龙云若仰着小脸弯起精致好看的眉眼，抱上他的双腿："爹爹躺下，不动……"

龙绯雨将茶杯放在一旁，仍是乖乖顺着她的意思做。

龙云若见他很配合，顿时笑得有些合不拢嘴，连黏腻的口水都流淌到前衣襟上，不过她此时早就顾不得自己的甜美形象了，因为她正认真而费力地给龙绯雨脱黑缎靴。

龙绯雨安静地躺在床榻上，虽然不知道她要做什么，但他会永远无底限地纵容她，不会驳逆她的要求，就像他永远都不会反驳裴星彤的任何决定一般。

须臾，小丫头终于将他的鞋子脱掉，而此时她已经累得满头大汗。

她将鞋子摆放在地面上，也蹬掉了自己的鞋子，小身子蠕动着爬到床榻上，蹭到龙绯雨身侧，粉润的小手伸到他的肩头，开始给他按摩起来。

虽然她用尽了全身的力气也像是在挠痒痒，不过，龙绯雨的心里已经被欣慰和感动充斥得一塌糊涂。

这个机灵鬼似的小丫头竟然是感觉到了他的落寞和忧伤，而现在，她正是在用她自己的方式来安慰他，取悦他。

还是那句话，得女如此，夫复何求！

龙绯雨一把将她柔软的小身子抱进怀里，尽量不让自己激动的力道弄疼她："爹爹的心肝宝贝儿，爹爹该怎么说，你才能明白爹爹有多爱你？嗯？"

龙云若从他的怀里挤出一颗小脑袋，眉眼弯弯地粲然地笑着，然后将满嘴的口水都印在了他英俊的脸上。

爹爹最好看了！

第九章 绯雨娶亲

回到苗域已有几日，龙绯雨每日都陪着若若玩耍嬉闹，两父女好不亲昵。

可是，每当静谧的夜晚来临时，他的一颗心却总是在兀自空虚和失落中艰难熬过，被满满的思念和眷恋啃噬得发疼。

龙绯雨看着在自己怀里睡着的若若，轻抚着她的头发，要不是有这个小家伙陪着自己，他真不知道该如何度过没有裴星彤的日子。修长的手指下移，他一下一下地摩挲着小丫头粉嫩的脸颊和眉眼。

若若的眉眼像极了裴星彤，尤其是耍诡计和讨好人的时候，连那神韵都非常相像。

耳廓微动，他知道有人来了，将怀中的小人儿放在柔软的床榻上，他刚欲直起身体，却发现睡梦中的小家伙仍然是用一只小手紧紧地抓着他的外衫，他一动，那个小家伙就不安地吧唧嘴，连小眉头也蹙了起来。

龙绯雨唇角扬起一个宠溺的弧度，怕惊醒她，只得又将她重新抱入怀中，轻轻地吻了一下她的额头。这个小家伙的举动跟她的娘亲截然相反，一个是连睡着了都紧紧抓着他的衣角，一个却是将他决然地推开。

“哎哟，全天下就你一个人当爹爹是不是？也没见哪个爹爹同你们这样一时也分不开。啧啧，这要是自己的亲生孩子还不得整日捧在手心里疼爱。”自从龙绯雨回来后，那个见风使舵，口口声声说“奶奶第一”的小机灵鬼都没正眼儿瞧过她一回，简直就是口是心非，口蜜腹剑，哼！

龙绯雨收回缥缈的思绪，轻拍着怀里的小丫头，微微俯首低声道：“孩儿见过母亲！”而后轻蹙眉头，“母亲，若若就是我的亲生女儿，请您日后莫要再说这样的话了，尤其莫要当着孩子和星彤的面说。”

龙霓冰大咧咧地耸肩，撇着嘴：“喂喂，我这不是替我儿子心急吗！莫以为你闭口不言，我就不知道你一个人回来的原因，她把龙珠都还给你了？”

“母亲，她是在保护我……”收回悠远的眸光，龙绯雨拉了拉若若露出小手臂的袖口。

龙霓冰为自己倒上一杯茶水，不咸不淡地说："哟哟，既然知道，还整日跟丢了魂似的。"她边说边盘算着什么，而后起身凑到龙绯雨跟前，眼冒精光，"儿子，她是不是找男人欺负你了？"

龙绯雨一愣，继而脸色微红，嗔怪启口："母亲，您……"

龙霓冰无奈地翻个白眼："行了，行了，我晓得你不好意思直接说我为老不尊，没有长老该有的威严！你现在只要告诉我是或不是便好。"

龙绯雨黯然垂首，没有回答她，可龙霓冰怎会不了解自己的儿子。于是，她继续剖析他的心思："你觉得她虽然在保护你，但是这种方式令你很苦恼也很伤心，因为她不肯将困难与你分担，而且又将龙珠还给了你。她身边有太多优秀的男人，所以你现在不确定她对你的感情，也认为她跟你见外就是没有将你们看成是一个整体，从而你怕她心里不再有你……"

龙霓冰的分析句句都是他心里所想，龙绯雨轻叹一声，点了点头承认了。

龙霓冰窝火地戳了一下他的脑门，恨铁不成钢："瞧瞧你这干吃亏的性子，你就不能灵活点，强势点，就会自己上闷火，简直就是个妻奴！"

对于龙霓冰说他是妻奴，龙绯雨并不反驳，一直以来他确实都是宠着和顺着裴星彤，她说的话、做的决定，他从来都不拒绝和反对，即使这次他心里很不高兴她的决定，他也只是黯然地接受了。

所以，他确实是妻奴。

不过，他并不想改变或是觉得不好，因为他就是喜欢这样，他对她所有的宠爱和顺从都是下意识的、本能的、情不自禁的，没有刻意。

他也享受这样的感觉，但只除了这次。他最不能接受的就是她可以与自己同甘却不与自己共苦。

其实，他很想与她做一对患难夫妻，即使身心疲惫了，也可以彼此微笑，彼此搀扶。

可是，她却不懂他的心思。

龙霓冰见他的思绪又飘忽不定，轻叹道："喂，乖儿子，你能不能不要总是这般发呆，我会感到很无力呀！真有这么失魂落魄吗？无碍，母亲再给你找个好女子安抚安抚你受伤的心灵，我这就去挑选个良辰吉日，然后让你和梦溪成亲！"说罢，她便转身向门外走去。

典型的行动派。

恍然回神的龙绯雨连忙决然阻止："母亲，您莫要如此幼稚，难道您还不明白孩儿的心意吗！孩儿的心里已经有了三个心爱的女子存在，再也装不下其他女子了！"

闻言，龙霓冰蓦然顿住脚步，眼眶渐渐发酸，这是第一次，她的儿子第一次没有循规蹈矩，对她说出这么感性的话。一直以来，他的性子都是内敛而不善于表达情感，而且碍于他们这"华丽"的特殊身份，他一直都尊长有礼，从未对她表现出一个孩子对母亲该有的爱和依赖。

而现在，他说她是他心爱的女子，虽然还得与裴星彤及那个调皮捣蛋的小丫头分享，但她仍然很高兴也很欣慰，她的儿子终于不再死板地拘泥于礼教族规，而承认了对母亲的爱。

龙霓冰缓缓回首，已经换了表情，她没好气地瞪龙绯雨一眼："她把你气走，你就用同样的法子把她揪回来不就行了！谁要你真娶了，哎呀，我这么冰雪聪明怎么就生出你这样古板木讷的儿子呢……"她一边老生常谈地抱怨着，一边摇头向外走去。

三日后，龙霓冰牵着若若的小手走进清荷居。

这里很静，静得连自己的呼吸声都清晰可闻，像没有人存在一般冷寂。这里明明就是有人，只不过他此时正如一座冰封的雪雕般端坐在软榻上，手心里是一只女子的发簪，他静静地望着那支发簪，全神贯注地凝住视线，仿佛他将那发簪当作了心爱的人，小心翼翼地握在手心里。

"爹爹！"若若一进门就一蹦一跳地扑到龙绯雨的双膝处，伸出肉嘟嘟的双臂："爹爹抱抱。"

龙绯雨恍然回神，自然上翘的唇角洋溢着浅笑，将发簪放入怀中，他俯身将小丫头抱进自己怀里，对门口的龙霓冰微俯首："孩儿见过母亲。"

龙霓冰轻摆一下手："今天可是你大喜的日子，怎么可以一个人像个受气的小媳妇儿一般躲在房里？"自从回来以后，他就犹如一个大家闺秀，大门不出二门不迈，整日里郁郁寡欢，心事重重，一个人在这里睹物思人，触景生情。

龙绯雨眉头蹙起，不悦地嗔怪："母亲，您怎么可以随意替孩儿做决定，孩儿不想做那样幼稚可笑之事，若是星彤误会了该当如何是好？"他的妻子只有一个，那就是裴星彤，别的女人他看都不会多看一眼。

三日前，他本以为龙霓冰也就是随便说说，便没有放在心上。他整日在这里兀自伤怀，根本没有心思去关注其他事情，没想到母亲竟是真的那样做了。

"幼稚怎么了？瞧瞧你这副丢魂落魄的样子，人回来了心还在她身上，我这还不都是为了你！刚好借这个机会看看她到底把你放在什么位置，一举两得，岂不快哉！"龙霓冰不怕事大地起着哄。

"可是……"虽然还是觉得有些不妥，但龙霓冰最后那句话还是让龙绯雨有了一丝苟同。他确实很想知道裴星彤到底把他放在什么位置，是不是真正爱他，是不是单纯的只有依赖和习惯而已。

她之前说过，夫妻之间，不应该只有你的怀抱和后背随时为我准备着，而是应该相互扶持。我累了，你抱着我；你伤了，我背着你，这样才是夫妻。可是，她最后还是选择了让他离开，而不是相互携扶。

龙霓冰不耐烦地摆摆手："没有可是！箭已经在弦上了，发也得发，不发也得发！我刚刚已经让赫泽告诉她你要娶亲的事了，她到底把你放在什么位置，今日便有分晓。"

如初所料，果然看到龙绯雨惊愕的表情，她翻个白眼："莫要以为我不知道你回来的时候就让赫泽在她身边暗中保护。唉！你这份心思若是肯用到除了她之外的任何一个女人身上，保证现在都已经三妻四妾了，真不知道这到底是良缘还是孽缘。"

龙绯雨黯然垂首，心思百转千回，按路程算，裴星彤现在应该已经到了狐翡国境内。此次前往狐翡国事关重大，她会因为听到他娶亲的消息就半途而废吗？

这样会不会让她很苦恼，一边是平定凡尘、安邦定国的大事，一边是他的咄咄相逼，她纵然再是强悍也分身乏术啊！不过，她应该会毫不犹豫地选择前者吧，她是不会回苗域的。

他黯然深呼吸一下，收回心神，淡淡地开口："既然母亲已经准备妥当了，那么孩儿只有一个要求，就是所有的娶亲环节孩儿都不会参加，既然只是做做样子，那就没有任何夫妻名分，孩儿不会……"

龙霓冰听得直皱眉头："停！哎哟，虽然是做做样子，那也不能太假了呀！娶亲仪式你可以不参加，但最关键的步骤你断然是不能省略，我现在就命人直接将新娘子送进洞房来！"

"母亲！"龙绯雨急躁地叫着。

龙霓冰缓缓沉下娇颜，冷声道："就这么决定了，这事由不得你！再说，你不是想知道她在不在乎你吗？"

闻言，龙绯雨微愣片刻，而后轻叹一声，只得妥协："那烦请母亲莫要将人送到这里，就送到葛景居吧。"清荷居是裴星彤和他一起住了三年的地方，这里只属于她，他绝不会让其他女人进来。

时间在慢慢流逝，眼看就要天黑了，可是，裴星彤依然没有来。

龙绯雨没有试图联络赫泽，因为他怕得到令他心痛的答案。他一直在静静地傻傻地等待。

不过他已经是从最初的期待到焦急，从焦急到恐慌，再由恐慌到现在的落寞，而后就是蚀骨焚心的痛……

这短短的一天，竟是比她不肯接受他的那三年还要漫长难熬。

不想接受现实，而现实依旧残忍。徘徊了一整天的脚步，终究是在夜晚来临时踩碎了他所有美好的期待和梦想。他在她的心中还是没能占到重要的位置，她的爱，远不及他爱她的冰山一角。

龙绯雨将桌上的酒一口饮尽，那烈酒般的思念，也随之饮下。眸色蒙胧，凄冷的夜醉了，他钝痛的心也醉了。

本是幼稚可笑地想以此来试探她的心，没想到却是自取其辱，她，根本不在意。

他紧紧抿着双唇，神情是一派清冷与失落，怀中抱着若若，他艰难地举步向葛景居而去。

若若肉嘟嘟的手臂攀着龙绯雨的脖子，皱皱小鼻头，嘟着粉嫩的小嘴奶声奶气地问他："爹爹，是娘亲不要我们了，还是你不要娘亲了？以后梦溪姐姐就是若若的娘亲了吗？可是，若若不想要她做若若的娘亲，若若想娘亲……"

由于喝了酒，龙绯雨便没有亲她的脸蛋，只是清润一笑，柔声回答："娘亲没有不要我们，爹爹也没有不要娘亲，爹爹也很想念她。"

父女两人正在喃喃低语，龙霓冰迎上前，无奈地嚷道："哎哟喂，你见过哪个新郎官是带着孩子洞房花烛夜的吗？来来来，若若跟奶奶一起睡觉去好不好？"

若若将小身子一扭，皱着眉头抗拒："不要！不要！若若要看着爹爹，不要爹爹娶别人做娘亲！"她一边耍横，还一边紧紧地搂着龙绯雨的脖子，一副打死也不放开的架势。

龙霓冰窝火地翻个白眼："哼，这小家伙摆明了就是裴星彤那个大家伙潜藏在这里的小细作！若若，你要听话，如果你听话，也许很快就能见到娘亲了，现在先跟奶奶去睡觉好不好？奶奶又想起好多很好听的故事呢！"

若若不太相信地歪头看向龙绯雨，无辜地眨眨水汪汪的眼睛，像是在询问。

龙绯雨轻柔地捋了捋她额前的发丝："若若乖，若若去跟奶奶听故事好吗？爹爹向你保证绝不会娶别人做你娘亲，好不好？"

她的小脸渐渐染上天真的笑容："属实？"

龙绯雨用额头亲昵地顶着她的小额头，浅笑着回答："嗯，属实，爹爹何时骗过若若。"

龙霓冰伸出双手，接过她软软的小身子，好气又好笑地捏捏她的小脸："这回总可以了吧小祖宗，走吧，奶奶给你讲故事去。"

抱过若若后，龙霓冰向她的寝宫走去，在没走出几步时，她忽然回首，暧昧地眨眨眼睛道："乖儿子，春宵一刻值千金，慢慢享受吧，最好能努努力给我生个孙子出来！"既有孙女又有孙子，那她以后就更有乐趣了。

"母亲！"

龙绯雨怒发冲冠，几乎是在咆哮，龙霓冰身形晃动，一溜烟地就不见了人影。

徒留龙绯雨阴沉着俊脸，黯然神伤地向葛景居走去。

葛景居门口有几个侍女在值守，见他过来了，连忙掩唇而退。

龙绯雨凛然推开门扉，摇曳的烛光忽明忽暗，映着床榻上还盖着红色盖头的女子。

有那么一瞬间，龙绯雨真希望那里的女子就是他心心念念的那个人。

可是，她没有回来。

举步而进，他背负着双手，纯净俊朗的容颜清冷而孤寂："我是来告诉你，无须再假装下去了，你可以自行离开。"说罢，他便决然转过身，欲先行离开。

"宗主！宗主！"梦溪扯下头上的红喜帕，一把从身后抱住了他的腰身，哽咽道："宗主，您虽然是在假装，可是梦溪的心没有假装，梦溪爱慕宗主已久，曾在无数个日夜都在幻想着这一天的到来，苦苦地奢望着有一天可以嫁给宗主，今日梦溪终于得偿所愿，恳请宗主垂怜梦溪一次吧！"

他将双臂不知所措地抬起，垂首，茫然地看着那双环抱着自己腰身的双手，本想怒斥她的逾矩，可当听到她的那番话时，又让他联想到了自己，蓦地有种同病相怜的感觉。

他们是多么相像啊，曾经他也是每日都奢望着裴星彤能够接受他、爱他。在过去的三年里，他们同寝而眠，却都遵规守矩，以礼相待。

可是，每天夜里在裴星彤和若若睡着了以后，他都会悄无声息地潜伏到她的床榻前，静静地看着她们母女的睡颜，享受着那独属于他的幸福时刻，而后便期待着有一天自己可以与她们母女这样相拥而眠。

他每夜都那样期盼着，奢望着，守候着……

心绪回转，龙绯雨淡漠开口："梦溪，放开……"虽是命令的话语，可他的语调并不生硬。

梦溪惊慌失措地放开手，连忙跪倒在地："梦溪一时情急冒犯了宗主，请宗主恕罪！"

龙绯雨轻叹一声，语气淡薄地开口："起来吧。"

见她诚惶诚恐地起身，他清润的双眸中仍是没有任何的温度和色彩："梦溪，莫要将心思放在我身上了，找个对你好的男人吧，我……不会娶别人的。"

梦溪脸颊两侧的泪花奔涌而出，晶莹了摇曳的烛光，连忙呜咽起来："宗主，梦溪不敢奢望做您的妻子，梦溪深知您对夫人的感情。所以梦溪只要守在宗主身边就很知足了，即使做妾或是贴身侍女也心甘情愿，恳求宗主就成全了梦溪的一片真心吧！"

他俊眉微蹙，依旧面色清冷地板着脸，"感情怎么可以随便成全，没有真爱又岂能相依相偎到永远？梦溪，如果我成全了你，只会让我们两个人都痛苦。而且，我的心早已被她占得满满当当，没有法子再成全别人了。"

说罢，湖蓝色衣袂浮动，他已向门口走去。然而，梦溪依旧不死心地开口说："宗主，您从没有试着为别人打开心扉，又怎知不会爱上别人！"

龙绯雨俊挺的身形倏地顿住，晨曦般的俊容蓦然生怒。

转过身，他面若寒霜："梦溪，我方才自认与你同病相怜，才好心劝慰你几句，可这不代表我允许你挑战我的底线！你说我不曾试着对别人敞开心扉是吗？那么，我告诉你，刚刚你碰到我身体的时候，我险些下意识地震碎你的筋骨，那感觉不是因为背叛夫人而羞愧，而是发自内心的厌恶。是难忍，是抗拒，是无法接受！连别的女子近身我都忍受不了，你说，我该如何对除她之外的女子敞开心扉！莫要自不量力了！”

他的话，一字一句，震撼着惊愕中的梦溪，也震撼了他自己的心。

他垂首无奈的苦笑，没想到，自己已经爱裴星彤爱到了这种令人发指的地步。

梦溪的脸上此时已经满满地被泪水覆盖，她踉跄着身体，扶着桌角才能稳住摇摇欲坠的身子，而后她开口做着最后的挣扎：“宗主，夫人她不懂得爱您，也不懂得珍惜您。但梦溪愿意将您放在自己的手心好好珍爱，难道宗主不向往被爱吗？”

话音落，空气静谧，龙绯雨依然冷然垂首，不言不语。

谁不渴望被爱？只是要看那个爱你的人是谁。

而就在这时，劲风袭来，人影如魅。

“哪个跟你说我不爱他！你以为只有你将他捧在手心里吗？那我告诉你，我是把他捧在手心里怕摔了，含在嘴里怕化了，放在心尖上又怕你们都看不到！你说，我还要怎么来爱他？”

淡淡的女子声音，盈盈一水的绝世身姿，门口站着的那人，分明就是他们刚刚还在谈及之人——裴星彤。只是细看之下，便会发现她的身高有异。

此情此景，梦溪已经完全失去了斗志，她颓然地瘫软在地面上，嘤嘤而泣。

然而，龙绯雨终于笑了，那决然冰冷的俊颜像是遇到了能瞬间将其融化的烈焰，旖旎如水，那一笑间的风华不知柔润了多少春风，又涤荡了多少柔肠。

转首，湖蓝色身影瞬间移到宫纱罗裙的女子面前，一把将她拥入怀间，紧紧地搂着。

眼底渐渐蒙胧，龙绯雨有些情绪失控。

女子朱唇凑到他的耳边，咬牙低语：“我快喘不上气来了！不要告诉我你也没认出来我是谁。”

龙绯雨唇角扬起，微微放开他的身子，拉着他向清荷居而去：“你是影彤，我怎会错认自己的妻子。”

裴影彤没好气地轻哼：“少泛酸，我若是再晚来一步，那个女人就是你的妻子了吧！”

龙绯雨依旧兀自拉着他，唇角保持着好看的弧度：“她……让你给我带什么话了吗？”

裴影彤甩了甩手臂，淡淡地道：“你且先放手，两个大男人拉拉扯扯的算怎么回事！”

龙绯雨听话地放开了手，晨曦般的俊颜一扫之前的阴霾，莹润如泉水：“她有没有说什么？”

理了理衣襟，裴影彤挑挑眉梢，略有调侃：“刚才还一副死人脸，现下又笑颜如花，你怎么不认为她是让我来告诉你她要跟你恩断义绝的？”

龙绯雨迷人的唇角依然上翘，笑颜如阳光：“我本已不再有任何期望，可没想到还是在心灰意冷之际见到了曙光……”

裴影彤斜睨着他，有种鸡同鸭讲的感觉。他双手背负在身后，神韵不羁：“什么曙光不曙光的，她没来，你也认为有曙光吗？”

说话间，两道绝世之姿已经回到了清荷居，龙绯雨从容地倒上一杯茶水递给他：“你不是她，但是你代表的就是她。”

裴影彤接过茶水，浅浅抿着，那慢条斯理的动作似是在故意磨耗着龙绯雨的性子。半晌后，他才徐徐启口道：“她说，‘我的男人只能属于我，谁若是敢嫁给他，我就杀了谁！来神杀神，遇魔杀魔！’”

龙绯雨蓦然握紧双手，关节处传来的痛远不及他心里那份喜悦的万分之一，晶亮的瞳仁在烛光的映射下如星辰般璀璨。

“我就晓得她在意，我就晓得她是爱我的！”激动不已的舒润声音在寂静的夜晚奏成一曲动人心魄的醉人挽歌。

裴影彤嗤之以鼻，冷睨着兀自沉醉的龙绯雨：“既然晓得，还做出这么幼稚的事情。”

自己给自己重新把茶杯填满，他面色清冷，继续说道：“阿姐是成就大事之人，特殊的身份让她身不由己，也决定了她没有办法如同其他女子一般安安静静地相夫教子。你若不能接受，当初就不该牵扯其中，若是心甘情愿，就莫要总是在后院起火，让她左右为难，力不从心。”

龙绯雨深呼吸一下，毫不掩饰自己的喜悦，粲然一笑：“爱情本来就很幼稚，因为太过深爱，所以才会患得患失。”有谁规定男人不能对爱情幼稚。

他斜睨裴影彤一眼，继续说道：“如果有一天你遇到让自己神魂颠倒的女子，便会理解我的心情了，这就是爱情。”

裴影彤凤眸半眯，愤然瞪向龙绯雨：“少在那里装腔作势，已然自顾不暇，还同我说教！”

狐翡国京城，翡翠楼是狐翡国京城有名的舞姬楼。

平时就很热闹的翡翠楼里，今日比往日更加喧闹，因为再过一个时辰，皇宫里就会有人来选拔一批有才情的舞姬进宫献艺，大家皆使出浑身解数想要表现出自己最好的一面。

这些舞姬如此重视这次机会是因为只要进了宫，若是有幸被哪个王公贵族或达官显贵瞧上眼，那么便等于麻雀变成了凤凰，以后便有着享不尽的荣华富贵，哪怕只是做个妾室也算是有了丰衣足食的日子，毕竟这舞姬吃的只是青春饭，若是哪日人老珠黄了，跳不动了，也就到了喝西北风的时候了。

故而，大家都削尖了脑袋往上钻，把这次入宫当作一次扭转命运的机会。

听说宫里这次如此隆重地选拔舞姬，是为了要接待一位贵客，这位贵客就是狐翡国长宁公主的驸马，银月国的太子殿下——东方云轻。

按理说，皇宫里便有专职舞姬，为何偏偏要在民间选拔呢？那是因为，据说那位银月太子殿下品味很独特，不喜欢皇宫中那般老套又古板的歌舞。

所以，宫中为了迎合驸马的喜好，特意在民间选拔一批清新自然、风韵别致的舞姬进宫献艺。

微风徐徐，阳光明媚。

狐翡国是四国中最北方的国家，在已进了十月份的天气里，空气中弥散着阵阵寒意。

可这寒意却冷却不了翡翠楼那群舞姬们的热情，她们依旧衣着淡薄，轻纱裹身，光鲜靓丽。每个人都想将自己最美、最精致的地方展现出来，只为了能顺利通过挑选，然后进皇宫。

二楼其中一个雅间内，一个穿雪白云锦宫纱罗裙的女子正在为铜镜前另一个同样装扮的女子梳妆打扮，那曼妙窈窕的身姿和清雅脱尘的气韵都仿若一个因迷途而坠入凡间的仙女，美得让人神魂俱失。

倏然，坐在铜镜前的那个女子阴沉着脸："姐姐，我又不是裴影彤，真的扮不好女子的！我堂堂七尺男儿，你一定要把我弄成这副鬼样子吗？"

裴星彤手上捏着胭脂盒，轻轻点在他好看的薄唇上，神色清冷不羁："这一路十二天的行程里，我们总共遇到八次刺杀，是云季容和东方云轻也好，是你的两个哥哥也罢。总之，有很多人不想让我们进宫，甚至不希望我们活着进狐翡国境内。皇宫此时定然已被狐汐和狐晋完全掌控，我们若是只凭一己之力贸然进去，即便是能侥幸进宫，也许还没见到皇上就已经变成了那皇宫中的孤魂野鬼。所以，我们千辛万苦地潜入了京城，怎么可以失去这么好的一次机会？"

现在狐翡国京城内，狐汐和狐晋的亲卫军每人手里都暗中拿着她和狐璃的画像，到处搜寻和清剿。他们两人能这么快就潜入严密把守的京城实属不易，绝不能错过这次进宫的机会。

狐璃姿态慵懒地撇撇嘴，低声喃喃自语："怎么会是孤魂野鬼，再不济也会是一对生不同时死同穴的鬼夫妻呀！"

裴星彤无奈一笑，施施然地转到狐璃身前，俯首仔细看着眼前的美人，她削肩细腰，身材窈窕，肤若凝脂，俊眼修眉，顾盼神飞，就连这生气的模样都是转盼多情，那浑然天成的媚骨风情，全在举手投足间自然地流泻而出，说不出的美，道不尽的媚。

裴星彤嘿嘿一笑，捏捏他凛然生怒的脸颊："呵呵……小狐狸精，其实……你比我都有资本做女人。"他本就是属于阴柔之美，再经过这般装扮和梳妆，简直就是个倾国倾城的美人。

狐璃妖娆的丹凤眼危险地眯起，咬牙辩驳："我可不认为这是赞美，如若你再敢说我像女人，我就……”

裴星彤不以为意地耸耸肩，并不害怕他没有丝毫威慑力的威胁，挑挑弯起的眉梢：“知道，知道，如果再说你像女人，你就会马上证明给我看你有多么爷们，是不？”

狐璃掩唇轻咳一声，甩她一记白眼，没好气地扒拉着发髻上的金步摇：“哼哼，知道就好！”这头饰好沉重，做女子真不容易。

这时，门外传来了舞娘的传唤声，也说明皇宫中来挑选舞姬的人来了。

裴星彤将桌面上的琴递给狐璃，又在他和自己的嘴里塞进两颗红色的圆形颗粒，而后两人又戴好面纱，才向门外走去。

偌大的一楼厅堂内，此时已经围拢了近百名衣着各异，姿态万千的舞姬。她们个个妆容艳丽，翘首以盼，有的甚至还在紧张地练习着舞步。

狐璃撇撇嘴，冷蔑地兀自低语：“又是一群爱慕虚荣的女人！”

裴星彤轻捏了一下他的手心，冷睨着他，沉声启口：“人家爱不爱慕虚荣关你何事，你现在是女子，莫要再说话了这位妹妹！”

他只得无奈噤声，乖乖地一手抱琴，一手与她的手在宽大的袖口下十指相扣。

厅堂内胭脂水粉味四溢，舞娘在前面维护着秩序，与其他舞姬的浓妆艳抹和衣着鲜亮相比，一身白色纱裙的裴星彤和狐璃就显得有些突兀，也显得更加清逸出尘。

倏然，厅堂内的叽叽喳喳声戛然而止，珠帘被撩起，一个华衣锦服的男子带着几个皇宫侍卫装扮的人鱼贯而入。

舞娘连忙恭敬地将他们迎进门，一边谄媚赔笑，一边极度谨慎地张罗着安排上座和茶水。

看来这个人就是此次负责选拔舞姬的管事了，但他姿态虽然居高，却显得有些刻意，而且眼角的余光仿佛还不时地顾忌着身后的某个地方或者说是在顾忌着某个人。

裴星彤眼帘半眯，心中有些许疑惑，静静伫立在人群中不起眼的位置，暗自打量着来人。

而就在此时，她的右手蓦然承受着一股紧迫而强劲的力道，那不明所以的力道将她的手捏得生疼，那力道属于身侧的男子——狐璃。

她微微抬首，清澈如水的眸光扫向狐璃，他的面容掩藏在白色面纱之下，依稀只有脸部的轮廓可见，想要探查他此时的表情却是不可能。

然而，他的眸光此时已经出卖了他的神色和情绪。妖娆如桃花的丹凤眼没有了一贯的邪魅不羁和慵懒洒脱，取而代之的是一片数不清、道不明的怨恨以及想要将什么人千刀万剐的狠绝。

面部的雪白薄纱无风自动，寒冽的冰凌之气弥漫周身，他的手越握越紧，甚至已经有低微的咯吱声传来。

裴星彤蹙眉忍耐着，并没有制止或抽回自己的手。

平时的狐璃太闹腾也太随意，仿佛没有什么事能让他放在心上，做什么事也全凭个人喜好，性子更是给人一种洒脱不羁、不拘小节的感觉，除了她惹过他的那两次，其他时候他一直像是一个没心没肺的纨绔子弟，没有纷争，没有恩怨。

想必他心中仇恨的负荷从来都没有像他表现出来的那么轻松随意，毕竟那么小的年纪就遭到自己兄长的暗害而流落风尘，而且他的母妃也是含冤而去。

他小小年纪既要在他乡无助地残喘苟活，又要承受着失去至亲的悲凉和怨恨，还不能与唯一的亲生姐姐相认。青春年少的懵懂花季，别的同龄人该享受的温情他没有享受到，别人不曾经历的凄风苦雨他却是无法避免地经历个透彻。

然而，经历了这么多的他，却依然能够在人前摆出笑脸，依然能用疯言疯语的不羁性情来面对着心底的仇恨。他，承受了多少，压抑了多少，又隐忍了多少，只有他自己知道。

这一刻的他，莫名地让裴星彤一阵阵心疼，仿佛面前的人也是自己的仇人一般。

狐璃的右手巧然一沉，有些许颤抖的身躯便已倾斜向身旁的女子。她侧抬首，温软的双唇刷过他的耳朵："我倾尽所能也会助你达成所愿，但是现在，你必须要蛰伏起心底的冲动。告诉我……这里面有谁？"

她诚挚而温柔的话语犹如一缕热腾腾的蒸汽将他周身的冰冷包住，她甜腻而清润的气息仿佛万缕阳光透射入他的心扉，将他的寒冽渐渐融合成淡淡春风。

冰寒缓缓弥散，战栗的心慢慢平静……

片刻后，狐璃侧俯首："中间那个褐色衣衫的是狐晋。"

低低的语调、平和的口吻，说明他已经在短时间内压制住了心里的惊涛骇浪。

裴星彤的美眸顺着他的眸光望去，那个管事身后确实有一个身着普通褐色衣衫的男子。虽身着普通衣衫，从那眼神和神态中不难发现，他有着长时间身处高位的傲慢与贵气。

原来他就是狐晋，看来前面那个管事顾忌的人就是他了。没想到狐晋这样重视这次挑选舞姬的事，竟然如此低调地掩饰身份，亲自来筛选。

不知是不是因为他们的目光太过灼热或太过凌厉，对方似乎感觉到了他们的视线。褐色衣衫的狐晋突然不经意地抬首望向玉立在人群中的两人，狐璃瞬间垂下眼帘，动作轻柔地整理着裴星彤的衣襟，而裴星彤则迎上狐晋的视线，目光交集，她泰然自若，而后像是偷看别人而被逮个正着似的盈盈一笑，如情窦初开的小女孩一般，娇羞地垂下头。

见此，狐晋才不以为意地收敛起眼中的探寻和审视，依然低调地扮演着局外人。

第十章 红颜莫愁

丝竹声起，舞姬们的身体开始摇曳生姿，均是使出了看家本领。

盈盈浅笑，眼角飞扬，每一个人都是舞姿潇洒的佼佼者。

翡翠楼的一楼厅堂顿时弥漫在优美的轻歌曼舞中，那一个个窈窕身姿，有之妩媚，有之风情，有之娇艳。

总之，放眼望去就像身处在一座满园春意的花海中，频频享受着视觉盛宴。

舞姬们一个一个小心翼翼地登场表演，又一个一个满眼期盼地离场，那个身着锦服的管事大人也时而点头时而摇头，手中的人名牌也根据点头和摇头的动作不同而分别摆放。

隐匿在管事大人身后的狐晋则一直俯首喝茶，颇有一副事不关己的模样，只是那几不经察的眼角余光偶尔会瞥一眼登场的舞姬，懒懒的神色仿佛根本提不起一丝兴趣。

空气中的胭脂水粉味因舞姬们的舞动而更加浓郁，散在整个厅堂内飘飘洒洒，沁人鼻息。然而，这舞技的竞争也随着香味的浓郁而变得更加激烈。

当那个管事大人再次拿起手中的人名牌时，自然而然地照着上面念道：“下一位……‘红颜莫愁’组合？”管事大人自己念完之后奇怪地皱起眉头，眨眼看着手中的人名牌，在确认自己没有念错之后，他不解地看向舞娘，“这是什么古怪名字？”

舞娘连忙上前，恭恭敬敬地欠身道：“大人，所谓组合就是因为有两个人，两个人中一人抚琴，另一人独舞，琴舞合一，这就是他们的特别之处呢。”

“哦？这样啊……”管事大人听后，目光看向侧后方的狐晋，在看到他也颇有兴趣地抬起头时，他清清嗓子道，“哪位是……呃……哪两位是‘红颜莫愁’组合啊？”

雪白纱裙摆动，薄纱遮面的裴星彤和狐璃款款上前，整齐地欠身俯首道：“奴家红颜、莫愁见过管事大人。”

前首的管事眼前一亮，挑挑眉梢问：“红颜和莫愁就是你们的名字？”

两人垂首，眼底俱是一片清冷，而声音却温婉动听：“回禀大人，正是奴家。”

面部的薄纱随着呼吸而浮动，她用眼角的余光轻瞥，刚好捕捉到狐晋满含兴致和探寻的目光，于是勾起唇角，冷笑在心底蔓延。

狐璃在琴案前端坐，瓷白如玉的指尖触碰在琴弦上，轻盈地跳跃着。继而，婉转悠扬的韵律便如泉水般缓缓流淌而出，空灵而舒畅。

音起身动，裴星彤莲步盈动，皓腕翻转，雪白的水袖趁空抛洒，如薄烟般勾勒出完美而惊绝的弧度，清澈如水的翦翦瞳眸含笑流转，丝丝缕缕的春晖和俏皮弥漫开来，那灵动的气韵和缥缈的身姿，如不食人间烟火的仙子，美得那么不真实。

静谧，不，还有琴声。

舞姿轻柔动人，琴声流畅纯熟，这才是视觉与听觉的完美组合，所有人的神经都已被其吸引住，有谁还能不陷入其中。

半晌后，吟咏声和琴声很合拍地同时停止，裴星彤玲珑的身子也翩然地站稳在中央。

然而，就在大家流连忘返、回味无穷之际，倏然，一道劲风已划破长空，带着凌厉的劲道和致命的寒彻，向雪白罗裙的女子飞掠而去。

裴星彤袖口下的双拳蓦然握起，依然亭亭玉立，明知道这是致命的一掌，但是她必须赌，赌这是狐晋试探性的袭击，如若赌对了，她和狐璃定然能顺利进宫；如若赌错了，她即使不即刻魂归西天也会伤筋动骨。

褐色身影飞袭而来，白衣女子妙目如水，除了眼底的惊恐和不明所以，她依旧如被钉在那里一般，不躲不闪。

不是她不躲不闪，而是任何一个不会武功的女子在这般情况下都是想躲也躲不开。而她此时此刻，即使能躲开也必须不躲，因为她只是个舞姬而已。

狐璃瓷白的手指惊悸一沉，几滴滚圆的鲜红液体便沁入了琴身，娇艳如玫瑰。

劲气飞涌，心跳成空，依旧沉浸在脑海中那美妙画面的众人，还来不及将惊艳的表情收回，便已直接转换成了惊恐。

掌风呼啸，面部的雪白薄纱簌簌舞动，亲昵地摩挲着脸部肌肤，萧萧寒气透射侵人。

可就在狐晋的大掌即将拍上裴星彤心口的一刹那，他突然转换了方向，那明明就是袭向她的手掌已绕过她的肩头，袭向了她的身后。

紧接着，一个红衣女子应承下此掌，噗！一口鲜艳的血雾喷出，那女子的身体轰然倒地，当场气绝。

一众舞姬惊恐地捂住嘴巴，有些胆小的已然尖叫出声，将花容失色的脸瑟缩在宽大的袖口之下。

裴星彤颤颤巍巍地转过身体，看向那吐血的女子，而后身体倒退几步，却好巧不巧地跌进了一个男人的胸膛，是狐晋。

她惶恐不安地欲抽回身体，可脚下一个趔趄，让她轻盈的身子又倒向侧后方，摇摇欲坠。

狐晋伸出长臂，将她的腰身顺势捞回，四目相对，他凌厉而锋利的目光毫不避讳地探向裴星彤的眼底。

她清透若水、纯净如冰的眼底除了因这一连串惊慌而流泻出的无助，什么都没有，干净得让人心悸。一双好看的眼睛空灵而生动，那幽婉的眼神，仿佛不用任何言语便可以绝妙地表达着她所有的思绪和心境。不管其他，单是这双会说话的眼睛便足以令人称叹，那么，面纱下的容颜定然是比这眼睛更加勾魂摄魄吧。

狐晋利落地伸出另一只手，仰靠在他臂弯中的女子那白如雪莲的薄纱便被轻然扯下。

然而，落入眼帘的容貌却是平淡无奇，说不上丑，但多少有些让人失望。因为那双灵动的眼睛太过吸引人，所以对她的容貌也寄予了太高的想象，正所谓期望值太高，当事实非想象中完美时，失望值也会成正比。不过，能拥有这么一双盈动水润的眼睛，已经很添彩，很引人注目了。

气息平缓，狐晋扶正怀中如受惊小鹿般无助和恐惧的裴星彤，冷蔑地瞥向倒地身亡的红衣女子："技不如人，就不该如此善嫉，自作自受！"

心跳回落，裴星彤看向那个红衣女子的手心，一个小巧的匕首，赫然在握。

这个女子先前也确实处处刁难自己，毕竟她们这些真正的舞姬难得等到这样一个绝佳的机会，多一人竞争便少一分胜利的机会。

她和狐璃的空降，很自然地引起了她的怨怒。刚刚自己因为要迎接狐晋的试探，将内息全部收敛，根本没有感觉到她在身后有小动作。

虽然她的匕首小到不足以致命，但若真让她得逞，那么受伤后的自己便会毫无疑问地失去这次机会。

她垂下眼帘，双手发颤，眼底却是无尽的深邃。

看来这个狐晋要比想象中的难对付，只有裴星彤自己知道，狐晋那一掌最初根本就是冲着她来的，他绝对是在试探。

而他却在最关键的时候将试探变成了英雄救美，虽然，这个面纱下的容颜称不上美人。

身形稳住，裴星彤盈盈而退，欠身垂首："多谢这位大人仗义相救，红颜身份卑贱无以为报……"

狐晋冷傲昂首，淡然道："那么，三日后你们就用更加完美的舞姿来回报吧！"说罢，他斜睨了一眼垂首的裴星彤，凛然转身而去。

那个管事大人见此，连忙将他其中一只手里的名牌塞给舞娘："就……就这些吧。"然后一挥手，那些皇宫侍卫便随着他鱼贯而出。

珠帘摇晃，人影消散。

裴星彤缓缓抬首，唇角含着邪肆的笑意，清冷如霜。

顺利进了皇宫，他们二人和其余三十几个舞姬被安置在一个废弃的宫殿内。

月上枝头，这里的夜晚，已是凉意袭人。

由于这座废弃的宫殿比较偏僻，相比较其他宫殿的灯火通明，这里多少显得有些凄冷和萧索。

黑色衣袂浮动，裴星彤已翩然跃上树枝，那里端坐着的是同样一身黑衣的男子，他的背影在瑟瑟夜风中静默，凛然萧寂。没有了平日里的玩世不恭和潇洒不羁，他安静得令人不安。

自从进到狐翡国皇宫后，一向活泼洒脱的狐璃就变得沉默寡言，俊美依旧的脸上是一成不变的深沉。

她屈身，轻轻地在他身侧坐下，目光与他保持着同样的角度，望向远处。

那里灯火通明，明亮一片。

“那里是红梅殿，每到其他地方白雪皑皑的时候，那里却是梅花盛开。梅花很美，清丽脱俗，我的母妃也很美……”他徐徐诉说着，声音悠远而绵长，眼底也随之蒙上一层温暖如春的回忆，唇角轻勾，他似乎又看到了那以往的美好，脸上的神情竟是有些憨态可掬。

这才是真正的狐璃吧，那些邪肆不羁和不正经都是他掩盖悲凉的伪装。当再次回到这个让他爱恨交错的地方，他很自然就放下了厚重的伪装，坦然赤诚。

裴星彤将头缓缓靠向他的肩膀，淡淡地吐气如兰：“人们都着迷于梅花的冷傲气韵和醉心芳香，却是忽略了它从不与百花争艳的淡然。梅花与其他百花不同，虽然同样拥有美丽的外表，但它更加坚韧刚毅，不张扬。别的花在彼此争奇斗艳时，它不争不抢，敢于独自与凛冽冷厉的寒风抗争。而那让一切花草恐惧的寒冬，却对它无可奈何，这就是梅花，环境越艰难曲折，越险恶困厄，它却越顽强，越娇艳。”

她微侧首，若水的瞳眸璀璨如星：“你母妃就是这不同寻常的梅花，在险境中生存依然娇艳，比牡丹花还要雍容妖娆……”

话音落，微风起，卷动了空气中的幽幽迷蒙。

狐璃清新的气息蓦然欺近，眼底的复杂已更加深切，丹凤眼中的惊叹瞬间幻化成柔情蜜意后划过了寂静的夜色。他单手挑起她线条优美的下巴，气息不稳：“那几个男人就是这样被你哄骗到手的吗？你哄男人还真是有一套……”

他的语气又恢复了一贯的慵懒和轻佻，神情还是再熟悉不过的吊儿郎当，这样的他，才更加让人喜欢。

裴星彤暗暗松了一口气，挑挑秀眉，唇角嵌着如花蕊般柔润的笑容：“为何不说是他们将我哄骗到手了？”

温热的清恬气息融入唇间，他忽然浅啄了一下她的唇瓣，一触即离，笑容有些意味深长：“他们没有一个人在坠入你的情网后还能全身而退，你就是玫瑰，越爱就越刺人，可即便流着血也让人抑制不住想要靠近。你说，到底是谁入了谁的手？”

没人全身而退吗？怎么可能，云轻就是个例外，他许是从未坠入到她的情网中吧。而她，又何曾去编织过那些情网。

臭小子，居然把她坎坷的爱情之路形容得如此鲜血淋淋。

“那你呢……我可没向你撒网。”她稍稍拉开两人间的距离，话不经脑，却已脱口而出，欲收回是不可能了。

压下想自扇一巴掌的冲动，裴星彤若无其事地望进他的凤眼。

狐璃温热的薄唇来到她的耳边，细细地呵着气，眼底的邪气与狡黠完美交融："我最年轻啊，等把那群老家伙都拖死了，你早晚就是我的了，你说是吗，我的姐姐。"

裴星彤神情凝滞，顿时语塞，他这种逻辑似乎也不无道理。可是，他不许她倚老卖老，而他自己却整日炫耀着年轻的资本，这显而易见的霸道倒是能跟东方云霄有得一搏。

只是，不知最后会不会把她也给拖死了。

白日里，安置舞姬的宫殿都有皇宫侍卫严密监守，裴星彤和狐璃只能在夜里利用自身绝妙的轻功出去夜探。

不过，皇帝的寝宫龙泉殿不仅有重兵守卫，更是有两个江湖高手在护驾。说好听的是护驾，实际上就是狐晋和狐汐明目张胆地软禁皇上，阻止一切外人靠近。

故而，他们昨夜不仅毫无所获，还险些被那些江湖高手发觉，更别提见到皇上了。

他们这些舞姬无法与别人接触，就连来送膳食的宫女也都是放下膳食后就速速离去，不做任何逗留，想找个人探听只言片语都很难。

树叶依依，明媚的阳光从浓密枝叶的细缝中折射进来，为清冽的空气增添了几许暖意。

"六年前，那两个江湖高手以护卫圣驾的名义进宫，而后便是狐晋与狐汐把持朝政，朝堂上更是宦官专权，弄得那些大臣形同虚设，有些忠臣上书皇上要求归还朝臣应有的权利。可那奏书还未能到达圣前，便会被宦官直接拦下，而后又会被送到狐晋或是狐汐手中。接着，那上请奏书的大臣便会在一夕间被扣压上各种罪名，从而被诛灭九族。久而久之，大臣们便再也没人敢上奏了……"他修长的手指抚弄着琴弦，浅浅拨弄着没有旋律的音调。

抬首看向静静聆听的女子，狐璃眼中已没了昨日的那些波澜，此时平静的语气就像在诉说着跟自己毫无关系的事情："我的母妃很美，也很灵秀剔透，狐天泓很喜欢她，甚至有了母妃以后就很少宠幸其他的嫔妃，也正是他这种毫无顾忌的恩宠，导致了我们梦魇的开始……"

裴星彤安谧地聆听着他的故事，也从他的讲述中分析着狐翡国现在的朝野境况。挑眉凝神间，她已轻然开口："后来那些善嫉的后宫女人便齐齐针对她，而她都以自己的睿智和灵秀将那些陷害和欺辱纷纷疏解，但那个给他无限恩宠的男人将她推到了风口浪尖上，却完全疏忽了对她的保护。后来她只生下了一个公主，那些女人才稍稍安分一段时日，直到你出生……她再次成为众矢之的。在那样的环境下，她能让你安全地成长到十二岁，那得是多么难得。"

她推断的竟是分毫不差，狐璃拨弄琴弦的白皙手指蓦然停住，目光悠远，傲姿玉立："所以，我曾发誓，此生要么孤独终老，要么只娶一人。"

裴星彤倒酒的手几不经察地微顿，将一杯醇香的美酒递到他跟前。她眉眼弯起，笑得娇憨如孩童："呵呵，其实我偷东西很有一套……"

酒杯入手，狐璃一饮而尽，醇厚的酒香入喉，迷醉了心扉。不论什么时候，她总能给人安慰，各种令人迷恋的安慰。

裴星彤再次将他的酒杯倒满，疑惑地问："既然皇上已被狐晋和狐汐暗中软禁，他们为何不直接夺下皇位登基称帝呢？"狐晋和狐汐都是王爷，而狐翡国再也没有其他皇子了，并不像他国一样册立太子。

狐璃凝视着手中的酒杯，垂首静默。片刻后，他轻轻转动着手中杯盏："狐翡国的储君历来都是立贤不立长，拥有太子玺印的人才能名正言顺地登基，而他们至今都未得到那枚玺印……"

"不在皇上那里吗？"毕竟他才是有权利钦点储君之人。

清寒的笑容弥散在没有温度的唇角，狐璃淡淡地说道："就是那枚太子玺印的到来，才将母妃和我推进万劫不复的深渊。彼时，他还没来得及向世人宣布太子人选，母妃和我就已被他们陷害。"

裴星彤水眸中闪动丝丝火焰："在你这里？那我们还费劲地面圣做甚，有太子玺印就够了啊！"

裴星彤看到的却是他摇头的动作："没有，他确实给过我的母妃，但是我却不知玺印现在在哪里。"

裴星彤猛然一愣，淑妃娘娘临终前将凤玉给了狐璃，却没有将玺印给他，这是为何？

那么，玺印现在到底在哪里呢？

夜风瑟瑟，乌云遮月。

万籁寂静的夜晚，两个与夜色融为一体的黑色身影在敏捷而巧妙地躲过几队皇宫巡夜侍卫后，悄然从红梅殿后院的密道出了皇宫。

凉意习习，两道黑影身姿轻盈，步履无痕。

当两人在一座府邸的大门前站定后，裴星彤困惑地抬首看向门上的匾额，心中疑惑骤起。

她对身侧的男子沉声问："我们来尚书府做甚？"现在这种危机四伏的时候，在没有把握见到皇上或是找到太子玺印之前，以狐璃目前的身份是绝对不可以轻易露面的，不然若是让狐晋和狐汐知道了，他就会很危险。

而且也不知晓这个尚书是谁的人，万一……

她的顾虑与担忧全部写在脸上，狐璃晶亮而妩媚的丹凤眼中堆起笑意，俯首附在她耳边轻声说："陆丰是礼部尚书，他虽是狐晋和狐汐的舅舅，但其为人刚正不阿，乃一代忠臣，对狐晋和狐汐的作为极其愤怒，而且我母妃曾有恩于他。所以，想要深入了解狐翡国朝野目前的形势，问他最为合适不过了。"

他一边详细地解释，一边揽着裴星彤的腰身绕到院墙后面，然后借着一棵大树飞身而跃，利落地进到了尚书府。

双足平稳落地，裴星彤松开环着他腰身的手臂："他也知道你还活着？你们之间一直有联络？"原来狐璃一直都在暗中关注着狐翡国的动态，看他一天天疯言疯语，玩世不恭的样子，没想到还干了点正经事。

他晶亮而妩媚的凤眼闪过一抹幽深的痕迹，温热的双唇继续在她耳边嚅动：“嗯，当年我能活下来，就是他从中仗义相助。不过，为了双方的安全，我们也只是在必要时才有书信往来，当然了，都是以别人的名义传信。”

说话间，两人已悄然潜到一扇房门前。

狐璃谨慎细心地环视一周，见只有门外守卫的两个侍卫，没什么其他的异动，才揽着裴星彤飞身跃上房檐，并利落地打开一个瓦片，以食指的关节轻轻敲了三声。

紧接着，那扇房门就被人从内侧拉开，与此同时也传来了一个中年男子的声音，“你们都退下吧！”

“是！”门口那两个侍卫俯首恭身而退。

在那两个侍卫的身影消失后，另外两道黑色身影便从房檐上跃下，如鬼魅般闪入敞开门的房间内。

房门紧闭：“臣陆丰参见殿下！”两人刚进房门，陆丰便双膝跪地，叩首参拜。

狐璃连忙将他搀扶起身，浅笑着说道：“陆大人，我不是太子，你莫要如此称谓了，也无须跪拜。”

陆丰站稳身形，毕恭毕敬地抱拳：“皇上当年把玺印给了淑妃娘娘，那么，您就是名正言顺的太子啊！”

狐璃浅笑依旧，双手背负在身后，身躯颀长挺拔：“我已经跟陆大人说过了，那枚太子玺印母妃并没有交给我，所以，这里没有什么太子。”

“两位王爷狼子野心竟然囚禁皇上，一心都只为皇位，根本无心体及百姓和朝政。如今更是宦官参政，朝臣一片荒芜懈怠！殿下，若是您再不现身，我们的国家就会破败了啊！”陆丰一边声色俱厉，愤恨交加地述说，一边又要屈膝跪地。

就在这一瞬间，一道无形的劲气弹出，使得烛火微微跳跃，然后便是陆丰的双膝仿佛被什么无形的东西托住了，怎么也跪不下去。

他错愕而惶恐地看向狐璃，在看到他身后的一个绝美女子时，猛吸一口冷气，大惊失色道：“啊！你是何人？”

她气息太轻，轻到陆丰一直以为这屋子里面只有狐璃和他两个人，不仅没发现她是何时进来的，更没想到竟然有人能将气息隐匿得如此静谧。

劲气收回，裴星彤若无其事地耸耸肩：“没听见他说不要你跪吗？”

陆丰惊慌失措地看向狐璃，想要询问，而狐璃则悠哉地倒了一杯茶水递给裴星彤，才侧首对陆丰说道：“陆大人知道些什么都说说吧，救国救民的高尚情操我没有，但弑母之仇，狐璃必报！”

“这……”陆丰费解地看着两人间的亲密举动，一时有些摸不着头脑。

狐璃看出陆丰迟疑的原因，兀自将裴星彤按坐在椅子上，神情明媚而慵懒：“她是我娘子，我的贤内助，陆大人有什么话但说无妨，不必有任何顾虑。”

第十一章 运筹帷幄

当别人都沉浸在梦乡中，裴星彤和狐璃却成为了夜色中忙碌的身影。

两人出了礼部尚书府，便直接去了狐翡国大将军杜旭的府邸。

黑色的外衫掩映在树影之下，两人无影无形。

一双黑影在树枝上查看了片刻后，娇小的黑影侧首道："小狐狸精，虽然陆丰说杜旭并没有与狐晋和狐汐狼狈为奸，但此人我们并不熟识，也不了解他的脾性和他心里的真实态度。所以，此时你不便与其会面，我一个人进去会会他。"

狐璃将俊脸冷然压下，当即蹙眉果断否决："不行！这里可不像尚书府那么易进易出，你一个人去太危险了！万一杜旭他……"

裴星彤板起脸，急切地辩驳："哎呀，现在不是感情用事的时候……难道你还不了解我的本事吗？两个人的目标太大，反而更危险！"

"你也承认我在'感情'用事吗？"他将"感情"两个字咬着重音。双手捧着她的脸颊，以拇指摩挲着她脸部的肌肤，继续说道，"我就是在感情用事，因为我不想报仇的代价是让你有什么三长两短。"

裴星彤望进他黝黑晶亮的丹凤眼，那里的担忧和深情展露无疑，点点星光将他妖娆的眼底映衬得光芒璀璨，为这漆黑幽暗的夜色增添了一抹光华，险些眩晕了她的心绪。

她深呼吸一下，浅笑盈盈："虽然这个杜旭的功夫不错，但我只是来探底和谈判的，即使谈不拢，他也不能将我怎样。再不济，大不了就逃跑，我能全身而退的，你且放心吧！"继而，又威胁道，"我年纪大，我说了算。"说完她还学着狐璃往日的做派，不正经地捏捏他的脸颊。

而在她起身之际，狐璃再次拉下她，深深地凝视着。片刻后，才无奈地轻叹一声，正色叮嘱："还是那句话，如果报仇的代价是要我失去你，那我宁愿不报。所以，你必须安安全全地回来，连个头发丝都不准少！"她的话很有道理，他现在确实不该冒险现身，以免打草惊蛇。

裴星彤媚态横生地嗤笑一声，揶揄他道："行，那你在这里先好好想想姐姐我到底有多少根头发丝。”

音落，矫捷的身影已如鬼魅般射入漆黑的夜色中，只留下缕缕清香在空气中袅袅弥散。

裴星彤运起内力，施展出绝佳轻功，伏在草丛中观察着将军府的动态。在觉察到杜旭应该就在眼前这个守卫最严密的房间后，她腾身而起，如一缕缥缈无踪的云烟般跃上了屋顶。

劲气凝起，她将手中石子蓦然射向后窗处的两个侍卫。在对方的身体即将倒落在地时，她翩然跃下，利落地一手握住一人的手臂，缓缓将两个晕厥过去的侍卫悄无声息地放在地面上，身子微旋，推窗而入。

所有的动作一气呵成，精妙得令人咋舌。

脖子上霍然传来丝丝冰凉，杜旭警觉地睁开双眼，而映入眼帘的却是一张倾国倾城的绝世笑颜。那笑容中带着点点玩味，又潜着丝丝鄙夷。

是啊，能不被鄙夷吗，武器都架在脖子上了才察觉到她的存在，她的功夫到底有多深。

收敛起惊愕的表情，杜旭泰然自若地侧首察看，不是他此时不胆战心惊，而是他很快就领悟到对方并没有要取他性命之意。

若是对方有心杀他，恐怕此时他早已魂归西天了。

裴星彤收起手中的武器，直身走向一旁的软榻，而后毫不见外地一屁股坐下，亦正亦邪地浅笑：“杜将军放心，我只是点了尊夫人的睡穴而已。”

杜旭凛然坐起身，长臂伸出，一件外衫已披在身上，神色冷漠：“姑娘半夜三更潜入杜某房中，所谓何意？”

裴星彤漫不经心地挑挑眉梢，表情慵懒而随意：“谈生意。”

杜旭冷哼一声，凛然上前一步：“姑娘，那恐怕你是找错地方了！在下只是个武夫，不喜欢转弯抹角，若是姑娘不愿直言，那么请姑娘莫要打扰杜某休息！”

眼角眨出一道流光，裴星彤翩然站起身，下意识地打了个响指：“好！小女子就欣赏杜将军这样豪爽的性子，既然如此，那小女子就直言不讳了。”

杜旭不语，只是冷睨着她，心绪百转千回，暗暗猜测着她的身份和目的。

裴星彤并不介意他的不回应和冷漠，只是突兀地开口问道：“杜将军想要拥护谁？”

杜旭神色赫然一变，危险地眯起双眼，声音依旧是将人拒之门外的冷漠：“杜某不明白姑娘是什么意思……”

裴星彤神态悠然地为自己倒上一杯茶水，浅笑道：“呵呵……杜将军，你明白的……好，既然你不敢表态，那么我来说，狐晋和狐汐大逆不道软禁了皇上，更是纵容宦官出入朝堂，朝野上下人心惶惶，而他们二人一直纵横权术，暗生野心，想要与银月联手攻打玫风。可是，如此金玉其外败絮其中，剩下一副美丽躯壳的狐翡国朝廷，根本没有能力在与银月联手攻下玫风后，与其分得半壁江山！那么，结果只能是最后被愈发强大的银月吞并。这些道理，想必杜将军早已心中有数了，而杜将军身为一国大将军却没有兵符，无法掌握军政大权，只能做个傀儡将军，所以便打算与朝堂上那些敢怒不敢言的大臣们一样，过一天是一天，可对？”

闻言，杜旭眼底此时已经涌起了无法控制的惊涛骇浪，他看着裴星彤，仿佛要将她看穿，看清她到底是谁。

裴星彤将他的表情尽收眼底，依旧波澜不惊，她无规律地转动着手里的茶杯，继续启口：“杜将军既然甘愿放下实权也不与他们狼狈为奸，我猜……你心里拥护的是太子……”如果他真愿就此堕落下去，不会宁愿交出实权也不屈服于狐晋和狐汐的威慑。

所以，她猜测杜旭是在等待，是在蛰伏。

最后一句话她说得极轻，然而，这极轻的语气却狠狠地震撼了杜旭的情绪。他双手握拳，身形微顿，厉声道：“不管你是谁的人，杜某如今都是两耳不闻窗外事，姑娘莫要再费口舌了，慢走不送！”

眼帘垂下，思虑回转，裴星彤自然而然地放下茶杯，轻然转身：“本以为与杜将军会是同道中人，没想到……唉……”

她一边唉声叹气，一边以蜗牛速度移向窗口：“方才杜将军说不管我是谁的人是吗？如果我没猜错的话，你应该也听到了他没有死的消息吧……”她不说出人名，单一个“他”字，相信杜旭定然会明白指的是谁。

杜旭身形再次微顿，紊乱的气息已出卖了他表面的淡定。狐晋和狐汐的亲卫军满城暗查狐璃的踪迹，他怎会没听到风声。

裴星彤缓缓侧首，唇角的笑意如午夜的妖精一般蛊惑，配上她绝美脱尘的气韵，让人分不清她到底是妖还是仙：“他确实没有死，而且要回来惩治恶棍，解救破败的朝野，皇上早前就将太子玺印赐予了他，他……才是当仁不让的储君！”

回首，她挺直腰背，声音悠扬：“杜将军身为一国之将，难道不该拥护名正言顺的储君登上皇位吗？杜将军是还顾忌那些参政的宦官吧？呵呵……如果他们都死了，是不是就没法子参政了。既然他们武功高，没人敢除暴安良，那好，明日我就让他们成为尸体……”

说罢，她翩然跃出窗口，魅影无痕。

“请姑娘报上家门！”震惊中的杜旭只来得及对着她消失的方向问出这句话。

“卿入世间四变三分，东争西斗风雨凡尘，乱世之秋谁主浮沉，凤栖星女指点乾坤。”当这句偈语从悠远的夜色中传来时，杜旭猛然奔向窗口，可是哪里还有人在，他只能不可置信地喃喃自语：“她是凤栖星女！她是裴星彤……”

翌日，安置舞姬的偏僻宫殿内依旧是平静如常，舞姬们各自排练着各自的舞蹈。

而与这里的平静相比，皇宫的其他地方可就是人心惶惶，尤其是那些太监，个个都胆战心惊，张皇失措，连走路都是左右张望，躬身俯首，就怕自己是下一个目标。

有些小太监，甚至在不当值时换上了宫女的服饰。

那是因为今日一早，皇宫中便发现有四个贴身侍候皇上的太监总管均是突然死亡，而且死得蹊跷。

那四个太监总管死前很明显是与对方交过手，可是，也可以看出他们均是死在十招之内，这才是让所有人惊悸的地方。

这四位太监总管的武功已然是高深莫测了，却竟然有人能在十招之内将其击毙！

那个人到底有多么强悍，没人能想象得到。

虽然只是死了四个太监，但这个消息已如无形的空气一般迅速在皇宫内外流传开来。

人们的反应也是截然相反，有人拍手称快，暗暗叫绝；而有人则是惶恐不安，毕竟有人已经神不知鬼不觉地灭掉了他们的走狗，他们哪里还坐得住。

皇宫内到处都弥漫着诡异而萧瑟的气息，狐晋和狐汐只得加强龙泉殿的守卫，更加全力搜寻裴星彤和狐璃的下落。活要见人，死要见尸，显然是将这事与他们二人紧密联系起来了。

静谧的废弃宫殿，已经到了送午膳的时候，狐璃和裴星彤静静留意着那些宫女们的细细低语，探听一些外面的情况。

送午膳的宫女们离开后，两人各自端过自己的餐碟，移步到角落里扯下面纱，吃着还算不错的饭菜："狐晋若是知道那个让他们焦头烂额的始作俑者，就是被他亲自选进宫的，非得气吐血不可，哈哈。"狐璃一边幸灾乐祸地笑着，一边将自己碟内的肉丝夹进裴星彤的嘴里。

裴星彤将肉丝含入口中，心不在焉地咀嚼着，并不搭他的话茬，而是面色深沉："你说，狐晋他们为何要等到明日才给东方云轻和你姐姐他们接风洗尘？他们会让皇上露面吗？"

狐璃神情微顿，唇角的笑意慢慢消散，淡淡地瞥了一眼目光恍惚的裴星彤，他敛起心神回答："……因为东方云轻他们今夜才会到达这里。"

裴星彤蓦然侧首，眼底的迷蒙缓缓加深，歪着脑袋问："我们一路上为了躲避刺杀没少耽搁时间，他们只比我们晚启程一日，为何要比我们晚到达三日？"按她的算法，东方云轻他们至少要比她和狐璃早到两日，所以，她一路都十分心急地赶路，没想到他们竟是晚到了。

狐璃用筷子戳着自己碟子内的饭菜，须臾，他侧首浅笑着转移话题："明日狐天泓会出现的，因为明日刚好是他的寿辰，狐晋他们为了安抚人心，不得不让他公然露面。"

她眸中波光盈盈而动，敛起思绪，将餐碟中的饭菜往嘴里扒拉着，了然地点点头："哦，那便好，说不定他会知道玺印在哪里呢……"眼底的蒙眬消弭，她扬起娇美的笑颜，“今晚我们再出去会会那几个与他们两个狼狈为奸的老家伙吧！”

她清新美好的笑颜总是那么清澈迷人，很容易让人被她的甜美感染。

狐璃也勾起唇角，眉眼如丝：“姐姐，怪不得那些黑道的门派宁愿俯首称臣也想要跟你混，原来你比他们还像魔鬼。”

裴星彤悻悻然地挑起眉梢，眼角那抹慵懒而清幽的笑意宛如一朵盛开的桃花：“我可以将你的挖苦当作称赞吗？若是真的那样，我岂不是更被人称作妖女了。”

狐璃挤眉弄眼地笑着，然后咬着筷子将思绪放飞：“我就是在称赞你啊，妖女就妖女呗！以后姐姐越来越强大，我就可以好吃懒做了，呵呵。”

裴星彤无奈轻嗤一声，不再理会那个正在做白日梦的家伙。

自从半月前，她出其不意地一人迎战魔蛊教几百人后，一夕间在江湖上名声大振，人们添油加醋地将她描述成了传奇人物。从而便有各路武林乃至江湖中人慕名而来，找上忙着赶路的她，想要追随左右，其中不乏武林中一些知名的黑道门派。

对于此类事情，裴星彤只能苦笑，她委实没有要建立帮派的想法，她那身诡异而高深的武功都是从那本武功秘籍上自行参悟揣摩出来的。一开始她并不能完全运用自如，后来能驾驭那些诡异而杂乱的武功后，才赫然发现这些杂乱无章的诡异武功竟然是笼络了武林中白道与黑道各大门派的独门绝学。

对于这一点，最初她也很意外，因为每个门派的独门武功如非本门弟子不仅难以参悟和驾驭，更是不可能同一人将各个门派的独门武功同时掌控。

可是，她竟然鬼使神差地做到了。

明媚的阳光洒落而下，让这凉意袭人的空气弥漫着浅浅的温暖。

今日是个大日子，是狐翡国皇帝大寿的日子，也是群臣为驸马东方云轻和公主狐婕宁接风洗尘的日子，更是人心惶惶的日子，因为昨夜又有几个人莫名其妙地死亡了，是几个权倾朝野的重臣，他们的死法与那四个太监如出一辙。

平心殿内依旧推杯换盏，歌舞升平。不是众人不惶恐，而是他们大部分人是乐见其成，都巴不得举杯同庆恶官们终于遭到了天谴。

诚然，有一部分人则是局促不安，因为那些被暗杀的都是一直与他们同流合污之人。

丝竹声起，大殿内觥筹交错，狐晋和狐汐的脸可谓是一会儿青一会儿黑。

大臣及其家眷在右侧席位恭谨而坐，左侧则是皇子和公主们的席位。

后宫嫔妃们除了皇后端庄地坐在皇上身旁，其他人都是坐在后面的纱幔屏风内。

裴星彤和狐璃依旧是一身雪白纱裙，薄纱遮面，飘逸清幽。

他们两人与其他舞姬在门口内侧躬身而立，裴星彤微微抬起眼帘，眸光下意识地在皇亲国戚那一片席位搜寻着，在搜寻什么她也不知道，她只是感觉到自己自从进了平心殿后，就再也无法平心静气。

“你果然还是放不下他……”思绪恍惚间，耳边传来了狐璃的浅声低语，他语气中带着半分揭穿，裹着半分冷嗤。

单单是一个“他”字就已让裴星彤的心“咯噔”一声，而后加快了跳动的频率，因为她知道狐璃说的“他”指的是谁。

“胡说……什么呢……”她反驳的话已经是带着丝丝做贼心虚的微颤。

说话之间，空气中似乎涌起了刺痛着她心脏的熟悉幽香，这让她无限沉沦又怨怒至极的熟悉气息，真是将她所有的理智和思绪都瞬间搅乱了。

紧接着，门口礼官太监尖声细调的通传声破空而来，“银月太子殿下驾到！长宁公主驾到！”

随着那刺耳的声音落下，一抹金边雪白云缎锦袍的绝俊男子稳步而进。

他身姿挺拔玉立，气韵高雅出尘，傲然而立的俊逸身影宛若天宫神仙一般，不染俗世凡尘中的半点烟火，俊美得那般雍容华贵。

只是，他美如冠玉的脸颊和劲挺的腰身似乎有些清瘦了，不过更将他衬托得缥缈脱尘，颠倒众生了。

手蓦然抚上胸口，裴星彤身形微晃，连呼吸都变得紊乱起来，幸好身侧的狐璃眼疾手快扶住了她的手臂，才使得她没有因失态提前暴露身份。

然而就在此时，那个已经踏入门口的绝俊男子忽然向舞姬的方向微微转首，凤眸温润幽静。

裴星彤下意识地握紧手，硬是将不长的指甲抠入了狐璃的皮肤中都浑然未觉。

她深呼吸着告诉自己要低下头，虽然戴着面纱，但她绝不可以再看他，因为那样她会控制不住自己的心和身体里所有疯狂的情绪，它们对他还有着不可磨灭的眷恋，还有着让她惊慌失措的痴迷。

但她越是想要低下头，那颗混沌一片的脑袋就同刻意跟她做对一般，怎么也低不下去。

幽香缕缕沁入鼻腔，身影盈盈映入心田，到底怎么才能忘记？到底怎样才能摒弃？到底怎样才可以不再眷恋？

再相见的这一刻，她终于承认了狐璃方才的话，自己果然还是放不下他。

就在裴星彤以为东方云轻是因为感觉到他们这边的异动才侧首时，东方云轻的眸光竟然是丝毫也没有在这边停留，而是看向了他身后，接着，一抹清俊的浅笑弥漫在优美的唇角。

与此同时，一个粉红色宫纱罗裙的娇美女子，便赫然跃入裴星彤的眼帘。

那女子很美，是那种婉约而娴静的美，从她有些熟悉的容貌上便可以知晓她的身份。她就是狐翡国的长宁公主，狐璃的亲生姐姐，东方云轻的……太子妃。

她此时正浅笑吟吟地伸出玉手，然后放在她身前俊逸男子的手中，男子牵着她的手，唇畔的笑容温润而和煦。

两人都是身姿绝美，此时看上去是那般郎情妾意，那般伉俪情深，简直就是天作之合。

裴星彤眸光不自觉地盯着那双交握的手，然后再看向女子那不容忽视的凸起腹部……

嗡的一声，她忽然觉得自己的头已经在这一瞬间炸开，里面混沌一片，无法运转，连眼睛也跟着模糊不清，仿佛被什么陌生的东西遮蔽住了，再也看不清那抹迷失了她心智的俊逸身影。

所有人都惊艳于这位一向神秘的银月太子，甚至他一出现就成为在场所有女子，哦不，甚至还有男人，总之几乎是所有人的目光都不自觉地追逐着他的身影。

有他在的地方，任何人似乎都只能是陪衬。

裴星彤此时连呼吸都带着钝痛，模糊了双眼，指甲陷入自己的手心，湿腻的痛楚将她的心智稍稍拉回，也才恍然听到狐璃的沉声低语："姐姐，不管你心里有多么在意他，眷恋他，但是今天，你为了我，也为了你自己，先将他放下，可好？"

他犀利的言辞中带着些许不易察觉的落寞和祈求，扣着她手指的大手也越握越紧。

她垂首，将烫疼了眼睑的陌生液体挤出，那清澈液体便无声地坠落至地面，摔成破碎的晶莹。

皓齿漠然咬住下唇，贝齿周围的樱唇立刻被咬成了冰白，心神回转，裴星彤苦笑着，她这是在干什么！只是看了他一眼而已，怎么就已然成了这副模样？他到底在她心里藏了多深？

现在，已经有了爱她入骨的龙绯雨，她不该再这般不知悔改地痴迷于东方云轻了啊，如此这般反应她怎么对得起一片真情的乖乖！

她不可以这样。

手心处温热的湿腻缓缓滑入指缝，丝丝锥痛从手心传来，可那痛哪里抵得过心痛的万分之一。

只是看了一眼而已。

贝齿再次用力，她将腥甜的液体咽入喉间，侧抬首，洒脱不羁的笑意扩散在眉眼之间。虽然那份刻意的淡然太过差强人意，但，狐璃还是感觉到了她的努力。

她将身体微微靠在狐璃的臂膀上，垂下眼帘，尽力不再让那个参拜了圣上后就不断接受众人寒暄的身影牵绊自己的心绪和目光。

身前的舞姬一个个上场表演了精心准备和演练的舞蹈，席间人们心态各异，皇上明显是一副病态，此时可以看得出他是在强忍着，坚持着。

狐晋和狐汐一直在东方云轻身边不停地赔笑寒暄，而那个仿佛与这里的轻歌曼舞完全绝缘的飘逸男子只是静静地端坐，偶尔漫不经心地听着，偶尔为身边的娇美女子斟茶，高雅脱尘，俊逸如仙。

当前面没有了其他舞姬的身影时，狐璃轻捏了一下她的手，低唤道："姐姐，该我们了。"

裴星彤轻轻侧首，注视着一脸担忧的狐璃，低语回应："他已有妻，我已有夫，从此只是陌路的对手，狐璃……我真的很想放下。"

狐璃眼角跳跃着信任的笑意："莫要多说了，我自然是相信姐姐的！"说罢，他牵起她的手，款款走向中央。

深呼吸，她始终颔首跟在狐璃身侧，站在中央向上首的位置盈盈一拜后，狐璃便翩然坐在琴案前。

清幽婉转的乐声响起的一刹那，两人双眸含笑对视。

身上的纱摆浮动间，裴星彤已如云燕一般飞身而起，接着，一张偌大的白色纱幔便被她挂在殿内的屋脊上，纱幔从屋脊上流泻而下，形成一道屏障。

众人纷纷为这匪夷所思的一幕停住目光，眼神不停地盯着那抹如一缕轻烟般的女子。

高山流水般的旋律悠然而起，弥漫在整个平心殿内，那纯熟的手法将音韵演绎得声动梁尘，此时殿中央那个女子身姿神奇地飞旋盈动在那张偌大的雪白纱幔前，舞姿飘逸绝伦。

"哇！"有些抑制不住情绪的人，已经将心底的惊艳和惊叹脱口而出。

她的身体仿佛被挂在了那吊在屋脊的纱幔上，优美而轻盈地不停舞动摇曳着，但她自始至终都未曾将双足着地，可见其舞蹈功力之精湛。

她没有规律地旋飞着身体，细看之下会发现她其中一只手里拈着一块锦帕，好像是在垂吊的纱幔上画着什么，可她手过之处那纱幔上却是空空如也，什么也没有画上去。

此刻，整个平心殿的人都将目光集中在了那个神奇的女子身上，几乎都是呆若木鸡，瞠目结舌，甚至连手中的酒盏已经倾斜都浑然未觉，而有些人，更是将酒盏和酒水一起直接掉落在衣摆处。

悠扬的天籁之声萦绕在耳边，缥缈无尘的舞姿侵袭着眼球，这是一场听觉与视觉的神奇盛宴，无人不沉溺其中。

由于她蒙着面纱而且舞姿精妙轻快，众人只知道这舞姿飘逸优美，神奇迷醉，却是没有人能看清这女子的容貌。

乐声，舞姿，惊绝人心。

袅袅柔姿，翩翩起舞。

完美惊艳的一切，岂止震撼了人们的眼睛，心里的震撼才更是不言而喻。

幽婉的琴音潺潺而终，绝尘舞姿缥缈而止。

半晌之后，平心殿内静得只剩下酒盏落地的声音。

而那蛊惑了所有人呼吸的女子却是静静地背对众人而立，幽婉曼妙的气韵犹如天宫仙子。

须臾间，宫殿内终于有了错乱的呼吸声和惊叹声，而就在这时，那身姿窈窕的女子才缓缓地转过了身。

可是，当她将脸面向大家的一刹那，人群中已是一片抽气声和恐慌声，不是因为看见了她的容貌，而是因为大家都看到了她眉宇间的那枚额饰。

那额饰是一枚晶莹闪闪的星形饰缀，此时正悬垂在她的眉宇间，仿佛在那双美眸内洒满了星光，晶亮而妖娆。

众人恐慌和惊愕的不是因为那额饰有多么美艳，而是因为那死去的四个太监总管和权倾朝野的大臣都是被插入眉心的星形金属利器夺去了性命，至死他们都不肯瞑目。

紊乱的呼吸声夹杂着各种情绪的抽气声流窜在平心殿的空气中，气氛诡异而森冷。

此时的狐晋和狐汐更是生生惊出一身冷汗，表情极是丰富多彩。

片刻后，狐晋才率先反应过来，站起身厉斥道："来人！速将这个杀人魔女给本王拿下！"

霎时间，两个身着铠甲的皇宫侍卫凛然上前欲将裴星形架住，她却波澜不惊地淡语道："晋王爷，民女只是个舞姬而已，何罪之有？想要杀人总得有个能说服人的缘由吧，要不然民女可就认为王爷是在以权欺人，王爷权力再大也得讲道理，不然如何服众？"

女子的语速平缓，音调从容不迫，那眼神更是溢满了不屑与挑衅。

她四两拨千斤的一番话让有些人点着头表示赞同。

她将话说到这个份上，狐晋便不能当众直接将她怎样，势必得说出个理由来，不然，他便会成为滥杀无辜的暴戾之徒，不利于他得人心。

于是，狐晋怒发冲冠地上前一步，失了冷静，指着她的眉心怒斥："你就是那个暗中杀人的恶魔！本王这是在惩治恶徒，为民除害！"

闻言，白衫女子依旧安然自若地站在那里，一双清凉的眸子平静如无风的湖面："证据呢？单凭这颗星形的额饰就断定民女是杀人犯吗？呵呵……王爷请看看殿内大部分人的腰际，或许就不会这般妄下定论了……"

狐晋回首，映入眼帘的就是很多人腰带上都垂挂着一颗星形玉坠，甚至有些人手中扇柄的挂饰也是星形流苏。

狐晋愤恨地瞪视着那些让他憎恶至极的星形，他不是不知道自从这两日他那四个心腹太监和那些左膀右臂的大臣们相继离奇死亡后，有些人纷纷敬仰起那个杀人之人，而他们嘴上不敢说，却是用这种方式在表述着内心的感觉。他们崇拜那个武功高深莫测的人，以致那颗星形利器便短时间内成了他们偏爱的饰物。

他能十分明确地感觉到，眼前这个神秘女子就是那个他们找了几日都没找到的人，因为只有她能做到这般杀人于无形。

证据他确实没有，没有办法当众将其诛杀。但是，他绝对不能放过她，不然他们就没有好日子过。

狐晋危险地眯着眼，突然厉声道："你将这张纱幔吊在这里，是想为父皇献上寿辰的贺礼吧。可是，这上面什么都没有，本王是否可以治你欺君之罪？”

裴星彤浅笑着看向他，清澈的眼底竟是一片邪恶与不羁。

她挑挑眉梢，冷蔑出声：“谁说什么也没有，只是还有最后一道程序还没来得及完成，王爷就急着治民女的罪而已！”

言罢，她轻然伸出玉手，将额前的星形额饰瞬间拽下，踱步到一个身形魁梧的武将面前，似笑非笑地问：“害怕这个东西否？害怕它就捏碎它，最好把它想象成你的仇人。”

武将呆了呆，不明所以，随后在她鼓励的眼神下用厚实的手掌将额饰捏碎，犹如把仇人挫骨扬灰。

裴星彤勾起唇角，再次说道：“甚好。”纤手指向纱幔，“就当你的仇人在那里，用你手中的愤恨把他们淹没！”

武将扬起手臂向那空空的雪白纱幔上一挥，一片金色灰尘便纷纷扬扬地洒落在白色纱幔上。

不！不是灰尘，那些不明物体分明就是那个金色额饰被武将以手碾碎成了的粉末！

金色粉末飞扬在空气中，而后洒落在垂吊的雪白纱幔上，可那些粉末不仅没有如常理的滑落到地面上，反而是沾在纱幔上，诡异而神奇。

然而，这还不是最让人惊奇的，最让人惊讶和奇怪的是那些粉末粘在纱幔上，竟是组成了两排苍劲有力的文字，赫然是：太平盛世，千秋万代！

这回，连狐晋和狐汐也都傻眼了。

这……

众人在这一天经历的震撼已经太多了，当这八个金灿灿的大字在日光的余晕折射下闪耀在偌大的平心殿内时，又是夺了所有人的呼吸和目光。

只有裴星彤眼含浅淡不羁的笑意，静静地玉立在那里，气定神闲，纯美飘逸。

眼帘半垂，笑意依旧。她在锦帕上蘸着蜂蜜代替了墨汁，所以她写完这些字以后那上面当然什么都没有了。

而在那些轻盈的金粉碎屑洒落在纱幔上后，自然而然地就沾在涂有蜂蜜的字体上，才会出现此时这般情景。

众人还沉浸在震惊中，裴星彤已翩然跪倒在地，双手俯地礼拜：“民女恭贺皇上寿辰吉祥！愿皇上福如东海，寿比南山！今日特以此献给皇上，也望在皇上的英明决策下，百姓永享太平盛世！”

她的声音空灵轻盈，贯穿在偌大的平心殿内，如此悦耳动听。

狐天鸿缓缓站起身，虽然仍是一脸病态的威严，可他看向裴星彤的眼神中却掩藏了太多的情绪。

他的双目时而晶亮，时而幽暗，不管别人有没有读懂他眼里要传达的讯息和深意，总之裴星彤读懂了，虽然他们的距离很远，可狐天鸿要传达给裴星彤的意思她轻易就已领悟到。

雪白衣袖再次浮动，裴星彤叩首道：“皇上，民女有个不情之请，恳请皇上为民女的劣作提字。”

她话音刚落，狐晋已然寒声厉色，怒斥道：“大胆！你一个小小卑贱的舞姬，竟也敢如此胆大妄为请功邀赏！来人！将她给本王拉下去！”

这时，那个自始至终都沉默的狐天鸿开口了，是一道苍老而无力的声音：“皇儿，今日是朕的寿辰，朕也突然起了些情致。朕应允了。”他用平静淡漠的语气说着话，看向裴星彤的眼神却是溢满了欣慰和赞赏的晶亮。

“父皇！”狐晋和狐汐纷纷出列欲阻止。

裴星彤款款站起身，浅声道：“看来两位王爷比民女胆大多了，果然是权力滔天呢。”言外之意就是，皇子竟然胆敢当众想要制止皇上的决定，简直是逾距。

两人神色一凛，只能暗暗咬牙，却无法当众泄愤。

狐天鸿在龙椅上坐下，无力地摆摆手，淡然启口：“……这位姑娘，朕很喜欢你的寿礼，但朕这些时日身体钝乏，无力下去直接为你提字了。朕便在此写好，你上来取吧……”

“父皇，此女子是……此女子武功非凡，孩儿忧其会心怀不轨，从而对父皇不利，请父皇三思啊！”狐晋和狐汐急忙俯首道。

两厢互不妥协时，大臣席位中突然站起了一个人。他身形魁梧健壮，一脸恭敬地对皇上和狐晋、狐汐深俯首：“皇上，两位王爷，微臣自诩武功不弱，而且也太久没有活动筋骨了，若是此女子胆敢对圣上的龙体不利，微臣就跟在她身侧，定能第一时间护卫皇上万无一失！”

此人不是别人，正是被裴星彤半夜三更以匕首相逼的大将军——杜旭。

狐晋和狐汐没想到半路杀出他这么一个程咬金，一时间竟有些措手不及，无以应对。

裴星彤的唇角在面纱下渐渐弯起，她本就没有指望杜旭此时出来解围，看来他这是在向她表明态度呢。

裴星彤不动声色地瞟了一眼狐晋和狐汐，在见狐天鸿点头时，她款款走上前，步伐悠然自若，身后跟着的是神色凛然的杜旭。

狐天鸿执起狼毫在一块淡金色的锦帕上挥洒着笔墨。

片刻后，他身旁的一个小太监从狐天鸿手上接过那个题过字的锦帕，几不经察地瞟了几眼。随之，又冲下面某个方向略微颔首，似乎在示意着什么。须臾，他才将托捧在双手上的锦帕呈给了裴星彤。

然而，小太监的细微动作都被跟前的灵秀女子看在眼中。

她水眸微微半眯，放射着冷蔑的寒芒。不过，现在她更在意的是刚刚狐天鸿对她做的细微动作和那复杂的眼神。

裴星彤从容地接过那块明黄锦帛，如水的美眸中波光粼粼，纯净而幽婉。

她恭敬地跪礼谢恩后，轻然起身，与琴案旁的狐璃款款退出平心殿。

殿外，清新而凉爽的空气瞬间蹿入鼻腔，裴星彤微微闭上双眸，轻叹一声，尽情而贪婪地呼吸着能平静心绪的清凉空气。

终于出来了，终于再也闻不到那股不停扰乱她心绪的幽香了。

刚刚在殿内，他俊逸绝伦的容颜和沁人心脾的幽香，无时无刻不在蛊惑着她的理智和思绪，让她险些为其分心失神。

垂首间，一抹无奈的苦笑溢出唇畔，她真有些佩服自己在那样的情况下还能顺利完成任务，却也真的是用尽了全部力气去无视他的存在。可他的身影，依然可恶地萦绕在她的脑海和心田，不断折磨着她。

他自始至终都保持着沉默，在听出她的声音后他依然从容而坐，可那灼灼的眼神和紧抿的双唇是那么冷漠，灼伤了她一腔复杂的心绪。

步履轻盈，心头沉重。

狐璃牵起她的纤手，与她十指相扣。相扣的却是他们彼此的左手，他的右手则是从她身后拥住她柔美的肩头，让她可以将身体的重量全部靠在他身上，并带着她毫无留恋地离开平心殿。

微风轻轻，凉意赫然袭来，顷刻间，雪白宫纱裙摆便如翩跹飞舞的纯洁蝴蝶一般，摇曳在殿内众人的视线中。

单单是背影，都已那么绝尘翩翩，那面纱后的真实容颜又有几人能想象得到呢。

他们缥缈的身影已然消失不见，平心殿内有几个人已全然没有了继续待下去的心情。

狐天鸿深眯着犀利的深邃双眸，病态的容颜依旧沧桑冷寂，而眼底已是一片释然与解脱，还有深深的愧疚与想念。

狐晋和狐汐更是焦急而心不在焉，因为他们此时迫切地想要知道皇上到底给裴星彤提了什么字，毕竟是多事之秋，他们已容不得再出现半点疏忽。

而东方云轻……他的心，早已随着那抹让他又爱又恨的身影而去。

此时他紧抿着优美的薄唇，绝俊的容颜上是一派凛冽和孤寒，连手里的酒盏被捏碎了都浑然未觉，他看着殿外的不明远方，望穿了秋水。

狐婕宁微微将柔美臃肿的身子移向他，以袖掩唇，语气轻缓地低语："云轻，你的手流血了，此时此刻不是分心的时候，他日定然会和她再相见的。"

她提醒的话让沉默中的俊逸男子恍若未闻，仍是紧紧捏着破碎的酒盏。

当深幽沉寂的凤眸中再也没有了那抹令其思之欲狂的身影后，他才满目留恋地收回视线。

他看也不看那只不断滴血的手，而是伸出另一只手举起酒盏，不停地兀自独饮着。

美如冠玉的脸上，寒冽的神情犹如雪域冰川，冷冻了周围的落寞空气。

酒不醉人人自醉，可心头还是那么清醒炎凉。

狐璃和裴星彤在京城找了一家客栈，立即换下了一身雪白的舞裙。

狐璃一边为她揉捏着肩膀，一边将温热的清新气息扑在她的头顶："姐姐，这首普通的诗句能暗藏什么玄机吗？"

娇美女子垂首而坐，静静注视着手上的明黄锦帛，沉默不语。

片刻后，她侧抬首，淡淡地问："你确定皇上能认出你吗？"

狐璃将丹凤眼一翻，妖媚的波光变成一记白眼："一定要我把话说明了你才肯信吗？方才我在平心殿内弹的那首曲子是以往云凤国的名曲，也是我母妃最擅长的一首曲子，更是狐天鸿当年最喜欢的曲子，在狐翡国只有我母妃和我会弹那首曲子。如此，你觉得他会猜不出是我吗？"

裴星彤了然地点点头，面色仍是黯淡无神，她默默念着锦帛上的诗句，思绪百转千回。

狐璃弹的既然是云凤名曲，那么东方云轻当时一听到那曲子时定然就已猜到了她和狐璃的身份，况且她说话时又没有掩饰自己的声音。

但东方云轻竟然没有站在狐晋和狐汐的一边当场戳穿和揭露他们，难道他是看在狐婕宁的面子上才没那么做吗？

呵呵，看来他很在意他现在的妻子啊。

她现在终于明白东方云轻和狐婕宁为何会比她和狐璃晚到狐翡三日了，因为他妻子身怀六甲不易劳累，他一路上都在顾及狐婕宁的身子吧！

心好痛啊！如锥刺一般的痛。

云轻……

第十二章 把我的味道印在你的心间

一个轻声叹息，一个瞬间垂眸，一个不经意间的神伤，这就是裴星彤这半天内所有的表情。

狐璃无奈地冷睨她一眼，将她拉入自己的怀中，用手把她按进他的颈窝间，浅浅低语："你是在思考这诗句的含义，还是在思念那个男人？"

裴星彤没有反抗他的亲昵动作，依偎在他温暖的怀间，只是抬头凝视着怪声怪语的俊美男子。

她冰凉的鼻尖无意中擦过他的下颚，带着微凉的沁香，那短暂的肌肤相触激起一片暧昧的涟漪。

狐璃垂首，顺势以鼻尖抵着她的鼻尖，将清香温热的呼吸呵在两人唇间："姐姐真的很坏，明明知道我对你的心意，却是三番五次在我面前为别的男人黯然神伤，你知不知道那样对我有多残忍？你的人就在我身边，可是我却从没感觉到那颗心为我停留过一次。如果这辈子我都得不到姐姐的心，那么，我是不是要将所有的青春年华都在姐姐这里消耗殆尽？"

他的语气中有些许无奈又潜藏着些许清冷的怪怨，可呵在她唇间的气息，还是那么清香温热。

裴星彤微微推开一下他的脑袋，深沉幽暗的眸子中波光盈盈，伸手抚平他的眉心，轻语呢喃："狐璃，你不许我将你推给别的女人，又明知道我有夫婿和孩子，而且我很爱他们，你说我该当如何是好？是不是该狠心地将你推开，不再和你这样暧昧不明下去，嗯？"

话音落下，空气有片刻静谧。

倏然，狐璃猛地收紧手臂，将她搂紧，蓦然吻上她柔腻的樱唇，尽情宣泄着他此时此刻的情绪。

唇齿紧密相贴，鼻息亲昵交融，粗喘声阵阵。

半晌后，狐璃才微微离开她的双唇，危险地眯起一双妖娆的丹凤眼，咬牙道："你若是敢推开我或是冷落我……”话说到一半他突然停顿了一下，而后咬上她的耳垂继续说，“你若是敢那样做……我就死给你看！”

嗯？好有喜感的威胁。

他寒冽清冷的话语中带着几分入骨的魅惑和警告，裴星彤一时不知该如何反应。他这是在耍赖，还是在胁迫？

这样不负责任的话估计也就只有他能说得出口，果然是个狂野不羁的狐狸精。

裴星彤没好气地嗤笑出声，望进他晶亮而漆黑的丹凤眼中，纤手捋顺了他脸侧的墨色发丝，叹息起来：“狐璃，我确实是个坏女人，所以，还是那句话，我们只做姐弟或挚友，不要再让我变成更坏的女人了，好吗？”她必须要对乖乖忠诚。

狐璃将她如玉的纤手握住，放在唇边轻蹭着，眼角眯起一朵勾魂摄魄的桃花痕：“姐姐，你知道我现在最大的心愿是什么吗？”

裴星彤她眨动着柔美水眸，沉吟道：“为你母妃报仇。”

狐璃失落垂首，眼底的黯然显而易见，苦笑一下后，他有些赌气地甩开她的手：“你果然还是不了解我，不，应该说你从没试着去了解我、在意我、想着我！”

他落寞的神情犹如黑夜中迷路的孩子一般，有无助，有孤寂，还有淡淡的不安。

微微停顿，随即，他又捧起她娇美的脸颊，摩挲着她的眉心：“我的心愿就是……能够把我的味道印在你的心间。”

言罢，他赫然狠狠地含住她的樱唇，掠夺着她口中的甜蜜气息。

裴星彤惊愕地瞪大水眸，虽然他们不是第一次亲吻，但她明显能感觉到狐璃这次的吻跟往常那浅尝辄止的吻不一样，这次的狐璃明显是想要得到更多，也想做到更多。

她收敛心神，猛然推开疯狂掠夺的俊美男子：“……小……小狐狸精，那块……锦帛上的诗句，我……我好像想出……些许端倪了……”

她一边急促地呼吸着，一边断断续续地说道。

狐璃的呼吸急促而粗重，不满她的抗拒，他单手扣住她的后脑，在双唇即将再次落下时，裴星彤的神色已染上了一丝淡淡的微愠：“狐璃，我不喜欢被强迫。”

他凤眼半眯，神色冷峻，望进她漆黑的美眸中，紧紧抿着双唇。

在静静地注视她片刻后，才黯然神伤地控诉：“为何我每次都主动迎上来被你刺伤，还要傻傻地为自己制造幻觉来维持心里的温度和希冀！”

说话间，他已凛然将她推开，而手心却因还在眷恋着她的体温而不舍得用力。

裴星彤安然地在地面上站稳身形，手握着那块明黄锦帛，心扉却已然被他的失落和黯然碰撞开。

垂首，她不停地问着自己的心，是否只是把眼前阴柔俊美的男子当作弟弟看，如果不是，她又能怎样？见一个爱一个吗？她曾霸道地要求东方云霄和东方云轻遵守一生一世一双人的承诺，而自己又何时给过别人这样的承诺？

原来，她真的是很坏啊！

她茫然地凝视着狐璃，水眸中有淡淡的委屈："狐璃，你确实有足够的魅力让任何一个女子为你动心，我也只是一个普通人，但对于你，我仅仅是亲人般的喜欢，仅此而已。一个东方云轻的出现，就已让我对龙绯雨产生了莫大的愧疚和自责，现在你也来逼我，难道要我抛夫弃子吗？不会的！我不会为任何人而伤害和辜负龙绯雨。所以，你说我这个滥情的坏女人能怎样？无所顾忌地与你地下情吗？为什么你们都要逼迫我！"

她越说情绪就越激动，最后连声音中都已带上了微微的轻颤和低泣。

狐璃见此，心头一滞，连忙上前一步，迅速将她拥进怀间，惊慌失措地拍着她的后背："莫要说了，莫要说了，我错了还不行吗？"他一边急忙道歉，一边捧起她的脸颊。"我再也不逼迫你了，反正我年轻，大不了就将他们全都拖死……好不好？"

裴星彤好气又好笑地瞪他一眼，仰首回嘴道："你没有比别人年轻很多好不好？"这家伙整日就会炫耀自己的优势，难道都没有想过把别人拖死的时候，他自己也会变成老头子了吗？

狐璃轻咳一声，摸摸自己白皙俊美的脸颊，轻哼一声："没年轻多少那也是年轻啊，有年轻的谁会喜欢老的，对不对？姐姐！"说到此，他眉眼一转，眼底刹那间便迸射出一抹狡黠的流光溢彩。

俯首，他忽然又贴近她的耳畔，魅惑地继续说："……毕竟年轻的耐用些嘛，哈哈！"

裴星彤呆愣了一瞬间，而后她半眯着美眸，毫无羞涩之意地坏笑着伸出手，猛然探向他的腋下，一边瘙痒他，一边不正经地调侃："好啊，一个连初次都没卖出去的人，也敢调侃我！看来在勾栏院里没少学到东西，赶明儿让乖乖施巫术把你彻底变成狐狸！"

狐璃最怕瘙痒，他连忙跳开身体，绕着木桌逃避她的魔爪："姐姐，人家说的皆是实话啊！而且，我学到的还不止这些，姐姐要不要验收一下我的成果，让我学有所用？"

男子逃跑，女子追逐，不大的房间内顿时充满了他们纯净的嬉笑声，那困扰了她半天的忧愁和神伤都在这一刻被掩埋在了心底。

月上中天，星光闪耀。

两个宫女装扮的女子，在荷塘亭廊处颔首与两队御林军交谈着，其中身材娇小的宫女对御林军统领说："这位哥哥，我们太子妃也就是长宁公主，白日时不慎将一支簪子丢失在这附近，还请您为我们二人行个方便，让我们赶紧找到簪子，好回去交差。"

御林军统领拿过她手上的精美玉佩，在验证确实是狐翡国皇子和公主都拥有的皇族信物时，又还给了她，不卑不亢地问道："公主金枝玉叶，身份尊贵，想要什么样的簪子没有，难道还用得着大半夜出来找一支丢失的簪子吗？"

现在是特殊时期，两个王爷一再强调要严密防范和巡守，以免在有贵客时出什么乱子，他们每个人都绷着所有的神经，不敢有一丝懈怠。

微垂首的宫女闻言后浅浅一笑，悠然而俏皮地回答："这位哥哥有所不知，太子妃确实不缺一支簪子，但那支簪子是有着特殊意义的，因为那支簪子是我们太子殿下亲手雕刻而成送给她的信物。太子殿下和太子妃伉俪情深，恩爱无比，太子妃一直很珍惜和喜爱那支簪子，在发现簪子丢失后，不得不半夜出来寻找，还望哥哥能够体谅。"

御林军统领听她此言，了然地点点头："既然如此，我派几个人帮二位姑娘一同寻找吧。"

宫女连忙摆摆手："万万不可！只要我们二人进去找就可以了！"言罢，在感觉到御林军统领有刹那的疑惑时，她又解释说，"太子妃不想让太子殿下知道此事，惹他不悦，若是哥哥派人跟我们一起找，那岂不是目标太大，势必会被太子殿下知晓的！这簪子有特殊意义，请哥哥谅解吧。"

御林军统领面无表情地点点头，沉声嘱咐："姑娘说得有道理，那我们就不添乱了，二位姑娘速速去寻找吧，莫要因此影响了公主与驸马的夫妻感情。"银月国太子是两位王爷都热情相待的贵客，他们自然也不敢怠慢。

闻言，宫女眼底瞬间闪过一抹深邃和暗沉，微微福身："哥哥如此明事理，奴婢在此代我们太子妃谢谢哥哥了。"

顺利进了平心殿前的庭园，狐璃收起刚刚用来当通行证的皇族玉佩，捏着裴星彤的鼻尖，媚眼如丝："姐姐，你这二十一年来到底有没有说过真话？"

庭园内树木郁郁葱葱，假山安然伫立。微风盈盈拂过后，空气中充满了清冽而凉爽的意韵。

此时，这里没有了白日里的喧嚣和热闹，多了几分幽静气息。

裴星彤不以为意地耸耸肩："我天天都说真话啊！"莫管真话还是假话，只要有人信，就是有用的话。

狐璃胸膛微微震动，揶揄她："那为何在说谎话时连眼神都那么从容自若，比说真话还要信口拈来？我都险些相信了。"

裴星彤左右环顾一周，见周围没有尾巴跟来，她才从怀间掏出那块锦帛，然后说道："我是十项全能，偶尔会说个小谎算什么。"她一边说话，一边仰首望向正空的圆月，神情幽然深沉。

狐璃眉眼含笑，凝视着月光投映下的娇美女子。

此时她微微仰首，肌肤如雪如脂，神情专注而幽婉，眉头轻轻蹙起，柔美而认真的容颜在月光的晕染下，华美而空灵，如天宫仙女般飘逸无邪。

裴星彤在失神的狐璃眼前挥舞着莹白纤手："小子，我们是来办正事的，不是来发呆的！时间有限，你且用点心好不好？"

狐璃收回心神，握住她微凉的纤手，放入掌心中摩挲着，为她取暖，线条优美的下巴毫无诚意地向侧面一撇："那里就是静语亭。"

静语亭就在平心殿的侧前方，中间只隔了一座假山。

两人俯身来到静语亭，一踏入亭廊，狐璃似乎又被勾起了某些难忘的回忆，他一言不发地看着亭廊中间的琴案，开始了今晚的第二次发呆。

裴星彤绕过他的身体，在亭廊里面查看着，她没有打扰陷入回忆中的俊美男子。

月光下的静语亭很美，脚下是潺潺流水，头顶是皎洁皓月，夜色如此旖旎。

在这充满阴谋诡计，明争暗斗的皇宫里，这样一个静谧而幽雅的亭楼阁宇，真不知记载和见证了当时那两人的多少动人故事。

可此时，却唯有用一声轻叹来想象和回忆那曾经缠绵的美人挽歌。

他们之所以半夜冒险入皇宫，就是因为狐天鸿那首诗句，那看似是一首思念爱人的情诗：柔抚琴弦梦千缕，踏入月色如碎金，子夜静谧若无语，我入君怀伉影真，明月当空逢圆时，双影叠缠望平心。

裴星彤不认为狐天鸿只是写了一首普通的情诗而已，那么，这其中必然暗藏着什么玄机。

她和狐璃分析琢磨了半天，才看出一丝端倪，于是，便有了此时这半夜入皇宫的举动。

当年的淑妃娘娘没有把太子玺印给狐璃，一定是藏在某个地方或是某个人那里。藏在某个人那里的可能性很小，因为那东西既是让人趋之若鹜的权利象征，同时也是能带来灾祸的烫手山芋。

故而，淑妃娘娘定然是将太子玺印藏在了某个地方，以淑妃的睿智和聪慧来分析，她绝不会藏在她自己的寝宫——红梅殿内。

白日里，皇上既然已识出了狐璃的身份，那么，他的诗句中或许就有答案。

刚刚在客栈时，狐璃看着锦帛上的诗句忽然想起平心殿的庭园内有个叫静语亭的地方，而狐天鸿的诗句中正好有静语两个字。

裴星彤仔细环视着偌大的静语亭，茫然的思绪流转开来。

既然暗示了静语亭，可是，具体又会藏在了哪里呢？毕竟这静语亭说大不大，可说小也不小，只是普通宫女装扮的他们总不能在大半夜里将整个亭廊给翻个底朝天吧。

她垂首继续看着手中的锦帛，欲从诗句中再找出些许蛛丝马迹来。

正在她静静琢磨的时候，抚摸着琴案的狐璃突然开口：“已经有人比我们早来过这里了……”

他声音很轻缓，却让裴星彤的心头猛然一颤。

她侧垂首，映入眼帘的就是少许木屑和石屑，这琴案和石凳甚至是亭楼的房檐，俨然都是被挪动过或是翻找过的。

眉头微微蹙起，神思豁然明朗，是啊，皇上身边的那个小太监就是狐晋和狐汐的人，而他在平心殿时也看到了皇上提的诗句。如此，他势必会一字不落地转告狐晋和狐汐，而他们两人应该也从诗句中看出了些许端倪，才会早一步来过这里了。

狐璃白皙而修长的手指已抚上了她的眉心，宫女装扮的他若有所思地浅淡一笑："放心吧，他们定然是一无所获，不然此时不会是这般安静的境况。"

闻言，裴星彤赞同地点点头，若是狐晋和狐汐找到了太子玺印，那两人再是同父同母的亲兄弟，也定然不会再像之前那样同心协力，毕竟这龙椅只有一个。

"小狐狸精，你说你母妃会将玺印藏在哪里呢？你有没有跟她心有灵犀，猜测到一星半点。"裴星彤走到琴案旁，若无其事地坐在案前的石凳上。

狐璃慵懒地轻哼一声，蹭到她身边，姿势亲昵地将她的头拥进怀里："我若是能够猜到，那岂不是证明她藏得很失败？"

裴星彤表情一滞，而后仰首谄笑着："呵呵，是哦，你能轻易就猜到的地方，狐晋和狐汐他们定然也会想到。唉，难道我们今夜就白来了吗？"她一边唉声叹气，一边将头枕在他腰际，黝黑的美眸茫然地望着如水的月色。

晚风轻轻拂过，带着丝丝凉意沁入肌肤，狐璃在她身旁的石凳上坐下，手臂环过她的肩头，将她的身体圈在自己怀中，隔着外衫摩挲着她的手臂和后背，为她取暖。

裴星彤静静地依偎在他的怀中，笑纳了他的贴心服务。

她将头靠在狐璃的颈窝，清爽的月光将两人相拥的身影拉长，投映在木质地板上，缠绵而旖旎。

俊美男子微微垂首，入目的就是她恬静的娇颜。此时她正慵懒地半眯着水眸，唇间浅浅含笑，连呼出的热气都裹着令人痴迷的柔软。

狐璃缓缓挑起她的下巴，情难自禁地俯首轻吻了一下她挺俏的鼻尖："真想把现在的美妙瞬间定格为永久，你属于我，我也属于你，我们彼此拥有，不需要轰轰烈烈的抵死缠绵，只是这样静静地相拥……"

他悠然温婉的声音中弥漫着甜美憧憬，而在裴星彤听来，却是一种泛着酸的无奈。她给不了他所想要的承诺，她的情债已经太多，太杂乱了。

清若秋水的美眸眨动，裴星彤抬首凝视着他俊美的五官，顾左右而言他地说道："你说，当时你父皇和母妃是不是就曾经在这里紧紧依偎，让这清华的月色做他们相爱的见证呢，他们当时一定很甜蜜。"

听闻她此言，狐璃的身躯蓦然一震，抬首看向天空的明月，又垂首注视着怀中的女子。沉静了片刻，他神色复杂地启口低喃："柔抚琴弦梦千缕，踏入月色如碎金，子夜静谧若无语，我入君怀伉影真，明月当空逢圆时，双影叠缠望平心。"

他一边背诵着那首困扰他们良久的诗句，脸部表情也渐渐明朗而清透起来。

裴星彤仿佛也领悟到了什么，她垂首瞄了一眼身前的琴案，又抬首看看夜空，此时那空中的明月已慢慢变成了圆月，她胸口的起伏速度和幅度也渐渐变大。

最后，她转首看向身后，那里是叠缠相拥的一双人影……

在惊愕的一瞬间，她与狐璃不约而同地彼此对视一眼，又齐齐地看向了平心殿的方向。

当看见殿宇梁檐弯角处有一抹犹如透明冰晶般的光亮时，两人的呼吸几乎同时凝滞，那个不就是他们苦苦寻找的东西吗？

它此时就明晃晃地躺在月光下，在檐角处散发着清幽而明净的晶莹光芒，诡异又神奇。

呼吸紊乱纷繁，眸光漆黑晶亮。

两人惊愣片刻之后，又无奈而释怀地相视而笑。

这个地方，果然很是出其不意啊。

任何人都不会轻易想到的地方，没想到淑妃娘娘没有将那枚珍贵的太子玺印埋在土下，没有浸入水中，更没有藏在某个暗阁内，而是明目张胆地放在了露天处，任凭它经历着风吹日晒，这样的藏法又有谁能想得到呢。

两人连忙脱下外面的宫女服饰，两个黑衣的人影已在衣袂浮动的下一刻就跃上了平心殿的房檐。

狐璃取下房檐弯角处的太子玺印，紧紧握在手心，眸色黯淡而深邃，静默不语。

裴星彤将纤手抚上他的手背，想要给予安慰，却是无言以对。

她看向他手中的太子玺印，心绪随风飘忽起来。

这个位置不光是出其不意，因为这里虽是露天，可如果不是在正确的地方和正确的时候，甚至是正确的角度，都不会发现这里。

而正是那首诗句给他们制造了对的地方、对的时间、对的角度，才能让他们发现这里。

难怪狐晋和狐汐猜出了静语亭，却是没有找到玺印的丝毫踪迹。

呵呵，此时想来，他们就是将这静语亭给掀翻了也是不会有任何结果的呀。

清风袭来，凉爽的空气让裴星彤收回了缥缈的心神，她抬首看向月光下的妖异男子，他依然定定地看着那块玺印默默发呆，神情恍惚而幽暗。

裴星彤将双手叠放在小腹前，微微福身，唇边绽放一抹明媚笑容，娇俏地启口："参见太子殿下，民女这厢给殿下施礼了！"

她娇脆甜美的声音让沉默不语的狐璃缓缓回过神，眼底的黯然和深邃忽然变得更加幽冷。

双臂伸出，他猛然将裴星彤扯入怀中，紧紧地拥抱着。俊脸顺势埋进她颈窝的发丝间，他呼吸紊乱地咬上她白皙粉嫩的脖子，仿佛是在确定她就在他的怀里。

而后，他急促地喘息着："姐姐，我不想要这个东西，一点都不想要，也不想做什么太子！我要你，我只想要你！当年就是因为这个东西，让我失去了敬爱的母妃，我害怕……害怕它也会让我失去你……"

裴星彤被他有力的手臂勒得有些喘不过气，但她只要稍稍做出要推开他的动作，他在下一刻就会将她勒得更紧。

于是，她只得仰起头，大口大口地呼吸着："小……小狐狸精……你若是再用力些，恐怕……现在就会失去我了……"她被这小子给勒得快要驾鹤西游去了。

晚风浮动，两人如墨的发丝彼此交缠，就像他们此时紧紧贴附在一起的身体，毫无间隙。

见狐璃依然没有要松开自己的意思，裴星彤婉约幽静的眸子中波光盈动。她抽出一只手，表情松懈而慵懒地抚摸着狐璃的发丝："不要玺印怎么可以，你要依靠它来夺回属于你的一切，更是要让被软禁的皇上和离开的淑妃为你而欣慰和骄傲。"

狐璃轻轻地抬起头，一贯妖娆的丹凤眼中弥漫着我见犹怜的清澈，他注视着眼前的娇美女子，"如果我说我不喜欢江山，你会不会嘲笑和蔑视我？姐姐，我真的很讨厌这纷杂的宫廷政变和尔虞我诈。我没有什么雄心壮志和英雄情结，我现在只想跟着你，简简单单、快快乐乐地活着。"

听闻他此言，裴星彤自嘲一笑，她就是个复杂的人，跟着她怎么还有简单的日子过，更何况他们又能以什么身份继续这样暧昧下去呢。

沉思片刻，她抛开幽暗的思绪，俏皮地眨眨眼睛，戏谑道："是哪个家伙一直嚷嚷着要给母妃报仇的，你不夺回你应得的身份，拿什么去报仇？"

狐璃望进她莹润的双眸，小心翼翼地问："那你……不会离开我吧？"

裴星彤巧笑倩兮地摇摇头，捏着他俊挺的鼻尖："不会。"

她这样简单的两个字就已让拥着她的男子心跳加速，唇角勾起，一抹纯净的笑容从狐璃地唇畔跳跃而出，那笑容绽放的刹那，俊颜上的清冽蓦然消失殆尽，一笑间的姿态宛若鲜花开放的瞬间，风靡夜色。

"好了，此地不宜久留，接下来该去哪里想必你是明白的。"她语气轻柔而甜腻，似乎夜风都感染上了她的意韵。

狐璃捉住她的纤手，握在手心中，笑眯眯地说道："姐姐是在哄我吗？"

裴星彤微微一愣，须臾，她挑挑眉梢，心不在焉地回答："呵呵……是啊，你不是说过以后要我哄着你，宠着你吗？"

狐璃妖娆的丹凤眼蓦然一亮，倏地俯首在她的眉心落下一吻，然后赞赏地笑语道："姐姐果然记着自己对我的承诺，姐姐如此乖顺听话，重情重意，值得奖赏！"

裴星彤愣怔地眨眨水眸，没好气地甩他一记白眼，她何时给过他承诺了，那个所谓的承诺还不是他趁着她半醉半醒的时候，强塞给她的！

接受到她白眼的狐璃不仅没有任何收敛，反而更是笑得一脸灿烂炫目。

圆月当空，夜色幽静。

两人换回宫女的外衫又戴上易容面具，顺利地出了平心殿庭园。

没走出多远，裴星彤突然停下脚步，神色深沉而黯寂，狐璃也随之停下脚步，不解地柔声问："怎么了？身子不舒服？"他一边问，一边担忧地仔细查看着她的周身。

裴星彤收回撇向暗处的眸光，深思片刻，掩饰掉眼底的凝重和寒冽，唇角堆起笑意："小狐狸精，你先行一步，我稍后就去与你汇合。"

他握紧她的纤手，语气急切："为何，你要去哪里？"他的眼底此时闪过一丝慌乱和无助，那哀怜的模样就像一只刚被孵出来的小鸡，一刻也不能让母鸡消失在自己的视线之内。

第十三章 你一见他就丢魂

裴星彤无奈一笑："我只是想解决一件私人恩怨而已……"

狐璃依旧紧紧地握着她的手，俊眉蹙起，追问道："私人恩怨？你又想去找他？"

裴星彤垂下头，默然不语，不否定也不应答。

狐璃虽然一贯吊儿郎当，洒脱不羁，实际上他却是个灵秀而心思清透的男子，虽然她并不是去找他口中所说的那个人，但她要去找的人却是和那个人有着不可漠视的关系。

"不行！你一见到他就丢魂，我决不能让你一个人去！等我得了江山，第一个就是将他消灭！"他霸道而强硬的语气中俨然是带上了负气的成分和吃飞醋的意味。

裴星彤斜睨着眼前横眉冷对的俊美男子，娇美的脸颊染上一丝清冷："小狐狸精，他是你的姐夫呀。"

狐璃连忙将她拉进怀中，慌乱地低嚷："他是谁的姐夫我管不着，我只知道他轻而易举就能抢走我的女人！反正我就是不能让你去见他！"

谁……是他的女人了？

裴星彤茫然地偎在他的胸膛，思绪纷飞紊乱。片刻后，她压低嗓音，清冷道："我只是要去解决一下个人的陈年旧账而已，你未免管太多了！"

狐璃松开揽着她腰际的手臂，丹凤眼中潜着清冽的气韵，他咬牙接口："我是你男人，你的事情我自然要管，所有的事情我都要管！"

"你什么时候是我男……"本欲反驳他，可一想自己定然是辩驳不过他，于是只好无可奈何地轻叹一声，转换了语气，"狐璃，我喜欢站在顶峰的男人，你难道不想证明给我看，你有征服我和拥有我的能力吗？"

话不用说太深，这样点到为止已足够。

这个借口，尤其好用，之于东方云霄如此，之于狐璃亦如此。

狐璃微微眯起丹凤眼，眼底瞬间迸射出一抹幽冷如霜的流光："好！你要什么我都给你！但，待我得到江山之日，就是得到你之时！"

说罢，他清傲而凛然地转过身，挺拔的身影急速向红梅殿后院的暗道飞掠而去。

寒凉的空气涌动，夜风中的清香转淡，狐璃已消失在清冷的月色中。

没有了为她的身体取暖之人，肌肤蓦然被一阵清凉的寒气肆意侵袭着。裴星彤下意识地用双手抱住双臂，黝黑水润的眸子迷蒙地望着他身影消失的方向。

沉默须臾，她凝起内息，双足点地，风起，叶晃，身姿轻然缥缈。

偌大皇宫内，虽已到了子夜时分，而个别宫殿依旧烛火通明，巡夜的侍卫一队接着一队，显然是在严密地巡查着。

饶是他们再谨慎，却还是无人能够察觉到一抹如鬼魅般的黑色身影正潜在夜色中，向他们严密巡查的元和宫飞驰而去。

元和宫是狐翡国专门用来招待贵客的宫殿，此时，在那里安歇的正是银月太子殿下东方云轻和长宁公主狐婕宁。

元和宫，华贵而奢靡，气派而恢弘。

此时，一个黑衣女子走到卧寝门外，谨慎地瞟了一眼紧闭的门扉，而后躬身俯首启口，“主子，奴婢春雨求见。”

“进来。”

一道清冽冷漠的声音从门内轻然传出，她才直起身体，推开了房门。

她颔首进到卧寝外间，眼角余光不经意地瞄了一眼长身玉立在窗棂旁的俊逸男子：“主子，他们去了平心殿。”

俊逸男子依旧静静地伫立在那里，仿佛是一座没有丝毫气息的雪山冰雕，周身都弥散着无尽的寒冽意韵：“嗯。”

浅淡如微风的轻应一声，男子背负在身后的玉手已在不自觉间赫然握紧。

春雨抬首，美眸谨慎地看向他，不再言语。

此时窗棂微启，阵阵冷风悄然而进，瞬间卷起了俊逸男子的墨色发丝，轻轻飞舞。

金边雪白云缎锦袍在墨色发丝的映衬下显得愈发缥缈清逸，冷风卷动发丝，让窗棂前的俊逸男子宛若绝世神仙，清冷华贵的气韵无时无刻不散发出夺人呼吸的雍容风情，美得那般望尘莫及，那般颠倒众生。

春雨见他一直沉默，便收回了视线，准备恭身而退。

然而，就在这时，俊逸男子有了轻盈如烟的动作，他转身坐到铺着锦绒毛毯的软榻上，幽冷暗沉的凤眸依然望着冷风徐徐的窗外：“本宫册封你为太子侧妃如何？”

他轻飘如空气的声音毫无预警地缓缓传来，让颔首而立的春雨猛然一震，以为是自己听错了，她呆愣地看向不远处的绝俊男子，恍惚无语。

男子眼帘半垂，幽暗的凤眸毫无温度的冷睨向春雨：“怎么，你不是对本宫倾心已久了吗？莫不是本宫会错了意？”

两句飘忽的疑问话语，却是没有任何语调上的起伏，那冷冷的俊颜寒冽至极，仿佛这问话根本不是出自他口中。

春雨叠放在小腹前的双手无措地攥着，连忙跪倒在地，她慌乱地启口："春雨惶恐，请主子不要赶走春雨！春雨自知亵渎了主子的清姿玉骨，春雨愿受责罚！只要主子不赶走春雨，春雨日后再也不敢对主子产生妄想了！"她一边惊慌失措地请罪，一边隐隐低泣。

此情此景，不是她小题大做，而是因为凤舞宫的人都知道，他们的主子一向不能容忍身边有女子对他痴心妄想。

以前有个春字辈的女弟子只因为太过喜欢他，在日常奉茶时，便情不自禁地碰了一下他的手，就被他无情地亲手了结了性命。

而此时的春雨不是怕死，而是怕他会赶走她，若是失去日后跟随在他身边的机会，那将是比死更让她痛苦。

东方云轻傲然侧首，半眯着凤眸静静地凝视着跪在地面上的美貌女子，他承认春雨的容貌很美，而且对他更是忠心不二。

可是，为何除了裴星彤，他的眼里和心里就再也容不下其他女子了呢？

裴星彤出现之前，他一贯认为自己生来就是那样寡淡，对任何女子都没有一丝一毫的兴致，更别提倾心了。

然则，在裴星彤出现之后，他才知道自己不仅不是天生清心寡欲的和尚命，还是个贪欢的正常男子。

他每日都贪恋着她的一切，恨不得一刻也不离开她！但那只是面对裴星彤而已，面对其他女子时，他依旧是那个寡情无欲的和尚。

心若不动，身又奈何？

清风缕缕吹进，一丝清冽的寒意将他纷乱的思绪抚平。

如今，他想要改变，他想确定自己不是非她不可，想确定自己是个正常的男人。

眼帘垂下，凤眸紧闭。就在春雨已经开始恐慌地冒冷汗之际，他淡淡地吐出轻音："取悦本宫。"

又是突兀而虚无的声音，春雨惊愕地抬起头，眼底的震惊早已超过了刚刚的惶恐。

她脸色木然呆滞，望着那缥缈如仙的男子，心跳几乎停止。

东方云轻眼帘凛然轻掀，冷幽的眸光斜睨向春雨："只要你能取悦本宫，本宫便允你侧妃之位。"

烛火跳跃，风声潺潺，心跳紊乱。

片刻后，春雨颤颤地站起身体，一步一步挪向前面的俊逸男子。她双手紧紧交握在身前，而窗口的冷风怎么也无法吹干她手心的湿腻。

这段距离很近，春雨却感觉走了很久。十五年了，自从十岁那年跟在他身边开始，到现在已经十五年了，十五年来她无时无刻不在痴恋着他，爱慕着他。

而他，一直都不曾正眼看过她。他只当她是众多下人中的一个，因为她一直以来都很守本分，从不逾矩，方得以重用，并可跟随在他身边侍候左右。

她用了十五年的忍耐换来如今能够近距离仰望着他、守候着他的机会。

今天，她终于等到了他的垂怜，虽然明知自己并非走进了他的心里，但这样足以让她欣喜若狂。

她不奢望得到他的心，他是那般不染纤尘，那般高雅雍容，她真的不敢有再多奢望了。

烛光被冷风悠悠摇曳，欢快地跳跃在偌大的卧寝内。

烛火的余晕将春雨窈窕的身姿投映在东方云轻风华绝代的俊颜上，形成一片漆黑的阴影，让他的面色看起来更加阴沉和冷漠。

她轻轻地俯着身，紊乱的呼吸渐渐扑近，而东方云轻依然紧闭双眼，脸上的清冷更甚。

春雨战战兢兢地半蹲在他身前，微颤着双唇小心翼翼地印上他淡凉的双唇，谨慎的动作带着丝丝羞怯，又潜藏着缕缕兴奋。

在四片唇瓣相贴的一瞬间，东方云轻霍然握紧双拳，双膝上的华贵锦袍被他揪搓成了褶皱的两团。

他急促地呼吸着，可这样剧烈的反应不是因为那亲吻而情动，而是因为在极力克制，克制自己想要一掌拍开春雨的冲动。

他努力地默默说服自己不可以那样做，他要向自己证明他可以接受别的女子，他不是非裴星彤不可！

于是，他惊慌地想要张开皓齿伸出舌头来回应春雨，可下意识的动作却是死死咬紧了牙关，怎么也张不开嘴。脑海中更是不断浮现裴星彤娇憨而甜美的笑颜，还有她的万种风情。

此时，她那娇俏魅惑的笑颜正像梦魇一般不停地折磨着他的意识，无法挥去，也无法忘记。

他的身体蓦然后倾，在春雨伸出双手环上他腰际的一刹那，推开了她的身体："出去！"声音寒冽至极，没有丝毫的留恋和温度。

"主子……"春雨猝不及防，在他蛮力的推动下，踉跄几步后撞到了身后的檀木桌沿上，无暇顾及后腰处的刺痛，她惶恐失措地看向俊逸男子。

东方云轻凛然站起身，冷斥道："本宫让你出去！"

不行！真的不行！为什么？为什么？难道真的非她不可吗？

春雨是唯一一个可以近身侍候他的女子，他以为自己至少是可以接受春雨的。

但是不行，他即便是努力将春雨想象成裴星彤，可感觉和气息却是无法假扮，他真的没有办法继续下去。

不是他故作清高，不是他不解风情，也不是刻意抗拒，就是发自心底的无法接受。

呵呵，他是不是被裴星彤下了什么蛊？

春雨不知何时已经退出了房间，空气中又剩下了他一个人的呼吸，那么孤寂萧索。

双拳再次握紧，东方云轻幽深冷峻的眼底已染上一片痛彻心扉的寒戾冷芒，而那冷芒中却是潜藏着些许无助和无奈，还有淡淡的幽怨。

元和宫门外，一身黑色夜行衣的裴星彤躲在树端，查看着元和宫的情况。

她发现那里不仅有皇宫御林军，还有凤舞宫及银月暗卫在严密防守，她在心底冷笑一声。

树叶轻摇，她翩然跃下身体，纤手伸进怀中悄然取出一样东西，昂首阔步地走向元和宫。

在到达门外时，她微颔首，将手里的东西亮出，果不其然，那些来自各个势力的护卫都轻易地对她放行了。

顺利进到元和宫，她将从东方云轻那里偷来的金镶玉放进怀中，神色冷冽如霜。

由于不知要找的那人住在哪间房，裴星彤只能悄无声息地跃上房檐查看。

就在这时，忽然有一个熟悉的黑色身影踉跄着身体从一个房间冲了出来。她脸上带泪，满面尽是颓然的哀伤，单手抚着后腰，身体摇晃。

通亮的月光下，她脸上的泪痕是那般凄凉，她踉跄着身体倚靠在一棵树干上，凄美而决然。

轻风卷动发丝，黑色衣袂浮动，裴星彤旋落在她身前，纤手顺势抽出了腰间软剑，直指向同样是黑色衣衫的春雨。

春雨此时也凛然直起身体，脸上的泪痕已在不经意间被擦干，她面若寒霜地凝视着眼前的陌生女子，清冷而寒戾地启口："你是何人？竟然敢私闯驸马安宿的宫殿！为何而来！"说话间，她的手已悄然握住了袖口中的匕首，随时准备出击。

裴星彤发现了她的小动作，冷漠地勾起唇角，一抹洒脱不羁的浅笑便凛然绽放，她冷睨着春雨，淡语道："为寻仇而来。"

春雨眸色一滞，眼底充满了惊讶。

她不是惊讶有寻仇的找上门，毕竟东方云轻不管是作为凤舞宫宫主还是作为银月太子，都难免会结下诸多仇家。有仇人寻上门并不是什么稀奇事，但此情此景，眼前的女子分明就是来找她个人寻仇的，不是针对凤舞宫，也不是针对银月，那么，她会是……

春雨此刻的表情被裴星彤尽收于眼底，她冷蔑地弯起唇角，一抹冰寒的笑容瞬间弥散在殷红的唇畔，漠然低语："三年前，你我无冤无仇，你为何一定要置我于死地？"

三年前，当她怀着身孕逃离禹州时，半路遇到的黑衣刺客就是眼前的春雨。

最开始，她不仅不知道是谁会半路刺杀自己，就连对方是男是女也不清楚。直到东方云霄和漠黎恰巧赶到救了她，她在拍向刺客胸前的那一掌时，才惊觉对方是个女子，而那女子在迎战漠黎的时候，迫不得已之下竟然使出了凤舞宫的独门绝学飞天剑。

所以，在那一刻她就确认了那刺客的身份，她就是春雨。

裴星彤持剑的手依然保持不变，另一只手却缓缓摸到了耳畔，轻轻一揭，一张面具被扯下的瞬间，面具后那张绝世倾城的容颜便暴露在月色下，妖娆明媚，空灵若仙。

风起，叶摇，两人就那么凝视着对方，脸上均是如霜的冷漠。

春雨摸向匕首的手悄然收回，静静伫立在裴星彤的软剑前，沉默不语。

裴星彤冷睨着她，思绪百转千回，其实打打杀杀属常事，想要她死的人也不在少数，如果对于每个要杀她的人她都要寻仇，那她岂不是要永远这样冤冤相报下去！

而她只是很寒心，自己待春雨一向不薄，平时不仅没有把她当下人看，更是崇拜她能同时拥有惊人的美貌和高超的武功，她不认为自己和春雨之间有什么深仇大恨。

而且，她最无法接受的是，那时的她不仅武功一般，而且还是个孕妇，春雨出手时显然是毫不留情。

春雨想要杀她可以，但是要杀她的孩子就绝对不可以，虽然东方云霄及时救了她，可若他没有巧合地遇到她。那么，三年前她就已经是一具尸体了，一尸两命啊。

深呼吸，裴星彤收敛起缥缈的思绪："我不相信你会没有理由就要置我于死地，难道那个理由让你很是无法启口吗？"

春雨垂眸，凝视着地面上的剑影，冷凄地开口："既然已经发生过了，知道理由还有何必要？"

她的声音飘忽而炎凉，莫名地蕴藏着浓烈的哀伤和颓势，仿佛已然极度绝望。

裴星彤半眯起美眸，表情凛冽："好，既然你不愿说，我再追问也是无果，我们今天就做个了结吧！我是个爱记仇之人。所以……取出你的武器，我们到一个没有人的地方一决胜负！"

春雨抬眸，唇角勾起，一个凄美温婉的笑容便洋溢在她的唇边。

可她此时的表情却是让裴星彤无法参透，那笑容明明很悲戚哀愁，却又蕴含着些许解脱和释然，还有不再做任何挣扎和反抗的绝望，甚至还有一丝浅浅的喜悦和释怀。

而就在裴星彤失神想要读懂她眼底的深意时，春雨猛然倾身上前一步，接着，就是剑尖刺入肉中的声音。

噗！鲜血伴着剑尖没入身体的声音喷涌而出。

裴星彤看着那刺入春雨胸口的软剑，赫然一惊，下意识地欲抽回软剑。她确实是来报仇的，但她要的不是用这种方式来了结仇人，她要的是公平决战，而不是春雨这般自杀式的行为。

她的心神微愣之时，一道飘逸而华美的身影倏然飞掠而至，他迅速将受伤的春雨抱在怀中，冷寂的凤眸斜睨向惊愕中的裴星彤，眼底竟是出现了刹那的惊喜和迷蒙。

他如玉的手在夜空中轻然一挥，两个黑衣暗卫便飘然落定在地面，在他的示意下将受伤的春雨搀扶住。

而春雨则无力地捂着胸口，脸色苍白如纸。她依然浅笑，毫无血色的唇瓣却是在轻轻嚅动，没有声音，可裴星彤却看懂了她话中的意思，她说："你不配拥有他！"

这个他，她们两人都知道指的是谁。

难道这个就是春雨要杀她的理由吗？是啊，饶是春雨再刻意掩饰，她眼中对东方云轻的情意仍是会有因情不自禁而流露出来的时候。

又是爱情，这个让多少人沉沦其中的东西，到底蛊惑了多少人的理智？

两个暗卫已将春雨搀扶下去，裴星彤愣怔地凝视着眼前俊逸若仙的男子。

他双手负在身侧握成了拳，淡泊的凤眸一眨不眨地看着她，专注而深情。然而，俊美绝伦的容颜上却是没有任何表情。

裴星彤身体微颤，下意识地退后一步，连手中的软剑都险些掉落在地上。

他清瘦了，却也更加脱尘俊美了。他飘逸的身姿在月光的投映下，宛若触摸不到的幻影，眼神流转的瞬间，已是无尽的惊艳！

她想要离开，不，确切地说她是想要逃开，逃开这个令她呼吸困难的地方，可是双腿仿佛有千斤重，怎么也抬不起脚步。

此时他清瘦俊美的脸上是决然的冰冷，而单单是他一个幽怨的眼神就已令她心神动荡，若是再继续待下去，她也许真的会窒息而死。

狐璃说得没错，她只要一见到东方云轻就会完全失去理智和意识，像个没有灵魂的躯壳。

东方云轻上前一步，裴星彤惊慌地喊道："不要动！不要过来！"

说出这几个简单的字她已是气喘吁吁，手中的软剑也当啷一声掉落在地。

她抗拒和疏离的话语让东方云轻的面色猛然蒙上一层寒戾，凤眸中的光芒幽寂冷冽。

裴星彤赫然转过身，在用尽所有的力气准备逃开时，幽香的劲风已然袭到她身边。下一刻，她轻盈的身躯就被东方云轻霸道地揽入怀中。

裴星彤惊慌失措地惊叫出声，他幽香而清冽的双唇却已然落下，吞没了她所有的声音。

身体仿佛被刹那抽空，她无措地瘫软在她熟悉的怀中，任凭他肆意地强取豪夺着。

脑中混沌一片，心跳错乱无序，黑色与白色的衣袂缠绵紧贴，东方云轻狠狠地吻着她，贪婪地掠夺着她口中的甜蜜和馨香。

夜风骤起，发丝纠缠，当口中的甜蜜伴着一缕清凉的咸味滑过他的薄唇时，他猛然掀开眼帘，入目的就是裴星彤带泪的娇颜。

东方云轻呼吸一滞，心口仿佛被她的泪痕刺痛，他白皙而修长的手指轻柔地摸上那晶莹剔透的液体，柔软的爱恋已在不觉间挤进了钝痛的心田。

双唇再次落下，他的动作已不似刚刚的狂野，细腻温柔得令人心疼。

他轻轻吻着她的双唇，尽情享受着那沁入心脾的甜香味道。

在这一刻，他已然确定，原来真的非她不可，自己身体里的每一个细胞都痴迷而眷恋着她！

是痛，是爱，是恨，是怨，此时此刻各种情绪纷至沓来，扰乱着他的心思和理智，更是迷茫了她的意识。

清冽的月光惹出缕缕温婉的幽香，缠绵地流连在她的鼻腔，徘徊不去，勾起了往日的所有柔情蜜意，冲破理智的围墙，让她只能无助地沉浸。

明明想要抗拒却是毫无力气，裴星彤只能这样无措地接受着他一贯温柔而幽香的亲吻。

而眼角的液体不知是因恨他或眷恋他而流，还是为自己的不争气而流。只知昔日的甜蜜回忆，幻化成了此时凄寂的忧伤，岂是几滴冰晶液体就能释放的。

总之，东方云轻就像一碗白酒，表面看上去如白水一般温和淡然，而在饮下后的瞬间就会让人毫无预警地沉迷其中，醉得一塌糊涂。

他的手臂越收越紧，勒得她几乎无法呼吸，抗拒声只能在他的口中化作浅浅的嘤咛，从而也将东方云轻的气息点燃得更加炙热而急促。

冷风吹来，冰冷了肌肤也清醒了神智。她身体散发着柔柔的暖意，而这温暖是来自后腰处那双搂着她的手，属于他的劲气正如他的人一样，侵袭着她身体的每一个角落，温暖而舒润，挣脱不掉。

明眸中盈光流转，片刻清醒的意识让裴星彤突然将微颤的双臂紧紧环上俊逸男子的脖子，变被动为主动。然后，她踮起脚尖，用力地回应着他，咬着他。

两人间的气息和味蕾那么熟悉且契合，所有的一切依旧都是完美得不可置信。

鼻息交融，唇舌纠缠，他们彼此用力地吻着对方，仿佛要将这刻骨铭心的相思和爱恋全部咬穿。

两个人都是用力睁大双眼，紧紧盯着对方近在咫尺的容颜，在彼此的眼底倒映出那挥之不去的印记。

半晌后，冰玉之姿的雍容男子忽然将温热的薄唇移至她的耳畔，温润的声音低沉而幽怨："我恨你！"

裴星彤的心跳蓦然一滞，一双翦水秋瞳装满了惊愕和疑惑，她想过很多种可能，就是没想到东方云轻只是说了这三个字，三个让她不明所以的字。

发丝纠缠，心绪缥缈。

耳垂处传来了灼痛感，让她恍然回神，双手抵住他有些清瘦的胸膛，接着，两人彼此毫无间隙的身体便被冷风吹穿，通体冰凉。

裴星彤迷蒙而薄凉的美眸静静凝视着他淡泊如水的凤眸，暗暗轻咬一下舌尖，才找回自己的声音："……云轻，放手吧！只要放手，你依然是凤舞宫至高无上的宫主，远离朝堂争斗，就此逍遥尘世岂不快哉！得到天下真的有那么重要吗？高处不胜寒，那个高高在上的位置需要付出的代价太大了，也许当你真的得到那个位置时，便会发现，你除了那个位置便真的什么都没有了。"

说完这些话，她的力气几乎被抽干，身体只能瘫软在东方云轻的怀中。

只是凝望，便已成痴，成狂。

东方云轻再次将她拥紧，一贯淡若秋水的凤眸此时潜藏着黯然孤寂，美如冠玉的容颜也在月色下弥漫着如霜的冰寒。

而此时此刻，他的思绪在不断地翻飞萦绕着。

以往，她最喜欢每日都攀着他索吻，那眉眼弯弯的娇憨容颜只为他一人展现；每当有什么企图和需求时，她就会卖力讨好他，毫不掩饰地对他大献殷勤；当他佯装不高兴时，她还会使尽浑身解数来取悦他；当他亲吻她时，她会将所有的风情都呈现在他眼前，迎合他。

她每一个楚楚动人的表情和摇曳生姿的眼神，都深深印刻在他的心尖上。然而，当那些甜蜜和美好都只能变成过往云烟来回忆时，便成了荡涤心扉的钝痛和刻入柔肠的怨恨。

现在的她是这么冷漠，这么疏离，这么让人又爱又恨。

东方云轻迷魅的凤眸倏然眯起，将幽香温热的气息呵在她的脸上，语气没有了以往云淡风轻的温润，他此时的神韵凛然清冽："你怎么可以这般对我！嗯？你怎么可以对我如此狠心！"他没有回答裴星彤的话，却是说出这样一番突兀的话。

听闻他此言，裴星彤倒映着璀璨星光的水眸顿时溢满一片迷蒙，她轻喘着凝视着他俊逸脱尘的容颜，却怎么也不明白他为何会说出这样两句质问和抱怨的话。

她才是那个受到伤害的人啊！

当年，他用假意的柔情掠获她的心，他用无限的宠溺让她身心沉沦，可是最后，他却用冰冷的欺骗和利用将她心里的美梦无情击碎，化作泡影。

此时此刻，他为何会说出那样的话呢？

纷乱的思绪让裴星彤头痛欲裂，仍是想不出他话中的寓意。

难道他以为她三年前堕掉了他们的孩子，所以才会这样气恼她怨恨她吗？他又不爱她，还会这般在意他们的孩子？

不过，她不会将若若的存在告诉东方云轻，他刚刚显然是没有接受她的建议，既然如此，他们就还是敌人。所以，她不会告诉东方云轻他们有个活泼可爱的女儿，叫若若。

一句"我恨你"和两句怨怒的质问，就是东方云轻今晚所有的语言，而裴星彤却是陷入了无尽的迷蒙中。

抬眸，清澈的水眸不经意间瞟到了他已然红肿的优美双唇，那正是她肆意而为的结果。

他真的清瘦了，从他的腰身和脸颊处都可以轻易感觉到他比以前瘦了很多，连那修长手指的骨关节都比以前明显了。

为何会这样，他已经有了恩爱而如意的妻子，而且他的妻子也已经有了身孕，显然是快要生了，虽然他不会知道若若的存在，但他以后还会有别的孩子，他现在的生活如此和谐美满，怎还会将自己的身子弄得这么清瘦。

眼底流光转动，想到他会和别的女人生孩子，裴星彤的心头突然就像被尖刀狠狠剜刺一般，痛得鲜血淋淋。

月光如水，星辰闪耀。

他们相互凝望，却彼此成殇。

就在裴星彤既心疼又心痛的时候，一个小宫女突然从元和宫寝宫冲了出来，她神色慌张地奔跑而至，在惊觉东方云轻的怒意时，小宫女连忙敬畏地跪倒在冰冷的地面，有些哽咽："启禀驸马，公主……公主突然感到身体不适，说是……腹部坠痛，请驸马快去看看公主吧！"

东方云轻神色一凛，眸子中出现片刻迷惑，他冷睨着跪倒在地的小宫女，双手却依然紧紧拥着怀中的娇美女子，静默不语。

裴星彤顿时感觉呼吸停滞，脑海中混沌一片，她是过来人，以小宫女描述的状况来看，狐婕宁……应该是要生产了。

呵呵，他们有孩子了，而若若只属于她自己！

不知呼吸是在何时再次回到胸腔的，裴星彤整理起忧伤的心绪，努力掩饰掉眼里和心里的钝痛，内息凝起，她猛然挣开东方云轻的钳制。

轻盈的身姿翩然后退，柔软的发丝轻舞飞扬，绚烂了明朗的夜色。

察觉东方云轻即将倾身上前追逐她，她灵敏地用脚尖踢起掉落在地面上的软剑，身体轻旋，软剑悠然入手，而剑尖直指眼前这个让她意乱情迷的俊逸男子。

她唇角微勾，凄绝而冰冷的笑容便绽放在红肿的唇畔："快去找御医吧，她要生产了，这种时候，你是最应该守护在她身边的人！"

话音落下，人影飘散，只留下清泪一滴，滋润着清冷的月光。

第十四章 我想你了

午夜的街头，一个身形摇晃的窈窕女子正深一步浅一步地走着。

她一身黑色夜行衣，面色清冷，无悲无喜，娇美的容颜上只有一片看不透的凛冽，从那摇晃的身形和不停饮酒的动作可以猜测出，她，是在凄寂夜色中买醉之人。

月光流泻，树影婆娑。

她右手握着一只酒葫芦，不停地向嘴里灌着，由于灌得太猛，透明的醇香液体有一部分已然溢出了唇角，顺着下颚滑进衣领内，冰凉了肌肤，也寒冷了心扉。

手臂抬起，她随意地用衣袖抹掉嘴角的湿润。而后，她弯起唇角，苦笑溢出。

为什么她还不醉，喝了这么多的酒，不仅喝不醉，反而是越喝越清醒，身体已然在吃力地支撑，而心神仍是无限清透。脑海里都是那挥不去的冰雪之姿，清冽幽香及那句不明不白的“我恨你”。

她毫无诚意地瞟了一眼酒葫芦，原来，想醉也是这般难。

耳廓微动，水眸的余光睨聚在眼角，一抹流光闪动在夜风中，在瞥到身后那两个尾巴时，她笑了，笑得洒脱不羁，笑得冷蔑高傲。

她深邃幽冷的眸光收回，继而，表情又恢复了如霜如冰的寒冽。

抬步，她继续漫无目的地往前走着。

纤臂再次抬起，银光轻盈倾斜而下，在夜色中呈现出一条晶亮的线条，而后精准地悉数流入女子口中。

然而，那摇晃的身形竟是勾勒出了一幅优美画面，再配上她此时此刻的清冷神色，整个人都散发出亦正亦邪的气场，邪魅而性感。

轻风拂过，将透明液体沁入了更甚的冰凉中，入喉的辛辣也潜着丝丝清润和甘甜，易入口，心难醉。

每个女人在生孩子的时候，都希望自己的男人就在身边陪伴。其实，这个时候的男人并不能帮到什么忙，但是他们的陪伴就是女人的心安。不需要说什么，也不需要做什么，只是静静地陪伴就是最好的安心剂，最好的止痛剂。

而今晚，有个男人没有陪伴过曾经生产的她，却是会去陪伴另一个即将生产的女人。

三年前，在她生若若的时候，她同样希望自己的男人能陪伴在身边。

不过，那时候虽然没有孩子亲爹的陪伴，她身边依然有一个人一直陪在她的左右。

在她腹痛的时候他焦急惊慌，不停地在门外踱步；在孩子出生时，他欣喜地冲进产房，想要抱着那个丑陋的小家伙，却是伸出了手又收回，收回后又伸出，生怕自己的无知和鲁莽碰坏了小家伙，典型一副想爱却不敢爱、不会爱的模样。

当时，他脸上溢满了初为人父的激动，虽然那时候的她仍是将他拒在心门之外，而他却将那个小家伙当作自己的孩子；往后的日子里，只要是有关若若的事，他都会亲力亲为，乐此不疲，享受其中；再然后，他就将那个淘气的丫头宠上了天，甚至已经到了溺爱的程度。

他，是一个如阳光般和煦温润的男子，那如晨曦般的笑颜总是能不经意地闯入她的心扉；他，是一个如海水般纯净清透的男子，那含笑的双眸和自然上翘的唇角，都是她无比眷恋的温暖。

他，是她的夫君。

思绪翻飞，唇角因想到他而溢出笑容，在娇美的脸上晕染开来，甜蜜而美妙。

眼帘掀起，轻风卷动不远处的水蓝色衣袂，如玉般的缥缈身姿竟是比天上的月光还要雍容华贵。

唇角上翘，眸色深情，那熟悉的气韵正是令她心驰神往的梦里天堂。

手中的酒葫芦蓦然落地，裴星彤用力眨眨眼后稳住身子，迷蒙地看着月光下的前方。

一眼望去，她心跳加速，气息奔涌。

前方，有他……

眼帘猛然闭上，又小心翼翼地慢慢睁开，那道俊朗身影依旧在不远处的前方，清俊玉立。

裴星彤连忙做了几个深呼吸，可还是难以压制住狂乱的心跳。

飘忽的脚步抬起，她缓缓前行，走向温柔浅笑的男子，却是不敢抬头看他，怕那俊挺的身影只是自己的幻觉。

身形谨小慎微地慢慢贴近，轻然抬首，而后竟是露出了一脸的傻笑。

她惊喜地眨眨水眸，眼底是无尽的流光溢彩，渲染了清冷的夜空。歪着脑袋，她继续娇憨地傻笑着："……你是我的夫君吗？"

"是。"清香纯净的热气呵出，在空气中形成了淡淡薄雾。

他的回答让娇美女子瞬间露出两排洁白的皓齿，继而，唇角那傻笑的痕迹更深了。

此时的裴星彤就像个得到糖吃的小女孩，笑得纯真无邪："你是我的乖乖吗？"酒气喷在俊朗男子的脸上，她傻笑着继续发问。

“是。”双手依然背负在身后，水蓝色锦袍的男子垂首而望，含情脉脉。

裴星彤眉眼弯起，犹如弯月，眸底的光芒璀璨夺目，晶亮潋滟。

如玉的纤手伸出，缓缓向他俊雅的脸颊探去，眸光欣喜。

然而，在即将抚上他白皙的肌肤时，她又惊慌失措地收回手，垂首兀自低喃：“看来，这回我是真的喝醉了。唉，那么我现在是眼花出现了幻觉呢，还是醉得不省人事在做梦呢？”她真的不敢去碰触近在咫尺的男子，怕一碰他就会消失不见，从而击碎了此时的美梦。

“星彤……”清朗舒润的声音发出，龙绯雨已将垂头丧气的娇美女子拥进怀中，手臂狠狠地收紧，垂首将脸埋进她颈窝的发丝间，贪婪地呼吸着熟悉而想念的味道。

裴星彤的身躯蓦然一震，久久无法回神。

夜风轻拂，卷动了两人的衣袂，交缠飞舞。

当冰冷的身体渐渐回暖时，她才恍然发觉颈窝处的呼吸是那么真实而温暖，鼻端的气息是那么令人迷恋。

原来，不是酒水醉晕了她的意识，而是这个男子迷醉了她的心扉。

她伸出手臂猛然环住他挺拔的腰身，眼帘垂下，冰晶般的液体再次滑出眼睑，顺着吹弹可破的白皙脸颊流落在他肩头的锦袍上，弥散开来后，形成两片深色的痕迹。

她忽然发现，今晚流的泪水比过去二十几年里流得都要多。

不过，只此一次，她要把所有的情绪都发泄给今晚，而后不再流泪：“为什么，为什么我每次痛心疾首的时候你都会及时出现，给我依靠？为什么每次我孤寂无助的时候，都会得到你的温暖？为什么每次在我最狼狈不堪的时候，都会把心里的脆弱全部呈现在你面前，而后又这么理所应当地得到你的安抚……”

龙绯雨优美的双唇带着炙热的温度亲吻着她的耳廓，呢喃轻语：“因为我爱你。”

裴星彤窈窕的身体瞬间僵住了，在龙绯雨即将拉开两人紧贴的身体时，她猛然收紧手臂，将脸更深地埋进他的胸膛，声音哽咽轻泣：“……绯雨，对不起！”

没有全心全意地去爱着你，所以对不起；因为别的男人而心伤，却要你来抚慰伤口，所以对不起；一味享受着你的给予和宠溺，却没有为你做过什么，所以对不起。

龙绯雨的唇角依然上翘，修长的手指抚摸着她柔软的发丝：“我们是夫妻，不需要说‘对不起’，我们也是彼此的温暖港湾，冷了累了，只需要轻轻转身便可以随时停靠。”

他轻柔和煦的话音一落，怀中女子突然号啕大哭：“呜呜呜……不要再说了好不好？我会受不了的！呜呜……”

他总是这么温柔与宽容，一再纵容着她的任性和随意，而她却辜负了他的一片痴心，这样的感觉真是让她羞愧难当、自责不已。

薄纱床幔被撩起，龙绯雨一边细心地为她更衣，一边娓娓叙述：“玫风皇帝已做好防备部署，但若是银月与狐翡真达成了联手协议的话，那么玫风将难以招架。女皇拜托我给你带口信，如若你能为玫风摆脱此次危机，她愿意提供任何形式的辅助条件，包括你可以任意调遣玫风的将士。"

裴星彤慵懒地半眯着明眸，静静地听着龙绯雨的叙述。

没错，之前她让裴影彤赶去东海龙宫帮她抢回她夫君的时候，就已嘱托他，让他和龙绯雨秘密去往玫风。让他们通知玫风的皇帝，银月欲与狐翡联手夺天下，所以，龙绯雨现在才会有此番话。

眼帘掀起，她莹润的水眸中闪过一丝自己都未曾察觉的黯淡："乖乖，既然玫风女皇如此慷慨地顾全大局，难道没有同意我的建议吗？"

龙绯雨弯起双唇，笑意浅淡："同意了。"

"哦？那为何只有你一人来了？"

龙绯雨羞涩一笑，如实回答："我急着赶来见你，与他们的队伍分开行进，估计他们应该也快到了。"

裴星彤伸出纤手，捏捏他绯红的俊颜："我的乖乖脸红时最是迷人。"

在如期看到他的表情更加无奈而宠溺时，她呵呵一笑，转换了暧昧语气，继续说道："看来玫风女皇确实很有诚意呢，她准备要哪位公主来和亲？玫风既然是女子主天下，那位和亲的公主真的愿意嫁人吗？"她的问题有些急切，但她自己却浑然未觉。

她给玫风女皇的提议就是让玫风主动与狐翡国和亲，如果两国能够顺利和亲，那么，在没有十分合理和不得已的理由下，两国便不可能轻易交战。到时候也能躲过一场生灵涂炭的厮杀，也就等于救赎了众多鲜活的生命。

只是，两国和亲可以让百姓和军队躲过劫难，纵有千好万好，却只是委屈了两个被命运捉弄之人。

毕竟，两个素不相识也没有感情的人，为了国家利益和百姓疾苦却要赔上自己一生的幸福，对这两个牺牲自身幸福的人来说必然是残忍的。

龙绯雨手上的动作微顿，浅浅凝视着她，虽然此时她的脸上是一派淡定从容与漫不经心，但那冷漠神情下的心绪却是逃不过他的眼睛，她明明是在意这次和亲，却要装作不在意，此时她只是将自己的心意掩藏了起来，为的是他龙绯雨。

但是她不说，他就不会戳穿她的掩饰："是大公主——慕翊秋。"

这回，裴星彤终于掩饰不住自己的惊愕了，她微张着嘴，不可置信地注视着为她更衣的俊雅男子："慕——翊——秋！她……"

裴星彤是无论如何也没想到，慕翊秋会前来和亲，她是玫风的长公主，如果她能继续在玫风的话，必然是下一任女皇的不二人选。

可她为何会放弃继承皇位的机会，而远嫁到狐翡国呢？玫风明明还有其他公主的呀。

她的神色被龙绯雨尽收眼底，他轻叹一声，不紧不慢地为她解惑道："我将他的画像给女皇看了，慕翊秋也看到了，在看过他的画像后，她便决定自己来狐翡和亲。”

意思就是说慕翊秋对画像上的男子一见钟情，便毅然决然地放弃了在玫风继承皇位的权利和机会，而选择了那个让她倾心的男子。

震惊过后，裴星彤只能浅淡一笑，忽然很敬佩这个未曾谋过面的慕翊秋，为了一个一见倾心的男人而放弃了江山，这将是怎样的勇气！

这样也好，如果能得到这样豪迈女子的倾慕，他……一定会幸福的。

如果他幸福，她也就不算做了一件坏事。

“如果你后悔了，我这便去知会玫风女皇和慕翊秋。”龙绯雨把裴星彤拉坐在一旁的软榻上，将浸过温水的锦帕递给她。

手心攥着温热的锦帕，她恍然回神。

“乖乖，我承认自己喜欢狐璃，但那仅限于姐弟亲情和同盟患难情，你会怪我吗？”她和狐璃之间的暧昧她不想掩藏，因为她知道根本瞒不了龙绯雨，越是隐瞒她就越对他有愧疚感。

她是个已婚的女人，即使对另一个男人只是喜欢和习惯，也是不可原谅的。

龙绯雨轻轻将她拉进怀里，用线条优美的下巴磨蹭着她的发顶，柔声道：“只要你爱的是我便好。”

裴星彤窝在他的怀里：“乖乖，我爱你！我的夫君也只会是你！”

他嘴角的弧度愈发清晰，够了，只要她有这句话就足矣。

裴星彤从他怀中挣脱而出，把龙绯雨按坐在软榻上，用手中的锦帕帮他擦拭着脸颊：“阿影他可是在玫风和亲的队伍中？”

俊朗男子温润浅笑地享受着她的服侍：“嗯，因担心进了狐翡境内后会遭到狐晋和狐汐的阻拦和暗杀，他便留下做帮衬，以便慕翊秋能安全顺利地入京城。”

裴星彤的唇角漾出明媚的笑意，很赞同他们如此周全而妥当的行事，可那笑容还未保持多久，便生生凝固在那张美憾凡尘的脸颊上：“乖乖，糟糕了！狐璃他到现在还没有回来……”天啊，昨晚她光顾着和龙绯雨耳鬓厮磨，竟然忽略了狐璃一整晚都没有回来！难道……

按他们事先的计划，狐璃昨晚应该是去了杜旭的将军府和陆丰的尚书府，可也不至于一整晚都没回来啊！

现在满城都是狐晋和狐汐的亲卫军在严密搜寻和缉拿他们二人，而昨晚自己已被两个黑衣人跟踪，那么，狐璃岂不是很危险！

龙绯雨凛然站起身，轻柔安慰：“星彤，你先莫急，即使是狐晋和狐汐抓到了他，暂时也不会伤害他的。”

裴星彤冷静地点点头：“嗯，他们想要的是太子玺印，在得到玺印之前他们确实不会伤害他，但就怕他们狗急跳墙。事不宜迟，咱们现在就去探听他的下落！”

昨晚，他们在得到玺印后，狐璃并没有将玺印带在身上，而是放在了她这里，此时看来，他还真是很有先见之明。

如若狐璃昨晚将玺印带在身上，而又真的被狐晋或狐汐抓到的话，得了玺印的他们便再也没有留下狐璃的必要，定然会立刻杀了他，毕竟狐璃现在并未以真实身份示人，他们下手也就没有任何顾虑。

龙绯雨连忙按住她的身形：“昨晚我发现有人跟踪你，如果他们抓到狐璃而发现玺印并未在他那里的话，定然会主动找上你的，你只需在此耐心等待，不必冒险出去探听。”

他细腻的心思和清晰的思维让裴星彤赞叹地点点头，唇角溢出一抹苦笑。

人，真的是感情动物啊！相处得久了，又怎会没有一点感情，即便是亲情或友情。

正在他们说话之际，忽然从窗口射进一枚铁质飞镖，带着冷冷的温度飞速而来。

龙绯雨眼疾手快地揽住裴星彤的腰身，颀长的身体悠然轻旋，便躲过了那支差点伤到她的飞镖。

手臂松开，在她微愣之际，龙绯雨已然将钉在木柱上的飞镖取下，并解下绑在上面的布帛。

看过上面的内容，他又面色凝重地将布帛递给了裴星彤。

她在看过之后，则危险地眯起明眸：“好贪婪的人心！”

布帛正是狐晋送上门的，他的要求不仅是让她交出太子玺印，还要那个所谓的神秘利器——玄铁雷火萧。

她将布帛冷冷地扔到木桌上，蹙眉道：“乖乖，那支武器我留给了东方云霄，让他用以拉拢银月那个爱武器成狂的大将军。”

那支武器杀了魔纳以后，就未曾再用过它，因为玄铁雷中的关键暗器只有一个，没了暗器的玄铁雷她用就是废铁一块。她便物尽其用地给了东方云霄，让他拿着它去拉拢银月的大将军。

眼帘垂下，她无声地轻叹，继续浅声说：“而且我是绝不可能把这枚玺印交给狐晋他们的……”

但，万一狐璃有了什么不测，她留着太子玺印又有何用？

阳光明媚的上午时分，室外的空气中却弥散着清冽的寒意，侵袭着肌肤。

客栈室内，裴星彤白皙的纤手伸进怀中，随即手心里已多了一块锦帕，锦帕被包裹成一团，俨然里面是有什么东西：“乖乖，狐天鸿被狐晋他们软禁了，他身边有两个江湖中的顶级高手在监守，只有你可以在不被他们发现的情况下见到狐天鸿。所以，这个东西现在放在他那里反而是最安全的，也是最能发挥效用的。狐晋约定的地点在城外，我先行一步赶去接应慕翊秋，并向她调拨一批人马，再去赴约救狐璃。”

龙绯雨正色点头，可在接过她手中那块锦帕的时候，他将裴星彤拉进了怀中，轻然俯首间，双唇便顺势吻上她的双唇。

在感觉到她滑动喉咙做了吞咽动作后，他才缓缓松手，在她即将说话时，他抢先说道："就当为了保护我们未来的孩子好吗？况且龙珠给你后，我们便可以感应到对方的气息，还可以用意识交流，传达信息。所以，就当为了让我安心和顺利地完成这次艰巨的任务，不要再拒收了好吗？"那晚，她说想要为他生个属于他们的孩子，他激动不已，喜悦之情无以言表。此时此刻，他愿意把自己最重要的东西再一次送给她。

裴星彤水润的美眸中漾起甜蜜的感动，沉思片刻后，她温婉一笑："好，我不拒收。但是，为了我和我们未来的孩子，你一定要保护好自己，不要再像上次一样让我痛心疾首了！"说到这里，她停顿一下，故意黑着一张脸，语带威胁，"不然，我真的会生气，而且还会像上次那样把你气走。"

龙绯雨俯首，亲昵地蹭到她耳畔："放心吧，有你在，我舍不得再受伤了，因为变成蛇身的日子属实很难过，只能那样干巴巴地看着你，却什么也做不了。"

他温热的清新气息扑在她耳廓，顿时传来一阵酥酥麻麻的感觉，就像有一根轻柔的羽毛在心头划过，激起一片抓心挠肝的涟漪。

裴星彤半眯起美眸，斜睨着半害羞、半得逞的俊朗男子，而后暧昧而邪肆地笑道："我的乖乖学坏了啊！

说着，她伸出白皙的食指探向他的胸口，还坏心地故意停顿摩挲几下，媚眼如丝："我也喜欢人身的乖乖，能看能用。"

龙绯雨连忙捉住她那只做乱的纤手，白皙的俊颜上瞬间腾起一片好看的红晕："为夫知错，日后再也不敢。"

嬉笑阵阵，深情凝望，他们在依依不舍中短暂分开。

此时的短暂分开，为的是以后能够永远在一起。

京城郊外，此时有一个身着普通青色粗布衣衫的人，正静静地潜伏在粗壮的大树上，她头戴薄纱斗笠，向远处不停地张望着。

轻风骤起，她在耳廓微动间已飞身而下，安然落座在树下一匹骏马的背上。手握住缰绳，双腿蓦然夹紧，身下的骏马便向着前方飞驰而去。

马蹄声起，尘土卷烟飞扬。一抹风驰电掣的青色身影，正宛若腾云驾雾一般急速而行。

行进了半盏茶的时间，她穿过了一个小山坳后，匆忙收拢马缰绳，一人一马停在一个小土坡上。

放眼望去，当一支商队出现在她眼帘内时，她微微皱眉后，失望地轻叹一声。

这条路是一条崎岖的山路，她以为慕翊秋他们会选择这条路入京，便在此迎候，可没想到却是一支普通的商队而已。

默然垂首之际，她暗暗奇怪，一般的商队都会选择宽阔的官道行进，因为走这种山路虽然可以省下一些路程，但很容易遭到山贼的伏击抢劫，故而，很少有商队走山路。

缰绳后拉，她无暇再去琢磨这支商队的怪异，调转马头后，准备悄然离开。

然而，就在她调转马头的时候，一阵清凉的冷风将她斗笠上的面纱吹起，一张倾世的娇美容颜也因此暴露在空气中，飘逸脱尘。

浑然未觉的裴星彤自顾自地抖动着缰绳，可就在她刚刚夹紧马腹的瞬间，一道莫名的劲风便凛然从身后急速袭近，俨然是从那商队的方向而来。

她水润的明眸倏地眯起，寒戾的锋芒便迸射而出。劲气顷刻间凝聚在掌心，在身后的劲风迅速逼近时，她蓦然回身，双掌也同时击出。

掌风卷动尘土，带着寒冽的温度呼啸而过，可劲气已然发出，她才猛然看清楚身后来人的容貌。惊愕刹那，她下意识地想要收回攻击来人的劲气，已然是来不及，只能连忙转移手掌的方向，将劲气击向别处。

只听咔嚓一声，树枝应声折断，马背上也忽然多了一个人。

他安稳地落座在她身后，身姿轻盈而优美，双臂也顺势环住了她的腰身，气息扑近，清香怡人，薄唇贴在她粉润的耳畔："你想谋杀亲夫吗？"邪魅不羁的声音中透露着无法掩饰的惊喜。

裴星彤猛然回首，不可思议地睁大眼睛，一眨不眨地看着他，双唇嚅动几下后，却是什么也没说出。

身后的男子身着普通青色外衫，容颜英挺俊美，一双冷魅的凤眸浅浅含笑，赫然形成一股桀骜不驯与温文尔雅的混搭感觉，甚是迷人。

她呆愣的表情让俊美男子的胸膛震动，笑得幽婉而和煦，俯首低语："想我了吗？"

裴星彤忙不迭地摇摇头："倒是想来着，但此想非彼想。"

他冷魅的眼底升腾起缕缕邪魅的挑衅，捏起她的衣襟一角，揶揄道："刻意与我身着同样的衣衫，又心有灵犀地来城外迎接我，不是想我了又是为何？嗯？"

他声音中蕴藏着难得一见的温润和悠然，如一汪甘甜的清泉沁入心脾，划出舒润身心的恬淡痕迹。

裴星彤眼帘轻闭，深呼吸一下："东方云霄，你怎么在这个时候来这里了？"

他一把将她头上那碍事的斗笠掀开，脸颊贴上她的脸颊，悠然地闭上双眸，轻蹭着她略带清凉之意的雪润肌肤："我想你了，所以来找你……"

后背和脸颊处都是属于他的暖暖温度，裴星彤挣脱他双臂，慵懒地半眯起明眸，斜睨着不远处的那支商队，淡淡地启口："银月长安城发生了什么大事吧？"是疑问句，却是肯定的语气。

东方云霄凤眸睁开，轻瞥着怀中女子，沉吟片刻，浅笑起来："也只有你这样睿智聪颖的女子，才配做我东方云霄的妻子。"

裴星彤翻个白眼儿。

不巧，被他单方面认为是抛媚眼儿。故而，他亲了她。

她愤恼，连忙反抗："喂喂，你也太不知羞了吧，这么多人看着，也不怕有失你的身份！”

俊美男子流连忘返地盯着她不停嚅动的粉润双唇，“本王亲吻自己的妻子，有谁敢多言！他们愿意观赏，那刚好说明我们在一起有可观赏价值，龙凤之姿，何人不羡！”他才不怕人多，倒是希望看着的人越多越好，他恨不得让全天下人都知道她是他的妻。

裴星彤轻咳一声，瞪视着又犯“王子病”的东方云霄：“快说正事，银月到底发生了什么事？”

他将贴在她脸颊上的发丝别至耳后，正色开口：“你真的希望我得江山吗？”

她之前说她爱慕虚荣想要做皇后，他自然不相信，他也清楚地知道她的真正目的。

只是，他想听她亲口说出，只要她肯向他坦诚，将他当作她的夫君来信任，他就是赴汤蹈火也在所不辞。

裴星彤缓缓垂下头，接着，眼底便有一股清冷而深幽的流光溢出后又慢慢消弭。

抬首，波光盈动间，眼底已是清澈无痕：“云霄，我只是一个向往平凡的女子，没有什么壮志豪情，也不想整日都生活在这属于男人的战场上，我想要的只是天下太平，予我安宁。可如今，我卷入这令人厌烦的宫廷政变中，此中详细缘由，不是在此时用三言两语就能说得清的。所以，我的目的只是不能让那些野心勃勃之人祸乱朝堂，得到江山。那样，天下就不会再太平下去了。侯门争位的战争，只会劳民伤财，生灵涂炭！然而，强夺的天下又岂会太平，合久了必然又要分，这个过程带来的将会是一场场血雨腥风的厮杀，如此周而复始，战争也就没完没了。”

她一番开诚布公的话，使得东方云霄弯起了眼角：“好！我说过，舍江山为你，夺江山亦为你！”

说罢，他将双臂环过她的腰身拉住身前的马缰绳，而后调转马头，驱马向身后的队伍行去。

行至队伍前面，他收拢缰绳，附在她耳边低语：“父皇已经驾崩了……”

“什么？”裴星彤不可思议地惊喊出声，惊愕的表情就那样生生僵硬在脸上。

须臾，她面色凝重地启口：“皇上驾崩了，这里却一点也没有得到消息。”她轻声细语地兀自呢喃着，停顿须臾又侧抬首道：“莫非有人刻意封锁消息？那么，有这个动机的人只有皇后……难道遗诏上继承皇位的人已经不是太子东方云轻？”

正常来说，既然早已册立太子，那么皇帝驾崩后，太子便是顺理成章的继位之人，而后宫中有权利和机会对皇帝驾崩的消息秘而不宣之人只有国母——皇后娘娘。

按常理，皇后是应该对皇帝的驾崩乐见其成，毕竟她的儿子是太子。

想必这段时间东方云霄已将丞相和大将军收拢到他的麾下，那么，皇位继承人或许也会有所变动了。

思绪间，腰上的手臂又收紧了一些，密密实实地将她圈在怀中。

俊美男子赞赏地点点头：“不错，父皇虽久病床榻，却是早已知晓皇后和云季容的阴谋，只是苦于那些不明所以的文武官员一直推崇东方云轻做太子，他无奈之下只得装作不知。而近段时间里，大将军和丞相频频上谏，均以太子常年不入朝堂为由，纷纷进谏重立太子。父皇这才终于得到机会，用仅存的最后时间连夜拟写了遗诏，册封我是皇位继承人。可是，皇后在得到消息后便以近身侍候为由，在没有找到遗诏的情况下将传国玉玺盗走，所以……”

裴星彤微微皱眉，面带狐疑：“那你为何还在这个紧要关头跑来这里？”

他冷哼一声，语气清冽：“哼，她盗走玉玺又能如何？父皇早有先见之明，将拟好的遗诏事先赐予了我。但，在没有玉玺的情况下，我便无法名正言顺地继位，所以，我明知父皇已然驾崩，却也只能装傻地不闻不问。况且，东方云轻也在这里，我只要看住他就行，皇后盗取了玉玺也是远水解不了近渴！”

裴星彤恍然回悟，是啊，东方云轻也在狐翡国呢，即使他可以顺理成章地继承皇位，也得人在那里才行啊！怪不得皇后会拼力压制住皇帝驾崩的消息。

她瞥向前方的商队：“所以，这些都是你的暗卫和亲卫军？”

“嗯。在银月时，我以身体不适为由不上朝，实则是装扮成货商来到了狐翡。半路上，我又将云季容派来送信的暗卫和信鸽都截杀了，故而，东方云轻暂时也还不知道这个消息。”

眼帘垂下，裴星彤沉思片刻：“嗯，既来之则安之。”

“报！”正在这时，从商队的后方急速跑来一个亲卫军。

东方云霄俯首冷睨着那个通信兵，淡语道：“说吧，何事？”

那个一身粗布外衫的亲卫军单膝跪地，抱拳俯首：“启禀主子，岔路口遇到的那队人马已到了十里之外！”

闻言，还未等东方云霄说话，裴星彤直起身体，连忙问道：“那队人马可是一支和亲队伍？”

这里的人都是东方云霄的暗卫和亲卫军，他们自然也都知道裴星彤是那个神秘的霄王妃，于是通信兵没做任何犹豫地回答她：“回禀娘娘，那支队伍没有打出旗号，但队伍中确实有一顶红色花轿！”

“嗯，知道了，”点头示意后，她抬首言明，“东方云霄，那队人马是玫风前来和亲的队伍。你现在就下令让将士们换上霄王爷亲卫军的服饰，并挂出旗号，以真实身份大大方方地入狐翡京城，毕竟狐晋和狐汐暂时不会公然对你无礼。然后，我们前去接应玫风的队伍，并将他们秘密编入你的亲卫军中。”

狐晋和狐汐必然会阻止慕翊秋和狐璃和亲，她必须在救出狐璃之前保证慕翊秋的安全，因为慕翊秋是代表玫风来和亲的，而且是单方主动前来和亲，若是在此期间让她在狐翡国境内有什么意外的话，便会给两国间带来交战的理由。

在她兀自沉思的时候，心思清透的东方云霄已弯起唇角，兴致盎然地挑挑俊眉，了然地嗤声道：“你又在为谁做媒？那个仗着自己年纪轻就只会撒娇耍赖的娘娘腔吗？”

裴星彤轻然垂首，沉默不语，是啊，她还真的是做红娘上瘾了呢。

之前，她还曾建议东方云霄迎娶余丞相的独生爱女。此时，余丞相已然成为他的左膀右臂，那么，他应该早已经娶了余丞相的女儿了吧。

太阳渐渐绕到中天，有一支队伍正在山路中正常行进。

倏然，一个身着黑色衣衫的探子飞跃至队列中的一顶花轿跟前："启禀公主，有一支打着'霄'字旗号的队伍从前方迎向我们而来，属下猜测他们就是早些时候我们在岔路口时遇到的那支商队。但不明其来意，请问公主我们是否要进到备战状态？"

探子的话音落下，轿帘便被一只白皙的纤手悠然掀开，轿内那张玉脂凝肤的娇美容颜便展露在众人眼前。

她默然看向侧前方一个骑马而行的男子，投去了询问的眼神。

男子腰背挺直，斗笠遮面，在接到她询问的眼神后，沉思片刻对那黑衣探子问道："那旗号可是云霄的'霄'字？"

黑衣探子抱拳俯首："正是。"

斗笠下的俊眉微微蹙起，他虽然有些疑惑东方云霄为何会出现在这里，但微微思虑了一下后，便清冷启口："慕公主，如果真是东方云霄的话，对我们来说反而是好事。"只要别遇到狐晋或是狐汐就好。

"嗯，"慕翊秋点头回应后，转向黑衣探子下令，"不必惊慌，正常行进即可。"

"是！"

秋高气爽，阳光明媚，连半空中的鸟儿也在尽情欢唱。

一盏茶时间过去，两支对向行进的队伍终于在一片树林处交汇。

双方队伍纷纷停下来，当看到为首马背上的那名女子时，斗笠遮面的裴影彤已然急速飞身跃下马，向她飞驰而去。

"阿姐！"他惊喜地呼喊出声。同时一把扔掉头上的斗笠。瞬间，两张一模一样的绝世容颜在阳光的晕染下，散发出夺人呼吸的气韵。

"阿影！"裴星彤用力挣脱开身后男子的钳制，飞扑进那个血脉相通的至亲怀中，感受着这浓郁的亲情。

已经由坐轿改成骑马的慕翊秋也翩然下马，走到热情相拥的两人面前，不卑不亢地颔首："翊秋久仰裴小姐大名，此番相见实属荣幸之至。"

陷入兴奋情绪中的裴星彤这才将身体从裴影彤的怀中移出，顺着声音来源处望去，映入眼帘的就是一个貌美女子。

她身穿普通浅灰色罗裙，发髻简单大方地挽在脑后，没有娇柔作态的神情，没有华贵鲜艳的衣着，整个人看起来却依然雍容大气，根本不像是娇生惯养的皇家娇女，反而像是一个不拘小节、洒脱不羁的侠女。

想必即使没有那花容月貌的容颜，她也能让人第一眼就被她那种淡雅洒脱的气韵吸引。总之，她是一个无法让人讨厌的人。

这样的女子，他……会喜欢的吧。

裴星彤收敛起飘忽的心神，双手抱拳回礼："慕公主过誉了，这一路上安好否？"

慕翊秋浅笑着点头："遇到了几个毛贼，不过幸得有令弟一路帮应，有惊无险，多谢裴小姐惦念。"

在裴星彤还要说什么的时候，那厢的东方云霄已飞身而至，霸道地将裴星彤拉进怀中，不耐烦道："你们有在这无聊寒暄的时间，不如赶紧去营救那个娘娘腔！"

裴星彤没好气地瞪他，瞥一眼依旧浅笑的慕翊秋，愤愤地对他低语："你莫要在此时那样说他好不好？"慕翊秋就在跟前，他却那样形容狐璃，岂不是很尴尬。

他是有多不会创造和谐氛围啊。

这两个家伙真是无聊至极，一个给对方起外号叫"大冰山"和"死人脸"，另一个叫对方"娘娘腔"。

两个大男人却像两个互相看不对眼的小孩子，只会互掐。

"慕公主，京城内都是狐晋和狐汐的亲卫军，你此时若公然出现，他们定然会从中作梗。所以，请公主将你的人马编进东方云霄的队伍，然后你和阿影去京城一家叫作和生楼的赌馆等候，那里是安全的。"狐璃曾跟她说过和生楼赌馆是他在京城的秘密居所，平时那里只是普通的赌场，实际上，是狐璃在这里用来打探消息和掩饰身份的地方。

慕翊秋优雅地点头："裴小姐如此替翊秋着想，翊秋不胜感激，敬听裴小姐安排。"

裴星彤平和浅笑，侧首对拥着她的俊美男子说道："东方云霄，我本欲向慕公主借调人马营救狐璃，但你的人和我更熟悉些，那便将你的人马调配一百借于我吧。"

东方云霄似乎很满意她此时没有疏离感的话和决定，唇角扬起，一贯冷魅的凤眸也因此溢满柔情："我的就是你的，想用什么，想用多少，皆随你。"

他暧昧的话音落下，一旁的裴影彤冷瞥他一眼后翩然跃上马背，对前方的绝美女子叮嘱："阿姐，狐晋和狐汐阴险狠毒，你万万要小心些！"

裴星彤呵呵一笑，点头应道："嗯！阿影且放宽心吧，我比他们还阴险呢。"

裴影彤本还在气恼刚刚和她见面又要分开，可她这番有些自我调侃的回答让板着脸的他无奈笑出声。

见他又笑逐颜开，裴星彤唇角的笑痕也渐渐加深，并侧首对慕翊秋说："慕公主，请吧。"

慕翊秋点点头，利落地飞身上马。

在她即将策马离开的时候，倏然，她侧身转首，正好对上欲启口的裴星彤。于是，两人竟是异口同声地说道："以后叫我翊秋、星彤吧！"

话音落，两人相视而笑，那一瞬间的豪情流转竟是有些惺惺相惜的感觉。

衣袂翩舞间，裴星彤已敏捷地翻身上马，整好队后，她目送着裴影彤和慕翊秋离开。

缓缓收回视线，她才恍然惊觉身边有个不该存在的人。迷蒙地眨眨眼，她疑声发问："东方云霄，你怎么还不走？"

俊美男子旋身跃上另一匹马："你去哪里，我便去哪里。"

裴星彤窝火地瞪视着他始终保持迷人笑容的俊脸，险些气晕："他们还需要用你的身份掩人耳目呢，你怎么可以不跟着去！"

东方云霄挑挑俊眉，一双瞳眸在阳光的闪耀下，宛若布满了细碎的金子，溢出璀璨夺目的光芒："只是借用我的身份而已，这等小事，我的人还是可以应付的，不然，我养他们做甚。"

说罢，他蓦然夹紧马腹，向另一个方向奔腾而去。

他这种无理辩三分又邪肆不羁的语气让裴星彤一时无言以对，呆愣片刻后，她连忙策马追赶而上。

两匹骏马齐头并进，裴星彤看到他那迷惑了她大半天的优美笑容，匪夷所思地问："你今日似乎格外高兴啊，有什么喜事吗？"

以前他们相处的那几个月，她所见到他的笑容加起来，仿佛也没有今天多。

她娇脆的声音飘浮在轻风中，自耳畔随风拂过，但却清晰地传入了东方云霄耳中。于是，他侧首反问："怎么，难道你比较喜欢我板着脸或是发脾气时候的样子吗？"

闻言，裴星彤忙不迭地摇摇脑袋。鬼才喜欢，她又不是受虐狂。

"哈哈哈！"一阵愉悦的笑声仿佛动听的音符，跳跃在清凉的空气中，更为这气氛增添了几分清爽怡人的感觉。

这人，无缘无故笑什么呢！

"东方云霄，那个，三年前我们赛马时你输了我一个承诺还没兑现呢！我们今日再比试一次如何？"

冷风冽冽，马蹄声伴着野兽的低鸣声飘散在风中，使空气愈发清冷。

第十五章 云霄受伤

倏然，冷风骤起，一柄飞刀带着刚硬的力道飞射而来。

“小心！”随着一道男子声音的传出，裴星彤已在同一时间腾跃而起，优美的身姿宛若翩跹飞舞的蝴蝶，轻盈缥缈得令人惊叹，敏捷地躲过了从前方树林深处突然袭来的飞刀。

然而，她刚刚躲过了偷袭的飞刀，随着一阵窸窸窣窣声响起，一批蒙面黑衣人便手持长剑从树林处飞速而出。

几百柄长剑在阳光的投映下，泛着森冷的光芒。

裴星彤的美眸瞬间眯起，眼底那清冽的寒芒骤然流泻在空气中，散发出骇人的气势。

纤手摸向腰间，一柄锃亮的软剑便赫然握在她手中。

身体翩然跃下，内息也在此刻凝聚在手腕。接着，手中的软剑在眼花缭乱的招式下，被挥舞得仿佛一条灵锐的游龙，晃花了他人的视觉。

风声、剑声，瞬间弥漫在这条狭窄的山路间。

身影飞掠，利剑交战，卷动起一片草屑与尘土，飘浮飞扬。

“小心后面！”又是男子担忧而关切的提醒声。

与此同时，东方云霄已腾跃至她身侧：“他们是冲着你来的！你又招惹谁了？真是个麻烦精。”他一边为她解决掉在后面攻击她的黑衣刺客，一边没好气地问道。

这些黑衣人目标明确，都只是攻击她一人，可想而知，他们就是冲着裴星彤来的。

裴星彤暗自苦笑，手上的招式却毫不松懈，她哪里愿意招惹谁啊，而是有人不想她好过而已。

蓦然后仰，她躲过对方横扫的一剑，顺势将软剑前劈，利落地又解决掉一个刺客：“从他们整齐的招式和严明的纪律上来分析，应该不是江湖中的杀手，而是正规军。如此可见，只有狐晋和狐汐有这个动机了！”

俊眉蹙起，东方云霄冷声道：“他们不是要你用东西去交换吗？难道他们既想要东西又想杀人灭口？”

“嗯，应该是如此！”

剑声嘶鸣，银光闪耀，不断窜动的黑影一个接一个倒下，鲜红的血液顿时染红了山间小路，浓厚的血腥味被风吹拂后，弥漫开来。

那些黑衣人却突然在此时都赫然停止了杀戮，手提长剑纷纷鱼贯而退。

东方云霄的亲卫军欲就势追击，而裴星彤则及时地抬起手，制止了他们的动作。

她回首，见自己的人马死伤不多，拧起秀眉对东方云霄说：“他们明明人手众多，本应再与我们拼杀一番，却突然撤退，我觉得他们根本不是逃跑。”

“嗯。”俊美男子点头应声，修长的手指自然而然地抚平她眉宇间的小山，“他们是在听到暗哨声后故意撤退的……”刚刚在打斗的过程中，他隐约听到一股鸟鸣声，而后，那些黑衣人便纷纷停止打斗，向树林内退去。

裴星彤抬首看向他，恍然大悟：“是啊，这附近的鸟儿早就被我们这样激烈的打斗吓跑了，哪里还敢留下来鸣叫呢……”

东方云霄对她投去一个赞赏的眼神，指指树林：“那里正是我们要经过的路段。”

她放眼望去，水眸中的清冽流光如霜如冰：“树林内定然是有埋伏……东方云霄，我们从右面那条小路绕过去吧。”

“好！”他大手一挥，身后的亲卫军便跟上他们走向树林右侧的山间小路。

剩下七八十的人马跟在东方云霄和裴星彤后面，在那片树林右侧的崎岖小路上行进着。

清风凛凛，树叶摇晃的声音被掩盖在马蹄声下。

除去这些嘈杂的声音，其实这条小山路周边环境优美，空气清新，倒有几分令人心旷神怡的舒畅意味。

诚然，此时的他们没有欣赏沿路风景的心情。

他们只如此行进了一盏茶时间，随后，东方云霄突然缓缓收拢马缰绳，转向身侧面色同样凝重的女子说道：“星彤，地点是他们定下的，而且还是这么偏僻而险要的地方，你觉得此刻的平静正常吗？”

然而，就在裴星彤点头之际，耳廓微动的一刹那，她已动作敏捷地后仰身躯，让自己的身躯平躺在马背上躲避袭击：“小心！有箭！”

嗖嗖！嗖嗖！箭雨赫然袭来，马匹的嘶鸣声伴着人身体摔落的声音，纷至沓来。

裴星彤轻盈的身体向侧方转移，已顺势滑至于马腹下，在头顶的马匹中箭即将倒地时，她又连忙趴在地面上，向一旁的小土沟内滚动着身体。

“东方云霄，快趴下！”刚刚潜入土沟内避过一阵密密麻麻的箭雨，裴星彤便焦急地冲着那个正在用外衫挡飞箭的俊美男子呼喊。

他刚刚一定是为了掩护她，才没能及时躲到这个沟壑里。这个霸道的家伙，难道就不认为她可以保护自己的吗？

此时的东方云霄右手持剑，左手是从他身上扯下来的青色外衫，双臂飞掠旋舞，一边将飞射而来的箭困住，一边缓缓后退。

见他已快接近自己这里的安全区，裴星彤连忙向后面的亲卫军喊道："都趴下！匍匐前进，这里安全！"

与此同时，那冷厉的箭雨也如突然袭来时一样，又毫无预警地突然停止了，诡异至极。

裴星彤抬首，看向已站在自己头顶的东方云霄，见他并没受伤，便扬起一抹纯真无邪的笑容，猛然站起身，眉眼弯弯地冲他伸出一只手，笑道："东方云霄，快下来！"

东方云霄甩开那件已然卷了数十支箭的残破外衫，长身玉立在她跟前，痴迷地看着那甜美幽婉的笑容，一时竟陷入其中，无法自拔。

他们就这样，一个站在沟里伸着纤手，仰头绽放着恬静娇俏的笑容；一个俯首伫立在上面，静静迷恋在她甜美的笑容中。

如此深情对望，如此温情弥漫。

嗖！然而，这温情的瞬间就在此时赫然凝滞。

两个都疏于防范的人，根本没有注意到一旁的浓密树枝上竟然还悄悄潜伏着一个人。

他手中弓箭对准的，正是那个甜笑的女子。

"不要！"东方云霄猛然发现那已然射出的箭时，连忙惊呼一声，想也没想就急速扑下身躯，将自己的身体挡在了女子的身上。

噗！箭头刺入肉中的声音传来，裴星彤可以清晰地感觉到身上男子痛苦地闷哼一声。

"主子！"余下的亲卫军惊恐地呼喊出声。

"我去杀了他！"一个名叫漠冰的暗卫统领手指着一旁的树丛，咬牙切齿地怒喝道。

微愣中的裴星彤连忙从东方云霄身下钻出，蹲跪在沟渠内，抱着他的身体，在触摸到他后肩的箭杆时，她惊慌失措地大喊："东方云霄！东方云霄！你怎么样？不要吓我啊！"

她慌乱的声音中已经隐隐带着哭腔，双臂紧紧抱着眉头紧皱的俊美男子。

见漠冰凑上前，她连忙抬首问："漠冰，他怎么不睁开眼说话？箭只是射进了肩部而已啊！"箭并没有射中要害，按理说，东方云霄应该不会有生命危险，根本不至于痛得昏过去。

漠冰细心地查看一下箭杆，随即面色凝重地看向裴星彤，沉声道："王妃，请将主子的衣衫撕开吧。"

闻言，裴星彤的脑子猛然一震，看着漠冰那沉重的神色，她的心口仿佛被重石狠狠地撞击到，生生发疼。

难道箭上有毒？千万不要啊！

心里在不停地祈祷，手上也同时进行着机械般的动作，而慌乱中的她因为无法静下心来，不小心碰到了那支刺入昏迷中男子后肩处的箭杆。

“嗯。”意识不清的东方云霄吃痛闷哼着，裴星彤连忙大惊失色地将双手举起，语无伦次地低泣，“对不起！对不起！东方云霄，你醒醒好不好！”

漠冰见状，忙不迭地安抚她：“王妃莫急，还是让属下来吧。”

说着，他便小心翼翼地将东方云霄后肩处的衣衫扯开，顿时，一片黑紫色映入眼帘。

那箭头周围的肤色赫然证明了她的猜测，箭上果然有毒。

狐晋和狐汐这两个毫无道义可言的恶徒，不仅下作地搞偷袭，竟然还在箭上淬毒！

裴星彤勃然大怒，沟渠外却是传来一阵马蹄声，随即便是一个男子幸灾乐祸的声音：“裴星彤，本王明明让你一个人带着东西来交换，可你不遵守约定，那就莫要怪本王不以礼相待了！”

银牙被咬得咯吱作响，裴星彤看着东方云霄痛苦的脸色和后肩的黑紫色肌肤，静默不语。

她纤细的双手已然握成森白色的拳头，脸上那寒戾的神色像是冬夜的冰雪，冷得令人毛骨悚然。

眼帘垂下，裴星彤心思百转千回……

再抬首时，她伸出纤手，轻柔地抚上东方云霄渐渐乌青的俊美脸颊，细细摩挲。

接着，她迅速俯下头，微颤的双唇贴近他耳畔，低语道：“东方云霄，你千万不可以有事！不是要我的承诺吗？那么，你一定要赶快好起来，到时候……我再亲口说给你听……”现在最重要的是要唤回他的意识，说谎便说谎吧。

今日早些时候，东方云霄应下了她提出再次赛马的建议。她当时只是随便说说，本以为东方云霄要么不屑参与，要么就是以玩耍的心态敷衍一下。

可让她没想到的是，他在比试过程中不仅没有半分敷衍，反而是全力以赴，俨然一副势必要赢的架势。

最终，也确实是他赢了，可他当时的一番话却是狠狠震撼着她的心，他说：“你说三年前我输了以后欠你一个承诺，可我已经给了你‘一生一世一双人’的承诺，只是那时你已经不稀罕了……所以，我并不欠你承诺。而今日我赢了，你可以给我一个同样的承诺吗？呵呵，明知道你有爱人，可我还是放不下，你……能爱我吗？”

原来他没有敷衍她那漫不经心的赛马提议，为的就是要她一个承诺。

而她，又怎么可以再向别人许诺？

拉回翻飞的思绪，她收回抚着他脸颊的纤手，不经意地抹了一下眼角。

她转头看向漠冰：“漠冰，你即刻与余下的人带着王爷从后面撤离！”前方都是狐晋的人马。他们的目标是她而已，不会着力应对其他人，如此，虽然余下的人不多了，但足以能带着东方云霄安全地离开。

漠冰明白她话中的意思，有些为难地启口："王妃，这怎么可以？您一个人……"虽然他知道他们的王妃很强悍，但若是将她一人留在敌军的面前，那岂不是太不仁义！如此非男儿所为。

而且，王爷醒来后要是知道他们如此做，定然会气愤。

还不等他说完，裴星彤已厉色地冷声道："他中毒了，必须及时医治！难道这其中的利害关系你还要磨磨叽叽地权衡取舍吗？"如果不是东方云霄替她挡下这一箭，那么，此时躺在这里的就会是她呀！她怎么可以眼睁睁地看着他中毒而不做些什么呢？

漠冰垂首看向东方云霄越来越难看的面色，又深深地看一眼裴星彤，沉声说："王妃，王爷的毒确实等不了了，属下一人背王爷回去便可！让其他人留下来护卫王妃吧。"

"不必了！我对狐晋和狐汐还有用处，他们暂时不会伤害我的，你们其他人留下来也是徒劳。速速带王爷去医毒，莫要再耽误时间了！"

说罢，她已凛然站起身，不给漠冰再继续争论下去的机会。

站立起的身体赫然玉立在沟渠中，微风拂过，吹起了她的墨色发丝，缥缈绝尘。

眼角的余光再次瞥了一眼东方云霄乌青的脸颊，裴星彤神色清寒地拍拍外衫上的尘土，向土沟上方缓步走去，对着狐汐的方向高声喊道："汐王爷，你说我不遵守约定，那你呢？还不是早早就布置下了这些陷阱来伏击我吗？"

狐汐坐在马背上，看到沟渠内走出的那抹娇美身影时，微微惊艳了片刻，而后开怀大笑起来："哈哈！多闻裴小姐足智多谋，本王不得不防啊！哈哈！"

裴星彤双手优雅地叠放在身前，心中涌起波澜壮阔的愤恨，但面容上的神情却是从容自若。

她不快不慢地继续主动走近狐汐的方向，平声静气地启口："既然汐王爷特意来此接应我，那咱们也就莫要拐弯抹角了……"她此时必须主动靠近狐汐，为漠冰他们多创造一些逃脱的时间。等他们撤出危险区后，即使被狐汐发现了，想必他也不会再去追击，毕竟他的目标只是她一个人而已。

说到这，她半眯起水润双眸，唇角勾起清冽的浅笑："汐王爷必须让我见到他，我才会交出王爷想得到的东西。"

狐汐阴沉着脸，冷哼一声："哼！你不认为你现在就是案板上的肉，只能任我们宰割吗？你凭什么还敢在这里跟我讲条件！"

她唇边的痕迹不减，优美的浅笑依旧："是啊，我此时就是案板上的生肉呢……呵呵，可是汐王爷不认为我会选择玉石俱焚吗？那样，你们就什么也别想得到！"

眼帘半垂，瞥见漠冰他们已然安然撤退，她优美的笑容便渐渐在唇角扩散开来，那颗提在嗓子眼儿的心，才稍稍恢复正常的跳动频率。

眸光与心神同时收回，她接着说："王爷不会以为我会傻傻地真把东西都带在身上吧？”

狐汐面色阴冷，用贪婪的目光愤恨地瞪着眼前一派雍容自若的女子，阴沉着声音道：“你如此没有诚意，难道就不怕本王一怒之下杀了你和他吗？”

风儿徐徐，卷动着裴星彤的长发与衣袂，虽是一身粗布衣衫，但反倒将她的气韵衬托得更加空灵缥缈。那眉目间的泰然与洒脱，似乎带着勾魂摄魄的魔力。

朱唇上下合动，她轻灵的声音婉转动听：“我说过了，若是我选择玉石俱焚……王爷可就什么也得不到了。所以，我晓得汐王爷起码现在不会伤害我。”她早已从他贪婪和掠夺的目光中看出端倪，即使她把东西都给了狐汐，他也照样不会放过她和狐璃这两个阻碍他夺江山的绊脚石。

狐汐半眯起阴鸷而邪恶的双眼，沉吟片刻，冷声质问：“你说只要让你见到他，你就会交出东西，可如今你却又说未带在身上，那么，本王该如何信你？”

裴星彤纤细的双手依旧叠放在身前，指尖无规律地相互摩挲着，而思绪却在此时飞速旋转……

双眸轻闭，她唇角含笑。

刚刚龙绯雨运用意识转告她，他已经见到了狐天鸿，在把太子玺印交给他后，他便立即写下了传位诏书，以及与玫风大公主慕翊秋的和亲印帖。

龙绯雨还趁狐晋和狐汐不在京城和皇宫监守的空当，秘密地将兵符送到了大将军杜旭手中。虽然那兵符无法控制皇宫中的御林军和狐晋、狐汐的亲卫军，但狐翡国百万铁骑军已全然掌握在手中。

而陆丰也在借以赋闲在家很无聊为由，公然邀请了几个同样“无聊”的大臣及其家眷到府上为其二夫人过生辰。

京城的官员大臣们都一如既往地沉迷在纸醉金迷的腐败生活中，仿佛根本没有任何不同寻常之处。

京城的一切都在有条不紊地进行着，只差那个不可或缺的主角——狐璃。

如果一切顺利的话，明日，便是改写狐翡国历史的日子，狐翡国也将从此脱离这种皇子囚禁皇帝并无恶不作，大臣形同虚设，百姓民不聊生的苦日子。

当啷！银光闪耀的刹那，狐汐已将剑锋直指向闭目不语的女子：“裴星彤！本王知道你诡计多端，但本王警告你，莫要白费心机地妄想算计本王！”

森冷的剑锋在她脸颊前方划出一道冷风，侵袭着她嫩白的肌肤。

裴星彤镇定地垂眸斜睨着那锋利的剑刃，悠然轻笑：“汐王爷身后的亲卫军没有一千也有八百，难道还会怕我这么一个赤手空拳的弱女子吗？呵呵，王爷且放心，我只是在想该把什么东西送给王爷，来表示一下自己的诚意。”

说着，她将左手伸进右手的袖口中，缓缓取出一张乳白色的布帛：“汐王爷，我不能直接将你要的东西立即给你是为了未雨绸缪，但为了表达我的诚意，将这张云凤宝藏的地图先行赠予王爷。如此，王爷是否会相信我了？”

说罢，她莹润的指尖轻轻一弹，那张布帛便在劲气的挥动下，飞进狐汐手中。

狐汐先是一阵惊愕，继而又半信半疑地打开了布帛。看了几许后，他阴骛狡诈的脸上溢出一抹嗤笑：“哼，裴星彤！你在耍弄本王吗！就想用这么一张假的破玩意儿蒙骗本王？如此珍贵的东西怎会在你身上？而且，你会这么好心地将它赠予本王？”

她无奈地轻叹一声，不慌不忙地说道：“首先，我要声明这藏宝图绝对属实，难道王爷不相信我就是云凤唯一的公主吗？云季容……可是我的亲叔叔呢，如果汐王爷不怕他会与你争夺的话，你可以让他为你鉴定一下真伪呀。其次，我之所以把这么珍贵的东西给你，是因为对于我来说，它远没有那个牵绊着我心弦的男人重要……”说到此，她已收敛情绪，黯然垂首，脸上是无尽的担忧和绵绵的情意。

她的一番话顿时引得狐汐仰头大笑：“哈哈！没想到裴小姐，哦不，应该是裴公主竟是这么重情重意之人啊。能有你这么一个集美貌与智慧于一身的女子相伴，真是皇弟的幸事！哈哈……好，只要你吞下这个，本王便信你！”

眼前闪过一粒黑影，裴星彤敏捷地伸手接过。打开手心一看，是一枚黑色小药丸。

银牙咬紧，她眼中的冷戾如雪山之巅的冰霜，森冷至极。

狐汐见她有所迟疑，奸笑着解释：“这只是一枚暂时禁功的药丸，本王发誓它绝不会要了你的命，毕竟裴公主的本事本王早已领教过，此番不得不防。只要待本王得到你手里的东西，自然会给你解药。”

裴星彤掀起眼帘，似笑非笑地斜睨着他，又不经意地瞥了一眼天色，在他的注视下，仰首吞下了药丸。

天色已然渐黑，她随着狐汐来到郊外一座别院，当狐汐堂而皇之地将她推进一个密室后，她再次确定了自己的预想，那就是狐汐根本没有想要放过她的意思。

因为他竟然毫无顾忌地将她与狐璃关在了一起。

可是，此时映入她眼帘的那个男子，除了一张俊脸依旧俊美妖冶，浑身上下的斑斑血迹和累累伤痕都说明了他今日曾遭受了怎样的暴刑。

衣袂浮动，裴星彤瞬间移至躺在角落里男子，然后一把扑上前，咬牙切齿道：“是谁把你弄成这个样子？我要杀了他！”

上天啊，这一天之内到底要考验她的心脏多少次？

脸色苍白的男子听到她的声音，猛然睁开双眸，一眨不眨地盯着她染满心疼和关切的脸颊，妖媚的丹凤眼中弥漫着晶亮的光芒。

半晌，他突然龇牙咧嘴起来：“我说姐姐，你确定是要杀那个打我的人，而不是要来杀我？就不能温柔点吗……哎哟……胸好疼！”虽是抱怨和斥责的语气，可眼中的喜悦之情已然不言而喻。

经他这么一说，裴星彤才恍然惊觉她正压在他的伤口上，于是连忙直起身体：“对不起啊，我一时情急……”

狐璃修长的指尖巧然按住她的双唇，及时制止了她道歉的话。

挣扎些许，他无力地坐起身，倚靠在墙壁上，又将她的手拉向自己，按覆在他完好无损的脸颊上，邪肆一笑：“多亏我当时很英明地全力护住这张脸，不然，岂不是会让姐姐看到我丑陋无比的样子，呵呵……”

裴星彤既心疼又生气地瞪着他，纤手顺势轻捏了一下他滑润的脸颊：“都成这个样子了还有心思贫嘴，我看你还是伤得不重。”

狐璃则兴致盎然地挑挑俊眉，将脑袋凑到她面前，扬起吊儿郎当的坏笑：“姐姐猜对了，其实这只是一些看起来吓人的皮外伤而已。所以，我现在还是可以做很多事情的……

他一边轻佻地调戏她，一边暧昧地朗笑着，可胸口起伏的幅度过大使得他身上有些伤口被扯开。所以，此时他的笑声中已然带着浅浅的闷哼声。

见此，裴星彤的唇畔只余轻叹，心底则勾起柔情一片。

其实她知道，即使狐璃身上的都只是一些皮外伤，但从被血迹染红的衣衫上就可以猜出，那伤口定然是很疼的。而狐璃故意表现得这般不以为意和漫不经心，无疑是不想让她心里难受。

这样的他，让她很揪心。

纤手掀起衣摆，她利落地从自己里衣上扯下了一块干净的白布，小心翼翼地掀开狐璃的衣襟。

被掀开的衣襟下，是一条条细密的鞭痕，伤口虽然不是很深，但那血肉模糊的样子还是让裴星彤狠吸了一口冷气：“该死的！他们怎么狠得下心来下此毒手！难道一点也不念及血肉亲情吗？”

狐璃淡笑着眯着一双丹凤眼：“皇家夺嫡争位的过程中，哪里有什么亲情可言。与六年前他们对十二岁的我置于死地的狠绝相比，这已经算是轻的了。”

裴星彤神色阴沉地看着他，心里竟是生起无限怜悯和疼惜，对狐晋和狐汐也有了无比痛恨的感觉，仿佛他们就是她的仇人。

那时的狐璃，还只是个天真无邪的弱少年，一夜之间失去一直保护他的亲生母亲，同时又被自己的兄长残害，那时他的小小心灵该是有多么无助和怨恨啊！

可是，经历过那样辛酸痛苦的他，竟然没有被仇恨蒙蔽理智和心境，还可以活得如此洒脱不羁，笑看尘世。

这是多么难得？

狐璃慵懒地半眯着妖娆的丹凤眼，一边享受着她的包扎服侍，一边媚态横生地打趣：“姐姐越来越上道了哦，呵呵……”

在瞥见裴星彤不解的眼神后，他邪魅地抛出一个媚眼，继续笑言：“刚刚不是为了我要杀人吗？”

密不透风的暗室内，一对男女正相依着。

两人都将后背倚靠在墙壁上，闭目不语。

狐璃的头侧俯在裴星彤肩头，浅声说：“姐姐因我而被困于此，不觉得很不值吗？”毕竟外面还有那么多优秀的男人羁绊着她的心呢。

裴星彤收回缥缈的思绪，微微侧首，斜睨着他阴柔俊美的脸颊，没有丝毫犹豫地回答：“不会。”她岂会不了解他，若是她敢说不值得，这家伙定然会爆发他的小脾气。

果不其然，当她看到狐璃的唇角因她的答案而肆意绽放时，她就知道自己猜对了。

只不过，她现在很担心东方云霄，也不知他的毒是否已经医好。

感觉到她似乎有些失神，狐璃抬首盯着她，笑眯眯地展露俊颜：“姐姐，我的头发这么乱，丑死了！你快点为我挽发吧！”

裴星彤无奈，嗤笑出声：“都沦落到这种地方了，还有心思注重自己的仪容，你可真是心大。”

说归说，她的双手已经自然而然地抚上了他柔顺的发丝。

自从那次为狐璃挽过一次发，他便一直耍赖要她把为他挽发当成了家常便饭。

这时间一久，她不仅有时不用他提醒就会主动完成任务，而且拜他所赐还练就了一手挽发的好功夫。

此时就算没有檀木梳子，她也能将他的头发挽得整齐而利落。

只是，以后为他挽发的将是别人了，那是一个秀雅端庄又不失洒脱与随和的女子。

作为姐姐，她比任何人都希望狐璃日后会幸福。

失神之际，坐在她身前的狐璃蓦然侧首低语：“姐姐，有人来了。”

他话音刚落，另一道男声便破空传来：“好一对柔情蜜意的情侣啊，哈哈！难得两位到了此时还有如此闲情逸致，风花雪月，本王真是佩服啊！”

落锁的铁制房门被打开，一身绿色锦袍的狐汐已举步而入。

狐璃下意识地挺直腰身，挡住了狐汐看向裴星彤的贪婪目光。

他神韵幽暗，对狐汐冷斥道：“你来做甚？那东西我是不会给你的，你莫要再白费力气了！”

狐汐背负着双手，挑挑眉梢，阴阳怪气地笑着：“哈哈，将死之人也就唯有这张嘴还能派上些用途了！不过，本王此刻没心情同你斗嘴……”

说着，他悠然上前一步，盯着裴星彤面无表情的娇颜继续说道：“反正你们已经有一条腿踏进阎王殿了，不如让本王也尝尝这凤栖星女的味道，哈哈哈！”

狐璃艰难地站起身，一贯妖娆的丹凤眼中瞬间迸射出寒戾和阴鸷，在阴暗的密室中闪动出骇人的冷芒。

他冰冷的面容下潜藏着寒冽的幽光，眼眸危险地眯起，狠狠瞪视着一脸猥亵的狐汐，厉声呵斥：“你这个禽兽！若你敢那么做，我就杀了你！”狐汐毫不畏惧他的恐吓，依旧谈笑风生：“杀我？哈哈，皇弟，你有这个本事吗？”他此话说出口的时候，已凛然挥出一掌，将满身伤痕的狐璃击倒在地。

噗！一口鲜血瞬间从他的口中喷出，他拧眉捂着胸口，眸光依然狠戾地怒视着一脸恶毒的狐汐，语气已然妥协："咳咳，只要你放过她，你……怎么样对我都可以……"

一直端坐在那里的裴星彤身形刚有一丝移动，狐汐便淫笑着警告："裴星彤，本王劝你不要试图运用内力，因为你越是强行运转内息，你吞下的那颗药丸就会越快渗入心脾。那样，你死得也就越快！

裴星彤努力抑制住上前扶起狐璃的冲动，心里却是在冷笑狐汐的狂妄和不可一世。

就凭他那颗小小的毒药岂会禁锢她的武功！她有龙绯雨的龙珠护体，狐汐那颗毒药对她来说只能算是糖豆一颗。

只是，她在等待时机，等狐汐再向前两步，她便可悄无声息地一下扭断他的脖子，将他一击毙命，然后带着狐璃逃离这里。

虽然那样有很大的风险，毕竟他们不熟悉这里的地形，也不知外面是否有重兵把守。但此时，她只能选择强攻出去了。

半垂首，她眼角的余光像是盯着猎物一般盯着狐汐的脚步，眸色寒冽而晶亮。

狐璃艰难地蠕动身体，欲再次挡住裴星彤。

狐汐冷笑，撩着袖口又向前一步，突然从半敞的铁门外传来一个男子低沉的声音："王爷……"

狐汐停下脚步，不耐烦地拧眉冷斥："没看见本王正忙吗？"

"王爷，是驸马来了。"

狐汐一愣，疑惑不解地问道："他此时来这里作甚？"

门外的侍卫一直俯首，继续恭谨地回答："属下只是听到他和晋王爷说什么……他得到了能启开云凤宝藏的凤玉……"

呼吸微滞，裴星彤轻瞥一眼外面那个只能看到一双腿的男子，心思却因为听到他的汇报而有些恍惚。

东方云轻……怎么会在此时来这里？

狐汐扫兴地冷哼一声，面上有些不甘心，终究是走出了铁门："你把门锁实了，严加看守这两个重犯！听到了吗？"

门外那个黑衣侍卫连忙俯首道："遵命！"

裴星彤上前扶起狐璃，看着他那包扎后又浸出一片鲜血的腹部和胸口，轻柔地抹掉他唇角的血迹，语气幽婉地嗔怪："乱逞能，我可以自保的，他那毒药早被我以内力逼出体外了。"

狐璃将身体的重量半挂在她的身上，眉眼弯起，眼底的光华盈盈流转，半真半假道："就算是死，我也不可能让他碰你一下。如果我连自己女人的清白都不能保护，还怎么有颜面活下去。"

早已习惯了他那占有性的称谓，裴星彤搀扶着他伤痕累累的身体，轻声打断："行了，行了，不要总是说些死啊死的，我不喜欢听，晦气！”浅笑弥漫在狐璃唇角，他突然俯首在她额头上偷得一个香吻，语气邪肆：“就知道你舍不得我死，毕竟姐姐还没试用过，哈哈。”

裴星彤翻个白眼儿，暗自感叹果然是人外有人，山外有山。论说起浑话来，她甘拜下风。

一般情况下，只有她让别人“敬仰膜拜”的份儿，如今算是遇到对手了。

“喂喂，你现在可打不过我，别逼我动手啊，我一动手，你可就动不了了。”

狐璃耸肩：“我人就在这里，随你处置，动手动口皆可。”

他们在里面你一句我一句地说着话，门外那个将铁门落锁的黑衣人发觉狐汐的身影已经消失在密室外后，他突然将手中的铁锁扔至一旁，抬首对里面两人低语道：“赶快跟我走。”

他的声音很低沉，但里面的狐璃和裴星彤却是清晰地听见了。两人不可置信地对视一眼，随即迅速回神。

裴星彤连忙将狐璃的手臂架在自己肩上，向铁门外走去。

当走到门口时，她不经意地轻瞟一眼那个黑衣男子，在确认确实不认识后，她心底的疑虑再次加深。

虽然不知道他是谁，也不知道他为什么要帮他们，但她和狐璃此时只能相信他了。

走出密室，那个黑衣人便取过事先准备好的火把点燃，而后决然地扔进密室内。

顿时，密室地面上的草秸秆轰然烧起，红彤彤的火光映满整个房间。

外面的空气清新怡人，月光皎洁清冷。

他们跟随着黑衣人走到后山一片小竹林，他指着不远处的两匹马低语：“夫……前面的马匹已准备妥当，二位顺着这条山路一直向南，两个时辰后便可到达狐翡京城。”

言罢，他不再逗留，轻然转身欲离去。

就在他刚欲运行轻功离开时，裴星彤立即适时地开口问：“你是东方云轻的人？是他让你来帮我们的？”

黑衣人的身形明显一顿，但没有回答她的问话，足尖点地后便飘然跃入夜色之中，也将裴星彤的疑问留在了夜色中。

因为担心狐晋和狐汐发现后会追赶而来，裴星彤并没有与受伤的狐璃同骑，而是一人一马急速向南面的京城而去。

第十六章 君临天下

骏马奔驰，月光投映。

一路上，裴星彤的思绪紊乱而混沌，她既要随时观察着狐璃身体状况，担心他吃不消，又不自觉地琢磨着东方云轻营救他们的动机。

虽然她很想认为东方云轻只是单纯想要救她而已，但她又怕是自作多情……

她之所以猜测到刚刚那个黑衣人是东方云轻的人，是因为他险些脱口而出的称谓，只有凤舞宫的人才会称她为夫人，而黑衣人虽然声音不大，而且也及时收住了口，但是她还是听到了。

月黑风高，当披星戴月赶路的两人终于到达京城的和生楼赌坊时，力气消耗殆尽的狐璃险些摔下马背，裴星彤连忙运起内息，一把将意识已然不清的他抱起，飞身跃进后院中的一个五角阁楼内。

风起枝摇，凉意袭人。

明朗如水的月光中，一个青衫女子正玉立在一棵梧桐树下，窈窕的身姿在地面上投映出颀长的影子，将她映衬得更加纤瘦而高挑。

她双手背负在身后，仰首望天，墨色的柔顺长发在月光闪动下，宛若从山顶流泻而下的瀑布。

轻风卷动衣袂，飞舞翩翩，单单是一个曼妙的背影就已迷人至极。

一件披风从身后落在肩头，兀自迷蒙的女子才像被惊扰了的午夜精灵一般幽然回首。

看到来人，她浅浅地勾起朱唇："阿影，你辛苦了。"

中毒的东方云霄和受伤的狐璃都需要他的医治和照看，这一夜他都没有合过眼，此时眼里已然布满了血丝。

他将披风带子在她的下颚处系好，又把她冰凉的双手握在手心里缓缓摩挲："我不辛苦，阿姐才是最辛苦的那个人。离天亮还有一个半时辰，阿姐进去睡一会吧，莫要熬坏了身子。”

他温柔贴心的话语犹如这冷夜中的一缕春风，带着暖暖的温度，在她的心头划过柔腻的痕迹，甘甜无比。纤手在他温热的大掌中细细蠕动，裴星彤浅笑着摇摇头：“绯雨快回来了，我得等他回来，再了解和商讨一下具体事宜。”

轻叹一声，她拧眉问：“东方云霄的毒怎么样了？”她现在不担心狐璃，因为他确实只是皮外伤和过度劳累而已，反倒是更加担心东方云霄。漠冰下午时分就将他送了回来，而他此刻虽然面色已然渐渐恢复，可直到现在人都还未醒来。

单手伸出，裴影彤用修长的手指托起她白皙脸颊，面色深沉地注视着她。

裴星彤的心因他此时的沉默不语而咯噔一声落入谷底，于是她气息紊乱地追问：“怎么，连你也医治不好吗？他到底会不会有危险？阿影你同我说实话吧，我有心理准备的……”

裴影彤沉吟片刻，才轻叹着启口：“这种毒叫作绝魂，虽然不会将人瞬间致死，但……却会让人要么口哑，要么耳聋，要么眼盲，要么武功尽失……”

他越往下说，裴星彤的心就犹如被刀割一样钝痛。

她微微摇晃的身体被裴影彤及时揽进怀中，双唇已然轻颤：“……阿影，真的没有办法医治痊愈吗？”无论是他说的哪一种结果，定然都不是东方云霄能接受的！

她脆弱的声音中已经带着轻微的低泣和乞求：“他是怎样要强而冷傲之人你是跟我一样清楚的呀，自尊心那么强的一个人若是变成那个样子，他岂能受得了？定然是生不如死！阿影，你救救他好不好？都是因为我！要是我不让他同去，要是我当时没有大意地忽略了那支暗箭，要是我没有强行要他争江山，要是……”

“莫要再说了阿姐，这不是你的错，错的是那些为了权欲和野心而失去人性的恶徒！你且放心，我一定会尽力的……阿姐莫要哭了……”裴影彤拥着她颤抖的双肩。

“星彤！你怎么了？”这时，一道清润的男子声音突然传入，他的语气因女子的呜咽声而弥散着丝丝焦躁和疼惜。

裴星彤闻声抬首，转身扑进他的怀中，依赖地哽咽道：“乖乖，你总算回来了！我心里难受……”

龙绯雨拥住怀里的身躯，大手抚上她如瀑般的发丝：“好了，好了，莫要哭，天塌下来也有我顶着呢。”

而他这句安慰的话，却是让裴星彤的情绪更加波澜壮阔。

于是，龙绯雨只能不停地用手指抹掉她脸上的泪珠，无限地怜爱和疼惜她。

东边天际渐渐泛起鱼白，太阳余光正透过山头跃跃欲出，将大地照明，那浅浅的莹泽光芒预示着那个风云暗涌的夜晚已经过去。

熄了烛火的卧寝内，床榻上躺着一个意识刚刚苏醒的男子。

他修长的手指微动，感觉到手心中的柔软和温度还在，唇角勾勒出妖娆无双的笑痕。

慵懒的哼哼唧唧两声，他依然闭着一双丹凤眼，轻柔地放狠话："算你有良心，不然，等我醒来后定有你好看的！"

昨晚他的意识虽然不清楚，但他知道自己在后半夜时发起了高烧，跟前这个女子一直体贴入微地照顾了他大半夜。而且，他还这样一直要赖地握着她的手，怎么也不肯放开。

他的话音落下后，空气立时静谧起来，只余两道呼吸声在平静地浮动着。

没有得到她的回应，狐璃警觉地重新用手指摩挲着手心的那只纤手……

不对！这不是他想象中的那只手！裴星彤的双手他每日都不知要摸过多少遍，她的手形他再熟悉不过。

鼻头皱皱，味道和气息也不对！

难道……这个人不是裴星彤？那她……会是谁？

一双好看的丹凤眼猛然睁开，瞬间有一道流光从眼底倾泻而出，在看清床榻前那个女子容貌的时候，他惊愕地坐起身。

呆愣了片刻，接着，一把甩开手心中的柔软。

深呼吸，他困惑地眨眨眼，在确定眼前女子确实不是他心里想的那个人时，他拧起眉头，淡漠道："对不住，方才实在失礼，把你当作别人了。"

说到这里，他又挑起眉梢毫不避讳地打量一下眼前的女子，平静地启口："昨晚……也是你？"

"是。"女子面色含笑，回答得简洁大方，丝毫没有因他直率的问题和冷漠疏离的态度而恼怒。

闻言，狐璃俊秀的眉宇间又增加了几缕皱痕。看她气质高雅，相貌脱俗，应该不是这里的丫鬟："你是谁？"

——

嘭！檀木门扉毫无预警地被人狠狠地踹开，可怜的门板便摇晃着半吊在门框上，摇摇欲坠。

巨大的响声让窝在龙绯雨怀里刚入梦乡的裴星彤激灵一下子坐起身。下意识地瞄了一眼床榻上依旧沉睡的东方云霄，她半眯着美眸看向门口，随即她声音有些沙哑地说："小狐狸精，你这么快就醒来了……呵呵，谢天谢地！"

今日是个很重要的日子，而主角就是门口的狐璃。

刚刚她还在担心他，怕他没有这么快醒来……

狐璃踹门而入，咬牙切齿地站在那里，双手握拳，怒视着那个不明所以的女子。

他深呼吸，环视一圈屋子里面的人，而后冷戾开口："好啊，人都在这！那么，我来问你们……"

话说到这里，他的气息有些紊乱，停顿一下，仿佛是在努力压抑着心口那即将爆发的火山。

他凛然上前一步，冷斥地质问："是谁给你们权力来左右我的婚事？嗯？你们是我的谁？又以什么身份来参与和决定我的终身大事？你们怎么可以背着我做出这么下作而昧良心的事情？是谁给你们的权利？说啊……"

他每一句话都是冷硬的质问，语气都蕴含着刻薄的腔调，可是声音却是裹着丝丝的寒心和孤寂，还有淡淡的悲凉。

对于情绪激动的狐璃，屋内几人都静默不语，不是因为一夜未眠的疲惫而不屑于和他争辩，而是因为……他们真的无言以对。

片刻后，困意全无的裴星彤缓缓从龙绯雨怀中站起身。

她胆战心惊地踱步到狐璃跟前，像个做错事而接受处罚的小女孩一般低着头，并小心翼翼地抬眸瞄一眼那震怒中的俊美容颜："你要怪就怪我吧，要骂就骂我吧。都是我……是我出的主意，我……对不起你。"她说话的声音越来越小，到最后几乎是像夏末那活不起的蚊子，只剩下嘤嘤嗡嗡的声音。

如果再和他继续暧昧不明下去，只会耽误他，更会让她对龙绯雨心怀愧疚。

所以说，她是个自私又自利的人，除了美貌，还有何值得他如此痴恋。

脸侧的发丝无风自动，此时狐璃浑身上下都弥漫着萧冷的寒冽气息，仿佛周围的空气都被他冷戾的气息瞬间冰封。

他怒火中烧地瞪视着身前的女子，就那么一眨不眨地盯着她，如画的容颜上散发着森冷的意韵。

呼吸渐渐急促，他蓦然抬起右手。

裴星彤闭上眼睛，瑟缩一下脖子，俨然一副要视死如归的架势。

半晌后，没有感觉到预期中的疼痛，她又慢慢地睁开双眼，才发现狐璃的手一直停滞在半空中，可那姿势却不是欲下手打人的样子。

裴星彤注视着他苍白的脸颊和已然微微发颤的双唇，心头充满了无奈和愧疚。

她一把抓住他的手："狐璃，你打我吧！我知道你怨恨我。你打我发泄一下吧，用力些打也没关系！我能受得住的……"

他失去妖娆色彩的丹凤眼轻闭，兀自调整着急促的呼吸。

见他还是不言不语，裴星彤更加心急如焚了，他这样独自忍耐和克制的模样让她真有些后悔当初的那个决定。

是啊，她又不是狐璃的谁，有什么权利左右他的终身大事！她凭什么用他的人生来成全她的使命。他又有什么义务牺牲自己来成全她……

只是仗着他喜欢她而已。

裴星彤用力将狐璃的手拉近自己的脸颊，自责而羞愧地央求："狐璃，我求你了，你打我吧！不要一个人憋在心里。"

狐璃缓缓掀开眼帘，眼底的冷戾已悄然收敛，修长的手指顺势抚摸着她粉润嫩滑的娇美脸颊，细细摩挲着。

两人的呼吸涓涓涌动，在那一小方空气中肆意交融，幽幽沁香徘徊不散，迷失的又岂止是鼻端的感觉？

而此时，能缱绻缠绵的却只能是无形的眸光和气息。

两颗同样剧烈跳动的心明明就只隔着两堵肉墙，甚至还可以清晰地触碰到彼此的跳动韵律，可是想要走到一起，却是怎么也穿越不了那短短的距离。

有一种感情羁绊，只能遥寄在梦里和心间，它叫作奢望。

沉吟，低叹……

他终究进不去她的心。

须臾，他才缓缓松开她，颤着嗓音说道："我放下所有的尊严和骄傲这样追逐你，你……却还是这么狠心。姐姐……你真的很坏啊！利用完我就将我一脚踢开，那你为何要撩动我的心？当我为你无限着迷的时候，你却轻易就放下所有的过往！"

说到这里，他吸吸鼻子，仰头嗤笑一声："你可以不选择我，但凭什么干预我的选择？我永远不会因为那所谓的江山社稷或是皇位而背弃自己的内心感受，所以，你无权牺牲我的爱情！有夫之妇又如何，你不爱我，但无权阻止我爱你！"

裴星彤哑口无言，回头面带乞求地看向身后的龙绯雨和裴影彤，想让他们帮帮她，虽然她也不知道能让他们帮什么。

然而，一直端坐在软榻上的龙绯雨不仅好像与她失去了平时两人间的默契，没有读懂她的求助之意，神情更是自然地好像在看戏的观众。

诚然，他那是此时无声胜有声，用沉默抗议，谁让她无意间又惹上一身感情债呢。

裴影彤就更别说了，明明当她回头时，他还在目不转睛地看着他们，而她一回头想求助他，他便像模像样地端起药碗给昏迷不醒的东方云霄喂起药来，典型一副爱莫能助的架势。

看来，想指望他们俩帮忙是不可能了。

见她不语，狐璃忽然凄苦而笑，再看看一旁镇定自若的龙绯雨，他绝望地后退两步，单手抚着钝痛的心口，成殇……

曾经那美好的期盼像易碎的泡沫一般金贵，他一直放在心底小心翼翼地珍藏着，竟然就这么轻而易举地被她击碎，连他那颗曾为她激动不已的心也在这一刻轰然而碎，满地伤痕。

明明是他先遇见裴星彤的。

俯首，双臂垂下，他静默不语，任凭满腔绵延的情意凝结成霜，释放在幽凉寒寂的空气中。

再抬首时，他将已然枯萎的爱情随着尘埃洒落。失去绚丽色彩的俊颜在这一刻蒙上凄冷似梦的淡漠："所谓爱情，只不过就是未曾绽放便已凋零的脆弱花蕾。裴星彤……你我过往种种，就此如烟消散！"

他傲然转身，腰身劲挺，背影朦胧。

裴星彤的纤手下意识地伸出，抚摸到的只有已经没有了他气息的空气，指尖轻颤，不知是想挽留还是想抓住。

垂眸，未语泪先流……狐璃，我最亲爱的蓝颜知己，请原谅我的心太小，无法再装下别人。你是那么好，值得任何女子全心全意倾慕，不该在我这里枉费一腔情意。我是那个最最不愿伤害你的人，却也是我伤害你最深。除了对不起，我无言以对。

——

今天是风和日丽的一天，是狐翡国惊天动地的一天，也是风云突变的一天，更是万众欢腾、举国同庆的一天。

这日，失踪了六年的皇子狐璃凭空出现在朝堂之上，他不仅没有被两个皇兄害死，而且还是强势归来。

他在朝堂上公然列举了狐晋与狐汐霸占朝政六年之久，残暴无良的种种罪行……

狐晋和狐汐本就众叛亲离，此时满朝文臣更是毫无预兆地推崇狐璃，并犀利地声讨狐晋与狐汐的种种恶行。

狐晋和狐汐乃是独夫民贼，罪行昭著，无奈之下只得用强，命令手下所有皇宫御林军和亲卫军将整个朝堂包围，俨然是以暴相向的架势。

可哪想到，狐翡国数十万铁骑将士早已在大将军杜旭带领下整装待命，并将整个皇宫的外围都埋伏下重兵，奉现任皇帝之命，若见两位王爷有夺宫异动，立即缉拿！

杀无赦！

诚然，让狐晋和狐汐更加措手不及的是，一直被他们牢牢囚禁的皇上狐天鸿竟然可以躲避他们的重重监守，神不知鬼不觉地出现在朝堂之上，另他们咋舌。

纵然手握两万御林军和两万亲卫军，但那哪里是数十万铁骑军的对手啊！

而且，他们一直倚仗的两位江湖高手，居然鬼使神差地在后院互殴起来，像是被蛊惑了心智，两眼冒光地自相残杀。

见大势已去，如此强弱分明，如此意想不到，连硬拼的资本都已没有，绝望的狐晋和狐汐只有俯首认罪，卸甲伏诛。

在朝堂上，狐天鸿将重犯狐晋、狐汐打入了地牢，并当即将太子玺印赐予狐璃，让理事太监当众宣读了传位于他的诏书。

从此，狐翡国的历史被改写，君临天下的那个男人，名叫狐璃。

微风浅浅，阳光明媚，今日狐翡国的京城到处都洋溢着喜庆气氛。

大街上，百姓们纷纷将心中的喜悦奔走相告；朝堂上，文武百官谦恭跪拜，高呼吾皇万岁！

喜庆仿佛会被传染，今日狐翡国不只是有这一件喜事，而是三喜临门。一是新君继位，救国救民于水深火热之中；二是长宁公主和驸马，在昨日清晨喜得贵子；三是新君已接见了玫风前来和亲的公主，并昭告天下三日后大婚，以助两国永修同好。

人们皆知，狐翡国能有如此苦尽甘来的改变，都是因为有贵人相助。

由此，大街小巷都在流传一件奇闻：有一个女子，她拥有雄才伟略，却不入朝堂；她拥有倾世容颜，却不入后宫；她拥有绝世武功，却不入沙场。

但她却可以主导一个国家的命运，她是凤栖星女，她是裴星彤！

夕阳西下，月影婆娑。

由于昨晚一夜未眠，坐在床沿上照看东方云霄的裴星彤，反而成了熟睡的那个。

“唔……”一道浅浅的声音传入耳膜，惊醒了正在梦周公的女子。

她一个激灵坐起身，连忙查看一下躺在床上的人，想要确定她刚刚是不是在做梦。

她将脸凑近依旧紧闭双眸的男子，试探性地轻声叫了他一声：“东方云霄？”

俊美男子好看的睫毛微微煽动，睁开了黝黑的凤眸，表情却是有些茫然和迷蒙。

裴星彤紧张地咽咽唾液，一眨不眨地盯着他，不知道此时的他会出现裴影彤说的哪种后果。

见他未应声，她又叫了一声：“云霄？”

倏然，一抹纯净的微笑从他的薄唇间流淌出来，他缓缓坐起身：“……我喜欢你这样叫我的名字，唔，很亲近。”

裴星彤的嘴角抽了抽，朋友之间叫得亲近些不至于这么高兴吧。不过，此刻她已确定东方云霄没有耳聋也没有口哑，那么……

正当裴星彤想到这里时，已然坐起身的他摸索着探向她，奇怪地问道：“星彤，现在已经天黑了吗？为何不掌灯？”

心跳仿佛戛然而止，裴星彤用另一只手抚着心口，静静地望进俊美男子那双清澈而晶亮的双眸。

多么好看的一双眼睛啊，怎么可以从此与光明绝缘！

此时太阳虽然已经快要落山了，但天空还算明亮，尤其是天边的晚霞，美妙得宛如一幅画，炫目迷人。

而东方云霄却说……

纤手轻颤着伸到他幽魅黑亮的双眸前，微微晃动几下，见他没有任何反应，她又不甘心地晃动几下，可他的瞳眸依旧静静地直视着前方，没有丝毫波动。

眼帘缓缓垂下，裴星彤任由心底的不安和酸楚尽情涌动。

须臾，她抬眸，紧紧抓住俊美男子的手，深呼吸一下：“云霄，对不起！你为我挡下的那支箭头上……有毒，而那毒……”说到这里她无措地咬着下唇，又吸吸鼻子。“那毒致使你……眼盲了……”她没有隐瞒，也没做任何没必要的遮掩，因为他是个睿智而清傲的男子，隐瞒和欺骗只会让他更加无法接受。

她的话音落下，空气中只剩下了一片冷寂。

裴星彤定定地注视着他渐渐失去血色的苍白脸颊，唇畔刚刚那抹纯净优美的微笑已然不在，此时此刻他的神色是不可置信的冷绝。

她双手再次焦虑地握紧他的手，轻柔的声音中蕴含着乞求之意：“云霄，求你了，说说话好吗……”他这样黯然沉默真的让她手足无措，恨不得自己能代替他受苦受罪。

为什么，为什么她身边的人一而再再而三地因为她而受到伤害？不论是身体上的，还是心灵上的，她通通成了他们的梦魇。

莫非所谓凤栖星女，就是别人的克星？谁爱上她，谁就等于掉进深渊。

这让她情何以堪！

半晌，一直静谧的东方云霄自嘲地冷笑一声：“眼盲？也就是说现在……根本不是天黑不掌灯，而是……”

说着，他突然像瞬间爆发的火山，用力甩开裴星彤的手，毫无预警地推开她的身子，咬牙怒声喊道：“那你为何还要救我？如此残破不堪地活着还有什么意义？为何要救我！啊！啊……”

他一边如受伤的困兽般嘶吼着，一边胡乱地抓起跟前的东西往地面上摔。

裴星彤用手捂住嘴，眼底的泪已伴着满腔的愧疚和心疼倾泻而出，双眸无力地闭上。

床榻上的东西都已被东方云霄扔到地上，他又伸出双臂踉跄着身体下了床，可因无法看见地面上那些零碎的东西，刚迈出一步，他就被一条纱幔绊倒。

裴星彤惊慌失措地瞬间移至他跟前，可还是没能及时抱住他的身体。

只听咚的一声，身着白色里衣的人便那么直挺挺地摔倒在地，没有绾起的发丝也随着身体倒地而披散开来，掩盖住他半边容颜，将他的脸颊映衬得凄美而冷寂。

空气幽冷，满室悲凉。

裴星彤猛然蹲下，怜惜地抱住衣衫凌乱的俊美男子，将他的身体扶靠在一旁的矮榻前。

她拨开挡在他脸侧的如瀑布般的发丝，哽咽着：“云霄，不要这样，求你不要这样……阿影他会想办法医治好你的眼睛，你先冷静一下好吗？求你了……”虽然已经预料到他会接受不了残酷的现实，但他如此抗拒和自弃的表现，还是让裴星彤有些措手不及。

他的脸倚在她肩上，墨色发丝垂在她身前，颤抖的身体瑟缩在一起。

那番恐慌而无助的模样，让人看得心疼不已，自责难当。

她知道，他宁愿骄傲地死去，也不愿这样不堪地苟活，这就是他的男子尊严。

须臾，俊美男子粗喘着抬首，望向她的方向，四目相视，两目无焦距。

裴星彤凝视着他漆黑如子夜的黑亮双眸，那双幽魅的瞳眸明明还是可以表露着他所有的情绪，那内里蕴藏的凄苦之色昭然若揭，晶莹的瞳仁闪动着无助和哀伤，清澈得犹如天真无邪的孩子。

可是，就是这么一双美好的眼睛，却是什么也看不到了。

他气息紊乱，光洁的额头已然冒出丝丝细汗，轻颤着双唇，俊美如斯的容颜凝聚着狂躁的戾气：“冷静？我此时已是这副模样，你让我如何冷静？为何不直接杀了我？啊！”

说罢，他便自残地用双手抓弄着双眸，那凄厉的嘶吼声响彻整个房间。

见状，裴星彤连忙捉住他不断挥舞的双手：“不要！不要这样啊云霄，你会伤到自己的……”

而他却用力推开她，继续抠向自己的双眸：“既已无用，还留着它做甚？我什么都看不到了，没有眼睛了……”

摔坐在地的裴星彤赶紧爬起身，再次扑身上前，捉住他的手：“云霄，求你不要这样，会医好的！以后会医好的！”

裴星彤用力捉住他胡乱挥动的手臂，紧紧搂住他的双肩：“我就是你的眼睛！以后……我就是你的眼睛，好不好？”

听闻此言，怀中的俊美男子果然不再像刚才那般歇斯底里了。他安谧地任由她抱着，只有那依然剧烈起伏的胸口可以显示出，他的情绪仍旧是处在低沉的狂躁之中。

喧闹的房间静默了片刻，裴星彤以为是她的安抚已经起到了作用。倏然，东方云霄一把将她推开，趔趄着站起身，双手摸索着扑到茶桌前，而后将茶杯和茶壶扫落在地。

乒乒乓乓的声音随之响起，他摇晃着身体，嘶吼起来：“以前的我，你都决然地不肯接受，现在，我已然如此残破不堪，你还会接受吗？说啊！”

没有得到她的回答，他又用力将檀木桌子一把推翻，冷哼道：“更加不会接受了是吧？既然如此，我既不可能再把江山夺来捧到你面前，又如此成了一个眼瞎的废人，那么我活着的意义是什么？”

裴星彤的心头蓦然一震，浑身战栗。而后她站起身，单手捂着刚刚被他推倒时撞破的后脑，急忙冲到东方云霄面前扶着他的手臂，怕他会不小心摔倒被地面上的碎片刺伤：“云霄，一切都是因为我，夺江山是，中毒箭也是，这一切都是因为我！所以，我今日便在此立下誓言，日后，只要我裴星彤活在世上一天，就会好好照顾你！”

什么叫作被逼至绝路，如今，她算是深刻地体会到了。

檀木门扉此时被拉开，随着冷风吹进，同时进来了两道俊挺身影。

龙绯雨看到裴星彤手上有鲜红的血迹，急忙上前，心疼地问：“星彤，你怎么流血了！伤到了哪里？”

裴影彤也随后而至，在发现她后脑的血迹时，他恼怒地瞪视着衣衫和发丝都凌乱不整的东方云霄：“东方云霄你在发什么疯！你伤到她了！”

裴星彤连忙拉住裴影彤的衣袖，解释道：“乖乖，阿影，你们别急，我没事的。刚刚是我自己不小心摔倒了，不怪他。只是一点小伤而已，无碍的。呵呵，真的无碍。”

听到她受伤了，处在情绪波动中的东方云霄微微蹙起俊眉。他双手伸出，漫无目标地摸向前方，明显紧张地问：“星彤，你怎么了？是不是我弄伤你了，疼不疼？让我看……”刚欲说让我看看，可又恍然回悟现在的自己根本什么也看不到啊！

龙绯雨正在用锦帕擦拭她染血的手，裴星彤已细心地发现了东方云霄的神色变化。

于是，柔声安抚他："无碍，无碍，他们两个就是喜欢大惊小怪，呵呵……哎哟！阿影你轻点，我是你亲姐姐吗……"本还在安慰东方云霄，可裴影彤查看伤势的动作突然一重，她便吃痛地惊呼出声。

"星彤……"

东方云霄刚刚喊出两个字，裴影彤已然不耐烦地点住他的睡穴，没好气地嘟囔着："醒了就惹祸，还是睡着了安分。"

说罢，便一把将他倒下的身体抱放在床榻上。

"阿影！"裴星彤拧眉嗔怪，"阿影，东方云霄眼盲了，这就是他中毒的后果！现在他之所以这样，都是因为我！他需要发泄心里的苦闷和委屈，你不要如此对他好吗？"

看吧，她果然就是个惹祸精。

另外两人愣了愣，面色沉重。

裴影彤斜睨着自家阿姐："我只是怕他再次情绪失控，从而伤到你和他自己而已。"

轻愣间，她黯然垂首，嘟起嘴，唯唯诺诺："……阿影，对不起，我只是心里太憋闷了，心情不好，说话来不及经过脑子的思考，你莫要往心里去可好？"

裴影彤的身体微顿一下，动作悠然地自药匣中取出一个药瓶。然后走到她跟前，用干净的锦帕蘸取些许药粉凑向她的后脑："阿姐忍着点，有些疼。"

她乖顺地点点头，因为还在自责所以不敢与他对视。

擦过药粉，裴影彤侧首对龙绯雨淡语道："你带她去歇息吧，我会照看东方云霄的。"

"阿影，我不累！不用休息的，我要……"

话还未说完，双脚蓦然离地的刹那，她轻盈的身体已被龙绯雨打横抱起："这两日发生的事情太多了，明眼人都看得出你已经是身心俱疲，怎可不用歇息？"

见龙绯雨语气有些强硬，裴星彤只得悻悻妥协。到了门口，她越过龙绯雨的肩头对里面低喊："阿影，你也要保重身体，我睡一会便来替换你！"

他点头，浅笑，如沐春风："好。"

第十七章 进宫面圣

翌日，漠冰来报，说东方云霄情绪失控。

裴星彤提着裙摆飞跑到东方云霄的屋子，一直焦虑守门的漠冰双眼一亮，像见到救星似的连忙俯首施礼："王妃，您可算来了，王爷他将能摔的东西都摔了，还不准属下近身，属下担心……"

裴星彤点点头，狐疑地问他："阿影呢？"

"裴公子一早便去药铺抓药了。"

她秀眉微微蹙起，应声："嗯，我知道了，你将王爷摔碎的东西都去重新准备一套送过来。"

"可是……"

裴星彤当然明白漠冰的顾虑，他是担心再摆上来还是会被东方云霄摔坏，而那些碎片更是会在照看不妥的情况下伤到什么也看不见的东方云霄，故而漠冰认为还不如不摆。

她轻叹一声："王爷心里憋屈苦闷，摔东西可以让他将心里的委屈和焦躁都发泄出来，所以……你只要把所有东西皆换成摔不破的便可。"

漠冰豁然开朗地点点头，恭身而退："属下这便去置办。"

深呼吸，裴星彤伸手推开檀木门，可迎面而来的就是一声怒吼："滚！全部给本王滚出去！"那狂烈的气势如一头暴躁的狮，不容人靠近。

随着怒吼声的传出，接着便是一个飞射而来的枕头。

裴星彤一侧身，利落地躲过了枕头的袭击。

她翩然上前，暖声提醒："云霄，不要动，你脚下都是碎片。"

他听到她的声音，果然站稳身形不再乱动。

感觉到裴星彤走近，他毫无方向感地伸出双臂，想要摸向她，可他的手臂却是伸向了她的身侧。

裴星彤连忙轻然旋身，将自己的手主动凑向东方云霄伸手的方向，让他可以一下子就摸到她。

双手触碰到她，东方云霄的情绪才仿佛得到一丝抚慰：“……星彤，我居然看不见你！是不是以后我都看不到你了？那对我来说比死还要可怕千百倍！”

他无措的神情让裴星彤鼻子一酸，勾起心底无限的怜悯和内疚。

她抿抿双唇，执起东方云霄的双手按在自己脸上：“你可以摸着我的脸，然后在脑海里回忆我的样貌，这样……有没有感觉到我？”

他白皙而修长的手指抚在她的脸上，开始细细摩挲着她的肌肤，勾勒着她的轮廓，感受着她的气息。

片刻，他微微勾起唇角，绽放出一抹纯净如水的浅笑，那清幽的笑容没有了以往的冷峻和孤傲，再配上他此刻无助和凄楚的神色，宛如清透的山间泉水，甘甜而纯净。

接着，他小心翼翼地轻声问她：“你说……你以后会做我的眼睛？”

裴星彤将他脸侧的凌乱发丝捋顺，又轻轻抚上他好看的凤眸：“你的眼睛这么美，你愿意让我代替它们吗？只要你愿意，我就是你的眼睛……”

他急切地握住她的手：“当然愿意！”

以前他还可以有些赢得她心的自信，可是现在他真的不敢再奢望了。

她轻笑，内疚道：“一切都是因为我，才会变成这样的。你放心，我会让阿影尽全力医好你的眼睛。”

其实，她也不知道他是否能恢复如前，因为连裴影彤也没有跟她保证过一定能医好他的眼睛。但是她必须要给他希望，让他不要这么消极下去，让他不再有寻死的想法。

“嗯。”是责任也好，是同情也罢，至少他可以靠近她，他必须要珍惜这个机会，塞翁失马，焉知非福。

裴星彤对东方云霄事无巨细，件件亲为，像是在赎罪般无微不至。

这日，漠冰将熬好的药送进来，又从怀中取出一张明黄锦帛，双手举过额头呈给裴星彤：“王妃，这是狐翡国皇上让宫里太监给您送来的，刚刚你们在商量要事，属下便替您接下了。”

狐翡国皇上？

那不就是……狐璃吗！

她纤手轻颤，几滴滚烫的黑色药液便随之溢出药碗，滑进了她的手心。

手上传来淡淡的灼痛感，她收敛起缥缈恍惚的心神，微侧首，抿抿莹润的双唇：“乖乖，你代我看看就行了……”

一日后，天空晴朗无云，清透的水蓝色天空像是被水洗过一般洁净。

阳光明媚照人，缕缕金色光芒射下，为寒冽的空气增添了几分融融的暖意。

下午时分，裴星彤费了好一番口舌才让东方云霄睡下。因为她今天必须要去一个地方，一个她不愿意去的地方。

今日狐翡国京城到处都是一片喜庆祥和的气氛，因为今日是狐翡国皇上与玫风公主大婚的日子。

看着满街热闹而欢喜的景象，她的心头划过一丝无奈。

此情此景，让她想起了三年前，在银月长安城时，她也是唯一一个没有融入到那喜庆氛围中的人，因为在那天，她全心全意挚爱的那个男人，她的夫君云轻，娶了别的女人。

而今天，她又带着更复杂的心情，观看着这唯独不属于她的欢乐场景。

热闹非凡的街道上，她着一身普通灰色的的罗裙策马而行，面色深沉而清冷，看不出悲喜，与这满街喧闹的人群形成鲜明对比。

昨日，狐璃派人给她送去的其实就是一张喜帖，他和玫风公主大婚的喜帖。

她当时就决定不去参加，便让龙绯雨传话回绝了狐璃。

可到了今日，狐璃又三番五次地派人去请她，最后还放话说如果别人请不动她，他就会亲自来请她，明摆着就是务必让她去的架势。

见实在无法推脱，她只得愤愤地硬起头皮来了，她倒要看看这个狐璃到底有什么必须要她参加他大婚的理由。

一直拖到下午时分，她婉拒了宫里派来的豪华轿子，一个人骑马来了。

那日他冷言以往种种如烟消散的神情还历历在目，今日他们又将以何种心情面对彼此?

她抬首，半眯起黝黑清冷的美眸，凝望着面前气势恢弘的皇宫大门，思绪有片刻迷蒙。

淡淡的轻风拂过，卷起她如瀑布般的发丝，翩舞飞扬。

收回心神，她报上自己的名字，随即被一个小太监一路领到了红梅殿。

抬头看着上方的“红梅殿”三个字，裴星彤心中泛起了丝丝困惑，不明白狐璃到底要耍什么花样。

她心中的疑虑只是一闪而过，便从容地跟着小太监进了红梅殿。

红梅殿是狐璃母妃——前淑妃娘娘的寝殿，她不明白狐璃为何要让人将她带到这里。

此时皇宫的其他宫殿都是喜气洋洋，到处都是通红的喜庆色彩，唯独这里清净得有些诡异。

举目环视四周，殿内很干净也很气派，一看就知道这里显然是被精心打扫和整理过。

小太监将她领进殿内，恭敬地躬身俯首道：“裴姑娘请随意坐吧，奴才这便去禀报皇上，您先在这里小歇片刻。”

裴星彤微微颔首，轻声回应：“有劳公公了。”

宽敞的红梅殿内只有她一个人，无聊地喝了几杯茶水，她便坐在软椅上迷迷糊糊，睡着了。

这几天一直照顾东方云霄的起居，她一直没有休息好，此时这里既清净又舒适，困意便来袭。

“皇上驾到！”

倏然，一道尖细的声音从殿外破空传来，惊醒了正在不停做梦的裴星彤。

她一个激灵坐起身，迷茫地揉揉依旧酸涩的眼睛，看向殿门口的位置。

在瞥见一群宫女和太监手中提着的灯笼时，她才恍然惊觉现在已经天黑了。

小狐狸精，竟然让她在这里干等了近两个时辰。

暗自低咒一声，她依旧慵懒而迷蒙地坐在那里。

狐璃见她在那里发呆，连瞧都没正眼瞧他一眼，便气恼地沉声呵斥：“大胆刁民！见了朕为何不跪？”

直到他冷漠的呵斥声传来，恍惚中的裴星彤才连忙收起困意和蒙眬的思绪。

她定定地看向前方，那里有一个身穿明黄龙袍的男子，他头顶束着华美的金色发冠，如墨的发丝被高高绾起，将他俊美无双的容颜衬托得华贵而高雅。

他身着明黄龙袍，华贵的刺绣和精美的做工及那罕见的高级云锦缎料，又给他的完美气韵增添了一份威严。

他在一群宫女和太监的簇拥中款款而来，脸上早已没有了稚嫩，也没有了一贯的玩世不恭和洒脱不羁。

此时的他，就是一个令人望尘莫及的一国之君，一个站在权利顶峰的天之骄子。

同时，她也明白，现在的他……再也不是她的小狐狸精了。

裴星彤垂首，如果他是要她来向他屈膝参拜并报复她当时的狠心和冷漠，那么，他不需再做其他，单是现在这副冷傲而疏离的表情，就足以让她刚刚围建起来的心理盾墙瞬间坍塌。

“大胆贱人！见了皇上竟然如此无理！皮痒痒了是不是？还不快跪下参拜！”一个走在前面的中年太监见裴星彤对皇上的话也敢一耳听一耳出，连忙出头训斥她，想在新君主面前表现一下。

可是，若是他知道此番这一出声会给他带来接下来的结果，他定然是万万不敢出声的。

明黄衣袂浮动，无形的劲风随之袭来，在那个中年太监还来不及反应过来时，只听啪的一声脆响，他的脸颊已然被狠狠刮了一巴掌。

“放肆！谁准许你这样无礼地跟她讲话了？只有朕才可以这样呵斥她，你算个什么狗东西！”

狐璃微侧首，眯起好看的丹凤眼，寒声道：“来人！把他给朕拉下去割掉舌头，如果还弄不清自己错在哪里，就直接割掉脑袋！”

说罢，他不再理会身后传来的凄厉的求饶声，翩然一跃，便飞至一直端坐在软椅上的裴星彤身边。

她身着一件普通的灰色罗裙，长发只是简单地在后脑束起一个俏丽的马尾，娇美绝伦的脸上也未施一点胭脂水粉。可以说，她今天的装扮真是随意得有些寒酸，可就是这有些寒酸的装扮，却显得她更加纯真无邪，从里到外都是自然之美，不食人间烟火。

狐璃修长的手指拈起她肩头的一角布料，嫌恶地撇撇嘴，嗤声道："今日是朕大婚的日子，你就穿成这样来了？难道龙绯雨那个蛇妖男都买不起一件像样的衣衫给你吗？"

裴星彤微微颔首，一抹苦笑不自觉地溢出唇角："今日是你大婚又不是我大婚，我穿成什么样有那么重要吗……"

"当然重要了！你是……"话说到一半，狐璃突然又收住口，而后便挤进她坐着的那个单人软椅上，还悠然自得地摇晃着腿。

此情此景，他仿佛又是昔日那个不正经的小狐狸精。

狐璃俯首，清新的气息蓦然凑近她的耳廓，突兀地问："……想我了吗？"

裴星彤面无表情地看着那个几乎是半坐在她腿上的男子，无言以对。

看来他还真是本性难移，刚刚还以为他变得成熟而威严了，没想到只是表面功夫而已。

这明明就是一个单人软椅，哪里能完全容下两个成年人，狐璃放着那么多椅子和软榻不坐，偏偏要和她挤在一起，也不知他葫芦里卖的什么药。

裴星彤刻意将身子向后倾斜一点，为了避免和狐璃太过亲近。

毕竟如今她有夫，他也已经是别人的夫君，他们男婚女嫁，便不能再像以前那样纵容他的亲昵举动了。

朱唇微启，她刚欲说什么之时，狐璃温热的指腹已经按在她的双唇上，眯起双眸，威胁道："你若是敢说不想，我就……哼哼，砍掉你的脑袋！"

听到他这么明晃晃的威胁，裴星彤没好气地甩他一记白眼，这家伙难道做了几天皇上，就只学会了砍别人脑袋？

拨掉他按在她唇上的手指，裴星彤无奈地冷声反抗："我的腿快被你压麻了！"

"好说好说，来来来，换你压着我！"说话间，一身华贵龙袍的狐璃已翩然起身，一把将她抱坐在自己的双腿上。

"喂喂，快放我下来！信不信我让乖乖给你下蛊！"裴星彤以双臂推搡着他的钳制，扭动着身子，想要从他怀里挣脱出来。

狐璃用力收紧手臂，禁锢着她胡乱挥舞的手："你若是再乱动下去，我就在这里和你洞房！你若不信那就试试看……哼哼！"

裴星彤果然安分了下来，怒瞪着他，这人改属猪了吧，总是哼哼哼哼的。

见她终于安静下来，狐璃满意地弯起狭长的凤眼，含笑的眼底闪烁着魅惑光芒。

他单手伸出，开始按摩着她的腿，并将温热的呼吸喷扑在她的颈间和脸侧，轻声细语："还麻吗？"

他声音软软的，似乎每一个简单音节都蕴含着沁人心脾的清甜。

“……不麻了。”她一边说一边捏着他按摩她腿部的手。本来不怎么麻，可被你这么一捏反而很麻！

狐璃潋滟的凤眼中每一次波光流转间都盈动着一抹勾魂摄魄的桃花神韵，以手指挑起她的下巴，并细细摩挲着她的脸颊，慵懒启口：“……这回告诉我，你想我了吗？”

裴星彤鼓着腮，不动手动脚就难受吗？总是如此调戏有夫之妇，还有没有道德底线！

见她仍是沉默不语，狐璃深呼吸一下，忽然毫无预警地将她推开，以袖掩唇清清嗓子，然后邪肆而轻佻地说：“……算了，你的表情已经告诉我，你不仅想我，还想……扑倒我！哈哈！”

裴星彤被他突兀的动作推了一个趔趄，险些摔倒在地。凝起内息，她轻然旋身，才站稳身形。

她生气的样子很像少女怀春？

狐璃一边自恋地撇撇嘴，一边从怀中取出一块锦帛，在裴星彤还在愣怔发呆的时候，他又像一阵风似的凑到她跟前，神神秘秘地抓起她的手，并将五根白皙而莹润的手指挨个扒拉着。

裴星彤蹙眉：“喂喂，刚学数数呀你！”

突然，他将她的食指拎出，凑到唇间。

“唔……呃……你！”一阵钻心的疼痛让一直被他耍得晕晕乎乎的裴星彤闷哼出声。

始作俑者却若无其事地继续着他的动作，在将她的食指腹咬破后，他连忙将那根流血的手指按在事先准备好的锦帛上，还像模像样地使劲在她的指甲上按了按，然后才满意地放开她。

他执起锦帛，在看到上面那个鲜红的指印后，笑得比花儿还要灿烂芬芳。

狐璃将锦帛收进怀中，突然姿态冷傲地仰着下巴，盛气凌人道：“行了，这里已没你什么事了，且先退下吧！”

裴星彤茫然地看着他一会晴天一会阴天的脸，实在想不明白他为何这样忽冷忽热，只得凛然垂首。

转身间，她将那根被狐璃咬过的手指从袖口中伸出，上面还残留着淡淡的血迹和一片水渍。

唔，好疼。

“春宵一刻值千金，朕得赶紧去享受这美好的洞房花烛夜了，以免冷落了朕的皇后。如此，朕就不送你了……”她欲举步离开时，身后忽传来了狐璃慵懒而无赖的冷哼声。

裴星彤顿了顿，点头轻叹：“嗯，祝皇上您永垂不朽。”

月上中天，夜色如水。

裴星彤将手臂支在窗沿上，双手托腮，悠远的目光静静地望着不知名的远方，思绪缥缈。

冷风从窗口吹进，扑打在她雪白的肌肤上，卷动着她脸侧的柔顺发丝，翩然起舞。

“夜深了，你这样一直吹冷风会感风寒的……”龙绯雨将自己的披风搭在她的肩头，语气中有淡淡的不赞同。

裴星彤呼吸着披风上的清香，缓缓转过身，对他敷衍一笑：“我不冷，只是有些怀念银月的温暖气候。乖乖，你不要管我，快点先行歇下吧。”

龙绯雨无奈摇头：“近日你太过劳累，不多加注意身体怎么行？”

她连忙耍赖，举起食指：“我就再待一炷香时间，如若一会儿我还不回去睡就是小狗！”

“你呀……”龙绯雨只得又自行躺床上去看书。

见他那副没辙的样子，她嘿嘿地傻笑起来。

半晌后，龙绯雨又过来叫她：“已经两炷香的时间了。”

裴星彤装过身：“汪汪！”

龙绯雨：“……”

叩！叩！门口突然传来了敲门声：“王妃……”

“漠冰？”裴星彤收起笑容。

今晚不是刚好轮到漠冰去监视东方云轻那边吗？他怎么会在这个时候突然跑回来，难道东方云轻有什么动作？

在她思虑期间，龙绯雨已上前将门打开：“有什么事进来说吧。”

漠冰俯首：“是。”

身形闪入门内，漠冰便对着裴星彤道：“王妃，长宁公主刚刚派人来传话，说是想邀您进宫一趟，而且请您务必今夜就过去。”

“长宁公主？”她下意识地呢喃着，秀眉已在不经意间蓦然皱起，清冷的神色中弥漫着淡淡黯然。

狐婕宁是东方云轻的妻子，她们两人之间既没有什么值得相见的必要，也没有深夜见面的理由。那么，狐婕宁邀她进宫到底所为何意呢？

抬眸，她凌厉的眼神飞掠向窗棂，沉默。

狐婕宁这么突兀，又毫无预警地邀她会面，而且……是在这夜深人静的时候。

她迷蒙的眼底瞬间闪过一丝清明，侧首问道：“漠冰，你此时回来，可是发现东方云轻有什么异动回来禀报？”

漠冰的眼中升腾起敬佩之意，连忙恭谨应声：“正是！东方云轻刚刚连夜调动他的人马，种种迹象表明他应该是要启程去哪里，具体意图不明。”

裴星彤眯眸，冷声问：“他调动的都是他自己带来的人马？”

“都是他的暗卫和亲卫军，还有凤舞宫的人马。”

她深呼吸：“他是自己回去，还是带着狐婕宁一起走？”

“他一个人。”

听了漠冰的回答，裴星彤与龙绯雨对视一眼，陷入沉默之中。

片刻后，她启口道：“东方云轻欲连夜启程，而且不带着狐婕宁，就说明他是得到了皇上已经驾崩的消息，所以，他的方向应该是回银月。可是，为何狐婕宁会刚好在这个时候邀我进宫，那不是正好会将东方云轻这番动作公然泄露给我看了吗？”

如果她答应了狐婕宁的邀请，岂不是会跟欲启程回银月的东方云轻碰个正着！

他们葫芦里到底卖的什么药，难道东方云轻根本就不怕被他们发现？

唉，今日进宫时她应该向狐璃打探一下消息的，毕竟狐婕宁是他亲姐姐呀，说不定会透露些许消息给他。

轻风凛凛，宽敞的官道上，一队人马在稳速前行。

其中，有两匹骏马行在前方，只是这两匹齐头并进的马之间有一条白色纱幔在飘摇，而那纱幔两端分别系着一个绝美倾世的女子和一个俊美无双的男子。

两人的容颜皎若朝霞，身姿缥缈卓然，气韵高雅如玉，宛若一对伉俪情深的眷侣。

裴星彤牢牢地抓着手中的纱幔，两人手腕上的纱幔是她为了方便让东方云霄掌握策马的方向而系。

那日夜里，她和他们三人商量了一下，没有应狐婕宁的邀请进宫与她会面，而是决定和东方云霄当夜便启程回银月，龙绯雨则辅助裴影彤携着凤玉去开启云凤宝藏。

但由于有些路段他们在夜间不方便赶路，他们行进的速度比较慢。这七八天下来，便与前面的东方云轻相差了近两天的路程。

也就是说，东方云轻明天便可以到达银月长安城了。

又到了太阳下山的时候，天色渐渐黑了下来，漠冰命人按照裴星彤的指导搭建了几个简易帐篷，又将那些暗卫烤好的野兔肉和随身带的干粮呈给她和东方云霄吃。

裴星彤将烤好的野兔肉轻轻吹凉，一块一块地撕开送到东方云霄口中，每吃下几口，她便会细心地让他饮下一口水，直到他吃饱了以后，她才开始自己吃起来。

月淡星稀，驻扎在山脚下的队伍除去一部分亲卫军在巡夜值守外，都开始了连日来的野外驻宿。

夜风袭来，帐篷被吹拂着，微微颤动，东方云霄轻声问：“在想什么？”

裴星彤淡淡地道：“想得很多……”

“很多人，还是很多事？”

裴星彤侧头，望着两步以外的俊美男子，看到那双晶亮如星辰的凤眸时，她微微勾起唇角，“……想很多人，也想很多事，还有很多事中的很多人……”

而此时唯一令她怎么也琢磨不透的，只有东方云轻。

那日，她追着春雨去了元和宫，而后遇到了东方云轻。他当时神情幽怨凄厉，而且又说了那样两句不着边际的话。

最后，明知道她主动亲吻他是为了他腰间的那块凤玉，可他却是没有制止。而且，她营救狐璃而被狐汐困在密室时，他竟然适时地使用调虎离山计将她和狐璃救出。

一切的一切，都如同他本人一般，神秘而诡异……

她这番绕口令似的回答，使得东方云霄轻笑出声，而后突然又怪声怪气道："那你想的男人中……是否包括我这个无用的瞎子？"

闻言，裴星彤的心头蓦然划过一丝心疼的颤动，现在的东方云霄少了一些桀骜不驯和冷峻，多了难得的温顺和自卑，这些一夜间的转变都是因为她。

是她将他身上的锋芒和骄傲在一夜间磨灭，让他失去了希望，失去了自我，也失去了那独属于他的冷魅。

现在的裴星彤就像一个赌徒，身上满是债务，且越欠越多，无力偿还，尤其是情债。

她轻叹："谁说你是瞎子了，我不就是你的眼睛吗？再说了，何为有用，何为无用，如果不是你替我挡下那一箭，现在失明的人就会是我！那么，对于我来说，你存在的意义不是用语言能够形容的。"

东方云霄顿时欣喜，试探性地说："可我想要的不是让你把我当成恩人一般供起来，而是……"

他的话尚未说完，裴星彤已连忙打断："云霄，我是不会为任何人放下绯雨的，所以，你想要的我给不起。"

东方云霄沉默了许久，最终冷笑出声："我到底还是失去了你。"

裴星彤抿唇："云霄，做朋友不好吗？我们一起经历了这么多，彼此除了爱情，还有很多不可磨灭的情分，这些情分足以让我们彼此珍惜一辈子……"

第十八章 若若来了

两日后，风尘仆仆的裴星彤和东方云霄便赶到离长安城只有二十里的泉鲁镇。

她和龙绯雨事先约好了在这里汇合，因为云季容一直都在银月，东方云轻也比他们先到长安城。那么，此时的长安城内定然都是东方云轻的人马。他们此时若是强行进城，定会避免不了陷入云季容的重重围剿。

而且，云季容和东方云轻也不会轻易放他们入城的。

龙绯雨已帮裴影彤寻到宝藏，而后便直接来这里等她和东方云霄。

刚刚他用意识告知她，他已到达泉鲁镇，并租下一座府邸，等待她和东方云霄。

云凤那边一切顺利无比，由裴影彤秘密调集云凤的前臣旧部，并利用宝藏重新招建军队，建立新的政权。即使被云季容发现了他在云凤那边的意图和举动，云季容也是鞭长莫及，况且还有她和东方云霄在牵制着云季容。

毕竟，对手已经失去了与狐翡联手攻打玫风的机会，那么势必要得到银月的江山。

午后的阳光暖意融融，虽然十里外的长安城已是政局紧张，风云变幻莫测，但这里依旧拥有属于小镇特有的祥和与安逸。

按龙绯雨提供的位置信息，裴星彤带着东方云霄缓缓推开一座府邸的大门。

大门被缓缓推开，映入眼帘的就是龙绯雨美如晨曦般的温润笑颜。

裴星彤跨前一步，扑进他的怀里："乖乖！"虽然只是十余日不见，但那无尽的思念已然如洪水猛兽般不停地侵蚀着她的心扉。

龙绯雨没有像以往一般热情地回抱她，反而还微微推开她扑近的身体。

裴星彤不解地凝视着："乖乖？"

见他唇角的微笑已经蕴含着丝丝促狭意味，裴星彤更加困惑地眨眨眼睛。

就在这时，突然从她和龙绯雨中间挤出一颗圆圆的小脑袋。

她，正是……龙云若！

她小小的身子挤在裴星彤和龙绯雨之间，仰着小脑袋，露出一口洁白的小牙，一双黑亮的眼睛此时已然弯成了月牙形："娘亲好坏，每次都是先看到爹爹，还把人家挤得快喘不过气了……呵呵……”她都已经刻意站在爹爹的前面了，可是这个眼里只有爹爹的娘亲还是没有第一时间看到她！

早知道如此，真应该听取爹爹的建议，让爹爹抱着她就好了，唉唉。

裴星彤激动地惊喊出声：“天啊！你……你……你怎么在这里？”她刚刚只顾着看向水平方向，根本没发现这个小家伙。

她一边惊呼，一边轻颤着双手将身前那个粉雕玉琢的小丫头抱进怀里，狠狠亲吻着她肉嘟嘟的粉嫩脸颊：“你这个臭丫头！怎么会在这里？”

快半年了，她每日都在思念着这个调皮的女儿，只是她从不表现出来，也从不把对她的想念和牵挂说出口。即使说出口又能怎样呢，她每天都无法预料自己会碰上什么样的凶险，总不能将女儿带在身边跟她一起颠沛流离，出生入死吧。

故而，她一直以来都将对女儿的思念深深地藏在心底，只有偶尔实在想念的时候，才会跟龙绯雨唠叨几句。

可是，她怎么也没想到，今天竟然真见到这个心头肉了，她的女儿啊！

若若用双臂攀着裴星彤的脖子，一边兴奋地咯咯直笑，一边也胡乱亲吻着她的脸颊：“爹爹带我来的！”

她紧紧搂着裴星彤的脖子，一会儿亲她脸颊几口，一会儿又用小脑袋撒娇地蹭着她的头，俨然一副不知该如何表达自己激动心情的俏模样。

虽然裴星彤一贯都是扮演着严母角色，然而，毕竟是血脉相连的母女，饶是若若平时再畏惧她，这半年的分别也让她开始无暇顾及畏惧严厉的娘亲了，于是她便放肆着自己的行为。

裴星彤压下满心欣喜，嗔怪地瞪视着一直含笑不语的龙绯雨：“这里如此危险，你怎么把她带来了，而且还不事先同我说一声。”

龙绯雨浅笑着捋捋她额前凌乱的发丝，柔声回答：“我只是想给你一个惊喜，况且，我绝不会让我们的女儿有危险。”

见此，古灵精怪的若若也连忙开始帮衬和维护龙绯雨，她弯起眉眼，语态谄媚：“娘亲不要责怪爹爹，是我想念娘亲和爹爹了，便央求着奶奶要爹爹带我找娘亲的，奶奶还使苦肉计来着，所以，娘亲不可以怪爹爹哦。”

虽然她的话音依旧奶声奶气，但思路却是有条不紊，简直就是个小人精，竟然知道帮爹爹求情了。

裴星彤失笑：“奶奶此番又使了什么苦肉计？”

若若眨眼：“奶奶把我掐哭了，呵呵。”

裴星彤：“……”这就是龙霓冰的苦肉计？

正在这时，小丫头恍然发现了站在裴星彤身后的那个长身玉立之人。于是她月牙般的美瞳蓦然一亮，眼底闪动着惊艳的光彩，砸吧砸吧小嘴，她谄笑着歪头问，“娘亲，这个俊叔叔是谁啊？”

裴星彤收回激动的心神，连忙转过身，轻声说道：“云霄，这就是若若……”

东方云霄忍着心口的剧痛，强迫自己的唇角勾起，将手探向裴星彤怀中，尽量将自己的声音放缓：“若若，叔叔可以抱抱你吗？”他知道自己其实没什么小孩子缘，一般的小孩子只要见到他的冷脸就会害怕得直哆嗦，甚至会被吓哭，不敢靠近他，因此他也从未抱过小孩子。

她连忙点头，见对面男子没有回应，她便聪明地出声应答：“嗯嗯，好啊好啊！”呵呵，她最喜欢被漂亮叔叔抱抱了。

东方云霄小心翼翼地接过若若柔软的小身子，然后就那么直挺挺地端着她，明显就是毫无经验。

龙绯雨和裴星彤都被他滑稽而可爱的动作逗笑，而若若也用一双柔若无骨的小手轻摸着东方云霄的眼帘，天真无邪地问：“帅叔叔，你的眼睛看不到吗？”

俊美男子震惊于小丫头的聪慧和机灵，大人们都没有说，她便已经从他的动作中发现了，果然是有其母必有其女。

小家伙的主动攀谈让他稍稍放松了身形和心头的紧张，微笑着点头：“嗯，叔叔的眼睛看不到……”

“没关系的，你摸摸若若的脸，呵呵，若若很美哦……”她一边拉起东方云霄的一只手抚在她脸上，一边自恋而娇憨地笑着。

月光如水，人影旖旎。

三人坐在一起密谈了一个下午，天黑下来，东方云霄便称因连日赶路身体劳累，于是早早歇下。

裴星彤明白东方云霄的用意，她拒绝了他，如今又与龙绯雨夫妻团聚，他怎会留下来徒增伤心。

夜深人静，正当两人相拥入睡时，檀木门扉便霍然被人一脚踹开：“裴星彤，你给我跑步滚过来！”

裴星彤蓦然一惊，有没有弄错，这不是狐璃的声音吗？

他怎么会此时出现在这里？

由于卧寝内已经熄灭了烛火，她只能借着淡弱的月光看向外间踹门而入的男子。

“乖乖，是狐璃吗？”裴星彤一边扯过外衫披上，一边问着身旁的龙绯雨。

“嗯，除了他，还有谁会这样半夜三更踹别人房门。”回答的同时，龙绯雨已起身走向一旁的软榻，因为睡在软榻上的若若也被惊醒了。

“爹爹，爹爹，是不是打雷了？……若若怕……”小家伙一边委屈地瘪着嘴撒娇，一边站起身扑向龙绯雨。

龙绯雨一把抱起她柔软的小身子，轻拍着她的背柔声轻哄：“没有打雷，若若乖，有爹爹在，若若莫怕，我们继续睡觉好不好？”

“嗯……”睡眼蒙眬的小家伙见到熟悉身影，便又找回了安全感，轻应一声，又开始在他怀里迷糊起来，只是那双小手一直都紧紧抓着他的衣角，怎么也不肯放开。

这时，外间那个突然闯入的男子见裴星彤还没有出去迎接他，便怒气冲冲地直接进到里间，什么话也不说就去拉扯呆愣在床榻上的娇美女子。

直到被一脸阴沉的狐璃拉下床，裴星彤才恍然回神：“狐璃？你怎么会来这里？你拉我做什么……”

狐璃咬牙切齿，愤愤地瞪视着她：“我再问你一遍跟不跟我走？”

裴星彤挣脱开他有力的大手：“我的丈夫和孩子都在这里，你让我同你去哪？我在这里还有正事要做，你不要耍小性子了好不好？”她以为狐璃说的跟我走是要她跟他回狐翡国。

狐璃继续瞪着她：“行啊你，丈夫孩子热炕头，光顾着自己舒坦了！把我一个人抛在狐翡，自己居然说走就走！”

她深呼吸，欲抽回自己的手，却没抽回来，便沉下脸：“狐璃，日后即使我丈夫不在这里，也请你不要再这般无视男女有别的规矩，不然我们连朋友都做不了。”

他愕然惊愣，良久才缓缓地松开她的手，似叹似伤：“……我皇姐……她想见你，此时就在平安客栈等着你。”

裴星彤惊讶地凝眉：“你皇姐……狐婕宁？她也来银月了？”狐婕宁不是应该在坐月子吗？怎么会在此时千里迢迢赶来银月？而且她不去长安城找东方云轻团聚，跑到这里做甚？

难道就是为了要见她一面。

种种匪夷所思的问题不停萦绕在她的脑海，仿佛有什么事情在无意间错过了，又仿佛有什么重大的事情就要跃出平静的水面。

可是，明明感觉有那么一点端倪，却又仿佛毫无端倪……

轻风徐徐，吹动了天空飘浮的云朵，刚刚还阳光明媚的天气就突然笼罩上了一层淡淡的乌云。

现在银月正是朝局动荡之际，东方云霄和狐璃都在此住了下来。

早膳时分，裴星彤叼着筷子，将自己的思绪放飞。

狐婕宁为何三番五次地欲与自己会面呢？在狐翡国时她没有应约就秘密离开，此番狐婕宁竟然不顾身体不适，千里迢迢赶到了这里，难道真有什么重要的事情非要见她不可吗？

可是，为何不直接让狐璃转告，非要亲自追到银月来呢？

狐婕宁此番不可思议的举动，使得裴星彤陷入了迷茫的思绪中，怎么也想不出她为何会这样做。

其实，她不愿直接面对狐婕宁的原因，自己心里非常清楚。无外乎狐婕宁如今是东方云轻的妻子，而她心里还是无法放下那个给过她无限美妙与悲凉回忆的男人。

第一个男人嘛，总是很难忘记，就那么深深地扎在心坎儿里。

所以，她不是不愿面对狐婕宁，而是发自心底地不愿面对狐婕宁的身份——东方云轻的妻子。

此次婕宁已经追到了这里，她若再这样避而不见，也实在是太无理了，毕竟那个女人是狐璃的亲姐姐。

确实该去见见狐婕宁，看看她到底有什么重要事情非要亲自来说。

裴星彤思绪飘忽的时候，漠冰突然在门外面神色焦急，躬身抱拳："王爷，王妃！太子殿下带着五千亲卫军找到这里来了，此时已到了大门外！"

啪！手中筷子蓦然落在桌上，裴星彤愣愣地看向漠冰，无声惊讶。

东方云霄面色凝重地说道："星彤，他来这里应该是冲我和我手里的东西。你们不必惊慌，先在这里静观其变，我一个人出去见他！"

他话音落下，呆愣中的裴星彤恍然回神，急言制止："不可！我们的人只有区区两千，而他分明是很了解我们此时的作战力，我不能让你一个人出去冒险！"

她语气虽然平静淡然，却带着不容拒绝的强硬。

随即，她微微拧眉对身旁的龙绯雨正色嘱咐："绯雨，你带着若若在这里不要出去。不要……不要让他见到若若，我和云霄一起出去！"

语毕，她又神色复杂地看了看一脸不明所以的若若，看着小家伙熟悉而纯净的小脸，她的心跳渐渐紊乱。

深呼吸一下，她平复了自己的心绪，又对龙绯雨说："绯雨，若若就交给你了……"

龙绯雨站起身，轻吻一下她莹润的额头："放心吧！星彤，我觉得事情很诡异也很蹊跷，东方云轻在回银月途中明知道你和云霄就在后面，却睁一只眼闭一只眼，就那么默许了你们安全到达。我想若是途中他稍动些手脚，你们也不会这么顺利就回到银月境内。今日，他既然是光天化日之下公然而来，也许……也许事情还有我们没有想象到的地方……"

他一番分析的话语让屋内的几人纷纷点头，却是都想不出东方云轻的一切举动到底诡异在哪里。

谁也想不出这其中的所以然，只能静默不语，就连一直有多动症的狐璃也是一脸茫然地咬着筷子发呆。

最迷蒙的就是裴星彤，联想起东方云轻之前的种种诡异举动，她更是琢磨不透他到底有什么令人匪夷所思的意图。

为何他们明明是对手，却是无形中总是得到他刻意的纵容和协助？

这时，一旁的若若突然仰头对龙绯雨问道："爹爹，娘亲不想让谁看见我呀？"

龙绯雨注视着她纯真无邪的眼睛，双唇嚅动，却是无言以对。

他缓缓蹲下，将若若柔软的小身子抱在怀中，亲吻着她的俏脸，柔声道："……等娘亲想告诉若若的时候，若若再问好不好？"

裴星彤如水的美眸半眯，盯着若若那张愈发与东方云轻相似的容颜，心头划过一丝莫名的悸动和无奈。

她轻叹一声："云霄，我们出去会会他吧。"

一声幽叹，掩埋了满腔泛滥的情殇。

然而，一直发呆的狐璃忽然扔下手中的筷子，低喊起来："喂，裴星彤，我呢？你还没给我安排任务呢！"

裴星彤回首，斜睨着后知后觉的狐璃，淡语道："你去平安客栈告知狐婕宁，我应下她的邀约了，若是我还能平安无事……便去与她会面。"

云层遮住阳光，天色变得有些暗沉。

咯吱！厚重的朱红色大门被拉开。

门外，一个骑着雪白骏马的如仙男子凛然为首，他身后是黑压压一片身着铠甲的亲卫军。

如此庞大的气势和阵容，让这个寂静的小镇显得有些拥挤而狭小。

绣金白色衣袂迎风飘摇，骏马上的男子更加飘逸绝尘。

他更加清瘦了，比一个月前的那一晚还要清瘦……

轻风浮动，他衣袂招展的瞬间，裴星彤险些下意识地伸出手去拉住他，仿佛害怕他清瘦而单薄的身子会随风飘走。

难道他都没有好好吃饭吗？以前他虽然不喜食荤，但在她的哄骗和威胁下也能吃荤了。故而，那时候他的身体很健硕，也很挺拔。

现在的他，虽然依旧身姿傲然挺拔，可为何他竟然瘦得令人如此心疼难受！

微风卷动着衣袂飞舞翩翩，手指蓦然握紧，迎风而立的女子神情复杂。

她垂首，将眼底对那个男子的疯狂想念和疼惜深深掩盖，静静聆听着自己狂乱的心跳。

耳廓微动，听闻空气涌动的瞬间，她凛然抬首，映入眼帘的就是华贵的绣金雪白衣袂，依然那么飘逸若仙超然绝伦，正如她曾经无数个夜里梦到的一样，绝尘而翩然。

蚀骨焚心的熟悉幽香扑近，将她急促的呼吸再次搅碎，迷惑了她本就紊乱的心绪。

他凤眸微微半眯，眼底的雍容光华便如清冽的甘泉，沁入心脾，令人愕然惊艳。

如此雍容华贵的冰玉之姿，依旧轻而易举就在她的灵魂深处激荡起勾魂摄魄的涟漪，不停地撞击着她心扉，绞痛着她的呼吸。

他，就是有如此的能力，有让她连呼吸都能感觉到痛的能力。只是这痛，她却早已分不清是为自己还是为他……

云轻，一个让她爱得入肺入血，又刻骨铭心的男人。

幽香弥漫，东方云轻不经意地轻瞥一眼跟前的女子，神色幽婉而凄寂，其中蕴含的复杂情绪像此时空中的乌云，让人猜测不透那层层深奥的意韵。

一个月前相见时，他眼底那满满的幽怨与恼恨此时已然不在，取而代之的却是莫名的释然和解脱。

可就是这让人搞不清状况的解脱和释然，使得裴星彤忽然有些害怕，具体害怕什么，她怎么也想不出来。

似是感觉到他那短暂的注视，她不自觉地抬起螓首，与他对望……

而绝俊男子却是在与她眼神碰撞的刹那垂下眼眸，他双手背负在身后，颀长的身躯傲然挺立，墨色发丝微微卷动，如画，如梦。

再抬眸时，他眼底绽放着宛若天山雪莲一般的深幽与清冷，还有一丝莫名的挣扎和不舍。不过那璀璨的风华在眼底一闪而过后，便无声无息地湮灭在空气中，随风飘散。

他的双唇轻轻嚅动，云淡风轻地启口："……云霄，借一步说话吧。"

他的声音那般空灵缥缈，轻盈得仿佛山间泉水，只能听到潺潺的声音，却是抓不住。

东方云轻对东方云霄这般意外而亲近的称呼让裴星彤和东方云霄皆是一愣，虽然不敢与他对视，可裴星彤还是硬起头皮不明所以地问："……有何话不能在此处说？"

东方云轻的意图不明，尤其在这种生死存亡的危险时刻，她不能让目不能视的东方云霄独自有任何危险。她这般蕴含着明显敌意和护小鸡似的防御姿态，让一直没有看她的绝俊男子黯然神伤。他再次垂眸，将心底的悲伤和凄冷独自承受消磨。

仿佛感觉到他孤寂落寞的情绪，裴星彤的心口蓦然传来一阵钝痛，樱唇微启，她下意识地想要向身前清瘦的谪仙男子解释，她其实只是好奇他到底有什么话不能当着她的面说而已。但她还是努力抑制住自己的冲动，静静玉立，没做任何解释。

东方云轻优雅地略勾唇角，莞尔道："云霄，事关重大……"

又是简单几个字，凤眸依旧不曾正眼看过身前的女子，仿佛是透过空气看向不知名的悠远方向。

"好。"裴星彤尚在费解东方云轻的坚持，东方云霄已然应下了他的要求。

两道颀长而俊挺的身影渐渐远离她的视线，直到认为他们之间的谈话只能属于他们彼此时，东方云轻才停下脚步："我知你现在目不能视，而且……现在的你也并不想要江山了……"他这番话说得莫名其妙，跟在他身后的东方云霄有些愕然，不明白他到底要阐述什么意思。

所以，他静默不语，等待着他的下文。

绝俊飘逸的男子依旧背手而立，眸光望着悠远的前方，稍作停顿，继续云淡风轻："传国玉玺我已从皇后那里拿到手中，既然你我都无心江山皇位，那么，我们二人便即刻回京，当着满朝文武官员的面拥戴五弟云帆为帝吧。"

听闻他此言，东方云霄忽然觉得自己的脑中嗡地一下变为空白，这究竟是什么状况?

拥戴五皇弟东方云帆为帝!

那么……东方云轻之前所做的一切都是为了什么，他怎会这般轻易就将好不容易即将得到的江山拱手相让!

他的语气不像是在说谎啊。

还不等东方云霄将自己心底的满腔疑惑问出口，身前的东方云轻已然又启口了："详细原委此时一言难尽，而你们现在也只能选择相信我。身后这五千亲卫军是真正属于我的人，他们应该可以护卫我们安全进宫。只要进了宫，将传国玉玺和遗诏交给云帆，你我二人再齐心拥戴他，那么云季容便再也翻不起风浪了……""为什么？"东方云霄将满腔的震惊和费解化作了这简单的三个字。

绝俊男子翩然转身，望着的却不是东方云霄，而是远处那个倩影。

"宿命吧。"他的回答同样简单得令人匪夷所思。

东方云霄俊眉微蹙，似是感觉到他的视线是越过自己看向了远处的那个女子。沉吟少许，他镇静而正色道："好，我相信你！事不宜迟，我们此刻便回长安城进宫！"

来不及和一直焦急等待的裴星彤多做解释，东方云霄便在东方云轻的带领下，跃上准备好的骏马。

身影浮动，两道俊美挺拔的身影便在五千亲卫军的簇拥下，绝尘而去。

他们就这么不明所以地离开了，却让门口外的裴星彤染上焦急之色。此时，她倒不是因为担心东方云轻会对东方云霄不利，而是心里突然盈满了莫名的失落与空寂，仿佛感觉有什么事情已经脱离了她的预感和想象。

东方云轻到底有何事情要避讳她，为何东方云霄这么轻而易举地就跟他离开。他们行色匆匆，奔赴的方向是长安城，他们是否要同时进宫，东方云轻到底隐瞒了什么，这些疑问无从知晓。

微凉的轻风吹过，始终无法吹散她心头的慌乱和不安。

赫然转身，本想回去牵马然后追上他们去问个究竟，可是就在她转身的瞬间，一身暗红色锦袍的狐璃便带领着一辆马车从另一个方向而来。

在前面骑马而行的狐璃跃下马背，同时他身后的马车车帘也被人掀开。

接着，一个水粉色宫纱罗裙的娇美女子便款款地从马车内走出。

她怀中抱着一个裹着云锦被的婴孩，在身后一个侍卫装扮男子的搀扶下，身姿翩然地走向神情凛冽的裴星彤。

第十九章 黄泉为伴

他们的身影渐渐走近，垂臂而立的裴星彤就那么迷茫地看着他们，默默发呆，眼神却一直没有离开狐婕宁怀中的那个孩子。

耳边有浅浅的风声在萦绕，眼前是不停挥舞的黑影，那是狐璃的手在她眼前摇动。

微侧首，裴星彤恍然回神，看向狐璃，依然静默不语。

他冷笑出声：“你什么时候能看着我如此发呆，那我就圆满了。”

裴星彤不理会他，直接看向前方一直保持礼貌浅笑的狐婕宁：“长宁公主，星彤为上次的无理失约致歉，不知公主远道而来到底有什么事必须相见而谈？”

狐婕宁继续微笑，缓缓走到她跟前，并不回答她的问话，而是垂首慈爱地看了一眼怀中的婴孩，说道：“星彤，抱抱我的孩子吧，是个男娃娃。”

她语调很轻，就如同她婉约的气质，可是语气却是让人无法拒绝。

裴星彤不明白她的用意，莫非她千里迢迢追到这里就是想让自己抱抱她和东方云轻的孩子？

那么，狐婕宁这只暗箭真的是不偏不倚地射中她的心口了啊，像在流血的伤口撒上一把盐，灼痛不已。

她压下满腔钝痛，伸出一双微颤的手臂，小心翼翼地接过狐婕宁怀中的婴孩。

她谨小慎微地抱着怀中软软的小身体，看着他干净纯真的睡颜，心头涌起无尽波澜。

熟睡中的孩子似乎感觉到离开了母亲的怀抱，便不自觉地蹙起小小眉头，还不安地吮了吮粉嫩的小嘴，样子可爱至极。

裴星彤瞧着孩子那纯真可爱的动作，不觉间轻笑出声。

纤手小心地摸上他的小脸，一抹疼爱之意不经意地在眼底闪现。

“星彤觉得他像谁？”裴星彤还沉浸在对怀中孩子的疼爱中，跟前的狐婕宁便突兀地问出了这么一句。

她抬首，唇角的浅笑凝滞在脸上。看看狐婕宁，又看看怀中的男婴，不知道该如何回答。

孩子当然是像自己父母了，不过，一个刚刚满月的孩子，而且还是在熟睡中，还真是很难看出他到底像谁。

是像狐婕宁，还是像东方云轻呢？她真的不知道，也不想知道……

见她不语，狐婕宁忽然拉过身侧那个侍卫装扮的俊朗男子："是不是很像他？他才是孩子的爹爹。"她一句话说出口，犹如惊雷。

裴星彤险些将怀中的孩子摔落在地，多亏一旁的狐璃眼疾手快，扶住了她的手臂，她才惊出一身冷汗地搂紧了依然熟睡的婴孩。

震惊了不知有多久，连龙绯雨和若若何时也出现在门外她都浑然未觉。

狐婕宁上前一步，将孩子抱回，并交给了她身侧的那个俊朗男子——孩子的爹爹。

她脸上的浅笑淡去，面色凝重地娓娓述说着："十五岁时，我失去了挚爱的母妃和骨血相连的弟弟，偌大的皇宫中我虽拥有着高贵身份，可是唯一让我依赖和信任的只有我身后这个平凡的男人。他是我的贴身侍卫，是让我一个失势的孤单女子在深宫中唯一能得到些许依偎之人，所以，我们相爱了。狐晋、狐汐把揽朝政，我虽拥有公主的光鲜身份，却依然无法掩盖我是只笼中之鸟的悲哀。直到……直到东方云轻出现，我才摆脱了在狐翡国时那暗无天日的生活，也摆脱了狐晋和狐汐的威胁与歧视……"

说到这里，她又看了看一脸茫然的裴星彤，继续说道："闲话少叙，我说这些废话的目的是想同你说，我对东方云轻只有感激和敬佩之情，他真的是一个好男人。新婚之日，他为你跳湖，而后他连续七日高烧不退，第八日，他醒来后就对我说，我知道她没有死，她只是在恨我，在逃离我，我娶你的目的已经同你说清楚了。所以，我们依旧是自由的个体，你表面是银月太子妃的身份，私底下你可以与相爱的人厮守。看着你们相爱，我就可以在心里将我那份丢失的爱情也继续下去……"

在裴星彤惊愕得欲启口时，狐婕宁面色深沉地继续对她述说："那一日，他将你们之间所有的事情全部讲给我听，不是因为他喜欢我，而是他单纯地把我当成唯一一个可以倾听的朋友。我问他，为何可以和我如此开诚布公，却是对你隐瞒。他说，因为我爱她，所以怕失去，唯有隐瞒。"

狐婕宁这番令人想象不到的陈述，使得所有人都陷入了无声的沉默中。

裴星彤的脸颊早已布满了晶莹的泪水。

这是她又一次为东方云轻而流下的泪水。

狐婕宁轻叹一声："我千里迢迢赶到这里真正想说的是，他自始至终都爱着你一个人，而且他是一个完美到令人惊叹的男人。我毕竟是他名义上的妻子，而他在知道我怀了别人孩子的时候，却善良地纵容了我的行为，只对我说要好好珍惜眼前人，该爱之时要不计后果地放手去爱，不要向他一般让爱湮灭在无奈与悔恨之中。三年多来，云季容给他送过无数美姬侍妾，可他连看都未曾看过一眼，只是那么执着地守着他心里的那份眷恋和回忆，并以此支撑着他那颗孤寂而落寞的心扉。这就是他，除你之外的任何女人，在无法走进他内心的情况下，便断然不可能走近他的身体。因为我自己也有心爱之人，所以他的执着和固执我能懂得……”

她与身后那个一直沉默的俊朗男子对视一眼后，继续蹙眉说道：“他的所作所为，让你认为他拥有着夺得天下的野心。可是，我想问的是，你真的诚心诚意爱过他吗？如果你爱他，为何你却不了解他？以他那般看破凡尘的性子，又岂会将天下看在眼里，难道他本身的气韵还不够睥睨这浩瀚天下？他所做的一切虽然我不知其中的真正缘由，可是，我作为旁观者却是明白他根本不屑于拥有那所谓的江山和天下！为何你就不曾试着去了解他，看透他，珍惜他？你有没有想过，他若是想要这天下，你们又有谁能够阻止！而且，他又为何三番五次地对你们掩护和搭救？而当你和别的男人出双入对时，有没有想过他心里该有多么难过和煎熬！星彤，你是个冰雪聪明、心思睿智的女子，为何就偏偏对他的事犯起糊涂！单凭一次偷听就将他打进万劫不复的深渊，连个解释和说明的机会都不给他……”

说至最后，狐婕宁因情绪激动，声音中也带着些许冷厉的质问及对那个像朋友一样的男人的疼惜。

被她质问的女子已然颤着身体，泪流满面。

狐婕宁深呼吸一下，看着龙绯雨怀中的小女娃，浅笑着说道：“这是你和他的孩子吧，可是，他却不知道她的存在。当你假意堕掉他的骨肉时，当你和别的男人长相厮守时，他心里的幽怨只能独自忍受……星彤，你真的……对他太残忍了！”

脑海混沌，裴星彤的身子开始了又一次战栗。

狐璃神情凝重，用自己的手臂支撑着她摇摇欲坠的身躯。

裴星彤已然咬破了舌尖，泪眼婆娑地对着狐婕宁问道：“在狐翡国那日，你邀我进宫会面，就是想告知我这些吗？”

狐婕宁点头，不再有任何言语。裴星彤看着她点头的动作，陷入了无限悔恨之中。

她以小人之心度君子之腹，到底因此而错失了什么！

心中没有答案……

云轻，她挚爱的那个男人……

回想起自己决然离开时，确实不曾给过他任何解释机会，就断然选择了离开与逃避，定了他的罪。而此时想来，他说过的那两句莫名其妙的话，让她心口霍然凝聚起满满的疑虑和不安。

他说：“我恨你！”

是啊，她让他以为她堕掉了他们的孩子，又转而投入别人的怀抱，他能不恨她吗？

他说：“你怎么可以对我如此狠心？”

此刻想来，他在苦苦隐忍一切时，她却是接受了另一个男人。

想起刚刚东方云轻那解脱与释然的眼神，裴星彤的心头顿时弥漫起莫名的不安和恐慌。

他那眼神中没有了之前的幽怨和愤恨，那么，是不是他已经对她彻底失望，决定放弃心中对她的执念了？

最最关键的是，他决定放弃的是她，还是别的什么？

不！不可以！云轻，不可以！

裴星彤用尽所有力气站稳身形，毫不掩饰地抹掉脸颊上的泪水，转首："绯雨，再纵容我一次吧，我要去找他。"

具体找他要做什么，她不知道，毕竟无论怎样两人都已无法再续前缘，但她就是想要在此刻见到他，哪怕只是问一句你还好吗，或是说一声对不起。

龙绯雨与狐璃对视一眼，齐声道："我们同你一起去。"

裴星彤勾起感激的笑容，龙绯雨怀里的小女娃也挥着手道："娘亲，还有若若，若若也要去。"

她颤抖的纤手抚上若若娇嫩脸颊，点头答应："好，我们一起去找他！"

她要告诉云轻，她没有堕掉他们的孩子，他们的女儿健康而活泼地存在着；她要同他说，对不起。

马蹄声起，尘土随风飞扬，狐婕宁微笑着看向三匹急速而去的骏马，轻叹一声，神态终于平静下来。

她悠然转首，微笑着对身后的男子说道："夫君，该说的该做的，我已都完成了，希望可以让他们重新得到应有的幸福，哪怕是各自幸福。我们回狐翡国吧，父亲刚刚大病初愈，我们应该回去照料他。"

俊朗男子紧紧抱着怀中的婴孩，怜爱地对女子应道："好。"

——

晌午时分，微风凛凛，天空的乌云缓缓涌动。

银月皇宫此时陷入了危机四伏的局面，东方云轻与东方云霄的亲卫军在皇宫周围摆起阵来。

手握一块兵符的云季容更是将整个皇宫都围了起来，气氛凝重的皇宫便笼罩在冷戾的气氛中。

"轻儿，你怎可背叛于我？"面色寒戾的云季容突然厉声喝道。

而被他呵斥的那个俊逸男子依然风姿卓然地负手而立，语调是他一贯的云淡风轻："我没有背叛任何人。"

"难道你不想要这唾手可得的皇位了？"云季容冷寒地眯着眼。

"你如此费尽心机想要夺得皇位，甚至雄霸天下，岂是会为了我？况且，我也不稀罕你所在意的那些。莫要以为我不知道你让春雨每日在我的饮食里下慢性毒药之事。"

微微轻叹一声，他继续启口："你……放手吧。"

闻言，云季容神色狰狞地高声笑着："哈哈！放手？真是可笑，现在应该放手的是你们！这江山乃至这天下，都只能是我的！既然你已背叛我，那么，就莫要怨我不顾念父子之情，哼！”

东方云轻优美的唇角勾起一抹决然的冷笑，姿态傲然地呵斥：“父子之情？我就是你狼子野心下的一颗棋子，你何时真正把我当儿子？本不是父子，又何来父子之情？”

他话音一落，云季容和东方云霄等都猛然一愣。

云季容，不，应该说是云季宽，他突然危险地眯起犀利寒冷的双眼：“原来你早就知道了，好！既然如此，今天这里的人就都别想活着离开！来人，格杀勿论！”

云季容和云季宽乃是同胞兄弟，云凤未亡国之前，云季宽便对云凤皇位虎视眈眈，与弟弟的与世无争不同，他自来不是个安分之人，故而也不如弟弟得皇帝重用。

云季宽自命不凡，认为云凤皇帝平庸无能，一直对皇位跃跃欲试。奈何其弟云季容并无野心，不肯念及亲兄弟之情助他欲行不轨，还多次劝他放弃妄想忠心报国，不然就会将他的预谋禀明圣上。

于是，云季宽就此怀恨在心，使计将弟弟陷害致死，并利用先天优势取而代之，得云凤皇帝看重，进而唆使银月皇后帮他实现野心，助纣为虐。

云季宽自认这么多年来都未被人识破真实身份，一度庆幸自己伪装得成功，连曾经的枕边人亦未发觉。

没想到，东方云轻居然晓得真相，真是小瞧了他。如此，云季宽假扮弟弟愚弄了众人，到头来却被侄子给耍得团团转。

身份被戳穿，他便放下了所有的伪装。

随着他寒戾的命令声传出，空旷的皇宫大院便响起了整齐的利剑出鞘声。他身后身着铠甲的士兵，还有东方云轻和东方云霄的亲卫兵皆同时进到备战状态。

可是，这些人却是同时都针对着同一个人，那就是云季宽。

微愣的东方云轻在看到潜伏在云季宽身后的漠黎和银月大将军时，他便明白了此时的状况。

云季宽愕然地瞪视着那些将剑尖都指向他的士兵，脸上顿时凝满了阴鸷的怨毒之色。

裴星彤抱着若若同龙绯雨及狐璃出现在皇宫时，看到的就是他们这样相互对峙的一幕。

此时的云季宽突然咬牙切齿地哈哈大笑起来，他凛然抬起手臂，凝聚起强劲的内力，冷笑道：“哈哈！就凭尔等一群乌合之众，也想制服我？哼！痴人说梦！”

众人皆惊讶于他周身散发出来的强大力量，突然他身影一晃，瞬间将似乎毫无反抗能力的东方云轻挟持在臂弯处。

随着一片抽气声传来，东方云轻默默咽下一口涌到喉部的血腥味，脸上毫无惧色，乃至没有任何表情。

所有亲卫兵都纷纷举臂拉弓，但云季宽的武功精湛高深，又一直很精明地以东方云轻的身体为盾，在短距离作战状态下，弓箭并非最佳武器。

“娘亲，那个俊俏叔叔好面熟呢，为何和若若长得这般相像？”气氛正陷入诡异中，裴星彤怀中的若若却突然口无遮拦地说出了自己心中的疑惑。

裴星彤本就抽痛的心口愈发收缩战栗，她一眨不眨地盯着东方云轻，恨不得被挟持的那个人就是自己。

然而，已然丧心病狂的云季宽却突然目光一亮，接着，他便身形如闪电一般，扑向没有任何防备的裴星彤，不，应该说他的目标是她们母女两个人。

“东方云轻，你竟然愚弄我这么久，那伯父就用你最珍爱之人赔命！哈哈！”强劲霸道的掌风伴着他阴狠的怒吼声蓦然袭来，直逼惊愕中的裴星彤和天真无邪的小女娃。

“不要！”

裴星彤蓦然回神，欲躲开这突袭，却已经有一具身体替她们母女挡住了那致命一击。

电光石火间，裴星彤身后的龙绯雨和狐璃已同时出击，两道浑厚的劲气齐齐击向云季宽。

只听噗的一声，云季宽便顿时毙命在他们的双掌之下。或者说，他其实真正毙命于胸口那支簪子。

然而，东方云轻却是在用尽全力刺出簪子时，替裴星彤母女实实地承下了云季宽那一掌。

只见他纤瘦而轻盈的身子被击出几丈远，又撞击到了坚硬的大理石廊柱上，而后滚落在地。

“云轻！不要啊，云轻！”一道凄寂的嘶喊声带着全然的悲痛和满腔悲绝划破长空。

裴星彤飞扑向倒在血泊中的绝俊男子，双手无措地抚上他的后脑，想要制止那些汩汩流出的鲜红液体：“不要！云轻！云轻！”

泪冷，风凄，无尽的悲痛踏碎了不断涌动的乌云，幻化成细细雨滴，纷纷扬扬地洒满了枯寂的大地，丝丝缕缕飘然落下，洗刷着染血的空气。

泪水溢满双眸，伴着清寒的雨滴肆意地滑下脸颊，流入了失去温度的心口。

泪水，雨水，如泣如梦。

满腔悔恨与柔肠弥漫在细雨中，化作她声声凄绝的呼唤，缠绵成一个挚爱的名字：“啊！云轻！”

梦幻湮灭，在指缝那鲜红的血液中；心跳停滞，在呜咽低歌的细雨中；真情破碎，在泪眼蒙眬的苍白脸色中。

一切在这个瞬间永恒，也在这个瞬间永寂。

染满鲜血的窈窕身躯轰然倒在那个不再睁眼的男子身上，裴星彤就那么赫然晕厥过去。

他们就像生生世世的恋人，紧紧握住彼此的双手，无法分开。

雨滴簌簌扑下，萧冷沉寂的岂止是呼吸。

如果说，当东方云霄和狐璃，甚至是龙绯雨受伤时，她宁愿代替他们受伤。那么，在东方云轻今日这般伤痕累累时，她只想说一句话：黄泉路上我陪着你，下一个轮回里，我们还是夫妻。

明媚耀眼的太阳渐渐绕到西边天际，在薄云掩映下宛若一颗红彤彤的大番茄，妩媚而妖娆，又似孩子憨态可掬的笑脸，可爱而炫目。

阳光的余韵渐渐稀薄，夜晚已然悄悄来临。

十日了，从云轻醒来已经十日了，裴星彤也尴尬而怯懦地与失忆的云轻同室相处了十日。

他昏迷了近一年之久，她曾一度以为他会那样一辈子不会醒来。

轻轻的晚风吹来，云轻已抱着若若走进了里间，裴星彤恍然回神地转身，蓦然抬首，她望着空中的圆月无奈轻叹。

看来，她今晚又得赖在云轻这里了。

将敞开的门扉关闭，她随意理了理鬓角处垂下的发丝，小心翼翼地向里间走去。

她一边慢腾腾地向里面踱步，一边摩挲着双手，仿佛做错什么事情的孩子，既有些心虚，又有些期盼，还有些淡淡的紧张。

以往无比熟悉，现在因他已不记得往事，只能将自己当成半生不熟的人，感觉怪怪的。

走到书案前，她微微侧首，欲看看云轻之前到底是在作画还是在赋诗。然而，这惊鸿一瞥后，她今晚奔腾过无数次的小心脏又是赫然一悸。

那上面分明就是一幅画像，一幅栩栩如生的女子画像，那女子绾着朝凤发髻，头上戴着白玉攒珠簪子，额前是星形璎珞额饰；一身缥缈的白纱宫装，腰间佩戴着一块凤凰玉佩，手腕间系着同样的白色薄纱宫绦，身姿窈窕玲珑，风韵绰约娉婷。

一双晶莹幽婉的如水星眸熠熠生辉，即使是在画中，亦能感觉到她眉目流转间的顾盼生辉。

她粉面含娇而不露，红唇微微半启，却是恰到好处地流露出万种纯净而娇媚的风情。

如此绝世佳人，这容貌……正是裴星彤！

裴星彤莹白的纤手蓦然掩住双唇，吞掉了自己即将出口的惊呼声，天啊！云轻……他竟然把她画得这么美，这么像！

无声的惊愕间，幽香伴着跳跃的烛光再次袭来，她知道他此刻已在她身后，心跳也又一次为他而紊乱。

站在她身后的云轻一边将剥掉皮的葡萄放进若若的小嘴里，一边云淡风轻地说道："看来我之前还是很爱你的，不然为何我一提笔就想也不用想地一笔画出你的模样？而且，仿佛是你的相由我心生，完全是不用思虑就能画成，好像我曾经无数次画过你的样子……"

说到这里，他稍作停顿，伸出美玉般的大手轻轻擦拭着若若嘴角流淌出来的葡萄汁液，然后侧身面向裴星彤，缓缓问："以前……我也是经常为你作画吗？"

他说的这一番话，语气自然而轻松，却是让裴星彤的心口狠狠地抽痛起来。

他说看来我之前还是很爱你的，他在很爱你的前面加了"之前"两个字，那么是否说明现在的云轻根本就不爱她，而且对她没有一丝一毫的爱恋和情意，这样的结果让她如何能接受呀！

她的云轻，她深深爱慕着的云轻，不仅将她忘记了，同时将对她的无尽宠爱也全然忘记。

这就是老天对她的惩罚吗？如此，确实是让她得到应有的报应了。

裴星彤默默地垂首，苦笑溢出微颤的唇角，垂下的眼帘掩藏了眼底的悔恨和心殇。

这还真是她咎由自取，她对云轻的伤害此时已换来了云轻对她的遗忘，甚至把他们之间一切的爱和恨，一起遗忘了。

云轻刚醒来时，她还在心底小小地庆幸了一下，因为她当时认为云轻失忆了也不是什么坏事，至少他把她对他的伤害都遗忘了。那么，他们之间发生的那些不快和纠葛便也随着他的失忆而烟消云散，岂不快哉。

可是，她此时才恍然惊觉，云轻在把恨和怨遗忘的同时，把对她的爱也给遗忘了，这叫她怎么能不懊悔和痛苦呢！

深呼吸，裴星彤抬起脑袋，望着他绝俊若仙的脸庞，只能任由心底的悲凉在身体里无限蔓延。

"对不起，云轻……"除了说这句话，她真是无言以对。

狐婕宁和她说过，云轻以前居住的太子东宫内，墙壁上挂的全部都是云轻为她作的画，几乎每一幅画的神态和姿势风韵都各不相同。

那段时间里，他就是靠着印刻在脑海中的身影作画，来支撑着他将要濒临崩溃的情绪。

只有画中的裴星彤才能抚慰他那颗冰冷而孤寂的心灵，他才苦苦地坚持到了最后。这其中的辛酸苦辣，她没有看到，却是可以想象到。

此时此刻，她竟然无法心安理得地回答云轻的疑问。除了对不起，她还能说什么呢?

见她情绪不对，云轻狐疑地问："你不是说我们是夫妻吗？连孩子都有了，为何你要同我说对不起？我到底因何而失忆的？"

裴星彤不自觉地开始躲避着他清澈的眸光，不敢与他对视："是，我们是夫妻，可是我却……"

就在她鼓起勇气打算将两人间的恩怨解释清楚时，云轻怀里的若若忽然吧唧吧唧小嘴，又揉揉眼睛说道："爹爹，娘亲，人家好困了，你们到底还要在这里站着说多久？到床上躺着说多好啊，爹爹在左边，娘亲在右边，若若在中间，嗯，要不若若在旁边，爹爹和娘亲躺在一起也行！"若若一边做着自认为很合理的安排，一边还暧昧地在裴星彤和云轻之间眉来眼去。

听闻她念经般的言论，裴星彤蓦然抬首，视线不经意地与云轻触碰，在看到他正掩唇淡笑时，她既惭愧又气恼地伸手捂住若若那张小嘴，低声怒斥道：“臭丫头！赶紧给我闭上这张絮叨嘴！你若再敢如此胡言乱语，看我不把你的屁股打开花！”

若若暗暗翻个白眼儿，瞧瞧，这就是娘亲的暴力家教，很不利于小孩子的心理健康好不好！

其实，裴星彤这一贯虎头蛇尾的恐吓，对于身经百战的若若来说，根本算不了什么。

以前，但凡裴星彤沉着脸教训她，如果是没有别人在场，她就一耳听一耳出，然后便开始撒娇讨饶；如果是有龙绯雨或龙霓冰在场，她便开始扮无辜装可怜，外加委屈和天真。

所以，她的屁股实际上根本没有开花过。

此时，既然有超爱她的云轻爹爹在场，她当然是委屈地撇起小嘴了。

若若状似害怕地撇撇嘴，一副想哭又不敢哭的模样，黝黑晶亮的眼睛里还含着盈盈的水光，仿佛下一刻那软沓沓的水泡就会溢出眼睑，那叫一个委屈，那叫一个无辜，简直是将可怜发挥到了极致。

云轻看着怀里泫然欲泣的女儿，一直温润纯净的笑容瞬间冷却。他疼爱地将若若的小脸按进颈窝处，轻拍着她，柔声诱哄说：“若若乖，若若不怕，爹爹喜欢若若，爹爹保护若若好不好？”

小家伙竟然还在他怀里一抽一抽地哽咽：“嗯，呜呜……爹爹最好了，爹爹要帮若若抗拒武力哦，若若怕怕，呜呜……”

裴星彤愣愣地眨眨眼睛，看着眼前的父女两人，竟是很无语。

这小家伙的演技真是突飞猛进，装得也太像了！

如何是好，又给云轻留下坏印象了。

烛光摇曳，盈盈地晃在云轻绝俊飘逸的容颜上，他此时左手臂托抱着若若的小身子，右手不停地拍着她的背心，柔声安慰着委屈至极的女儿。

片刻后，他凛然侧首，面色暗沉，眼底闪动着愠怒之色。紧抿的双唇悠然开启，他斜睨着裴星彤质问：“你一直都对我的女儿这样严厉和苛责？难道你不喜欢我们的孩子？为何要对她施暴？”

裴星彤不可思议地眨眨眼，双唇嚅动了半天只说出一个字：“我……”

她从未见过这样的云轻，即便是失忆之前的他，也从未对她这般淡漠和冷厉过。

委屈地抿起嘴，黯然垂首。她哪里不喜欢他们的女儿了，虽然她一直对若若比较严厉，但真正动手打她的时候很少，因为每次自己气急了想打她的时候，都被龙绯雨给挡下了。而且，她只是吓唬吓唬那个调皮的小丫头而已，不然她就太有恃无恐了。

空气涌动，幽香缕缕袭进她的鼻腔，云轻已经抱着若若转身走向里面的床榻。

裴星彤迷蒙地抬起头，看到的果然就是那个贼丫头奸计得逞的笑脸。

此时的若若将小脑袋挂在云轻肩上，正对着裴星彤吐舌头、翻白眼儿，然后便笑眯眯地继续搂着云轻的脖子撒娇耍赖，讨云轻欢心。

裴星彤鼓着腮瞪她，臭丫头，你有能耐就别走，我保证不打晕你！

她气得很想追上去告诉云轻，这个顽皮的丫头根本就是装的，可是，她话到嘴边又硬生生收回来了，以云轻现在对这个女儿的宠爱程度，她才是反面人物，他绝对不会相信她的话。

她无声轻叹，颓然垮下双肩，就那么愣愣地站在那里。因为她确实感觉到云轻真的是生气了，她此时老老实实地伫立在那里，一动也不敢动。

现在的她不敢忤逆眼前这个如仙的男子，自己亏欠他太多。她现在几乎是有些害怕他，不是他太过凶神恶煞，而是她想用自己的无限顺从来弥补他。

她害怕自己会惹恼了他，害怕自己会再次失去他……

云轻把若若放到床榻上，就开始细心地帮若若铺床、更衣，然后便端坐在偌大的床榻上教若若下棋。

若若平常虽然顽劣调皮，可确实遗传了云轻的优点和天赋，他简单教她几遍，她就可以像个小大人，与云轻对弈起来。

每当在云轻刻意让步下赢棋后，那个古灵精怪的小丫头就嗲声嗲气地嚷嚷："爹爹又输了，那若若就不客气喽！"说罢，便在云轻脸上印下一滩口水，还恬不知耻地说："唉，爹爹总是输，那爹爹岂不是一晚上都不能亲若若了，呵呵，下一局爹爹要努力赢哦……"

在这种时候，云轻都会宠溺地抚摸着她圆润的小脑袋，露出慈爱而纵容的绝美微笑："好，爹爹争取赢若若一局。"

两父女其乐融融地享受着属于他们间的天伦之乐，仿佛都忘记了一旁还有一个在无辜罚站之人。

裴星彤双手交握在身前，十指无规律地相互摩挲着，虽然是垂首而立，可眼角的余光却不时地偷瞄着床榻上的两人。

每当若若咯咯的贼笑声传来时，她都愤愤地瞪视一眼那个让她陷入水深火热中的罪魁祸首。

这个没良心的臭丫头，光顾着自己玩乐，早把她这个还在罚站的娘亲忘到脑袋后面去了。

子不教父之过啊！

这厢，裴星彤正在心里兀自嘀咕，若若忽然打个喷嚏，随即仰着小脸对云轻奶声奶气道："爹爹，我看娘亲好像已经认识到自己的错误了，我们今晚就饶了她好不好？"

俊逸男子微微侧首，眼角挑起间，便瞬间流泻出华美雍容的灿烂光华。

他将女儿抱坐在自己膝头，宠溺地摩挲着她粉嫩的小脸，凤眸却是斜睨着裴星彤，"若若说好就好……"

一句简单的回答，裴星彤便如获大赦地放松了身形，开始伸手揉揉后腰。在感觉到绝俊男子的眸光停驻在自己身上时，她又连忙规规矩矩地收回手，可怜兮兮地站直身子。

“夜深了，你不睡觉吗？”俊逸男子清灵的声音像一缕甘甜的清泉，缓缓流淌在房间中，滋润着有些燥热的空气。

裴星彤抬首干笑了两声：“呵呵，睡，当然要睡了，呵呵……”她一边谄媚地赔着笑脸，一边往前蹭步：“若若，走吧，我们两人还是去外间的软榻上睡。”

若若却一脸天真无邪地问：“你为何不和爹爹一起睡呢？软榻那么小，娘亲的睡姿又实在让人不敢恭维，若若每天早晨都得从娘亲身下钻出来。唉，人家到底什么时候才能摆脱你呀。”

小丫头总有气死人不偿命的本事，此番话说得是理直气壮。

裴星彤的脸色极为丰富多彩，一会红，一会绿，最后显然是红里透着黑。

这分明就是赤裸裸地揭短嘛！

喂喂，在俊男面前给留点面子好吗！

裴星彤愤恨地咬着牙，却不敢喝止和斥责那个口无遮拦的家伙，只能在心里发泄自己的火气。

小小年纪，她到底都跟谁学的这些气人话，你都想象不到她下一句话又会怎么黑你。

云轻听闻这番话后无奈地摇头，裴星彤忍着想封住小丫头嘴的冲动，尽量表现得慈眉善目一些。

她轻咳一声，循循善诱道：“那个……若若啊，你同娘亲一起睡，娘亲再给你讲好听的故事好不好？”

听到这话，若若便连忙兴致盎然地点头如捣蒜：“嗯，嗯，好！那咱们赶紧去外间吧，呵呵……”娘亲讲的故事又特别又好听，她最喜欢听娘亲讲故事了。

小家伙如此表现，暗捏一把汗的裴星彤霍然松一口气，还好自己有制服这丫头的杀手锏，不然今晚还真是不知如何是好。

月光如水，倾泻洒落，旖旎。

摇曳的烛火被熄灭，柔和的月光从窗棂透射进卧寝内，使得偌大的屋子依然明晰可见。

房檐下的灯笼也在轻轻摇晃，晕染着昏黄的光圈。

外间软榻上，一个娇美的女子在给怀里的小丫头讲着故事，她身着雪白单薄里衣，发髻已被打散，柔顺如瀑的发丝披散在肩头，与白色里衣深浅交映出令人无限迷醉的甜美气韵。

调皮的小丫头慵懒地依偎在她怀间，仔细听着她口中的故事，时而咯咯傻笑，时而歪着小脑袋问东问西。

大小相依的两个身影是那么柔和，给这个平淡的夜色都染上了一层令人心悸的温馨和幽婉。

妻子甜美娇俏，孩子活泼灵动，这画面映在掩藏在里间门后的男子眼里，是如此令人欣慰和感叹。

他虽然什么事都不记得了，可是这个绝世女子对他的影响只有他自己知道。

首先，他竟然毫不迟疑地就可以一笔画出她的样貌，而且分毫不差，好像她的一举一动都曾深深地印刻在他的心底和骨血中，即使不对照本人，他也可以凭着心里和脑海的印记还有手上的直觉画出她。所以，他可以从此处得知，自己曾经一定是爱她爱得刻骨铭心。

其次，他无法忽略女子一颦一笑间在他心里引起的骚动，她每一个动作甚至每一个表情都能让他心跳不已。而且，当她靠近自己时，他甚至感觉自己的呼吸都变得紊乱起来，恨不得一把将她拥进怀中，印证一下心口的频率是否只为她颤动。

如此的眸光吸引，如此的气息眷恋，除了是深爱之人，又能做何解释？

刚刚他刻意对她冷漠生硬，可她那副委屈和我见犹怜的表情让他揪起的心都在钝痛，将他心里那些不断攒动的疼惜和怜爱全部唤醒，他当时甚至想要上前去哄她，安抚她，仿佛自己曾经无数次那样做过。

“哇呜呜……爹爹……救命呀……不得了啦！”

他正陷入飘忽的思绪中，一直在专心听故事的若若突然哭着从外间跑了过来。

俊逸男子的雪白衣袂瞬间浮动，身形微旋，连忙拉开半掩的门扉，一把接住奔跑而来的小身子。

云轻将梨花带泪的女儿抱在怀中，一边擦拭着她脸蛋上的泪花，一边柔声问：“宝贝儿，怎么了？为何要哭，告诉爹爹可好？”

裴星彤也从外间跑了过来，没想到若若这么快就扑到了云轻怀里，她懊恼地抿着双唇暗自恼恨，有种想揪头发的冲动。

她就慢了一步没有逮住这个小丫头，好嘛，现在她又扑进了那个救世主怀里，定然又开始告状了，那么，她接下来会不会又被罚站呀！

啊，真窝火！真丢人！

云轻将她的神情悉数收进眼底，掩掉唇角那抹无奈的笑痕，继续对怀里的可爱女儿问：“乖宝贝儿，告诉爹爹为何要哭？娘亲不是在讲故事哄你睡觉吗？”

若若委屈地嘟着小嘴，瞟一眼瞪视着自己的女子，然后如撒娇的小猫咪一般将小脑袋枕在云轻肩头，哽咽着控诉：“娘亲……娘亲她……她刚刚竟然给人家讲鬼故事，呜呜……若若怕怕……”

闻言，云轻面色平静地看向那个只穿着单薄里衣就追赶而来的女子。

见小丫头果然又告状了，裴星彤羞愤地挠挠后脑，谄笑着解释起来：“那个……我……我实在是没有新故事可以讲了，所以……”她所知道的故事都已经给若若讲遍了。

可是她讲得口干舌燥，那丫头竟然越听越精神，打了鸡血似的，毫无半点睡意。照那样下去，估计她这一整晚都别想睡觉了。

云轻见裴星彤那副既羞赧又无限委屈的神情，浅笑出声，拍拍女儿的背心："宝贝儿莫要哭了，爹爹去哄你睡觉如何？"

小丫头连忙兴奋地直起身子，如小狗似的点着小脑袋，谄媚至极："嗯，嗯，呵呵，若若喜欢和爹爹一起睡……"

说到这，小丫头忽然又像想起什么似的摇摇头说道："不行，不行，娘亲也喜欢和爹爹一起睡呢。算了，只要不听她那些吓人的故事，若若自己马上就能睡着。所以爹爹啊，你就好心地收留她一晚上好吗？她真的是你娘子！"

说着，她还一边扭动着小身子，示意云轻将她放下来。

她口无遮拦的话音一落下，一向自诩脸皮厚如铁的裴星彤都恨不得找个地缝钻进去。她……她怎么就生出这么一个人小鬼大的女儿呢！

这丫头到底像谁啊，她爹爹和她娘亲都不是这样的人呀，真是百思不得其解！

若若丢下那一番话就跑路了，偌大的里间，此时就只剩下了静静凝望的两个人。

裴星彤墨色的长发披散在肩侧，与云轻对视片刻，她微微垂下头，无措地盯着自己的脚尖，连呼吸都那么小心翼翼。

"歇下吧。"淡淡的舒润语调自前方传来，她恍然抬首，前方正是绝俊男子的颀长背影。

身形修长，腰身俊挺，此刻他已经不似一年前那般清瘦得令人心痛了。

过去的一年里，她每日都会给沉睡中的云轻喂食牛奶，才使得无法进食的他被调养得这般结实和健硕，当然这其中每日负责亲手给云轻挤牛奶的若若也功不可没。

彼时，她也会常常给云轻擦拭身体，以免他不能活动的身体滋生暗疮；闲暇时，她还会经常活动他的关节和肌肉，所以云轻在刚刚醒来后，就能自如地下地行走活动，几乎与常人无异。

时间不快也不慢，云轻能够在一年后醒来，对于她来说已经是莫大的惊喜。

如果他永远无法醒来，那么她将会愧疚和痛苦一辈子……

思绪飘忽，前方又传来了温润中潜藏着淡淡揶揄的声音："你打算站在那里睡吗？"

"啊？哦，不是，不是……"赔笑着摇摇头，心不在焉的裴星彤连忙跟了上去。

她一直耷拉着脑袋走路，没走几步就一头撞进了停下来看着她的男子怀中。

"哎哟！"由于走得太急，脑袋撞到了他的胸口上，裴星彤下意识地后退一步，却不小心踩到了自己的裙摆，身体也就此失去平衡，摇摇欲坠。

就在这时，一只美玉般的大手带着幽香及时伸到她跟前，她连忙顺势抓住云轻的手，才保持住身体的平衡，没有出洋相地摔倒在地。

肌肤相触，彼此的体温相互传递，缕缕悸动顺着彼此的手心蔓延到全身，最后到达心口处，激起阵阵涟漪，在两人的心海内盈盈攒动。

云轻将另一只手忽然毫无预警地抚上胸口，呼吸渐渐急促起来。

纷纷扬扬的记忆碎片像洒落的星光，不停地在脑海中留下丝丝印记，又狠狠地碰撞着心底的悸动。

云轻的凤眸蓦然睁大，垂下头，紧紧盯着两人交握的手，喘息。

裴星彤以为他身子不舒服，于是焦急地问道："云轻，你怎么了？是不是哪里不舒服？"

而捂着胸口的俊逸男子依旧垂首不语，裴星彤顺着他低头的方向看去，才惊觉自己一直使劲儿握着他如玉般的手。

"呀，对……对不住！云轻，我……我不是故意调戏你的……"她刚刚险些摔倒，便顺势抓住了云轻的手。她以为是自己此番的无心举动冒犯了云轻，于是有些语无伦次地道着歉。

毕竟现在的云轻失忆了，他跟她应该还处在陌生人阶段，自己这样亲昵的动作，当然显得有些不合宜。

她欲抽回手，不仅没有抽回，还被云轻更加用力地抓住。她抬首，不明所以地看着他贵雅俊逸的容颜，启口无语。

他脸上闪现了一丝莫名的痛苦之色，在凝视了她半晌后，神色又变得复杂而幽深起来。

接着，他将捂在胸口的手缓缓伸向裴星彤面前，在她疑惑而茫然的眼神注视下，轻轻抚上她莹白的脸颊。

指腹在碰触到她的肌肤时，几不经察地微微颤抖一下，继而，大手便开始细细摩挲着她的娇颜。

月光洒落，视线虽然不算清晰，可是手上的触感和心口的悸动却是那般清晰无比。

一切都是那么的熟悉和眷恋……

裴星彤惊讶于他反常的亲昵举动，只能试探性地问他："云轻，你……没事吧……"

云轻凤眸中的幽深和痛楚渐渐消弭，浅浅的雀跃和兴奋闪耀在他的眼底。手上的动作继续，他忽然对她嫣然一笑："我没事……"他已经感觉到脑海中那些零碎的记忆了，那些散乱的记忆中果然有她，而且都是她。

以前裴星彤想象不到什么叫"一笑倾城"，现在，她却完全可以领会了。云轻的笑容何止是"一笑倾城"，根本就是倾国倾世啊！

舒润悦耳的声音弥漫在耳畔，沁人的幽香缭绕在鼻端，脸上传来属于他的触感和气息，如此旖旎缱绻的温存时刻，她的眼底满满地倒映着他俊美绝伦的容颜和身影。

云轻依然保持着和煦的浅笑，裴星彤感觉到他直直的眸光追逐着她，便宛如情窦初开的少女，心口仿若有一头活跃的小鹿在奔跑乱撞。

云轻胸膛震动，扬起欢愉的笑声："我不喜欢站着睡觉……"那雍容的淡笑，犹如含着五月里的娇艳樱花，刹那间就眩晕了她所有的心绪。

番外 若若

我叫龙云若，我爹是个神仙般的人物，他是东方云轻。

我娘呢，我娘啊，她是个神经般的人物，她是裴星彤。

看，他俩都是神一系列的人物，我骄傲。

如果你想问我为何不随父姓也不随母姓，那好吧，这得从很久很久以前说起，请自带板凳坐稳，小心闪到腰。

我娘的风流史真是一言难尽，说上十天十夜也说不完，我常常用她的辉煌战绩渲染我苍白的感情史。我恼恨上天，为何让她桃花泛滥，我却无人问津！月老你想整治谁就请整治当事人，不要连累无辜者好吗。

曾经，我是一个多么活泼可爱，聪明伶俐，能说会道的小女孩儿哇。

现在，却被残酷现实摧残得成了个偶尔天然呆的忧郁少女，因为村里三岁以上的孩子没人愿意和我玩儿，尤其是男孩儿。

这成了我苍白感情史的一个重大先天条件，还有一个后天条件是，我爹娘放着灯红酒绿的繁华城镇不住，偏偏跑到小山沟里与野兽为伍。

这……这不等于直接断了我结识俊男的机会嘛！太自私了！

今日茉莉花叔叔又来送云霄叔叔给娘的亲笔信了，为什么云霄叔叔不像几年前那样亲自来看他们？据看过他亲笔信的娘说，他双目被治愈后便娶亲了，怕新媳妇儿误会他在外面有人，故而不方便像以往那样亲自来看爹娘。

当然了，他主要是来看娘。

对于此种说辞，娘感到十分欣慰，仿佛积压在心里这么久的愧疚终于得到了释放，她甚至喜极而泣。

但我这个阶段的忧郁少女可比她心细，每次我都能看出来茉莉花叔叔很忧伤，如果我一问起云霄叔叔的近况或是他最近有没有意向接我去长安城玩玩儿时，他都会深叹一声，眼含悲戚，沉默不语。

娘依旧很高兴接到他的信，还会亲自写回信让茉莉花叔叔带回去给云霄叔叔。

于是，我就看到了眼前这一幕。

茉莉花叔叔居然把娘写的回信直接点燃，还振振有词地说：“王爷，王妃和若若都安好，她们十分惦念您，您地下有知该是高兴的吧。”

我脑袋嗡一声陷入深深的漩涡中，经过云若式刨根问底兼威逼利诱，终于从茉莉花叔叔口中得知，云霄叔叔于几年前就已经离世了，原因是毒入肺腑，连影舅舅都无法救他了。

他说云霄叔叔几年前就去世了，可我娘一直都有收到他的亲笔信啊！

茉莉花叔叔说，那是云霄叔叔去世之前一次性写出了几十封，并一再嘱咐他每年按时给娘送一封，目的就是不想让我们知道他早已经离世，可最终的目的还是不想娘为他伤心难过。

上天啊，如果你赐给我一个如此爱我的男人，我会马上夹包同他走！

我到底要不要把这个惊人的消息告诉娘呢？她一难过我就会很开心，谁让她经常跟爹爹吹枕边风说我的坏话呢。

“喂，小魔女，你发什么呆呢？又琢磨出什么损人不利己的坏点子了。”

可是上天呐，你瞧瞧你都在我身边安排了一些什么人啊！我感伤的样子很像发呆和使坏吗？

唉，有前科的女人伤不起哟。

“我在想要不要通知云帆叔叔你逃婚到这里了，玉叔叔您说呢。”我无聊地揪着树叶。

我之所以坏，都是被他们逼的。

他身躯一抖，嘴角抽搐：“你……”

我承认，我一句话就成功地抓住了他的三个死穴。

第一个死穴，他是银月皇帝东方云帆的幼弟，也是我的叔叔，芳龄十八。前段时间被皇帝赐婚，妻子是某官员之女，成了政治牺牲品，便逃婚到这穷乡僻壤之地躲起来。

第二个死穴，就是他的名字——东方云玉。所谓玉者，不就是形容大姑娘如花似玉、亭亭玉立嘛。

多么风花雪月且油光粉面的名字。

第三个死穴，便是我口中那句叔叔称谓。此君与我同岁，辈分上却是我的叔叔，对于装嫩装习惯了的人来说，这无疑是揭老底哇。

我承认我坏，但与本质无关，环境使然尔。

“你……”他眯起狭长的凤眼，气鼓鼓地说道，“你若再敢乱说话，我便将你把小顺子踹进河里的事告诉你娘！”

这么大个人了，一天到晚动不动就告状，枉我还称他一声叔叔。

其实吧，我根本不怕他跟我娘告状，我怕的是他告诉娘，娘又跟爹告我的状。

爹爹虽然轻易不受娘的挑拨离间，但他是个拥有人间大爱的人，若我做了什么利我不利民的事情，他确实会生我气。

他一生我气，娘就高兴了。

我可没有苦闷自己娱乐别人的伟大胸襟。

“玉叔叔啊，你看那太阳。”我继续靠在阴凉处犯迷糊。

他可能未想到我的话题节奏太快，斜睨着凤眼瞧了我一会儿，见我满脸认真的表情，遂抬头望天：“如何？”

我赞叹：“太阳又大又圆。”

“然后？”他挑眉。

我悻悻然：“太阳太高。”

他脸皮儿抽筋：“所以？”

我抹抹汗：“唔，委实热得慌。”

“接下来。”

“我们去洗澡吧。”我提出解暑建议。

一盏茶时间。

他身着华贵缎面锦袍，还真是人模狗样的，怪不得村里那些小寡妇见到他就满面含春，娇羞的模样连我这个黄花大闺女都自愧不如。

“这就是你说的洗澡场所？”他显然有些失去冷静了。

“纯天然无污染，还不用换水，不好嘛？”我是看在他也算是方圆十几个村里最俊美的男子，才破例大度一回，和他分享这个天然浴池的，别人我还不愿告诉呢。

“简直胡闹！你正儿八经的一个姑娘家怎可随意在这种地方沐浴？万一……万一被别的男人瞧见了，看你还活不活！”他一生气就蹙眉，像个山中大王。

我面无表情地耸耸肩：“没想到你的贞操观还挺强的，可我娘说织女下凡就是在人间洗澡认识了牛郎，从而演绎了一段惊天地泣鬼神的浪漫爱情。这个故事告诉我们，在家洗澡是没机会遇见爱情的，洗澡一定得在外面洗。咦，玉叔叔，把嘴闭上吧，小心蜜蜂飞进去。”

“你……”他伸手指着我，手指抖啊抖的。

唉，好好一个漂亮叔叔，居然就成了结巴和癫痫，我有罪。

见我开始脱外衫，他趔趄着退后几步，最后凭借良好的心理素质站稳身形：“一个平胸的小丫头也好意思在外面公然洗澡！”

我知道他是为了刺激我，让我觉得不好意思，从而放弃这次遇见牛郎的机会。

可我是那么容易妥协的人吗？我当然不是。

然后，然后就没有然后了，玉叔叔已经彻底成了猴子屁股，跑着回家跟我娘告状去了。

天可怜见的，我只是说了实话而已，他至于吗？

我独自霸占着小河塘，舒舒服服地洗了个澡，又一次失望而归，我还是没有遇见属于我的牛郎。

我的傻牛郎，你闲着没事就不能时常到河边遛遛吗？我等你等得花儿都谢了。

“若若，你又淘气。”

没能等到牛郎，倒是在村头等到了我爹爹：“嘿嘿，爹爹啊，你来喊我回家吃饭吗？”

“先把这个吃了吧。”爹爹递给我一包桂花糕。

这桂花糕是我的最爱，东方云玉叔叔此番来避难，特意自长安城带来给我的，不然我哪里会轻易让他住我家。

“爹爹啊，今日有何喜事？”娘把桂花糕都藏起来了，说是吃多了影响身材。我想说的是，我找不到牛郎，是天不时地不利人不和，跟身材没关系！

爹爹轻叹一声：“你娘要对你施用家法了。”

呃，又来。

娘你真有本事，明知道我在这鸟不拉屎的小山沟里就剩下吃饭这项娱乐活动了，偏偏规定惹她生气的人便不准吃饭。

当然了，惹她生气的通常都是我一人。

最毒妇人心。

我狼吞虎咽地吃下去，噎得直伸脖儿。

爹爹很有爱心地递给我一个水囊：“日后切莫再调皮了，我们在这里常受村民照顾，你不该总欺负左邻右里。”

玉叔叔，我就不说什么了，你告状水平真是一流的！

“爹爹啊，他是自己掉下去的。”我低头做委屈状。

小顺子当时正在独木桥上迎面过来，刚好与我打个照面，我只是很随意地问了一句：“是你让，还是我让？”

他都没给我一个做好人的机会就直接往河里跳，不巧的是，裤脚儿被独木桥的倒茬勾住了，致使他挂在独木桥上直晃悠。

于是，我终于得到一个做好人的机会，就伸脚一踹，帮他顺利下河去了。

我错了吗？

爹爹无奈轻笑，揉揉我的脑袋瓜：“也不知你何时才能长大，不再如此调皮任性。”

爹爹啊，我已经长大了！村里的小梅与我同岁，都是两个娃娃的娘了，我顶着花容月貌没人来要也不容易呀。

“若若想不想回长安城？”爹爹漫不经心地问我。

我忍着想痛哭流涕的冲动，不以为意地说道：“爹爹回我便回，爹爹不回，我自然要留下来陪你。”

自从来到这个见证了我大好年华的小山村，我早已练就一副很傻很天真的呆萌本事。

可天知道，我现在心里犹如一壶开水，早就沸腾了。亲爹爹不愧是亲爹，他也发现这个地方阻碍了我的大好姻缘，决定将我放虎归山！

我有爹，我骄傲！

晚上，我果然受到了家法处置，还好爹爹有先见之明，让我免受一次痛苦折磨。

山村里没有床，只有土炕，我家有房三间，自从玉叔叔来避难以后，我便和弟弟东方泓一起住。

按说，东方泓是男儿，理应和东方云玉叔叔睡一屋，但人家叔叔是宫里面出来的大人物，不肯和东方泓睡一屋，理由是没和别人一起睡过，不习惯。

当我不是公主啊！

“阿姐，你睡了吗？”东方泓推了我一把。

我睁开迷迷糊糊的眼睛：“没有，醒着呢。”谁先睡着谁明早就负责叠被子，这规定可是我提出来的。

“哦，那你去给我煮碗面吃吧，晚上没吃饱。”

我转转眼珠：“你方才说什么？”

东方泓坐起身：“我说你去给我煮碗面吃吧，我晚上没吃饱。”

“这句的上面那句。”我好心提醒。

他想了想道：“哦，我说阿姐，你睡了吗？”

孺子可教，我甚感欣慰：“睡了。”

他愣了愣，气呼呼地跳下炕：“阿姐又欺负我！”

我冤枉啊，一没打你二没骂你，怎么就欺负你了呀？

这时，窗外忽然传来玉叔叔的声音：“喂喂，你们两个睡了吗？没睡的话，出来有烤鱼吃。”

东方泓立马就圆满了。

他得逞地笑笑，大声说：“小叔叔，阿姐睡了，烤鱼我们两个人吃就好！”

东方云玉啊，你……你是算命出身的吧，来得太是时候了！

小顺子此人，真是点儿背，被我好心踹下河的第二天就发起高烧来。

愣是把让路事件，转变成了是我祸害村民。我很忧郁。

“喂，小魔女，要不要跟我出门避避风头。”玉叔叔善意地给出参考意见。

我翻了个白眼儿：“离家出走可不是我的做派，你不要总做些损人不利己的事。”想诱拐妙龄少女私奔，你还真敢想。

他挑挑俊眉：“你娘好像拿着铁锹到处找你呢。”

我环顾一圈没什么温馨气氛的柴房，觉得他……他的建议实在妙极。

“跟着你有桂花糕吃吗？”我很傻很天真地问。

“还有杏仁糕，蜜枣酥，糖火烧……”

我拽起他的手：“现在就上路！”

由于我娘已经很明智地在大门口围堵我，东方云玉直接把我拉到了狗洞跟前。

我抽抽嘴角：“你想带我钻狗洞？”

他嫌恶地撇嘴：“那么有辱英雄气节的行为我怎么会做，你钻狗洞，我跳墙。”

所以说，我才是那个有辱美人气质的人喽！

狗洞这种东西，它到底是起什么作用的？

我钻狗洞，他跳墙，我们成功逃开了娘的铁锹大餐。

娘啊娘，你一心收留照顾的小叔子，就是个地地道道的家贼啊。

长安城有三好，帅哥，俊男，桂花糕。

东方云玉把我安置在了他的王府，除了只有他一个俊男可见这个缺憾，每日我都有桂花糕相伴，生活是如此美好。

娘说过，吃人嘴短拿人手软。

我琢磨着自己好吃懒做惯了，在家里吃得开，不代表外人也会如爹娘般迁就包容我。所以，我得勤劳，付不起食宿费，好歹得以劳代资。

说做就做，我寻来一只笤帚，准备把整个睿王府清扫一遍。为啥我会选择如此一个需要体力的活干呢？因为我要让全村人都知道我不是吃白饭的！哦不，现在我已经逃离了那个让我闻风丧胆的山沟沟，我表现的对象应该是全王府的村民。

炎炎夏日，我在院子里挥汗如雨，方圆十丈内除了灰尘，就没有会呼吸的生物，他们都在远处以及暗处膜拜我的勤劳美德。

其实我知道，他们是怕我这个被东方云玉从远方带回来的美娇娘连累他们。谁让他们孤陋寡闻，以为我是玉叔叔的心上人，不知道我实则是他侄女龙云若呢。

“喂，哪里来的野丫头，胆敢这般不懂规矩！喂喂，说你呢，还扫，没瞧见已经扫到我家小姐身上了吗？”

我带着雾里看花终隔一层的高尚境界看向声音发源处，唔，两个小美人正踏雾而来。

一个身着白裙，似是主子，一个身着青衣，似是丫鬟，吼我的人正是她。

“旁边路那么宽，你们偏偏要走这里，我有什么办法。”我继续勤劳地干活，没有责怪她们耽误我干活。

“大胆！你是新来的？”那个妙人丫鬟继续颐指气使。

我有些敬佩她的好眼神儿：“嗯，你怎么知道？”

她二人见我不仅没有半点下人的卑微自觉，还和她们攀谈，脸着实绿了好一会儿。

“你个混账丫头！知不知道我家小姐是何人？”依旧是那个青衣丫鬟在说话。

说实在的，我此时更感兴趣她是谁，如果我练就她这样的好口才好嗓门，就不怕吵不过我娘了："不知道。"

"不知道？"她脸更绿了，像我家小菜园里的嫩黄瓜。

"我家小姐乃是正一品殿阁大学士的嫡出长女！"她咋咋呼呼道。

她如此趾高气扬，仿佛是在介绍一件光鲜货品，加了那么多前缀，我没一句能听懂，偏僻落后的小山村害了我这个有为少女。

我扒拉扒拉手指头，决定不耻下问求答案："正一品殿阁大学士官大，还是王爷官大？"

两个小美女同时惊愕，好一会儿都合不拢嘴，最后还是青衣美女衷心护主地说："自然……是王爷位分高，他们没有可比性嘛。"

"哦，那就好。"我很圆满，继续扫地。白衣美女她爹是正一品殿阁大学士，乃是臣；我爹爹是王爷，乃皇亲贵胄。她居然还好意思出来跟我拼爹，失策了吧。

"喂喂，混账丫头，你少绕我话离间我家大人和睿王爷！你知不知道我家小姐是未来的睿王妃，日后便是这府中的女主人！你若再敢无规矩，且看我不好生整治你！"她双手叉腰。我本着礼尚往来的良好素养，学着她叉腰仰脖："哦，原来你家小姐才是未来的睿王妃，我还以为你是呢，失敬失敬。"

好嘞，她终于脸白了。

"杏花，不得无理。"白衣美女终于启口。

我暗暗为玉叔叔庆幸了一把，还好他媳妇儿不是哑巴，只是喜欢扮淑女装深沉而已。

话说回来，青衣美女的名字还真是充满了乡土气息，我们村里最丑的大婶儿都叫作朝露。

"王爷现在可在府中？"她语气平静地问我。

我抖了抖手里的笤帚："我只能确定他昨晚在。"苍天在上，我这话可没有半点暧昧意思，纯粹是写实派陈述句，请相信我。

白衣美女美人脸皮儿抽了抽，依旧拥有一种动感美："你到底是何人？"

唉，你看，一个人如果太默默无闻，就是比较麻烦。如果是在那个小山村，就没人会这么问，看来我的知名度太有局限性了。

我想说我是她未来的侄女，但怕她以为我装嫩，以为我暗骂她老。况且，我实在不愿到处降低辈分，否则我都对不起这个拼爹的大环境。

"我是王爷的女儿。"我如实回答。她俩再次瞪大双眸，眼含惊愕，估计死不瞑目便是这般模样。

"你你你，好大胆的奴才，居然敢冒充皇亲国戚！王爷年方十八，怎会有你这样大的女儿？"青衣女子拔着高音叫嚷道。

唉，我说小青，本姑娘是货真价实的皇亲国戚好吧。再说了，我也没说自个儿是玉叔叔的女儿呀，沟通缺陷害死人哟。

白衣女子毕竟高端大气上档次一些，她缓缓走到我跟前，眯了眯美眸，笑着说：“姑娘可是长安城人？瞧着倒是面善。”

我想她感到面善估计是我这张集中爹娘所有优点的脸，毕竟裴星彤和东方云轻曾经是闻名四国的风云人物。

“十岁以前一直是长安城人来着，十岁之后就偶尔是了，每年是一次，一次十来天。”我是个没心计的天真少女，问啥答啥，决不撒谎。她似乎被我绕晕了，美眸仍然半眯着，视线没离开过我的脸，眼神潜藏着审视和探究。

“丫头，天气如此炎热，你杵在院子里做什么？万一中暑了怎么办！”身着朝服的玉叔叔从大门口急步而来，眉头拧得像座小山。

他这句话显然是在跟我说，因为我把整个花池都扫得寸草不生，委实累得够呛。

“中暑？呵，我怎么会干那种蠢事。”说罢，我两眼一翻，直接晕倒。

东方云玉，你个乌鸦嘴!

我做了个梦，梦见娘扛着铁锹追来长安城，势必要将我绳之以法，为民除害。而爹爹这回居然没有从中干预，没事儿人似的在一旁看戏。于是，我眼泪哗哗流，哭得那叫一个肝肠寸断，那叫一个惊心动魄，泣不成声：“爹爹啊，我再也不淘气了，别给我吃苦瓜！”我选择痛改前非。

“爹爹？”东方云玉疑惑地说。我睁开眼，扫视一圈，寻声望去，好吧，其实他就在我眼前。

“玉叔叔……”

东方云玉：“……”

“你是长辈。”虽然我俩同岁，且我的月份比他还大上四个月，可拗不过人家辈分大。

“嗯。”他舔舔挂着黑汁儿的薄唇。“理应为晚辈做出榜样。”我劝导。

他点头：“嗯。”“有病得治。”我开解道。

“嗯？”他斜睨。

“玉叔叔怎么可以趁火打劫，把自己治病的药偷偷灌给别人吃呢！是药三分毒，没病乱吃药，是有副作用的！”我愤慨道。

他嘴角抽筋好一会儿，方鄙夷道：“这是解暑汤，你中暑了。”

中暑？我果然干了那种蠢事。

我夺过解暑汤一饮而尽，颇有英雄食酒肉的气派。

“玉叔叔啊，你也中暑了？”我指指他唇角的黑汁儿。

晚膳的时候我吃了十块桂花糕，两只乳鸽，一只猪蹄，两碗梅子汤。

玉叔叔用十分崇拜的目光一直盯着我吃完，嘴角抽完眉梢抽，倒是与未来玉婶婶的动感表情颇为默契。

我都被他家的太阳晒中暑了，身体是劳动的本钱，能不努力吃回来嘛！

“玉叔叔啊，你媳妇儿日后会不会虐待我？今天那青衣说白衣以后是这里的女主人，会好生整治我的，太吓人了，”我低头吸吸鼻子，顺便塞到嘴里一颗肉丸，“我看我还是回有山有水的小村庄里继续发霉好了，我好歹是我娘亲生的，她不会对我下死手。”嗯，肉丸味道也不错哦。

东方云玉擦了擦嘴角被不小心喷出来的菜渣，瞧瞧，俊男就是俊男，连做这么没风度的动作都那么秀色可餐。

他清清嗓子，眼底弥漫着类似于狡黠的光晕：“小魔女，有一个既能让你日后没机会受杨桂兰虐待，又能摆脱你娘奴役的好法子，你要不要试试？”

我吞下肉丸，瞪着双眼：“既然有那么好的办法你就快点说出来啊！”

“咳咳，就是由你做睿王府的女主人，她不就没机会也没胆量虐待你了……”他狭长的凤眸中闪过一丝如戏本子上形容坏人的邪气笑意。

我皱着眉头转眼珠，琢磨了好一会儿，才怀着满腔感动之情说：“由我做睿王府的女主人？唔，玉叔叔啊，虽然你我是亲叔侄，但也没有侄女承袭叔叔爵位的先例呀，怎么好意思让你把王府让给我呢！”女王爷？没听说过。

东方云玉一副万箭穿心后又遇到天上下刀子的颓废表情，而后直接瘫倒在地。

“喂喂，玉叔叔，你别那么沮丧啊，如果你实在要表达这份心意，我就破例替你做睿王爷也无所谓的！”

他气若游丝地喘息了好久才蹒跚着爬起来，倒是一改平日吊儿郎当玩世不恭的样子，轻叹道：“你可知我一回来就进宫面圣，所为何事？”

我寻思着他一个整日无所事事的纨绔王爷，还能有什么重要的事情使他一回长安城就面见皇帝，除了早日迎娶美娇妻别无他事。

心里想着娶人家，表面上又对人家不冷不热，他跑到小山沟回归大自然一个多月，这欲擒故纵的把戏也算是演绎得够到位了，日后白衣小娘子定然更加对他死心塌地，死去活来。

“请玉叔叔明示。”

“请皇上为我退婚，重新赐婚。”他面色沉重地说。

我眨眨眼睛，将他上看下看左看右看：“玉叔叔，你果然病了，到底是退婚还是赐婚？难道退了再赐？你这样折磨白衣婶婶很有快乐感吗？”

有些人呐，就是喜欢把自己的快乐建立在别人的痛苦之上，例如我娘。

他忽然走近我身旁，双手握紧我的肩膀，眸光是不曾见过的专注与深邃：“若若，我请皇上把你赐婚给我，我要娶你。”

我以为，把自己的快乐建立在别人的痛苦之上这种事，东方云玉不次于我娘。

他一番没头没脑的话让我茶不思饭不想了两个时辰后，终于带着痛苦睡着了。

我是龙云若，可我是他的亲侄女，他这般仗着自己辈分大而胡乱吃窝边草的行为让我情何以堪?

玉叔叔啊，你此番行径真是……吓到我了啦!

接下来几天，我该吃吃该喝喝，依旧每日趁他不在时便勤劳地扫院子，很遗憾的是，我竟然没有再中暑过。

东方云玉自从对我“表白”之后，不知道在忙什么，天天早出晚归比皇帝都忙碌。不仅不解释清楚为什么突然开那种玩笑吓唬我，还大有躲避我的嫌疑。

上苍啊，你一不小心，就虐到我了。

白衣和青衣没有再在睿王府出现过，估计也被虐到了。想来我那日差点喊她婶婶，哪里想到东方云玉居然欲让我代替她做自己的婶婶，这个玩笑开得够大。

再过三日便是八月十五中秋节，我深思熟虑很多天，觉得有必要再次实行离家出走政策，原路返回小山沟里与家人团圆。

诚然，我心机深沉，老谋深算，奸诈狡猾，却也有常在河边走怎会不湿鞋之时。

我以为最危险的地方就是最安全的地方，玉叔叔虽然对狗洞情有独钟，但不至于天天蹲狗洞等人吧，便决定神不知鬼不觉地从狗洞溜之大吉。

可他的心思不属于正常人类能够探知的领域，还真就天天蹲狗洞。

“嗨玉叔叔，这么早起来晨练呀。”我跟堵在狗洞外面的他打招呼。

东方云玉瞥了一眼满天星斗，面色深沉道：“你也很早。”

我将包裹往怀里塞了塞，龇着牙指指一旁的狗窝：“我来看看狗还在不在。”

“那你看到了？”他危险地眯眸，那眼神跟爹爹看狐璃叔叔时一模一样。

我眨眼猛瞧他，希望他可以看到我眼中的天真无邪：“看到了看到了，在这儿呢。”

“为何要走？”他突然转变话题。

我站起身来，虽然不明白他为什么不再是原来那样玩世不恭，反而变得高深莫测，但也知道他绝对不敢把我怎么样，谁让他没爹和我拼呢。

“我要回家，然后去找我的心上人，玉叔叔是否顺路再去体验一下小山村的风土人情？”我翻出来一块桂花糕吃，既然暂时走不掉，还是尽快把东西都吃掉比较好。

“心上人？”他凛然上前一步，捏着我的手腕，“他是谁？”

我龇牙咧嘴地往回抽手：“喂喂，玉叔叔，我只不过偷带了一包桂花糕而已，用不着闹出人命吧！虽然我好吃懒做、身无分文，但在爹娘心中可比一包桂花糕值钱的。”

他美玉般的明眸闪动几下，欲言又止，将我拥在怀中，用下巴蹭着我的脑袋：“若若，别走。”

“再不走你就要把我变成我的婶婶了！”我据理力争。

东方云玉的手臂颤动一下，便更加拥紧我：“若若，我心悦于你。”

我微微挣开他的臂弯，蹙眉看他良久，发现他除了只比爹爹逊色一点点，什么也没瞧出来：“玉叔叔啊，是发生了什么天崩地裂的事情把你刺激成这般模样？来，张嘴伸舌头，让我看看是不是内火太旺。”

他喜欢我？开什么玩笑，难道叫我小魔女的不是他？难道整日跟娘告我黑状的不是他？难道让我成为受家法处置惯犯的不是他？难道说我是集坏心眼儿和无才无德于一身的村妞之人也不是他？

我只能说，他喜欢人的方式还真够独特！

“明日你爹娘就到了。”他轻叹一声，没有配合我方才的问诊。

我抖了抖娇躯：“我爹爹和娘要来？为何，来接我回家过中秋吗？”

娘虽然一无是处，但她做的月饼真是好吃得没话说。

“参加我们的喜宴。”他平淡无波地说。

“玉叔叔……”我呈死鱼状。

“嗯？”

“可以晕倒吗？”我我我，我就不说什么了！

翌日，娘和爹爹果然来了，甚至连东方泓也来了。

娘来了不先瞧瞧自家女儿是否安好，竟是拉着东方云玉促膝长谈了一个时辰。

她什么时候如此得意这个小叔子了？

求人不如求己，我偷偷溜到后院正堂，正巧见到东方云玉撩起袍摆跪到娘跟前：“嫂嫂，哦不，岳母，我是真心喜欢若若，六年来从未停止过。”

娘连忙扶他，惊讶道：“你那么小的时候就懂得情爱了，真早熟。你先起来说话，如此跪着算是怎么回事！”

东方云玉不肯起来，继续说：“所以看在我对若若一片痴心的份儿上，您就答应了吧。”

娘转转眼珠：“臭小子，原来你跑到我们家不是为了避难，而是去借机勾搭我女儿呀！可是即便我答应了你，云轻也不会答应的，毕竟你这风流倜傥、吊儿郎当的脾性实在非他眼中良婿的人选。”

“岳母，只要你答应，皇兄是定然不会违逆你的。”他混乱的称呼彻底把我娘搞崩溃了。

见娘不说话，他深呼吸道：“幼时，我偶然间听到你和皇兄说我是个书呆子，若谁家女儿嫁给我这样的榆木疙瘩定然没什么浪漫甜蜜可言。还说书呆子做事一板一眼，没有情趣，日后定要给若若选个心思活分，懂得体贴，解风情的夫婿。自那以后，我便强迫自己不再继续做书呆子……”

娘目瞪口呆地看着他，像生吞了活老鼠似的，表情极为精彩。

娘，你瞧瞧你一番不经心的话，居然毁了一个国家栋梁！好好一个书呆子都被你逼成纨绔子弟了！

造孽哟。

我推了推他："玉叔叔……"

他拨开我的双手："换一个称谓。""云玉叔叔……"东方云玉："……"

"梓渊……"这是他的字，我第一次叫，"大热天儿的，能不能莫要贴这么近？"他像一个大火球，温暖别人燃烧自己。

也不知我哪句话刺激到了大火球，他愈发贴近我，犹如小狗啃骨头一样。

"梓渊，我渴了。"我呈死鱼状躺着。

他双目喷火，更热情如火。

嗯，我找到让他失控的原因了，就是我叫出的梓渊二字，莫非这两个字比云玉还容易勾搭人？为了不让他变成食人兽，我最好别再如此称呼他。

"玉叔叔，茶杯递给我一下。"请注意，我这一句话是一个字一个字抽空蹦出来的，嘴被他堵着，比正常情况下说一百句都费时。

"闭嘴。"他终于怒了。

我乖乖听话，死死地闭着嘴。

他吮不到我的舌头，哀叹一声："张嘴。"

"玉叔叔……"瞧我多听话，"听说初次会很疼。"

"谁同你说的？"他也是抽空说出这句话，他现在啃我啃得很来劲。

"阿鸿。"

"阿鸿？"他终于被转移了注意力，暂时放过我一心两用的嘴："他一个小孩子怎会同你说……说这种事？"

我呆呆地看着他："娘告诉他的。"

他脸色僵硬，咬牙切齿，"你娘还真是特立独行。"

见他又要燃烧，我继续呈死鱼状："你喜欢我吗？"娘说在这种时候，女子若如死鱼或石头一样呆板，男人便会失去兴趣，你越挣扎越抗拒，他就越兴奋。

东方云玉抬头，面颊美如冠玉："光说无用，用事实来证明方为真心。"

他更来劲儿地当起小狗。

娘啊，你又骗人！我已经很死鱼很石头了，可他为何还不放过我。

"那你是不是不会让我受任何苦痛？"靠谁都不如靠自己。

他眸光迷离，呼吸都跟火苗似的，恨不得把我拆骨入腹："自然。"

我满意地笑笑："那就下去吧，你压得我好痛苦。"

东方云玉一副上当的后知后觉表情："若若，我们早晚要经历这一刻。"

"既然可早可晚，那就躲过一天是一天。"我开导他。

他的脸臭如粪坑："你可知我等今日等了多久？"

我眨眨眼："六年前你应该不会知道还有这样一个损人利己的程序。"那时他十二岁，饶是再早熟的孩子，能想到的也只是日后会和我一起吃饭玩耍之类的。

他愤恨地瞪我良久，忽然眯起俊眸，唇角勾着似有若无的弧度：“若若，想不想去狐翡国看雪景？”

我的死鱼眼顿时灿亮：“嗯。”其实我想回答想啊想啊特别想！

但此时不宜表现得太激动。

银月四季如春，极难看到雪景，我早就想去狐翡国看雪景，连带着看狐璃叔叔了！

他唇角的弧度加深：“想不想去看武林大会？”想啊想啊特别想！

我面无表情：“嗯。”

据说武林大会上都是英雄和俊男，我向往很久了，关键是我想去看看东方家祖师爷东方不败到底是男是女。

“现在你若肯乖乖配合我，明日我们便启程。”

我即刻扯开他的衣衫：“我躺好了，你快点，别耽误我出去肆意江湖！”他努着嘴挑挑眼梢，不疾不徐道：“可我不忍心你现在就承受那种苦痛。”

我立马翻身压住他：“现在反悔来不及了，咱们早死早托生！”

所以说，我还是没他坏，轻易就被他算计了。

玉叔叔哟，你不愧是长辈，小女子自愧不如。

（全书完）